U0484892

文艺报

70

周年

精选文丛（7卷，12册）

《时代之思》（理论卷）（上、下）

《文学天际线》（文学评论卷）（上、下）

《艺术经纬》（艺术评论卷）（上、下）

《世界的涛声》（外国文学卷）（上、下）

《彩练当空》（作品卷）（上、下）

《未来永恒》（儿童文学评论卷）

《文学之思》（对话卷）

WEILAI YONGHENG
ERTONG WENXUE PINGLUN JUAN

未来永恒

儿童文学评论卷

文艺报社◎选编
梁 鸿 鹰◎主编

时代出版传媒股份有限公司
安 徽 文 艺 出 版 社

图书在版编目（CIP）数据

未来永恒：儿童文学评论卷/文艺报社选编；梁鸿鹰主编.
—合肥：安徽文艺出版社,2020.12
（《文艺报》70周年精选文丛）
ISBN 978-7-5396-6865-9

Ⅰ.①未… Ⅱ.①文… ②梁… Ⅲ.①儿童文学－文学评论－中国－当代－文集 Ⅳ.①I207.8-53

中国版本图书馆CIP数据核字(2020)第015234号

出 版 人：段晓静
出版统筹：刘姗姗　宋潇婧　周　康
责任编辑：胡　莉
特约编辑：王　杨
装帧设计：张诚鑫　吴　臣

出版发行：时代出版传媒股份有限公司　www.press-mart.com
安徽文艺出版社　www.awpub.com
地　　址：合肥市翡翠路1118号　邮政编码：230071
营 销 部：(0551)63533889
印　　制：安徽新华印刷股份有限公司　(0551)65859551

开本：710×1010　1/16　印张：27.25　字数：520千字
版次：2020年12月第1版
印次：2020年12月第1次印刷
定价：78.00元

回望如歌岁月　开创全新境界

——《〈文艺报〉70周年精选文丛》总序

梁鸿鹰

《文艺报》诞生于中华人民共和国成立的前夜，在第一次文代会筹备和召开期间曾经作为这次盛会的公报面世。1949年9月25日，《文艺报》正式创刊，这是新中国第一个以文学艺术理论评论为鲜明特色的文化园地。从此，文学艺术界有了一方自己的精神家园；从此，文艺报人有了一块忘我耕耘的花圃。

《文艺报》自诞生之日起，就得到毛泽东、邓小平等党和国家领导人的重视与关怀，茅盾、丁玲、冯雪峰、张光年、冯牧以及邵荃麟、侯金镜、陈涌等一批文坛大家曾领军《文艺报》。《文艺报》与作家、艺术家和理论评论家一道，共同见证了当代文学艺术发展，记录了新中国文艺理论评论走过的那些不平凡的历程。收在《〈文艺报〉70周年精选文丛》里的这些文字，无不凝聚着一代代作家、艺术家和学者朋友们对当代文艺的真知灼见，体现着《文艺报》70年来的独特追求。

这是一个有坚守、有卓见的文艺阵地。70年来，《文艺报》在党的领导下，坚持"二为"方向，贯彻"双百"方针，团结广大作家、艺术家，凝聚理论评论工作者，及时传递文坛资讯，热情评介最新佳作，积极活跃理论探讨，坚持多角度、多层面展现中外文艺态势，在对民族传统的深刻体认及与世界文学的活跃对话中，推动了当代文学艺术空间的不断拓展。

这是一个发先声、鼓干劲的园地。《文艺报》始终坚持正确导向，紧跟时代步伐，积极参与文学现场，活跃探讨学术风气，善于提出新的文学命题，设置新的美学议题，活跃理论争鸣与艺术探索，鼓励艺术探索与艺术创新，为文学发展注入思想与艺术引领，在学术讨论中推动文艺界思想解放，在社会进步中不断开拓学术境界，将新中国日新月异的发展进步，将当代文艺事业不断进步的新风貌展现出来，为出优秀人才、出优秀作品、促进社会主义文学的繁荣发展竭尽心力。

这是一个有立场、有情怀的精神家园。《文艺报》始终坚持党性和人民性的统一，不断探索社会主义文学艺术规律，积极将党的文艺方针政策转化为文艺界的自觉追求，团结带领广大作家深入生活、扎根人民，为建设新时代民族的大众的科学的文艺"鼓"与"呼"，引领作家、艺术家为人民抒写、抒情、抒怀，满足人民群众不断增长的精神文化需求，激励人们追求美好生活。

《文艺报》始终把团结和服务文学艺术界作为自己的宗旨，积极扶持培育文学新人，培养评论人才，团结引领广大作家遵循艺术规律，点燃文学之灯，照亮作家心灵，激扬文字，共同绘制一幅幅时代文艺发展的难忘景象。我们坚持专业品格，坚守中华美学自觉，推动创新性发展与创造性转化，推动时代精神与中国风格、中国气派有机融合，以时代精品讲述丰富多彩的中国故事，弘扬中华传统文化。

《文艺报》始终坚持兼收并蓄，以兼容并包的艺术敏感关注新现象、新经验、新问题，在坚持中国文学艺术主体性的同时，广泛介绍其他国家文学艺术创作现状和蕴含的新经验，促进作家、艺术家汲取各方面营养并予以中国化表达，拓展中国文学艺术的表现形式与艺术空间，推动中国文学走向世界，把当代中外文艺创造的崭新气象传得更广、更远。收在我们这套文丛里的文字，就鲜明地反映了文艺报人的追求，体现了当代文艺的多彩风貌。

文艺是国民精神所发的火光，同时也是引导国民精神前进的灯火。70 载栉风沐雨，初心不变；70 载春华秋实，砥砺前行。回首过往，我们充满自豪；展望未来，我们信心倍增。我们将以前辈报人筚路蓝缕的开创精神，我们愿与当代文艺发展一道，继续做好中国文艺代代相传、辛勤执着的持灯火者，呵护美善，勘探未知，指引心灵，用自己的绵薄之力，努力照亮民族和文艺的未来。

目　录

1987 年

1988 年

1989 年

1990 年

1991 年

1992 年

2001 年

2002 年

2003 年

2004 年

2005 年

2006 年

2007 年

2008 年

2009 年

2010 年

2011 年

2012 年

2013 年

2014 年

2015 年

2016 年

2017 年

2018 年

1950 年

多多为儿童们写作

敏　泽

今年6月1日，是第一个国际儿童节。在这个节日里，很多有关儿童工作的部门和团体都发出了号召。如保卫世界和平大会号召大家用具体的行动保卫世界和平，保护儿童安全；卫生部门号召有重点、有计划、有步骤地推广儿童卫生保健工作；教育部门号召“学校教育要为工农兵子女开门”；妇女团体号召保护妇婴安全，保护儿童权利……各地都举行了隆重的庆祝大会，各地报纸也都为儿童们出了专刊……这是一种令人兴奋的现象，说明了新社会、新政府和人民对于儿童的爱护和关心。

不久以前，苏联作家西蒙诺夫在苏联作家协会第十三次理事会上作了一个专门性的报告:《论儿童文学的当前情况及其发展的几个问题》。在这篇报告中，他不止一次地强调儿童文学的重要，并且对于苏联作家协会忽视儿童文学的态度，作了尖锐的批评。他在结论中这样说:“我深信，我们的儿童文学……应当消除而且即将消除它现有的缺点。我想，作家协会的领导、它的书记处应当在本次全会后永远地结束掉对于儿童文学的那种忽视态度，这种忽视已成我们往年工作中的特点了。我想，领导儿童文学，乃是我们极重要的责任之一，假若我们不善对付这个责任，那么不论我们在工作的其他诸领域内获致了何样的正面的结果，就我们的整个工作说来，是不能认为令人满意的。儿童文学的问题对我们作家协会来说，是如何样个根本问题啊!”

最近全国文联主席郭沫若同志在第一次全国少年儿童工作干部大会上的讲话中，也曾号召文艺工作者重视儿童文艺，多多创造以少年儿童为对象的文艺作品。

中国的文学艺术工作者，在这一方面很明显也做了相当的努力，但是对于儿童文学艺术的改进、提倡和发展各方面来说，显然也还是很不够的，我们从事儿童的音乐、电影、戏剧、连环图画、小说、故事、童话、儿歌、舞蹈等等创作的文艺工作者，人数还不很多，我们在这方面的作品——尤其是较好的作品还很少，我们的儿童在精神食粮方面，可以说还处在饥饿和半饥饿的状态。这个问题在目前来说，也是和儿童们的身体、生命的安全健康一样地重要，是亟须予以注意的。反动的国民党的政权虽然被摧毁了，但旧社会遗留给儿童们的旧的思想意识、旧的习惯和作风，并没有被清除净尽，而且在一定的范围内甚至还占着支配的势力,旧的小人书也仍旧在相当程度上影响着儿童们的思想的健康,就是很明显的例证。

要铲除和肃清旧社会遗留给我们儿童的影响和习惯,教育少年儿童,使他们具有“爱祖国、爱人民、爱劳动、爱科学、爱护公共财物”的品质,对于我们文学艺术工作者来说,也是肩负了很大的责任的。

大量创作新的、思想健康的、内容充实的、少年儿童们喜爱的各种各样的文艺作品,大量地介绍苏联的儿童文学,在目前都是很必要的。

高尔基说:“儿童的天性具有一种企求显明的、特殊的事物的希图。在我们苏联,特殊的显明的事就是工人阶级的革命力量所创造出来的新的东西,正就应当在这上面来巩固儿童们的注意力,这个就应该是他们的社会教育的最主要的材料。”

西蒙诺夫说:“在我们儿童文学面前有着非常重大的任务,这种任务是与型塑将来在共产主义制度下生活的人们的性格的那个任务不可分离的。应当深刻地想下这个:第一,要特别严肃地原则地看取我们文学的特点,看取我们好多儿童文学作家的原则上的缺点;第二,要正确评价我们的所有的那个大的文学财产……我们必须注意在这份财产内所存在的应该填充起来的空白。”

1951 年

儿童文学杂谈

杨　犁

一

一个严冬的晚上，寒气逼人，满街铺着近尺深的厚雪，我把双手拢在袖筒里，快步走着，经过一条胡同回来。我身后总有一个人跟着，跨的步子小，但速度比我的快，听来像是拖着一双比自己的脚要大的鞋子。我往后一看，原来是一个看起来十岁左右的孩子。我和他并排地一面走，一面谈起来了。

“小朋友，你上哪儿去了？”我问他。

“刚从新华书店看故事回来。”

接着，他又稍带羞涩地告诉我，他刚才看的是关于蚂蚁的故事，这个故事很好玩。他又说，他爸爸是个搬运工人，前个月曾买了两本书给他，但是，那“一抹眼就看完了”，所以他每天放学后要到新华书店，倚在书柜旁边看书，因为那里都是“新书”。

这回相遇，给我很深的印象，每想起这件事，我就联想到，我们要不为这些孩子写些好书，该是多么对不起他们；“为孩子们多创作些好作品”，是多么迫切地需要做的工作！

二

写给孩子们看的书，今天确实不少。到书店去看看吧，一套又一套的“丛书”，一套又一套的“文库”，书架上，花花绿绿，琳琅满目。从这些书的发行数量来看，大多数是以万计。一大批老的、新的儿童文学工作者，在勤勤恳恳地努力，做出了很多成绩，这是无可否认的。他们之中，有些一贯坚持这工作很多年，有很丰富的经验，成为孩子们很忠实的朋友。

时代进展得猛快。刚才谈到的搬运工人的孩子，他父亲也买书给他，农村的孩子们也要书看，这一方面的读者，是成十万、成百万地增加起来的。孩子们已经上学，已经识字，只要有钱，做父母的谁不愿给自己儿女买几本书看看？所以，光是儿童文学出版者的增多、印数的增多，并不能使我们满足。换句话说，一本写给孩子们读的书，销上一两万册，并不就表示我们的工作已经做得很有成绩。

有一个同志，他一直希望成为作家，经常练习写作，但他的习作总是被编辑部退回来。他在灰心之下对我说："我想搞儿童文学，你看好吗？"我问他："你为什么突然又想起来搞儿童文学呢？"他的回答是："那总要比写给大人读的作品容易得多，编些故事就行了。"

今天从事儿童文学工作的人实在是少，我们应该多多鼓励更多的人加入这个队伍里来。但是，如果以为这是比较容易，或者以为，写给孩子们看的东西可以粗糙点、马虎点，这样的人是很难写出好的作品的。因为，他首先轻视这种工作，视这种工作为儿戏。应该承认，儿童文学工作是艰苦的工作，作者不仅要熟悉孩子们的生活、特点、爱好，理解孩子们的感情、心理、接受程度，不仅要写得生动活泼，使孩子们觉得有趣而又得到教育，而且，还要能广泛地告诉孩子们生活以外的世界，如革命领袖的生平故事，英雄们的行为，祖国的历史与未来，科学常识，社会知识等等。要做得好，首先要求作者有正确的意识与世界观，有朝气蓬勃的感情和各方面的广博的知识。而在创作态度上，也应该更谨慎、更严肃，因为儿童作品对于儿童，有时比教师的影响更大，作品些微的缺陷和错误，往往就会造成严重的恶果。

前年 1 月，中国共产党中央发布建立中国新民主主义青年团的决议，其中指出，团应派最好的干部领导少年儿童工作。可见党中央对这一工作是多么重视。就文艺方面来说，同样，从事儿童文学工作的人，应该是优秀的人。

儿童文学工作是如此重要，如此艰巨，少年儿童们又如此迫切地需要看儿童文学作品。因此，我觉得，有关的领导机构经常注意检查、总结这方面的工作，衡量其已有成绩，指示一定的方针与任务，是很必要的。

三

我就自己平日接触到的一些儿童文学作品，谈一些零碎的感想与意见。

儿童文学作品，有其明确的教育的目的性。有人认为，给儿童们看的作品，好玩、有趣就行，不必有什么思想内容。几年前，有一个人对我说，孩子是一张白纸，我们不要把它染成红颜色。此外，还有些人说，孩子是单纯的，应该让他们"自由"发展……诸如此类的论调，不仅是企图取消对少年儿童们的思想教育，在效果上，其实也是给他们另一种思想教育，那就是听任自流，让各种各样有毒的意识来影响和腐蚀孩子们幼稚的心灵。这种看法，在今天某些人的思想中仍然存在着，不过是用别的方式提出来罢了。

现有的绝大部分作品，若从作者的写作动机来衡量，都有其明确的目的，都是多少想教育孩子们一些什么的。

不过，这里面也有几种情况：

一种是由于作者的思想意识的模糊，教导给孩子们的，是一种错误的思想意识。例如，上海出版的“小主人文库”中有一本《小黑人》（编绘者陆洛、沈同衡），这里面说，有一个小黑人，穿着新衣、新鞋，戴着新帽，拿着一把新阳伞，“出门去游玩”了。路上遇见一只老虎，夺去了他的伞；接着又来一只，夺去帽子；又一只，夺去鞋子；最后一只，夺去了他的衣服。最后，四只老虎全来了，还想要东西，这时小黑人爬上了一棵树。四只老虎没办法，互相争夺起来。最后，老虎死的死，倒的倒，于是，“小黑人，穿衣、着鞋、又戴帽，撑上新阳伞，快快活活回去了”。

这个故事要教育孩子们什么呢？如果是以老虎象征着敌人，这个故事就给儿童们灌输了两种意识。其一，敌人要来欺侮我们时，就甘受欺侮，把东西送给他。其二，敌人，不用我们自己去消灭，他们会自相残杀以致灭亡的。作者想把孩子们引向何处去呢？

另一种，是想给孩子们一些思想教育，但表现得很浅薄；或者是以对待成人的政治内容，生硬地用以对待孩子。

为了说明问题方便，我们还是从具体作品来研究。

贺宜的《黑人牙膏的梦》，曾经在好些刊物上登载过。这个童话描写一个绰号叫“黑人牙膏”的孩子，偷懒、不上学，结果受到另一学校的同学们的批评。这顿批评是很“严格”的，说他：

“他不爱人民政府，不爱劳动……”

“黑人牙膏成天不做事不学习，是个小二流子！”

“打倒不坦白的黑人牙膏！”

这一顿集中火力的“批评”，占去了不少篇幅，结果，老师出来说：“孩子们，别吵呀！你们的话我都听见啦！你们劝告黑人牙膏是对的，可是态度不对，这就像是吵架啦，应该好好地说服他才对呀！”

作者把这一堆“批评”搬到作品里来，是为了批判它吗？又不像。因为后面只用老师说一句“态度不好”，何况，老师也承认这种“劝告”是“对”的，同时，老师在后面早就“听到”这种“批评”了。从整篇文章看，作者又似乎肯定这种“批评”也还有些用处，因为在几个“批评者”略加肤浅的“检讨”（老师教的“大家应该检讨”——又是检讨）之后，“黑人牙膏”居然真的认识了自己的错误。

把这种被肢解的技术批评的方法搬出来教给孩子，一点好处也没有。孩子们的错误，有赖于我们给他们启发，使其自觉地了解错误而改正它，用不着这一套方法。

把思想内容表现得庸俗化的一个例子，是沈阳文联编印、未艾编的《纪律》。这里面是一群孩子做游戏，大家扮成解放军。其余的都走了，只留下一个孩子守着一棵大树（这是他们所称的“军火库”）。后来，天黑了，这个“守卫者”害怕得哭起来，最后，是一个真的解放军连长来了，“命令”他回去，才算完事。

我们要教育孩子守纪律，这是当然的。然而在这段故事中，我们看不到纪律究竟包含些什么内容。加里宁同志曾说，纪律是产生爱护本国人民，爱护劳动群众……这一类优秀品质的。这就是说，要从根本上来培养儿童的优秀品质，不要从一些事物的表面上来捉弄孩子。譬如说，孩子从小就热爱人民、热爱祖国，他将来就一定会很好地守纪律。从这个故事看来，作者对“纪律”的了解是很浮泛的。

在对儿童们进行思想教育时，要教育他们爱祖国、爱人民、爱劳动、爱科学、爱护公共财物，这是全体国民的公德，这些公德成为教育儿童的目标。一般的儿童文学作品归结起来，都是以与此有关的思想内容为主题。这是好的。但是，某些作品总希望使主题多样化，结果顾此失彼，从效果上看，反而失败。写到一个小孩子在大雨天扶起跌倒了的老公公，却偏要附带着写这个老公公是冒着雨去“购债支前”；写孩子们搬开路上的大树，却偏偏要在前面加上少爷小姐跨过树置之不理……诸如此类，虽然这些同时表现的主题都是有意义的，但一定要凑在一起，反而显得混乱。给孩子们看的东西，尤其是给初年级的儿童读的东西，主题总是愈单纯愈好。当然，把类似的题材用来作为表现主题时的一种对比或陪衬，这也没有什么不可以的，但一定要用得恰当。

与上面这种情形相反的，是把好几种思想孤立起来，结果反而片面、不真实。譬如，写公鸡叫，大家每天早上很早起来辛勤劳动，结果公鸡被一个懒人关起来了，大家早上就起不来，以致没有饭吃了。或者是写一个孩子爱劳动，于是就单纯地强调他的“十个小朋友”（一双手），没有任何其他的帮助，就种了菜，得了收获，受到父母的赞扬。还看到过有一本书，写一个孩子，他妈妈替他做了一面国旗。他拿着这一面国旗到学校去，在路上，王大哥、田二哥、老公公、老婆婆都向他要，但他每次都说：“妈妈给我的，不能送给你！”把小孩们写得十分小气，诸如此类，都显得作品内容有些片面。

另外有些作品，主题就非常含糊，难以看出其中心思想。仇重的《有尾巴的人》，其中的人物都是带有尾巴的。“有尾巴的人”是什么人呢？作者在序言里说：“真正有尾巴的人我也没看到过。不过有一种人，他外形是像人的，心肠却很坏，坏得同野兽一样。……”他又说，这就是“汉奸！汉奸卖国贼！”。此外，如仇重所说，“还有一种人，他并不是生来就是一个坏东西；但是他有些缺点，他爱吹牛皮，爱做英雄，爱贪小便宜，爱人家捧他、拥护他，爱舒服……”用不着引了。从这里，可以看到作者思想是不够清楚的。“爱做英雄”有什么不好，这为什么是坏事？爱人家拥护他，也看是什么人拥护……这都是浅显的道理，可不必谈它。这本书最主要的缺点就表现在：这些有尾巴的人，究竟坏在哪里呢？你会见到，全书只充满了“有尾巴的”“短得很，像兔子尾巴一样”“把自己的尾巴一盘，盘成个坐垫”“大家拿了尾巴把嘴巴擦了擦”“尾巴是金的，根根毫毛都是金色的，闪闪发光的”……这一类东西。究竟这些人——照作者说，是汉奸、卖国贼、小汉奸、准汉奸——坏在什么地方，则很难从文章里得到解答。这样的故事讲给孩子们听，难怪孩子们会提出“有尾巴的人！这是怎样一种人呢？”这一类问题。作者又怎样回答孩子们的问题呢？

又如贺宜的《野小鬼》，是记述抗日战争开始时一个孩子流浪的故事。这本书在语言上、儿童形象及心理的描写上有一定的成绩，但主题是欠明确的。既然是解放以后出版的，背景又是抗日战争时期，那么就该明确地告诉孩子们，是谁在抗战，谁在妥协，不仅应写出敌人、汉奸、土匪的可恨，而且也该说明他们是连成一气的。这些敌人加诸我们的仇恨太深了，应该告诉后一代的读者。最后写到孩子找到了游击队。我想也该指明这一支抗战的、打敌人的队伍，究竟是谁在领导的。这样光明正大的丰功伟绩，难道不该时刻叫孩子们记住吗？这本书正是描写这一类事情的呀！

四

儿童文学的主题是多方面的。但总起来说，是“培养教育新的一代”。加里宁同志说：“要使这班新人养成各种最优秀的品质。”他还说，这些品质就是爱感，要爱护本国人民，爱护劳动群众；是诚实，是勇敢，是同志团结，是爱好劳动。冯文彬同志在全国第一次少年儿童工作干部大会上说：“我们教育的目的是要把新的一代培养成为具有正确的思想意识与革命的气质，具有文化科学的基础知识和健康的体魄，即德智体兼全的新社会未来的主人，新中国的优秀儿女……”高尔基曾说：在我们国内，教育就是革命化的意思，但是革命化是什么意思呢？这就是说——从幼年时候就要教育成革命地思考并革命地行动的人。而革命的行动——这就是要建设共产主义社会，要细密地耐心地建设，完成交付给你的任何事情。儿童文学要表现的主题，这里已经都说得很明白。

很显然，要表现这样广泛的主题，描写儿童本身的生活是很重要的。描写他们在新的生活中、新的教养下如何成长，较之写一般猫猫狗狗的东西，无疑更富有教育意义。但某些作品常常流于庸俗、肤浅，甚至是思想上的错误或有害的观点。因而我们要再一次强调：儿童文学的作家们必须更严肃也更热情地对待自己的创作！

此外，写我们的领袖，写我们战斗中和劳动中的英雄人物，写祖国的历史故事，写祖国未来的远景等等也都是必要的，但不管写什么，我们又必须对儿童的心理、特点，他们的爱好、接受能力等有深刻的了解。

譬如，一般儿童总喜欢他们读到的作品是有趣味的、有生动的故事的。如果不了解这种心理而脱离实际地用干涩无味而又抽象、肤浅、呆板的内容甚至口号硬塞给他们，那就无法使他们爱读这种作品。但是有趣味的故事也不是生造出来的。高尔基曾说："儿童的天性上具有一种企求显明的、特殊的事物的希图。在我们苏联，特殊的显明的事就是工人阶级的革命力量所创造出来的新的东西，正就应当在这上面来巩固儿童们的注意力，这个就应该是他们的社会教育的最主要的材料。"由此可见，这位伟大作家对儿童心理的了解是多么透彻，而他又是如何正确而深刻地来满足儿童这种心理。

今天的中国儿童已不再喜欢"三个王子……""神仙""魔鬼"这一类玩意儿当中的趣味。我们过去的某些儿童文学作品受封建社会及欧美资本主义社会意识的影响，往往胡诌一些故事。张天翼同志在他写的《秃秃大王》的序里，已揭穿了这些作品的伪善与毒害。今天，这种作品虽然已很少，但还并没有绝迹。

儿童喜欢关于英雄的故事。我们现有的作品中，如左林编的《小英雄》，范政等著的《英雄小好汉》，都出色地记录了老根据地的儿童们的令人敬佩的英雄事迹，这都是英勇的儿童们的如实记录，是非常有意义的适合于儿童读的好书。只是，像这样的书还太少，尤其描写成人英雄的书，描写新社会的可爱的书，能给儿童看的则更少。有一天，我问一个小女孩："你最喜欢看什么书？"她说最欢喜《丹娘》。今天，我们像"丹娘"这样生动的英雄人物很多，可惜还很少有人用来写给儿童们看。

儿童们欢喜模仿别人。因此，具有良好品性的积极范例的人物故事，应当成为我们最关心、注意的方面。用这些来代替检讨会、落后到积极的转变过程等等，无疑要有价值得多。

作者们要写出好书给儿童读，首先要对这些未来的主人翁有深挚亲切的感情，对他们要有强烈的责任感、深厚的爱。这一个事业需要作者全心全意地投入进去。

1954 年

读张天翼的几篇儿童文学作品

贺　宜

张天翼同志在最近几年内为少年儿童写了四个故事和两个短剧。他的作品很受少年儿童们的欢迎。特别是他的小说《罗文应的故事》,已经在广大儿童中间发生了深刻的教育作用。

谁都知道,儿童文学工作者只有真正认识和了解了儿童,才能采取适合儿童身心特点的方法来更好地教育他们。不首先真正认识和了解儿童,就不能完善地正确地创造儿童文学中的儿童的人物形象。

目前,在我国儿童文学作品中间,表现了某些作者对儿童的两种不正确的描写:一种是把儿童的认识和能力估计得过高。这些作者把儿童写得不仅有兼人之勇,而且机智绝伦,政治上、思想上都很成熟,他们的见解和认识,甚至比他们的父母和老师还要精辟透彻、正确深刻;并且相形之下,往往他们的父母、教师连普通常识也没有。另外一种是把儿童描写得顽劣不堪,简直是集各种坏品质于一身,然后作者以所谓教育的方法加以指导,于是忽然来了一个一百八十度的转变,顽童终于成为一个戴上红领巾的优秀儿童。

这种描写其实都表现了某些作者并不熟悉、理解儿童。他们没有认识儿童特点的种种方面。儿童,原是处于正在成长和培养的阶段中,他们不是成熟得如同经过锻炼的成人一样,他们的缺点和毛病,也往往是由于儿童式的幼稚和任性所造成,这与那些被坏思想、坏习惯所腐蚀透了的成人是有区别的。把儿童描写成上述的人,就违反了真实。这也正是我们许多儿童文学作品所以失败的原因。

在张天翼同志的作品中,并没有把儿童描写成非凡的人物,也没有把儿童描写得十分猥琐。无论是优点还是缺点,是好行为还是坏习惯,都是儿童型的,都是恰如其分的。他们是单纯的、活泼的、快乐的、要求进步的。他们有时也表现出一些缺点和不好的习惯,但这种缺点,只是一些旧的社会意识和习惯给他们的影响,而他们自己则正在力图摆脱这种影响,同时在他们的周围,今天已经形成一种力量,也正在帮助他们逐步培养起良好的思想品质。

张天翼同志看到了儿童生活中某些新的进步的东西，这就是孩子们在日渐生长着的品质。固然，这些品质只是一种萌芽(有些作者却看不到它们，或者把它们看得微不足道而不屑一顾)，然而，这却是真正“儿童的”，并且是真正可贵的。正是这些优秀品质的萌芽，将使我们的年轻一代，在明天成长为具有美丽、高尚性格的共产主义公民。

看一下他的小故事《去看电影》吧。在这故事里，作者描写一个女孩在电车上捡到了一本活页簿子，而簿子里夹着一张“只限一人，请勿转让”的入场券。为了使入场券不至于落在别人手里，女孩最终放弃了很久就想看的电影，把簿子和入场券设法送还了主人。

在《他们和我们》这个故事里，作者描写出一群孩子对待集体的正确态度。二中队的孩子们“闷声闷气在这里编墙报”，而一中队的孩子们则正兴高采烈地在一个慰劳荣军和烈属、军属的晚会里参加表演。当一中队打电话来要设法找一条表演用的朝鲜裙子时，二中队的许多孩子就竭力设法找一条朝鲜裙子送去。

明天要参加共产主义建设的伟大而平凡的人们，他们的高贵的忘我精神和集体主义精神，不正是从这些微小的事情里面孕育滋长的吗？

这些平凡然而可爱的形象，使读者感到这些主人翁完全是真实可信的，是他们在生活里常遇到的，甚至有的就是他们自己的写照。他们绝不觉得这些小英雄是高不可攀的，是无法学习的。

其次，从张天翼同志的作品里，我们也可以看到一个儿童文学工作者对儿童所应具有的热爱和关切。

对儿童的挚爱和广博的知识，这是作为一个儿童文学工作者所必须具备的条件。而两者之间，高尔基曾给我们指出，对儿童的挚爱又是首要的。没有对儿童的挚爱，就不能做一个称职的优秀的儿童教育家或文学家，而对儿童的挚爱，是具体表现在能否尊重儿童的人格上面，表现在能否时刻注意在任何细小的地方都体贴入微地给儿童温暖、鼓舞、启发和好的暗示。那些只在口头上叫嚷“孩子们，你们是国家未来的主人”，而在具体行动上常常表现出对儿童的厌恶、轻视、暴躁和不耐烦的人，绝不是真正爱孩子的人。他们往往对儿童的缺点轻率地乱用讽刺和嘲笑，来“刺激”儿童改正错误。他们不慎重考虑儿童的特点——由于年龄和知识的限制，以及旧的社会习惯加于他们的影响，存在一些缺点是很自然的。对这些缺点当然不能熟视无睹，当然也可以进行适当的讽刺，但更应该诚恳地给孩子们指出这种缺点有什么危害，因此为什么他们必须纠正这种缺点，应该怎样来纠正，而不能冷嘲热讽，来伤害孩子们的自尊心。作家应该认识到：不适当的嘲笑和讽刺只会影响和促成儿童的不健康心理，使他们在同学和伙伴中用讥刺、挑剔、挖苦、嘲笑来代替相互间的友爱、热情、诚恳和谦逊。

张天翼同志是热情地注视着儿童新品质的成长，并且在他的作品里忠实地加以表现的。他把那些可爱的形象生动地显示给读者，但他也从来不忘记提醒作品中的主人翁——也就是提醒所有的小读者——他，这主人翁，还有缺点。作者对孩子们的缺点或坏习惯是毫不姑息的，然而态度却又是非常谨慎、和蔼的，作者毫不含糊地指出：缺点必须改正，但是改正缺点要依靠孩子的自觉和毅力，教师、辅导员和孩子自己的组织固然可以给他适当的帮助和启发，但这种帮助，也只有通过孩子自己的努力，才能产生作用。

作者描写罗文应这个孩子，就是在同学们的帮助和鼓励下，主要经过自己不断的自我克制和坚持，终于克服了不能约束自己及时温好功课的毛病的。无怪乎有些小读者感动地说："我要学习罗文应，他能克服不能管住自己的毛病，我一定也能这样！"如果作者所描写的罗文应，只是一个毫无进取心的、在外力压迫下才被强迫"改造"过来的孩子，那么很难想象，他会这样地引起读者的共鸣了。

在《他们和我们》这故事里，作者写一中队打电话来借朝鲜裙子的时候，墙报主编杨行敏却因为自己这一中队不能参加热火的表演会而心里有些别扭，现在听说一中队缺少服装，就禁不住有些幸灾乐祸的想法。可是等到其他两个正在编墙报的孩子要请假去为一中队借裙子时，杨行敏终于也认识自己的想法不对了。作者是这样描写这孩子感情上的转捩的：

> 杨行敏可把李小琴拦住了：
>
> "白跑！你有把握吗，这么转弯抹角去找？"
>
> "可怎么办呢，马上就要表演……"
>
> "吓哟，你这么操心！究竟是谁表演呀？——他们还是我们？"
>
> "什么他们我们的！"李小琴惊异起来，"不都是演给叔叔姑姑们看的吗，表演好了——不都是我们队的光荣么？赵家林，我们走！"

周围同学们的这种对待集体的态度，使杨行敏立刻感到："啊呀，差点儿做错事！"作者这样表现了这个曾经在学校中受过集体生活的锻炼，并在少先队的教育下成长着的儿童的思想感情的变化。另一方面，对于好的思想好的行为，作者也亲切地满怀热情地加以赞美。例如李小琴，作者写她在听到杨行敏说出他那种自私的、不顾大局的想法以后，很自然地"惊异起来"。这就活画出一个未受那种偏狭自私的思想感染过的小姑娘的神态，并且恰当地表现了作者对这人物的热爱。同样地，对于杨行敏，作者也完全采取尊重和信赖的态度，对他丝毫也没有刻薄和挖苦。这样的描写都是真实生动的。

我们常常可以看到，有些作者在处理同样主题的时候，往往表现着一种对儿童的不尊重的态度。如果让他们写这个故事，那就会把杨行敏写得超乎儿童所能有地那样极端自私，不但要大说怪话，还要让他出尽洋相。至于李小琴和赵家林等等，就会给写得超乎现实地那样非常“先进”，少不得还要请他们来发一通少先队员的议论，甚至外加一套斗争会式的“队的教育”，最后，在群众压力下，杨行敏才会“低头认错”。这种不真实描写，这种用斗争会式的“教育”来对待儿童的办法，现在还相当流行，我觉得这是很不好的。

张天翼同志的作品表现着另外一个显著的特点，就是在描写儿童心理和运用儿童语言方面相当成功。这无疑是作者对儿童生活和心理深入体验和观察的结果。

无论在剧本里或是在小说里，作家张天翼所塑造的儿童都是活的。他们所说的话，他们所做的事，都是与他们的性格和身份相称的。蓉生动员他妈妈去学文化所采用的那种办法——先自作主张地代妈妈向赵大娘报名，然后去说服妈妈，只有蓉生这样冒里冒失的孩子才想得出来(见《蓉生在家里》)。小喜鹊甲、乙在讲大灰狼的故事时，都争着表示自己在讲故事上比对方能干，可是一到了大庭广众之下，要他们表演的时候，又彼此推诿(见《大灰狼》)。这不正是我们每天看到的喜欢表现自己而一遇到大场面又往往害臊起来的孩子们的绝妙写照吗?

在《他们和我们》里，作者出色地描画出一个有些自私和嫉妒的孩子的心理。当杨行敏听说一中队要表演一个临时加添的精彩节目，一定要用裙子的时候，作者把他的心理活动全部展现在我们面前：

> 今晚可不知道他们参加了一些什么节目。也不知道现在临时要加演的重要节目又是怎样的。晚会有那么多叔叔，有那么多姑姑——那不消说，不论你表演什么，不论你是不是唱得最好，大家也都会热烈地鼓掌，称赞，叫“再来一个!”，也许还有人会这么想:
>
> “一中队演得多好! 到底强些。”
>
> 我们二中队呢? ——谁也不知道二中队有些什么本领。除非把墙报抬上街去游行，一直抬到晚会会场里……
>
> 一想到这里，杨行敏就咬起嘴唇来。
>
> 可是现在——好哇，看他们一中队拿什么去表演那个“精彩节目”罢! 他们缺少了服装!

可以看到，作者是怎样熟练地驾驭了语言，恰如其分地表现出儿童的性格和他们的精神活动。

有些儿童文学作者在这方面显得很没有能力。有的用贫乏的词汇和一些陈词滥调来做一些简单呆板的故事叙述；有的则通篇都牙牙学语似的把一些不合文法的"小儿语"堆叠成章，美其名曰"儿童化"。他们不知道，我们的孩子在阅读作品时，不仅将接受作品的思想教育，而且也将接受语言的教育。

陈词滥调、"学生腔"和通篇"小儿腔"的作品，都只能给儿童以不好的影响。

从张天翼同志的作品中，可以看出富有符合儿童特点的幽默感。他的每一个故事都是有趣的。这种趣味却并不是外加的、附属的，而是生活本身所有的。

目前我们有一些儿童文学作者，有一种追求庸俗的低级趣味的倾向。他们刻意杜撰曲折的情节，布置惊险的令人咋舌的场面，"创造"传奇式的人物，卖弄油腔滑调的噱头，以迎合好奇的、不知世事的、还没有分辨能力的孩子们，这显然是有害的。

当然，我们并不笼统地反对趣味。高尔基就曾经说过："我们需要愉快的有趣的书来发展儿童的幽默感，必须创造新的幽默个性。具有这个性的人要成为全部儿童丛书中的英雄。"(见《把文学——给与儿童》)"我确认，要'有趣地'和儿童讲。""必须轻松地和'有趣地'将伟大的发现和想象的历史告诉儿童。"(见《论不负责的人们及论今日的儿童读物》)但是，单纯追求趣味，甚至搜索枯肠来制造庸俗的噱头、无意义的曲折的情节、惊险的场面，除了使儿童养成一种不健康的爱好，以致在生活上养成一些不好的作风和习惯外，不能有任何益处。

张天翼同志所写的儿童文学作品的趣味，其特点是并不故意雕琢，而是从儿童生活中来的。在儿童生活中间，原来有一些有趣的东西，这些都是极平常而并不惹人注意的，但是一经作者写出，就立刻显出它的魅力，吸引了广大小读者的注意和兴趣。

只要看一看他那篇最受孩子们欢迎的作品《罗文应的故事》，我们就可以找到好多这样的例子。比如其中有一段描写罗文应的"老毛病"怎样在自己坚持克服下有了转机：

……比如有一天，他发现地下有一颗脆枣。他只不过稍为研究了一下——

"咦，这究竟是卖脆枣的掉下的，还是吃脆枣的掉下的？"——就一脚把它踢得老远的，不见了。

"踢到了哪里？"——别管它！他还有事哩。要是照他以前的习惯，就非把它找到不可。

可是那颗脆枣自己却蹦蹦跳跳地又滚了回来：原来对面有个孩子也踢了它一

脚。罗文应即刻又把它一脚踢回去。对面那个孩子一脚就截住了这颗脆枣，兴高采烈地向罗文应招手：

“来，我守球门！你踢！”

罗文应仅仅愣了两秒钟。

“我没有工夫，现在不是玩的时候。”罗文应一面走一面打手势，“小朋友，你也早点回家去吧。”

这描写是生动而幽默的，但绝不是硬加进去的，正是罗文应性格的特点和他的思想感情的变化的刻画。

以上是我所认为的张天翼同志作品中的优点。至于缺点，自然也有。例如：有些故事的结构和表现形式比较成人化。像罗文应的故事是用给解放军写信的形式来写的。那样长的信以及信中如此周密地描写罗文应对学习不专心态度的转变过程，有些小朋友曾表示怀疑。虽然这是由于他们不明白这仅仅是一种表现的形式，但如果用更合适的形式来表现，也许效果还要强些。又如在民间故事的处理上，把一个健忘的人改成孩子不动脑筋的可笑的故事，也是值得商榷的（见《不动脑筋的故事》）。不少小读者曾经反映说：“张天翼叔叔的这个故事过火了。我们有时不动脑筋，但是从来不像那样。”我个人的意见觉得还是保持原来的民间故事的格调比较自然些。

事实证明：张天翼同志所从事的工作已经产生了很大的影响。同时，由于目前儿童文学园地的贫瘠，一些粗制滥造的、庸俗的甚至有害的作品，又在儿童中间散播着或多或少的不良影响。张天翼同志的作品，就不仅表现了这方面的好的成绩，而且也帮助澄清了这种混浊的气氛。

1955 年

多多地为少年儿童们写作

《文艺报》记者

从时间上说，现在不是六一儿童节前后。但是，本刊最近突然比较注意儿童文艺的问题，这一期更有着关于这方面较多的表示。这种现象，也许会使人感到奇怪吧！

人们是应当奇怪的，因为我们对少年儿童文艺问题的确一向太不关心了。我们大多只是在每年六一儿童节前后，在刊物上和其他工作中，聊备一格地表示一下态度，点缀少许儿童文艺方面的内容。六一一过，似乎就胜利完成任务，并且毫不为怪，习以为常。本刊过去的态度，就是如此。作家协会的其他刊物，也和本刊差不太多，很少发表少年儿童文艺创作，很少登载有关少年儿童文艺的研究、介绍文章。去年年底召开的苏联第二次作家代表大会上所有的报告和副报告，我国文艺刊物大都分别发表了；但大会上的第一个副报告《苏联的少年儿童文学》，竟遭到了包括本刊在内的所有文艺刊物的冷遇——谁也没有发表：这难道可以说是偶然的现象么？就拿目前的事实来说吧！如果不是《人民日报》在《大量创作、出版、发行少年儿童读物》的社论和郭沫若的《请为少年儿童写作》等文章中向我们提出了严厉的批评和紧急的号召，如果不是青少年儿童报刊和广大的少年儿童向我们发出了警钟一样的呼声，那么，应该坦率地、诚恳地说，我们大概还不会在目前提起少年儿童文艺的问题。

但严重的情况还并不只是这些。正如《人民日报》社论所指出："中国作家协会很少认真研究发展少年儿童文学创作的问题，各地文联大多没有关于少年儿童文学创作的计划，有些作家存在轻视少年儿童文学创作的错误思想。"作协和各地文联以及文艺报刊，对于读者提出的有关少年儿童文艺的问题，从来就很少加以认真处理，而且也没有一个部门掌管和研究这方面的资料，会议上更是很少讨论这方面的工作。最近一年来，作家协会对少年儿童文艺比较注意一些，主席团在今年春天曾经进行了讨论并且发了号召，本刊和其他刊物也发表了若干向文学艺术界呼吁的文章；然而，这些号召和呼吁，对于一般作家和艺术家，似乎并未引起应有的注意。他们有着各式各样的创作计划，他们有的竟吝啬到从来不肯为少年儿童写一篇文章或谱一支曲。有的初学写作者写了一两篇儿童故事，但却似乎只把这种做法当成进入文坛的"敲门砖"；儿童故事发表了，作者马上就“改了行”，写开了别的东西，俨然把少年儿童文艺的创作看作是比一般的艺术品低一等的雕虫小技。于是，从作家协会来说，少年儿童文学很自然地被看作只是少年儿童文学组的事情。而少年儿童文学组组员不过十多人，其中还有对少年儿童文学并不闻问的人，力量十分薄弱，队伍更是极难扩充。文艺界的同志们！你们看，这难道还不是十分严重的情况么？

我们绝不是说，少年儿童文艺就丝毫没有成绩。目前我国少年儿童文艺的情况，与旧的中国有着本质的不同，这是任何人都不能加以否认的事实。但从《人民日报》社论所指出的情形来看，我国识字的儿童，在文化较为普及的城市，平均四五个人才有一本书，在农村甚至一千一百多个儿童才有一本。许多少年儿童节省下买玩具和糖果的钱，走进书店却买不到新书。在北京市图书馆儿童分馆，有一回一个小孩去借书，服务员给他的书刚拿到手，他就还了，他说：“这本书我看过五遍了。没有新书吗？”但即使这样，孩子们每天还是要到这个图书馆去排队等着看书，有时甚至等上几个钟头都不肯走。就是我们的许多作家和艺术家，也常常要为自己的子女没有新书看和歌子唱而发愁；常常因为带着高高兴兴的孩子走进电影院或戏院，但孩子接受不了银幕上和舞台上演出的内容竟悄悄地睡着了，而不能不感到难过。在这样的情形下，有些少年儿童不得不去阅读和观看一些不适合自己水平的书籍和戏剧，甚至不得不去阅读一些反动、淫秽、荒诞的图书。目前正是我国六周年国庆，有些和我们的国家一同成长起来的五六岁的儿童，甚至也不得不看一些旧中国遗留的含有毒素的图片。想起这些孩子智力的发展和身心的健康将可能遭到一定的阻碍和毒害，一切稍有责任感的作家和艺术家，能够不深自感到惭愧么？

少年儿童是我们未来的希望，是我们未来建设事业的担当者。我们建设社会主义，也可以说就是为了少年儿童。我们文学艺术的任务是以共产主义思想教育人民，因而帮助我们新的一代形成他们共产主义的意识、性格和理想，这正是我们最幸福最光荣的责任，这也是我们文学艺术的党性的表现。我们知道鲁迅很关心连环图画，并且写过一些描述儿童生活的优美的文章。我们也知道高尔基和马雅可夫斯基以及其他许多伟大的作家和艺术家，曾经是怎样特别地关怀少年儿童文艺。为了国家的社会主义建设，为了祖国美好的未来，现在是必须立即终止对于少年儿童文艺的冷淡态度，争取少年儿童文艺的创作的繁荣和整个文艺事业的繁荣，高度发挥我们文学艺术的党性的时候了。

目前中国作家协会和作协少年儿童文学组正在讨论最近时期发展少年儿童文学的计划。关于加强这方面工作的组织领导，关于组织创作和研究以及关于扩大少年儿童文学的创作队伍和培养新生力量，作家协会都将订出具体的方针和切实的办法。此外，就我们所知，目前已有部分作家从思想上认真地重视了少年儿童文学的创作问题。但是，把这一工作提到一个新的应有的重要高度，无疑地在目前还仅仅是一个开始；或者说，在全国广大的文学艺术工作者当中，对这一工作还远没有普遍开始注意。因而文艺界的同志有必要严肃认真地考虑《人民日报》社论向我们提出的要求，深切认识到关心少年儿童文艺的创作就是自己最大的荣誉和党性的表现；必须肃清一切违反文学艺术的党性原则的个人打算，从行动上而不是从口头上重视少年儿童文学，尽可能地为少年儿童多写一些东西。

在我们文艺工作者当中存在的一些对少年儿童文艺创作的错误的看法，也极有必要加以澄清和批判。比如认为给孩子们写作是比较简单的事，认为少年儿童读物是比其他的艺术作品低一等的玩意儿，等等。其实，教育儿童不仅不是一件简单的事，而且，按照加里宁的说法，倒是一件“再困难不过的事情”。少年儿童读物所担负的是帮助培养新人的任务，是极为细致的灵魂工程师的任务。为少年儿童们写作，不仅要具有进步的世界观和丰富的生活知识，而且要具有对于未来、对于少年儿童的强烈的爱，要具有纯洁无疵的想象、智慧和美感，要深刻理解少年儿童的生活和兴趣。而优秀的少年儿童文艺创作也不仅不会比任何艺术作品低下，反而会比其他艺术作品赢得更高的荣誉，它们的艺术力量将会长远地教育无数代最为广大的少年儿童和成年人。我们今年纪念过的安徒生，他的作品深入到了地球的各个角落，而且还在继续深入下去。优秀的艺术品《钢铁是怎样炼成的》和《青年近卫军》，它们在少年和成年人身上的影响，恐怕是任何数字都难以说明的。这里且不用说盖达尔和马尔夏克，就以我国去年得奖的一批少年儿童文艺创作来说，也都是早被公认的艺术品。认为少年儿童文艺创作是简单的低下的一类看法，只能说明抱有这种看法的人本身并不高尚。当然，文艺工作者当中也还有另外一些看法，认为自己不熟悉儿童的生活和语言，不懂得儿童心理，因而满有理由地把为少年儿童写作当作无法负担的任务——这显然也只是一种毫无道理的借口。因为这些同志绝不会根本忘记自己的儿童时代，绝不会根本看不见祖国的未来和自己的儿女，也绝不会不了解，不熟、不懂是完全可以经过自己的努力达到熟悉和懂得的。

目前我们的国家和近一亿二千万少年儿童向我们提出了迫切的正当的要求。这个要求本来是我们文艺工作者早就应该自觉地完成的，但我们没有做到。现在我们就必须做到，我们所有的作家和艺术家都有必要定期地为少年儿童写作一些东西，并有必要把这个工作作为自己长远的、终生的任务之一。自然，我们还需要一支能起骨干示范作用的少年儿童文艺的队伍，以便通过这支队伍经常产生一些作品，经常研究和评论一些问题，并且不断地、有效地帮助和培养新生力量。这支队伍应由作家协会和其他各个协会以及各地文联认真地组织和领导，但我们全体文艺工作者和广大的业余作者并不能因此降低自己的责任，而应成为这一支骨干队伍的战友。最后，关于大量创作和出版少年儿童读物，主要地当然是依靠我们文艺界能够经常产生新的作品；但少年儿童需要的是全面的知识，我们不能把创作的范围限制得太狭。只要是适合少年儿童阅读的作品，比如古典作品、外国作品和我国现代一些流行的作品，加以必要的整理、改写、编译，也是可以出版的。这里绝不是提倡草率和凑数，内容的有益，以至于插图、封面、广告的美观和引人入胜等等，也都是必须切实注意的。

多多地为少年儿童们写作吧！争取在最短的时间内，让孩子们能够读到一批批的新书，能够不断有新的歌子唱，新的电影和戏看吧！这是我们每一个文艺工作者对于社会主义事业的最光荣的责任。

1956 年

给小孩子创作大诗歌

邵燕祥

儿童诗是儿童文学的重要的一翼，又是诗歌创作的一个组成部分。这本来是没有什么可讨论的，但是现在这方面的工作似乎被许多诗人忽略了，因此他们欠下了一笔无形的债。

回顾几年来的儿童诗，自然我们不能说没有收获。但是在数说成绩的同时，不能不感到：较好的儿童诗实在显得太少了。

一方面，创作少；一方面，读者需要迫切。甚至某些写得不好的儿童诗的单行本，印数都多于写给成人的相当好的诗集。可是，真正愿为儿童写诗的人是多么有限，真正好的儿童诗又是多么少！伟大的童话家安徒生是每年出版一本优美的童话，当作给孩子们的圣诞礼物。相形之下，我们的诗人不是太悭吝了么？

无论好的儿童诗或不好的儿童诗，都证明了儿童诗首先应该是诗，并且是儿童诗。

儿童诗不能不具备诗的特征。在真正的诗歌作品中，我们通过艺术形象，感受到典型的生活图景和性格，诗人在其中表达的思想和感情，不但说服我们的理智，而且直接地引起我们感情的共鸣。在那里诗人对我们是亲切的，他不是教训者；在那里起作用的不是“应该”和“必须”，而是艺术的魅力。一首诗，如果只靠外加的片言只语来“说明”一种思想是不行的，连篇的训诫和说教也只能使人疲倦。但是在儿童诗中，这样的变相教训却还是不少，只是有的写得巧妙些，有的笨拙些、粗劣些。

这里举金近的两首诗为例（均见《我真想入队》，少年儿童出版社 1955 年 5 月新 1 版），为节省篇幅，抄写时不分行了：

> ……我们歌颂亲爱的毛主席，祝福他身体健康，我们歌颂伟大的祖国，她变得更繁荣富强。劳动英雄在努力建设，战斗英雄保卫着土地、天空和海洋。我们时刻准备着，要学习英雄的榜样。我们歌唱吧！我们跳跃吧！
>
> 把我们的性格，锻炼得更勇敢，把我们的身体，锻炼得更坚强！

春游朗诵诗

……祖国关心我们，毛主席爱护我们，要把我们培养成一个勇敢有本领的人。今天叫我们好好学习，热爱科学，热爱劳动，到了将来，我们要做科学家、文学家，要做个劳动模范，或者当个战斗英雄，我们这样想，并不是做梦，只要有决心，肯努力，一定能成功。

我们的祖国真可爱！他一天比一天壮大，像巨人一样，保卫了世界和平！我们真高兴，做了伟大祖国的小主人。今天我们在好好学习，明天好负起很大的责任。

我们向前看！那些丰富的矿山要开采，江河里要造发电站，让铁路弯来弯去，像个蜘蛛网。我们快快长大起来，这些工作就能够担当。生长在这样可爱的祖国，做个少年先锋队员，更觉得光荣！

这样的篇章，绝不能使我们的少年儿童读者领受到什么美感。即使说到思想，也是十分平庸的。也许作者有意蹲下来同小读者谈话，实际上他比小读者还矮着半头！

有些儿童诗虽然看来也有形象，但是没有个性。许多描述少年儿童的“理想”（有时甚至只是选择职业的志愿）的诗，相当数量的写少先队营火会的诗，面貌是相似的，构思相似，甚至词句也互相重复。

是的，相似与重复！这似乎已是儿童诗中的“灾难”了，许多儿童诗不能带给读者一些新颖的东西。可是没有任何一点独创和发现的作品怎么能够叫作“诗”呢？

诗需要想象。少年儿童处在想象力开始发展的时期，我们有责任以大胆生动的幻想、先进的理想去鼓舞和引导他们展开想象的翅膀飞翔，但是恰恰在这方面，许多儿童诗的作者是相当匮乏的。

诗需要有精练的语言和严整的构思，儿童诗并不例外。金近和贺宜的某些儿童诗，比较突出地存在着语言拖沓和结构松散的毛病。中国作家协会编的《儿童文学选（1954—1955）》中的一些儿童诗，包括金近的诗，在这方面就好得多了。在轻信的小读者面前，诗人应该更严格地要求自己。信笔拈来的创作态度是不严肃的。

假如我们确实严肃地进行儿童诗的写作，使每一首儿童诗都是儿童诗，那么，把儿童诗当作末流的错误观念就会不攻自破了。

写作儿童诗，仅仅理解和掌握了诗的特征还是不够的。目前有一个值得注意的情况是，少年儿童文学作者对于生活的研究，一般不如成人文学作者那样地深入细致，而在少年儿童文学创作中，儿童诗作者深入群众斗争生活和儿童生活的程度，一般又落后于散文、剧本的作者。这从具体作品可以比较出来，因为每一个作品所体现的作者的生活深度和广度，是可以触摸得到的，来不得半点虚假。

儿童诗作者不深入群众斗争生活，就限制了儿童诗题材和主题范围的扩大，不能够把小读者带进广阔的世界，带进革命和建设的风浪中去；也不能在诗中成功地表现同成人世界一脉相通的儿童世界。

在少年儿童的生活中，在他们的家庭生活、学校生活、少先队组织生活和社会生活中，什么使他们快乐？什么使他们忧虑？什么激动了他们，又是什么使他们为难？什么引起了他们的兴趣或憎恶，什么事情他们最关心？……儿童诗的作者必须懂得这些，必须先学会用儿童的眼睛看世界，才可能透彻地了解他们的细致的感情体验，并且有选择地加以表现。

柯岩的《帽子的秘密》对于儿童的心理状态是刻画入微的。这首诗在写弟弟发现哥哥扯下帽檐扮演海军的秘密以后，接着写：

忽然背后一声喊，
我叫人抓住怎么也挣不脱。
两个水兵向哥哥敬礼，
报告抓到了什么“俘虏”，
哥哥看也不看我一眼，
就下命令把我枪毙。
我生气地说：“我不是什么俘虏，
我是你的弟弟！”
可是哥哥皱着眉说：
“是俘虏就不是弟弟！”
这么欺负人还能行？
我就又踢又打吵个不停，
两个水兵只好安慰我，
说枪毙是假的一点不疼。
我说：“反正我不能叫你们枪毙，
不管它疼还是不疼；
我长大了要当解放军，
随便说我是俘虏就不成！”
水兵们都哈哈大笑，
哥哥也只得把命令取消，

大伙说:“这可不是个胆小鬼,
欢迎他参加我们‘海军部队’。”

这里写的是儿童:儿童的活动、儿童的话语、儿童的心理;这里写的是新中国的儿童,又是新中国儿童的具体的性格。像对一切真正的诗所要求的一样,儿童诗也应该表现典型环境中的典型性格,典型的思想感情。《我做了记工员》(金近)打开了一个帮助合作社记账的农村儿童的内心世界:

我翻开劳动手册,
希望把每个字都写端正,
胸口卜卜地跳个不停,
我做算术也没有这样担心。
我的伙伴在外面到处喊我,
想不到会捉这样的迷藏,
他们怎么也找不到我,
想不到我能给社员记账。

作者对于诗中主人公心灵深处交织着责任感和自豪感的喜悦心情的描绘,是从生活出发的,是从少年儿童的思想实际出发的。

日出的壮观,应当说已经千百遍地被人歌唱过了,而袁鹰在《和太阳比赛早起》中使它再一次得到动人的表现。这是诗人刻意表现少年儿童欢呼日出、欢呼祖国的早晨那种感情的结果。从这首诗也可以看出,同样是欢呼黎明和日出,但是它跟艾青写过的类似题材的诗有哪些不同:同是好诗,而这一首则是儿童诗。

不消说,要求儿童诗作者深刻地研究儿童心理,了解儿童的兴趣,并不意味着要简单地从儿童的兴趣出发。诗人永远不能忘记自己作为教师的责任。要考虑儿童的特殊兴趣,他们的感受和理解能力,但是不要低估我们的少年儿童的水平。今天的小读者,在参与新生活建设中,他们的政治思想很快地成熟,知识领域很快地扩大,这些甚至出乎我们的想象。

少年儿童需要“诗人叔叔”们站着而不是蹲着和他们谈话,谈论从国家生活、国际关系、星际旅行直到他们日常生活中的各种重要的问题,用生动的诗的形象而不是枯燥的语言,启发他们思索和想象,帮助他们认识生活,感触并且理解社会主义革命和社会主义建设在我国引起的一切变化,工人阶级和劳动人民改造社会和自然的一切丰功伟绩,这样,在他们年幼的时候就能形成对于人生道路的美好的憧憬。

波列伏依在第二次全苏作家代表大会上关于“苏联的少年儿童文学”的报告中,把这样的诗歌确切地含义深长地叫作“给小孩子的大诗歌”。为了给小孩子创作大诗歌,需要我们整个的诗歌队伍中每一个人都拿起笔来,而且是严肃地拿起笔来!

1957 年

情趣从何而来?

舒 霈

一

柯岩是儿童文学队伍里的一个新兵。她的处女作《儿童诗三首》发表在 1955 年 12 月号《人民文学》上。在这三首短诗里,作者以她的生动的笔触、明快的调子表现出了儿童的生活、兴趣和志向。从这些诗篇的字里行间,我们看到了青年诗人的才华的闪光。

一年多来,柯岩又陆续在《人民文学》《文艺学习》《中国少年报》和《文艺月报》等报刊上发表了不少儿童诗。这些诗大都是描写年龄较小的学前儿童或学龄儿童的,而且大都是从儿童的家庭生活、日常生活中汲取题材的。从当前儿童诗歌创作的水平来看,我以为这些诗都能称得上好诗。其中《帽子的秘密》(《人民文学》1956 年 4 月号)、《看球记》(《文艺学习》1956 年 10 月号)、《爸爸的眼镜》(《人民文学》1956 年 6 月号)、《小红马的遭遇》(《人民文学》1957 年 3 月号)等又显得特别有光彩。

我读了柯岩的诗,特别感兴趣的是,她的诗篇里充满着令人激动的儿童情趣。在我看来,目前的很多儿童文学作品,包括儿童诗在内,还非常缺乏这种情趣。柯岩正是在这方面显示出她的创作的鲜明特色。

二

从柯岩的儿童诗里可以看出,诗的情趣是从生活中来,从儿童世界里来的。我们时代儿童的生活真正是丰富多彩的,他们有着许许多多奇幻美丽的梦想,也有着许许多多引人发笑的问题。他们的理想、渴望往往带着英雄主义、乐观主义的色彩,甚至连他们的苦恼、委屈也都是天真有趣的。如果一个儿童文学作家能够深入儿童世界、儿童的内心世界中去,他就一定能发现有趣的、引人入胜的东西。就拿《帽子的秘密》这首诗来说吧,作者正是抓取了儿童游戏中一个非常有趣的冲突,并将其作为作品的情节的。诗一开头就引起了读者的兴趣,使我们同诗中的妈妈和弟弟一样感到奇怪:为什么哥哥的帽檐缝了又缝，却老是掉下来呢？当弟弟终于发现哥哥摘下帽檐扮演海军的秘密时，他忽然被哥哥的“部下”抓住了。接着，作者用鲜明的色彩给我们画出了一幅既严肃又有趣的儿童生活图景：

两个水兵向哥哥敬礼，
报告抓到了什么“奸细”，
哥哥看也不看我一眼，
就下命令把我枪毙。

我生气地说：“我不是什么奸细，
我是你的弟弟！”
可是哥哥皱着眉说：
“是奸细就不是弟弟！”

这么欺负人还能行？
我就又踢又打吵个不停，
两个水兵只好安慰我，
说枪毙是假的一点不疼。

我说：“反正我不能叫你们枪毙，
不管它疼还是不疼；
我长大了要当解放军，
随便说我是奸细就不成！”

水兵们都哈哈大笑，
哥哥也只得把命令取消，
大伙说：“这可不是个胆小鬼，
欢迎他参加我们‘海军部队’。”

段富有情趣的描写具有很大的艺术魅力。它会使小读者感到很亲切，好像诗中的主人公就是他自己和他的同伴。诗的情趣会激起孩子们快乐的情绪，丰富他们的想象。而对我们这些大读者来说，它又把我们带回到童年时代，使我们好像也生活在孩子们中间,感到和孩子们是那么接近,甚至想到孩子们游戏的行列中去,和他们一块儿跳跳蹦蹦,说说笑笑,打打闹闹。可以说,是诗中的儿童情趣唤起了我们纯真的童心。

这种儿童情趣当然不是向壁虚构的,也不是离开儿童生活去加油添酱。它是诗人用儿童的眼光在生活中观察并发现的。柯岩之所以能够把儿童的心理、儿童的性格描绘得那么惟妙惟肖,之所以能够描绘出许多别人没有发现的儿童情趣,我以为,她的秘诀正在于她真正生活在她的小主人公的世界里,她的心灵、她的气质都同孩子们十分相近,她那儿童的眼光可以洞察孩子们心底的秘密。

我们还可以举出《小红花》(《人民文学》1956 年 6 月号)这首颇有情趣的诗来谈一谈。它描写几个儿童十分热心地栽培一朵小红花。他们一会儿把它端到太阳底下,一会儿又把它端到厨房里的炉台上;一会儿用手摸摸花,一会儿又用湿布擦擦叶子。他们盼望着小红花快快长大,准备在“五一”节送给妈妈。可是由于他们爱之太深,抚之太勤,结果却断送了这朵小红花的生命。这首诗的构思相当新颖,它是从儿童生活中来的,有着相当浓烈的生活真实感。作者表达出孩子们一种美好的感情,一种善良的愿望,以及他们经历到的事与愿违的苦恼。诗里跳动着一颗一颗天真的童心,洋溢着一片可爱的稚气。当他们“拔苗助长”的时候,我感到好笑;当他们折断了小红花还不知道错处在哪儿的时候,我又很同情。在这里,作者并没有着意渲染什么,而是朴素地、忠实地表现了儿童真实的性格。这就说明了在儿童天真、活泼的性格里就孕育着丰富的情趣。作品揭示出儿童的性格以及他们的性格冲突,就一定会生动有趣。

自然,并不是只有表现儿童生活的作品才能有情趣,表现成人生活、现实生活各个方面的儿童文学作品也都是可以富有情趣的。因为我们献身的共产主义事业正是各种有趣的创造性劳动的总和。我们的劳动已经创造出丰富的、美丽的、神奇的新事物,这种新事物就是生活中最有趣的东西。而且,在那些最困难的工作、最艰苦的环境里往往有着特别迷人的趣味。重要的问题是我们的儿童文学作家要置身于热火朝天的社会主义建设的洪流里,要善于从生活斗争中观察、探索、选择,并揭示出那些动人的、有趣的东西,来激励、鼓舞我们的孩子。

柯岩的儿童诗从家庭生活、日常生活的角度成功地表现出了儿童世界的一些情趣。自然,这还只是现实世界、儿童世界里蕴藏着的趣味的一鳞半爪。在这方面还有着一片无垠的未被开垦的处女地,等待着我们的作家去开拓、耕耘哩!

三

我们说现实生活里蕴藏着无穷的情趣,这是不是意味着,有趣的事物都一目了然地摆在作家面前,只要把这些事物摹写下来,就会使作品富有情趣呢? 不,不是这样的。作品的情趣,不仅来源于作家在生活中独特的发现,而且是和作家巧妙的构思、生动的想象分不开的。没有这种创造性的构思和想象,就不能把生活中有趣的事物充分地揭示出来。

这里可以试举柯岩的《看球记》一诗来探讨一下。这首诗通过几个年龄较小的儿童看一场小足球比赛时的心情和反应,表现了这一代儿童生活的欢乐和幸福,表现了儿童们的性格、兴趣和爱好,从小就得到了健康的发展。诗的这个思想不是直截了当地说出来的,而是借着有趣的构思、有趣的情节表达出来的。诗中描写小弟在球赛刚结束时,挤到球员旁边,一把抱住 9 号运动员,称赞他们很勇敢。接着,作者写出了最精彩、最逗人的两节:

夜里大家已经睡熟,
可是小弟还在梦里踢球,
一脚把被窝儿踢到地下,
还用脑袋拼命去顶枕头。
妈妈叹口气去给他盖被,
他一脚丫正踢着妈妈的手。
妈妈笑着把他侧过身去,
一看,背心上还用红墨水涂了个大“9”。

我读到这里,不禁失声大笑起来。这是一个多么富有色彩的喜剧镜头,里面洋溢着多少令人喜悦的情趣啊!从这儿可以看出,这首诗艺术构思的巧妙之处就在于它把儿童真实的生活和梦境相互对照、相互辉映,交织成一幅绚丽的儿童世界的图画,突出地表现出了一个孩子活泼可爱的性格。也许现实生活不一定会提供这样一幅完整的儿童内心生活的图画,但是作者的本领和技巧正是在这里显露出来:她没有拘泥于生活的本来面貌,她善于从生活出发,从自己的生活积累中抽取出有用的材料,形成了新鲜而有趣的构思。如果诗中不描写小弟在睡梦中那些可笑又可爱的行动,不把小弟的生活和梦境巧妙地联结起来,那么这首诗就不会那么生动有趣了。

在柯岩的另外一首诗《爸爸的眼镜》里,我们又可以看出作者生动的想象怎样使诗的情趣浓郁起来。这首诗描写小弟的爸爸在上班前忽然发现自己的眼镜不见了,于是一家人手忙脚乱地到处寻找,找了半天也找不见。后来才发现,原来是小弟躲在储藏室里,把爸爸的眼镜架在自己的翘鼻子上,睡着了。这首诗的故事情节是引人入胜的。作者抓住小弟戴眼镜这个有趣的情节展开了丰富的想象,借着小弟的梦,巧妙地揭示出一个儿童的内心世界。

小弟在梦里想到许多引人发笑的问题：为什么爸爸把眼镜往鼻子上一架，就会解答姐姐拿去的算术题？为什么爸爸把眼镜往鼻子上一架，就能用妹妹拿去的红笔画出闪亮的红星和一座座高楼大厦？为什么爸爸把眼镜往鼻子上一架，就能念出妈妈拿去的厚厚的书里的苏联话？……接着，作者生动地揭示出了小弟的渴望和苦恼：

我也想知道算术怎么算，
我也要知道祖国多伟大，
我也要把红星画在大楼上，
我也要会说苏联话。

眼镜呵眼镜，
为什么你光帮爸爸的忙？
眼镜呵眼镜，
为什么你不听我的话！

小弟的这些天真有趣的想法，自然不会是一个儿童的梦境的真实记录。也许是作者在生活里看到了小孩偷偷摸摸地戴上大人的眼镜这样一件有趣的事情，因而勾起了想象，被引入了儿童世界。于是作者用儿童的眼光、儿童的思维方式观察着、思考着那些引起儿童兴趣的事物，最后，作者将活泼的想象编织成了一个新的画面——小弟的有趣的梦。从这里，我们可以看出，作者生动活泼的想象使得诗的情节发展了，丰富了。不难设想，如果这首诗止于描述小弟戴爸爸的眼镜这个生活现象，而不通过小弟在梦里和眼镜吵架这个情节，揭示出他的天真烂漫的心理、探求知识的愿望，那么，不仅这首诗的构思就显得不完整，而且它的情趣将要打一个不小的折扣。

儿童是富于想象的，在学前儿童的心理发展上，想象又起着特别重要的作用。儿童往往是通过富有创造性想象的游戏来认识、掌握世界上的一些事物的。从《爸爸的眼镜》和另外一些诗看来，柯岩是懂得儿童的这个心理特征的，而且善于借着儿童自己的想象揭示出儿童世界的情趣。在《儿童诗三首》里，孩子们把小板凳摆成一排当火车开(《坐火车》)，把一根小竹竿一会儿当马骑，一会儿又当枪放(《我的小竹竿》)。这些虽然都是儿童普通的日常生活，不是什么特别新鲜、稀罕的事情，但这些活动里充满了孩子们所特有的想象，带着儿童世界所特有的声音和色彩。当小读者从诗篇里看到：孩子们幻想着这列“火车”跑遍全中国，幻想着用那杆“枪”消灭侵略我们的强盗……他们会感到无限的快活。这是因为作者从那些活动里面发掘、揭示出了儿童的趣味，而且又用自己的想象把这种儿童趣味染上一层更加魅人的色彩。

我以为，从柯岩的儿童诗里，可以觉察出这样一点：儿童文学需要有想象，比成人文学更大胆、更丰富的想象。但这种想象一定要符合儿童的心理状态和他们的理解能力，不能用成人的想象来代替儿童的想象。对现实生活和儿童心理的理解愈深，作者就能借着想象的翅膀飞翔得愈高愈远；以现实为基础的想象愈加开阔、丰富，那么作品揭示出来的情趣就会愈加浓郁，愈加具有打动儿童心灵的力量。

四

柯岩诗中的儿童形象，无论是《看球记》里的小弟、《放学以后》(《中国少年报》1956 年 12 月 13 日)里的小华，还是《帽子的秘密》里的哥哥和弟弟，都是一个个活泼有趣、有个性的人物。我认为，正是这些小主人公的鲜明性格，激发了儿童的兴趣。因此，谈到柯岩诗中的情趣，又不能不稍微说一说作者揭示人物性格的艺术手法上的特色。

在我看来，从行动中揭示性格，这固然是一切文学体裁描写人物的一个重要手法，但对儿童文学来说，确有着特别重要的意义。因为儿童不喜欢慢吞吞的连篇累牍的叙述，不喜欢静止的细腻入微的心理描写；他们怀着强烈的兴趣注视着作品中主人公的行动，他们的情绪总是跟随着主人公的行动变化、发展的。儿童诗这种“复杂而细致的体裁”在创造人物性格上虽然有它自己的规律、自己的方法，但它也不能不考虑到儿童的这个心理特点。苏联著名诗人马尔夏克说，给孩子们写的诗，应当是积极的、行动的、有韵脚的。我想，这正是根据儿童喜欢动的特点，要求儿童诗从行动中来表现人物，使小读者也和小主人公一同行动起来，活跃起来。

从柯岩的儿童诗里可以看出，作者是善于从行动中来揭示儿童的性格的。而且在这方面，作者还有她自己独特的艺术手法，那就是她善于从儿童的日常生活中选择一些有趣且必要的细节、动作和冲突把儿童的性格勾画出来。在她的诗篇里，没有琐碎的、毫无意义的细节描写；她选择的每一个细节，差不多都是和人物的行动紧密地结合在一起的。在《看球记》一诗中，作者只用寥寥几笔就把小弟的性格栩栩如生地揭示出来了：球赛前，“小弟从清早就在院子里看天/有一朵乌云他就急得跺脚”。当爸爸、妈妈、妹妹各自根据某种理由希望“青岛”队或“新疆”队得胜的时候，“只有小弟什么也不懂/他说最好让两边都赢”。这想法多么有趣！这里，作者把小弟天真、善良的心灵打开在我们面前了。再读下去，诗中描写球赛进行中，“有一次‘新疆’把球踢出场外/他站起来差一点跳出了看台”。小弟的这个行动不禁使我们为他捏一把汗，唯恐他真的从看台上摔下去。诗的结尾，描写小弟在梦里踢球，用脚踢被窝儿，用脑袋顶枕头。通过这些连续的、有趣的动作，一个天真活泼的儿童形象就令人难忘地印在读者的心坎里了。

在一首短诗里，用很朴素的笔触刻画出一个活生生的儿童形象。这里虽没有什么秘方，但它确实显示出作者自己的艺术手法。这种艺术手法是贯串在作者观察生活的角度、提炼题材的角度上的。从《看球记》可以看出，作者从观察体验生活的时候起，就注意抓取那些富有特征的有趣的细节、动作和冲突；在题材提炼的过程中，她又将这些有趣的细节、动作和冲突组成作品的基本情节，并且把它们突出出来。通过这个有趣的情节，作者表现出了小弟的性格。如果没有动作，没有冲突，没有情节，那么也就不能在诗中鲜明地揭示出性格。

《放学以后》这首诗尽管在题材的提炼、语言的锤炼上还存在着缺点，但它仍不失为一首有趣的诗。诗中描写两个孩子放学以后听到了歌声和笑声，想尽办法探听是怎么一回事；而新成立的舞蹈小组，为了在晚会上表演新鲜的节目，却想尽办法不让别人看他们排练。一方要保守秘密，另一方要探听秘密，于是引起一场有趣的冲突：两个孩子刚迈上礼堂的台阶，就被舞蹈小组的一个六年级学生撵了出来；他们又爬上了房，想从烟囱眼往里望，可是烟囱眼早被塞上了报纸卷；他们又从后台木板壁的夹缝中往里钻，终于爬到了侧幕旁边，看见舞蹈小组在排练民族团结舞。他们看着看着，不禁笑出了声，被正在排演的同学发现了，责骂了一顿。这首诗的情节就是以这个有趣的冲突为基础的，因此它一步一步地引人入胜。也就是通过这个有趣的冲突和那一连串的行动，揭示出了两个顽皮的孩子好奇的心理。我以为，诗中主人公的那些鲜明的、“神出鬼没”的行动，特别富有魅人的趣味，它们使小读者也想加入人物的活动中去，和主人公一起行动。

《“小兵”的故事》（包括《帽子的秘密》《两个“将军”》《军医和护士》三首）的有趣的、连贯的情节也是由几个孩子之间的关系和冲突构成的。而这种关系和冲突在作品中是通过具有特征的行动表现出来的。《帽子的秘密》通过扮演海军的哥哥下令枪毙被当作奸细的弟弟这个有趣的戏剧性的冲突，刻画了两个生动的儿童形象。特别是从小弟被抓住后又踢又打又吵的行动里，我们感到小弟这个孩子是那么倔强、有志气，自尊心是那么强，敌我、是非界限是那么鲜明。我们时代一个儿童的真实而闪光的性格就这样深入小读者的心灵。在《两个“将军”》里展开的儿童生活图景更显得有声有色：

哥哥当了大“将军”，
派我当他的警卫员。

……

他一天对我下一百次命令，
哪一次慢一点都不行。
一会儿“稍息”，一会儿“立正”，
一会儿跑步一会儿停。

一会儿下令“向妹妹进攻！”，
一会儿下令“向弟弟冲锋！”，
他一刀砍伤了妹妹的小泥人，
我一枪刺破了弟弟的大布熊。

弟弟哭着要报仇，
带着妹妹来反攻，
小桌小凳当坦克，
炮声震耳轰隆隆。

“将军”拿枕头挡不住，
我拿被窝儿把头蒙。
奶奶从厨房赶过来，
气得半天不作声。

在这里，人物描写富有鲜明的动作性。小主人公几乎一刻也没有离开行动，就是这种连续的、紧张的、具体的行动，描绘出了一个活泼而又淘气的“将军”形象。接着，诗中又通过具体的行动，描绘出了另一个活泼而惹人喜爱的“将军”——隔壁小林的哥哥。一个“将军”欺负弟弟妹妹，惹大人生气；另一个“将军”爱护弟弟妹妹，和他们一同玩，并帮助大人做事。作者让这两个“将军”的具体行动形成鲜明而强烈的对比，使小读者从主人公的行动中感受到什么是好的、什么是不好的。

在我看来，柯岩的这种通过人物的鲜明的、具有特征的行动来揭示性格的艺术手法，是增加作品趣味的一个重要因素，是符合儿童的兴趣和年龄特征的。

也许可以这样说，儿童诗的形象如果离开人物的具体行动，就不会鲜明生动，不会引人入胜。

五

用儿童的眼光观察生活，从生活本身发现有趣的事物，以生活为基础进行巧妙构思和生动想象，通过具有特征的行动揭示性格，我以为柯岩就是借着这些艺术手段使得她的诗篇充满情趣的。我在这篇文章里着重探讨这个问题，是由于我感到趣味问题对儿童文学来说，是一个非常重要的问题，它是和儿童文学的任务——用共产主义思想教育儿童一代紧密联系着的。

柯岩的诗篇，是用明朗、高尚的儿童性格去感染、影响儿童的感情和意志的。当小读者看到这些富有情趣的诗篇，一定会欢笑，会激动。像《帽子的秘密》里弟弟那种倔强、活泼的性格，《小红花》里那几个孩子的一片纯洁、善良的童心，《看球记》里小弟那种天真无邪的稚气，怎么会不使儿童幼小的心灵受到陶冶和启示？怎么会不使他们的精神丰富起来、感情善良起来呢？我想，作品的教育意义正是包含在这些生动的艺术形象和鲜明的生活图画里，而不是在艺术形象之外去进行枯燥乏味的说教、训诫、议论。

如果我们用功利主义的观点来理解儿童文学的教育意义，把儿童文学作品当作“立见功效”的万能膏药，那么我们就忽视了文学的美学要求，忽视了文学在塑造儿童灵魂上的那种潜移默化的影响。我认为，既然儿童文学以艺术形象作为自己的教育手段，那么，一篇儿童文学作品的教育意义也只能在于借着人物形象的艺术说服力和感染力来帮助年青一代形成共产主义的人生观。在这里，需要探讨的问题是儿童文学到底怎么样才能更好地完成以共产主义精神教育年青一代的任务。在我看来，关键之一是儿童文学作品一定要写得有趣，也就是要用有趣的形式揭示出有趣的事物。如果作品“没有趣味，孩子就要打呵欠，掩上了它，那么作家的所有意思不管怎么好，就只有他自己、他的妻子、编辑、排字工人和校对人欣赏了”(波列伏依)。而且我们强调儿童文学的趣味性，还不仅是考虑到儿童的年龄特征和特殊需要，不仅是从儿童的兴趣出发，更重要的是为了把儿童一代培养成为未来的活泼、乐观、生气勃勃的共产主义建设者。作家只有在儿童面前揭开生活中有趣的、美好的、新奇的事物，才能使儿童的想象丰富起来，思想开阔起来，并坚定、乐观地奔向共产主义的未来。

当然，我们的儿童文学需要的是高尚的、健康的趣味，而不是庸俗的、无聊的、虚伪的趣味。这就要求我们的儿童文学作家首先应当是一个心地纯洁、道德高尚的人，是一个为人民利益斗争的积极战士；他不只是要用儿童的眼光，更重要的是要用马克思主义的眼光去观察、研究生活，把马克思主义思想和生活的真实、生活的情趣融合在一起。只有这样，才能写出趣味高尚的作品。从柯岩的诗里，我们可以看出她不是用轻佻的逗笑、油滑的噱头来廉价地博得孩子的笑声，而是用生活中真实的趣味来打动孩子的心灵的。我想，高尚的、健康的趣味只有从我们时代人民的生活和斗争中去发现，离开生活的真实追寻到的离奇的趣味，或者是挖空心思编造出来的小趣味，一定是庸俗的，灰色的，没有意思、没有生命的。

我看，趣味主义、唯美主义在任何时候都是要坚决反对的，但也不必因此忌讳谈论儿童文学的趣味问题。应当让我们的儿童读到更多的像柯岩的儿童诗那样富有情趣的作品。

本文中所引诗句，是来自柯岩的诗集《大红花》（中国少年儿童出版社出版）、《“小兵”的故事》（天津人民出版社出版）。

1960 年

引导孩子们攀登科学高峰

——读《科学家谈 21 世纪》

袁 鹰

党的建设社会主义的总路线,为我们的下一代开辟了发挥聪明才智的无限广阔前途。工业、农业、科学技术和其他各个战线上的光辉成就,那数也数不清的创造发明,特别是像春潮汹涌的技术革新和技术革命运动,向孩子们打开了通往未来的大门,引起了他们绚丽多彩的幻想。这些幻想,同他们创造奇迹的雄心大志相结合,同他们积极参加父兄们的建设行列的热情相结合,又鼓舞着他们去钻研科学技术,去探索科学的秘密,立志要攀登科学的高峰,为祖国的社会主义建设贡献一份力量。

共产主义的科学高峰,对我们的孩子们来说,已经不是什么遥远的幻想,而是摆在面前的现实了。

因此,科学的文艺读物,就从来没有像今天这样,同孩子们的生活发生如此密切的关系,而且能够立刻化为建设社会主义的物质力量。

因此,《科学家谈 21 世纪》和《我们爱科学》丛刊等儿童读物的出版,便有重大意义。

《科学家谈 21 世纪》,不同于过去出版的许多介绍科学知识的读物,也不同于那些被称为"科学幻想小说"的故事。这里没有离奇的情节,却充满了对未来的世纪的理想和追求,这里面介绍的同样是科学技术知识,却另有其激动人心之处。

这不是一本普通的科学文艺读物,而是一本以共产主义精神教育孩子的好书。打开这本书,首先使人们深受感动的,还不仅是那些对未来的科学技术成就的预测,也不仅是那些现在还不能想象到的奇迹,而是共产主义社会带给人们怎样的幸福生活,人怎样地驾驭了自然,征服了宇宙,为全社会增添了无数的物质财富和精神财富。请看看数学家华罗庚为我们描绘的庆祝建国一百周年时候的伟大场景吧:客人从月亮和火星上来,参观了拉萨附近的星际航空站和怒江、澜沧江的高水坝,从电视里看到天安门前的盛典,这天,白天持续了三十六小时。请看看桥梁学家茅以升为未来的桥梁设计的图样吧:有不用桥墩的跨海大桥,有可以随身携带的小桥,还可以有一种"无桥的桥"。地质学家描写五十年后的大戈壁是水渠纵横,稻香千里;物理学家预言了半导体怎样活跃在生产和日常生活里。原子能会创造出什么奇迹？人怎样叫天听话？怎样上天？怎样下海？人们到21世纪吃些什么？能活多大年纪？穿什么样的衣服？住什么样的房子？那时候，飞机是什么样子？船是什么样子？电影是什么样子？……这一切，从这本书里都能找到让你高兴的回答。

当孩子们翻开这本书的时候，他们会怎么想呢？他们不仅会赞叹、会惊奇："哟！你瞧，多棒！"更重要的，是他们会被这些壮丽的远景所鼓舞，立下雄心壮志，要去攀登科学高峰，用自己的双手，使这些瑰丽无比的景色，从科学家的蓝图上变为现实。就像著名科学家李四光同志在这本书里所说的："我们不能光是伸长脖子，窥测自然界奇妙的变化，我们还要努力学习，掌握那些变化的规律，推动科学更快地前进，来创造幸福无穷的新世界。"

《科学家谈21世纪》是一本科学文艺读物，然而，又何尝不能说它是一本童话！

在这本书里，没有神仙和神仙手里的魔杖或其他宝物，没有王子和公主的爱情，没有好心得好报的小儿子（他总是比他的两个哥哥善良正直），也没有小狗小猫、飞禽走兽，没有各种各样离奇的情节和不平凡的遭遇。但是，我总觉得，它仍然算得上一本童话，而且是一本内容深刻、精彩动人的童话。因为它充满了对共产主义的壮丽景色的描绘，充满了对那个人间乐园的热情的歌颂。

而且，它不仅是描写和歌颂而已，它还告诉孩子们怎样动手去创造那些壮丽的景色。不像过去一些童话那样，教给孩子们的，只是相信上帝，或者相信遇到神仙的好运道。它是我们的新童话，社会主义、共产主义的童话。

《科学家谈21世纪》作者的名单，使人兴奋，也使人感动。

他们是：科学院院长，中国科学技术大学应用数学系主任，铁道科学研究院院长，科学院地学部主任，科学院地质研究所所长，科学院生化研究所研究员，上海交通大学、复旦大学、第一医学院、华东师范大学、华南化工学院、华东纺织工学院、北京航空学院的教授、副教授，上海市城市建设局、气象局的工程师……他们大多是些著名的科学家，有一些同志在国际上都有很高的声誉。

他们平时在自己的科学研究、教学和工作的岗位上，日夜辛劳，为祖国的社会主义建设事业创立功勋，现在，他们又以这么大的热情，直接参加为少年儿童读物写作的工作，用自己的思想和知识，教育孩子们去热爱共产主义事业，热爱科学，并且勇敢地去闯进像神话里的魔宫那样富丽的科学的宝库，去创造伟大的未来。

科学家们直接参与了少年儿童读物的写作，就保证我们的小读者们能得到一批批思想内容和写作水平都比较高的科学文艺读物。

这一点，高尔基在1933年就说到了。他号召科学家走进文学里去，作家走进科学里去。高尔基为孩子的科学文艺读物付出了相当艰苦的劳动。他在专门为苏联儿童文学出版社的创立而写的《论主题》那篇著名的论文里，在详尽地列举了儿童读物的各方面的主题之后，提出："儿童文学，除了语言专家的作者们之外，还要善于利用猎人、海员、工程师、飞行员、农学家、机器拖拉机站工作者等'各行专家'的丰富的生活体验。"高尔基还强调地指出："只有优秀的科学工作者能够而且应该是这类书的作者，那些没有个性的中间人——编辑——是不行的……只有在真正的科学工作者和具有高度文字技巧的文学工作者的直接参加的情形下，我们才能从事出版将科学知识很艺术地通俗化的读物。"

在过去几年内，我们已经读到不少著名科学家、科学工作者为孩子们写的科学文艺读物，其中有一些也为广大少年儿童所喜爱。但是，像《科学家谈21世纪》这样，在一个主题下，集中地组织了二十多位科学家来写，却是头一回。这是一个好的开端，我们希望很快就能读到第二本，第三本……

飞翔吧，小溪流的歌！

任小哲

我们无产阶级革命时代的童话，负有崇高的使命。它以精美的构思、丰富的想象、充沛的浪漫精神来反映现实，来向小读者们进行共产主义思想教育。在世界文学宝库中，童话是一份珍贵的瑰宝。像我国的《田螺姑娘》和安徒生的《海的女儿》这样美好的童话，将会带着过去人们美好的理想和艺术成就，一直流传下去。它们的成就是很高的，但它们所反映的，毕竟只是那时的现实，那时的思想。无论童话的双翼多么轻盈，它可绝不能脱离社会现实的大气在真空中飞行。为了完成时代的使命，新时代的新童话，需要创造崭新的内容和崭新的艺术形式。而近几年来我们童话的发展，已经开始取得了前所未有的收获。

严文井同志的《小溪流的歌》就是我们的新童话的成绩的证明。

《小溪流的歌》这本集子，具有以共产主义精神教育小读者的思想性和用准确的语言来描绘童话人物形象的艺术特色。几篇童话，都能比较集中地帮助小读者们建立劳动观点和集体主义观点。像《三只骄傲的小猫》告诉了小读者们劳动是光荣的，懒惰是可耻的。这种道理通过简单而又吸引人的故事，使人不知不觉地领会了，信服了。猫妈妈叫小猫们到河里捉鱼，老鼠偏告诉小猫说，不捉鱼而能吃到鱼才算有本领。老鼠想要教导小猫，这真是天大的笑话。但妙处就在这里！老鼠宣传他的“劳动观点”实际上起了反面教员的作用。小读者们会在心里说，“就不听你！”“偏不听你！”在领教了老鼠的谬论后，会更信服猫妈妈所说的“能吃鱼不算本事，要能捉鱼才算本事”。《丁丁的一次奇怪旅行》给予读者以集体主义的教育。丁丁是一个胆小的女孩子，经过寻找“什么都能知道”老师的一次旅行，从蚂蚁、老杨树、老山羊、蒲公英等的帮助中学到了勇气。这篇童话中有一首歌：“得来的勇气像一粒种子；要保护他，培养他，让勇气愈长愈大，将来好再分给大家。”从大家得来，再分到大家中去，在读完这篇童话后，读者会自然地得到这样的结论。这是在作品中，思想性和艺术性很好地结合了的结果。

在这本集子里，我最喜欢的是《小溪流的歌》和《下次开船港》。这里，也想着重谈谈这两篇作品。

《小溪流的歌》是一首优美的诗，它的思想内容是深刻的。文章第一句“小溪流的歌是永远唱不完的”，就开门见山说出了永不自满、永不停息的先进思想；最后一句“小溪流的歌就是这样无尽无止，他的歌是永远唱不完的”又总结了这一看法。当然，绝不是因为作者写了几个“没有完”就算是表现了永远向前的精神，而是在全篇作品中通过艺术描写确实充分阐释了这一思想。小小的溪流不断奔流，汇合了别的小溪水，逐渐长大成为一条小河，但它并不以此为满足，还是不怕忙，不怕累，要“到前面去呀”。不懈怠的奔流，使它发展成大江，但它还是“没有忘记自己原来是小溪流”，“奔流着，奔流着，永远向着前方”。它终于成为大海，但巨大的海洋唱着小小的溪流的歌：“永远不休息，永远不休息！”

这是多么深邃而又表现得多么明晰的思想！小河、大江甚至于海洋为什么不肯休息？因为它们知道自己是从小溪流发展来的。奔流意味着成长壮大，停滞意味着消灭死亡。向前，不断向前，不能满足，不能懈怠，这岂止是小读者们应奉为座右铭，成人读者也可以从中得到许多教益。

从《小溪流的歌》可以看出，每个读者因个人条件不同，对作品会有不同程度的理解，但无论成年人或小读者，都可以从这篇童话中认识不断前进、努力工作的必要。枯黄的草不是说么，“唉，唉！累坏了可不是玩儿的，就在这儿待下来吧，这儿虽然不太好，可也还不错”。这是那枯黄的草的人生哲学。作者在小溪流发展的几个阶段，都树立了“对立面”，除了枯草，还有沿途沉坠的沙泥，永远向前的精神在鞭挞着“知足常乐”的庸人哲学，使人深思。小溪流是不知疲倦的，它只知道勤劳地奔流、工作。做小河时推送木排，做大江时托起轮船。小溪流永远不觉得劳动是负担，也不算计自己为人们做了多少工作，只是愉快地勤勤恳恳地去做。勤劳，是童话、寓言中常常歌颂的美德。人人都知道这个故事：后娘逼着勤姑娘下井找纺锤，因为勤姑娘干活好，回来时满身金子，一说话珍珠宝石从嘴里往外掉；懒姑娘眼热，也下了井，可是好吃懒做，回来时满身柏油，一说话，癞蛤蟆从嘴里往外跳。《小溪流的歌》教人勤劳，不是基于个人幸福的获得或财宝的报酬，而是基于对客观事物发展的认识，因此劳动是愉快的、自觉的，这是资产阶级的童话所不可攀及的根本之处。

《小溪流的歌》在艺术结构上是谨严的，是一篇很美的散文诗。作者以生动的形象写出了小溪流从一个稚弱的孩子，长大为担负起重责的成年人。成长的每一个阶段，都有着鲜明的特色。我很喜爱这篇作品，我相信，它给予读者无论在德育方面或是美育方面都是很多的。

《小溪流的歌》这本集子是一部思想深刻、内容丰富的书，它以我们时代所需要的精神品质教育我们的新一代。我相信，许多小读者在读了这本书以后，是会和唐小西去过“下次开船港”一样，“慢慢懂了一些事情”的。

1962 年

小酸枣和大鸭梨

孙敬修

读了茅盾同志的文章《六〇年少年儿童文学漫谈》以后很高兴。我想:儿童文学工作者会因这篇文章的提示而写出更多的好作品;儿童们也会因这篇文章的推动而看到他们高兴看到的东西。在这里,我替小朋友们向茅盾老爷爷的关怀致谢。

我常为儿童们讲故事,是述而不作。为儿童讲故事得找作品,可是适合用来向儿童们广播的却不多,因此,深感更多更好地为儿童写作的重要。

据我所知,有一个图书馆为了向儿童们进行革命传统教育,就把民间故事、童话一类的书收了起来,只保留些写战斗英雄、阶级友爱的书。馆长这种做法的用意并不坏,但他却忽略了孩子的爱好是多方面的,我不同意这种做法。让孩子站队做操,这固然是锻炼,但是跳跳猴皮筋,跑跑步,也是锻炼。大鸭梨儿、香蕉好吃,孩子们喜欢吃,但是小酸枣他们也爱吃,你不能说:"你们别吃!那么小,那么点肉,吃它干什么?"我认为只要孩子们高兴,对他们有益无损就行。孩子们的爱好,虽然多种多样,但有一点是一致的:喜欢情节丰富、生动、有趣的故事。电台广播《西游记》孩子们非常爱听,可是有的家长来信说,"孩子听了在家里耍棍子",因之不同意继续广播。他们哪知道一直到现在还有许多小朋友给电台来信要求讲《西游记》呢。类似这样的不应有的指责,恐怕也会影响到少年儿童文学的创作,这是值得重视的。

中国少年儿童出版社的学龄前儿童读物基本选题规划中提出,"文章要层次清楚,语句要简短明确",并要求"文字优美"。我对文字优美有这样的看法,成人认为优美的文字,恐怕不一定是学龄前儿童所能理解的,而是必须经过"翻译"才能懂的文字,因此给幼儿写东西,文字最好口语化。有些为孩子们写的东西,语言不够口语化,他们听不懂,有的幻灯解说,字儿用得太生,解说员都念不出,即使念出来别人也听不懂,或者造成误会。我举一个例子,如解说员说,热带地方,有种果子的"汁液"很甜,可作饮料。结果,小观众们问道:"枝叶(汁液)怎么能喝呢?"

要求作品层次清楚,也是个值得注意的问题。我们的有些作品,段与段之间空开一行或加几个星花,而上段写的是南面,下段写的是北面,或者前后段之间时间相隔十年，不衔接。要是按照书本上的文字一读，儿童一听，真好像老太太看电影："呦！这又到哪儿啦？"给孩子们写东西最好连贯起来，像京戏在场次之间，有时闭幕，但往往让小丑出来，"啊哈！"打趣一番，把上下场的情节连在一起。我国古典小说，你看了上一段，就非看下一段不可，很有吸引力，给儿童写东西要有吸引力，才能达到教育的目的。

1963 年

读《儿童文学》第一期

杨　扬

这些年来，我们的儿童文学创作有不小的发展，但与我们教育下一代的重要任务比较起来，与少年儿童当前的需要比较起来，仍然明显地感到赶不上要求。儿童文学的发展，和儿童文学创作的思想性、战斗性和艺术性更快的提高，当然首先需要文艺工作者从各方面去努力。但能有一个在创作方面起组织、推动、示范作用的全国性的儿童文学刊物，那就会为推进儿童文学事业提供一个有利的工具。正因为这样，当我读到新创办的《儿童文学》第一期时，就止不住心里的高兴，为它生气勃勃、活泼清新的面貌所吸引了。

这是一本新创办的刊物。可贵的是，它适应革命形势的需要，带着鲜明的战斗风貌出现在小读者和大读者的面前。儿童文学创作的天地是广阔的，但运用艺术手段影响小读者的根本目的，是为了培养和教育小读者成为革命的接班人和坚强的革命战士。《儿童文学》的战斗风貌，可以说正是编者对儿童文学战斗任务的自觉认识，和积极使自己的工作符合这个战斗要求的成果。

就这期的基本内容来看，贯穿在许多作品中的阶级教育和劳动教育的革命精神，给人留下了鲜明的印象。这里有描写旧社会阶级剥削、压迫和劳动者革命精神的烈士传记，有反映今天少年儿童在阶级斗争和生产斗争中成长的故事，有展现外国资本主义社会制度下的孩子的屈辱生活和斗争情景的诗篇，也有寓意深远给孩子以启发的童话。这些作品从不同角度反映了儿童们所感兴趣的事物，并富有教育意义。自然，我们也可以看出这些作品的某些不足之处，但总的说来，却叫人感到正应该这样去教育我们的后代。是的，作品的题材可以多种多样，每期刊物可以侧重反映不同的生活方面，但用工人阶级的革命观点描绘生活，从培育少年儿童革命的精神品质着眼，却是革命的儿童文学不可缺少的灵魂。《儿童文学》第一期是一个好的开始，而好就首先好在这里。

《儿童文学》的战斗风貌，绝不是忽视儿童文学的特点，而正是透过儿童文学的特点表现出来的。革命的内容与儿童喜闻乐见的形式尽可能完美地结合，是儿童文学更好地发挥战斗作用,更加切合实际地感染、诱导儿童的一个重要问题。1961年国际儿童节,《人民日报》的社论《根据儿童特点教育儿童》中曾清楚地指明:只有依据儿童发展的规律进行教育,才能得到好的效果。这同样也是儿童文学创作中,需要认真考虑的问题。从《儿童文学》第一期可以感到编者一开始就切实注意了这一点。这里的一些作品,写孩子的思想和动态,是活跃的、生动的,带着真实的孩子气息。一些既写儿童也写大人的作品,也力求从儿童的理解、想法、兴趣的实际出发,去描绘形象和展开作品的情节。许多作品,不论是写孩子对革命道路的认识、对劳动和集体的认识,或者对某些生活道理的阐发,大都能够从孩子特有的角度提出和表现,使作品适于儿童的理解能力和引起他们阅读的兴趣。儿童文学创作必须适合儿童的特殊性,当然是儿童文学作者需要经常考虑的问题,但刊物有意识地提倡,从而帮助儿童文学创作的健康发展,也是十分必要的。可以说,《儿童文学》第一期在这方面有了一个良好的开端。

从以上两方面来看《儿童文学》第一期的成果,是可喜的。在这期刊物里,作品的质量虽有些参差,但其中几篇主要的作品,在目前儿童文学创作中,可以说是较为突出的作品。刘真的《在路上》是引人喜爱的。这不仅因为作品对在阶级斗争熏染下的革命幼苗的形象,写得活灵活现、生动亲切,而且,作品的思想境界也比较宽阔。“愿望,会跟随我们的年龄,一同长大的。”这样引人深思的话,是小读者易懂的孩子气的话,又是意味深长的话。生活气息很浓,同时充满着斗争的热情,也是这篇作品的优点。金近的童话《狐狸打猎人的故事》,有民间故事朴素、风趣的特色,从对胆小鬼、软骨头的嘲笑和辛辣的讽刺中,使人联想到深刻、尖锐的政治内容。深入浅出,幽默生动,寓意深远,是这篇童话的长处。华君武同志的插图也为这篇作品生色不少。其他,像菡子的《风》,写娇惯的元儿在农村劳动生活中受到锻炼,和在农村小朋友帮助下成长。丘勋的《雪夜》,写小豹子以孩子特有的方式为维护、宣传新思想,反对散布旧思想而斗争的故事。《进城》里写了少年铁锁与搞私贩活动的人的斗争。这几篇作品的思想,虽还不算深刻,但也都能使小读者增加一些当前阶级斗争、生产斗争的生活知识。几篇传记、工矿史性质的作品,也有助于小读者对过去斗争历史的理解。一些帮助儿童增进学习意志和扩大生活知识的作品,如《小狮子找奶妈》,是富有吸引力的。老作家冰心也为儿童写了一篇反映新中国教育事业新面貌的散文。

从整个刊物发表的作品的样式和编排上看,是鲜明生动、丰富多彩的。就作品的体裁说,这里有小说、散文、诗歌、童话、革命烈士传记、工矿史、相声、科学故事等,而有些插画也是不错的。我想,有的作品如果更加通俗化一些,可能更易为小读者和群众阅读。诗歌如果能有一些更易于上口的作品,也会更便于少年儿童们传诵。应当多有一些反映当前生活的作品,也可以有计划地发表革命历史的故事和整理出来的革命童谣。这期刊物上出现了相声这一品种,在儿童文学领域中,也可以有其他说唱形式,许多少年儿童对评书或其他说唱作品也是很有兴趣的。目前专为孩子写作的作者为数不多,儿童文学作者的队伍,也还不能适应现实的要求。因此,除希望有更多作家为儿童写出好作品外,更希望刊物上不断出现新作者的名字,帮助热心于儿童文学的青年作者更快地成长。

如果把《儿童文学》看作新辟的儿童文学的花圃,那么,这第一期就是最初出现的一丛色彩鲜艳、迎风摇曳的花朵,它以茁壮的姿态,预示着园地上日益繁荣的前景。希望《儿童文学》成长发展,更希望它的出现会促进儿童文学创作的发展。我们的儿童文学,在完成帮助千百万小读者高举着带火炬的红旗,坚定地沿着革命大道前进的重大任务上,是一定会做出自己越来越大的贡献的。

1978 年

不能辜负孩子们的期望

张天翼

今天，在庐山——这个党中央、毛主席开过许多重要会议的地方，召开全国少年儿童读物出版工作座谈会，真是有历史意义的大喜事！如果不是粉碎了“四人帮”，如果没有华主席、党中央领导下的全国大好形势，就不可能有今天的盛会。我从心里为孩子们高兴！因为生病，我不能来参加会议，但是我的心好像飞上了庐山，和同志们一道热烈庆祝这大会的胜利召开！

今年 5 月，人民文学出版社召开过儿童文学创作座谈会。这个会开得好，开得及时！《人民日报》发表了关于这次会议的报道和几位作家的发言以后，我收到一些读者来信。我今天的发言就从这些来信谈起。

江西工学院子弟中学一位十四岁的小同学在给我的信中写道：

“我看了 5 月28 日《人民日报》上刊登的《为孩子们提供丰富的精神食粮》一文（即关于人民文学出版社召开儿童文学创作座谈会的报道），看到您在病榻上用左手写下的‘为孩子们写作，把孩子们从饥荒中救出来！’的热情呼吁，我的心情久久不能平静……

“回想起两年前，‘四害’横行的日子里，有谁来关心我们少年儿童？又有谁敢于为我们少年儿童说话呢？那时候，我们幼小的心灵也受到了‘读书无用论’的影响，刻下了‘闹而优则仕’的痕迹，宝贵的时光都消磨在无趣的玩耍之中，实在太可惜了。

“今天，党中央华主席把我们从歧道上拯救出来，给我们指出了学好文化知识，向科学技术现代化进军的光辉前程。我们如饥似渴地渴求知识，而您老一辈的作家能洞察我们的心灵，说出我们的心声，为我们呼吁，为我们创作，您关心爱护我们的精神，我由衷地感谢和敬佩……”

这位小读者还给我寄来一张他画我的肖像，——他其实并没有看见过我，也没有看到过我的照片，但他这张画还真有点像我呢！

同志们，我为什么大段地摘引这封来信和谈到这张画，因为我觉得这位小读者的来信和作画都不仅是对我个人表示心意，而是表达了受过“四人帮”毒害，已有觉悟的我国亿万儿童的共同心声！表达了他们对“四人帮”大搞文化专制主义的无比愤慨，表达了他们渴求儿童读物的迫切心情，表达了他们对广大儿童读物工作者的由衷感激和热烈期望。他们期望我们能够满足他们如饥似渴的求知愿望，期望我们把他们从“文盲”状态中拯救出来。我想，同志们听了这封信，会和我一样，深受感动，会觉得我们绝不能辜负孩子们的期望，我们没有任何理由不为孩子们拿起笔来！

我相信，粉碎“四人帮”后，在华主席的领导下，广大文艺工作者是愿意为孩子们写作和绘画的。在我收到的来信中，就有不少同志，其中有干部、教师、工人……他们表示要给或者正在给孩子们写东西。在“四人帮”的文化专制主义下，长期放下笔来的一些作者，现在也开始给孩子们写作了。如一位过去给孩子们写过东西，现在已经做了工人的业余作者来信说：

“今天是儿童节，我含着激动的热泪一遍又一遍地读了您的《再为孩子们讲一句话》，心里久久不能平静，怀着一个掉了队的学生给老师写信的惭愧心情和为孩子们写作的强烈愿望，我巴不得马上飞到您的病床前来看望您。

“现在，华主席关心儿童文学，您和各位前辈作家又拿起笔来为孩子们创作，形势多么好，我是多么盼望能够为培养共产主义接班人贡献力量啊！在大好形势下，一年多来，我利用中午和晚上休息时间练习写了十多篇儿童故事和童话……”

除了过去搞过儿童文学的同志，也有从未写作过的年轻人来信说，他们要利用业余时间练习写作，为繁荣社会主义新时期的儿童文学贡献自己的力量。

读了这些信，我非常高兴。我感到儿童文学的写作潜力是不小的，我们的队伍后继有人，今后就在于工作怎么做。为了使儿童读物能满足孩子们的要求，我建议：

(一)还要大造舆论，使社会上各有关部门都来关心儿童读物的写作和出版工作。特别是各种文艺刊物、报纸要多发表儿童读物和有关儿童读物的评论，不要只到六一儿童节才考虑这个问题。我并且衷心希望报刊和出版社的编辑同志争当文艺创作领域的“伯乐”，善于发现和培养搞儿童读物的人才。

(二)要使儿童读物繁荣起来，无论是作者和报刊、出版社的编辑，首先要破除“四人帮”在文艺创作上制造的各种清规戒律，肃清其流毒。不打破这种精神枷锁，不肃清“四人帮”的流毒，人人心有余悸，儿童读物的数量、品种不可能多起来，质量也不能有保证。

(三)一本好的儿童读物不仅在思想内容上要有益，能吸引孩子们感兴趣，而且在封面设计、装帧、插图等方面，也要适合儿童的特点和趣味，为他们所喜爱。

要做到这几点，关键在于我们要有一颗热爱我国下一代的火红的心，要把教育、培养少年儿童的工作作为关系我们国家的未来的大事来做，作为完成党在新时期的总任务的一部分来做。这样,就能认真了解、研究少年儿童在成长中的各种问题,他们的语言、爱好等等。这样,我们写作和编辑、出版的读物,才能使少年儿童们爱读、爱看,在喜闻乐见中受到良好的感染和教育。

至于我呢,还是那句话:只要我一息尚存,一定努力锻炼,争取早日恢复健康,继续为孩子们创作、创作、再创作,绝不辜负那些亲爱的孩子们对我的殷切期望。

1980年

儿童文学创作的新成就

——从全国第二次儿童文艺创作评奖谈起

贺　嘉

80年代第一个国际儿童节到来之际，由中国人民保卫儿童全国委员会、共青团中央、中国文联、中国作家协会、全国科协、教育部、文化部、国家出版局等单位联合举办的全国第二次儿童文艺创作评奖在京举行了发奖大会。这次评奖，是对1953年全国第一次儿童文艺创作评奖后二十五年来儿童文艺创作的一次盛大检阅。

这次被授予荣誉奖的儿童文学作家有叶圣陶、冰心、高士其、张天翼、严文井、陈伯吹、贺宜、叶君健、包蕾、金近等。他们有的从本世纪二三十年代就开始为儿童创作，是我国儿童文学创作队伍中的老前辈，是儿童文学百花园中技艺卓著的园丁。他们数十年来创作了大量优秀的儿童文学作品，这些作品以深刻的思想和动人的艺术魅力吸引了一代又一代小读者，成为孩子们的良师益友。

50年代，我国的儿童文学界涌现出一批有才华的儿童文学作家，他们被誉为儿童文学创作队伍的生力军；二十多年后的今天，他们已成为儿童文学创作队伍的中坚力量。他们的许多优秀作品以广阔的题材、丰富多彩的内容反映了不同历史时期儿童生活的各个侧面，塑造出许多使人难以忘怀的可爱的儿童形象，成为孩子们争相传诵的佳作。其中优秀的儿童小说有刘真的《我和小荣》、张有德的《妹妹入学》、任大星的《吕小钢和他的妹妹》、任大霖的《蟋蟀》、肖平的《海滨的孩子》、果向真的《小胖和小松》、徐光耀的《小兵张嘎》等。儿童诗中有柯岩的《小兵的故事》、任溶溶的《你们说我爸爸是干什么的》。此外，像郭风的散文，黄庆云、洪汛涛、葛翠林的童话，郑文光的科学文艺，刘厚明、任德耀的儿童剧，林蓝的儿童电影以及方轶群、黄衣青、鲁兵、圣野的幼儿文学作品等，都在广大小读者中赢得了声誉。

1978年深秋，国家出版局在庐山召开了全国少年儿童读物出版工作座谈会。在那次会上，老作家严文井同志讲了一个童话。他说，有一伙人，他们当中没有王子和公主，而是拿着笔杆的战士，他们怀着一颗火热的心，不怕寒冷，不怕艰险，登上了一座宝山，去为两亿多孩子寻宝。这宝不是神灯，不是宝葫芦，不是魔戒指，而是若干张奇异的纸。大家把这些宝带下山来，送给千千万万个孩子……这个童话表达了与会儿童文学作家的心愿。两年来,他们以辛勤的劳动使童话变成了现实。据有关部门统计,仅去年一年,全国出版的儿童读物就达一千多种,比庐山会议时的二百种增加了几倍。

尤为可喜的,是庐山座谈会以后我国儿童文学创作队伍中又出现了一大批热情为孩子创作的青年作者。这些二三十岁的青年人,十几年前还是小读者,在那动乱的年代里,他们从优秀的儿童文学作品中获得了安慰、希望和力量。他们懂得儿童文学作品在一个人的成长中占据着怎样的位置。当他们有能力、有机会进行创作时,他们首先想到为孩子们写作。他们思想敏锐,有一定的生活基础;他们勤奋好学,勇于独创。他们的作品摆脱了多年来极左思潮造成的羁绊和枷锁,给儿童文学创作带来了清新的气息。

主题、题材范围的突破,是近年来青年作者优秀作品的显著特点。

儿童文学的主题应和一般文学一样是广阔而丰富的。高尔基说:“儿童读物的主题问题,显然就是儿童社会教育的方针。”我们的儿童文学应当坚持用共产主义思想教育下一代,这是毫无疑义的。过去,由于某些形而上学思想的影响,把儿童文学的教育作用局限在狭小的框框和一成不变的套套里,所谓对儿童进行阶级教育,就是儿童团抓坏蛋;对儿童进行品德教育,就是遵守课堂纪律,拾金不昧,先进帮助落后;对儿童进行爱国主义教育,就是“祖国是座大花园”……除此之外,似乎再也找不到什么新的主题、新的题材。这种作茧自缚、对生活简单化的理解导致了儿童文学的公式化、概念化,从而影响了它应有的教育、感染作用。

近年来涌现出的新人新作,摆脱了对儿童文学教育意义的狭隘、片面的理解,突破了创作上的戒律,既有教育意义,又受小读者欢迎。《小薇薇》(瞿航)、《台阶上的孩子》(明连君)、《弯弯的小河》(程远)、《失去旋律的琴声》(方国荣)等作品从不同的角度揭露了林彪、“四人帮”摧残少年儿童心灵的罪行。读了这些作品,看到天真可爱的孩子们在那灾难的年代里,跟随着自己的父母经历了各种各样的生活遭遇,失去了温暖,失去了欢乐,失去了求知的权利,甚至失去了幼小的生命……怎能不激起读者对于林彪、“四人帮”的无比义愤!

一般来讲,儿童文学应有欢快、活泼的情调。但是,这并不意味着儿童文学不能写悲剧,不能写“伤痕”。适当地让今天生活在幸福之中的孩子了解一些过去的不幸,让今天心灵中没有“伤痕”的孩子,知道一下自己父兄心灵上的“伤痕”,也是很有必要的。正如冰心同志所说:“儿童的食物有多种多样,他们吃着富有营养的三餐,他们也爱吃些点心和零食,有时还需要吃点‘药’!”

去年出现的一些青年儿童文学作者的优秀作品表明,我国儿童文学创作的主题、题材已经扩展到更加广阔、更加深远的领域。这些作品坚持革命现实主义传统,从生活实际出发，揭示了儿童生活中所遇到的种种问题，并启发和诱导他们积极地、合理地去解决。

《吃拖拉机的故事》（罗辰生）从孩子的角度揭露和抨击了当前社会上存在着的不正之风。一个生产队修了个养鱼池，几个少先队员担当了看守养鱼池的任务。他们一心想把鱼养好，盼着鱼长大了卖给国家，换回台拖拉机。可是，鱼刚长大，还没等用它去换拖拉机，队干部就接二连三地把鱼打捞去“招待”修拖拉机的、安装电灯的、检查工作的……孩子们抗议：“他们哪里是吃鱼啊！简直是吃咱们的拖拉机！”可是，他们得到的回答却是，“现在到哪儿都一样”“没这玩意儿办不了事”。作品最后描写了县委书记亲自来到这个生产队，带头把过去吃的鱼折钱还给生产队。

《谁是未来的中队长》（王安忆）、《白莲莲》（尤凤伟）、《马老师喜欢的》（梅子涵）是三篇反映少年儿童学校生活的小说。少年儿童正值求学时期，他们的大部分生活是在学校度过的。可是，在我们儿童文学作品中，描写学校生活的题材一直是比较薄弱的。过去，由于极左思潮对儿童文学创作造成了很坏的影响，那时动辄就强调要写“重大题材”，一篇作品中若没有一个敌人，就要被扣上“阶级斗争熄灭论”的大帽子，结果使儿童文学作家对描写学校生活的题材无从入手，甚至逼得那些整天和孩子生活在一起的中小学教师中的儿童文学作者也舍近求远，从自己本不大熟悉的生活中去取材，生编硬造一些故事。而新人新作《谁是未来的中队长》等几篇小说，善于在看起来似乎平淡无奇的学校生活中挖掘具有社会意义的引人深思的问题。

《谁是未来的中队长》描写的是某个班级在恢复少先队组织时围绕着应该选谁当中队长而引起的一场风波。班主任老师喜爱的张莎莎一直是个小干部，这次中队选举，她似乎是当然的中队长。然而同学们拥护的却是被老师认为“有点鲁莽”的李铁锚。在同学们看来，张莎莎爱向老师打小报告，“把发现同学的缺点当作自己的功劳”，而李铁锚却经常不声不响地帮助同学。几个同学在社会上提倡民主选举的启发下，到老师面前为李铁锚“竞选”，正在这时，张莎莎推门进来了，她又来向老师报告李铁锚如何如何。张莎莎和李铁锚，究竟应该让谁来当未来的中队长，这个问题作品没有直接回答，而是留给小读者去思考。《白莲莲》通过一个十二三岁的孩子白莲莲两次对待同一个钱包的不同态度，反映粉碎“四人帮”以后少年儿童的迅速成长。在生活中，一个人，尤其是一个孩子，不可能没有缺点、错误。人常说“有错不怕，改了就好”，而生活中并非全都如此。白莲莲在“四人帮”横行时期，捡到一个钱包，她用捡到的钱和粮票给可怜的奶奶买了点心。粉碎“四人帮”以后，白莲莲觉悟了，她用自己的行动去改正以前的错误。她把买冰糕、早点的钱节省下来，凑够了原数，并亲自把钱包送到派出所。然而，就在她自觉地改正了错误之后，她在学校里得到的却是无情的歧视，她竟被认为是有“污点”的孩子，甚至被剥夺了参加夏令营的权利。《白莲莲》的作者没有就事论事，而是紧紧围绕着“污点”展开情节，深入开掘，从而揭示了一个更为重要的主题。如果说《白莲莲》为读者指出应当怎样正确对待一个自身有过错误的孩子的话，那么《马老师喜欢的》又告诉读者，孩子是祖国的未来，对待他们应当一视同仁，对那些所谓“家庭出身不好”的孩子，也绝不应该歧视。这篇小说在艺术上还值得进一步推敲，但作品在题材和主题上的尝试引起了人们的注意。

塑造出真实可信的儿童形象是近年出现的新人新作的又一特点。

“文化大革命”前的十七年间，儿童文学作品塑造了许多鲜明的儿童形象，受到小读者的欢迎。但是，由于不恰当地批判了所谓的“童心论”“儿童本位论”等，给儿童文学创作带来了不良的影响。在林彪、“四人帮”大搞文化专制主义时期，“三突出”的创作模式成了一切文艺创作的法规，儿童文学创作也未能幸免，儿童文学作品中只能塑造那些所谓的“高”“大”“全”的“小英雄”。近年来的儿童小说破除了那些清规戒律，塑造出各种各样真实可信的儿童形象。《小薇薇》中的小薇薇、小航，《弯弯的小河》中的张秀萍、侯起，《谁是未来的中队长》中的李铁锚、张莎莎，《吃拖拉机的故事》中的柱子，《白莲莲》中的白莲莲，《马老师喜欢的》中的维小珍等，都具有新时代儿童的共同特点，也各有不同的个性和不同的年龄特征，在他们的身上渗透着时代和社会环境所给予的影响。他们不是那些在生活里看不见、摸不着的“神童”，而是我们身边常见的孩子。小读者从他们对待生活的积极态度和行为中，从他们心灵的秘密中，从他们各种优秀的品质中，可以去领悟应当怎样认识生活，怎样对待周围的一切，怎样做一个无产阶级事业可靠的接班人。

儿童文学应当主要是写儿童。过去有人说这是“童心论”，今天应当正本清源。可是，我们也不能从一个极端走到另一个极端，强调儿童文学主要写儿童，就把成人形象拒之于儿童文学门外。我们要用在革命斗争年代里和在为实现四个现代化的斗争中涌现出来的革命先辈和先进人物的形象，去教育和激励少年儿童，教育他们从自己做起，从现在做起，为四化贡献力量。青年作者陈传敏的小说《爸爸》成功地塑造了一位革命干部的形象。作者善于“从儿童的角度出发，以儿童的耳朵去听，以儿童的眼睛去看，特别以儿童的心灵去体会”，写出了一位无论在国民党的屠刀前，还是在“四人帮”的淫威之下都保持着无产阶级气节的革命战士、一位真正的共产党员。作品中这位爸爸的形象是感人的。

儿童中、长篇小说，是受少年儿童欢迎的文学体裁。长篇小说《奇花》的作者陈模是一位老同志，他怀着对周总理及老一辈革命家无限崇敬的感情，以自己战斗的童年生活的切身感受，描写了在抗日战争年代活跃于国民党统治区，坚持抗日宣传的孩子剧团中一些小战士成长的过程。作品真实、感人，有浓厚的生活气息。赵燕翼同志创作的儿童长篇小说《阿尔泰·哈里》的主人公是一位哈萨克族少年。苦难的经历在阿尔泰·哈里幼小的心灵上曾投下了一层阴影，但是在社会主义祖国大家庭中，他得到了人生的温暖。《蛮帅部落的后代》（彭荆风）和《野蜂出没的山谷》（李迪）都是反映云南少数民族儿童生活的中篇，前者将小阿佤战士写得栩栩如生，后者的情节生动，反面人物不落俗套。今年刚刚出版的《云海探奇》（刘先平）是一部描写科学探险题材的儿童长篇小说。作品不仅使小读者感受到祖国山河的壮美、科学工作者顽强坚毅的精神，而且让他们在饶有趣味的生物考察中扩大眼界，丰富知识，有助于增强他们对于科学事业的热爱。

儿童诗《我和星星打电话》（张秋生）、《天上的歌》（刘斌），科学文艺《园园和方方》（叶永烈）、《雪山魔笛》（童恩正）、《小哈桑和黄风怪》（刘兴诗）、《布克的奇遇》（肖建亨），童话《小贝流浪记》（孙幼军）、《小马驹和小叫驴》（杨书案）、《小象努努》（康复民）、《小狒狒历险记》（孙幼忱），散文《老水牛的眼镜》（竹林），戏剧《奇怪的101》（罗英、潘耀斌、程式如）、《会粘唧鸟的老师》（欧阳逸冰），低幼文学作品《一块橡皮》（安伟邦）、《小傻哥哥》（李大同）等，都是受欢迎的作品。

从这次全国儿童文艺评奖中，我们看到了我国儿童文学事业的发展，看到了近年来儿童文学创作的新成就，当然，也看到了当前儿童文学创作中的某些不足之处。我们的儿童文学作品，在数量和质量上都远远不能满足广大小读者的需要。近年来，尽管儿童文学作品的主题、题材有所突破，但是反映孩子们学校生活的作品还很缺少；体裁样式还不平衡，儿童诗歌比较薄弱；真实鲜明、具有时代特点的正面儿童形象还不够多；在提高儿童文学思想性的同时，对提高作品的艺术性重视不够；对青年作者的培养抓得还不紧；儿童文学的理论研究和评论工作也有待进一步加强。

少年儿童是祖国的未来，我们殷切地希望作家、艺术家们为孩子们写出更多更好的作品。全国第一次儿童文艺创作评奖后的一两年内，儿童文学创作形成了一个热潮，被称为我国儿童文学史上的一个“黄金时代”。我们相信，通过这次评奖，全国的儿童文学事业也一定会出现新的繁荣景象。

童话和现实生活

金　近

童话是儿童文学创作中一种独特的表现形式，它富于想象、夸张，可以把世界上一切有生命的和静止的东西拟人化，赋予人的思想感情，以人类现实生活中某些现象和问题构成生动有趣的故事，为孩子们所喜爱，成为向孩子们进行教育所不可缺少的工具。

有同志提出，今天儿童文学创作中，存在着相当严重的回避现实生活的情况，其主要表现之一，就是写童话的多，写现实生活的少。

这样说，似乎童话是不能反映现实生活的，或者说，今天见到的一些童话，都是回避了现实生活来写的。

这里只想谈一个问题，就是童话能够反映现实生活，而且作为创作的童话，必须反映现实生活。

我们就从安徒生的童话谈起。到今天，安徒生的童话还能得到全世界的大人小孩的喜爱，这不是件简单的事情。他写的童话，可以说相当巧妙地反映了他那个时代的现实生活，即使以民间传说改写的童话，也都具有现实意义。我们可以随便举几篇作例子，如《卖火柴的小女孩》里那个在冰天雪地里赤着脚，只求过路人买她几根火柴的穷苦小女孩，《丑小鸭》里那只心地善良，到处受排挤、嘲笑的“小鸭子”，《她是个废物》里那个双腿泡在河水里，一年到头忙着为人家洗衣服的洗衣妇，他们的遭遇，正反映了当时现实生活里千千万万穷苦人的悲惨生活。安徒生用他那富于想象而又朴实正直的思想，塑造了这些深入人心，为读者所喜爱、同情的鲜明形象，是经得起时间考验的。即使到了今天，我们读起来还有它的现实意义，可见得童话运用它文学创作上的特殊形式，不仅能反映现实生活，而且对小读者来说，更容易理解，更乐于接受。

安徒生写的《丑小鸭》，可以称得起是世界文学宝库里最珍贵的财宝，它写了阶级社会里一个很突出的主题，就是人间多势利，好人受欺负，但好人那种善良的心灵，终究会得到广大人民的同情和支持，他那崇高的理想，也一定会实现的。安徒生把深刻复杂的人生哲理，通过丑小鸭的生动形象告诉给读者，起到了其他文学形式所不容易起到的作用。这就是为什么《丑小鸭》经过了一百多年漫长的岁月，还具有旺盛的生命力的原因。安徒生的童话和现实生活是紧紧联系在一起的。另外如《皇帝的新衣》《豌豆上的公主》等童话，也是这样，今天读起来，仍有深刻的现实意义。

再如我国老作家叶圣陶、张天翼早期所写的童话，也继承了这个传统，是从现实生活中吸取题材的。叶圣陶写的《稻草人》，反映了当时农村破产的悲惨情景。张天翼的《大林和小林》，用幻想夸张的手法，用浅近易懂的故事情节，说明了哥儿俩由于过着不同的生活，结果分属两个不同的阶级。新中国成立后我国的一些童话作家写的作品，也是沿着中外著名童话所具备的这个优良传统，扎根于现实生活的土壤里的。这也就是说，童话必须有时代特点，童话反映时代的现实越深刻、越典型，它的生命力也越强大。

这些年来，童话创作上也确实存在着反映现实生活不够深刻的问题，也有些童话取材于民间故事，又缺乏新意，但这不是今天童话创作的主流。我们可以从有些作品里看到，写童话的新老作家为了使童话创作更好地反映现实生活，都在探索、创新，这是值得我们重视的。

童话的读者对象主要是孩子，因此，反映现实生活更多的是要在孩子所接触所理解的范围里，如孩子在道德品质问题上的一些表现，给孩子增长知识的一些内容，正是童话所需要反映的题材。童话《小马过河》用简单有趣的故事给孩子们讲了一个深奥的真理，那就是实践是检验真理的唯一标准。《小蝌蚪找妈妈》这个童话，通过小蝌蚪找妈妈的过程，使幼小的孩子认识到几种动物的形态。这样的童话孩子们喜欢看，也很需要，可惜太少了，我们应该提倡。

孩子们喜欢看童话，儿童文学作家要努力来满足孩子们这个要求，要善于运用童话这个特殊形式，把现实生活中出现的一些现象和问题，写成美丽动人、发人深思的童话，让我们的孩子去认识、去思索，这将大大有助于他们的健康成长。

学习鲁迅，做好少年儿童文化艺术工作

周巍峙

今年3月，中共中央书记处几次召集各部门负责同志开会，专门研究少年儿童工作，号召全党、全社会都要重视少年儿童的健康成长，要在我们这一代人手里把下一代人培养好，使共产主义事业后继有人、代代相传。这是一件非常重大的事情，具有十分重要的战略意义。现在的儿童、少年，进入21世纪以后，就是生产战线的主力军，就是发展社会主义精神文明的骨干，就是国家的栋梁，就是我们革命事业的接班人。现在对他们培养教育得如何，直接关系到党和国家的前途和命运。敢于移山的愚公，之所以相信能够移动太行、王屋两座大山，就是不只依靠自己，他的名言是："虽我之死，有子存焉，子又生孙，孙又生子，子又有子，子又有孙，子子孙孙，无穷匮也。"我们是共产主义者，我们所从事的事业要比移动太行、王屋两座大山艰巨得多，宏伟得多。我们的目标是要经过许多代人的持续不断的努力才能达到的。现在我们所担负的历史重任，就是要为我们的子孙创造更好的条件，使他们能够更好地继承和发展我们的伟大事业。一代传一代，一代更比一代强。子子孙孙，生生不已，直到共产主义社会实现，人类走上全新的阶段。

为了培养和教育新的一代，使他们成为德、智、体、美全面发展的新人，在物质生活方面，我们要动员全社会的力量，努力为他们创造良好的条件；在精神生活方面，也同样要动员全社会的力量，努力为他们创造良好的条件，使三亿儿童、少年具有优美的、高尚的精神品德，这是一个十分艰巨而复杂的任务，也是建设和发扬社会主义精神文明的一个极其重要的方面。

人们从幼儿到成年，是一个从无知到有知，从什么都不懂到逐渐能懂的发展阶段。在这个阶段中，需要进行多方面的培养和教育，而文学艺术是其中的一个十分重要的方面，它的鲜明生动的艺术形象更能起到潜移默化的启蒙作用。一个动人的故事，一首好听的歌儿，一个优美的舞蹈，一幅精彩的绘画，一出有趣的木偶戏或儿童剧的表演，都会打动他们的心灵，给他们留下深刻的记忆。每一个和孩子们一起观看艺术演出的成年人，都会被他们那种全神贯注、爱憎分明、反应强烈的情绪所鼓舞，所感染，而使自己也像进入了儿童世界，感到年轻起来。因此，我们要很好地通过文学艺术去启迪他们的智慧，开阔他们的视野，激发他们对文化科学知识的兴趣，促进他们去探索自然界和社会生活的奥秘，培养他们高尚的情操，陶冶他们的优良品德，引导他们树立远大的革命理想，使他们成长为爱祖国、爱人民、爱科学、爱劳动、爱护公共财物，有共产主义理想、有道德、有知识、有体力，立志为社会主义现代化建设艰苦奋斗，为实现崇高的共产主义事业而献身的新一代。

我们中华民族是有着悠久的历史和优秀的文学艺术传统的民族，我国各民族文学艺术要一代一代传下去，要发展得更好，更加灿烂辉煌，也要把希望寄托在未来的文化艺术的主人公——广大儿童、少年的身上。

在关心孩子，关心儿童文学艺术创作等方面，伟大的思想家、文学家，也是伟大的教育家鲁迅先生，是受到人们崇敬的典范，是我们学习的光辉榜样。他把孩子们的命运与民族的前途紧密地联系在一起。他在与黑暗势力的苦斗中就展望着新一代成长的曙光，他不仅发出了“救救孩子”的强烈呼声，而且深刻地指出：“将来是子孙的时代。”他说：“只要思想未遭锢蔽的人，谁也喜欢自己子女比自己更强，更健康，更聪明高尚，——更幸福就是超越了自己，超越了过去。”对于孩子的成长，他指出：一是理解，二是指导，三是解放。他强调：为孩子“开辟新路”是觉悟的人们应尽的义务，应具有“利他的”“牺牲的”精神。他自己就甘心“背着因袭的重担，肩住了黑暗的闸门，放他们到宽阔光明的地方去；此后幸福的度日，合理的做人”。为了彻底地真正地解放儿童，他提出了伟大的战斗目标，就是要推翻戕害孩子的、吃人的旧社会。

为了使孩子们能更好地成长，鲁迅先生十分关心儿童文学的创作，重视文学艺术作品对孩子们的影响。他不仅用他犀利的笔锋，猛刺当时社会上残害儿童的种种罪恶行径，对孩子们的悲惨遭遇寄予了极大的同情；他在坚持和各色各样的反动文化进行不懈斗争的同时，也狠狠地批判了那些利用儿童文学向孩子们灌输封建的、资产阶级的，以至帝国主义、殖民主义毒素的御用文人。他反对将陈旧的、粗制滥造的儿童读物给孩子们看，要求多创作一些为孩子们所理解、所喜欢的作品。他对儿童文学的任务，儿童文学的题材、内容，儿童文学的翻译，儿童读物的出版，甚至对儿童游戏、儿童玩具、看图识字的图画和色彩以及儿歌的写作等等，都提出许多十分精辟的见解。他谈到有关儿童文艺的文章有几十篇。他还亲自翻译了《表》《小彼得》《爱罗先珂童话集》等等许多优秀的外国儿童文学作品，为儿童增添精神食粮。他为孩子倾注了多少心血呵！

新中国成立后，党为少年儿童的教育工作创造了良好的条件。我们是社会主义国家，马列主义、毛泽东思想指导着我们的生活，社会主义制度的优越性使我们有可能动员全社会的力量，有计划、有步骤地从事这项工作，为我们的孩子创造最好的精神食粮，使他们享受到最好的文化艺术成果。我们各级文化行政部门、专业文艺团体、文化事业单位和广大的文化艺术工作者，在党和人民政府的领导下，为少年儿童进行创作，组织演出、放映、出版、展览、阅览活动，建立专业的儿童剧院、木偶剧团、儿童图书馆、少年儿童读物出版机构，在辅导少年儿童开展文化艺术活动等等方面做了许多工作，是有成绩的；许多优秀的文艺作品，一直受到少年儿童的喜爱和欢迎；培养了一批专为少年儿童工作的干部和文艺人才，在专业人员的辅导下和老师的教育下，许多少年儿童表现了他们的文艺才能，成为优秀的“苗子”，不断补充到专业的文艺队伍中去。因此，可以说新中国成立后，少年儿童文化艺术工作是有一定基础的，是积累了一些好的经验的。但是，在过去的工作中，由于我们对这项工作的战略意义认识不足，没有把这项工作真正作为重点来抓，缺少经常的计划和有力的措施，缺少认真的调查研究和长远的打算，对幼儿的工作更是抓得少。我们为少年儿童创作的作品还不够多，有些作品质量也不高，缺乏儿童特点，为少年儿童设置的专业文化艺术机构还很少，组织少年儿童的文艺活动也不够经常。应该承认：我们的工作与党的要求，广大家长以及少年儿童对我们的要求是相差很远的。

现在党中央号召我们来抓这件事，我们是有充分信心的。我们相信，我们的文学家、艺术家以及广大的文化工作者，会怀着迫切的责任感，以更大的热情来对待这一项崇高的事业。今后我们一定要充分发挥文化艺术界同志们为少年儿童服务的积极性和创造精神，加强与有关部门的协作，共同努力，把这一工作做好，并注意从幼儿工作抓起。

根据中央精神，文化部已协同全国妇联、共青团中央、教育部、广播局、出版局和文联各协会等有关部门，成立了少年儿童文化艺术工作委员会，推动和协调各部门有关少年儿童文化艺术工作的开展。除此之外，逐步增加一些为少年儿童工作的文化艺术单位。如今年六一节，成立了儿童电影制片厂，专门拍摄少年儿童题材的影片。其他各电影制片厂也规定任务，拍摄一定数量的儿童片。帮助一些有条件的省、市恢复儿童艺术剧院，或在话剧院里附设儿童剧队。在有条件的省、市、自治区建立专为少年儿童演出的木偶剧团和皮影剧团，或者在木偶、皮影剧团成立少年儿童演出队（组），推动全国各地的歌舞团、歌舞剧院、话剧院等艺术单位，组织乌兰牧骑式的巡回演出队（组），选择适当时间，经常去幼儿园及中小学校进行演出。

开展少年儿童文化艺术活动，关键是要有更多更好的文艺创作，要有更多更好的儿童读物，为此，文化部门要和文联各协会一起更好地推动和奖励创作，并采取具体措施，扩大创作队伍，培养创作人才。今春文化部和团中央等单位一起推荐了一批优秀的少年儿童歌曲及儿童集体舞蹈，以推动这方面的创作。还将举办儿童戏剧的观摩演出和木偶、皮影宣传周，以研究儿童戏剧的发展和木偶、皮影如何更好地为少年儿童服务的问题。今年六一节期间，已举行儿童电影周，以推动儿童电影创作。要充分利用电视这个现代化的工具,多搞一些短小精悍的、有利于儿童身心健康的文艺节目。

小人书(连环画)是对少年儿童影响最大的一种美术形式。如何扩大适合少年儿童的创作题材,提高艺术质量和印刷技术水平,也是一个值得很好地研究解决的问题。

在扩大少年儿童文艺创作队伍方面,我们认为中小学校教师、辅导员和教养员是一支很重要的力量,他们之中有许多可以从事创作的人才,应关心他们的业务提高,帮助他们进行创作。

在开展活动方面,要经常为少年儿童组织艺术演出专场和电影放映专场,以方便少年儿童们观赏节目。

各地文化部门所属的图书馆,要开辟少年儿童图书阅览室,在较大的城市,应尽可能设立少年儿童图书馆,加强和改进少年儿童图书阅览工作。各地艺术馆和文化馆、站等文化单位,今后都要把组织和辅导少年儿童文化艺术活动作为自己的重点工作来做。要特别注意研究山区、牧区、少数民族地区的特点,组织好这些地区少年儿童的文化艺术活动。城市文化馆还应注意帮助幼儿园开展文艺活动,供给适合幼儿演唱的资料。

专业文艺团体和电影放映队要特别注意上山下乡到农村、工矿、牧区、渔乡为少年儿童演出节目,放映电影。

中小学的音乐、美术等课程,是对少年儿童进行思想教育和审美教育的重要途径。文化部门应协同教育部门,加强对中小学音乐、美术教师的培养。

在物质生产不断发展、经济条件逐步改善的条件下,一些有条件的大城市应逐步建设起专门为儿童放映电影的影院和专门演出儿童戏剧、儿童歌舞以及木偶、皮影的剧场,并尽可能利用机关礼堂、俱乐部为少年儿童演出,为少年儿童创造更多欣赏节目的机会。

1982 年

琐谈孙幼军的童话

陈伯吹

“童话”这一种作品，在十岁以下儿童的心目中，正如幼稚(儿)园的创始人福禄培尔(1782—1852)把用以启迪幼儿心智的、在游戏中玩耍的积木称作“恩物”那样，是孩子们衷心地喜欢着的一种精神食粮。

热爱儿童、重视儿童教育及儿童读物的鲁迅先生，就在那篇著名的杂文《看图识字》中写道：“孩子是可以敬服的，他常常想到星月以上的境界，想到地面下的情形，想到花卉的用处，想到昆虫的言语；他想飞上天空，他想潜入蚁穴……”这不是以生花妙笔，活灵活现地勾勒出儿童心中的童话世界来了吗？

童话进入文学之宫，并不是一帆风顺的，好多文学大师为它披荆斩棘、鸣锣开道，才有它今天光辉、牢固的地位。在我国，它也经历了一条坎坷不平的道路。新中国成立后的50年代，童话曾经有过一段相当繁荣的时期，可恨的是祸国殃民的“四人帮”，以法西斯主义禁锢窒息了它。国家出版局于1978年10月，在庐山吹起了秋天里的春风，苏醒了它，从此童话世界中又洋溢着一片生气了。

创作童话的作家中有的原来是写诗的，这两者相去不远，有相同的语言，普希金和安徒生不都是诗人吗？有的原来是写小说、散文的，甚至是写游记和报告文学的，也来写童话，这当然很好。在“本职工作”以外，“心有余力，则以童话”。作家当多面手，是值得欢迎的。在这儿，却要谈谈那位长期以来，对童话创作既著有成绩，又富有专业钻研精神的孙幼军同志。

这位中年作家于1961年出版的中篇童话《小布头奇遇记》，就有一鸣惊人的势头；以后，他一直致力于童话创作，陆续发表了一系列的短篇：《玩具店的夜》《小贝流浪记》《小黑熊吉吉》《小狗的小房子》《追心记》和《怪雨伞》《故事爷爷的奇遇》等等。随后又出版了一本想象新颖、语言流畅、生活气息浓厚的中篇童话《没有风的扇子》。要不是十年动乱中他被迫搁笔，会有更多更好的作品和广大的小读者见面的。

他的童话作品，从大体上说，有这么四个特色，形成了他作品的独特风格。

第一，作家深切地理解儿童(六七岁的幼童)的心理活动：好动、爱玩、喜欢新奇、耽于幻想、善于模仿,也自尊、任性,又倔强、勇敢……作家熟悉着、把握着这些心理状态,才有可能将作品写得细、写得深、写得活、写得真实、写得有趣、写得形象鲜明生动。即使作品中的主人公和一些陪伴的“傧相”,写的都不是人,而是采用了拟人法写那动物、植物及其他有生命、无生命的事物,由于作家有生活,让它们不仅披上了人的外衣而像人,而且它们的思想、性格、行为都是人的思想、性格、行为,因此所写的某一场合、某一事件,能真实地反映人类社会生活中某一个场景,这是童话艺术的借物喻人的妙用;达到旁敲侧击地褒奖或批评,甚至讽刺、训斥也不至于引起反感,这又是它寓教育于娱乐中的特有的才能,为其他文学作品体裁所不及,这一点,对于年幼的儿童更为有用,愈幼小愈适用。

试读《小狗的小房子》,写的是小狗和小猫,但读者没读上两页,马上直觉地感觉到这写的实实在在是两个小孩:狗是小哥,猫是小妹,从它们对话里吐露出来的思想、生活情况以及它们的语言、动作,简直是两个天真烂漫的、快活有趣的、幼儿园小班里的一男一女。

如描写猫、狗同去河边玩儿:猫显得胆小,顾虑多,处处为自己着想;狗却有勇气,有见识,助人为乐,它在扛木板小房时,挺挺胸说:“没事儿,你别管啦,我一个人扛着!”好一个见义勇为好样儿的,长兄般无微不至地照顾着小妹。可是这个“小妹”由于娇生惯养,以致无知、任性,动不动要差遣“小哥”,既要它独个儿扛小房子,又要它在给木房子压得抬不起头来时看飞着的蝴蝶,还责备它让房子里的小椅子咚咚响,把蝴蝶吓跑了,更在它放下房子又渴又累要休息的当儿,却说它“你真懒! 怎么不玩儿,光睡大觉”,摇醒了硬是要它去河边抓鱼,要它把尾巴放到水里钓鱼……这一系列的苦役,狗都逆来顺受,直到修好椅子、上树捉蚂蚱摔下来昏了过去,猫才回心转意,自己的事自己干,变得聪明起来,想出办法在小房子底下塞两段小树作轮子,把摔伤的狗放进房子里,推着回家去。因急于为小狗洗伤口,吃力万分地不愿停推。它们终于平安地回家了。猫还高兴得哭起来。这真是神来之笔。

整篇童话快乐地开始,快乐地结束,是符合小读者的阅读心理,并博得他们的欢心的。它在上河边去玩儿的一些事件发展的过程中,赞扬了小狗的先人后已,忘我劳动;批评了小猫的撒娇、自私,贪图安逸。最后小猫在事实面前觉悟了,悔改前非,变得友爱而有勇气了,先前它身上存在着的缺点是非本质的,生活实践促使它改变了处世的态度。

第二,作家认真、精心地构思细节。文学作品总是有它一定数量的、为主题服务的细节,不这样,作品就显得单薄贫乏。但是,每个细节必须是真实的,联系起来形成整个故事情节,如同串珠成链,每一颗珠又必须是互相联系的、关键性的,各不独自游离,否则，细节愈多，愈杂乱、琐碎，乃至臃肿。所以要求作家热爱生活，深入下去分析研究，在缜密精细的观察下，提炼出动人的细节。读过《丑小鸭》《木偶奇遇记》《绿野仙踪》和《多立德兽医的冒险故事》等等，都会觉察到没有一篇著名的童话作品不是以丰富的、非凡的、遵循生活逻辑发展的、含有教育意义的细节，熔铸成艺术虚构的故事情节，引人入胜，增人见闻，示人壮丽的远景，给人审美的享受。

《玩具店的夜》就是细节层出不穷、匠心独运的作品。玩具店里的玩具，白天都一本正经的，可是一到儿童节前夕的夜里，就花样百出了。店里的营业员老爷爷和阿姨，忙做红纱灯，回家很晚。老爷爷忘戴了眼镜，阿姨马上回店去找，却不见眼镜，原来眼镜戴在大象的鼻子上。阿姨不知道这是小猴子玩的把戏，倒笑老爷爷老糊涂了。

接着，一个布娃娃倡议“咱们别光是玩儿，帮老爷爷和阿姨干活”。于是布娃娃拖地板，长颈鹿擦玻璃，大象用鼻子洒水，小猴子扫地，连泥巴小猪也参加劳动了。随后小象顶起长竿儿，让小猴爬上竿顶，把四盏红纱灯都挂了起来。

以后，玩具店里每夜都有新鲜事儿：第二天，来了一只小绒熊，阿姨把它挂在玩具架上。到了夜里，它就活动起来，向起重机手学本领。可是它不专心，一边听，一边看热闹，说它“这样学习怎么行”，它就生了气：“不行就不行！”又去学开摩托车了，但要先学机器原理，“这么麻烦呀？我不学了”！再去学开拖拉机，先坐上试试，越开越快，叫它“快刹车！”，它一脚踩上油门，拖拉机猛地撞在墙壁上。

不必再唠叨介绍下去了，这几个细节里，就能想见作品是怎样的奇异而有趣，真切而合人情。特别是对小绒熊的嘲讽，会叫人联想起“学书学剑两无成”的严峻教训！对小鸭明明的赞美，则让人想到爱人者人恒爱之，助人者人恒助之，尽管作品没明说，教训却闯入了读者心门。巧妙的细节构思，既结构成情节，复烘托出主题，而能否写出扣人心弦的、使人难忘的好细节，那就要看作家是否积累了大量的生活素材了。

第三，作家锤炼并巧妙地运用语言。从古到今，杰出的文学家，都是语言艺术的大师，因为文学作品本身是语言艺术的结晶体，特别在童话这一体裁上更是如此。它出身成长在民间口头文学的家庭里，对于语言向来是十分讲究的。光满足于一般性文章的明白晓畅，不枝不蔓地干净流利，这对儿童文学作品来说是远远不够的，还要更上一层楼地增添它艺术的光芒：夸张、抒情、色彩，涵诗意、寓哲理，既有幽默感，又有音乐性，如此等等。语言不美、不艺术，作品就丧失了那个成为艺苑珍品的重要因素。

在《玩具店的夜》中，写泥巴猪的懒，作家却让它自己插嘴说：“累可真不好，我最不喜欢累，我最喜欢睡觉啦，睡觉一点儿都不累！”这样风趣的语言，比说一千一万句懒的分量要重得多。当阿姨打开门，看到谁把玩具店收拾得这么漂亮时，作家写道：“她好像问自己，又像问玩具。可是玩具们谁也没说话。是的，因为他们知道，好孩子做了好事，是用不着告诉别人的。”教育完全渗透在故事情节中，比直别别地讲强得多。

在《小贝流浪记》中，作家利用两只小猫的叫声“喵——”“叽——”的音响效果来刻画它们身体的一强一弱，形象更加真切、鲜明。写麻雀和小猫拌嘴，对话的语气逼真：“我乐意，你管不着！”“就管！就管！就，就，就，就！”这还不是我们日常生活中能听到的天真的孩子们吵架的声音吗？

作家善于用短句、口语，形象的、生活的语言，这都从生活中来，绝不是矫揉造作的，因而读起来亲切有味。

第四，作家在开笔前慎重地考虑了写作的对象——是写给哪些小读者阅读的。大伙儿都承认儿童文学有它自己的特点，与成人文学既有共性，又有个性，若没自己的特殊性，便同成人文学无所区别了。但是这个特点根子在哪里？在于读者对象的年龄特征。从这一基点出发，对于主题、题材、结构、人物造型、情节安排、语言运用等等，都得审慎考虑：冒险、探宝、勇敢战斗、科学幻想，都是少年人喜爱的故事内容，但是写给六七岁的孩子，就高不可攀了；小猫小狗的故事，十岁以上的儿童不是味同嚼蜡，便是索然无味。口径没瞄准，必然浪费了“弹药”。从幼儿园（甚至从托儿所）起至小学（这期间也还要分初、高级）、初中，他们的理解接受能力、经验知识、认识辨别、推理判断以及兴趣爱好，差异度是不小的；何况除了年龄的差别以外，这里头还有男生、女生，城市、农村的差异存在，如果作家在进入儿童文学作品创作之前，不深思熟虑到这些，那么，正如高尔基指出的，这样的作品儿童不喜欢，成人也无所用之。本来嘛，真正优秀的儿童文学作品，小说如《最后一课》和《汤姆·索耶历险记》，童话如《皇帝的新装》和《阿丽思漫游奇境记》，不只孩子们不忍释卷，成年人也是爱读的。在这一点上，孙幼军同志的童话就具有这个特色。他能针对一定年龄、一定文化程度的幼童写作，愈写愈好，在创作实践中收获了不少经验心得，促使他百尺竿头更进一步，幼教工作者们也爱读他的作品了。

最后，还想对他的童话作品综合地说几句不成熟的话：他的代表作《小布头奇遇记》是多年来受到广泛欢迎的中篇童话，叶圣陶等儿童文学老前辈曾撰文称赞过。这里我只提一点意见：它的写法是给幼童读的，而作品内容则是写给较大年龄儿童的，两者间似不太协调；但题材触及农村，又是好的。《小贝流浪记》在儿童文学创作中是佼佼者，且不说在童话艺术上的成就，故事有趣、情景生动，光在作品立意上就值得赞扬，指出养尊处优和艰苦磨炼的后果，两种不同的教育方式方法，会使人变成什么样子，不仅小读者受到教益，做母亲的也需要读几遍。

“真、善、美是十分相近的性质，在前面的两种品质之上，加以一些难得而出色的情状，真就显得美，善也显得美。”我愿意引用狄德罗的这句话，作本文的结束语。

1983 年

一个深受孩子喜爱的青年作家

——郑渊洁和他的童话

孙幼军

1979 年 9 月,《儿童文学》上发表了郑渊洁的第一篇童话《黑黑在诚实岛》。不久之后,我在一次会上见到他。那年他 24 岁,北京大华无线电仪器厂的工人,有点儿腼腆,话不多,对我们这些人统统称作"老师"。他面容清秀,衣着入时,算得上个翩翩少年。他能在上班之余把自己关在小屋子里,孜孜不倦地读书并且探求着哪一种文学样式更适合对孩子进行教育,这使我感到惊异。

郑渊洁做了多方面尝试,写了各种体裁的儿童文学作品,终于选择了童话作为主要形式。他对童话有一种本能的爱好,用他自己的话说,一产生了写童话的念头,就急于进入创作,好像急于奔向一个久别的亲人。自此之后,他的童话像雨后春笋在刊物上纷纷出现。短篇童话《哭鼻子比赛》《脏话收购站》《耳朵王国》《富翁乔克》《开直升飞机的小老鼠》,系列童话《魔方大厦》,中篇童话《皮皮鲁外传——写给男孩子看的童话》《鲁西西外传——写给女孩子看的童话》……令人目不暇接。在不到四年的时间里,他发表了短篇童话 35 篇,中篇童话 4 篇,总计有 40 万字之多。其中获奖作品就有 11 篇。

"久别的亲人",这比喻相当贴切。在他还是小孩子的时候就喜爱童话,受到很深的影响。接触郑渊洁,你就会发现他脑子里有许多奇思异想,那些奇思异想又多带有孩子气。这当然给他的童话创作提供了极为有利的条件。"久别的……",说明要用他童年时代熟悉的这一形式进行创作,还要有个再熟悉的过程,要进行探索,付出努力。郑渊洁正是这样做的。他一边写,一边总结,不断地研究孩子以及童话这个文学样式的特点。在他屋子的墙上挂着两个大字"创新",这是他的座右铭。

他的童话受到孩子特别的喜爱。他常常收到小读者热情的信。我去书店买书,不止一次地听到孩子问:"有《哭鼻子比赛》吗?""有《皮皮鲁外传》吗?"我十岁的男孩是个淘气鬼,一刻也安静不下来,他看电视时手里也要鼓捣点儿东西。一个时期,我真怀疑他有多动症。但是他接触到郑渊洁的童话之后,我的疑虑冰释了——他可以一动不动地一口气把一个中篇读完。我自己写了童话,也总是抄得工工整整拿给小儿子看,并且在一旁偷偷注意他的表情。看到他读郑渊洁童话时那副兴高采烈的神气,我可实在有些嫉妒了!

孩子们喜爱郑渊洁的童话不是偶然的。他写童话,是一心为孩子的。他说:“童话是属于孩子的。童话是写给孩子看的。每当我写童话时,只想到这一点。”他的“写给孩子看”是包括丰富的内容的。他希望他的作品能够教育孩子,启发他们的想象力,使他们受到爱的教育、美的陶冶,同时希望他的童话“使小读者在读了一天书后,捧起来读,笑个没完,解除一天上课的疲劳”。没有对童话功能正确的理解,没有这样美好的愿望,很难设想他的童话会产生这样的效果。

郑渊洁特别重视童话的幻想色彩。他认为“童话的一个重要作用就是保存和发展少年儿童的想象力”。而且只有那种富于想象、有较大幅度夸张的童话才会得到孩子们的喜爱,因为“童话里的世界和孩子们心中的世界产生了共鸣”。翻开郑渊洁的童话,便会出现一个五彩缤纷的世界:皮皮鲁拨动控制地球转速的指针,地球转速突然增加了,一系列的怪事出现了;来克引爆了“酒炸弹”,全城人都被炸醉了;玻璃城的人想什么事别人都知道,因为他们是全身透明的;遭别人白眼的扑满狗由于被投入了几枚硬币突然成了富翁,于是周围的世界变了样儿。奇特的想象,高度的夸张,天花乱坠的叙述,令人时而惊叹,时而捧腹。我国的新童话还在发展中,许多作品由于种种原因缺乏幻想色彩而显得平淡无奇,引不起小读者的兴趣。评论者称这类作品为“爬行的童话”。郑渊洁的作品给童话园地带来一股新鲜的气息,他的童话确实已经张开彩色的幻想翅膀,开始飞翔起来了。

在“把着眼点主要放在启发小读者想象力上”的同时,郑渊洁也开始注意童话人物的鲜明个性和童话作品的深度,并且在创作实践中取得初步成绩。我们祝愿郑渊洁精益求精,为孩子们提供更多更好的精神食粮。

回顾与前瞻

——纪念《儿童文学》创刊二十年

冰　心

《儿童文学》是在1963年10月创刊的，到现在已有二十年了。除了在“文化大革命”那十年之中被迫停刊以外，它一直都在做着给孩子们提供良好的课外读物，丰富他们的课余生活，促成他们健康成长的工作。在这一点上，仅仅从我看了《儿童文学二十年优秀作品选》之后，觉得《儿童文学》在出刊的十年中，的确发表了很多很好的作品，其成绩并不在同时期的成人的文学刊物之下！当然其中有许多篇都是我从前看到的，并且知道《儿童文学》编辑部的同志们在这些作品上面凝结了多少心血。

《儿童文学》编辑同志们更有可以自慰和自豪的一面，就是他们一直把团结壮大儿童文学的创作队伍的工作，作为自己首要的任务。在创刊的第二年，编辑部就专门把全国各地的青年作者请到北京来，举办了学习会。1978年复刊后，又举办了第二期有五十多位青年作者的学习会。此后几乎每年都召开儿童文学作家招待会、座谈会、纪念会等。在我的回忆里，这些会都开得十分热烈而亲切，给我的印象极深，我的耳中常常响起许多老作家的谈话，眼前常常涌现许多新作家的面庞。我知道《儿童文学》的编辑同志们是深深地懂得为了繁荣花圃，必先培养园丁，为了做好食品，必先训练厨师的道理。如今这些年轻作家们的名字，不但像明朗的春星似的闪耀在《儿童文学》和同类的兄弟刊物上面，也闪耀在许多成人的文学刊物上面！我为《儿童文学》编辑们对发现、鼓励、培育新作者所付出的巨大努力和取得的丰硕成果而欢欣鼓舞并献上我最深的敬意！

向前看呢，在现在的大好形势下，我知道《儿童文学》要和我们年轻的社会主义祖国一同健康地生长发展下去，一直刊行到共产主义。它还要为亿万的中国少年提供美好的精神食粮，还要培育亿万个烹调这美好精神食粮的名厨高手。

我曾为《儿童文学》题字说，希望作家们为中国少年提供精神食粮的时候，多加上一些“爱国主义”的味精。

其实不必说每期的《儿童文学》，只看《儿童文学二十年优秀作品选》中的作品，无论是小说、童话、散文、诗歌，有哪一篇不是宣传爱国主义的呢？这些作品里有着极其广泛而丰富的内容。它们描写了少年儿童们对家人骨肉、师长同学的爱，对祖国壮丽山河的爱，对祖国悠久文化的爱，对历史上著名人物的爱，对祖国建设成就的爱，对海内外同胞的爱……总之，只要是从一颗热爱儿童、热爱祖国的心里写出来的真情实感，笔下流涌的无论是喜、怒、哀、乐，就都是爱国主义的了。宣扬爱国主义的作品里，也不会没有“怒”和“哀”的，有爱就有憎，对祖国不利的事物，不是也会引起我们的悲哀和憎恶吗？

愿我们世世代代的儿童文学作家们，永远在爱国主义的旗帜下，爱憎分明地挥写下去。

1984 年

科学和文学要结合

周 扬

我来参加这个会,对科幻题材的创作表示支持,对作家协会和科普协会讨论这一过去很少关心的创作问题表示赞赏。我的科学知识很少。我没有受过完全的普通教育,以后虽然读了大学,但一些基础的科学知识还是比较缺乏,如果说懂一点,也是后来自学的。记得前些年,我曾在社会科学院主持过一次会议,请科学上很有名气的钱学森同志讲演。他实际上是不指名地批评了我。他反对我说的科学无禁区。他说科学有禁区,反科学、伪科学就是它的禁区。当时我就认为,他这种精神很好,我是会议主席,他敢于坚持真理,直言不讳,这就是科学精神的表现。讲科学无禁区确实不够严谨,所以后来我想把我的话改为:科学的探索无禁区。为什么这样说呢?因为在"四人帮"时期,什么问题都是禁止探索的,又因为在探索的时候并不能肯定它的结论是不是科学的,所以,首先要鼓励大家勇于探索。新中国成立初期我在谈戏剧改革时说过,要把神话与迷信区别开来。神话不应当反对,它虽然不科学,但其中也包括科学的成分,特别是想象和幻想的部分是艺术创作所绝对需要的,绝不可少的。如果反对神话,不少好的旧戏就不能演了。当然,迷信是不好的。但首先也要慎重地区别什么是迷信。在创作上历来反对从概念出发,反对从概念出发来理解生活,但对于理论来说,概念是很重要的。离了概念,怎么谈问题呢?所以,首先要把科学的概念搞清楚。因为在这些概念上常常会出许多问题。当然我也写文章,也在概念上出过问题。因此我要特别强调,首先要把科学的概念搞清楚。

科学地考察事物,有个宏观和微观的问题,从这两个角度都可以见到世界的真相。现在科学、哲学等领域都提倡既看宏观世界,又看微观世界,对我们搞意识形态的同志,认真学习马克思主义,用科学的、辩证的、历史的观点去观察事物,这就是既要从宏观,也要从微观来认识世界。放宽了眼界,研究也就会得法。黑格尔的《美学》是从整个历史的角度去观察艺术问题的,这一点很受马克思、恩格斯的赞赏,对它评价很高。黑格尔认为艺术的历史经历了三个时期,第一个是象征主义时代,第二个是古典主义时代,第三个是浪漫主义时代。这种分法不一定合理,但其中确实有辩证法。当然我们与黑格尔不一样,黑格尔是唯心主义,我们是唯物主义,但他观察事物的方法(正反结合)还是有一定道理的。搞文学的能有这样的观点和角度,工作就容易做得比较好,否则就容易走向唯心主义、形式主义。

我从来主张科学和文学要结合。四个现代化最重要的是科学技术现代化。科学和艺术的结合,是社会和艺术发展的总趋势。至于怎样结合,这当然有各种道路,但总的趋势是一定要结合。

我写童话

宗 璞

我从1956年开始写童话,断断续续,也快三十年了。记得1956年写《寻月记》时,是在文联工作。白天上班,晚上看戏!——那时有那么多机会看戏,也有那么大兴致看戏!——坐下来写时,总在十一点以后。一般都写到次晨两点左右,还觉兴致勃勃。最近写了几篇,写时既不上班,也不看戏,每天写的时间很有限,倒觉力不从心。写完一篇,连人也似乎干枯了几分——还不能保证那产品是丰腴的。

我该着急。要写的还很多,这皮囊却是老病交加了。而且还有多少东西要学、要看、要知、要懂。但因拖沓惯了,倒也不甚惶惶。只是定了计划不能完成,应承了稿子迟迟不交,收到信件迟迟不复——有的信过了两年才写,人家早把这事勾销了。待人接物更多疏慢,最惦记的人也似乎很冷落,为此种种,难免常觉不安,却也想不出改进的办法。

这童话集中收了十四个短篇,其中五篇都是今年写的。五篇中除《红菱梦迹》是新有所感外,另四篇都是老交情。《总鳍鱼的故事》中矛尾鱼的悲哀和我在一起至少有十年了。《紫薇童子》的主题出没在脑海虚无主义的深渊里也已四五年。现在终于把它们送到纸上,一方面略觉释然,一方面深感歉疚。我把它们羁留了这么久,实在愧对亲爱的大小读者和我书中的生灵。我做得太少、太差、太慢了!

因为做不出活,就越觉得时间易逝。不知不觉间风庐院中春去夏来,又夏去秋至。这几天落叶纷扬,扫不胜扫,转眼工夫秋日的彩色便褪尽了。等到扫完了落叶,院子里忽然空了许多,大了许多。冬日的萧索已经来了。虽然紧闭门窗,彻夜的北风还是吹得到处咯咯响,这是这栋房屋得名风庐的原因之一。

庄子云:"夫大块噫气,其名为风。"风庐中得些自然噫气,当是好事。静听北风怒号,对照庄子关于地籁的形容,真觉淋漓尽致。当然,屋中得有足够的暖气。我爱庄子文章,那飘飘欲仙之势,简直让人随风到了无何有之乡。尝想,使文章里有点仙气的一个原因,是文章中丰富的几乎是变化莫测的想象。

从这里联想到童话。关于童话的零碎想法,在《也是成年人的知己》一文(收入《风庐童话》)中说过一些。我在儿时,像每个孩子一样喜欢童话。及长且老,这爱好却未消失。为什么呢?我想,是因为我喜欢想象,爱读想象丰富的作品。

是不是可以这样说,没有想象就没有艺术。作品要源于生活,要有深刻的思想性自不待言。而若没有想象，就只能拘泥于现实，不能从现实的土壤上飞翔起来。但是小说、戏剧甚至于诗歌，都可以多些或少些想象，使它们具有不同的风格，或归于什么流派、主义之类。像《儒林外史》一类作品，想象是比较少的，也不妨碍它之为小说。童话却是最需要想象，无时无刻离不开想象。想象是童话的灵魂。试想，读一篇缺乏想象的童话——那一定是个苦差，因为那根本就成不了童话。

人生的道路是漫长的，旅途中难免尘沙满面，也许有时需要让想象的灵风吹一吹，在想象的泉水里浸一浸，那就让我们读一读童话罢。

本来觉得有许多话说，写下来又想，与其写这样大实话的议论，不如把一些值得“浸一浸”的童话送到读者面前。那不一定是我能做到的，却是我要努力的，也是我要向许多童话作家学习的。

岁已将暮，且看未来。

1985 年

陈伯吹老人和猫的故事

晓 蓉

向陈伯吹老人告辞时，我到底还是问起了那只猫。我知道，除了他，有关的事，很多人都忘记了。

他惊喜地收住脚，问我："你还记得它叫'雪里拖枪'？""怎么会不记得！一身雪白的毛，拖着长长的黑尾巴，很会抓老鼠呢。"我兴奋的声音低了下来，"可惜，我直到现在也没见到过它。""你这孩子！你戴红领巾时，我就说过了呀，早在 1954 年我来北京住之前，它就死了。"他的声音很轻，有一种难以体察的感情……

是的，他是说过。可我和海妮不相信，还偷偷地扒过他家的门缝呢。

那年，电台正在连续播送陈伯吹的中篇童话《一只想飞的猫》。景山东街 45 号大院里的几十个孩子，天天都按时守在收音机旁，听得如醉如痴。这其中，就有我和吴伯箫的女儿海妮。在我们的小脑瓜里，陈伯吹是一位"黑发的安徒生"，手里举着一根魔术棍，点着什么，什么就幻发出异彩，叠映出一长串极好看的故事来。

那是我们最富于幻想的年代，如高尔基所说，我们那时的"天性是追求光辉的不平凡的事物"，传说、童话和科学故事，特别能激发我们的奇思妙想。在我和海妮最喜欢的一批书中，就有陈伯吹翻译的《小夏蒂》（瑞士）、《绿野仙踪》（美国）、《兽医历险记》（英国）和《吉诃德先生的冒险故事》（西班牙）。一天，海妮还书时神秘地告诉我："知道吗？那'飞猫'的作者，就住在咱们后院呢。"

哈，原来这"黑发的安徒生"，就是那小个子、戴眼镜的伯伯呀！这一发现使我们欣喜雀跃。

45 号大院是当年中国文字改革委员会和人民教育出版社的办公处与家属区，相传，曾是哪个朝代的公主府。陈伯吹就住在旧时"公主楼"楼下。那个小院，是大院较为僻静敞亮的地方，和我家只隔着一个月洞门。我们常去他家门前玩"跳房子"。他每次见到我们，都笑眯眯地点点头，或站在一旁，出神地看着我们玩，却很少说话。所以，我们也不曾特别地注意过他。

《一只想飞的猫》的问世，不仅使陈伯伯赢得了 45 号大院孩子们的爱戴，而且也赢得了新中国第一代儿童的信赖。许多中小学邀请他参加“书节”活动，还有不少“红领巾”从老远地方列队到45号大院来访问。孩子们送他自己画的书签、珍藏的画片和用心写的读书笔记。陈伯伯宝贝得不得了，称它们是“珍珠似的墨宝”，装在一个大红纸的封袋里，珍爱地存进他的书柜。

我和海妮曾经拿着个小本子，正儿八经地进行过一次采访。现在想起来，那些提问都很幼稚，比如：那只爱吹牛的猫，如果它不能“一爪子逮住十三个耗子”，那能逮几个呢？它想飞有什么不对呀？倒栽着摔下来，伤不轻吧？以后，它还骄傲吗？……

我当时怎么也不会想到，三十年后，我“正儿八经”地当了一名记者，又去采访他了。他看着我用橡皮筋胡乱扎起的“马尾”头，指指我说：“你那时梳着两根小辫子，编得整整齐齐的，和海妮在一起，缠着我照相、讲故事、念作品。还记得荷花池吗？”

荷花池是45号大院最清丽的角落。在我们童年的记忆里，它的黄昏和假日，似乎因为有了陈伯吹，一草一木都变得绚烂神奇了。孩子们不会忘记他的有求必应、他的和善耐心，还有他那越发安详慈爱的微笑。那只“想飞的猫”，也深深印在了我们心里。每当看到谁扬扬自得，或是不红脸地吹牛，许多孩子就会不约而同地一齐叫起来：“飞猫！飞猫！！飞猫！！！”要是我稍稍流露一点自以为比别人高强的神色，弟弟就要对我说：“当心哟，你又想飞了！”

哎，我真懊悔！如果我后来不把它仅仅看作是童话就好了……

这以后，我们渐渐长大了，读起了成人的书，但仍很注意少儿书讯。每当看到陈伯伯的名字，总是兴冲冲的。瞧瞧，他写得真不少呢！童话《幻想张着彩色的翅膀》、小说《中国铁木儿》、散文集《从山冈上跑下来的小女孩子》、诗集《礼花》……后来，我很晚才知道，这是陈伯伯一生中非常愉快的工作时期。他当了三年半的专业作家，却没有拿国家一分钱的工资。创作之余，还去大学教授儿童文学课。这时，他已经是五十开外的人了，还觉得自己余勇可贾，立志做一个坚守儿童文学园地的“小兵丁”。他在自己的故事和散文中，为50年代的少年人绘制了许多生气勃勃的画像，他是那样地热烈，袒露着一片真情。前不久，我读这些作品时，禁不住眼角湿湿的——多么纯洁晶莹的心灵啊，这些少年人，果真是三十年前的我们吗？

我觉得从心里对不住陈伯伯。

因为，不知道从什么时候起，我们之中许多人开始变得并不纯洁了。比如我，就曾真的像那只“想飞的猫”昏头昏脑地从树上倒栽下来。

平心而论，在那潜移默化的熏陶中，我并没有觉出有什么不正常，连我的父母也对我放心极了——全五分的“三好生”，没退队就入了团——他们夸还夸不过来呢。可是，那使人晕眩的焦灼的气流，终于龙卷风般地袭来了！

1958年的一天，我和几个同学很奇怪地想起了陈伯吹。那是北京“全民除四害”高潮时，我们师大女附中被分配在汽车局后的河边“轰麻雀”。近千名“祖国的花朵”，被编成密密的“人墙”，敲锣打鼓、声嘶力竭地闹腾了三个整天。战绩果然“辉煌”！眼见着那些麻雀无处停歇，一只只累得跌落下来。满腔热情响应号召的我们，于筋疲力尽之时，还在生发着一个又一个的奇想。我那胖墩墩的“同桌”突然对我说：“那童话作家陈伯吹，他干吗不写篇《飞不动的麻雀》呢？”好主意！我回家就去“公主楼”找陈伯伯。可是，他的房子已经换了主人，新主人说，他已离开教育出版社，专业搞创作，搬到中关村去住了。

我们等啊，等啊，以为陈伯伯定会和我们想到一起去，写出一篇《飞不动的麻雀》来。但是，我们失望了。

这失望，确实潜伏着危机。

直到十几年后，我从“文革”最初的狂热中沉静下来，才逐渐想清楚了许许多多本来并不难懂的道理。比如，“想飞的猫”和“飞不动的麻雀”之间，有着某种奥妙的关系；又比如，大人们早该读一读《一只想飞的猫》，那其实也是他们人生教训的总结啊！

我不敢肯定地说，爸爸妈妈看过《一只想飞的猫》，就一定会阻止我披星戴月地“轰麻雀”；但我可以肯定地说，如果他们当时像弟弟一样提醒人“当心哟，你又想飞了”，那么，多半没有好下场。1959年爸爸的错误，就是太像弟弟，结果差点被开除党籍。第二年，陈伯伯在上海深入生活时，也受到了批判，说他写的是儿童的身边琐事，不重视大题材，是为艺术而艺术。还有什么“童心论”“本位论”之类一大堆帽子。

现在想起来，一些大人对童话的理解，有时还不如孩子。也许，他们压根儿就那么认定，童话只是为了骗骗孩子的吧？

可我，直到现在还认定，陈伯伯是用一颗爱我们的诚心来写童话的，是为我们不栽跟头而写“飞猫”的。如果，早知道像他这样谦和宽厚的好人，也会在“文革”中被打成“反动学术权威”，要受那么多的磨难，我们还会毫不犹豫地去冲锋陷阵吗？

当我的女儿也长到看童话的年龄，我才重又见到陈伯伯。他那一头银丝，告诉我逝去了多少宝贵的年华。我的几经搓揉的麻木的心，正在慢慢地复苏。1977年底的一天，我见到报纸上刊登了陈伯吹的一篇小散文《米泔水》，写他在上班途中，如何发现上海的小学生往学校集中米泔水，为的是支援国家养猪。他很受鼓舞，却不知道“米泔水”为何物。他把牛奶、豆浆、蜜柑水，还有橘子水，如数家珍地一股脑都数到了，就是数不到“米泔水”。为此，他竟会十二分地难过，责问自己“忘记的究竟是什么”。我看后心头一热，才发现自己“忘记的”原来比他还要多！

他开始不断地从上海给我女儿寄书。科学童话《十一个奇怪的人》、散文集《摘颗星星下来》，早年写的再版中篇童话《阿丽思小姐》和《波罗乔少爷》……竟有厚厚的一摞！

女儿今年寒假去上海采访了陈爷爷——恰好是我当年第一次采访的年纪。她的采访提纲是我帮助拟的，其中一条是："您把五万五千元的巨款捐献出来，作为'儿童文学园丁奖'的基金，究竟是为了什么？"女儿回来对我说，陈爷爷捐了那么多钱，家里却俭朴得很，连录音机也不是高级货，所以录音磁带效果很不好，什么也听不清。但陈爷爷对这个问题的回答，她却牢牢地记住了："为了孩子们，为他们能读到更多的好作品。也是我兴趣上的满足，思想上的安慰。"她把这些话，一字不落地写进了她的第一篇采访记，结尾是这样写的："我觉得，陈爷爷虽然已经七十九岁了，他的心，还是和我相通的！"

在中国作协第四次会员代表大会驻会采访期间，陈伯伯送了我一本他的序跋集：《他山漫步》。我只粗粗翻了一遍，就被深深感动了。这位六十三年前江苏朱家宅十六岁的穷先生，因讲故事远近闻名之后，第二年就开始了他的创作生涯。他为儿童、为书籍的一生，犹如一条源头远久的长河，撒满了各色各样的花朵：写书、译书、编书、出书、评书、教书……没有人比他更爱书了！近几年来，他牺牲了自己的创作，去各地指导儿童文学创作。从长白山麓到南海之滨，从云贵高原到辽东半岛，不辞辛苦，孜孜不倦。在此同时，他还仔仔细细阅读了近七百万字的作品，为儿童文学创作新秀的集子写了六十多篇序和跋。作家贺宜曾说："在我们中国，从古到今，将六十年岁月全部奉献给儿童文学事业，陈伯吹可算是第一人。"

我相信，对这一评价，不会有人不心悦诚服的。

我没有读过陈伯伯在1982年发表的童话《骆驼寻宝记》，但我看到张锦江、任大霖在评介它的文章中，都怀着敬意想到了陈伯吹"寻宝"的一生。

在跋涉了半个多世纪之后，他光荣地成为一名共产党员，当时已是七十七岁的高龄。

他希望"飞猫倒栽"的悲剧不再重演。他希望有更多会捉老鼠的小猫长大。他说，他家中那只"雪里拖枪"，其实是只能干的好猫，辛劳了一辈子，也很有人情味。后来，它老了，抓不动老鼠了，就自己找了个角落，悄然无声地死去了……

我听了，鼻子酸酸的。

1986 年

与青年朋友讨论儿童文学

阮章竞

对儿童文学的要求和希望

我认为儿童文学是要考虑小读者年龄、心理、兴趣的。儿童从认得母亲的眼睛开始，就一直以纯真、好奇的眼儿在观察世界。因此，对文学家创作的要求，不同于成年人读的作品。

人老了，常常会想起儿童岁月的幻梦，还可能会想回到妈妈身边去。齐白石晚年作品，不少是回到童年，甚至画风都充满天真、稚气。尹一之同志看过齐白石作画，他说："我看见他作画，简直像是小孩画的。"我说贵就贵在这个天真上。许多人都有这样的例子，我也有此体会。不少事，让人感到十分可笑，但是，我们就在这些可笑的幻梦中认识人生。我每为儿童写东西，一定会回到孩子年月里去。这时，我返老还童了。就是说，我是把自己成人后的阅历，经过理性的思考，写来交给现在的儿童。处处是用孩子的目光和心理，在观察、分析现实世界。我常说这种情况是"返童"现象。

用孩子的心理、孩子的感情、孩子的语言，不用或少用大人话儿，不用、少用书面语；政治词语可用，但最好通过形象化；要考虑孩子的年级、根据儿童接受能力使用文字，从而逐步提高他们的接受能力，使他们随着你的笔锋开阔视野，看到更远的远方。儿童文学家是要把自己的心灵世界袒露给儿童的、影响儿童的，所以他们从事的是件非常严肃的工作，不能掉以轻心。

如此说法，我认为创作是有个要告诉小读者什么的问题，要他们了解到什么，用作画术语是"立意"。儿童文学，要有稚气，要生动，要有感染力，更要有风趣，反面就是死板、呆板。我写给孩子看的东西，虽然不多，但我每个东西都要先读给孩子听，从而观察他们的接受能力和反应，凡是孩子听了不笑，也不动情（如喜欢、同情或害怕）就是感到这个东西没有味道。孩子是最坦率的文学批评家，如果是这样，你最好是重新写。让孩子先听听你的作品，是很必要的。

儿童希望人生美满，希望有结果。有结果是对孩子希望、信心的回答和支持，特别对幼儿。我写东西没有不考虑这个问题的。

孩子热爱生活,爱看好看的东西,作品一定要写得美;既要单纯,也要色彩斑斓,但不要庞杂,像调色板那样乱七八糟;作品既要像幅好看的图画,也要像一支好听的歌。儿童诗的音乐性很重要,儿童小说故事的回环性似乎也很必要。我写《金色的海螺》时,充分考虑了这些因素。

儿童短诗,明朗、清丽,不拖泥带水,有画、有音乐都是不可少的。

人都常以为儿童文学比大人看的作品容易写,简单、浅显。我说不然。儿童文学难写,责任更重。深入浅出的东西本来就难写,不喜欢孩子的人,没有童心,不要写儿童读物。儿童文学家,本身就是个大孩子或老孩子。

今天科学发明一日千里。今天的儿童少年比哪一代的儿童少年都要聪明,接受能力更强。从地球到太空,从现代到古代,儿童文学创作都有无限宽广的天地。我就很希望见到我国的一位儿童文学家,把英国李约瑟博士写的中国古代科学发明史,拍一部动画电视系列片。我看不但儿童会喜欢看,我这个老年观众也会爱看的。古代的吴承恩创造了儿童喜欢的孙悟空,我早就希望有谁来创造一个神通广大的现代的、为儿童孩子喜欢的“孙悟空”。今天从事儿童文学的作家的文化素质,比一些老作家好得多,这希望是可以实现的。

中国古往今来,出现过多少英雄俊杰。写革命战争,远远未写够,我们不如苏联。现在抗越战争前线出现了多少英雄模范,四个现代化建设出现了多少劳动模范? 儿童都是敬仰这些人物的。儿童文学创作材料仓库取之不尽,用之不竭。需要有今天的叶绍钧、谢冰心、张天翼,我们的格林、安徒生那样的儿童文学家。我满怀信心,他们,会出来的。

儿童文学的社会责任

我认为,当前在各种文艺思潮、主义、体系争新斗奇的情况下,儿童文学,许是块比较干净的领域,但它绝不是真空地带。应当注意那些无批判地模仿西方生活方式、财神万岁的思想,对儿童少年的严重影响和腐蚀。我多次听到过教师们的呼吁,也去过劳教所同失足少年座谈,这些在我面前都是些刚过十岁的孩子。在当前的刑事案犯特别是严重的案犯中,抢劫、斗殴、强奸、杀人、碎尸什么都有。只要稍为回想一下,即使在青年罪犯中,多数在“文革”时还是儿童,有的刚出生,有的还未出生,我痛心地问道:50 年代的儿童少年是多好的啊! 他们却为什么会如此呢?

在思潮竞涌的情况下,有人利用创作自由,写了一些思想低下、格调庸俗,甚至以低级趣味、追求感官刺激迎合不健康心理的东西。我说儿童文学阵地,虽然是块比较干净的地土，可是我们都知道，仅仅靠儿童文学作品，是不能满足少年儿童的要求的。这些睁着亿万双好奇的眼睛窥探世界的儿童，传奇、武打、斗殴、恐怖、色情的小说、电影、电视、小报、刊物等等，都在影响他们。

还有社会、家庭的影响。我发现党内的不正之风，严重地影响青少年们对党、对新社会的信任，他们所见到的一些现象，你还很难以主流与支流、本质与非本质的道理来说服、教育他们。还有劳动皆下品、唯有做官高的好逸恶劳，不愿过艰苦生活、财神万岁观念，对独生子女的溺爱等等，无不在影响少年儿童的身心健康。家庭对后代应该经常进行共产主义人生观教育，但不能不注意家庭里或多或少存在着一个或半个封建、资本主义自由王国。中越边界的英模报告团，严肃生动地教育着我们：参军后的青年能出现那么多英雄模范，就是因为我军是革命思想熔炉，炼铸出的是共产主义战士。

我为什么谈这些问题，因为今天的七岁至十岁、十岁到十七岁的儿童少年，就是明天——21 世纪各条战线的主力军，他们是祖国未来命运的主宰者。儿童少年这个阶段，是可塑性很强的阶段，可以捏成这个样子，还可以再捏成另一个样子。我发现，后代到了十八、十九、二十岁以后，很多事，说服教育更费力气。从人生过程来说，二十五岁左右，是异光闪烁的时期。很多科学家、发明家的成就是在这个年龄出现的。

现在有些青年儿童文学作者，不承认或者干脆反对儿童文学作品负有教育任务，反对作品要有主题思想，认为作品只是作家个人心灵的反映；反对熟悉社会生活，熟悉儿童生活、儿童心理，甚至反对从文学中分出儿童文学这个品种。世界在发展，文化科学一日千里，都在发展，没有创新就没有未来。创新理论，解决新问题，发展新事物，这是人类的希望。新的科学理论，靠成果来证明；新的创作方法，用作品来证明。在学科上、文学上不靠力竭声嘶的叫嚷，靠成果、作品，靠对人类世界的贡献。

儿童文学和浪漫主义

金　近

好的文学作品，在表现手法上，有的属于现实主义类型，也有的属于浪漫主义类型。但比较理想的，往往是现实主义和浪漫主义两者结合得很好的一种表现手法。如《西游记》，可以说是有现实主义，也有更多的浪漫主义色彩。再如李白的诗，也是属于这方面的精心杰作。

谈到儿童文学创作，我认为，比一般文学作品需要更多的浪漫主义，这是和儿童的生活、心理特点有密切联系的。我们总是说，80 年代的孩子不同于 50 年代的，因为他们的智力有很大的发展，认识能力强了，懂得多了，能独立思考，能勇于探索，这是对的。不过有一点是不能忽略的，就是孩子天生的童心，他们的行动也好，说话也好，总是伴随着童心的趣味来思索来观察的。一个小学五年级的学生，他掌握了丰富的科学知识，他能分辨是非，个儿也长得高，而他怎么也脱离不了天真幼稚的孩子气。他可以把小猫当成知心朋友，小猫不见了，他会哭得很伤心。如果撇开了童心，我们就很难理解他这种心情。我们觉得《小兵张嘎》里的嘎子很可爱，如果把他写成一个过于成熟的少年，一举一动都是大人气，那就变成小大人了。其中有个情节是最能说明问题的。嘎子用假手枪抓到俘虏，碰巧从俘虏身上得到一支真手枪，这使他高兴得不得了，他把真手枪据为己有，再也不肯上交了。这只有孩子的童心会这样想，会这样做。他只想到手里有了一支朝思暮想的真手枪，就在小伙伴面前去炫耀，表示自己是个真正的战士了，而且由此会带来一连串美好的幻想，怎样打敌人。他还不了解，也不想了解做一个革命战士要服从纪律。孩子身上的稚气，并不影响他的智力发展，相反的，还会有助于他的惊人的聪明。现在我们的孩子写的诗、作的画，常常在国际上得奖。我们孩子也有科学创造发明，获得国际上的荣誉和奖励，这说明他们有丰富的想象力，善于幻想。但这些幼年的成就都不能看作已经成熟的功夫，关键的问题在于我们怎么去引导他们、培养他们。我们千万不能把他们当作"神童"供起来，那样对他们是有害无益的。世界的前进是需要幻想来推动的，人类失去了幻想，就没有明天、没有未来。

儿童文学创作需要有更多的浪漫主义，也就是需要有更多的幻想、更多的诗意。孩子们包括成年人喜欢一些优秀童话，正是美丽的幻想吸引了他们，所以好的童话得天独厚地受到孩子们的喜爱，也是因为童话就是靠幻想来创作的，童话没有幻想，那还成为什么童话？为儿童写的小说、诗歌、散文，也应该比一般文学有更多的浪漫主义色彩才好。我们通常说的儿童文学作品要写得生动活泼有趣，富于幻想，也是从儿童的生活、心理特点来说的。我们为儿童写作，只要多关心他们，多和他们平等相待、以诚相见地交朋友，是可以写出为他们所爱读的好作品，这正是真实地反映了孩子们的心情。

童心的意思，是儿童的思想感情，也是指成年人也具备儿童所特有的思想感情，而且十分关怀和爱护这种思想感情，因此他们最了解孩子，和孩子有共同语言，想问题能想到一起，做一件事能互相合作。这种关系应该是很自然的，不是勉强的、虚假的。在我们的日常生活中，能看到这样可爱的中年人和老人。我们搞儿童文学的，就要义不容辞地做他们的知心人、代言人。但成年人的经历和思想，毕竟比孩子要丰富得多，成熟得多，这也就给了我们一个责任，要善于发现孩子的优缺点，并且积极想办法去扶植、帮助他们。如果我们的精神状态和思想水平降低到同孩子一般见识，或者像老莱子一样，有意去模仿他们，还学着他们的腔调，那就变成做作，变成肉麻的不自然的东西了。孩子们的思想感情，最突出的一点是幻想，幻想贯穿着整个童年的生活。沈阳的三个孩子去蛇岛的这种行动，反映了孩子当中最可贵的幻想，也可以说是浪漫主义的生动事例。这两三年来，儿童文学创作的题材有个可喜的突破，那就是不局限于家庭和学校，而走向社会，和社会上为孩子们所关心的一些问题联系起来，甚至《走向审判庭》这样的题材也敢于尝试了，冲破了"儿童社会"的这个小圈圈，这是一个大的收获。但是表现出来的思想感情，还是属于孩子的，这样才是正常。我们不要小看孩子，有时候他们想的比我们成年人更大胆，更有浪漫主义色彩，"初生牛犊不怕虎"这句话，确实是我们今天的孩子敢想敢做的带有普遍性的表现。我们儿童文学作者要重视和珍惜这些事实，怀着满腔热情，也就是作家(包括成人文学的作家)的童心，去表现他们，发扬他们这种幻想。不论写童话、小说、诗歌、戏剧、散文，都要把这种童心融化到作品里去。要是说儿童文学和成人文学比起来有什么特殊，那么这就是特殊。不过这种特殊又是每个成人都能体会到的，他们从小都经历过这样一个阶段，等到长大做了爸爸妈妈、爷爷奶奶，那么家里还有最亲近的孩子，只要他们多关心，始终可以了解到孩子的生活，这不是一件什么难事。所以，他们不能说不了解孩子，因为在我们的社会里，孩子是不可缺少的成员，谁都应该关心他们，并不是搞儿童文学的作者才有这种童心，热情关心下一代的，都会有这种童心，列宁就是很好的一个，还有我们的周总理也是。

再谈谈儿童文学的语言，儿童说话也是充满幻想，甚至充满诗意的，幼儿园和小学一年级的孩子，说话更天真有趣，有自己的说法，还能说明问题。比如，有个大人问一个刚上小学的孩子："你是一年级的小学生吗?"孩子的回答是："不，我是半年级小学生。”还有两个小学生布置教室，一个问：“喂，剪刀呢？”回答很简单，说：“你的眼睛呢？”这个回答是很风趣幽默的，回答变成反问，只有孩子想得出。语言很简练，包括两层意思，一是责怪同学不好好找，应该先找找再问；二是告诉同学，剪刀就在眼前。语气不是训斥，使对方容易接受，是一种快乐的批评。孩子们的讲话有这种本领，这是孩子的想象力丰富的一种表现。

语言是儿童文学作品里很重要的一个组成部分，处理得好不好，影响到作品的成败。我们要熟悉不同年龄孩子的语言，熟悉了，不是照搬，也不是模仿，而是从中了解孩子看问题的认识能力，懂得他们智力发展的程度，体会到孩子对待事物的积极乐观的情绪。值得我们注意的，是语言和幻想往往交织在一起。再有，他们用字简单明了，说话句子短，不用什么形容词，也不会客套，更不会恭维，说的话形象、具体、鲜明，也能把意思表达清楚。当然，一个人的说话和生活经历、读书爱好有关系，孩子们的语言就是那么简单朴素，但也调皮，儿童文学创作要多借鉴这种语言。

儿童文学的语言，也是和美学紧紧联系在一起的。语言美应该比一般文学的语言更要下功夫，这种美，是反映在人物的思想感情上，对待问题的态度上。孩子们都是直接感受艺术的，他们只会直截了当地从作品里看到作品的好坏，包括谁是好人，谁是坏人。他们就按照自己简单的标准去选择。他们不管舆论怎么宣传，看书不看序言，也不去注意作者是谁，好的就看，不好的丢在一边。所以对孩子来说，书的前面序言，等于墙上挂窗帘，对小读者来说是多此一举。他们喜欢看充满幻想、有强烈的浪漫主义色彩的作品，他们不怎么爱看写得太实、写得斯斯文文缺乏感情的故事。

儿童文学需要现实主义，要写得真实可信，同时也更需要浪漫主义，使故事情节充满幻想，富于夸张，写得引人入胜，耐人寻味，让孩子从中受到教益。

1987 年

窗口　桥梁　苗圃

——对《儿童文学评论》专版的期望

束沛德

跨进1987年的门槛，我们欣喜地看到，扩充版面后的《文艺报》怀着对未来一代的挚爱和关切，推出了一个《儿童文学评论》专版。这是儿童文学界企盼已久的一块园地。我相信，它的问世，将会使一向显得较为沉寂、冷清的儿童文学论坛，增添几分热气和活力。祝愿这个新生儿茁壮成长，长命百岁！

我希望通过《儿童文学评论》这个小小的窗口，能够约略地窥见当前儿童文学创作发展的大趋势。这个专版要力求同当代中国儿童文学的创作实际贴得更紧些，既要有对个别作家、单篇作品的分析和评价，也要有对儿童文学现状、创作思潮、作家群体的宏观、综合考察和研究；既要满腔热情地介绍创作新成果，鼓励作家多样化的艺术探索和追求，也要实事求是地揭示整个创作或某个作家、作品的弱点和不足；要在每期八九千字的有限篇幅里，尽可能多地容纳关于儿童文学的新信息。让我们和编者通力合作，力求把评论文章搞得短些再短些，更加精练简约些。

我也希望《儿童文学评论》能够架起一座沟通作者和读者心灵的桥。儿童文学评论要同小读者贴得更近些。从事儿童文学研究、评论的同志要同小读者交朋友，了解、熟悉在时代大潮涌动下少年儿童的生活、心理、审美情趣、欣赏习惯。下笔为文的时候，胸中要有三亿六千万小读者，要充分尊重并细心研究来自小读者的信息反馈，帮助作者更好地了解、把握不同年龄、不同层次的小读者的精神需求、阅读心理。这样，我们的评论才能更好地联结作者和小读者的心，从而推动作者搞出更多的、足以牵动亿万孩子心灵的、为他们所喜闻乐见的名篇佳构。

我还希望《儿童文学评论》能够成为培育儿童文学评论幼芽成材的苗圃。目前儿童文学评论队伍极其薄弱。我们固然期望有更多的成人文学评论家关注儿童文学，但更寄希望于熟悉儿童而又酷爱文学的学校教师、少先队辅导员，师范大学生、研究生和少年儿童报刊编辑，热切期望在他们中间涌现出一批有志于从事儿童文学评论的新人。《儿童文学评论》要热情扶持、辛勤浇灌这些新苗，为它们长成参天大树提供足够的空气、阳光、水分和肥料。如果我们能从这个专版的版面上经常看到一些陌生的新人显露身手，而他们又都是对生活、对孩子充满着爱，具有开放眼光、探索精神的话，那么，儿童文学评论这条平静的小溪流，就会日益喧闹欢腾起来。

当然，活跃儿童文学评论，单靠《文艺报》这么一个专版是不够的。多么希望全国唯一的《儿童文学研究》丛刊能办得更好，并尽量缩短出刊周期；同时殷切期待着更多的文艺评论刊物和报纸文艺版来关注儿童文学，为儿童文学的研究、评论提供发表园地。让我们同心协力、千方百计地来加强儿童文学的理论建设，在生动活泼的自由讨论和争鸣中，开拓儿童文学评论的新天地，以推动新时期的儿童文学走向更加繁荣、更加成熟。

读《黑发》

曾镇南

我约略地知道一点《黑发》(见《儿童文学》1987年第1期)的作者陈丹燕。她是女中学生们的知心姐姐。有一次,她为了体验生活,曾以一个中学插班生的身份,钻到女中学生堆儿里去,交了好些朋友。对女中学生们心里憋的那些心事,她知道得可真切、可多啦。她又有细腻的感受、清亮的童心、认真得要命的正义感,所以,她的中学生题材的小说,常常写得纤细、透明,又微微聚着点凝重,透着点峻切,让人觉得事微旨大、情趣清幽,我是很喜欢读的。

这一篇《黑发》,写的是一件很细小很细小的事儿。女中学生何以佳扎头发的橡皮筋偶然被同学拉断了,于是她在姑姑的三面镜子的梳妆台前发现,自己的头发"像只温顺的黑猫一样错落有致地从头顶上到耳朵旁到脖子边到肩膀头,脱胎换骨地浓黑发亮","心里温柔地音乐般地响了一声"。

姑姑为这突现的黑发的美而惊呼,她用卷发器、吹风机为以佳梳理了一个"神秘的直发式"。

当这"神秘的直发式"出现在校园里的时候,同学们议论纷纷地惊叹,而外号叫"旧社会"的赵老师却粗暴地"横加干涉",罚不服气的以佳绕操场跑二十圈……

这是少女的想要显得美的黑发引起的一场小小的风波。不,只是小小的涟漪。

如果作者所体味到和所要表现的,仅止于青春期少女追求美的自然欲望和微妙心理受到乖戾寡情、冥顽不化者的压制打击而感到的悲哀和愤怒,那么,这小说虽然也精警动人,却是我们已经不难想见的。

似乎还有更深一点、更旷达一点的东西。

作者的文思,秀颖而能生发。她把何以佳的那一头黑发,放在一个艺术的三棱镜下来透视。她轻灵地转动着这个由何以佳、姑姑、赵老师三个女性的心理剖面组成的艺术的三棱镜,照出了黑发所牵系着的三代女性微妙的情绪变化和引起这种不同变化的心灵渊源。当然,她的心灵穿掘并不是在每一面都恰中肯綮、妙臻精微的(比如对姑姑、对赵老师的心理独白,就写得稍嫌直露、粗疏),但这种三面的透视,却比只穿掘女中学生心理的一面透视,更能凸现社会的立体性,更能表现作者对各种各样人的恢宏练达的理解。就说那个面目讨嫌的赵老师吧,她那也曾忧郁过的少女心理以及对忧郁的简单克服,她那留在发黄的旧照片上的"美好纯洁的中学生生活",都向我们闪露了这个古板人物的心理曲径。不窥探一下这种独特的心理曲径，就不能深切理解赵老师的那种"让学生像我过去一样"的认真而偏执的信念。这里，艺术结构上的独出心裁，是建立在作家对人心的多层次多角度的理解上的。

最重要的理解当然是给予何以佳的。作者的笔一旦触及这个少女的心灵世界，就熠熠生辉。追求头发的美，这只是她的心灵渴求发展、升华的一个偶然而表面的冲动。她不是对镜子里的"美丽到可怕的头"睁开了一只"张惶的眼睛"么？她不是觉得没完没了议论她的头发的女生"蠢透了"，"就伏在桌上装睡"么？她根本没觉得这"造作的头发""好看得要死要活"，她的心里还憋着一种更深的、比单纯的爱美更重要的东西，那就是少女心理发展到一定阶段必然产生的对心灵的丰富与成熟的追求，以及对这种追求被简单粗暴地宣布为"不正派"的愤怒，"彻底的不明白但想弄明白"！

所以，何以佳虽然为自己的发式觉得不自在，虽然最恨造作的神秘，虽然对暖烘烘围在脸上的长发感到失望，她在赵老师面前，还是口齿锋利地捍卫自己的发式，驳斥没有根据的责难，倔强地在操场上跑圈！

不了解这一层，我们就还是没有懂得何以佳。小说正是在这一层击打出了独特的思想的火花。

创造幻想和现实结合的意境美

——漫谈葛翠琳童话的艺术特色

缪俊杰

在文学的殿堂里，童话往往被摆在十分次要的地位，被认为是一块可有可无的领地。其实这是一种偏见或误解。优秀的童话作品，通过它所创造的奇特的艺术境界，不仅能反映复杂的社会和人生，而且在启迪儿童的智慧、陶冶他们的情操方面，具有别的艺术形式所不可企及的美感效应。关于这点，我在葛翠琳的童话中又得到了验证。多姿多彩的社会生活、五光十色的奇异幻想进入她的笔下，花草树木、鸟兽虫鱼都富有生命，栩栩如生，妙趣横生。三十多年来，她发表了大量童话作品。她以充满着时代激情、意境清新和富有儿童情趣韵味的童话作品，赢得了广大小读者的热爱。近年来，她开拓题材领域，寻找新的表现角度，在童话创作上进行新的探索。冰心老人在为《葛翠琳童话选》所作的序言里说："我为女作家中有像葛翠琳这样的童话作者而高兴！她的作品，永远是鼓励儿童前进、向上。……我深信这位孜孜不倦的园丁，一定能和许多新老童话作者一起努力，倾注心血，浇灌童话这美丽的花儿。"这既是鼓励，也是祝愿，代表了包括我在内的读者的心声。

童话是幻想的艺术。但童话的价值更在于，作者要善于把幻想和现实结合起来，创造出两者和谐统一的艺术境界，才能使人们得到更大的启迪和更多美的享受。别林斯基说过："把人引导到虚无缥缈和空想境地的幻想是有害处的；但是和现实生活相联系，唤醒对自然界的兴趣，唤醒对人类理性力量的信心的想象力的活动，却是有益的。"(《别林斯基论教育》第 128 页)这里说的虽然是教育，我想这个原则也是适合于童话创作的。葛翠琳的童话的显著特色之一，就是她始终追求把幻想和现实结合起来，通过对人或对自然物的人格化的描写，反映纷繁复杂的社会生活，引导青少年读者逐渐清楚地认识复杂的社会，理解丰富的人生，从而在内心深处得出自己的是非爱憎。在表现幻想的丰富性方面，我们对她的创作也许还可以提出苛求，指出许多不足，但可贵的是，她所写的童话作品大多取材于现实生活，在幻想的形式下，赋予了丰富的思想内容，针对性强，体现出强烈的时代精神。"文革"前她所写的童话，如《野葡萄》《金花路》《采药女》等，主题深沉，在读者中有广泛的影响。"文革"后发表的新作，更发挥了她早期作品中那种把幻想和现实结合起来的特点。中篇童话《进过天堂的孩子》通过一个纯洁、善良、聪敏、漂亮的少女蒲英儿"进天堂"所经历的各种磨难，给人们以深刻的历史的反思。凡是经历过"跃进"年代荒唐世事的人，都尝过"天堂"里的苦果，一提起它都会勾起许多辛酸的回忆。葛翠琳则把对这段历史的反思，化为富有幻想色彩的童话，蒲英儿像梦幻一般去游历父辈们迷信过的“天堂”，让她再尝一次这个“苦果”。作家以充满挚爱的激情，描写了蒲英儿稚嫩、善良的性格以及她幼小而痛苦的灵魂。蒲英儿经历过这悲哀的梦，变得更加成熟了。鲁迅先生说过：“我愿意作者不要出离了这童心的美的梦，而且还要招呼人们进向这梦中，看定了真实的虹，我们不至于是梦游者。”（《〈爱罗先珂童话集〉序》）这就是说，童话作家不仅要写童心般的梦，更要让人通过这梦看到“真实的虹”，看到光明前景。我想，《进过天堂的孩子》《幸运儿》《一支歌儿的秘密》等通过不同角度的描写，都能给人以光明的启迪。

童话作为一种幻想的艺术，同样能够给人以深刻的现实教育。鲁迅先生曾经说过：“童话通过大自然之物寄寓着人类的思想和言辞，人们在风雪的呼号中，花卉的议论中，虫鸟的歌舞中，都能听到比这些花草虫鱼之声更洪亮的‘自然之母’的声音。”葛翠琳创作童话是有较明确的教育目的的。不过可以看到，她已经摒弃了过去那种单纯说教的简单化的做法，代之以更为含蓄的艺术的内涵。中篇童话《翻跟斗的小木偶》是颇有思想教育意义的一篇。聪明伶俐的小木偶聪聪，能歌善舞，能做各种舞蹈动作，表演得很出色。但是他缺乏清醒的独立思考的头脑。他的一切神经都被牵在一个轴圈儿上，被别人操纵着。他一度被人利用，当着“枪”使了，最后弄得身败名裂、粉身碎骨。作者在这里，通过聪聪的命运，分明是寄寓着深刻的历史教训。在十年动乱中，许多善良的人，由于缺乏独立思考，被坏人所利用，做了“亲者痛，仇者快”的事，最后弄得身败名裂。小木偶的命运不可以成为一面镜子吗？小木偶这位“反面教员”，同葛翠琳早期作品《野葡萄》所描写的“白鹅女”这个“正面教员”的教育作用是一样的。那位美丽善良的小姑娘白鹅女，被狠毒的婶娘弄瞎了眼睛，她不畏艰险，长途跋涉，摸进深山，采摘那吃了之后能重见光明的野葡萄。而且在自己重见光明之后，又用这些野葡萄去医治那些拥有同样命运的人——瞎眼的磨坊老头，吹笛子的盲艺人，瞎眼睛的小妹妹……作家通过这个故事，分明是为了启迪孩子们树立战胜困难的毅力和舍己为人的高尚品质。无论从正面或者从反面，作者都是寓教育于幻想之中。把幻想的形式同现实教育的内容结合起来，这是童话的一个重要特点，也是葛翠琳童话的一个重要特色。

童话不仅不排除而且需要采用夸张、变形甚至荒诞的手法，但是这些奇特的艺术手法同样应该与反映现实生活和潜移默化的教育目的结合起来，这样才能使这些夸张、变形、荒诞的故事成为有积极意义的题材。葛翠琳的另一个中篇童话《半边人》就是采用夸张、变形甚至荒诞的手法创作的一个作品。一座很美丽的城市有一天突然来了一位新任市长左左博士，他上任伊始，就下了一道道“左”的政策法令：南来北往的行人和车辆必须挤到大路的左侧，所有的鞋店必须卖左脚的鞋，汽车开动只能左轮子沿地;更有甚者,娃娃出生之后,要把右手右脚捆住,只能发展左手左脚。一切都是畸形的。这个荒诞的故事,分明是对于过去极左路线时期一切畸形的做法的讽刺和嘲弄。这种夸张、变形、荒诞同样是为反映生活服务的,不过它所反映的生活是一种被扭曲了的变形的生活罢了。

葛翠琳的童话虽然以反映现实生活和对儿童进行思想教育为旨归,但始终注意意境美、形象美和语言美,追求淳朴的民族风格。童话所塑造的多是一种幻想的奇特的意境。这就为作家塑造美的艺术境界提供了广阔的天地。作家可以在这个天地里,自由驰骋自己的艺术才情。葛翠琳除了上述几篇中篇童话之外,她的短篇童话,如《飞翔的花孩子》《云中回声》《唱歌儿的金种子》《神奇的火焰》《飞来的梦》《活在生命里的颜色》等,都执着地追求创造美的画面和美的意境。请看,《进过天堂的孩子》展示的是一个多么动人的美的画面:“傍晚,夕阳映红了半边天,彩云像燃烧的火焰,山顶披上了金衣衫。蒲英儿一家坐在枣树下,围着小长桌儿吃过了晚饭,谈着,笑着,月牙儿悄悄地挂在树梢上……大地静静地休息,月光似水轻轻地洒满人间,照出树的影……”当你谈着谈着,就像身临其境地进入了这种恬静、和谐的境界。在《野葡萄》中,小白鹅背负着白鹅女逆流而上,小白鹅的温顺可爱、善于泅水的特点和美的意境也就油然而生了。在《少女与蛇郎》中,女孩被害后变成白色的鸟,最终又再生,通过幻想体现出一种“精神不死”的美好的境界。

语言是表达内容的手段。语言生动优美与否对童话具有重要的意义。葛翠琳的童话很注意语言的艺术。她很善于从人民群众生动活泼的语言中,从民间文学的语言艺术中吸收养料。她的中篇童话、短篇童话甚至低幼童话(如《春天在哪里?》《快活的小河》《迷路的小鸭子》《小浪花》《花孩子》等)都注意语言的性格化、民族化,注意语言的美。她注意吸收民间文学中的谚语、民谣、说唱、叠句、对比、韵律和节奏感。例如《金花路》里有这样的描写,“宫前一棵弯弯树,树身雕成个打更人,树枝做成一把伞,伞儿一摇报时辰”,“左手开门响声好像金鸡儿叫,右手拉门音响好似凤凰鸣,推开窗子声儿颤颤响,好像柳扬拉琴声……”这些都富有民间文学中语言的节奏感的优美特点。葛翠琳的童话语言朴实而生动:“秋天里的葡萄,水灵灵的特别甜。尤其是那些紫葡萄,一颗颗亮晶晶的,又大又圆,薄薄的皮里,包着蜜一样的汁。远远地望着,像成串的紫冰晶球儿。”(《野葡萄》)寥寥几句,像水彩画一般把那令人垂涎的葡萄串儿活灵活现地勾画了出来。可以看得出,在锤炼语言方面她是下了功夫的。

葛翠琳在儿童文学园地里,辛勤劳作了三十八年,她的成就当然不止在童话方面。从 1949 年发表儿童文学作品开始,除了 1957 年那场政治风暴和十年动乱,使她失去了很长一段创作的年华,绝大部分时间她都在儿童文学的花圃里耕耘,取得了可观的收获。童话《野葡萄》曾荣获全国儿童文学创作一等奖。党的十一届三中全会以后，她的创作热情如岩浆一样爆发出来，这八年来，共创作短篇童话六十篇，中篇童话六篇，以及儿童题材长篇小说《蓝翅鸟》、儿童影视片文学剧本《小羊羊的心事》《摘星星的孩子》等，这对于年过半百的女同志来说，着实不是一件易事。葛翠琳在她的《童话选》后记里曾写下这样一段话："我必须更不断地探索和总结，在内容、形式、语言、风格……各个方面，如何使童话更受孩子们的欢迎和喜爱。"我相信这些话是真诚的。

更新和蜕变

——新时期童话的发展趋向

金燕玉

如果要对新时期的童话做出一个总体评价的话，那么我的回答是：新时期的优秀童话作品已经清晰地勾勒出了三条新的发展轨迹，童话在更新和蜕变中发展到了一个新的阶段。

童话的当代性

新时期的童话沿着当代性的轨迹在更新，在蜕变。

什么是童话的当代性？应该有两个层次的内涵。一是现实生活的图景经过变形的艺术处理被摄进童话，当代文化的各个剖面在童话中得到了夸张式、假定式的反映；二是童话作家对童话形象的审美判断，对生活的观照、表现具有当代的意识。一篇具有当代性的童话，也许达到第一个层次的要求，在超现实的童话世界中使你感受到现实的存在；也许达到第二个层次的要求，用荒诞离奇的童话形象半透明地显示当代意识；也许二者得兼。

粉碎“四人帮”后，金近的《一篇没有烂的童话》、贺宜的《神猫传奇》、葛翠林的《翻跟头的小木偶》率先为用童话艺术去把握、表现十年动乱生活提供了一些宝贵的经验。进入80年代以来，童话家们又进一步摆脱了用童话配合政治、图解政策，向孩子们进行说教灌输的方式，开始用自己的思想、自己的方式对改革开放进行思考，用独创的童话形象表现独特的见解。“风庐童话家”宗璞在《总鳍鱼的故事》里塑造了矛尾和真掌两个相互对照的活生生的童话形象：具有开拓发展精神的真掌从海洋来到陆地，它的后代渐渐进化为人类，而画地为牢的矛尾们的后代却成为鱼类的活化石。孩子们从这则童话中不难体会到作者对生活的哲理概括：“想想看，无边的、丰富深奥的大海也会成为一种圈囿。”这是个富有改革、开放意识的童话。

郑渊洁笔下的皮皮鲁以其特有的活跃、丰富的想象力和组织才能征服了孩子的心。这个人物与传统童话中的乖孩子形象相比，已有很大的不同，他的种种创举都是为了解放自己和小伙伴们的创造力——从袋装车拉的作业中解放出来。皮皮鲁是一个向陈旧的教育观念、儿童观念进行挑战和反抗的形象，具有超前性。孙幼军笔下的小黑熊吉吉自尊自强，终于发挥出自身的才能，证明了自身的价值，找到了在生活中的位置，也是一个很有启迪意义的当代童话形象。

童话人物形象的圆形化和内心化

英国小说家福斯特把人物形象分为扁平和圆形两种,这种分类法同样适合于童话人物形象。如果借鉴他的理论去考察新时期童话的话,就会发现圆形童话人物形象出现的变化轨迹。

我国传统童话中的童话人物形象大多为扁平人物。扁平的童话人物形象是按照某种“类”的特性而被创造出来的,性格特征特别鲜明,第“一大长处是容易辨认”,第“二个大长处是他们事后容易为读者所记忆”,而且可以产生喜剧性的效果。所以扁平的童话人物形象容易为孩子们所理解所欣赏所接受,容易在孩子们心中留下深刻的印象。但是,如果童话中只写扁平人物,那么以其“类”的身份重复出现,就不可避免地会导致雷同的弊病。为了使得童话形象更加丰富多彩,使得童话更好地表现复杂的人生,则需要大力借助具有复杂性格的圆形童话人物形象的力量。

80 年代的孩子普遍早熟,他们的生理、心理都成长得较快,不再满足于仅仅欣赏扁平人物;而生活也越来越显示出更多的层面和矛盾;主体意识开始觉醒的童话家们,都在努力寻找、发现自己要表现的人物,想脱出前人的窠臼。正是这三方面的动因促使圆形童话人物形象在新时期应运而生,为童话增添了新的光彩。

前面提到的小黑熊吉吉就是一个圆形的童话人物形象。小黑熊吉吉设计自我、实现自我的过程是曲折的,他的性格几经变化。当他想通过改变自身的形体去赢得大家的尊敬和喜爱时,他那自尊的性格中杂有虚荣的成分,到了他懂得自身力量的可贵以后,虚荣就消失了。诸志祥在《黑猫警长》中塑造的黑猫警长不仅具有神气、威武的外貌风度,而且具有比较令人信服的圆形性格。他的果断中有莽撞,他的热心中有急躁,他的知识还有欠缺,有时又过于自信,于是造成种种失误。他是个破案能手,却并不是个常胜将军。然而,性格上的弱点和行动上的失误丝毫也没有减少这个形象的魅力,唯其如此,才使孩子们感到亲切可爱,真实可信。

新时期童话中的人物形象,除了趋于圆形的发展态势外,还出现了内心化的现象。

由于孩子们好动的年龄特征,对童话人物形象一贯强调动作性,由人物一连串的外部动作构成童话情节的主干。那么,刻画童话人物内心世界的作品,能不能被孩子们接受呢?实践证明,只要写得活泼有趣,他们一样爱读。葛翠林塑造的翻跟斗的小木偶的形象,根据木偶的物性,语言和动作都是受人操纵的,他自身的思想感情只有通过内心世界的刻画才能得到表现,从而决定了作者不得不把笔触伸向人物的内心,勾画出小木偶受操纵者影响后心灵变化的历程。这是一次不自觉地刻画童话人物形象内心世界的尝试,取得了艺术的成效。青年童话作家冰波的探索是引人注目的,在《秋千，秋千》中他着重刻画童话人物的想象、心理、梦幻，有机地穿插在情节之中，把兔妈妈对秋千的美好回忆，小兔白白对秋千的美好向往，写得那么富有诗意，富有情意。由于穿插得当，与外部动作的描写有机地结合起来，一点也没有沉闷感，使得这篇童话格调清新独特。

想象空间的拓展

童话艺术思维的特点是幻想、拟人拟物、夸张变形，魔法神仙构成了童话作家进行艺术思维的几条线索。新时期的童话对每一个系统都有新的拓展，大大开阔了想象的空间。

首先是拟人拟物的对象范围扩大了。如郑渊洁的童话《脏话收购站》把脏话拟为货物，把拟物的对象扩大到无形的、抽象的事物。更值得注意的是，宗璞的《总鳍鱼的故事》和胡世晨的《导蜜鸟和人的故事》开辟了拟人拟物的一个新领域——将童话艺术思维空间向人类发展史突进，将人类发展史用童话故事的形式表现出来。《总鳍鱼的故事》写的是由鱼进化为人的故事，《导蜜鸟和人的故事》写的是人类从采集野蜂蜜发展到饲养家蜂的故事。童话家们并不详述历史发展的真实过程，而用活生生的个别的童话形象和动人有趣的情节去编织一个美丽的虚构故事，寓含进化的哲理，给孩子以思想的启迪。还有另外一种情况，即作家赋予常见的拟人的形象以新的性格。在洪汛涛的《狼毫笔的来历》中，狼从残忍的反面形象变为想做好事而受人误解的悲剧性角色。再比如，我国新时期的童话中，出现了对现代科学技术和现代用品的模拟和神化，用来代替传统童话中古老的魔法和宝物，也大大开拓了童话艺术思维空间，起到了更新的作用。郑渊洁的童话是这方面较突出的代表。新的魔法活跃在他的一篇又一篇童话中，各种新技术、新用品都成为他展开光怪陆离的童话世界时得心应手的道具。皮皮鲁离开地球时乘坐的巨大的“二踢脚”分明是对火箭的模拟(《皮皮鲁外传》)，能够拍摄内心世界的立体透视全息摄影机是对全息摄影技术的神化(《鲁西西外传》)，螺丝城居民的耳朵眼里被安上的脑表又是由电表、水表变化而来(《乔麦皮外传》)。由于郑渊洁的作品中富有时代感的魔法道具层出不穷，因而对小读者有着很强的吸引力。

从上述三方面看，新时期的童话正在发生着可喜的变化，正在变得更加丰富多彩和更加富有艺术魅力。

1988 年

儿童散文的魅力

任大霖

在儿童文学园地里，散文似乎注定只能当配角。多年来，儿童小说一枝独秀，近年又童话崛起，大有与儿童小说分庭抗礼之势。儿童散文却总是处于陪衬、点缀的地位。

其实，儿童散文的地位并不是历来如此，它曾经在儿童文学园地里占据过举足轻重的地位。“五四”以后我国新文学巨匠们为儿童创作或虽不专为儿童创作而受儿童欢迎的名著中，散文占了极大的比重，如鲁迅的《朝花夕拾》、冰心的《寄小读者》，都是脍炙人口的文学瑰宝。那时的儿童刊物、儿童书籍，虽不一定标明作品体裁，但实际上散文所占比例极大。我总觉得近年来儿童散文的衰落，是一种很不正常的文学现象。

是儿童不需要散文吗？不，儿童需要散文，甚至超过其他体裁。中小学生都必须学习作文，所谓作文，主要是学写散文。一个学生可以不会写小说，不会写童话，但必须能写散文。学写散文，能不读散文吗？记得我在少年时代，像《陋室铭》《桃花源记》《五柳先生传》这类古代散文都是百读不厌，背诵如流，对它们那种美妙的意境、深刻的哲理、铿锵的语言，至今难忘，在我审美意识的形成、语言能力的发展过程中，起了极为重要的作用。

儿童散文成了可有可无的陪衬品，这恐怕也是儿童文学的一种倾斜吧。

儿童散文的衰落，有各种原因，我以为最重要的原因应当从它本身去找。这就是：儿童散文失去了它的魅力。

儿童散文的魅力，首先在于它所表现出来的真情实感。真情实感只能从心底流出，而不能“做”出。无真情实感，便无散文。但令人遗憾的是，近年来的儿童散文，具有真情实感者较少。有些作品，思想虽然新颖，也很深刻，但读来总觉得不那么亲切，不那么感人。作者是在那里“阐明”某种思想，而不是写他的真情实感。有一些散文更像小说，不像散文，但作为小说又嫌过于单薄。

儿童散文的魅力，还在于它所创造出来的意境。散文和诗一样，必须有意境，情景交融、物我交融的优美的意境。没有意境的散文不是上乘的散文。作为儿童散文，这种意境还应当使儿童喜爱，有儿童的情趣。但是近年的儿童散文，似乎只提倡主题思想的新鲜,作者见解的独特,却很少提倡创造美的意境和儿童的情趣。诚然,也可以读到一些有意境有情趣的令人陶醉的好散文,但数量不多,而且往往是某些作家偶一为之的。较少有人在那里执着地追求、探索儿童散文的艺术魅力,就像对儿童小说、童话和儿童诗的探索那样。近年来,儿童文学界冒出了一大批善于写小说、童话的富有才华的中青年作家,相比之下,新涌现的儿童散文家却极少。

还有一个问题,可能比上面谈到的那弱点更值得引起注意,这就是语言的问题。如果说,文学是语言的艺术,那么,散文就应当是语言的精品。儿童散文的魅力都必须借助于语言的表达,语言的优劣直接决定了作品魅力的强弱。但遗憾的是,近年来有些儿童散文的语言素质有明显的下降。有相当数量的儿童散文语言不精练,不优美,甚至不准确。某些作品的语言给人以漫不经心、信手乱写的感觉——当然,这里也有编辑的责任。

记得在1962年底,我曾就儿童散文的创作问题写信向冰心同志请教。我提出:儿童散文的特点是不是在于“情节性”,即需要一点儿抒情的、淡雅的情节。冰心同志复信说:儿童散文确实可以有一点情节,这样更适合儿童的口味;但好的儿童散文必定是有浓厚清新的儿童生活气息的,而且在语言上必定是真挚而且优美的,为儿童所能够欣赏并乐于接受的,而不是“大人说小人话”或“小孩儿说大人话”的干巴巴、粗拉拉的东西。

那一次通信已是二十五年前的事了,但冰心同志的这些话我始终没有忘却,而且觉得在今天仍是那样新鲜,那样重要。

田地的儿童诗

圣　野

1948年11月12日晚上，在《中国儿童时报》编辑部，我写好了一首《欢迎田地》的诗，等着一个就要来敲门的"小弟弟"田地：

冰儿，过一下
有一个小朋友要来敲门
他是比我还小的小朋友
但在我们的童话国里
却是顶大顶真的诗人

鲁兵(即冰儿)接着我的诗，在我的诗本子上，也写了一首诗叫作《我听话了》：

来了吗
是他吗
我们快躲起来
躲在桌子下面
他一进来
没等他问谁在家吗
就跳上去抱住他

这两首用友谊和童心写就的儿童诗，很快就在《中国儿童时报》上发表了。年仅二十一岁的田地，也从这时候起，用他的天真烂漫而又富有现实主义传统的儿童诗，走进儿童诗坛，走进了我们的诗的天地。

田地大量写作儿童诗，是从1947年开始的。

田地的儿童诗，像一个个生动逼真的电视剧，只要一打开，就能够看到一些苦难的"风景"。他看到中国人民在受难，在忍受着新中国诞生以前的剧烈的阵痛，在灾难深重的旧中国，小弟弟们没有机会过一个快乐的节日，有的只是痛苦的眼泪。

偶尔，在田地的小诗里，也会出现一点轻松愉快的笑声，像他画的"自由画"里，就画了爸爸的胡须和眼镜，画了女老师卷曲的烫发，画了书里的曹操和铁公鸡……说明田地毕竟还是一个刚刚长成大人的“孩子”，他的追求和爱好中，还充满着他童年时代的许多乐趣。

我爱田地的诗，爱他的天趣幽默，爱他的痛快淋漓。也许，田地有点像卓别林，常常把悲剧当作喜剧来演。当我读着《擦皮鞋》这首小诗的时候，一股凄楚的泪水，禁不住要夺目而出：

皮鞋擦得雪雪亮雪雪亮
亮得好照人
肮脏到哪里去了
唉唉唉
肮脏到小孩子的身上去了
……
皮鞋擦得越多
小孩子身上越来越肮脏
但他的心里越来越欢喜
他数数钞票
一张二张三张……我看见他笑了
比我算术考了一百分还高兴

诗写得那样朴实，那样深情。这个蘸着眼泪写诗的年轻人，怪不得一开始就抓住了万千小读者的心！

年轻的田地好像身带诗的吸盘，对生活的吸附力特别强，他能把生活中的每一个典型的细节，都吸入他的强大的吸盘，而逐渐加以消化。例如他的《家》，便是一个斑驳陆离的诗的结晶体：那到处散布着牛粪、猪粪、鸡粪、柴屑，青草蔓生，石卵路高低不平的大街，那流动着猫的尸体、小鸡的尸体、枯树枝、破草鞋和粪便水的臭小沟，那架着一个松毛凉棚，躺着一条狗的大门口，不正是每个又穷又脏的江南农家的悲惨形象吗？而作者呢，就在那样的臭水沟上，一面洗脚，一面和别人聊着新闻。这样的细节，绝不是一个粗心大意的孩子所能够捕捉到的。看来毫不费力，却给人一种无限悲凉、无限凄惶的强大的控诉力量。

田地属于旧中国那一个贫穷悲凉的农家，也是属于他那个时代的。田地写了那样一些诗，和那个时代“告别”，至今读来，还像告别一个可怕的噩梦。但我仍然可以从

《小河》《自由画》《摇篮曲》等小诗中，呼吸到一股清新的空气，看到明日中国的希望。《摇篮曲》写的完全是一个大孩子的口气："叫老鼠不要跑来跑去"，"叫苍蝇和蚊虫远远地飞开，不许它们来叮你"，"宝宝呀，……做个太阳挂起的梦"，"做个荡秋千的梦"……读着这样的小诗，会感到一份大哥哥对小弟弟小妹妹的温暖和亲切。

田地又像一个爱猜谜谜子的小弟弟，他在《灯》《节日》《公园里的长椅》等诗中，出了好多的谜谜子给弟弟妹妹猜，这是些十分稚气的谜，这是些有强烈控诉力量的谜，如"公园里的长椅"上，躺着一个工人，背着别人，在偷偷地哭。警察没有发现他，没有来赶他。他"为什么不回家去睡觉呢"？他家的"小弟弟小妹妹不会吵吗"？人这样大了，为什么还会哭呢？……一连串想不通的问题，叫人读了，有一种抓心的力量。多么吸引人的这些带泪花的诗谜呵！

田地给小读者出了这样一些谜，万千的小读者，是会从现实生活中、从父兄所给予的有益的启示中，终于找到答案的。天就要亮了，谜底很快就要揭开了！

田地在黑夜里写下来的那些诗，我最最喜欢的，要数《傍晚来的客人》《夜里写的》和《老鼠嫁女儿》。诗中的保长老爷，就像那在黑夜里横行无忌的"老鼠"，田地在诗中所流露的对这些鼠类的憎恨是十分强烈的。《夜里写的》的最后两行诗，是田地从牙齿缝里迸发出来的"匕首"和"投枪"：

妈妈，我说
我们应该有一支枪和一包毒药

田地的儿童诗，产生在血与火的年代，产生在光明与黑暗激烈交战的年代，至今读来，仍然字字冒出火星，仍有强大的异常感人的力量！

田地用他忧郁的抒情诗、辛辣的讽刺诗和寓有深意的童话诗，告别了旧社会，用欢畅明朗的儿童诗，迎接着一个崭新的社会主义新社会。

田地不光是长于写朗诵诗，亦写过儿歌、动物诗和大量的故事诗、讽刺诗、抒情短诗，他是个多角度多风格的儿童诗探索者，曾经做过各种各样大胆的尝试。总起来看，新中国成立以后，随着祖国的欣欣向荣，田地的诗的风格为之一变，由比较解放的自由体，而逐渐转向整齐、匀称、押韵；在构思和诗句的锤炼上，比过去更成熟；在感情的表达上，则不像过去那样撒野奔放了。当然，由于田地同志对他所描写的对象比较熟悉、比较了解，读来依然流露着一股清新明丽的气息，像《毛毛画画》这一类亲切自然的爱国主义诗篇，在新中国成立后田地的整个儿童诗作中占据着相当大的比重。因此在50年代和80年代的少年宫的朗诵晚会中，时时可以听到田地创作的铿锵悦耳、一往情深的诗篇。

也许是受到苏联儿童文学的深刻影响吧，田地在解放初期，写过不少风趣隽永的快活的小诗。我以为最有代表性的，莫过于《小树叶》中《雷、雨、种子》这一组诗，我也很喜欢《早晨》中的第一节：

早晨，在床上，
我听见喜鹊在叫。
阳光搔着我的眼皮，
早晨啊多么好！

一个“搔”字，把诗人对新社会的无限深情，非常亲切地衬托出来了。

读了这样清新活泼的小诗，会感到三万六千个毛孔，没有一个不舒服，会在你的心灵深处，唤起一份对美好的春天的无限感激的心情。

可是，1957 年的一场突如其来的政治风暴，给田地的诗创作带来了灾难性的打击，他的诗的翅膀再也奋飞不起来。在那受尽折磨的二十年，田地虽也写了《羊羔托儿所》这样的组诗，但我们在他的诗中，已经感受不到他那份天真烂漫的童心了，读来渐渐感到有些成人化。但对于我们喜爱的田地，我觉得是不应该这样求全责备的，倒是应该感谢他，在如此艰难的条件下，还没有忘掉孩子，忘掉要给我们的下一代多留下一点诗。尽管如此，田地在这组反映青藏高原的种种新事物的小诗中，还是有收获的，至少他把题材领域大大扩展了，写出了一些颇有边地特色的作品。

随着“四人帮”这群政治魔鬼的彻底倒台，田地心中的诗，又开始真正复活了。他的爱国主义诗篇，写得更富有色彩，更加绚丽动人了。怎样给四岁左右的幼儿写一点诗，田地曾做过许多有益的尝试。一组写溶溶的小诗《我快四岁了》，其中不乏成功的佳作，如《搭积木》《手风琴睡觉了》《你和谁好》《我不怕》等篇，对幼儿心理的刻画，是惟妙惟肖的，要不是作者非常喜爱自己的描写对象，是不可能写出这样具有血肉感的作品的。

田地的儿童诗，像一束怒放的花朵一样，我认为是属于开放型的。他有一百句心里话，像拎起竹筒倒豆子一样，恨不得一股脑儿都倒在桌子上，这种淋漓尽致的个性，也同时给他的某些诗作带来一定的影响，就是痛快有余，含蓄不足，话一下都倒光了，反而不能留给人以更多的回味。试举《我的伙伴》为例。诗的第一节写的是小藏刀，拿它削铅笔，画出草原新容貌；拿它削弓箭，“我把豺狼都射倒”。这“我把豺狼都射倒”，不能不说是惊人之笔。第二节，写我的伙伴，是小马靴，“穿它骑上马，踏着脚蹬不摔跤"，"穿它走上道，踩平崎岖往前跑"，已经比第一节有所逊色。接下去，又写他的伙伴是红领巾，是红旗的一角，鼓励他遇到困难别懊恼，"勤奋学习攻碉堡"。虽然韵脚都押得不错，但明显地有一种拖沓的痕迹。

"文革"以后，田地饱和着欢欣，写了不少歌颂春天的诗，歌唱这个百花竞开的盛世。对于田地来说，这是他诗歌创作中的第二个春天。这几年来，他先后出版了儿童诗选集《冰花》和诗集《复活的翅膀》；他创作的《祖国的春天》《我爱我的祖国》《田地儿童诗选》等，其中不少诗篇在全国或省市的儿童文学评奖中多次获奖。

田地的《给冰儿哥哥》这首诗，是三四十年之前被当作一份见面礼送给鲁兵同志的。这首诗辗转传抄，在三十多年以后，居然又回到了田地的手中，并且有幸收到他的诗选集中，我为儿童诗欣幸，我为存在于我们之间的常青的诗的友谊深感欣幸！

全国首届儿童文学奖获奖作品浅议

王一地

新时期以来，儿童文学创作无论质量还是数量都有长足的发展，其中小说创作收获更为突出，这一点在全国首届儿童文学评奖的获奖作品中有了充分的显示。

这次评奖跨六个年度，而且是新时期以来作家们从事创作探索和创作实践最活跃、最旺盛的六年。这次评奖坚持以作品艺术质量为准和少而精的原则，评出的作品质量较高，因而有人说这些获奖作品称得上六年来的代表作，从总体上说，这种评价并不过分。

较长一个时期以来，儿童文学创作缺少个性，反映到作品上，主题、人物甚至故事情节千篇一律，图解式、雷同化的情况普遍存在。反复拜读这四十几篇获奖作品之后，我明显地感受到，造成图解式、雷同化的那些条条框框已经突破，作家们的主观视野开始开阔起来，对生活里发生的事情有自己的独特见解，并有胆识和勇气坚持自己的见解，因而作品题材面比过去宽广得多，立意也趋向深刻厚重。更可喜的是由此这些作品也大都能够贴近生活真实，容易与小读者在心灵上产生共鸣。可以说，这是这批获奖作品成功的原因之一。

当然，这里所说的“扩大主观视野”主要指的是对生活的感受和认识。创作实践证明，作家写什么不写什么，并不全由作家的主观意向来定，而是生活给予的感受起着更重要的作用。但生活里的本质性的东西能否被发现、感受，发现、感受了又能否真诚地变成文学奉献给读者，这就与作家的观念新旧、认识能力高低、艺术造诣深浅、个性品格等等有着密切的关联了。柯岩的《寻找回来的世界》、严阵的《荒漠奇踪》、刘健屏的《我要我的雕刻刀》、程玮的《来自异国的孩子》、常新港的《独船》等，都展示了作者思想观念的清新和洞察生活、深刻反映生活的勇气和力度。

《寻找回来的世界》(最初发表于《十月》)是新时期一部儿童小说力作，它起着扩展儿童文学题材领域，增进审美层次的作用，在思想深度和含量上也是儿童文学作品中少见的。作者以熟练的艺术技巧，把生活中错综复杂的矛盾冲突，巧妙而艺术地展现在初知人事的少年读者面前，引动他们从美感中去思考生活，思考做人的真谛，这就更难能可贵。《我要我的雕刻刀》也是近年儿童文学的一篇新意盎然的作品，它冲出了惯常的清规戒律，笔锋正像锐利的雕刻刀刺触着教育领域那些禁锢思想、抹杀个性、不尊重人格、形式主义等带有普遍性的弊病，思想新颖犀利，人物真实生动得像活人似的立在你面前,整篇作品闪烁着清新、脱俗的光彩。《来自异国的孩子》也有以上同样的优点,其语言特别地流畅活泼,故事发展舒展自然,思想阐发蕴藉含蓄。这两位作家都很年轻,对自己的艺术追求执着而又坚定,接连为孩子捧出一批有创见的作品的同时,他们本人的艺术个性也趋于成熟。

长时期以来,编辑们常常感叹:儿童文学作品的艺术形式、手法太单调、老气了,不如成人文学样式多、有生气。读过获奖作品之后,可以说,令人感叹的情况已有改观。不少作者在艺术探索中把什么样的艺术风格、表现形式、手法以及语言节奏等等更适于自己,当成重要方面,做着不懈的努力。仅以中短篇小说、童话来说,除了原有的以故事新奇、强烈或以问题尖锐深刻取胜的写法仍然运用并拥有广泛的读者(如《乱世少年》《冰河上的激战》等)以外,一些脱颖于塑造典型性格的传统手法,又糅进了自如、奔放的意识流、散文化手法的作品,也颇受读者赏识,应该说这是一种值得倡导的创新,它既不拘泥于传统,也不照搬舶来品。这类作品已摆脱了沿一条线行笔叙述故事,笔触像摄影师的特写镜头,常常把人物放在纷繁、复杂的生活背景上,不讲求离奇事件,而注重生活真实,也不受时序约束,以写人物需要随意调转镜头,集中焦距刻画人物的内心世界,加之凝练、抒情、带哲理意味的语言,使作品的艺术趣味和可读性随之升华,主人公也就像突现在秋天色彩斑斓的原野,格外刚健英秀。除去上边提到的刘健屏的《我要我的雕刻刀》,还有沈石溪的《第七条猎狗》等等都有这样的特色。而曹文轩的《再见了,我的星星》、方国荣的《彩色的梦》、常新港的《独船》,又同以上所述的风格迥然不同。在这批作品里,人物、场景、故事往往被融为一股从心底缓缓流淌出来的溪流,引读者进入幽深、高雅的氛围;行笔往往从不起眼的事情开始,而字里行间却回荡着一种诗韵,产生一种空灵美。而《三色圆珠笔》《荒漠奇踪》《紫罗兰幼儿园》又在揣摩人物心理动态上下功夫,作者们善于在写复杂的内心生活时,避开静止的专篇阐述,而抓住某些特征,有时更把一刹那的神态化为生动的细节,以类似白描手法,表达得简洁传神,这种动态心理刻画手法是特别适用于儿童文学的。

前些年在同一些青年作家交谈中,时常听到培植民族性格的责任问题,一些刊物也发出过塑造当代少年形象的呼吁。令人可喜的是这些要求已有了硕果,这也是获奖作品中最可贵的成功之处。

我们的民族历来以富于理想,勇于革新,讲求礼义道德,推重睿智、博大、勤勇的性格著称于世界。但不能忽视,这些美好的素质,由于多年来不断遭受“左”的棍棒敲击,难以幸免地受到践踏,几千年封建统治、愚弄种下的随遇而安、循规蹈矩、迷信偶像、狡猾贪婪的劣性也随之泛滥。分析今天的孩子,乐观、向上是主流,但内心深处也有烦恼,其原因是复杂的:一方面举国上下的腾飞之势使他们特别容易受到激励,价值观念的更新也使他们倾心于鄙视陈腐，崇尚进取，立足于超越；而另一方面他们又受到旧意识的千丝万缕的缠裹、包围。生活中常常有这样的情况：当孩子们把自己的理想、愿望袒露给大人时，得到的回报往往不是鼓励、引导，而是申斥、指责，似乎大人的想法塑造孩子，并不是首先尊重和引导孩子萌生富有朝气的好想法。正直的孩子对在人生道路上早早染上拉关系、走后门、阿谀奉迎这种趣味低下的风气是厌恶的，然而他们的清白、刚正又往往被别人看成是不懂事、无能包、土傻帽儿。所以孩子与父母、教师与学生间的冲突，除了个别学生自己确实顽劣不羁、功课落后以外，多半的原因是反映着封建传统意识带来的人性与残暴、民主与专横、尊重与损伤的抗争。但孩子毕竟是弱者，抗争的结果往往在性格发展上出现新的不平衡，不是暴烈桀骜，就是折身俯就，从此消沉——十年文化浩劫泛滥起来的精神污浊，其毁坏性依然值得警惕啊！不少作家正是体察到了这一点，在紧迫的责任感支配下，从积极方面，开始完善民族魂的创作追求。他们用新的意识认识当代少年儿童，着眼于未来刻画新一代的形象，终于在作品中出现了一群栩栩如生的艺术人物。这些性格不同的人物各有不同的发展历程，有的是那么曲折艰辛，读来令人落泪；他们又是那么纯洁可爱，自立自强得令人起敬，读来使人对未来充满着希望！在这众多的艺术形象里，以《寻找回来的世界》里的谢岳、《荒漠奇踪》里的小司马、《我要我的雕刻刀》里的素洁、《来自异国的孩子》里的安小夏、报告文学《王江旋风》里的小王江，最为光耀出众，小读者们把他们当成了知心朋友。作家们坚持这种追求吧！多给孩子们描绘这样具有阳刚之气、奋发勇为的知心朋友吧！应该说，这对民族的未来，将功德无量！

儿童观——儿童文学的原点

朱自强

我国儿童文学长期处于落后状态,这在当前的儿童文学界已经成为定论。寻找导致落后的原因,应该成为儿童文学理论的自觉意识。在回顾儿童文学走过的历程时,我们发现,儿童观问题一直是儿童文学作家尤其是理论研究者视野中的盲区。

儿童观是儿童文学的立足之本。真正意义上的儿童文学是产生于有了尊重儿童的人格、承认儿童做人的诸项权力的儿童观的现代社会。但是,应该看到,儿童观是一种思想文化现象,封建主义的儿童观并不因社会制度的改变而一下子消亡。因此,如果封建思想文化中的反动腐朽的部分不能被彻底清算,那么,儿童观就必然积淀下不健康的封建基因,脱胎于这样的儿童观的儿童文学也就会畸形生长。

儿童观是一种哲学观点,它是成人对儿童世界的认识和评价,表现出成人与儿童之间的人际关系。现代社会主要有两种对立的儿童观,那就是日本著名儿童文学作家、理论家秋田雨雀所说的,“一种观点是成人把成人的世界看成是完善的东西,而要把儿童领入这个世界;另一种观点是,意识到自己的生活的不完善和不能满足,而不想让下一代人重蹈覆辙”,“从前一种观点出发,便产生了强制和冷酷;从后一种观点出发,便产生了解放和爱”。我国的儿童文学,很长的历史时期内便持着秋田雨雀说的第一种儿童观。五六十年代的“教育儿童的文学”给人的总体感觉是:作家为儿童之“纲”,君临儿童之上,指手画脚地进行滔滔不绝的道德训诫和政治说教;儿童则是迷途的羔羊,要等待着肩负着教育使命的作家来超度和点化。在这样的儿童文学中得到满足的已不是儿童的合理欲望和天性,倒是儿童文学作家的说教欲。儿童文学作家十分虔诚地相信自己遵奉的教育观念的正确性,一心坚决而又急切地要把儿童领入自己为他们规定好的人生轨道。但是,历史已经令人可悲地证明了两点,一是我们过去所信奉的许多教育观念是错误的;二是在作家们高高在上的道德训诫和说教之下,遭到压抑甚至扼杀的是儿童们合理的欲望和宝贵的天性。这两种不幸,存在于五六十年代的许多儿童文学作品中,甚至连一些获奖的优秀作品也未能幸免。比如获第二次全国少年文艺创作一等奖的《蟋蟀》,小说里的少年赵大云,小学毕业不参加升中学考试,回到农业社铁心务农,把割稻、犁田这些原始劳动看作是“学习”。就是这种愚昧的少年形象却是作家作为少年楷模而着意肯定、褒扬并寄予期望的。作家借社长之口这样称赞他："这才是真正的高小毕业生哩！"《蟋蟀》表现的无疑是落后的愚民教育思想，背离了社会主义富民强国的发展方向。再看获第一次全国少年文艺创作一等奖、堪称我国儿童文学经典作品的《罗文应的故事》。这篇儿童小说写六年级小学生罗文应由于贪玩总是耽误时间、影响学习，后来在同学们的帮助和解放军叔叔的期待下，他管住了自己，养成了遵守时间的习惯。小说中有这样一段描写——

> 第三天恰好刮了风。他放学走过市场门口，实在不放心那一盆小乌龟：今天天气这么凉，它们怎么样了？还是游得那么活泼么？
>
> "真的，爬出屋会不会感冒？"他自问自，"去看一看吧，呵？……不许！"
>
> 走了几步，他心里痒痒的。先去看一看小乌龟，别的什么都不看，行不行？——这总可以通融通融吧？
>
> 喂，别走得那么快！倒好好考虑一下看？……
>
> "不行。"罗文应硬管住了自己。

这段描写给我的感觉绝不是看到罗文应"硬管住了自己"的欢喜，而是这孩子真可怜。我们的作家难道就不能"通融通融"，允许他晚几分钟回家，满足他那只剩下一点点的愿望吗？这篇小说使我们很难过地看到罗文应最后是丢掉了对一个儿童来说最为宝贵的东西——好奇心和幻想力。我们的儿童文学非得这样来教育儿童改正缺点吗？——缺点改了，可爱活泼的孩子却成了机器人，成了"非礼勿视、非礼勿听、非礼勿言、非礼勿动"的小"夫子"。《罗文应的故事》并不是突出和严重的例子，由此却正可以想见压抑儿童的合理欲望和天性的可怕的"金豹"。

儿童文学进入新时期后，作家们的思想观念有了很大变革，但是，儿童观中的封建毒素尚未彻底清除。在幼儿文学中，用说教来压制儿童天性的作品还屡见不鲜。在少年文学中宣扬封建道德观念的作品也时有出现。例如，在对待少年爱情问题上，丁阿虎的少年小说《今夜月儿明》（1984 年），特别是罗辰生的《少年的心》（1986 年）都是向"存天理、灭人欲"的封建道德躬身致敬的作品。电影导演史蜀君编导了一部在传统观念那儿怨声载道的影片《失踪的女中学生》（1986 年），也不过是以同情美化少年爱情始，以牺牲少年的独立人格和尊严终，本质上是与封建道德观念握手言和了。被公认为思想解放的史蜀君尚且妥协，足以证明封建道德观念的潜在势力仍很强大。鉴于这种情况，我们有必要向整个儿童文学理论界亮起红灯——到了把儿童观问题提到儿童文学理论研究日程上的时候了！对儿童观问题缺乏理论上的自觉，儿童文学的发展和腾飞将失去坚实的原点。任何偏离尊重儿童人格和保障儿童做人的诸项权利的儿童观而产生的儿童文学都将是畸形的“怪胎”。

尽管在儿童观问题上，我国五六十年代有许多儿童文学作家曾一度步入歧途，80年代也有少量作品表现出儿童观上的扭曲，但是，我们仍然充满信心地看到，目前儿童文学作家在创作上的探索和创新，都显示着儿童文学的儿童观正在悄然位移。在许多儿童文学作家尤其是青年作家的作品里，出现了“未来忧患”的主题，具有培养少年儿童对现实的批判意识的作用。我认为坚持共产主义教育方向性，就必须培养少年儿童对现存社会的不合理因素的否定批判意识，因为我们只有不断地批判、抛弃现存的不合理的东西，才有可能接近共产主义这一伟大目标。儿童观正在变革的另一个事实是，我们的许多儿童文学作家，更多的是青年作家，正在放下“教育者”的威严和架子，把自己的人格摆到与儿童平等的地位。在这种和谐的人际关系中，儿童文学作家便有可能对儿童产生“解放和爱”，进而向儿童文学提出正确的儿童教育思想，成为少年儿童的良师益友。

1989 年

台湾儿童文学鸟瞰

王景山

作为台湾新文学组成部分的台湾儿童文学，到底兴起于何时，由于资料缺乏，不好确说。但早在日据时期的二三十年代，一群留学日本的台湾青年曾创办《神童》杂志，另一群寄寓北京的台湾青年又曾创刊《少年台湾》，据说这都是专供台湾儿童阅读的刊物。1931 年元旦，醒民在台湾《新民报》上发表《整理歌谣的一个提议》，引用台湾新文学开山祖师赖和的信说："讲要把民间故事和民谣整理一番，这是很有意义的工作，我是大赞成。若不早日着手，怕再几年，较有年岁的人死尽了，就无从调查。现时一般小孩子所唱的，岂不多是日本童谣吗？想着了还是早想方法才是。"

1935 年台湾著名作家郭秋生、黄得时等编辑的《第一线》（原名《先发部队》）刊出"台湾民间故事"特辑。次年李献璋编辑《台湾民间文学集》出版。40 年代初期，黄凤姿以日文写成两本民间故事集《七娘妈生》和《七爷八爷》在台北发行。同期又有台北缀方教育会负责编辑的《儿童街》杂志出刊。

以上事实说明，台湾在光复前，在极为困难的日据情况下，也早已有儿童文学存在，并受到有心人的热情关怀。

抗日战争胜利，台湾回到祖国怀抱。上海儿童书局首先在台湾设立分店。大陆出版的儿童读物，包括开明书店的《开明少年》杂志、中华书局的《小朋友》杂志，在台湾均有出售，并受到欢迎。

1945 年 12 月 12 日，游弥坚、林呈禄、黄得时等集资创办东方出版社，以"推展儿童语文教育"为宗旨。1948 年 10 月 25 日，《国语日报》创刊，和东方出版社同为当时出版儿童文学和儿童读物的重镇，受到洪炎秋、林海音、林良等专家学者的大力支持。东方出版社后又创办《东方少年》杂志，和当时徐增洲、林良先后主编的《小学生》杂志，彭震球、王诗琅先后主编的《学友》杂志，成为 50 年代台湾儿童文学的三种重要期刊。《国语日报》率先设置的"儿童副刊"，又影响了《"中央"日报 · 儿童周刊》等陆续出现。期刊的繁荣是 50 年代台湾儿童文学的一大特色。

但总的说来，当时的台湾儿童文学被认为是再播种的改写时期，以一般儿童读物为主，真正从事儿童文学创作的人为数不多，他们自称是“寂寞的一行”。

进入60年代，台湾儿童文学逐渐受到社会各方重视。台湾“教育部”设立了儿童读物奖，教育主管部门成立了由陈梅生负责的儿童读物编辑小组，以台湾师范大学教授彭震球为总编辑，著名作家林海音、潘人木等为编辑，为提高儿童读物印制水准、充实学校阅读资料、培养儿童读物写绘人才，出版了大部头的“中华儿童丛书”。台北图书馆和台湾“中央”图书馆先后举办了儿童读物展。台湾中国语文学会举行了第一届新时代儿童作品展。

陈梅生在主持板桥国校教师研习会期间，还曾举办儿童读物写作研究班，聘赵友培、林海音、潘人木、林良等为讲师，培养了一批推广儿童文学的骨干力量。在此前后，台湾各师范专科学校开设了儿童文学课，各大学学生也纷纷成立儿童文学研究社团。

总观60年代，台湾儿童文学显然日趋活跃，儿童文学工作者也被认为是“活跃的一行”，但在创作方面实仍处于再吸收阶段。所谓“新的儿童读物”，亦多为美国儿童读物的中译本。《国语日报》出版部且曾邀请多位作家共同翻译出版了“世界儿童文学名著”共一百二十册，蔚为大观。这种大规模的翻译、引进工作，推动了台湾儿童文学的发展，功不可没。

70年代被认为是台湾儿童文学的再生长时期，儿童文学工作者成为“受尊重的一行”。其主要标志是：文学界发现并承认了儿童文学的文学价值，从事儿童文学创作的作家日益增多，逐渐形成了写作群体。各项文学大奖陆续设立了儿童文学奖。特别是台湾民间财团洪建全教育文化基金会于1974年4月4日（台湾儿童节）宣布设立儿童文学创作奖，在发掘和鼓励优秀儿童文学工作者方面起了巨大作用，并间接促成了信谊幼儿文学奖和东方少年文学奖的设立。

在创作方面，童话、童诗创作一马当先。《国语日报·儿童版》所刊即以童话居多。同时也倡导儿童诗写作，在小学里普遍开展指导孩子写自己的诗的活动。林钟隆主编的儿童诗刊《月光光》以及《风筝》半月刊、《小诗人》年刊等相继出版。中国神话和民间故事也受到重视。“中国人的想象”取代了“西方人的想象”。女作家喻丽清在她编选的《儿歌百首》出版时曾说：“美国的孩子们几乎人手一册《鹅妈妈童谣》。……我只希望能对人说：这就是我们中国人自己的《鹅妈妈童谣》，就很高兴了。”这里道出了当时台湾儿童文学工作者的心声。这期间“中华儿童百科全书”精装十二大册陆续问世。

80年代可称为台湾儿童文学的繁荣期。首先到来的是儿童诗创作的高潮。1980年甚至被称为“童诗年”。这年1月，林芳腾主编的《大雨》童诗刊创刊。4月拥有成员二百余人的布谷鸟诗社在台北成立，主要发起人为林焕彰、舒兰、薛林等。他们宣布结社宗旨是：建立中国儿童诗的理论，提高中国儿童诗的品质，推广中国儿童诗的教学。

《布谷鸟》儿童诗学季刊同时创刊，由著名诗人林焕彰主编。为纪念台湾儿童诗先驱杨唤，设立杨唤儿童诗奖，每年颁赠奖牌一座，给当年获选最佳童诗的作者。同年林焕彰编辑出版了《童诗百首》，内收1919年“五四”以来优秀儿童诗作，包括成人和儿童的作品。这一年里，几乎所有台湾的儿童杂志和报纸的儿童副刊都大量刊登儿童诗，成人杂志亦有文介绍儿童诗的理论和作品，成人诗刊也陆续开辟儿童诗专栏，介绍童诗和童诗理论。

这一年里，台湾又有《儿童文摘》《新少年》等儿童刊物创刊。这一年出版的儿童文学读物，仅据极不完全的统计就有严友梅的长篇童话创作《小番鸭佳佳》、林建助的儿童诗《妈妈的眼睛》、龚湘萍编辑的《儿童诗歌选》、陈美儒编辑的少年读物《少年的我》以及儿童文学研究专著葛林的《儿童文学——创作与欣赏》、高锦雪的《儿童文学与儿童图书馆》、陈清枝的《儿童诗教学研究》、林宁为的《儿童文学赏析》等。作为专辑、文库、丛书出版的则有成文出版社的“金奖少年文学专辑”十册、“儿童文学创作专辑”十册，汉京出版社的“童心文库”十册，《国语日报》出版部的《中国民间节日故事》十二册等。现代关系出版社还翻译出版了比利时长篇儿童漫画《丁丁历险记》十二大本。

80年代台湾儿童文学工作者成立了自己的组织。1980年台湾第一个儿童文学团体“儿童文学写作协会”在高雄市成立。1984年12月23日全岛性的台湾儿童文学学会在台北成立，选出林良、林焕彰、谢武彰、简静惠、严友梅、桂文亚、蓝祥云、陈木城等二十一人为理事，林海音、潘人木、林钟隆等七人为监事，林良任理事长，林焕彰任总干事。该会成立的宗旨是：促进会员交谊，互相激励；交换儿童文学思想，丰富儿童文学内涵；搜集资料及史料，提供会员从事研究。次年2月《儿童文学学会会讯》创刊，后又出版《儿童文学研究丛刊》。他们还曾举办儿童文学巡回讲座、儿童文学之旅，主办各种座谈会、研讨会，如“优良儿童读物推荐展及座谈会”“小学生教科书插图座谈会”“世界童话名著研讨会”“儿童文学史料的搜集和整理研讨会”等。

1987年7月1日台湾九所师范专科学校改制为师院，儿童文学课统由原来的选修改为共同必修，这被认为是台湾文学发展上的一大突破，显示了有关教育部门对儿童文学在小学语文教育中重要性的重视。

近年来研究台湾儿童文学发展的文章和专著也屡有发表和出版，如王振动作《三十年来台湾地区儿童读物发展史》、许义宗作《我国儿童文学的发展和演进》、邱各容作《我国的儿童读物发展初探》《中国儿童文学七十年》及《两岸儿童文学之发展及现状》等，为我们研究台湾儿童文学提供了资料，这是我们应该感谢的。

在谈到对台湾儿童文学的贡献时，有几位作家我们不能不首先提到。

第一位应该提到的自然是林良。他从台湾《国语日报》创刊任儿童副刊主编起，一直用他的这个本名从事儿童读物工作。70 年代初出版散文集《小太阳》,又以子敏之名蜚声台湾文坛。

林良是福建同安人,1924 年 10 月 10 日生,在厦门读小学,在鼓浪屿读中学,到台湾后先后毕业于台湾师范大学国学科和私立淡江大学英语系。他最早在《国语日报》上撰写“看图说话”,一直受到小孩和家长的欢迎。所谓“看图说话”就是根据图画为小孩子写几句简单的话,带点孩子口气,让孩子学说话用的。后来他任《国语日报》出版部的经理,仍主持儿童读物的出版。直到现在虽已年逾花甲,却仍是他周围许多已经长大的年轻人心目中的“林叔叔”,一位风趣、幽默又会说故事的“林叔叔”。

他喜爱孩子,经常和孩子接触,和孩子聊天,因此写作儿童故事得心应手。他非常重视儿童心理和儿童语言,他说:“一般人对小孩说话只注意话的形式,也就是孩子说了什么,而忽略了他藏在心里的是什么,他想说而说不出来的是什么,或是想说而不好意思说出来的是什么。怕读者不懂,于是许多大人作者就会替孩子写出一句合文法的句子,替他造出一句周全的话来。其实,有时孩子们不周全的话也是很有意思的,我多半是像录音机一样,把他们真实的话记录下来,再用暗示的办法写出情境,读者把情境与话配合起来,就会体会出其中的意思和趣味了。”

林良外语功底亦深,翻译、创作一肩挑,已出版译著各类儿童读物近二百种。其中包括儿童广播剧、儿童图画故事、幼儿故事、儿童科学读物、儿童常识读物、儿童游记、儿童诗、为少年改写的古典小说、为儿童写的伟人传记等。他创作的儿童文学被认为是台湾孩子们最喜爱的精神食粮,他写的成人散文也充满童趣。因此有人说,林良的作品有两种类型:一种是写给孩子看的儿童故事,一种是写给成人看的儿童故事。他还著有儿童文学论文集《浅语的艺术》一书。

由于他在儿童文学方面的贡献,他曾获中山文艺创作奖、中国语文奖章、最佳儿童读物奖等。

第二个要提到的是林焕彰,他是台湾儿童诗创作的最主要的推动者和实践者。林焕彰于 1939 年 8 月 16 日生于台湾省宜兰县礁溪乡。因家庭贫困,只读到小学毕业。后当过牧童、学徒、清洁工人,苦学成才。1961 年开始写诗,先在《葡萄园》诗刊发表。后加入由本土诗人组成的《笠》诗社,曾负责财务、编务多年。后因意见有异退出,另与同辈诗友创办《龙族》诗社。

他的早期诗有些是回忆童年生活的,因此适合儿童阅读。《月方方》一首曾被台湾著名诗人郑愁予誉为“很有童诗味道”。《龙族》停刊后,遂正式开始儿童诗的创作。他认为:“以前从事儿童诗创作的人,都是小学老师比较多。……一般老师写文章,容易把说教的意思直接表现出来,大部分对文学比较缺乏深入的领会,所以写出来的作品,文学性、艺术性与创造性较弱。”因此他觉得儿童诗是值得开拓的一个新的领域。他创办布谷鸟诗学社，发行《布谷鸟》儿童诗学季刊，就是为了提高儿童诗的品质，建立儿童诗的理论，推广儿童诗的教学，为教师们提供指导。

他认为，写作儿童诗“首先要调整语言，用小朋友看得懂的文字来写作。其次是要调整意识，因为在意识上必须能适合他们的年龄，所以必须使自己的心境改变，设法用他们的心和眼光来观察每一样事物”。“所以写儿童诗，不仅可以把疼爱儿童的心意表现出来，作者还可以为自己找回已经失去的童心，而得到快乐”。

林焕彰著有儿童诗集《童年的梦》《妹妹的红雨鞋》《小河有一首歌》《咪咪喵》《坏松鼠》《牵着春天的手》《大象和它的小朋友》等，曾获洪建全儿童文学创作佳作奖、中山文艺奖儿童文学奖。他还编有《童诗百首》《儿童诗选读》等。其中《童诗百首》被誉为台湾童诗未来发展的标杆。书前代序是林焕彰作的《读我们的儿童诗》一文，介绍了儿童诗的发展、儿童诗的定义、指导的方法、儿童诗与成人童诗的比较及未来童诗的展望等。对初学者来说，可以增进对儿童诗的认识与了解；对童诗工作者来说，可以获得不少的启示与规准。

第三位要提到的是林海音。这个名字因她的小说《城南旧事》拍成电影上演，在大陆已是家喻户晓了。她祖籍台湾苗栗，1918 年生于日本。五岁时随父母返回祖国，在北京长大。宣武门外、和平门外的椿树胡同、新帘子胡同、虎坊桥、梁家园等处，都是她曾住过的地方。北平世界新闻专科学校毕业后，曾任《世界日报》记者、编辑。到台湾后，先后任《国语日报》《联合报》的副刊编辑、《纯文学》月刊主编，又创办纯文学出版社。台湾不少知名作家在她的关怀下发表了自己的第一篇作品，因此她被尊为深受敬爱的“老编”、出版界的“常青树”。

林海音的文学创作以小说、散文著称，但她同时也是一位儿童文学作家。早在 50 年代，她曾将自己五千字的短篇小说《周记本》改编为广播剧《薇薇的周记》，并亲自参加播出。她不承认《薇薇的周记》是儿童剧，但播出后极受儿童欢迎。她后来撰写的小说《蔡家老屋》《不怕冷的企鹅》《我们都长大了》《请到我的家乡来》以及《金桥》等，也都是台湾小朋友爱读的书。在台湾获得社会一致好评、被誉为“儿童知识宝库”的“中华儿童丛书”，林海音是该丛书最早的四个编辑者之一，负责文学类。她同时也是小学低年级语文课本的执笔人，台湾每个儿童一入学读的就是她编写的教科书。

她很自豪于《薇薇的周记》中显示的“以儿童的眼光看世界”的创作特色。她说：“我在许多其他作品中，也常以这种方式表达，《城南旧事》中的五篇小说，也都是这样的。”

林海音对儿童文学的支持也是令人感动的。70 年代后期，朱介凡编辑的《中国儿歌》出版。林海音为此专门撰写了《在儿歌声中长大》一文，怀着激动、美好的心情，回忆了自己儿时从儿歌中受到的教育和感染。她说："在我的幼年时代，学龄前的儿童教育不是交给托儿所、幼稚园，而是由母亲、祖母亲自来抚育、教养。"而孩子们的学习，"语文的学习，常识的增进，性情的陶冶，道德伦理的灌输"，就都是从儿歌这种"口传教育"中得到的。因此她断言："中国儿歌就是一部中国的儿童语意学、儿童心理学、儿童教育学、儿童伦理学、儿童文学……"她认为，"中国儿歌语汇丰富，韵律合辙，孩子在自然而然中学习，就会朗朗上口，用不着强迫背诵或恶性补习"。

以上只是我对林良、林焕彰、林海音三位著名儿童文学工作者的简要介绍。必须指出，台湾儿童文学创作队伍，近年来正日益壮大。

例如，著名散文家琦君著有《琦君寄小读者》《琦君说童年》，又有《卖牛记》《老鞋匠和狗》等集，赤子之心跃然纸上，他被认为是台湾少数几个能写儿童读物的作家之一。著名乡土诗人吴晟发表了充满真情的《向孩子说》，随即被收入小学语文课本。著名诗人向阳编写了《中国神话故事》《中国寓言故事》。著名小说家张晓风出版过配插图的儿童故事《祖母的宝盒》。蒋家语发表过童诗《瓶子里的小星星》。蓝星诗社主要成员向明著有童话集《香味口袋》《糖果树》等。著名女作家爱亚、桂文亚等都曾任职报刊儿童版编辑。台湾爱国诗人丘逢甲的后代女作家丘秀芷近来亦偏重儿童文学创作。至于主要从事儿童文学创作的作家，如张彦勋著有《两根草》等二十余种，曾获台湾"教育部"儿童文学奖；谢武彰著有《大家来唱ㄅㄆㄇ》等，先后获洪建全儿童文学创作推荐奖、"国家"文艺奖、儿童文学奖；林清泉发表了《孤儿努力记》等，曾获台湾"教育部"儿童剧本奖、洪建全儿童诗佳作奖；夏婉云曾连获洪建全儿童诗奖和第二届《布谷鸟》杨唤诗奖；詹澈曾获第二届洪建全儿童诗奖……由于篇幅所限，挂一漏万，不再一一介绍。

董宏猷和他的梦

高洪波

湖北的青年作家董宏猷,有一副好嗓子,当他唱起流行歌曲时,一点也不逊于走穴的歌星。

听宏猷唱歌是一种享受,因为哪怕是在三四个人的小场合,他也能全副身心地投入进去,用手臂、头发以及大眼镜后面凸凸的瞳仁,燃烧你、吸引你、带动你和他一起哼哼。

我老认为宏猷的舞台不应在文坛,怀疑他走错了门儿。每听到这话,宏猷总是自得而矜持地笑笑,说考虑考虑再说。事后,他会悄悄告诉你,自己早年间就是吃音乐饭的。

结识宏猷是在江西,听他唱歌也是在江西。1987 年 10 月,他和我们一群人,一群儿童文学界的小字辈聚在庐山,共同商量为江西少年儿童出版社编一套"新潮儿童文学丛书",在议论各自的选题时,宏猷报了一本书——《一百个中国孩子的梦》,这题目很有些吸引人。

但我不知道宏猷怎样写梦。只知道他发出了一些信函,搞了些社会调查。随后,又在一些儿童刊物上散见到几星梦的碎片,假如不是宏猷突然间把书捎来的话,我还真以为这是一场梦呢!

书很厚重,三十四万字,沉甸甸的一本,可见这不是梦。于是急不可耐地翻阅;翻阅的结果,又觉得这全是地道的梦。

诚如宏猷在《自序》中承认的:"对于我来说,《一百个中国孩子的梦》是一部长篇小说,一部梦幻体长篇小说。"这是一百名中国孩子,从四岁到十五岁——曾经做过的、正在做着的以及将要做的梦。

这一百个中国孩子,年龄层次不同、民族地域各异,小到四岁的"果味奶汁""彩色的太阳",大到服用"苗条剂"的少女、寻找百慕大"魔鬼三角"秘密的少男,从小足球队员到找野人的初中生,从朝鲜族小姑娘到藏族小男孩、傣族小和尚,全在宏猷的书里扮演了一个梦游者的角色,用各自风味独具的梦,装扮着 80 年代中国儿童的生活。

宏猷是个有心人。

据说他写作这部"梦书"的动机是小女儿渴望一台"作业机"。那么我们可以从这动机里寻找到宏猷自己的梦:用文学家纤细的手臂,推动沉重的教育之车,使之有些许的滑动——向着现代化的目标,向着对儿童的尊重与理解。

宏猷是真切、热诚的,他这一百个梦,可不是“满纸荒唐言,一把辛酸泪”,相反,充满着明快鲜丽的色调,不乏幽默和风趣,给读者以慰藉的同时,又给他们以力量和勇气。

每一个梦都是一篇童话。

童话是儿童的专利。

假如连梦也没有了的孩子,自然也没有了幻想、没有了未来。

从这个意义上说,宏猷的“梦幻制造厂”很不简单。

没有对孩子博大的爱心,没有一个儿童文学作家纯真的童趣,没有丰富超拔的想象力,梦,从何写起?

读宏猷这本梦书,不必从头到尾一以贯之地看,你可以信手翻去,妙处如魔方,时时可以闪现出奇异的光彩。在宏猷诗意盎然的笔下,四岁的男孩子吃到甜甜的“小石块”,遂梦见了“甜甜的岩石甜甜的山”,把穷苦山乡的农村儿童对糖的感觉展现得十分细腻;五岁的小男孩对自己的“小雀雀儿”产生疑问,宏猷绝妙地刻画出早期性教育上的问题,也把中国重男轻女的习俗轻轻刺了一下,趣味横生;七岁的孩子渴望一台“作业机”,因为断了铅笔会哭鼻子,作业本上写好了的字也会逃跑,他怕受惩罚;十一岁的南方孩子,第一次坐火车到北方,雪给了他寒冷的感觉,他竟梦见太阳也结了冰;同样一个十一岁的彝族少年,梦见的却是另一番景象,他发现了一座长满铜鼓的山冈,而铜鼓像红薯一样,一串一串结满地面;十二岁的流浪少女的梦则与众不同,她梦见自己变成了一只小白耗子,在耗子宫殿里度过了一个难忘的生日;另一个十二岁的农村女孩子,是个倔丫头,麦收时节,她梦见自己割麦,麦秆粗如竹竿,小姑娘镰刀钝了,竟用牙齿去咬;十四岁的澳门女孩子,梦见的是男子汉“佐罗”;十五岁的回族少女参加夏令营,梦见太阳成了一只大蜘蛛,月亮膝盖上碰出了一道伤口,结了疤……

宏猷在描绘这些新鲜古怪的梦境时,绝不是为了追求离奇而一意营造,相反,他的这些梦都源于现实,甚至就是对现实的注解、诠释,因而充满了批判与同情。这种批判锋芒所向是社会生活中不公正的现象,是对少年儿童身心残害的弊端,是国民性中深层次的痼疾;而同情则出自于作家的良知、一个前中学教导主任的责任感。

我很欣赏宏猷这种激情,这股正气和勇气。

在结构上,宏猷每一篇都采用了注释,他的注释是现实场景,正文则是孩子的梦,这一点有助于读者进入梦乡,又离开梦乡。同时注释本身成为梦的翅膀,驮起读者飞起飞落,增大了梦的活动场,又很有几分幽默效果。

因为梦是梦,现实是现实,让梦在现实中撞碎,虽然显得冷峻,可毕竟你要接受、要承认。

所以宏猷在说梦的同时，也告诉小读者一个真理：凡现实的，必合理。再甜美的梦，也不过是梦，需要面对的世界，顶好不做或少做梦！

这一点又不太像童话的技法了，像小说，冷静又理智的家伙。其实，童话也好，小说也好，梦幻与现实也好，最终目的不还是寻找一种心灵的寄托吗？

正是这种寻找，才产生了屈原、李白、曹雪芹，也正是这种寻找，安徒生才成为安徒生，托尔斯泰才成为托尔斯泰。我们没理由指责任何人寻找的尝试，当然，我们希望人们寻找的方式更完美、更直接、更丰富。

这就是董宏猷的梦给予我们的启示。

香港近10年儿童文学的潮流

何　紫

香港儿童文学能组成一支创作的队伍，仅是这10多年的事。这10年，香港儿童文学创作的总趋向，是生活化和本土化。目前香港勤于创作儿童文学的作家有阿浓、何紫、陈文威、周密密、刘素仪、宋诒瑞、黄东涛、潘金英、潘明珠、孙重贵、许显良等，人数不算多。在他们的作品里，香港生活的不同层面，都有或深或浅的反映。

阿浓的作品深受读者欢迎

阿浓的作品，不论散文、小说、故事都深受香港读者欢迎。

他创作的散文，相当部分是以少年为阅读对象的。20世纪70年代他在《华侨日报》的教育版每天刊出一篇约500字的教育小品，1980年开始结为《点心集》《点心二集》《点心三集》，其中《点心集》到1988年12月已刊行15版。他的读者大部分是学生。在《点心三集》里，他把作品分为《学校篇》《父母篇》《教育篇》《生活篇》《自然篇》《文字篇》，其中《学校篇》《生活篇》《自然篇》应该属于出色的儿童文学，其他各篇不少亦具儿童文学讯息。这些作品，有的是小小说，有的是诉说学生的心声，有的是抒情散文，有的是幽默小品。当了30多年教师，手里又有一支"彩笔"的阿浓，对香港教师和学生心理观察入微，他的点心式的小品每篇都包含一项心理活动或一个生活现象，加上风趣的笔调，引起读者共鸣的同时还得到一丝温馨的暖意，悟到一点人生哲理。《点心集》的体例、形式成为阿浓作品的最大特点，也为香港儿童文学开创了一个新品种。

阿浓为香港青少年出版了两本小说集：1983年有《浓情集》，1988年有《听，这蝉鸣》。这些小说以校园和家庭为题，也有几篇写初恋情怀的。阿浓喜欢先从生活中寻觅得一个理念，再以幽默、闲雅的笔锋，透露一丝丝暖意。他这种写作方法已运用至得心应手，这是他大量贮存素材的结果。他的作品节约笔墨、轻松易读，却又浅中呈现深度。在《巴士上的故事》里，他闲闲几笔勾勒出香港男生与女生的特点："一群穿校褛的男孩子冲上车来了，他们是放学钟声响过后第一批飞出来的鸟儿，他们笑着，叫着，甚至扭打着，又像一群互相撕咬的小狗。叮叮，巴士开了，留下了另一批冲过来的'小狗'，巴士司机嘴角泛着微笑，他可以看到'小狗'们在车下的怪状。在尖锐的刹车声中，巴士停站了，上来了另一批穿校褛的。车上的男孩子突然古怪地安静了下来，因为上来的是一批女孩子。这是一所教会学校的女生，她们的一举一动、一言一笑，全像是受过训练的，大方而优雅。从头发到鞋袜，都是那么干净整齐，无怪身上散发着汗臭的男孩子都有点自惭形秽了。”故事接着写一个男生喜欢上在巴士常遇见的一个女生。可是，在一次对话中，那男生极力丑化和揶揄他的中文老师。作者从说话里，充分反映学生的顽皮相。故事的最后，是那女生道明，男生要丑化的老师，正是她的爸爸。以后，那男生在车上遇见她，却只能面对尊严的“石像”。

阿浓还写了不少儿童故事。1984 年出版有《铁嘴鸡》，选材全部来自香港儿童生活，其中《天生我材》更是真人真事——写一个身躯天生有严重缺陷的人，怎样与命运搏斗，终于成为一个对社会有所贡献的人。这本书在文字、照片、图画的配合之下，成为一本感动人的图书。阿浓是个优秀的儿童文学作家，可惜他的儿童文学创作数量和他的散文比较，是嫌太少了。站在小读者的立场，衷心地希望他的彩笔多为少年儿童读者挥舞。

陈文威屡屡获奖

陈文威今年 41 岁，从事文学创作有 20 多年。他是进入 80 年代才全面投入儿童文学创作的。1982 年他参加香港市政局举办的第二届“中文儿童文学创作奖”，以一篇《给圣诞老人送礼》赢得儿童故事组亚军；第三届又以《小紫花仙子的故事》获儿童故事组冠军；第四届他参加图画故事组，由他写故事，章民生插图，再夺得了冠军。设立公开的儿童文学创作奖能够造就儿童文学作家，这是明显的一例。陈文威从 80 年代迄今，出版了短篇儿童故事集 8 本，计有：《圣诞老人送礼物》《威风的爸爸》《武林高手》《一串串的肥皂泡》《龙门与射手》、《智仔智女游公园》（共 3 本）。此外，有每篇数百字的儿童小小说集《第十七种味道》，又有长 2 万多字的儿童小说《爱心比赛》，以及由野人绘图、他作诗的儿童诗集 4 本《智仔智女的世界》。陈文威的儿童文学选材，全部来自香港儿童的现实生活。他的故事里蕴含品德教育意义，笔下的小主角在关心别人和帮助别人这问题上有些波折。他作品的风格特点是：行文清爽，辞藻朴素，节奏短促。他写了百多篇儿童小小说，每篇一个生活小片断，表达儿童世界中纷纭的问题和内心迸出的思想火花。儿童小小说有异于短篇儿童故事，作者运用了小说的手法，在作品中着意刻画细腻的感情和描写儿童心理，他试图把成熟得快的都市少年那细如丝的心事端到读者之前。这年代“知识爆炸”，读者强烈要求读物的文字精约，儿童文学也不例外。因此，陈文威在儿童小小说写作方法上的探索，具有开创性的意义。

周密密写中篇童话

周密密于 1979 年自穗城来。在亚洲电视担任了 5 年编剧，后转入新闻及出版界任编辑。她卷入香港80年代儿童文学创作潮流中，爱写儿童生活故事和生活童话，并且在1987年出版了一本中篇童话集《神面小公主》，故事讲一位公主有一种奇异的法力，她亲吻一下谁，谁就会变得年轻。后来她游历香岛，遇上她母亲的友人，因而知道这法力的来源，是孔子学说中仁爱与礼义的精神。这故事并不曲折，幻想力嫌薄弱（她另一篇短篇新童话《想飞的高高》就写得比较成功）。但香港投入新童话创作的人至为稀少，记忆所及香港40年代有前辈谢加因创作中篇新童话《爱丽斯漫游奇境记》，60年代有刘惠琼创作短篇新童话集《慢吞吞国》，我亦在70年代写了《26短篇童话集》，以后只见零星的短篇。香港可供翱翔的幻想天地广阔，如果你是一只沙鸥，在维多利亚港上纵目，有多少可以发挥幻想的题材呢。我们实在缺少优美又幻想色彩浓烈的童话作品。因而周密密的尝试弥足珍贵。她写的儿童故事常常介入香港生活阴暗面。1986年出版的《我有一间屋》，共收6篇短篇儿童故事。其中3篇写香港不愉快的事——第一篇《风球下》写台风吹袭香港，一个少年人仍冒风雨上门替小孩子补习功课，但贪婪的汽车司机漫天叫价，他只好冒险步行而去，到达了才知道山泥倾泻，要请他补习的孩子受了伤……第二篇《我有一间屋》，通过小孩子替成人排队买楼花的滑稽现象，反映香港居住难和“炒买炒卖”楼宇的一幕；《四方城历险》写香港一些人沉迷于打麻将，影响下一代亦染上赌博恶习。香港儿童文学竟像五棱镜，能反映香港诸般生活。这是一个趋向。周密密笔下的儿童常常向香港不合理的生活现象提出疑问。她的第二本生活故事《宁宁观岛记》于1988年出版，收录创作故事5篇。《小桃花在年宵市场》写美丽的桃花过了大除夕即遭遇被折毁的命运；《圣诞老人的礼物》写穷爸爸去做受雇的圣诞老人，以便赚点零钱买圣诞礼物给孩子；还有小孩子埋葬烟蒂——那是一个“环保”的故事（《儿女心》）。上述每篇都带出淡淡的生活哀愁。

刘素仪善于哲思

刘素仪1982年毕业于香港中文大学新闻传播系。她的第一篇介乎寓言与童话的作品《鲸的故事》获儿童文艺协会儿童文学创作奖亚军，并大获好评，从此激发她的儿童文学创作欲望。她的第一本儿童小说集是1987年出版的《肥芝的心事》，里边6篇作品都颇具深度，蕴含作者的哲思——《我的淘姑姑》写两代人先后受到一位不顾儿童心理、过度“关怀”孩子的人的“侵袭”，造成孩子终生恐惧感；《这个暑假》大胆接触“死”的问题，帮助小读者认识死亡的奥秘，故事描写在祖母的大幅遗像前，迎来妈妈的另一个孩子降临人间，自然界的“生老病死”于是在笑谈间介入孩子的心扉，这是一个颇具心思的好作品。刘素仪写《鲸的故事》表露了她善于写思想性文学作品的潜质。她另一篇《虚心的旅程》同样是很成功的带童话色彩的寓言。她写的儿童生活小说颇传神地、有血有肉地表现香港都市儿童的心态，她参加第二届新雅少年儿童文学创作获亚军的作品《友谊小姐的一天》，即为其中的佼佼者。

宋诒瑞的纯净和东瑞的突破

宋诒瑞1981年从北京来港定居，她念的是幼儿师范，曾长期在电台工作，并且研究印度大文豪泰戈尔的儿童文学著述。来港后，亦卷进这10年香港儿童文学创作的潮流中，1982年及1986年她分别获得市政局中文儿童文学创作奖儿童故事组冠军，1983年及1987年又获优异奖。1985年出版第一本儿童小说集《新来的同学》，接着出版《一本语文书》《夜晚的雷声》，童话集《会说话的山洞》。最近出版《呢喃集》，写下自己的童年故事。

宋诒瑞在内地生活了40多年，她有很好的文学基本功的锻炼，能做到“字正腔圆”，这有利于她写成规范、纯净的文学作品。反观在香港成长的儿童文学作家，作品中常见的毛病是夹杂“广式”或“港式”的行文、语调。宋诒瑞的儿童小说较多从学校生活着墨，教师、同学、父母，都围绕在一个富教育意义的题材上徐徐展开。

香港儿童文学很缺乏科幻作品。这方面，黄东涛（东瑞）尝试突破之。他创作的给少年儿童阅读的科幻故事计有：《琳娜与嘉尼》获香港儿童文艺协会第一届儿童小说创作奖季军；《不沉的舞台》获香港儿童文艺协会第二届儿童小说创作奖优异奖；其中《琳娜与嘉尼》《再见黎明岛》《未来小战士》3篇都是同一个题材，写机械人徒有高科技的制作，却是个本无感情的冷血产物，故事在人性与物化的冲突中展开情节。黄东涛的科幻故事均以情节取胜，略嫌科幻部分新意不足。他创作的儿童生活小说集还有《一对女琪儿》。黄东涛早年在印尼念书，后回国于1969年毕业于福建泉州华侨大学中国语言文学系。70年代初来港，即在成人文学作品中游刃，写有多部小说及散文。他是80年代卷入香港儿童文学创作潮流中的。他的儿童生活故事注重情节铺陈的技巧，故事接触多层面的香港生活，并重视故事给儿童的品德意义。

潘金英、潘明珠写中篇小说

潘金英与潘明珠两姊妹喜欢联合创作，出版有中篇儿童小说《宝贝的学生》（1984年），短篇儿童小说《太空移民局》（1983年）、《女巫与天使》（1985年），童话集《香港无名兽》（1986年）及以青少年为题的小说集《浓淡之间》（1988年）。这些作品均植根于香港生活，大部分取材自校园。香港缺乏长篇儿童小说，她俩借苏联著名的儿童文学著作《马列耶夫在学校和在家里》为故事的骨干，以香港学生生活素材重新改写，像植物的嫁接、移植那样，竟亦春意盎然，成为一本契合香港学生阅读的小说，极受学生欢迎,或可证明并非中学生不爱阅读,焦点在于有没有真实地反映他们的生活,讲出他们的心声的作品。潘金英、潘明珠在香港出生,并长期担任教师工作,她俩的作品接近学生生活,颇具特色。她俩的其他儿童生活小说,稍嫌“剧力”不足,相信多写必能脱颖而出。

写得多与写得少

此外,还有许显良的科幻故事、孙重贵的都市寓言、杜国威的儿童戏剧,都在创新的道路上使香港儿童文学显出姿彩。

香港较少人创作幼儿文学作品,但赵钧鸿却写了很多,并先后出版有“晶晶幼童教育丛书”十数种,抒情的童韵轻轻泛开。

唐姨姨(唐婉文)于 1986 年出版有两本儿童通讯的书信集《和你谈心》。这是较少人创作的专为孩子写的德育散文。

伦文标于 1987 年出版有三本儿童游记集:《标叔叔游历记》《标叔叔游世界》《标叔叔列国游》,香港专门为孩子写游记的,似乎只此一家。

特别要说的是向来惜墨如金的吴婵霞,她的一篇极富乡土气息的儿童文学作品《姓邓的树》获 1986 年上海儿童文学园丁奖。作品以新界元朗锦田一棵粗壮、繁茂的大榕树为中心,开展一个动人的生活故事。作者说:“香港,这块借来的土地,在所余无多的借来的时间中,应如何引导我们的孩子迈步走向 1997,也是儿童文学写作人应该肩负的历史使命。”这段话富有启迪意义。1987 年及 1988 年她为香港电台儿童故事比赛创作有两篇儿童故事,都是匠心独运之作。可惜她创作较少,她是应该为儿童文学勤挥彩笔的。

香港还有很多像吴婵霞般,有创作儿童文学的慧心却惜墨如金的人。看历年的儿童文学创作奖,很多得奖者都是只此一篇或多写一篇就未见鼓勇前行,很为此可惜,朋友请归队吧。

我于 70 年代创作有儿童小说百余篇,结集成三部儿童小说集,并写了些童话和寓言。80 年代我创办了“山边社”,转而出版别人的儿童文学著作。这 10 年我算是创作低潮期,只写了些散文、自传,儿童和幼儿文学,也写了些儿童文学评述文字,与 70 年代比较是写少了。现在等待何日抛开缠绕的杂事,再与朋友们共进,继续为孩子多写作。

香港三个公开儿童文学创作奖

目前,香港有三个儿童文学创作奖。

第一个是市政局自1981年起举办的“中文儿童文学创作奖”，分为“儿童故事组”和“图画故事组”；第二个是香港儿童文艺协会举办的“儿童文学创作奖”，第一届和第二届是“儿童小说创作奖”，第三届是“儿童诗歌创作奖”，第四届指定以“地球是我家”为主题，鼓励为小朋友创作有绿色意味的文学作品；第三个公开儿童文学创作奖是由一家私人出版机构举办的“新雅少年儿童文学创作奖”。这三个公开奖，获奖作品均出版成儿童书，这是比奖金更有鼓励作用的行动！这些颇为热闹的“儿童文学创作奖”，显然能造就儿童文学作家，陈文威、宋诒瑞、周密密、刘素仪、黄东涛等都是屡屡获儿童文学创作奖的一群。

香港电台自1981年由单慧珠拍摄儿童电视剧《小时候》起，以后几乎每年拍摄一辑儿童剧，1988年是《晴天、雨天、孩子天》，1989年是《亲亲孩子天》。这些电视剧，提供了机会予热爱儿童文艺者游刃，其中杜国威等为这些剧集写了不少大获好评的儿童剧。这可算是一个没有儿童文学创作奖之名，却为儿童剧作品结出累累果实的项目。

创作上的通病

儿童文学创作是应该各有流派、风格各异的，儿童文学在选材上、体裁上应该是各有取向的，在内容选择上是千差万别的。这10年我们终于形成了一股儿童文学创作的潮流，但我们却似乎不约而同走相近的路。大家以现实生活为题，却选取相近似的内容，有时甚至自己重复自己的东西。这是近10年香港儿童文学创作一个不良的倾向。创新、创意不够，风格、花样不多，幻想力不足，独树一帜的风格不明显。我们的第二个通病是作品中的儿童只存在于理论上，存在于概念上，而不是实际生活中的儿童。今日香港的儿童比老子机灵、狡黠，一个未满10岁的孩子，他的味觉已有五花八门的尝试，随便一间快餐店，已使他试到印度咖喱的香辣，南洋沙律的甜滑，意大利薄饼的乳酪香，美国热狗与汉堡包的酱汁混合的肉香，这些味道，做老子的一般活到30岁还未尝遍，更不用说五花八门的丹麦积胶、日本模型、电子玩具了。

创作观点上的分歧

我们有没有创作方法上的分歧呢？我们有没有学术上的争论呢？似乎都没有。不过，在社会上，对待儿童文学应否强调有教育意义这个问题上，是有颇为极端的看法。一种认为含有教育性才是好作品。目前市政局举办的儿童故事创作奖一些评判，就坚持这个标准，凡参赛的作品有教育意义的就多添几分，不含教育意义的，绝不能成为入选作品。同时，也有另一种极端的看法，认为作品中有教育性或教训意味的，就必然是传统的、保守的作品，谈不上是优秀的儿童文学。我个人主张作家有选择自己的创作路向的自由，作品中的教育性强弱的处理，只属于作家风格与题材取向的范畴，不能用作评价作品优劣的标准。

我们儿童文学的“道”

我个人主张儿童文学是有“道”的，所谓文以载道。正如成人可以有饮酒、抽烟等自由，但理所当然要被拒诸儿童世界之外。儿童文学不能没有使命感。儿童文学写作人要择善固执，不怕逆流，一意做小读者真善美的向导。

今天，我们的“道”是什么？我愿以科学、民主、自由的思想灌溉未来主人翁的心田。我希望儿童文学作品能潜移默化地影响少年儿童，使他们自觉做一个热爱和平、热爱地球、热爱生命的人，而爱国家、爱民族、爱乡土（爱香港）应该在一个理性的基础上，而不是妄自尊大，愚忠愚孝。我想，这就是今天儿童文学的“道”。（本文略有删节）

常新港小说的艺术魅力

汤素兰

神奇的北大荒孕育了绚丽多彩的北大荒文学。在北大荒文学的大潮之中，在新时期儿童小说领域里，常新港以他感受生活和表现生活的独特性，显示了个性的魅力。

常新港对北大荒的感受是不同于许多知青作家的。初去北大荒时，他是一个不足十岁的孩子。尽管处在阴郁的时代与严酷的环境之中，然而在多梦年龄里，荒原也曾给予过他悠远的遐思与真切的欢乐。在《独船·后记》里，他说："爸爸不能跟我们生活在一起的日子里，我学会了领着弟弟去草甸子里打草，冬天去山里砍柞树条，用爬犁拉回家来。我知道什么地里才能长出黄花，什么地里才有曲麻菜；我也知道什么样的山坡上才有一片片结满果实的榛树丛，满山的柞树叶什么时候才变得嫣红欲滴……就是有了这些生活，我以后才写出了《白山林》《山那边有一片草地》……"

不仅感受是独特的，同时在表现这种感受时的切入角度也很有特点。他并不单纯地叙写童年生活，而是怀着成人的复杂情感去回首往事。他为小小少年的成长而欣喜，也为过早失却的童年而伤感。基于这份独特的感受及在表现它时的特殊角度，他的小说在艺术上显示了独具的魅力。

一、逼近目的的真实

孩提时双眼注视过的那一段日子已逝去很远了，在记忆里它既清晰又朦胧。作家在表现它们的时候，捕捉的不是一切事物细部的真实，而是一种生命情感的真实。他很少对具体的场景环境精描细画，也疏于刻画人物肖像；故事中人物纠葛之处往往跳跃而过或留下空白，甚至在情节的高潮也不经意地宕开一笔，把情节冲淡。（《独船》中石伢死的瞬间，作者是这样写的："船失去控制，顺着水势缓慢地转了个头……"）常说真实是艺术的生命，但一切细部的真实未必具有永恒的魅力。巴尔扎克对伏盖公寓的描写当然显示了作家的才力，但就其真实可感而言还不如附上一张照片。在常新港的小说里，我们往往只知道北方的小河、山林、村庄、人们，我们并不知道他们确切的位置与模样。可是我们能够从心灵深处感触到河的涌动、山林的呼吸、人们的性格。这是另一种更深意义的真实，这种真实更逼近艺术的目的。因为，"严格说来，艺术的任务根本不是要揭示事物的什么特征——否则它会同科学做徒劳的竞争——而是要对人的心灵做某些有价值的贡献"（《艺术哲学》[美]V. C. 奥尔德里奇）。

二、平凡中觅得的美

“化腐朽为神奇”尽管是个老套的文学批评术语，但对作家作品来说恐怕仍是一个高品位的要求。无论人们怎样幻想奇迹的出现，普通人的生活毕竟太平凡而少奇迹，尤其在这样一个物质生活和精神生活都相当贫乏的时代。如果一个作家能够把平淡的生活、把生活中那些并不惊心的欢乐和悲哀，上升为一种美的感受向人们表达出来，使人们更为清晰、深刻地洞察生活，那么这样的作家才是真正的艺术家，他的作品才是真正有魅力的艺术品。常新港正是这样一个着意从平凡甚至凄苦的生活之中发掘美的作家。沼泽地中唯一的一棵橡树和一双乌鸦的命运，对那三个少年来说是铭心刻骨的(《沼泽地上的那棵橡树》)，对每一位读者来说恐怕也会终生难忘，并将会使许多人懂得爱惜生命，哪怕是最微不足道的生命。《独船》中的石伢子，只因为大家在他划船而去的时候都喊起来：“石伢来了，石伢划船来了！”他便“第一次感受到同学们对他的尊重，把他当作一个有用的人，这是一种呼唤亲人的感觉，是石伢久已期待的”。为着这样一种呼唤，石伢不惜献出自己的生命……生活中一些普通的事物、平常的时刻，经作者的描述却充满惊奇、充满险峻，也就充满沉重感，于是似乎一切都变得有意义、有留存的价值。同时又觉得小说中的一切其实在我们的生活中无处不有。读他的小说，仿佛看见一滴汇集着人生幸福与艰辛的水珠，在你面前闪烁后又轻轻坠落，重新成为日常生活长河中的一部分。

三、寄寓着审美理想

有研究者说常新港儿童文学最显著的审美特征是悲壮，“一种严峻的、压抑的、悲壮的氛围几乎笼罩着他的全部作品”。但是也应该看到，悲壮的氛围里始终烛照着理想光环。在作者的心中永远有一个理想的少年，他晒得很黑，不成熟的身躯让人觉得他既刚强又单薄。他站在北大荒苍茫的暮色与晨曦之中，穿行于山林雪谷里，有时又会在车上、船上见义勇为。他小小的双肩挑着沉重的生活与寂寞，他是早熟的、渴望创造的，同时又是脆弱的、敏感的。这个少年是黑鸣、是石伢、是王猛、是小生、是全子，是山那边那个打草的孩子，是反复出现于他小说中的小主人公。这个少年有海明威式硬汉子的气质，北方民族剽悍勇猛的精魂已化入他的血肉，黑土地里沤出的生活铸就了他的性格，他以人性的美好同世俗的丑恶交锋，他小小年纪却活得足够悲壮。有人说这是加缪的西西弗斯的境界，我说这是常新港的审美理想。这是他在清醒地认识到人类自身的悲剧命运时，对命运的藐视，是一个具有使命感的作家对未来一代的期盼。

四、对自然意趣的感应

当一个作家从他童年时代的经验领域熔铸艺术品时，自然往往是他不忍放弃的母题。因为一个人处在童年时代时，客观外界的事物和现象以“第一印象”打入他的心灵，渗透到他的潜意识里。当他能以艺术形式表现自己对生活的认识时，这种童年时渗入心灵的情感，以无意识的“灵感”方式出现，操纵、鼓舞着他进行艺术创作。常新港的童年时代正处在宗教式的政治狂热之中，人与人之间的明争暗斗、冷漠残酷，使他对周围的现实生活产生恐惧和厌恶，他只得到静谧安宁的自由的大自然中去逃避动乱，驰骋想象。所以，我们在常新港的小说中总能看到莽莽山林、皑皑白雪，听到流泉鸟鸣。尽管雪谷几乎夺去小生的命，小黑河吞食了石伢，榛树林里全子葬身熊腹，但他笔下的自然虽然严酷却并不恐怖。自然有些许的神秘，在大多数时候，它是妩媚地、温柔地、脉脉含情地关注着小主人公的，不是吗？当小生孤独地走向白山林时，“沉默的雪谷关心地注视着这个忧郁的、心事重重的孩子”（《在雪谷中》）；当童洁背叛友谊的时候，“白桦林不说话”（《白桦林不说话》）；当那只鸽子“在他的头顶飞旋了一会儿，终于落下来”的时候，“他感到左肩上像被妈妈轻轻按了一下”（《他和他永恒的朋友》）。在小说里，自然界的山林原野、飞鸟虫鸣对孩子们来说，比父母亲友更慈祥、更温暖、更善解人意。

自古以来讴歌自然的作品很多很多，但真正能够欣赏自然美，能够在心灵深处寻找到同自然对话的语汇的作家却很少很少。经典名作《风景谈》也只不过是把自然割裂得支离破碎，焊接上一些带有浓重政治色彩的哲理思索。中国作家太爱托物言志、借景抒情了。人们总是从红日东升看到祖国未来，从岁寒三友看到高风亮节。这种审美思维定式滞阻人们全身心地同自然感应，使人们难以用自己的眼睛去审视自然。常新港在表现自然的时候，既不是单纯地摹写自然，也不是将自我消融于自然之中或者将自然人格化，而是还原自然以自由形式，以自己的心灵去感应自然的一切细微精美的意趣。迄今为止，在儿童文学界恐怕再没有另一个作家比常新港更多地聆听到了大自然的声音，也没有另一个作家找到过更多的同大自然交流的语汇。

常新港是个善于创造艺术魅力的作家，但他或许应该想到生活中并不只有早熟的心事沉重的少年。孩子们也有快乐明丽的童梦。我们渴望他能从题材、手法、风格上超越自我，营造更美好更阔大的艺术世界。

1990 年

关于“民间故事”和“童话”

叶君健

《格林童话》中的“童话”这个名词,在德文中叫作 Marchen。这个词有两个意思:“童话”和“民间故事”。这说明在最初,“童话”和“民间故事”事实上是一个东西——至少是一对孪生兄弟。它们和“传说”“故事”“歌谣”“民歌”“谚语”及“谜语”等是同一个类型,全是口头创作,即我们所谓的“民间文学”。它们起源很早,大概人类一有了语言,这种文学就开始已经存在了。它的创造是人类最早精神活动的产物。它包含着人类原始的、天真的想象,对生活的感受,对各种自然现象的解释和在这种感受中所总结出来的经验以及某些幼稚的哲理,某些萌芽状态的宗教思想,某些简单的价值观,如“善有善报,恶有恶报”、善战胜恶、美压倒丑等等。当然这里面也蕴藏人类最初对未来所怀有的美好愿望。这些作品都是自然地想象的产物,因而也极单纯朴素,虽然也不乏美丽动人甚至惊险的场面。早期人类创造这些东西的时候,大概不曾有什么功利的考虑。他们只是基于某种“冲动”——现在的文学术语叫作“灵感”——而自发地编造出来的,然后讲给周围的人听。如果它们的情节能吸引人,能够给人某些快感,那么人们就一传十,十传百,在口头上扩散开来,成为人们的一种精神食粮。

这种扩散是持续的,从这个地方传到那个地方,一代传一代。有时一个故事可以越过乡界、县界、国界甚至洲界。这就像书写的文学作品一样,根据它们精彩的程度——也就是今天我们所谓的艺术性和思想性——而被保存下来。就是在远古时代,交通阻塞,国与国之间老死不相往来的情况下,这种现象也存在。我国民间流传的《老虎外婆桥》故事与欧洲流传的、老少咸知的《小红帽》的情节基本类似。它是从外国传进中国来的呢,还是从中国传出去的,谁也无法考证。当然这类故事在周游世界的过程中,转述者总不免要加进一些个人的想象、渲染和“主题思想”,但是,它们的轮廓大致都保持原状。情况既然如此,如果把“民间故事”或“童话”作为一个学科来研究,问题就复杂了。我们不知道它们的作者是谁,它们是哪一个时代和哪一个地区的产物,它们在扩散的过程中,经过了哪些加工和渲染。相对地说来,这比研究正规、由个别具体作家创作的、书写的文学作品,要困难得多。有的研究“民间文学”的学者——主要是在西方——按照书写的文字的框框,总是力图追溯出这种文学的起源、作者及作者的思想,等等。有的人认为民间故事起源于印度,有的认为来源于阿拉伯,有的则认为是北欧古代的萨迦(Saga)的延伸,议论纷纷,莫衷一是,即使有“比较民间文学”这门学科,恐怕很少有人能解决这种文学所具有的复杂性。

事实上,问题也很简单:“民间故事”就是在民间流行的口头创作,在流行的过程中,有的被淘汰了,有的获得了永久的生命。还有一种看法,认为民间故事是原始人的创造或农民的创造——因为他们的文化低或根本没有文化,只能创造出这样的东西。但民间故事现在仍然不断地产生——因为一个社会不管怎么发达,怎么先进,总会有那么一批人——阿姨也好,妈妈也好,手艺人也好,种田人也好,当他们对生活有所感的时候,一时顶不住某种感情的“冲动”就自发地编出一个故事或唱出一支歌来。如果他或她对自己的这种创作感到某种满意,他或她就不免要自发地讲给别人听,让它传播开来。“创造”和“艺术冲动”是“人”作为高等动物的一种潜在的特性——尽管绝大多数的人并没有意识到这一点,他们都有意无意地要创作出一些“作品”。所以“创作”并不是作家和艺术家的专利品。人类没有这种特性,就不会有文学和艺术,也不会有读者和观众,当然也不会有文化商品市场了,所谓“寓教于娱乐”也就没有社会基础了。

某些“民间故事”就是这样在我们生活中出现,最后作为“群众的天才和智慧的结晶”而存在下来的。这样的作品既可以给人以娱乐,又可以启迪人的心灵。《新译全本格林童话》里有一篇名为《蛙王》的故事,它一开始就吸引住了读者。尽管它完全是想象的编造,但读者可以从中得到某种快感,满足某种好奇心。它的娱乐价值就是这样产生的。但在“娱乐”之中,读者也会体会到某种非编造的东西,某种能应用于实际生活、人与人之间的关系和道德规范的东西——这些东西可以说是“永恒”的。青蛙迷于公主的美,甘愿为她效劳。但她却嫌他丑陋,在自己的需求得到了满足以后,就不再理他了。但“既然有约在先,就该完全照办”,离开了这个准则,人与人之间的关系就乱了,社会不安定的因素也就因此产生——这当然违反了绝大多数的人的意愿。任性的公主当然不理解这些。她答应蛙王把她坠落到井里去的金球捡回给她以后,让他到她的宫里去,但她违约了。她没有想到这个丑陋的青蛙原来是个美丽的王子,只是由于恶毒的女妖精施了魔法才使他变成了现在的模样。他一恢复了原形以后,她又被他的美所征服了。最后他们俩终于结成眷属,过着幸福的生活。这种“大团圆”的结局表现出编那个故事的人对生活的憧憬——尽管这个憧憬完全是想象的,在实际生活中实现不了，它只能在“诗”中存在。这个故事中有“诗”，诗的高潮就表现在那个忠实的马车夫亨利心窝上那三道铁箍的炸裂。这个完全虚构的情节，具有很高的说服力，因而能感染人，使人从中汲取教益，也总结出为人处世的道理。这个小小的故事就这样产生了它的社会效益，但它本身也是艺术品。伟大的作家和艺术家往往从这类故事中汲取灵感和素材，创造出更伟大、更永恒的东西，如薄伽丘的《十日谈》、乔曼的《坎特伯雷故事》和歌德的《浮士德》等。所以“民间故事”也是文学中一种最丰富和最有生命力的创作——因为有广大群众参加，而且这种创作总是世世代代延续下去，取之不尽，用之不竭。但也正因为如此，研究它就成为一种“漫无边际”的课题。

只有到了格林兄弟，这个课题才取得了具体的成果。这两兄弟直接深入到民间故事的海洋里去，收集、选择、管理和修订，不仅取得了划时代的收获，还指出了研究“民间文学”的一个方向。

当然，我在这里所谈的还是他们所收集和修订的“德国的民间故事”，也就是我们现在所熟知的《格林童话》。它们现在已经成了世界知名的、少年儿童所喜爱的读物。但从“民间文学”的角度，它们的意义就远远超过了“读物”的范围。它们事实上是“世界民间文学”研究的总结和“大成”。从它们中我们可以看出民间故事的发展及成长、民间故事的特点，它们的“人民性”、文学性及现实主义和浪漫主义相结合的创作方法。而格林兄弟对它们的处理则完全是从实际出发，着重故事本身的情节以及表现这些情节——包括主题思想和感情——的语言的研究。这种做法可以说是“革命的”，具有独特的“创见”的方法。它们总结了在他们以前的民间故事研究的整个时代，把这个重要文学品种的收集和整理工作向前推进了一大步，为后来的研究者和童话创作家提供了一个重要的启示。

这个启示，在他们去世了二十多年以后，在丹麦的童话作家安徒生身上产生了重要的影响，使童话创作跨进了一个新时代。安徒生以前的所谓“童话”实际上是民间故事的复述。安徒生本人最初的几篇童话创作，如《打火匣》和《豌豆上的公主》也是这种类型的作品。但他很快就另辟蹊径，开始以自己所体验到的实际生活“创造”童话——不再是民间故事的复述，即我们现在所喜爱的、具有他自己独特想象、对人生有独特见解的浪漫主义与现实主义相结合的“童话”，如《海的女儿》。但他的“童话”故事中那种朴素的语言、诗化的感情和动人的结构，却是与民间故事——特别是经过格林兄弟所整理和校勘过的民间故事——有血缘的关系，但又不同于这些故事，因为它们带有作家浓厚的个人——从语言风格到思想内容——特色。我们现在所理解的和在实践中所创造的“童话”就是安徒生所开创的这种童话。它原是从民间故事中蜕变出来的，但却独树一帜，成为一个新的文学品种，具有与格林兄弟所谓的 Marchen 大相径庭的特点。这个新品种为儿童文学创作开拓了一个广阔的新天地，使得今天的儿童文学作家可以在这个天地里自由驰骋。但如果没有格林兄弟和安徒生在上个世纪所做的这些奠基工作，今天的世界儿童文学创作也许不会具有现在的这种规模和局面。

审美功能与社会功利的和谐一致

——评浩然的儿童小说

任玉福

浩然是一位以描写农村生活见长的作家。长期以来，他以表现农村题材的小说为主，在努力创作成人小说的同时，也一直把儿童小说的创作当作自己分内的事来做。他长期生活在乡下，熟悉那里的父老乡亲，也熟悉他们的子孙。他通过深入细致的观察和体验，发现了这些农家孩子在长期的历史积淀中所形成的许多高尚美好的气质和品格。他按捺不住自己发自内心的激情，于是情不自禁地为他们唱出一支又一支热情而浑厚的赞美之歌。到目前为止，他已经出版了《小河流水》《小管家任少正》《翠绿色的夏天》《翠泉》《欢乐的海》《小猎手》《七月槐花香》《幼苗集》《丁香》《大肚子蝈蝈》等十个短篇和中篇儿童小说集，此外还创作和发表了一些尚未编印成集的儿童小说。在这些作品中，洋溢着我国北方农村所特有的乡土气息，具有浓厚的儿童情趣，因而为孩子们所喜闻乐见。

浩然认为，儿童小说创作固然是为了审美，但绝不是为审美而审美，而是为了通过审美去陶冶孩子们的心灵，提高他们的思想和精神境界，从而达到一定的社会功利目的。他指出，作家创作儿童小说，是为了“用作品为他们的健康成长服务”，是为了“哺育孩子们的美好的心灵”，并指出“这是光荣的事业”，是“神圣的使命”（见《浩然儿童故事选 · 后记》）。浩然本人正是怀着这种神圣的使命感和强烈的责任感从事儿童文学创作的。我们从这里可以看出，浩然十分重视儿童小说的社会功利性，并业已形成自己的自觉意识。他从事儿童小说创作，绝不仅仅是为了让孩子们欢乐，而是为了借助于艺术形象去感染他们、教育他们，使他们能够分清是非与善恶，懂得什么样的儿童才是“好儿童”，自己应该怎样做才能成为“好儿童”，从而达到预期的社会功利目的。《两个“电影迷”》写的是两个“电影迷”小桃子和安培敏在一天晚上不约而同地去替模范牧羊员袁爷爷看羊，让他去看电影的故事。“电影迷”却能毅然放弃去看电影的机会，把这个机会让给自己心中所敬爱的人，这种行为是多么可贵呀！我们从这里不仅看到了她俩那种先人后己、舍己为人的高尚品格，而且也看到了农家孩子所特有的那种热爱劳动和劳动人民的深厚思想感情。《爱美的姑娘》通过描写一个十一岁的小姑娘玉环对于“美”的认识过程，告诉小读者，一个人只有外表美而心灵不美，不能算是真正的美；只有心灵美、思想美才是真正的美。《三个孩子和一瓶油》《藕》启发小读者要像作品中的小主人公玉娟和金玉那样发扬团结友爱、助人为乐的共产主义精神；《丫丫看鸭》《花皮大西瓜》启迪小读者要像作品中的小主人公丫丫和全柱那样敢于同社会上的各种歪风邪气做斗争。总之,浩然的儿童小说从各个不同的角度比较全面地反映了我国少年儿童丰富多彩的现实生活,比较深刻地揭示了少年儿童在成长过程中所面临的各种各样的生活课题,因而扣动了广大小读者的心弦,引起了他们的强烈共鸣。

浩然虽然十分重视儿童文学的社会功利性,但他并没有急功近利。他没有用自己的作品去图解政策,没有用自己的作品去对少年儿童进行空洞抽象的政治说教。从接受美学的角度说,儿童文学的审美效应是儿童文学作家与小读者共同创造的。少年儿童由于受年龄与经历的限制,他们的知识面还比较狭窄,他们的生活经验还不够丰富,他们的理解能力还不够强。因此,他们总是喜欢从具体感性的现象入手去感悟世界。如果儿童文学充满了抽象的政治说教,反而会激起他们的逆反心理:你愈是急于要告诉他们什么,他们愈是要对什么表示反感。浩然深谙此理,因此他首先把自己的儿童小说看成是生气勃勃的审美创造,力求寓教育于形象感染之中,从而使作品的审美功能与社会功利达到和谐一致。浩然用自己的创作实践表明,那种把儿童小说创作的审美功能与社会功利对立起来的观点是没有道理的,因而也是站不住脚的。浩然从这样的指导思想出发,力求在自己的作品中塑造出各种各样生动鲜活而又具有典型意义的儿童形象,使之各有音容笑貌,各有各的思想、性格和心理。《大肚子蝈蝈》的主人公大旺和《水车丁冬响》的主人公九宽都是热爱集体的好孩子,然而他们的个性却各不相同。大旺心直口快、疾恶如仇,遇到损害集体利益的事情,敢说敢管,他的性格趋于外向。邻居家的孩子贵贵在豆子地里捉蝈蝈,踩炸了豆角子,他就及时地把这件事报告给队长,由队长把他们赶了出来。贵贵为此愤愤不平,骂大旺“臭美”“管得倒宽”,大旺针锋相对地说:“集体的事儿,社员都有权力管!”这就初步显示出他那心直口快、疾恶如仇的个性。大旺对待贵贵是这样,对待自己的弟弟二旺同样不讲私人情面。当二旺犯了同样的错误时,大旺先是“忍不住吼了一声”,然后又“站在二旺的跟前,两只手叉着腰,呼哧呼哧地出粗气”,“脸上像是着了火那么红,眼珠子瞪了个溜圆”。这些生动有力的笔墨,描绘出大旺独特的语言、行动和表情,从而进一步刻画出他那火辣辣的个性。九宽的性格与大旺恰成对照:他是个“老实孩子”,“不爱说,不爱笑,像个扎嘴儿葫芦”,“可是他心灵手巧,好多事情都懂得,好多活都会做”,他的性格趋于内向。九宽赶着队里的毛驴去送姥姥,回来以后,想到下午队里还要用它干重活,就要往饲养场里赶它。可是,妈妈却让九宽用毛驴去拉水车浇自己家园子里的菜地。九宽向妈妈讲理,妈妈却发了火。在这种特定的情势之下,九宽没有继续同妈妈争吵不休,而是自作主张,悄悄把毛驴送还队里,自己却和妹妹去园子里推水车浇菜。九宽这样做,既维护了集体利益,又兼顾了个人利益,使人不能不佩服九宽考虑问题的周到与细致。这件事要是由大旺来处理，定会与妈妈争吵不休，闹得僵持不下。我们从中也可以看出，九宽虽然为人老实，然而并不窝囊，而是有心计有主见。作者在塑造这些农村先进儿童形象时，并没有将笔触停留在人物的外表，而是深入到人物性格的深层，开掘了人物丰富的性格内涵。这样写出来的先进儿童，使人感到血肉丰满，也使人感到更加贴近生活本身。

农村少年儿童的心灵是美好的，但他们毕竟还是孩子，他们的思想往往显得幼稚，他们的感情有时还很脆弱。同时，社会上各种尖锐复杂的矛盾和纠葛也会通过各种各样的渠道反映到孩子们的内心世界，在他们心灵的荧光屏上留下斑驳陆离的光点。由此可见，少年儿童的心态虽然不像成年人那么复杂，但也是一个躁动不安的世界。浩然描写少年儿童的心态，除了着力发掘和表现他们的美好心灵外，也注意发掘和表现他们在各种特定情境中的微妙复杂的心理和内心冲突，从而揭示出他们的深层心理结构。《树上鸟儿叫》里所写的大芒，用他爷爷的话说，他是“蜜罐子里长大的”，不知道“什么叫苦辣”，“嘴巴子没毛办事不牢”，是一个缺乏实际锻炼、思想感情比较脆弱的儿童。同时，他也是一个很要强很有上进心的孩子。他身上的这两种心理因素互相矛盾着斗争着，推动着他的思想性格向前发展。当他遵照爷爷的嘱咐独自一个人站在小麦种子田头护田时，由于粗心大意，偏偏把小水壶碰倒了，而天气又非常热，“口里渴得像要冒烟儿”，壶里那仅有的一点点水又要留给爷爷喝，怎么办？不到小河边喝水吧，太渴了；到小河边喝水吧，山雀子又要钻空子糟害麦穗子。顾哪头好呢？两种打算困扰着大芒，两种心理因素支配着大芒，使他陷入了复杂的内心矛盾之中。正是这种艰难困苦的环境，打破了他原有的心理平衡，触发了他的感情冲突。后来，要做一个诚实的孩子、对集体要真爱而不能假爱的念头终于占了上风，使得他“把小河忘了，把水忘了，把渴忘了，在他的心里，只有那金黄灿灿的麦穗子”，“他的嗓子眼火辣辣，两眼突突地冒金星；可是他咬着牙，一动不动”。这是多么感人的场面，多么可喜的转变呀！大芒在艰难困苦的环境里经受了锻炼与考验，他的思想性格也走向成熟，终于成了一个热爱集体事业、愿意为人民的利益而献身的好孩子。由于作者精心描写了大芒的思想变化过程，表现了发自内心的矛盾和冲突，这样就揭示出大芒的深层心理特征，使人感到这样的描写非常真实可信。

浩然在创作儿童小说时，非常注意从农村少年儿童的生活中选择和提炼出散发着泥土香味儿而又具有儿童特点的细节来刻画少年儿童的性格和心理，取得了较好的艺术效果。《大肚子蝈蝈》描写二旺决心“把自己做错了的事情改过来”时，选择了这样一个细节，“他把两只小鞋脱下来，捡起豆粒儿，就放在鞋里”，“那双布鞋像两个小笸箩，盛着黄灿灿的豆粒儿”。这个细节，生动传神而又富于儿童生活气息，虽然着墨不多，却把此时此地一个知错改错、天真可爱的小孩子的性格和心理活脱脱地描绘出来。大旺看见二旺的这些表现，心里很感动，于是，他“跑到地边上扯了一片蓖麻叶子，给二旺顶在头上”。这个给弟弟扯蓖麻叶子当草帽的细节，既写出了大旺当时由于想到不应对弟弟发火而产生的负疚心理，又写出了他作为一个哥哥对于弟弟关怀和疼爱的思想感情。这就使我们感到，大旺不仅是一个敢于坚持原则、勇于同各种不良倾向斗争的儿童，而且也是一个有着丰富的感情世界、很有人情味儿的儿童。

总之，由于浩然能够经常深入到孩子们中间去，怀着一颗赤诚的童心去仔细观察和体验孩子们丰富多彩的现实生活，所以他在创作中就能够准确地把握住孩子们在年龄、兴趣、爱好、性格和心理等方面的特点，写孩子像孩子，写出来的儿童形象很有“孩子气”，也使孩子们在接受艺术感染的同时潜移默化地受到启发和教育，从而使作品的审美功能与社会功利和谐一致起来。浩然在儿童文学创作上的美学探索和追求是有益的，也是成功的，我们衷心希望他今后继续为孩子们写点东西，以满足他们日益增长的精神需求。

1991 年

反顾童年:儿童文学的一个永恒母题

潘　延

反顾童年,作为儿童文学的一个永恒母题,衍生了不计其数的取材于作家自身童年生活的作品。或者把童年这一人生初始阶段的生命体验作为奠定个体成长的总体精神倾向熔铸在作品中,或者铭记童年时代的某个遭遇,随着阅历的增长咀嚼之深,非要诉诸笔端以排解心中的郁积。从徐光耀的《小兵张嘎》到李心田的《闪闪的红星》,从刘真的《长长的流水》到颜一烟的《盐丁儿》和郁茹的《红花绸棉袄》,从任大霖、任大星的自传性中短篇小说和散文到黄蓓佳、陈丹燕等年轻女作家的某些作品,都可以归属为反顾童年的主题模式。

这一模式兴盛并成熟于 20 世纪 50 年代,即中华人民共和国成立后我国儿童文学的第一个繁荣期。对孩子进行革命传统教育和防微杜渐的思想品德教育在这一阶段被奉为儿童文学的创作圭臬。作家们以真挚的激情回忆自己的童年,把生活的经验和教训告诉下一代。这传统也延续到新时期的儿童文学创作之中,当然延续的过程同时是一个演变与发展的过程。

这一模式中最有代表性的首推任大星的小说创作,似乎有个"童年情意结"与他的创作灵感紧紧纠缠在一起。翻阅任大星的《我的第一个先生》《双筒猎枪》《挨饿的日子》《鱼》《大钉靴奇闻》《三个铜板豆腐》,中篇《湘湖龙王庙》《野妹子》,短篇集《小小男子汉》等作品,我们面前会展开一幅幅清晰的生活画面。背景是抗日战争的沦陷区。父亲,一位贫穷的旧知识分子带着一家人从城市迁徙到浙东一个偏僻的小山村里。生活的窘困寒苦与乡情的醇厚亲切,整个时代的苦难和压抑与童年发乎天性的快乐和欢娱,构成了作品的情感张力。任大星怀念童年,用三个铜板豆腐尽心招待外孙的外祖母(《三个铜板豆腐》),虽穷困潦倒仍一身正气的教书老头(《我的第一个先生》),妈妈宁可自家挨饿也要接济乡邻(《灾荒》),最有才华的二哥为救助乡亲让病魔夺去了生命(《病魔》),老外婆临终还念念不忘给村里的女人接生(《不怕死的老外婆》)……我们所熟悉了的那些人物和故事时常会在任大星不同的作品中隐约闪现,得以佐证。

归结起来,这类作品有以下两个特色:一是事理的真实性与经验的个体性。因为无法忘怀自己的童年，把童年生活中印象最为深刻的那些事件记叙和描摹下来。这里用了“记叙”和“描摹”这两个词，意指作者在创作中所遵循的某种忠实于生活原样的思维方式和表达方式，因而使作品蒙上了浓厚的自传色彩。对事理真实性的自觉维护又必须造成经验的个体性，因为这种经验是附丽于事件表层的，它因事而生，与所发生的事件紧紧相连，事件的真实性也就规定了经验的个体性。任大星把这种独特的个体体验写得无比的真切，感人至深，这是他作品获得成功的关键。事理的真实性与经验的个体性是这类作品最为凸现的特征。

二是观念与角度的既定性和规范化。反顾童年的总是成人，如何认识和把握那些铭心刻骨的童年往事，就涉及一个观念与角度问题。五六十年代所强化和巩固起来的儿童文学教育观由于曾经简单化，作家往往袭用现成的、既定的观念去理解和阐释他的创作素材，这在那些优秀作家的创作中也难以完全避免，任大星也一样，在他的作品中，生活经验的独特性与认识思维的规范化是令人遗憾地那样和谐地结合在一起。这种创作思维的规范化使作者在这一题材表现上难以超越自己。

又如颜一烟的《盐丁儿》，前半部分写得生动细腻，有很强的可读性，但后半部分近乎粗线条的公式化图解，大大削减了整部作品的艺术魅力，让人丧失阅读兴趣。对童年的鲜活感受似乎不可挽救地滑入规范轨道的思维惰性是个通病，或轻或重地蔓延在大多数童年题材的创作中，这是众多这类题材的作品被时间无情淘汰的原因所在。

由上文的分析见出，以任大星为代表的反顾童年这一创作模式在特定时代下获得了很大成功，但又不可避免地带着局限与不足。童年题材创作中存在这样一个问题：作者的童年生活背景与当今小读者阅读水平之间的距离造成的陌生化，既可能为作品平添一份神奇的诱惑力，也可能使小读者感到索然无味，失去阅读兴趣。

一个作品的诞生，在完成作者蓄积的情感宣泄的同时，必然包含着作者把自己的情感传导给读者的心理渴望，传导的成功又依赖于作品与读者之间的共鸣。而在我们的儿童文学创作中，“共鸣”一词一直是被漠视的，对“共鸣”的漠视又必然导致以“灌输”替代“传导”。如果我们不能以唤起小读者的共鸣为旨趣烛照反顾童年主题的创作，那么，这类题材的作品也就不可能步入一个新的艺术天地。

童话大师林格伦在1971年被授予瑞典文学院金质奖章，授奖词中有这样一段话：“您在世界上选择了自己的世界，这个世界属于儿童，他们是我们当中的天外来客，而您却有着特殊的能力和令人惊异的方法认识和了解他们。”而林格伦曾有过如下的自述：“世界上只有一个孩子能给我以灵感，那就是童年时代的我自己。为了写好给孩子的作品，必须回想你童年时代是什么样子的。……我写作品，唯一的审验者和批评者就是我自己，只不过是童年时代的我自己，那个孩子活在我心灵中，一直活到今天。”

这两段话是意味深长的，它向我们昭示着：儿童与成人，童心世界与世俗社会之间隔着一道无形的鸿沟，儿童文学则是其间的一座桥梁。林格伦从对自身的童年观照唤起小读者深切的共鸣，从而走通了这座桥。反顾童年，无疑是儿童文学众多题材中一个富有潜力和极有意义的创作领域。

就个体的成长而言，童年是人生必经的一个阶段。人人都享受过童年，但随着年龄的增长却逐渐遗忘殆尽，很少有人能清晰地忆起自己的童年，洋洋数落的不过是童年海滩上的几粒细沙。但童年并不因主体对它的遗忘而消逝，它沉潜在意识深处影响制约着个体的人生历程。在《随风飘来的玛丽·波平斯阿姨》这本世界著名童话中有这样一个细节，又一个婴儿呱呱落地，他激动地诉说自己从一个很遥远、很温暖、有潺潺流水荡漾的地方来，然而他最亲爱的哥哥姐姐却把他的诉说当作饥饿的哭声。唯一能听懂他话的乌鸦却冷冷地说："你的哥哥姐姐刚生下时也都聪明，但他们很快就变蠢了，你也会跟他们一样的。"过了两天，乌鸦来探望婴儿，千方百计地引逗他说说那传奇经历，可婴儿已经忘却了，现在他只认得饼干和奶水。乌鸦悲哀地飞走了。这个细节象征性地表现出儿童与成人之间的鸿沟，儿童是这个世界的天外来客。儿童文学承担着帮助成人认识儿童，帮助儿童认识自己，并进而认识世界这一神圣使命。林格伦作品具有的所谓"惊人的方法认识和了解他们"，即是指她的作品能引起孩子强烈的共鸣，而不是给予知识的或思想的灌输。这确实是种"特殊的能力"，它也是优秀儿童文学作家必备的素质。

开拓，在中国儿童文学研究的空白点上

——谈蒋风的儿童文学史论

邹　亮

中国儿童文学向来无史，这门年轻的学科尚处在初创阶段。中国现代意义上的儿童文学不过是20世纪以后的事，而儿童文学研究起步更晚，现在还有空白点处处可见。在儿童文学史这个领域，蒋风是较早的开拓者之一。从50年代初编著出版《中国儿童文学讲话》、60年代整理《中国儿童文学史略》，到80年代他主编《中国现代儿童文学史》，越来越综合、系统、深入，也使中国儿童文学研究从作家作品的孤立评论，上升到对一个阶段、一个历史时期的整体性宏观透视。蒋风目前又在探索新的制高点《中国当代儿童文学史》。在几十年的辛勤研究中，形成了他的儿童文学史学观。

编史是一件艰巨的工作，因为它不能停留在个别文学现象、文学思潮的描述或作家作品的散点透视上，而是要对零散的史料加以重构，按自己的见解、自己的思想将文学阶段的各个环节联系起来，获得以一线洞穿历史、烛照历史的光芒，这自然是相当艰巨的。

应该说明，中国儿童文学研究大都水平较低，而史的研究更是幼稚，我们不敢企望达到勃兰兑斯所说“文学史，就其最深刻的意义来说是一种心理学，研究人的灵魂，是灵魂的历史”或柯林武德的“一切历史都是思想史”这样深刻的理解水准。

综观蒋风的儿童文学史著作，贯穿的一条线索是儿童文学与政治、时代、社会生活的密切联系，处处露出“反映论”的印痕。蒋风说：“纵观现代儿童文学发展的道路和轨迹，现代儿童文学是和时代生活的风云变幻和革命形势的迅猛发展紧密相连的，也和整个现代文学同步发展。”（《中国现代儿童文学史·绪论》）这种观念肯定要被讥为是用“事先形成的历史观决定自己对文学美的审查”了（夏志清《中国现代小说史》）。夏志清这样的文学史家把文学当作“历史的婢女”，我想，这应该按中国儿童文学特殊性来理解，才能得到一种宽容的认同。

中国现代儿童文学从诞生起就与中国的政治思想教育密不可分，这尽管不乏偏颇，但这是无法改变的“史实”。蒋风深刻地认识和理解了这一点。他认为，“五四”新文化运动改变了人们的儿童观，儿童文学也被当作教育儿童的一种工具而开始受到社会的注意。一些进步的儿童文学家非常强调儿童文学与儿童教育的关系，把它作为拯救儿童、灌输真理的武器。无产阶级文学兴起后，儿童文学被用来培养共产主义世界观、锻炼革命接班人的有效工具。这注意了中国现代儿童文学的发展与中国革命的发展休戚相关、性质相同的情况，所以蒋风说："中国现代儿童文学和现代文学一样，是无产阶级领导的反帝反封建的儿童文学。"正是如此，蒋风像国内文学史家一样，在毛泽东的《新民主主义论》中找到了划分历史阶段的依据，将中国现代儿童文学发展划分为三个阶段：从五四运动到大革命失败（1917—1927），左翼无产阶级文学兴起（1927—1937），抗战爆发到中华人民共和国成立（1937—1949）。蒋风能将中国现代儿童文学放在整个中国文学历史背景下考察，把握特定历史时期社会政治思想对文学思潮消长的制约和影响，这有它合理的一面，但不能仅仅满足于此。儿童文学这一分支毕竟不能等同于整个文学史的发展，而有它自身的发展规律。蒋风文学史观的另一侧面是注意儿童文学这个特殊领域的独特性，厘清现代儿童文学发生发展的轨迹。

蒋风抓住中国现代儿童文学起步迟，然而起点高、发展快的特点，从五四运动发端经叶圣陶《稻草人》的奠基到20世纪30年代张天翼的《大林和小林》而走向成熟。中国儿童文学由于对世界进步儿童文学的积极借鉴、吸收以及党对它的领导，而得到良好的发展，"在世界儿童文学发展史上是独树一帜的"。蒋风坚持历史主义的原则，对"儿童本位论"以及对周作人这样的对儿童文学发展做出过很大贡献的历史人物的是非功过，对创作方法、文学思潮、艺术流派确定各自的地位问题等，都做了公允的评析。蒋风强调，以现实主义为主潮而各种流派相互辉映为特点，儿童文学虽然伴随着大胆奇妙的想象的特征，但是始终折射着时代的印记和作者明确的思想倾向性，而融汇于中国现代文学"为人生的艺术"思潮的大家庭。这是中国现代儿童文学区别于世界儿童文学的特殊性，而《稻草人》描写的中国破产农民的悲惨遭遇直接植根于中国时代的土壤上，即便是如安徒生同名童话的《皇帝的新衣》也充满了民族的特有文化积淀和生活气息。蒋风从儿童文学自身的审美特性和中国文学的民族性出发审视中国儿童文学的发展，不仅颂扬了像鲁迅、郭沫若、茅盾、叶圣陶、冰心、张天翼这样的巨匠，同时还给广大作家如不被文坛瞩目的陶行知、董纯才等留下适当的历史地位，而一批专业儿童文学作家如陈伯吹、贺宜、苏苏、仇重、包蕾、金近等，也有别于成人文学史，找到了他们特殊的历史地位。

作为开拓者，蒋风的儿童文学史观和史的研究，不乏粗疏的痕迹。然而它毕竟为通向完美的中国儿童文学史的殿堂大道垫上了块铺路石，从而为后来者所称道。

幼儿文学的昨天和明天

——读《幼儿文学集成》

鲁　兵

幼儿文学是儿童文学中具有鲜明特点的一个组成部分。

在漫长的封建社会，文学从来只属于成人，所以尽管古典文学作品浩如烟海，却很难找到明确为儿童创作而又在语言上切合儿童口味的作品。

及至现代，人们摒弃了将儿童看作缩小的成人的观念，而去研究他们的成长规律和在不同年龄阶段中的心理特点，根据这些规律和特点，开创了崭新的儿童教育，儿童文学也应运而生。

任何人都从呱呱坠地就受到幼儿文学的熏陶。最早的是母亲的摇篮曲（和音乐相结合），渐渐地，他们学着唱儿歌（有的和游戏相结合），同时，要大人讲故事给他们听（有时和演戏相结合，和父母一起扮演故事中的人物），还有猜谜语，都是隐去题目的咏物儿歌。可以这样说，对于文学，同样对于艺术，幼儿有着本能的需求，甚至是渴求。他们不只是被动的接受者，而是常常积极地参与到简单而又生动的文学艺术的活动中，表现出可贵的创造性。这些对幼儿的成长又是何等重要！

幼儿文学是文学，无疑应具备文学的一般特征。文学的审美性和教育性彼此是紧密关联的。而且，审美既是手段，又是目的之一。过去我们走过弯路，重要的原因之一就是忽略了文学的审美性。这方面，我们需要很好地总结经验。至于将文学审美性和教育性对立起来的说法、根本否定文学教育性的说法，是无法理解的。

在我国，幼儿文学自然要有和整个文学相一致的方向。然而，为人民服务、为社会主义服务，体现于幼儿文学，则是以丰富多彩的作品满足孩子们的文学需求，使他们在体、智、德、美、劳诸方面受到良好的影响，为他们将来成为有理想、有道德、有文化、守纪律的社会主义一代新人做好基础工作。

人类社会是一个组织严密的群体，因而不得不有种种约束，孩子们也必须学习这个社会的行为规范和道德规范。比如游戏，知道要有先有后，遵守秩序；上街，知道要看红绿灯，走人行线；在生活上懂得友爱自己的小伙伴、尊敬长者，同情弱小和不幸的人，爱护公园的花草，爱护小动物等等。诸如上述，也可以说是“公共关系”吧！要让孩子们领悟，贯穿其间的是一个“爱”字。

每个孩子都有许许多多的“为什么”，表现了他们渴望了解自己的周围世界，而这也为我们向他们传授知识提供了极好的契机。自然，要求向孩子们解释清楚每一个

“为什么”，是难以办到的，也不必如此。有一本小书，只有四个画面，四幅画的主体都是同一棵大树：春天叶子发芽了，夏天叶子长成绿茵茵一大片，秋天叶子变黄，冬天叶子落光了。在我们看来，也许太简单了，然而孩子们可以从中了解到春夏秋冬四个季节的表象特征，这册图画故事提供了幼儿所需要的知识。

我们要帮助孩子们学习语言。一般说来，孩子总是先从父母那里学习语言，然后逐步扩展，从他们接触到的各个方面学习语言。现在许多孩子还特别喜欢学电视广告里的话，然而，电视里不少广告文理不通，应该说这是在玷污祖国的语言。语言表达要求正确、鲜明、生动，这是要从孩子牙牙学语之时就抓的事。

时代需要我们新一代人具有民主精神、科学精神和开拓精神。在许多家庭里，不是老子说了算，就是宝贝儿子说了算，其实都是个人说了算。不能再这样世代相传下去了。父母、老师都要尊重孩子，尊重他们的个性和爱好并因势利导；有关孩子的事要和孩子商量；对孩子的不合理的要求和错误，要采取说服的方法。培养民主精神须从这些细微处做起。在日常生活中教育孩子说实话、做实事，这是应该做到的。一个人具有诚实的品格，才能走向科学精神。封闭的时代一去不复返，开放的潮流汹涌向前，那种“捏在手里怕碎，含在嘴里怕化”的父母之爱，很可能把孩子惯得缺乏自主意识和独立生活能力，往往胆小如鼠。谨小慎微的人是不可能有所作为的。我们的时代需要的是与科学精神相结合的开拓精神，需要富于想象、善于探索、不畏艰难、甘愿牺牲以追求理想的新一代。

上面说的都是涉及幼儿教育的一些内容问题。应郑重声明：这绝不是给作家出题作文。写什么、怎么写，完全是作家自己的事。但可以深信，凡是对孩子怀有挚爱之情、对民族的未来具有责任感的作家，他们所写的作品一定有助于孩子们的健康成长。

我国作家为儿童创作，始于五四运动前后。这是一次重要的突破，为中国儿童文学开拓了一个新天地。

二三十年代的《小朋友》《儿童世界》都非专门的幼儿文学刊物，但其中有一些适于幼儿欣赏的作品。收入《幼儿文学集成》（以下简称《集成》）的一些作品即发表于这两个刊物。

40 年代，严文井创作了一些优美动人的童话，其中《小松鼠》等是可供幼儿欣赏的佳作。同时期的郭沫若、老舍、郭风、苗得雨、何公超、贺宜、金近的童话、儿童诗歌创作中亦有一些为幼儿读者喜闻乐见的篇什。

抗战胜利后，上海的儿童刊物不少，可是没有一本是属于幼儿的。它们只是偶尔刊登一点儿歌和浅显的童话。

有人说,50年代中期(特别是1955、1956两年)是儿童文学的黄金时代。真是这样!《小朋友》于1952年改版,是当时唯一的儿童画刊,它以小学低年级儿童为对象,兼顾幼儿,所以在这个刊物上可以见到一些幼儿文学作品。黄金时代很快过去,继之而来的是不应有的挫折。既然连童话中的老鼠麻雀都成了政治问题,谁还敢写童话?此后时松时紧,到了“文化大革命”,也就了无生意了。难得出一本《龟兔赛跑》,只因画家在画面上增添了一只蜗牛,不意涉嫌当时的“蜗牛事件”,40万册书刚出印刷厂,就化为纸浆。

幼儿文学的长足发展是在新时期。1981年在泰山召开的全国少年儿童读物出版工作会议上,幼儿读物的出版成为一个重要议题。1983年在郑州召开的全国幼儿读物编辑出版工作座谈会,研究提高幼儿读物的质量问题。幼儿读物研究会在1987年举办全国首届幼儿读物评奖活动,1988年召开了幼儿文学研讨会。现在全国已有26家少年儿童出版社,它们都出版幼儿读物,还有不少教育出版社、美术出版社也出版幼儿读物,而文学读物是其重要部分。

我们从这里可以看到,出版工作对幼儿文学创作起着重要的促进作用。这不只是发表和出版刺激了作者的创作积极性,而且编辑部门所做的发动、组织、辅导工作,也为培养新的作者付出了很大努力。

如今,幼儿文学已拥有了一支作者队伍(其中一部分作者是直接从事幼儿教育工作的教师),他们写出一批题材广泛、形式新颖、生动有趣的作品。其中一些优秀作品,在当今世界各国的幼儿文学面前毫不逊色。当然,就我们这么个大国来说,幼儿文学作品数量和总体质量都还是很不够的;而从原来底子比较薄弱来看,这12年是一个快速的起步。我们完全有理由自豪自信,去开拓新的天地。

《集成》的出版,对我国幼儿文学来说是件大事,对中国文学史来说也是很有意义的。古代文学史且不专说,如果现代文学史没有包括幼儿文学在内的儿童文学的篇章,那只能说是一部残缺不全的文学史。

这部《集成》收集了幼儿文学作品、理论著述,共十卷:儿歌三卷,童话两卷,故事一卷,诗、散文一卷,戏剧一卷,理论二卷,基本上反映了我国幼儿文学的概貌。

前面提到的民间童话和故事,理应和民间流传的儿歌一样被收录在内,可惜的是,这些童话和故事很少见于文学,偶尔见之,是古人用文字记录下来的,如记述老虎外婆故事的《虎媪传》,“灰姑娘”型的故事《叶限》(《酉阳杂俎》)。我们感激这些有心人,但又为故事失去生动的口语而遗憾。

在编选这部《集成》的过程中,选编者翻阅了许多图书馆和专家提供的大量资料。但是,事难求全,难免沧海遗珠。《集成》只是在现阶段做了这种规模的积累工作,期待今后得到充实和提高。

《集成》为中国幼儿文学的历史和现状及其发展轨迹的研究提供了资料,为幼儿文学创作提供了借鉴,同时也丰富了孩子们的文学殿堂。

1992 年

简论谢璞的儿童题材作品

别道玉

谢璞是我们这个时代的鼓手，一曲《珍珠赋》以它特有的艺术魅力昭示出作者的审美追求和作品的艺术价值。他是一个努力追赶时代潮头的作者，以其高昂的激情，特有的艺术触觉点去观察、洞悉、透视、表现时代的最强音，具有强烈的当代意识。他的散文式的笔调，浓墨重彩的铺陈，娓娓道来的叙述方式，充满乡土气息的风格，使他的小说和散文创作具有非常鲜明的特征。

谢璞的成人文学作品如此。然而，当他把笔触放置到儿童文学的领域，情形又会怎样呢？作者有颗深深的爱心去注视人生，注视大自然，注视儿童，在这个意义上又是一脉相承的。然而，儿童毕竟不同于成人，他们的价值观念的表现形式肯定不同于成人。作为一个两栖作家，如何去把握这个非常明显的区域界限？谢璞这样谈论自己创作成人文学的心境："是由于现实生活的种种情爱的火花闪烁，才迫不及待去写作的。"无疑，对现实生活的关注是不能完全取代描写童年时代生活的。在现实情爱的火花面前，儿童时代是逝去了很久的往事，对它的情爱毕竟变得模糊、遥远、陌生些。儿童文学特有的读者群和作者独特的创作心态注定了儿童文学创作必须是与火热的时代最强音有些间离的，更何况是取材于童年记忆的儿童文学作品。"其实，许多的童年往事早已无声无息地藏在我记忆的底层了。"(谢璞语)如何去唤醒童年时代的记忆，去表现童年时代的生活，准确地把握少年儿童特有的审美情趣，光有一颗炽烈的爱心是不够的。谢璞是幸运的，他写了大量成人文学作品，与时代的脉搏一起跳动；同时，又从记忆的深处发掘出异常丰富的素材，他的《忆怪集》《竹娃》获得了儿童文学大奖，他的许多散文成人爱读，儿童也爱读。他是一个比较出色的两栖作家。

童年是儿童文学一个永恒的母题，也是一个古老的命题。特别是当成人回眸童年时代的生活，会从记忆深处涌动阵阵激情。古今中外许多著名作家概莫能外。鲁迅的《朝花夕拾》、冰心的散文、郭沫若的回忆录和自传体小说无不如此。童年的经历对每一个人的一生起着非常大的作用，童年记忆都不同程度贮藏在创作者的心中，这是一处可以开采的富矿。但如何去穿透成人世界构筑的纷繁复杂的心理壁垒，去细细地体味和咀嚼“童心”“童趣”却不是人人都具备的天赋。饱经磨难的著名诗人曾卓在自己儿童诗集的《后记》中写道，写少年诗是一场“考验意志”的斗争，“首先，我必须使自己超越于痛苦之上……我回想着我童年时代，回想着我所知道的少年似的生活，努力培养诗的意境”。成人世界有鲜花，也有眼泪，同时又如此地令人留恋，充满种种的机遇和挑战。如何超越于现实生活（成人世界）去构筑一个形形色色的美的世界，去开掘沃土，选取艺术传感手段表现出来，是每一个儿童文学作家不容回避的艰难抉择。正是在这些方面，谢璞的儿童题材的作品为儿童文学的表现领域开掘了新的空间。

谢璞的儿童文学作品（仅以《忆怪集》和收在《珍珠赋·谢璞散文选》的作品为例）并不仅仅描写“历经人生的艰苦和欢乐”，而且借儿童时代生活的回忆透出儿童情趣。他的作品，与其说是对那个时代童年生活的追求和把握，还不如说是在于他以鲜明的地域文化特色和历史文化的涵盖力来构筑一个灿烂的童话世界和童心世界。首先，他的儿童题材的作品为我们描绘了一幅硕大无比的风俗画。与他的那种洋溢着激情，贴近现实生活的成人作品相比，在这一幅幅风俗画中，背景淡化了，与那种贴近现实生活的浓墨重彩相比，这里无不浸透着浓厚的地域文化和历史因袭。作品并不仅仅去描写奇风异俗、奇花异石，而且描写了浑然天成的生活图景。高沙市镇的“迎故事”“宣讲”风俗，儿童敲起铜锣赶天狗，“收鬼台”，蓼河边古老的“观澜书院”“云峰塔”“祖师爷”“千佛宫”“灵鸡子”等。这些在我们今天的生活中，似乎都能不同程度地被辨认出来，难怪严文井先生很早就评论这些作品具有“楚风”，表现出一种鲜明的地域文化特色。历史文化的遗迹并不随着一个个时代的结束而失传，它内化为人的内在的心理结构和行为规范，时时在我们生活中发挥着作用，在儿童的世界中也占有显著地位。儿童世界是童话世界，而这些风俗画并非游历于少年儿童思维方式、行为动机之外的摆设，而是如此与儿童生活浑然天成。在这种人文意识的涵盖下，透出儿童的稚气和智慧，寄托着作者的审美理想。其次，作品的取材具有浓厚的浪漫色彩，富有传奇性。谢璞的儿童题材作品写了许多怪人怪事。卖灵鸡子的老头用一只葫芦，吹奏出母灵鸡子的声音，引来一群灵鸡子扑到火中烧死（《芦芦》）；半仙在高高搭起的台上跳入河中表演捉鬼的把戏（《苦啊，嘎咯》）；富翁王九让两个儿子跑马定胜负，胜者立为“小当家的”，败者“打杂做奴才”，最后落得两个儿子同归于尽的下场（《残酷的游戏》）；花脸阿哥为了赢得心爱的姑娘舍出命来，砍倒了一棵老妖树，这棵树本来叫吉祥树，不知怎么变成了老妖树（《吉祥树》）；美丽的阳雀姑娘与半人半神的巨人黄毛爷爷相爱，黄毛爷爷力气大得惊人，“一人做事，胜过十几个人”，他用泉水帮穷人治虱子，后来阳雀姑娘悲惨死去，化为阳雀（《阳雀怨》）。这种具有鲜明的神话色彩的民间传说故事与儿童文学有着天然的联系。一波三折，故事情节曲折，加之与奇妙风俗画的结合，更增添了诡谲的色彩。少年儿童从这个充满浓厚文化氛围的意境中去寻觅人物的悲欢离合，去辨认那些似曾相识的环境。特别是儿童的形象与其他人物的命运纠葛一起，契合了少年儿童的审美心理。

从这些儿童题材作品中，我们不难发现：在这些层层包裹的外衣下有一个坚实的内核，也就是说，这些精彩的故事和情节，这些形而下的对生活表象的描述是以形而上的对生活现象理性的思索和哲理化的超越为前提的。谢璞许多儿童题材的作品都是以善与恶的冲突，以揭露伪善来构筑情节的。《四海游》咩公公仗义执言与伪善的杨博士；走投无路，受人欺压但又敢于反抗的嗄咯与借"行善募捐"为名，发横财为实的魏三老爷；雕猴子的怪人"吾识天"的正直与奸诈成性、伪善多变的灵猴"宣讲"先生盛达；阳雀姑娘和黄毛爷爷的无辜与心狠手毒的"朱善佛"。围绕着主线，作品展示出那个"末劫世界"的种种生活图景，善良的人处处遭殃，非死即亡，都是以悲剧告终。而那些伪善者却处处得手，还在祸国殃民。这些情节的构筑与这些传奇色彩的故事只不过是作者用来涵盖和表现深广的生活内涵和作者审美理想的艺术载体罢了。几千年来，善与恶的对立与斗争就是文学作品一个古老的主题。扶危济困、仗义执言、光明磊落、勤劳勇敢这些优秀的品质是对人类美好本性的高度概括，历来都被人们讴歌和赞扬。而伪善、狡诈，人们总是鞭挞之，揭露之。大千世界是复杂的人的世界，而又是变化无常的世界，当作者把这个复杂的世界浓缩为善、恶两极而去竭力描写这两者的尖锐对立的时候，其寓意就极为深刻。特别是作者选取童年生活来表现这个主题的时候，显示出独特的意义：儿童文学同时又是教育儿童的文学。作者并不掩饰这一点："为了让他们正视生活中的美与丑、善与恶，为了让他们成年后能自强不息，不是一碰到丑与恶就惊慌失措，所以我喜欢奉献有一点苦涩味的果子。"

应该说，谢璞不愧为我们"当代的解说员"。成人作品这样，儿童文学作品也是这样。尽管他没有着意去表现富有当代特色的儿童生活，塑造具有革新意识的儿童形象，但是他却赋予这些古老的题材和古老的主题以新的含义。

谈少年报告文学的震撼力

孙云晓

近十几年来,中国儿童文学界有一个引人注目的现象,那就是少年报告文学的崛起。无论就艺术质量还是发展规模与速度,都是前所未有的。这是改革开放时代大潮所造就的文学奇观,而并非完全是作家们个人意志与灵感的产物。少年报告文学最有希望冲破那些人为的樊篱,因为它常常具有牵一发而动全身的神奇魅力。

由此,一个关系到命运兴衰的重大问题被提出来了:少年报告文学向何处去?在我看来,关键是提高少年报告文学的震撼力。我从四个方面来谈一下与震撼力有关的问题。

一、震撼力是少年报告文学的艺术特征

我不否认,艺术从来就是彼此吸收营养的,没有绝对单纯的艺术。报告文学本来就是新闻与文学的混血儿,所以,它才那么结实和漂亮。然而,杂交只是手段,培育出优良品种才是目的。优良品种则靠本身鲜明的优势,在大千世界中竞争生存。报告文学吸收了新闻、小说、诗歌、戏剧等多门艺术之长,但绝不等于自己就是新闻、小说、诗歌或戏剧。即使它本身被列入散文的门下,也是这门艺术很特殊的一类。优秀的报告文学可以是优秀的散文,而优秀的散文未必是优秀的报告文学。

报告文学区别于其他文学样式的本质特征是非虚构性,而其最主要的艺术特征则是震撼力。世上现存的事物都是非虚构性的,即使虚构的文学艺术作品,一旦产生也变成了非虚构性的现实存在。显而易见,非虚构性的东西并非都可以写成报告文学,而只有那些有震撼力的事实,才是报告文学的材料。

从全世界的报告文学创作史来看,凡是优秀的能流传下来的作品,大都具有以下三个特点:其一,在除旧布新中显示出冲锋陷阵的斗士风骨;其二,因其真实而具有震撼人心的艺术力量;其三,锐气是报告文学的生命之气。例如,高尔基的《一月九日》、约翰·里德的《震撼世界的十天》、基希的《秘密的中国》、伏契克的《绞刑架下的报告》、斯诺的《西行漫记》、夏衍的《包身工》以及徐迟的《哥德巴赫猜想》等等,无不证明了这一点。概括起来讲,就是充分显示了报告文学所特有的震撼力。如果我们再进一步分析则发现,形成报告文学震撼力的是三大支点的融合,即真实性、思想性和艺术性完美的融合。

少年报告文学作为整个报告文学的一个方面，无论是本质特征还是艺术特征，都是与其一致的。

二、震撼力是少年读者的自然需求

十年创作的实践使我切实感到，中学生题材是少年报告文学最主要的领域。固然，小学生也喜欢报告文学，但常常是当故事来欣赏的。中学生则不然，他们对虚构文学与非虚构文学的界限极其敏感，而其生活也具有格外浓重的报告文学色彩。我的报告文学集《16 岁的思索》出版后，收到 3000 多封读者来信，其中 99% 来自中学生。

中学生们已经步入了身心激荡的青春期。青春期意味着什么呢？她是人生中最关键的时期，也是人生中最脆弱、最孤寂无助的时期。她的特点是准备为今后一生奠基立向，而其总体目标是在真正意义上获得人的第二次诞生。换句话说，青春期是一个多风暴地带，是一个充满惊涛骇浪的海洋。

在这样一个时期，他们需要慰藉，需要宽容，但更需要震撼力。因为他们常常处于人生的十字路口，常常面对一些相当严肃的问题，常常让失败折磨得死去活来。所以，他们渴望受到震撼，受到鼓舞，受到深刻的启迪，这也许是对他们真正的帮助。与小学生明显不同，中学生喜欢争论问题，思辨色彩大大加重了。因此，有震撼力的报告文学往往可以成为他们争论的话题乃至论据。这是小说、童话等其他文学样式无法比及的。孟晓云的中篇报告文学《多思的年华》，在当时的中学生里引起巨大轰动，由此可见一斑。

也是从这个意义上说，少年报告文学虽属于儿童文学的一个门类，却不宜被称作儿童报告文学，而称之少年报告文学较为恰当。

三、追求震撼力的途径与方法

锐气是报告文学的生命之气。这锐气指什么呢？我认为，锐气就是思想对生活的穿透力，由表及里达到对其规律的把握，从而提出深刻触及事物本质的问题。只有具备了这一点，才可能谈及追求震撼力。

譬如，我们在对当代中学生的把握方面，是否那么恰当呢？在 1991 年 1 月的《少男少女》杂志“作家专线电话”栏中，我发表了一篇让许多中学生坐不住的文章，题为《扬起呼啸的鞭子》。其实，我不过是把憋在心里的话说出来了。我写道：“作家艺术家们对当代中学生的爱，岂止是毛毛雨？比作爱的瀑布也不过分。而今，我在反思：这种‘爱的瀑布’是否把少男少女们冲昏了头？作家和艺术家们的头脑本身是否有欠清醒的方面？”我列举了中学生里一些争名夺利、弄虚作假以至招摇撞骗的事实，写道：“春天既是百花盛开的季节，也是虫蝇繁衍的良机。人们只好既当护花神，又当灭蝇手。然而，在少男少女文学领域里，却找不到几个‘灭蝇手’。莫非，这是一片净土？”

在中篇报告文学《一个少女和三千封来信》中，我写道：“任何最高尚的情感，任何最卑鄙的行为习惯，都是从少年时代开始培养起来的。我们怎么能容忍，让以残害同类为快乐的兽性，在潜移默化中注入年轻一代的心灵？我们怎么能无动于衷，把对美好情感的肆意践踏，看得如损折一根毫毛那样轻？”

当然，倡导少年报告文学的震撼力，并非只限于抨击假、丑、恶，也完全可以歌颂真、美、善。例如，老作家李楚城的《生活的斗士》，写残疾孩子马隽与罕见病魔搏斗的故事，照样写出了震撼力。

追求震撼力，重在选择与众不同而又一针见血的视角，然后不惜牛刀宰鸡，穷追不舍。在选材上自然要讲究一些。我想，可以特别注重三个方面：第一是人的内心世界，第二是典型事件，第三是及时抓住新趋势。在这方面，已有一些较为成功的作品，如刘小玲的《走向冰川》，庄大伟的《钱魔，在诱惑……》和《出路》，孟晓云的《春城一场暴风雪》。苏联长篇儿童小说《丑八怪》（改编成电影名为《稻草人》），可以视为儿童文学作品震撼力较强的典范之作，也可以看到少年报告文学的发展方向。

四、追求震撼力所需要的条件

伟大的作品离不开伟大的思想。试想，一部认识错误百出或是见解水平低下的作品，怎么可能会是一部杰作呢？由此，提出了作家学者化的要求。

随着科学的发展，人们对人的认识越来越全面而准确。比如，青春期出现的许多反常现象，过去大都被认为是道德问题、是非问题，因而造成大量的冤案。现在，国内外心理学家的研究成果表明，青春期的问题主要是心理障碍，也就是说是心理卫生问题，而这类问题的解决应靠心理治疗。若只是简单地批评教育，则可能使问题复杂化，形成恶性循环。实际上，人所以在接受道德观念时发生困难，原因往往在于缺乏心理健康这个最重要的基础。而要达到心理健康，作家们至少应掌握法学、心理学、教育学和社会学等方面的知识，才有可能使艺术表现力达到极致。

1993 年

话说少年文学

吴继路

当即将跨进新世纪门槛的时候,我们的儿童文学怎样才能长足发展,后顾前瞻,我以为至关重要的问题在于:结束浑然状态,明确提出根据接受对象年龄阶段的心理水平、审美能力构成的不同文学需求,将原“儿童文学”划分为三个部类,即幼儿文学、儿童文学和少年文学。

缘于开设“少年文学”选修课,我对少年文学思索较多。由于幼儿文学特点突出,过去在创作、研究以及传播上都有较多关注,所以现在最值得做重点探讨的,是少年文学。

原“儿童文学”只是约定的简称,它包括少年。但少年的年龄阶段划在哪里,少年的特点和特殊的文学需求是什么,理解便大不相同,而且理论与创作上都出现很多矛盾。

在教材、论著及研究文章中,人们确认的少年指 11 岁到 15 岁的孩子,即高小至初中学生。然而,儿童文学的创作实践,作家取材、描写对象,以及心目中的欣赏接受对象,却多突破上限,包括 16 岁、17 岁乃至 18 岁成员,即高中学生,青年初期。近些年,这方面常有佳品问世,影响强烈。比如《十六岁的花季》(电视剧本)、《十六岁少女》(长篇小说)、《走向十八岁》(中篇小说,改编成电影《豆蔻年华》)、天津百花出版社推出的“青春文学丛书”、北京作家张之路的长篇小说《第三军团》等。至于具名为少年儿童的报刊,披阅一册,常见这种类型作品比重颇大。

少年同青年期在过渡阶段参差交错本是人成长中自然的客观现象。在儿童文学中出现当然有根据:第一,“儿童”的概念本有广义狭义的分别。广义的“儿童”泛指未成年人,在我国当包括 18 岁以前所有成员,从婴幼儿直到青少年。狭义的“儿童”,则特指六七岁到十一二岁的孩子,相当于小学生。“少年”泛称的“青春少年”显然包含青年初期,而特称的少年则为十二三岁至十五六岁的孩子。第二,年龄阶段划分在心理学研究中历来众说纷纭,莫衷一是,然而心理科学都承认,人的成长、过渡都是渐进平缓的过程,绝不能从具体时间点上截然划定。儿童与少年之交、少年与青年之交,都可以即此即彼，而且个体间的差异也非常明显。

但是，年龄阶段的划分，无论在生理、心理科学领域，还是在教育学、人才学领域都具有重大意义；而现代化的发展趋势，要求划分更为精确与合理。以未成人为对象的“儿童文学”，面对不同年龄阶段、不同心理水平的成员，难以概括出各阶段都适用的共同特点。现在已到了一个这样的关口：要提高文学的艺术质量、增强文学的影响力，以帮助新生代的健康成长，必须结束笼统混沌的状态，不单应独立出幼儿文学，也应该揭起少年文学之旗。

明确划分出少年文学具备三个“有利”：

第一，有利于少年的文学润泽和精神成长。我认为少年阶段是 13 岁到 18 岁前，在这里含青年初期。将少年与青年初期挂连，与儿童分开，其理由是：1. 他们共同处于青春期，身心发生的一系列变化影响到知、情、意各方面，他们之间的区别只在量的意义上，不在质的意义上。2. 少年在认知和思维方式上发生了重要转变。依皮亚杰的理论，便是从儿童阶段的具体运算（运演）进到少年、青年的形式运算。在认知的深广度和对知识的同化能力上，少年与儿童有较大区别。3. 少年在社会化程度和同成人世界的联系上多同于青年而异于儿童。因此，少年对文学已经发生了新的期待、新的需求。少年文学的独立首先符合少年精神、心理成长的需要。

第二，有利于儿童文学的发展和提高创作质量。这里的儿童指 7 至 12 岁孩子，即小学生，这里的儿童文学则成为特指的、准确意义上的概念。儿童阶段，特定的心理水平决定了相应的文学需求，这里构成了特殊的艺术空间、艺术价值，自有其深与高的标准，需要文学艺术家倾心追求。如果处于含混状态，只将适合于青少年接受欣赏的东西，诸如复杂心态、朦胧情愫、成人情境等当作深与高的标准，那恰恰会造成忽略、漠视儿童文学的现象，从而影响高品位的、为儿童的作品出现，造成偏误。

第三，有利于提高文学传播效益。作家根据自己的生活积累、兴趣倾向、性格素质等，可对于幼儿、儿童、少年文学有所专攻，发挥优势，创作各领域的高质量作品。同时读者则可以各取所需所爱，使文学报刊、读物发挥更大的效益。

幼儿文学、儿童文学、少年文学三者衔接、交融、联系，构成一个新生代（未成年人）文学体系，成为整个文学事业的有机组成部分。这样的构想从宏观着眼还有几项重要益处，便是：

第一，让文学与其他人文学科，特别是紧密相关的心理学、教育学、人才学等构成横向融通、协调互益。这些学科对幼儿、儿童、少年、青年分别研讨，探索各自的规律；文学的对应联系，会在提高作家理论水平、开拓创作眼界上带来好处。

第二，让文学教育与我国现行教育体制、学校系统相协调相适应，可使文学影响与教育工作相得益彰。少年文学对应中学阶段教育“公民从这里诞生”，让文学伴随少年青年走向成熟，走向人生。

第三，让原“儿童文学”突破自我封闭状态，同整个文学相融汇、贯通。正是在少年文学的园地，热衷于“青春文学”“青春题材”的作家与少年文学作家并肩耕耘，形成蓬勃景象。《早恋》（肖复兴）、《没有纽扣的红衬衫》（铁凝）与《男生贾里》（秦文君）、《燃烧的绿茵》（夏有志）等在这里交相辉映，闪烁成一派光华，再难分彼此了。

少年文学的确认当然不会妨碍创作为各年龄阶段相交的对象所喜爱的作品，也并不影响出现优秀作品为不同年龄的人，乃至从 8 岁至 80 岁都乐读的情景。

谈梅子涵儿童小说创作

张锦贻

在当代众多的儿童小说作家中，梅子涵的作品常常采用意识流、新写实主义等等“现代”手法，还常常有一股“黑色幽默”的味道。少男少女们读得入迷。他的小说对少年儿童有较大的艺术吸引力。

但是，这样说，并没有说到梅子涵儿童小说创作的要紧处。在仔细地阅读了他近期的两本儿童小说集（《男子汉进行曲》，少儿出版社 1990 年 4 月版；《老丹们的浪漫故事》，湖北少儿社，1992 年 9 月版）以后，就会惊异于他的审美视角之独特。他在借鉴西方文化的同时，着重表现的正是中华民族优良的传统：一种不屈不挠的精神，一种大智大勇的气度，一种爱己爱人的情操。诸如，因三分之差而没被附中录取的“你”，以“借读生”的身份进附中后，开学第一周的摸底考试就以两门单科第一和三门总分第一爆出了全班特号新闻（《你的高地》）；因车站信号员发错了开车信号，被提早四分钟开掉的火车抛在站台上的谢小园，镇定地带着弟弟奔赴临近大站去赶乘另一趟快车（《吹着小哨前进》）；因爸爸在青海劳改而受到歧视的五年级小学生维小珍，新来的马老师专门去家访，接济她、鼓励她（《马老师喜欢的》）。他甚至循着马老师的情感线索写出了“一个爱的系列”，又写出了许多篇关于少年人的自尊、自强的作品，其中《走在路上》《写信》这样的小说，直接地表达了应该敬爱老人的题旨。作品中，呼唤传统美德的古老主题与闪念纷呈的新潮的意识流，与思绪交叉的多变的插叙等等，竟达到了非凡的和谐、惊人的统一。而《蓝鸟》《男子汉进行曲》之类，又含蓄地表现了一种坚忍的意志、一种固执的自信。张扬时代前进中的崭新观念，与丰富多彩的美丽幻想，与纷繁复杂的奇特意念，竟也达到了巧妙的契合、出色的一致。看得出来，梅子涵儿童小说中，艺术手段的新正与审美视角的新相适应，而作家审美视角的新又是与思维方式的新相关联。

一定的文化氛围孕育出一定的思维方式。在改革开放的时代里，在东西方文化相碰撞、相融汇的氛围里，作家用现代意识对民族文化做理性审视，在现代文化发展的基点上，通过为少年儿童所能理解的艺术形象，对民族文化传统做承扬和现代转化的前瞻式的创造性工作。同时，又吸收世界上一切有益的文化，并结合本民族条件和时代条件，使现代新型文化渗透于艺术形象创造的全过程。

在一段相当长的时间里，在儿童文学界，一提到“探索”作品，似乎就是少年儿童看不懂的作品,这其实是一种误解。(这是不是跟有的刊物常把读不懂的作品归入到"探索"栏目有关?)梅子涵的儿童小说固然"同时能供儿童之外的层次阅读"(梅子涵小说集《自序》中所说),少年儿童却都是能读懂的。而且由于真切地写了少年儿童的思想情感,更能引起他们的共鸣,达到以情动人、感人至深的境界。那篇屡次被编入"选集",并受到广泛好评的《走在路上》,就使从南到北广阔土地上的各民族少年儿童都有同感,都受到深深的教育。值得注意的是,梅子涵小说中所写的虽然大都是城市少年儿童的生活现实,但喜欢读并受到感染的并不只是城市儿童。

人们不禁要想:梅子涵儿童小说创作中,怎样会有如此独特的审美视角和如此有魅力的艺术表现?我从阅读中得到的体会是:作家有比较丰厚的生活积累,加之思想敏锐,善于捕捉瞬间和把握永恒。而更重要的是,他真正地热爱儿童!少年儿童们在生活中一点点的情绪波动,一丝丝的情感牵连,他都能察觉到,感受到。每一篇小说中,作家都扬善抑恶,循循善诱。那几篇关于马老师的,还有《我们姐妹三人》《我的天鹅》等等写人的命运的,写的都是大家熟悉的现实生活,可读了令你心灵震颤!应该说,梅子涵的"探索"是成功的。成功就在于,他的创作之树根植于当代生活的土壤,又从土壤深层汲取民族传统的养料,而且伸枝展叶,四方受光,八面来风。也正由于此,他的儿童小说向读者呈示的,不仅是当代中国城市少年儿童的生活范畴与情绪变化,而且也是中国城市中各阶层人们的生存状况和心态结构。

长篇儿童小说的崛起

樊发稼

作为一名评委参加中国作家协会第二届全国优秀儿童文学评选，我突出感到近年长篇儿童小说的崛起。送评的（包括个别作者自荐的）长篇多达40部，最终获奖9部，占全部获奖作品数的将近三分之一。这是历次儿童文学评奖中不曾出现过的现象。这也很有说服力地表明了近年长篇儿童小说创作的空前发展。10年前，针对当时中长篇儿童文学作品，特别是长篇创作比较薄弱的情况，我曾在江苏《未来》儿童文学丛刊上发表一篇短文，讲了“如果缺乏相当数量的瑰丽的中长篇之花，那么儿童文学之树就算不上完美”的看法。我还满怀希望地说：“无论时代对作家的要求，还是从广大读者的需要来看，我们都应当拥有更多的中长篇儿童文学作品。”十年于斯，经过广大作家和编辑出版家的共同努力，我们欣慰地看到，长篇作品匮少的状况已经获得了显著的改变，而且不乏优秀佳构。我把长篇小说的兴旺看作是儿童文学园地的一大景观。这也应该说是我国新时期儿童文学进一步走向繁荣的重要标志之一。这里，要特别提到的是，江苏少年儿童出版社经过缜密策划、多方努力和组织，近年一下子推出十几部印制精美的长篇儿童小说，而且大都质量可观（这次这家出版社有三部长篇获奖，占所有获奖长篇数的三分之一），他们不怕赔钱，以发展儿童文学事业为重，为一批优秀长篇小说做了许多有益的“催生”工作，实属有胆识有魄力之举，功不可没，值得嘉许。

由于长篇小说在结构、容量上的特点，可以对生活、时代做宏大的描画和深广的概括，这就要求作家具有更为深厚的生活积累，更为敏锐深邃的思想洞察力，和更为精深的艺术功力。我们高兴地看到，过去不少主要从事短篇制作乃至一些写别的体裁的儿童文学作家，现在已经能够比较熟练地驾驭这种创作难度大的样式。当然，这样的作家还不是很多。长篇儿童小说作家的队伍还有待于在巩固的基础上进一步扩大。从近年问世的和这次参评的许多长篇小说中，可以明显看到有不少作品尚存在这样的不足，诸如结构较为松散，艺术表现手法欠新，不必要的环境描写铺陈太多，人物形象刻画和塑造缺乏独特的切入面，语言拖沓而不精炼，较少精彩的细节描写，有的作品反映生活不够真实等。从题材和内容来看，适合小学中高年级学生阅读、反映他们丰富多彩的校内外生活的作品还太少，有些“少年小说”写得太“深”，迹近于青年小说、成人小说。总的来说，长篇儿童小说还应当十分注重鲜明的儿童特点，采用多种艺术手法，努力开拓题材面，总体艺术水准还有待于进一步提升。

童话是深受广大少年儿童喜爱的一种文学样式。无论哪种流派风格的童话，近年都有不少佳作。这次获奖的周锐和郑允钦，是两位值得注意的比较年轻的作家。童话两大“派”中，他们也许是属于“热闹”一派的，他们的作品不乏奇谲的故事情节，读来极为有趣，具有很强的娱乐和愉悦效应，但是他们的许多作品同时具有耐人寻味的思想、道德、哲理的内蕴，明显有别于那些虽然能够一时取悦于一些小读者但读后留不下多少印象、文学品位不高的“通俗”童话作品。在这里，我还想特别说一下的是，山东作家刘海栖的长篇童话《灰颜色白影子》，是在题材、人物性格刻画和艺术语言上颇有特色的作品，作者在以写实主义、浪漫主义并用的手法，将幻想和现实紧密结合，通过一只小老鼠的种种奇异遭遇反映当代现实，在引导小读者思考和认识当今种种社会生活现象方面，进行了独特的艺术探索和追求，并且做出了可喜的成绩。但是，他的这种可贵的探索没有获得更多评委的认同，仅以一票之差这部作品未能获奖，对此我深感惋惜和遗憾。

1994 年

批评是为了发展

——束沛德儿童文学研究漫议

彭斯远

束沛德是从20世纪50年代跨入文坛的一位颇有影响的文学批评家。

束沛德的理论批评始于50年代。可以说，他是最早参与我国当代儿童文学理论建设的实践者之一。

谁都知道，童话是最能体现儿童文学本质特征的一种文体样式。但在50年代，处于草创期的我国当代儿童文学对于童话创作在幻想与现实的关系上，却还存在许多模糊认识。观念上的模糊，必然带来生产创作中幻想与真实的脱节，从而造成生产创作要么过于求真而缺乏烂漫想象，要么构思异想天开而缺乏真实的基础。

比如，刊于《作品》1956年1月号的《慧眼》（欧阳山），描写一个农村孩子周邦有着一双奇异的眼睛。他能看出诚实者的心是红的，撒谎者的心是黑的。后来由于听了别人的夸奖与恭维，他便渐渐骄傲起来。自此，他的双眼就不再能够分辨红黑。最后，在乡亲和父母的教育下，周邦改正错误，眼睛才又重新变得敏锐起来。

显然，它的主题是富于积极意义的。但正如束沛德在当年《文艺报》发表的《幻想也要以真实为基础》一文所提出的那样，作家“不是在充满着奇幻的浪漫气氛中展开情节”，而是“把童话的背景过于‘现代化’”，结果便“使得读者愈加怀疑童话故事的真实基础，愈加尖锐地感受到童话形象和现实环境的冲突”。

束沛德的评论发表后，很快引起全国反响。继束文之后，《人民文学》等陆续发表评论十多篇，于是使这场中华人民共和国成立以来的首次童话艺术讨论持续两年之久。束沛德敢于对有成就作家的艺术败笔予以批评，更可贵之处，还在于由此文开始，引起了我国儿童文学界对童话这一文体真、幻统一的广泛而深刻的探讨。这次讨论使人们渐渐认识到，童话的艺术特征之一，乃在于对“童话逻辑”的遵循。而“童话逻辑”的内涵虽十分丰富，但其中必不可少的一环是：童话人物与童话环境都必须同是幻想的。假如人物富于幻想而人物活动的环境过于“现实化”，就会在艺术表现上重蹈《慧眼》的覆辙。

束沛德对《慧眼》的批评，不但促进了我国儿童文学的创作发展，而且也丰富了50

年代尚不完备的我国童话理论。正因为如此,束文还受到童话作家洪汛涛的充分肯定。洪曾指出,由束文引起的这场“《慧眼》之争,开创了建国后童话讨论的前声”,这对50年代我国“新兴的童话创作是有帮助的”。

继童话探讨之后,束沛德还针对50年代刚跨入儿童文苑的女诗人柯岩作品成功的秘密,发表了《情报从何而来》一文。该文在分析柯诗成功原因时,提出了他对儿童情趣——儿童诗须臾不可离开的艺术要素的充分认可与热情呼唤。文章不仅对儿童情趣源于童心和作家艺术想象的议题做了阐释,且对儿童情趣与行动描写和美感熏陶的密切关系,也做了较深入的论述。束沛德充分肯定柯岩儿童诗从孩子行动描写中提示人物性格,同时还以俄罗斯儿童诗人马尔夏克多写孩子行动而获成功的经验作为旁证,论述简捷而充满说服力。

束沛德从柯岩创作实际中抽象升华而出的对儿童情趣的赞美,与对“行动诗”的褒奖,深深影响了一代儿童文苑。从柯岩一直发展到当今的我国儿童诗坛,之所以多行动性强的情节诗,应该说,既和柯岩创作实践所开启的一代儿童诗风分不开,也和束沛德等批评家对儿童情趣的大力呼唤有着密切关系。如今,儿童情趣仍作为体现儿童年龄与生理、心理特征的一大艺术要素,作为我国儿童文学理论宝库中的一个基本美学命题,而被作家和理论工作者一再提及,乃是与束沛德的撰文倡导分不开的。

束沛德《情趣从何而来》深得学术界首肯。它先后被《1949—1979儿童文学论文选》(中国少年儿童出版社)等七八种论文集选载,蒋风先生还曾在《〈中国儿童文学大系·理论卷〉序言》中指出,此文是中华人民共和国成立以来我国儿童诗歌论的“较好收获”之一。

“文革”之后,束沛德的儿童文学研究又有进一步发展。此时,除了继续保持昔日爱从文体研究中升华其理论思维的研究特色外,他在80年代后半期以来,似乎更注意从广泛的社会调查中,宏观地归纳、引申出自己对于发展我国儿童文学的美学思考。阅读《束沛德文学评论集》(明天出版社1991年12月版)和近年作者散见于报刊的文章,就给人留下了这一鲜明印象。

作为中国作协书记处分管儿童文学工作的书记,多少年以来束沛德始终十分关切地注视着我国儿童文学创作与理论的发展。当他发现我国儿童文苑渗透出一线曙光,或开始冒出某些带倾向性的不良弊端时,总是及时撰文提出充分肯定或纠正制止的建设性意见。归纳起来,他在这方面的理论见解,大体表现于下述四个方面。

第一,呼唤精品。

1988年,在全国儿童文学创作会议期间,束沛德发表了《为创造更多的儿童文学精品而开拓前进》。该文虽热情肯定了新时期由于廓清极左思潮与更新观念带来我国儿童文学的空前繁荣，但同时也一针见血指出，在我国，那种在“思想、艺术上出类拔萃，能够深深打动孩子心灵，在新时期少年儿童一代中具有广泛、深刻影响的力作、精品还是太少了”。为此，他大声呼吁，“儿童文学界最迫切的任务是要在提高作品的质量上下工夫”。在创作形势较好的情况下，作者能够居安思危，及时发现隐伏在巨大成绩背后的不足，此种呼唤精品的忧患意识，对社会起到了警示的作用。

第二，注重读者。

发展商品经济，必然导致儿童文学走向市场。

从这一客观规律出发，束沛德在全国儿童文学发展趋势研讨会上，发表了《更贴近大时代，更贴近小读者》的文论。该文通过对于当代儿童文学现状与发展趋势的考察，不仅提出了应把儿童文学置于“全面深化改革、商品经济发展的大背景之下”，而且从接受美学观念出发，他还对儿童文学的服务对象——小读者的阅读兴趣、理解能力、鉴赏水平，做了如实、中肯的分析，并简捷地归结到“儿童文学要走向世界，首先要走向小读者”的核心问题上来。这些建设性意见，实际是对我国当代儿童文学创作中一度出现的背离生活、背离小读者胃口，而片面追求所谓“情节深化”之类作品，以及由此所显现的某些作家的“玩文学”意识，给予了恰如其分的批评。

第三，寻求突破与创新。

在尊重读者阅读欣赏趣味的同时，束沛德也大力倡导儿童文学创作的突破与创新。七八年前，束沛德还发表过《儿童文学创新琐议》和《关于儿童文学创新的思考》等文章。上述二文，特别是后者，对儿童文学的艺术创新，以及创新与时代精神，创新与儿童读者，创新与继承借鉴之间的关系，做了较符合实际，也充满辩证精神的分析。作者不仅赞成作家在思想艺术上进行大胆探索与突破，而且呼吁儿童文学评论应“兼容并包，广开文路”，为我国当代儿童文学的“更新换代”，创造了一个良好的艺术氛围。束沛德这种严肃坦诚的立论较公允客观，因而对推动我国儿童文学的进一步发展，具有积极意义。

第四，扶持新人新作。

如果说50年代的投身于儿童文学理论批评的束沛德，通过文体研究促进了一批新人的成长，那么，80年代以来，束沛德则更注意通过对地域作家作品的研究，去帮助更多新人脱颖而出。近年来，束沛德除坚持小说等文体的理论批评外，还先后发表过对山东、云南、北京、台湾等地作家的群体研究文章。这些文字不是针对个别作家进行立论，而是就生活在不同地域文化背景下的作家类别，进行有特点的规律性分析。因而此种探讨，较好地促进了我国儿童文苑作家群的整体腾飞。

1995 年

我们需要健康的科幻文学

吴　岩

一种包含有丰富时代特征和数不清好处的文学形式，在中国当代文坛上，还仅只占有非常可怜的地位！

1994 年 6 月，来自世界各地近 80 位代表汇聚美国芝加哥，共同商讨科幻文学的未来蓝图。只有在这样的会议上，我们来自中国的科幻工作者才由衷地感到焦躁和不安。在一个接近人类历史上辉煌的 21 世纪的当口，中国的科幻文学的发展，还远远赶不上时代的需要。更加可悲的是，由于种种原因，一个由鲁迅先生率先倡导，由茅盾、老舍、顾均正、郑文光等人身体力行的中国科幻事业，本已具备了薄弱的基础，但这一基础正面临着最后的崩溃：老的作家队伍正在流散；文学新人的创作还无法满足读者要求；科幻文艺的理论空前地扭曲；读者——特别是少年读者及其教师和家长——得不到好的阅读指导；莫名其妙地反对发展这一文学形式的“风潮”，竟然在改革开放的年代里实现了作品出版的“零的突破”；唯一的专业刊物《科幻世界》偏居四川盆地，编辑们凭着自己的一点点信念，痛苦地支撑，发行量长期在生死线上徘徊……无怪乎像杨振宁、李约瑟、韩素音这样的世界著名的科学家、哲学家和艺术家会多次感忿地呼吁：再不重视科幻作品，下一世纪的中国将“无法想象”！

至少有三个无可置疑的因素，促使我们应该善待科幻文学。

首先，在一个技术飞速进步的时代里，一种反映科学影响人类现实、显示未来命运的文学，其繁荣是历史的必然。

1818 年夏天，踏着正在到来的工业革命的滚滚雷声，科幻小说第一次走向人间。著名的英国诗人雪莱的妻子玛丽创作了世界上第一部科幻小说《弗兰肯斯坦》（又译《科学怪人》）。这是一部充满恐怖的哥特式作品，名为弗兰肯斯坦的科学家在实验室中创造了一个新的生命，这个新生的婴儿刚刚问世不久，就发现自己生活在一个无可救药的社会中。由于科学的进步，他的到来超前了时代，其结果只能是被时代所否定。在忍无可忍之际，怪人向人类——他的创造者宣战，并最终与人类两败俱伤。玛丽的作品对技术进步的惊讶和忧虑，奠定了今日科幻小说的主要主题。

在玛丽之后，法国的凡尔纳和英国的威尔斯将惊讶和忧虑各自发展到了极致，形成了今天科幻作品的两大流派。“凡尔纳派”对技术进步持积极的态度，认为一个美丽的新世界必定在发展中出现；而“威尔斯派”则相反，认为如果技术的发展没有与其相适应的条件，人类不但无法前进，甚至可能走向毁灭。

本世纪30年代之后，西方科幻小说的大本营转移到了美国。美国作家将两种流派再次融合，发展出了今天的科幻文学。这种文学的特征是，在现实生活的所有层面上展现技术和科技进步带给人性的后果。在这样的思想指导下，科幻文学更加紧密地与现实和未来相互融合，发展成了文学中的重大体裁。在表现形式上也脱离了单一的文字化，转向视听全方位。进入80年代以后，美国的科幻小说月月出现在畅销榜上，科幻电影年年是票房最高纪录的创造者。究其原因，一个高速科技进步的社会需要文学的同步，可能是最好的解释。

两个很好的例子可以表现这样的同步。18年以前，作家叶永烈发表了有关珠穆朗玛峰上的恐龙蛋化石可以复活“真正”恐龙的小说《世界最高峰上的奇迹》。今天，北京大学的生物学家已在这样的领域中迈出了重要的一步。小说和现实的方法可能完全不同，但包含在小说中的某种期盼，却结实地得到了现实的回应。1984年，美国作家威廉·吉伯森在小说《神经浪游者》中告诉读者：一个人只要戴上特制的头盔，接上特制的电极，就可以往来奔走于奇异的全球电脑网的世界；为了适应知识爆炸，一枚小小的芯片可以被植入大脑，那里有亿兆比特的记忆；在“日本式”的大公司逐渐占领世界的同时，想要回复到以往单纯生活的人们，正进行着艰苦的努力……短短的12年过去了，吉伯森预言的一切，正在成为活生生的现实；吉伯森对电脑技术影响人类生活的讨论，正为各国科技发展和管理机构所重视。科幻文学以其特有的视觉角度，表述着当代生活。

其次，在一个物欲横流的现代社会里，科幻文学可以帮助人们拾回纯真、正直、善良和理解。

科幻小说由于具有时空超越的奇幻流动性，可以将人类的思维、想象和情感带到非常辽远的境地，而这样的引领，无疑给人以丰富的美感和奇异的享受。在英国作家克拉克的小说《2001年太空漫游》中，三百万年以前原始部落酋长“望月人”的脚步，从苍凉的远古直达辉煌的未来，你居然可以听见那深沉而震响的足音；在美国作家布拉伯雷的小说《浓雾号角》中，孤独的灯塔看守人与世界上最后的恐龙不期而遇，共同完成了历史与现实的奇异交会；在诺贝尔文学奖获奖者威廉·戈尔丁的小说《蝇王》里，人类的理性经受不起权力的诱惑，终于葬身荒岛；在老舍的《猫城记》中，读者含泪地感叹：恰恰是心灵的衰亡，才使一个古老的民族失去复兴的希望……

对于今日的中国，没有任何其他东西比重新在人类的心灵中唤起纯真的理想与美好的情操显得更加迫切。这里，科幻小说的作用，早已为过去的众多事实所证明。人们一定不会忘记，在中华人民共和国成立初期，苏联科幻小说展现的那些与大自然搏斗、趋向共产主义社会的美好画面；人们也一定记得，1954 年，仅仅 7000 字的新中国的第一部科幻小说《从地球到火星》，在全国引起过怎样的轰动。在一个基本生活品刚刚自给的新生国家里，一部短篇小说竟已经将人们的思想境界推进到超越敌对国家封锁、超越生活水平低下的现实世界，推进到一个向往凭借智慧飞向繁星的时代，这难道不是科幻文学创造的奇迹？人们更加不会忘记，60 年代的《古峡迷雾》、70 年代的《小灵通漫游未来》和《飞向人马座》在理想主义激发上所起到的神奇功效。近年来，像张洁、毕淑敏、梁晓声、朱苏进这样的主流文学作家也逐渐看到了科幻小说的重要表现意义，他们用自己上好的文学创意，展现了丰富的理性的世界。对于这样一种呼唤理想道德和情操回归的作品，难道不值得去努力弘扬吗？

最后，科幻文学提供了无限多样的可能性，而正是这种未来的多样性，增加了人类的适应能力。

人类对世界的认识，至少经历过三次大的转折。在 20 世纪之前，人们将自己生活的领地，粗略地定义成一个“钟表”样子的世界，每一时刻、每一空间、每一行为都由固定原因产生，并通向无法改变的结果。这样的世界观，起源于古典的几何学和牛顿力学，并为我们的世界创造了颠扑不灭的秩序。在那个时代，如果能了解社会生活中的所有变量和他们的来源，你就会对明天的一切，进行预测和防范。这一时期对科幻文学的主要要求，是要精确地反映技术本身，并以此做出合理的推演。本世纪初，相对论和量子力学改变了这样的观念。在爱因斯坦、波尔和海森伯等人的理论中，时间和空间是相对的，对所有的自然现象的观察，都会由于观察者的介入而发生改变。换言之，一种“决定论”的世界已经不复存在。世界是相对的，人类对未来的发展策略，需要考虑更多的“自身介入”的事实。在这样的日子里，科幻文学面临着给人讲清世界的相对性的艰苦工作。到了本世纪的中叶，关于“混沌现象”的研究再次更新了人类的自然观，人们发现，世界的发展其实比我们过去想象得更加具有“随机性”，更加难于进行预测和有效干预。这样，当代的科幻文学观已经走到了去展现“无限多的未来”的时代。要告诉读者，没有一种预言是可以完全依赖的，必须做好充分准备去应付各种可能出现的危机。

长期以来，科幻文学在我国一直从属于儿童文学。姑且让我们接受这样的划分，以简化研讨的事实。就在新时期的儿童文学发展中，显而易见的不平衡也是有目共睹的。一方面，指向于回到淳朴、回到幻境、回到幼稚生活的童话作品，无论在数量上还是质量上，都取得了长足的发展；而另一方面，处理相对“现实”事物的小说，就显得略微逊色。当我们再去放眼那种把矛头指向未来的科幻读物的时候，你所看到的，是孤寂星球上的满目疮痍。一种如此具有优越性的文学艺术形式会在接近21世纪的中华大陆上逐渐衰亡，这件事情本身就会使人产生丰富的文化联想。是我们的民族无法接受这样的科技文化、对其具有坚忍的抵抗力吗？是我们对宇宙的认识，已经在5000年的文明发展中，充实到了根本不用去深化的地步了吗？是我们的“市场经济”封闭了思考未来的道路，而只将我们的思维控制在眼前的金钱物质利益上了吗？

所有这些问题都渴望着立刻寻求有说服力的答案。

1994年底，在离开美国、结束近一年访问的头一天晚上，我独自去洛杉矶的一家电影院看电影。上映的影片是根据据说已经连续播放了300集的电视系列片《星际旅行》拍摄的。宽大的电影院里人头攒动，电影的场面气势恢宏：地球受到了毁灭，人类使她再生……就在这300集的电视剧的每一集的开头处，有一句不变的画外音，至今仍然萦绕在我的耳边：“太空，它是我们最后的边疆！”

中华民族早晚也会成为将太空看成自己最后边疆的种族，这不是某种虚妄的幻想，而是时代的严酷要求，是每一个希望中国在未来的世纪中仍然能够独立于世界民族之林的人的并不过分的要求！

我们的科幻文学创作还有许多问题和失误有待总结，但目的是呼唤健康的科幻文学。

1996 年

童话民族风格的追求

孙建江

葛翠琳童话创作的一个突出特点在于鲜明的民族风格。

自觉意义上的童话创作，应该说是本世纪初，特别是“五四”新文化运动以后才开始的。由于初期的童话创作受译介之风的影响，不少作品免不了带有一些异国情调。随着时间的推移，民族性变得日益为人们所重视。叶圣陶等的作品即是本世纪上半叶这方面的突出代表。他们的作品为后来的童话创作者们提供了可贵的借鉴。

葛翠琳童话创作的民族特色，在其创作伊始的 50 年代初就已显露了出来。她最早的一批作品，像《少女与蛇郎》《巧媳妇》《野葡萄》《雪梨树》《采药女》《雪娘与神娘》《泪潭》等几乎都与民间传说有关。在葛翠琳的作品中，民族传统的东西占有十分重要的位置。但葛翠琳又并非一味“移植”民间传说，她的作品对民间传说有很好的再创作，这体现在以下一些方面。

原型的改造。葛翠琳的作品中常常会出现一个类似民间传说的故事原型。但细加审视，又会觉得这个故事原型与原来民间故事的原样已有很大不同。《野葡萄》中的故事原型与民间传说中“后母故事”相近。“后母故事”主要讲述后母如何对无血缘关系的孩子加以虐待，以及孩子的被动与可怜。《野葡萄》也讲后母婶娘对孩子白鹅女的虐待，但却大大强化了白鹅女的主动性及其与命运抗争的一面。比如白鹅女被后母用沙子弄瞎双眼后，不是甘于命运的摆布，而是积极与命运抗争，勇敢地踏上了寻找野葡萄、寻找光明的艰难历程。

母题的拓展。在民间传说中，扬善是一个基本的母题。这一母题的展示总是呈“直接”的因果关系。葛翠琳让白鹅女用野葡萄医好了自己的双眼，毅然离开“仙境”，带着野葡萄回到家乡，使更多的瞎眼人看到了光明。这样，扬善的母题便在由个体进而到群体的过程中拓展升华了。《雪娘与神娘》展示的是母爱及其力量。“雪娘拉着孩子的手说：‘儿子，我怀里抱着你走遍了大地，尝过了人间各种艰辛。你是我的未来和希望，去为人们创造幸福吧，让所有勤劳勇敢的人都生活得快乐！’神娘摸摸孩子的头，少年就有了无穷的力量和智慧。”这与其说是雪娘的执着精神感动了神娘，还不如说是现实的人感动了神灵，是人间母爱的力量战胜了神灵。显然，这一切得益于作者葛翠琳对母题的拓展。

心理描写的强化。大凡民间传说，通常多只强调外部的动作，一般不作心理描写，但葛翠琳的作品却十分注意这一点。《一支歌儿的秘密》曰："斧头心想：我能有出头之日，容易吗？我要砍光这片林子，从此威镇树林，名扬天下；我要让所有的树，在我的威风面前索索发抖。我将成为真正的'斧头之王'，统治、镇压所有的树林，在那砍伐过的树林里，留下数不清的树根，赤裸裸地摆在地面上，一行行，一排排，像是给我挂的功勋牌，记载着我的功绩和成就……"心理描写与人物性格的展示、故事情节的发展已紧紧地联系在了一起。

除了上述作品，60 年代的《金花路》《云中回声》等作品亦具有明显的民族风格。当然葛翠琳中后期的作品有不少并不直接采用民间传说的故事框架，但这些作品的内里依然具有浓郁的民族特色。可以说，民族特色是葛翠琳童话创作最为显著的一个特征。葛翠琳童话的这一特征，为中国童话创作提供了重要的经验和参照。

葛翠琳童话创作的另一个特点在于浓郁的抒情品格。

在童话创作中，注重抒情品格，并以此打动人、感染人的作品，并不鲜见。童话大师安徒生的作品就充分显示了这方面的魅力。在中国的童话发展进程中，也不乏以抒情品格打动人的作品，比如叶圣陶 20 年代的《小白船》、严文井 40 年代的《南南的胡子伯伯》等作品。不过细究起来，这类童话作品应该说并不很多。而葛翠琳的童话作品则一开始就显示出这方面鲜明的特色，而且这一特色一直保持了 40 余年。因此，葛翠琳童话创作的特点又一次显示了出来。葛翠琳作品的抒情品格，明显表现在以下一些方面。

意境的营造。在《问海》中，葛翠琳这样描述小沙砾眼中的世界："蓝天上飘荡着朵朵白云，蓝色的海面上跳荡着排排雪浪花。太阳喷洒出耀眼的金光，天空烘出绮丽的彩霞，海面上映出迷人的光焰。一望无际的海滩，仿佛金色阳光织成的地毯，柔软而又温暖。海浪为细沙洗过澡，悄悄地离岸远去，层层细沙在阳光下舒腰敞怀，享受着海边的幽静和清新。一颗小沙砾，第一次被海浪冲上了沙滩，身上还带着潮湿的海沫，它抖动身子，张着惊奇的眼睛观望周围，呀，多么神奇的世界！"是的，这是一个神奇的世界，这是"第一次"被海浪冲上沙滩的小沙砾面对的神奇世界。无疑，这也是作者营造的一种意境。这一意境很好地烘托了小沙砾接下去表现出的单纯、幼稚。意境的营造为情节的展开创造了条件。

情景交融。葛翠琳十分注重对景物的描写，但她笔下的景物又不是那种单纯的景物，她笔下的景物总是充满了创作者强烈的情感色彩。近作《会飞的小鹿》这样写景物："一只会飞的小金鹿，飞过一道又一道山涧，跃过一座又一座险峰……树叶不摇，草茎不抖，天边的浮云也凝住不动。鸟儿不鸣，群兽不响，蜂蝶也悄悄地停落在花丛。可爱的小金鹿，小小的蹄子上有飞轮？瘦瘦的脊背上有神奇的双翼？……鸟兽们惊愕震动之后，是响彻群山的欢呼声。花儿微笑，大树点头，草丛拍手，绚丽的彩霞映照着欢乐的群山，谛听着峰谷的回声。活泼的泉水弹奏着激动的乐曲，托着妍丽的花瓣儿向前流去，仿佛美妙的梦境……”这里写的是小鹿的飞奔给动物们带来的惊愕与欢呼，乍看似乎是在纯写景物，但内里却充满了作者浓郁的情感：小鹿跑得快，是为了赶在冰融雪化导致的山洪暴发之前，救出在绿崖下养伤的长颈鹿妈妈。

因此，惊愕之后，“是响彻群山的欢呼声”，是花的“微笑”，是大树的“点头”，作者的关切之情已与景物融为了一体。

情节的诗意化。所谓情节的诗意化，是说葛翠琳在安排作品的情节的时候，常常会下意识地为一种固有的抒情品格所左右。在葛翠琳笔下，即使是叙事特质极强的题材也总是充满了抒情色彩。80 年代的《云中回声》写的是素不相识的老伯伯、小三乐儿孩子和大个子青年三人结伴攀登“诸岳之尊”的一座高峰的故事。作者写道：“天色渐渐暗下来，山越高，风越大，吹得大树呜呜叫，刮得飞鸟不见踪影。寂静的山崖山谷，寂静的山林，除了风的呼啸，没有任何别的声音，仿佛群山都给风缠绕包围起来。猛烈的风旋转、舞蹈、呼啸、歌唱，它驱赶浮云，抛撒落叶，它和崖壁顶撞摔跤，它拉住山水蹦跳，它拦挡爬山的人，模糊他们的眼睛，撕扯他们的衣裳，顽皮地嬉笑着……”当太阳落山三人继续攀登时，作者写道：“淡蓝色的天空，浮着流动的云。白云不断地变幻着，一会儿叠成雪山雪谷，一会儿散成浪涛海滩，一会儿变成结队飞行的白天鹅，一会儿变成数不清的羊群……奇异的白云托着一轮红日，红艳艳，像明亮的火焰，光灿灿，像宝石闪烁着奇光异彩，耀眼的光辉，把周围的白云照得绚丽夺目，仿佛金线织成的云纱。美丽的红日一闪一闪，很快地由球形变成了圆帽形，又变成了半圆形，再变成弧形，最后只剩下一点点圆形的边缘，眨眼工夫，闪了几下亮光，就完全沉落下去了。”当星星出来三人继续攀登时，作者写道：“一颗亮星挂在天上，很快唤出来许许多多的星星。山腰里吊着稀疏的星，山底下遍布密密麻麻数不清的星，那是人间的灯火，天上地上连接在一起了，灰蒙蒙，雾重重，一座座奇峰变成模糊的山影，远远传来山水声……”当深夜三人向顶峰冲刺时，作者写道：“雾蒙蒙，群山只显出一座座暗影。稀疏的星，挂在淡灰色的天空，隐约的灯光，在深山里闪烁，像点点流萤。东方的天际闪出一条微弱的红色光带，预示着红日即将出来……山风冷飕飕，红日不出来，只有那少许的光带变得越来越红，是红日和云剑搏斗时流的鲜血吗？……雾更浓，仿佛将天地山谷都凝住了，连微风也静悄悄地无声。”这里，叙事中渗入的抒情色彩是再明显不过了。也正是在这样的情节的诗意化中，作者完成了整个故事的讲述。

1997 年

走进传统，走向现代

——少数民族儿童文学创作的新景观

金燕玉

在少数民族儿童文学中，传统文学占有很大的比重。那些口口相传的民间故事，包括神话、传说、童话，已经得到大量的收集、系统整理和出版，成为中国少年儿童最喜爱阅读的一种书籍。少数民族儿童文学的创作从 20 世纪 80 年代到 90 年代，出现一批作品，它们在现代与传统之间构筑新的艺术世界，为少数民族儿童文学创作提供了各种新的可能。

它们已经开始把艺术之根扎在本民族深厚的传统文化的土壤之中，同时又在表现富有现代意味的主题。曾经有一个时期，少数民族儿童文学创作路子越走越窄，远不如少数民族居住地那样广阔无边，这是生活观念的落后、现代意识的匮乏所带来的创作贫血症。还有，不去追寻本民族的、独特的文化传统，既不能帮助孩子们培养民族文化认同感，也不能帮助孩子们理解其他民族的文化，丢失了文化之根。无论是贫血，还是失根，都不能使少数民族儿童文学创作获得繁荣，达到如传统文学那样的辉煌。我们看到，当儿童文学作家们“走进传统，走向现代”之后，就出现了一片新的文学景观，透露出辉煌前的光亮。

在少数民族儿童小说中，出现了一些描写久远年代却有着现代启示意义的作品，它们对少数民族历史生活的描述，所遵循的不仅仅是真实的原则，还有进化的原则，旨在开掘民族积累传承的生存经验和教训，为的是今天的生存和进步，从而具有深刻的人文内涵。

其中，80 年代具有代表性的长篇是《精奇里江畔》（胡景芳著），作者沿着来自精奇里江边的曲曲歌声走进了达斡尔族的传统，奉献给小读者的是具有现代价值的人文精神。而 90 年代的作品《危险的森林》（左泓著），在同样的黑龙江沿岸的自然背景中，在同样的狩猎式的生存方式中，所寻找的、所表现的内容与《精奇里江畔》完全不同。《精奇里江畔》以少年索木为中心，叙述了一个曾在达斡尔族历史上发生的事件；而《危险的森林》以少年艾赫为中心，叙述了一个完全不可能发生的赫哲族毕拉贝雅部落的古老故事。索木与父辈、祖辈站在一起，共同抗敌，表现出了一种宝贵的文化精神的延续；而艾赫却做着违反世世代代生存法则的事，他背叛传统的白狼节，非但不像部落的其他所有成员那样捕狼，反而同情狼、帮助狼、与狼交朋友。这是一种反传统的姿态，传达出现代的自我观念。于是，少年儿童在阅读《危险的森林》时，就会获得与《精奇里江畔》不同的新鲜感受和思想。

如果说，在少数民族儿童小说中，传统与现代正在接轨，那么，在少数民族童话创作中，传统与现代正在融合，其融合点就是文化。童话作家们开始认识到民族文化积累的宝贵，开始动用这笔财富，开始珍视经过本民族集体千锤百炼而成的那些亘古不变、具有永恒意义的价值观念，将闪耀着民族智慧、生存体验的谚语俗语、格言警句、童谣民歌、宗教哲理融化在自己的创作中。从他们所创造的幻想世界里，可以嗅到传统文化的气息，同时又绝没有陈旧的感觉，因为对永恒价值的肯定和追寻正是现代的一个人文话题，在不断的探索之中不断有新的发现。

我们在阅读藏族短篇童话《花园里的风波》（班觉著）时，就很容易联想到藏族古代长篇童话《猴鸟的故事》。《猴鸟的故事》叙述了猴鸟争夺居住地的故事，一场纠纷经过兔子和公鸡的调解，得到圆满的结果，住在滚桑山脚下的猴子可以到山腰上鸟儿的草地去吃花果，鸟儿也可以飞到猴子住的森林里去，大家和睦相处。这样的题材内容显然是游牧部落时代生活的写照。而《花园里的风波》的题材内容的现代感很强，描写了花园里的蜀葵与百花争美，自封为众花之王而掀起的一场风波，最后在花园主人阿妈玉珍的协助下，解决了纷争。这部童话所体现出来的和解的人文精神，与《猴鸟的故事》出于一脉，再加上所继承的艺术形式，的确已将传统融于血肉之中。

在蒙古族中篇童话《雁翅下的星光》（路展著）中，传统与现代的融合则集中在童话形象小雁敖劳的身上。失去父母的小雁敖劳在尝遍人生的甜酸苦辣后成为小雁组的领队，在他出世以及出世后的每个脚印中，都刻上人生的曲折和复杂，他的成长过程跳动着强烈的人生感。小雁敖劳的刚强，既是人生磨炼的结果，也是蒙古族性格的雏形。

在90年代的蒙古族中篇童话作品《七彩鹿》（明照著）中，我们可以看到传统与现代在艺术形式和艺术手法上的融合。在塑造七彩鹿的童话形象时，作者无疑从传统的民间童话中获得想象的灵感，让七彩鹿三次变形、三次再生：七彩鹿变成美丽的姑娘，与善良、勇敢的蒙古族青年阿尔乐生活在一起；被王爷刺死后，变成一棵白桦树；王爷火烧白桦树的时候，又变成一只火鸟。这种可以造成神奇的审美效果的变形再生的艺术手法，在当代童话中一度几乎看不见了。因此，当它重新被运用时，反而变得非常新鲜，经过现代化的生动、细致的描述，成为塑造新形象的富有表现力的手段，与内容和谐，创造出神奇童话的新境界。

对少数民族儿童文学创作来说，带着现代观念走进传统以后，使得小说和童话呈现出新气象。对于少年儿童来说,风俗是他们了解民族文化的一个窗口,是他们融进民族生活的一种途径,但绝不能让风俗束缚住少年儿童,更不能让风俗成为迷信。由此可见,儿童风俗散文的创作有它的意义,也有它的准则。只有在现代观念的观照下,对传统习俗加以区分、加以分析,才可能促使儿童风俗散文破土而出、欣欣向荣。这正是从80年代到90年代,少数民族儿童文学创作的新景观。

在少数民族儿童风俗散文中,有些作品着力挖掘节日中的文化底蕴和儿童情趣,描述孩子们在节日中的地位、欢乐,表现节日与孩子出人意料的关系、对孩子们的意义,充分体现了现代的文化观念和以孩子为本位的儿童观念。例如,张长在《新奇的节日》中生动描述了白族孩子在“迎本主”节日争抬“三太子”、在“接观音”节日中争抬“观音狗儿”的欢乐情景,作者把在传统节日中领略到的美和文化充分地传达给小读者,对风俗作了新的活的文学表现。张焰铎在《主人和宠儿》中,饶有情趣地突出白族孩子们在火把节做主人、在端午节做宠儿的地位,热情赞赏“将主人与宠儿给孩子们集于一身的娃娃节”,用现代的儿童观照亮了传统节日,从传统习俗中获得了宝贵的具有现代感的启示。郭永明的《马驹节和赛马健儿》在小读者们带进蒙古族庆贺牧业丰收的马驹节时,着力展现的是小骑手的风采,把民族的精神通过传统的节日活动传给下一代,表现了习俗对孩子的文化影响和文化意义。

在少数民族儿童风俗散文中,还有些作品从民族儿童游戏和民族儿童玩具中寻找到民族生活的历史和民族感情的积淀,将孩子们喜欢的游戏与民族文化联系起来,写出了游戏与玩具的文化底蕴。张树曾的《跑马城》告诉小读者:满族传统儿童游戏“跑马城”,是在“防范、攻城的历史氛围中演变而成的”,游戏时,“稚嫩的童音在温熏的空气里飘忽着,给人们带来一股浓烈的乡土气息”。郑云云的《小石人儿》告诉小读者:藏族孩子最心爱的玩具是小石人,还有石牛、石羊和石狗,“都是孩子们用自己的石子磨制雕刻的”,成为他们自编自唱自演的道具,使他们想象,使他们歌唱,使他们重温民族先辈们的狩猎活动和冒险经历,这种玩具不是商店里出售的布娃娃和机器人所能代替得了的,因为它们与藏族文化有着血肉的联系。

是的,少数民族儿童文学作家就是如此一点一滴地在寻找民族文化,将点点滴滴的民族文化传授给少年儿童。他们在走向现代的时候又走进传统,将现代观念与民族文化同时化为创作的血肉,是突破了传统与现代相分离的二元对立的思维模式的结果,是民族文化意识觉醒的结果,标志着民族文化视角的建立。这种创作趋向首先解决了少数民族儿童文学创作的文化根源问题,这个问题至关重要,因为儿童文学应该是一个民族肌体的一部分,而只有本民族的文化才能使民族成为活生生的历史整体。民族文化之于儿童文学的意义,集合着文化对于一个民族、对文学、对下一代的三重作用。只有在民族文化进入儿童文学以后,儿童文学才找到与民族肌体相联结的最紧密、最宽厚、最牢固的纽带;也只有在民族文化进入儿童文学以后,各民族的儿童文学才会各自呈现清晰的、不同的文化面貌,各具民族个性,各占一席之地,各有独特的生命力。

浅谈中短篇儿童小说创作的几个问题

桂　馨

我国的儿童文学从20世纪70年代末进入新时期以来,广大儿童文学作家解放思想,振奋精神,经过了一个沉思、探索和发展的历程,创作了大量优秀的作品,在主题的提炼上、反映生活的深度上、人物形象塑造上,以至语言的运用上,都呈现了前所未有的艺术成就,出现了喜人的辉煌局面。

这是儿童文学创作的主流,应当予以充分肯定。但是,这绝不等于说儿童文学创作已经到了完美无缺的程度。相反,在儿童文学的发展进程中,不可避免地出现了这样那样的问题,儿童文学要再造辉煌就必须对这些问题进行探讨。

我以为当前儿童小说创作主要存在以下四个方面的问题。

一、缺乏富于时代特色和典型性格的形象

20世纪初期至新中国成立初期,儿童文学作家们深入体验生活,创造了许多为少年儿童读者喜闻乐见的优秀作品,塑造了一批栩栩如生的少年形象。大林和小林、小英雄雨来、虾球、容易忘记时间的罗文文、小兵张嘎、三毛等艺术形象,今天依然新鲜动人。这些都是凝聚了时代特色与儿童自身特点的艺术形象。但是现在有些儿童小说却只有比较曲折、离奇的情节,而无具有时代特色与个性的人物,像《男生贾里》中塑造的贾里这样生动的形象真是少而又少。儿童最强的能力是模仿能力,他们总是努力朝着一个具体形象去修正自己,而后随着年龄变化不断更换模仿对象,慢慢具有了或多或少的被模仿对象的特征,这正是儿童的成长过程。这个被模仿对象是生活中的或作品中的具有典型性格的人物形象。对于少年儿童来说,他们接受世界、模仿成长靠的不是抽象、曲折的生活过程,"生活"在他们心中是模糊的。除了模仿能力之外,儿童还善于幻想,具有强烈的自我表现欲。他们能跟作品中的人物上天入地,在想象的世界翱翔并在生活中顽强地表现自己。因此,凝集生活精华,塑造具有时代特色和典型性格的少年儿童形象,应是当代儿童小说创作的主要任务。

二、主题的开掘过于成人化、哲理化,超越了儿童的认识

儿童小说的发展进步是表现形式和人物形象的丰满与更新。少年儿童对一些抽象观念的理解能力总是囿于一定范围内的。因此,儿童小说所揭示和要表达的观念与

哲理，一定要适应少年儿童的认识能力而不能超越了少年儿童的接受能力。时下有许多发表在综合性纯文学刊物上、以儿童故事为情节的小说被称为儿童小说，这是不确切的。这类小说虽以儿童为创作素材，但所挖掘的主题、所表达的思想却是非儿童的，是以成人的心态与眼光去剖析儿童生活，借以表达对社会的独特思考与看法，在这里少年儿童纯粹是一种写作角度与叙事角度，而非审美主体。比如外国文学作品中《我的叔叔于勒》(莫泊桑著)是不能算儿童小说的，这类小说主要是给大人看的，不能称为儿童小说。

三、叙事角度与风格的成人化倾向

文学作品历来是形式为内容服务，儿童小说的形式理应采取“低视野”。北京师范大学心理系的一位教师曾做过这样一个极简单的试验：当成人蹲下来与儿童一样高时，他抬起头看四周，会发现世界改变了——行人高大而具有威胁感，建筑高大而巍峨，天更高远，地更近而清晰……这极简单的试验说明：在儿童、成人的眼里世界是绝对不同的。因此，同是社会生活，但少年儿童的视野与角度却是特有的。如我们所有深入生活的作家所知：少年儿童与成人对社会生活、社会现象的认识不仅在实质与深度上不一样，表现形式也不一样。他们以特有的顺口溜、打油诗、歌词改编、游戏的方式来反映社会生活。诸如：“……猴子进城谁看谁，人变成狗了谁咬谁，我长大了你算谁！”就是以轻松活泼的方式来反映一些社会现象，反映儿童眼里的世界。因此，为使儿童小说真正属于少年儿童，以少年儿童为审美对象的真正的儿童小说，必须寻找最适合表达主题的、最接近少年儿童的表现形式，比方说，情节线索比较单一而不要太复杂，语言要生动活泼而富有儿童情趣等。这样，作品的儿童特点便得到了增强，少年儿童读者更易于接受与参与。

即使是同一主题，运用不同的叙事角度与笔法，所表现出来的特色与收到的效果也截然不同。儿童小说运用良好的表现形式可以使主题更加深刻、形象更加鲜明，真正起到寓教于乐、潜移默化的熏陶作用。

四、儿童的特殊审美性未能得到充分体现

少年儿童的社会经验、理性抽象思维不及成人，但他们的审美经验却有一种不同于成人的特殊性。一个著名的事例是：某电视台做一个主题为“人类的想象力是怎样衰竭的”节目时，在黑板上画一个“□”，分别请儿童、少年、青年、中年人来想象它是什么，结果答案从小到大依次递减。小朋友说是太阳、月亮、乒乓球、眼睛、井等等，而一批正集中在一起开会的厂长经理瞠目结舌，最后只有一个答案：那就是“圈”，文件上画

的圈嘛。这个令人啼笑皆非的事例至少说明了儿童的审美自由度是成人所不及的。儿童“天性”未泯，从他们眼里，可以发现许多世界的荒谬性和未来的意义，可以发现许多我们已经意识不到了的感情与心理。不仅是我们去发现儿童，少年儿童同样也发现我们，发现我们失掉的感情、失落的价值、生存的尴尬。中外儿童文学作品中，像《哈克贝利·费恩历险记》等都是这方面的典范。所以，我们在创作儿童小说时，应该抱着尊重少年儿童特点的心态去创作，以儿童心灵去体验生活，以儿童的眼睛去观察生活，充分尊重和高度重视儿童的特殊审美性，将人类最美好的思想、最纯洁的感情、最崇高的道德理想揭示给少年儿童。这应是儿童小说创作的根本目的。

以上谈到的四个方面的问题，只是近年来阅读儿童小说的一些粗浅的印象。这些问题虽然存在，但并不难解决。我们高兴地看到：儿童小说创作，尽管也受到经济大潮裹挟下的俗文学的冲击，但仍有相当多的作家始终把孩子放在第一位，努力为千百万少年儿童创作出真善美的儿童文学精品。我们有理由相信，儿童文学的又一个春天即将到来，儿童小说的创作一定能再度辉煌。

1998 年

追求儿童文学的永恒

樊发稼

读《草房子》真过瘾!

《草房子》非常好读,它能一下子把你的心紧紧抓住、吸引住,你非一口气读完不可。而且里面的人物形象——不论是小孩还是大人——深深地烙印在你的心头,让你久久不能忘怀,也无法忘怀。

读毕这部作品,兴奋激动之余,我不假思索地在书的前面写了这样一句话:“此作一言以蔽之:追求儿童文学的永恒。”是的,是追求永恒。我们过去看到过太多的显赫于一时的作品(我不是完全否定这类作品,它们在某一时期或特定的社会政治环境下曾经起到过一定积极有益的作用,今后这类作品还会有,从社会功利角度看也是需要的),但随着时间的推移、历史潮流的涌进,它们很快成了过眼云烟,为生活的滚滚洪涛所淹没。而《草房子》绝不会为时代的风尘所湮没。它向读者叙说、向人们倾诉的,是不论什么时候都会让人感动的,是永远令只要具有正派思想和情感的各个阶层、各个民族乃至各个地域、各个国家的大小读者所感动的东西,即作品《代跋》中所说的“生死离别,游驻聚散、悲悯情怀、厄运中的相扶、困境中的相助、孤独中的理解、冷漠中的脉脉温馨和殷殷情爱”等等。这些东西能够呼唤起、激发起人性中的真、善、美,促使其产生崇真、崇善、崇美的情怀和从真、从善、从美的愿望。这些永远令人感动的东西,和人类的共性紧密相连。

从事叙事文学创作的作家,有的长于写故事,构织的故事情节可以一波三折、悬念迭出,引人入胜;有的也写故事,但更注重于通过故事来表现人物,描绘其生动传神的活生生的形象,刻画其各具鲜明的性格特征。曹文轩在《草房子》这部作品里就充分显示了这种不凡的本领。

《草房子》里发生在油麻地村内村外的种种既平常又催人泪下、撼人心魄的故事,基本上都是通过小学校长桑乔的儿子、小主人公桑桑的视角来叙写的,但也不乏作家客观叙述的自然切入,这就使作品中的人物形象更为丰满更为立体。与作品独特结构有关的是,除了小主人公桑桑及其父亲桑乔等人物贯穿全书外,作者还用一章或两章的篇幅着重写一个人物。例如第一章着重写有生理缺陷(秃头)的孩子陆鹤,第二章写有特殊家庭背景的纸月(其母生下她一个月后自杀,其生父神秘出家当和尚),第三、第七章写“油麻地的美人”、18 岁的农村姑娘白雀和青年教师蒋一轮的感情纠葛,等等。作家通过一个个极富生活气息的情节、细节、对话以及角色外貌特征和内心世界的生动叙述和展示,使人物活脱脱地凸现在读者面前。许多看来是作家信手拈来的不经意的描写,也都能给人留下极为深刻的印象。例如陆鹤刚出场时对他的外部肖像的勾勒:“秃鹤的秃,是很地道的。他用长长的好看的脖子,支撑起那么一颗光溜溜的脑袋。这颗脑袋绝无一丝瘢痕,光滑得竟然那么均匀。阳光下,这颗脑袋像打了蜡一般亮,让他的同学们无端地想起,夜里它也会发亮的。”在桑桑眼中,老农妇秦大奶奶的形象是:“身材高高的,十分匀称,只是背已驼了,浑身上下穿得干干净净,只有粽子大的小脚上穿着一双绣了淡金色小花的黑布鞋,裤脚用蓝布条十分仔细地包裹着,拄着拐棍,一头银发,在风里微微飘动。”《细马》一章里,描写细马经过一系列苦难的磨炼过早地懂事和成熟,乃至令闯荡江湖的生意人慨叹“一辈子还没有见过”像细马这样“精明能干的孩子”,小小的年纪俨然挑起了“当家人”的生活重担,更是令读者禁不住潸然泪下。

《草房子》的内容提要里说:“作品格调高雅,由始至终充满美感。叙述风格谐趣而又庄重,整体结构独特而又新颖,情节设计曲折而又智慧。荡漾于全部作品的悲悯情怀,在人与人之间的关系日趋疏远、情感日趋淡漠的当今世界中,也显得弥足珍贵、格外感人。”这是对这部作品的特色价值颇为中肯贴切的表述。我为在 20 世纪行将结束之时,中国儿童文学之苑出现这样一部佳作精品,感到由衷的高兴和自豪。

多媒体时代的儿童与儿童文学

汤　锐

认识和把握一个时代有各种不同的角度。如果说我们正面对的这个时代有什么突出的区别于上一个时代并且影响最广泛的特点的话,那么其中之一就是以电子计算机为代表的现代大众传播媒介的发展,它是构成我们这个时代文化背景的极重要的因素之一。

一、电子媒介给儿童生活带来什么变化

20 世纪 70 年代末开始至 80 年代,随着电视在中国内地的迅速普及,中国人也进入了大众传播的新时代。

20 世纪 80—90 年代出生的儿童,是在现代大众传播的环境中成长起来的,这个新的时代给儿童生活带来了几个根本性的变化:

第一,比起上几代儿童,这一代儿童面临着更多的媒介消费选择,除传统媒介如报刊书籍、广播、电影、唱片之外,还有电视(包括有线电视和卫星电视)、录像、录音磁带、电子游戏机、电子计算机、激光唱盘、镭射影碟、卡拉 OK 等等,媒介种类的争夺带来了信息数量和种类的剧增。这一代儿童(在目前特别是一些经济发达地区的儿童)从各种媒介接触中认识到的是一个远远超出了他们所能直接体验的限度的更丰富多彩、更立体化的世界。

第二,电子媒介,尤其是电视的介入,使儿童接受的信息发生了质的改变。在以印刷媒介为主的时代,儿童的阅读与成人的阅读基本上是分开的,儿童世界与成人世界相对隔绝,而电视等媒介则向儿童开放了成人世界,儿童的电视活动几乎没有成年与童年的界限,成人世界的一切都可以通过电视屏幕进入儿童的视野。而录音磁带、卡拉 OK 等媒介则将小学儿童也卷入了成人社会的流行文化之中。80 年代以来涌现的青少年追星族问题就是一个鲜明的例证。

第三,现代传播媒介的发展,已经开始改变儿童作为受众在信息传播过程中的传统地位。在过去,儿童基本上是书报杂志、广播影视等媒介传播信息的被动接受者,而现代儿童已不仅仅依赖大众媒介传递的信息去认识世界,了解他人与自我,去调整自己的思想与行为,去获得交往和娱乐,而是以前所未有的勇气和热情积极参与大众媒介的传播,如中小学校里的孩子们办的报纸、刊物,甚至红领巾电视台。还有更多的孩

子热衷于拨打广播电台和电视台的各类热线电话、向报刊投稿等等，甚至随着互联网的发展和逐渐普及，少年儿童在网络中参与信息传播也正在成为越来越普遍的事实。现代大众传播媒介系统的发展也为他们的参与提供了更多的机会。

由此可见，新兴媒介系统使儿童的生活发生了巨大的变化，他们的视野、知识结构等已经大大超出了我们的想象，随之而来的是成年人（家长、教师、作家……）在儿童成长过程中的权威地位也在逐步削弱，大众传播媒介正在以其对儿童思想及判断力的强劲影响，越来越频繁地介入以往由家庭、学校、同龄群体等构成的儿童教育系统之中。

二、电子媒介给印刷媒介带来什么挑战

在新的传播时代中，儿童面临着多种媒介消费选择，其中电子媒介（电视、录像机、电子游戏机、电脑等）对儿童的影响尤为重要。在电子媒介的冲击下，印刷媒介（书籍报刊等）对少年儿童的影响有所减弱，这是因为电子媒介在传播方面有着印刷媒介所不具备的多种优势。譬如同样是儿童戏剧类内容，印刷在纸上的童话故事与电视屏幕上的卡通节目、童话剧、幻想题材的故事片等相比，无疑后者在直观性、刺激娱乐性等方面占有明显的优势；知识类、纪实类的内容，电视等电子媒介也由于鲜明的纪实性、直观性等优势而正在大量地取代同样内容的印刷物。如前些年，各出版社印刷出版的中小学校教学参考资料铺天盖地，几乎每个学龄少儿人手一套甚至数套，而近几年随着电视机、录像机的普及和电子计算机进入家庭，各种教学辅导录像带、录音带和教学软件、光盘以印刷品所不具备的音像优势正在拥有越来越多的消费者。

由于儿童面临多种媒介消费选择，选择的多向性与信息的分流就不可避免地造成儿童对印刷媒介消费数量的下降。又由于当代社会对高升学率的一味追求，日益激烈的升学竞争将儿童抛入大量的功课堆中，再加上各类业余强化班、特长班等的活动，现代儿童能够自由支配的课余时间比起上几代儿童已大幅度减少，这或许从总体上刺激了儿童对学习类、知识类印刷品的消费，但对文艺类印刷品的接触则无疑有所减少。这也许就不难理解为什么近十年来我们一直听到各儿童报刊关于订数下降的抱怨。

三、多媒体时代的儿童文学面对着什么

在现代大众传媒时代，印刷媒体一统天下的局面的确一去不复返了，但并不是说印刷媒体将从此被逐出历史舞台，事实上，印刷媒介仍有着其他媒介不可企及的优势。当然，与电子媒介相比，印刷媒介在纪实性、直观性、刺激娱乐性等方面不如前者，但是电子媒介往往有时间、地点和内容方面的限制，而印刷媒介则没有或极少有这些限制，儿童可以在任何时间、任何地点（包括旅途中、睡榻上及其他地方）选择阅读任何内容；

而且电视、电子游戏机等电子媒介的内容转瞬即逝，而报刊书籍的内容则可以很方便地为儿童尽情、反复地欣赏玩味，变被动娱乐为主动娱乐；此外，电子媒介尽管在视觉、听觉等直观刺激方面给人以丰富多彩的外在享受和认知活动的兴趣强化，但在心理疏通、情感交流等的深度和广度上，乃至对学习资料的细致掌握方面等，却又明显逊于印刷媒介，或者说印刷媒介在满足儿童学习需要和解决心理问题等方面的功能大于电子媒介。

由此可见，印刷媒介的特殊性决定了它在大众传媒时代仍有自己牢固的位置，并且据有关调查统计，我国少年儿童的媒介需要，主要还是依靠电视和书籍来满足。随着年龄的增长，儿童接触印刷物的数量也大幅度增加，这些无疑都表明了即使在现代大众传媒十分发达的今天，少年儿童仍然有着对书籍的渴求，特别是那些正处于成长的微妙时期、有各种莫名困惑的青少年，报刊书籍，尤其是文艺类读物仍是他们所需要的，只是这种需要已不是唯一的了。

但是这又并不说明今天少年儿童对文学的需求毫无变化，电子媒介高频率、快节奏的声光影像在很大程度上影响着少年儿童的审美趣味，譬如卡通的兴盛（电视卡通片在电视节目中所占的比重越来越大，形形色色的卡通读物成为各种大小书摊的畅销品）就具有典型的电子媒介时代的特色，其强烈鲜明的通俗性、直观性、快节奏、刺激娱乐性及其信息传递的短、频、快等特点都构成流行的重要原因。

近几年电脑在我国城市家庭中的占有率正在迅速递增，除了一部分专业技术人员和一些搞文字处理的人员如作家之外，大部分家庭购买电脑是为了给孩子进行智力投资，而大量的电子游戏、三维卡通、VCD（影音光碟）等声光影像正在制造与80年代成长起来的那一代拥有不同文化背景、不同生活方式、不同精神追求、不同审美趣味的新一代年轻人。

在这儿，我们应当注意到一个事实：多媒体时代给我们带来的绝不仅仅是在过去的生活方式、思维方式、价值观念、审美趣味之外再加一个电脑而已，它正在带来一套全新的生活方式、思维方式和价值观念，乃至审美趣味。

①首先，是信息传播的内容方面。比如，作家通过作品传递的信息只是这一代少年儿童在多元化的媒介接触中的一元，儿童们通过各种媒介完全可以接收到不亚于成年人的信息量及信息范围，这种信息分享的趋向平等，使成年人（家长、教师、作家等）的教育主导地位正在受到威胁和挑战，其意义就在于电子时代信息的开放程度已经使成人世界对于少年儿童几乎无秘密可言，儿童完全可以凭借自己的观察来认识和评判这个世界，因此这一代儿童讨厌说教，重视实际，对上一辈人缺乏崇拜之心是势所必然的，儿童文学作家的作用恐怕更多地在于传递以自己的人生阅历为奠基的生命体验，

因为这种“体验”来自阅历，来自成长，来自丰厚的文化积淀，而这恰恰是少年儿童所缺少和向往的。

儿童文学创作的内容急需得到相应改变，作家们必须要看到这一点，“以不变应万变”并不完全适合这个时代儿童文学的继续生存，而这种改变已经不仅仅是改写科幻题材，写点电脑、网络之类的内容就行了的。现在少年儿童的视野比过去的同龄人要广，信息密度要大，知识结构和观念结构更现代化，他们所关心的事情、他们所遇到的问题都不可能与上一个时代的孩子完全相同，他们看待事物的眼光、审美趣味也已经有了极大的差别。儿童文学需要更进一步强化与当代少年儿童之间的联系，或者说更加贴近当代少年儿童的实际生活。所谓贴近当代少年儿童的实际生活，一方面意味着当代少年儿童的实际生活内容已有了巨大的改变，另一方面随之而来的是，当代少年儿童的心灵结构也已发生了巨大的变化，当代少年儿童由于各种生存的压力、心理的压力，其精神世界已变得比过去几代少年儿童更复杂更实际了，只要看看这几年少儿报刊中各种对话性的纪实性的文体正在占据越来越多的篇幅和版面，便可以了解到“实际”对于今天的少年儿童有多么重要（甚至少儿散文等纪实类文体也开始有了更大的发展空间）。当然，这并不是说，今天的儿童文学不再需要浪漫、幻想和理想，但肯定的是，今天的儿童文学将更关注现实，更关注精神的成长。譬如少儿报刊中虽然纯文学类数量下降，但综合类数量却上升了许多，不少原本属于纯文学的刊物也在悄悄地转型，朝综合方向发展（例如北京文联的《东方少年》杂志），这也从另一个方面反映了现代大众传媒时代，少年儿童由于生活节奏加快和信息量剧增而产生各种精神问题，有一种心理疏导和与智者对话的渴求，而少年儿童这方面需要的满足往往是通过阅读某种纪实性、非戏剧性读物来实现的。在今天，成长于电子媒介时代的少年儿童与其上一代人的成长背景已经迥异，很多差别已经远超过年龄因素，而时代（生活方式、文化背景）的因素显得更加鲜明突出，代沟在这个时代正在加速形成，人类文明进程的加快使时代更替的时间跨度也在缩短。如果我们的儿童文学作家还让自己的作品过多地沉浸在上一个时代的生活氛围中，或上一个时代的知识氛围及观念氛围中，就会与现在的儿童距离拉大。我们常常提到文学艺术有一些永恒的母题，但永恒的母题在不同的时代有着不同的具体内涵，这是由各个时代不同的生活方式所决定的。

②再比如，信息的传输和接受方式（信息交流方式）。电子媒介带给我们的诸多新观念中，恐怕“交互式”——人机交互、人机对话，是其核心（特别是电子游戏的出现，带来了现代媒介传播史上的一个崭新而重要的转折，这就是“交互式”的概念，使人机对话成为现实）。过去我们也讲儿童文学是两代人之间的对话或“交流”，但这个对话的含义与电脑带来的“交互”概念的含义是极其不同的。“交互”，最直接的意义在于读者

或信息接受者一方的参与，在电子游戏中，这种参与性能够直接改变信息的内容和结构，能导致信息发布方与信息接受方双方关系在一定时空中发生根本性变化，过去单向的关系，即发布→传输→接受，变成了双向的、可逆的。游戏操纵者与电脑程序之间不断互动、交换信息，每个不同的游戏者由于性格、智能、趣味等的不同都会导致不同的反应，而这又直接影响着游戏过程的具体进展。这样一来，信息的发布过程和接受过程就变成了一个有生命的、个性化的过程。这种个性化不仅来自发布者的个性，还来自接受者的个性。

这种“交互式”的信息传输方式一旦产生，很快就不止于电子游戏的范畴，在信息高速公路——国际互联网络中，“人机互动”是信息传输和接受的基本方式，人人都有（包括儿童都有）平等参与信息发布与传播的机会，人人都可以在信息的发布与传播中表现自己的个性。在计算机网络上，没有成人与儿童的区分或者男人和女人之分。计算机网络的迅速发展，对儿童也在产生不可估量的影响，在一些经济发达国家（如美国），儿童12岁上网、14岁受正规的互联网教育已经不是天方夜谭，即使在我国，一些有条件的少年儿童也已经先于他们的长辈掌握了进入互联网的手段。由于网络信息的平等共享，儿童的网上活动就不可避免地具有成人化趋势，因为网络中无年龄的区分，互动的成人化的网络氛围对正处在成长发育期的儿童人格的形成将产生重要的影响。

有人曾说，20世纪对于文学来说是个形式的时代，但实际上信息时代大众传媒方式的改变给文学带来的绝不会仅仅是形式上的变化。其实“交互式”概念的出现本身就表明了现代人对于世界的一种新的认识。在互动中，认识者不是单纯被动地旁观和破译认识对象，而是通过直接参与和反馈来影响和改造认识对象。“交互式”体现了信息交流中的平等以及深度。

③电子媒介正在塑造一代具有新的审美心理结构的少儿。

我们会发现，我们正在面对一代具有新的审美心理结构的少年儿童，而这将给我们的儿童文学创作带来较大的影响。

A.具有现代化的知识结构和心理结构。

在电子媒介环境中的少年儿童，他们接触到的信息量远远大于过去的同龄人，特别是由于现代大众传媒已将一个五色纷呈、令人眼花缭乱的世界几乎毫无禁忌地展现于他们面前，今天的少年儿童视野的开阔程度已超出了我们的想象，有些方面甚至比专家以外的许多普通成年人知道得还多，今天的少年儿童已不可能再满足于过去的儿童文学那种单纯狭小的天地、境界与氛围，而开始追求更多方面、更多数量的现代生活信息。

除了电子媒介带来的现代化、成人化的知识结构，还有商品经济下生存竞争越来越紧张激烈的生活方式，使得这一代少年儿童变得更加讲究实际和理性。从整体上看，这一代少年儿童是比以往任何一代同龄人都知识丰富、眼界开阔的，同时又是比以往任何一代同龄人都更讲究实际的。

由于儿童现代观念的生成和文字读物有直接的密切的关系，这就使强化儿童文学的现代文化信息含量成为对今天儿童文学创作的基本要求之一。

B. 信息爆炸导致信息接触的短、频、快。

网络——信息高速公路已使今天的信息传送速度极大地加快了，而多种媒介消费选择又带来信息量的剧增，生活在这个时代的人们（无论是成人还是少儿）对于信息的接受正在不知不觉地习惯于短、频、快，换句话说，一个人要了解更多的信息，他的注意力在每个单个信息上停留的时间就不得不缩短。比如说，今天人们阅读印刷品的方式更多地就是浏览而不是精读，特别是对未知事物、新鲜事物永远充满好奇心的少年儿童，而今天的少年儿童的好奇心不费点力气已经是不大容易满足的了，除了适宜的题材，还有适宜的节奏张力、刺激度等等，比如抒发感情的方式和格调就不能停留在牧歌时代的那些格调和方式，甚至不能停留在我们十年来所习惯的格调和方式，那种缓慢的抒情节奏和静态的叙事结构，今天的孩子们会贬之为拖沓。

C. 多感度的审美趣味。

电子媒介高频率、快节奏的声光影像对少年儿童的影响是潜移默化而又相当深刻的，可以说，今天的这一代少年儿童，他们的成长背景和其上一代的成长背景中诸多重要的区别之一就是，后者可以说基本上是在印刷的文字的媒介影响下成长起来的，他们的思维方式、观念、情感和审美趣味，是与文字紧密相连的，借助于文字来传输和表达的；而前者是在电视、录像、CD 盘和铺天盖地的卡通读物等声光影像中成长起来的一代孩子，他们的思维方式、观念、情感和审美趣味等等，在很大程度上是与画面、声音之类紧密相连的，现代大众传媒手段的多样化，已经使当代少年儿童认识世界的方式发生了某种改变。虽然在国外已经有研究者提出，儿童看电视过多，接触印刷读物过少，会影响其逻辑思维的正常发育，但时代毕竟是不可逆转的，而且我们必须看到，在电子媒介环境中长大的这一代少年儿童，他们对世界的认识更加丰富化、感性化，在电子媒介的帮助下，他们的感觉触角延伸的能力正在极大地增强，延伸的范围也越来越广，覆盖全国的电视网特别是多媒体电脑的多感度刺激，已构成对传统媒介（包括书籍报刊、影视等）的单一感知度、单向信息传输方式的有力挑战。因此，一方面视野狭窄的或观念陈旧的东西写出来不受他们青睐，另一方面刺激度不适宜的也不易引起他们的兴趣。对于儿童文学作品来说，强化其审美体验性和感受性，增强其在审美过程中对小读者的感觉冲击力，是十分重要的。

④儿童文学面临传播途径与文体表现手段的多样化。传播技术的日新月异使固守传统形式的儿童文学面临严峻的挑战，传播手段的多样化导致的信息分流也给儿童文学的生存和发展带来了一些难题。但我们换个角度看，说是时代赠予儿童文学新的发展机会也未尝不可，儿童文学与广播、影视联姻早已不是什么新鲜事了，但这毕竟还只是外部的合作，而电子媒介，特别是“交互式”的理念所暗示的未来儿童文学创作与欣赏的新型方式、新型的审美空间，必将引发儿童文学创作和出版模式的深刻变革。事实上，近一两年已有一些敏锐的作家和出版社进行了这方面的努力。此外，《安徒生童话》《格林童话》等的光盘版，世界童话名著故事游戏一体化系列光盘等的出现，则以全新的多感度和“交互式”的形式，在儿童文学的创作者、出版者和欣赏者面前打开了一个充满诱惑力的世界。

可以想见，未来中国儿童文学的发展会更富戏剧性和出人意料，多媒体时代的高科技背景绝不会仅仅作为创作题材进入儿童文学，它给予儿童文学的深刻影响或许是划时代的。

创造美的人

葛翠琳

黄庆云大姐写过一篇童话《创造美的人》。实际上,她自己就是创造了美的人,她一生在儿童文学领域里耕耘,不为名不为利,只是把美的种子撒播在孩子们心中。

她去美国留学,选的专业是儿童文学。中国去海外的留学生中,选这个专业攻读学位的学子,恐怕只有她一人。可见她是从人生道路的开始,就立志为儿童文学事业贡献一生的。这是十分难得的决心。

如今,她已是80岁的人了。回头望,她的每一个脚印儿,都留在儿童文学的园地里,闪闪发光,映出一颗真诚的童心。

新中国成立后,我从事儿童文学创作30年,却不认识庆云大姐。“文革”后,人民文学出版社请我主编新中国建国30年童话寓言选,在收集阅读作品中,看到一篇《奇异的红星》,引起我格外的注意。这是一篇用童话形式表现革命题材的作品,内容生动、寓意深刻,充满浪漫的激情,童话意境优美,极富艺术感染力。童话反映现实是很难的课题,处理不好,容易留下生拼硬凑的痕迹。《奇异的红星》采用了象征性的手法,塑造的巨人形象具体而生动,给小读者留下很深的印象。这篇童话较早地开始了童话反映革命内容的创作实践。《奇异的红星》取得一定成功,不是偶然的。庆云大姐有深厚的民间文学基础,又熟悉世界古典童话创作,她力图创作出具有浓郁民族风格、表现崭新的现实生活、富有时代精神又具有很浓的童话意境的作品,她创造了难得的经验。

除了《奇异的红星》,又如《两个汽笛》,作者通过汽笛这个童话形象,生动地表现小矿工的悲惨处境和内心的愿望,深刻而富于哲理,十分感人。又如《埋藏了的阳光》,极严肃重大的主题,通过童话表现手法处理,是那样轻松而有趣。

小燕子说,妈妈告诉它,从前是有过那些大动物的,它们吃别的动物,非常可怕。不过,现在谁也不怕它们了,自然博物馆里只留下了它们的骨架,但还有比它们更凶的东西,名字叫战争。

请看小燕子和小松树的争论:

“不相信还有比那些大家伙更凶的东西。”

“真有的。妈妈说过,那些大家伙是一个动物一个动物地吃,战争是一堆人一堆人地吃。”

“要是战争有那么凶,人们为什么不吃掉它呢?”

后来战争的消息把春天的气氛赶跑了,小燕子向小松树辞行。

“妈妈说战争会毁掉我们的窝,这里不能再住下去了。”

小松树抖动它针叶上的泪珠。

……

小松树经历了残酷的战争。它再不哭了,自豪地说:“我的妈妈没有死,她曾为维护和平而斗争。如今,她不过是埋藏了的阳光就是了。”

这样严肃沉重的内容,却写得这样生动感人。通过具体形象,让小孩子理解战争、正义、奋斗和胜利,只有童话这种文学形式才能达到这样的艺术效果,也只有黄庆云这样的童话作家,才能写出这样内容深刻、艺术上完美的童话作品来。

在童话内容里写进新的科技知识,也是一个很难的课题,庆云大姐在这方面也有不少的创作实践。

1979年,庆云大姐就将电脑写进了童话。《机器人说的故事》不仅提供了新的知识,而且富有哲理,耐人深思。小主人公对于倒塌的宫殿并不惋惜,他认为:那只是建筑在空想上的、没有根的东西,应该倒塌的。

黄庆云几十年的童话创作,在表现手法和创意构思方面常有独特的新意,她的创作实践,为童话反映新时代、新生活,而又具有民族风格,提供了宝贵的经验。但她的经验,没有在儿童文学领域引起注意,黄庆云的创作实践,似乎没有多少人研究过,就像田野的草地,染绿了世界,却无人理会。这是儿童文学界的遗憾。

文学界不担任官职的作家,常默默无闻,儿童文学界尤甚,而真正的作家是淡泊名利的人,所以常被世界所忽略。我认为:童话如何反映现实,是应该努力实践,并不断积累经验的。这是一个值得探索的课题。我从庆云大姐的童话创作实践中,感悟到某些要领,借鉴了她的创作经验,使我在童话创作实践中不断地有新的设想和追求,这并非因为她后来成了我的知己,所以赞扬她的成绩。她在童话创作中探索、实践、创新的过程,让我感到一种同行的鼓励和支持,她的经验是属于童话界的集体财富。

有一次我两人倾谈曾戏说:现在的儿童文学作家,没开过研讨会的只有你我了,不妨我们两人认真研讨一番。这确是我们内心的渴望。如果结合时代的要求和发展,认真研讨童话创作的理论,该是一件多么令人兴奋的事。也许,我们赶不上了。

庆云大姐对儿童文学事业是有她的理想和追求的,这渗透在各个方面:对外交流、编刊物、组织创作、培养作者队伍等等。

有一次,她编的儿童报缺少童话稿,让我无论如何写一篇新作。我奉命开夜车,动笔写了篇2000字的小童话，立刻寄去。正巧那些天她出差，由编辑将前半部分发稿，后半篇留下一期发，结果后半篇文稿找不见了，又不好向作者讲，找了几个月未找到，这篇小童话就成了半篇童话，这是我发表童话作品的一段趣事。后来在北京和庆云大姐相见，她说："你那篇小童话结尾不够理想，给人的感觉好像没完。童话越短，结构更要完整严谨，特别是给报纸发表。"我只笑说："以后，我把它续写完整。"后来，我又写了一批短小的童话，和她这一番话很有关系。我想证明：我可不是写小童话就不用心。

后来，虽然我极力婉谢，北京作协还是于1994年为我开过一次作品研讨会，这是我一生中唯一的一次作品研讨会。未能请庆云大姐出席。庆云大姐的小型作品研讨会是1998年开的，我不曾获通知，否则可以听取意见，写进这篇文稿里，现在，只能是我个人的粗浅见解了。

庆云大姐除了辛勤创作，一生中还花了不少时间和精力编儿童报刊。1941年，她在香港主编《新儿童》，少年儿童人人皆知"云姊姊"，而且在东南亚地区产生了很大的影响。后来她在桂林、广东编儿童刊物，由于国民党反动派的迫害，她又返回香港。新中国成立初期，她又到广东为儿童办刊、办报，几十年如一日，付出了多少心血！现在，她在香港成为孩子们的"云奶奶"。

记得她筹办广东的《少男少女》刊物时，排除各种思潮的阻力，花费了许多精力。"将少男少女列在一起，只是为这年龄段的少年提供成长的引导和关心吗！有人想到哪里去了?!"她向我诉苦，显得那样无奈。她希望冰心老人为这刊物题词，给予支持，她写了封信让我送去，怕冰心不记得她而谢绝这事。

我不敢耽误，立刻持信奔往冰心家中。

冰心老人看过信，立即写回信幽默地说：

"我怎么会不记得你？你也太小看我了。那年我在广东，你和廖梦醒去看我、陪我……"

我将回信和题词立刻挂号寄出，不久，刊物出来了，而且受到广泛的欢迎，我真为她高兴。

庆云大姐的英文很有水平，每年去参加国际笔会，准备材料译成中文，都是她亲自完成。我去瑞士参加儿童图书国际奖评奖活动任评委并讲学，就是参考她写的英文稿介绍中国儿童文学，不仅省我许多精力，而且从中收获很多。例如：中国儿童文学的发展，结合每一时期的文艺思潮，分析代表性作家和作品。而不是依照国内的惯例，按作家的官职和地位排列名次。这样，可以看出中国儿童文学发展的思想脉络。

庆云大姐为人宽厚，真诚朴实，性格随和，不计较个人恩怨，但绝不随声附和，更不会拿原则做交易。她从不敷衍人，也绝不无原则地吹捧人。80年代初，苏联作家代表团访问中国，团长是苏联著名的老作家，他在广东时和庆云大姐谈儿童文学，最后决定请黄庆云主编一套文稿，向苏联介绍中国儿童文学。会后，黄庆云立刻动手准备，查阅了大量资料，写出了具体计划，忙了很长时间。过了几个月，却不见苏联作家协会的信来，她以为苏联代表团团长忘了！她很想把这事做好，认为“文革”后向国外介绍中国儿童文学是一件很有意义的事。后来苏联作家代表团团长来信问庆云这件事，不知此项工作完成了没有。他说，他写给中国的公函、“邀请黄庆云任主编”的信件，苏联作家代表团回国后就寄出了，是寄给中国作协转交的。庆云大姐问中国作协，回答是：“这信早就收到了。当即交给中国少儿出版社一位同志去负责了。”对于这样的事，庆云大姐只是呵呵笑，对我说：“你看，我可怎么给苏联代表团团长回信？他可能会认为我不愿做这件事呢！他曾诚恳地要求我亲自完成这一计划。现在真不好解释。”我说：“事情已经这样了，怎么解释都不好，只能是不回信。”

她笑说：“也只有这么办了。不过，这很不礼貌。但我认为，还是应该向国外多介绍中国儿童文学。没机会在国外出书，就利用各种会议口头讲。”庆云大姐为中国儿童文学事业做的贡献，少为人知。

80 年代初期，文化部在四川举办西南西北地区儿童文学作者培训班，我和庆云大姐去讲课。会期结束前，组织大家去峨眉山。

夜晚，留在深山古庙中住宿，我和庆云大姐观看了幽暗的大殿庙堂，参天的古树，巍峨的山峦，险峰奇谷，悬崖峭壁，给人一种超离人世间的感觉。住的屋子，也是阴暗的禅房，有一种阴森的感觉。睡到半夜，庆云大姐突然惊醒，坐了起来。她唤醒我，轻声说：做了一个奇怪的梦。

她梦见去世多年的丈夫，站在面前叮嘱她：“几年之内，家中必有大难，你可一定要挺住。”

她正要问话，但丈夫匆匆飘向云中去了。

我安慰她：“因为看了古庙，又住在深山古寺中，所以产生幻觉，形成了梦。我自己也是这样。我梦见去世的大哥从云中飘来，似乎要告诉我什么，却又不能讲。从他的神情我知道他心中有话，就追着呼唤他，他只摆手，消失在白云中了，就像电影里的神仙般飘来了又飘去了。”

当时，夜深人静，山风敲击门窗，砰砰作响，树影摇曳，在窗上闪动，乱云飘飞，似烟似雾，冷飕飕的感觉传遍全身。

两人笑说：“住在深山古庙，很容易有神灵的幻觉。”两人相约：“不论遇到什么，只要我们活在世界上，就为儿童文学添砖添瓦”，还说：“今生今世，你我的命运就和儿童文学拴定了。”

80年代末，她和女儿度过了一段极艰难的日子。我曾担心她，身心都会衰老下来。

转眼十几年过去了，我不曾见到庆云大姐的面。有时通电话，匆匆讲几句，未能深谈。但听着她呵呵的笑声，知道她身心还是那么年轻。

她已在香港居住了几年，今年收到她的信，说她决定辞去新雅出版公司的顾问一职，虽然待遇甚丰——她一个月获得的报酬比我一年的工资还多，而且一周只去一次，但她经过认真考虑，所剩年华不多，要争取时间多为小读者写出新作，其他事都谢绝，集中精力创作，还要读些新作品，参考借鉴。

我相信她会写出童话精品来。在别人把追求金钱当成创作的目标时，她却拒绝优厚的待遇和名誉地位，潜心创作，决心留下更多的新作来，令我感佩不已。

有人提倡消遣性的童话，主张只求好玩儿，这也是一种见解。但追求美好的精神境界，要比编造奇特的情节难得多。童话，无论表现什么内容，无论用什么表现手法，最重要的是，好的童话，总是引导读者达到一种美好的精神境界。作者真挚地追求美好的精神境界，才能写出艺术感染力强烈的童话意境来。童话，是心灵自白，也是情感的折射镜。这是我从庆云大姐的童话创作中体会到的。

有人认为安徒生童话过时了，距离当今的社会太远。其实，安徒生的童话，表现了一种精神境界的追求。这在任何时代、任何社会中，都不会过时，它具有永恒的生命力，就像宇宙天体、大自然永存一样。对于把追求物质享受当成人生目标的人，自我牺牲精神可能已经没有什么价值，但在艺术领域里，追求精神境界，追求真善美，永远是重要的课题。童话更是这样。

庆云大姐六十年来在儿童文学的湖上漫游，月光、星光、春雨、绿草、秋风、红叶、冰雪世界……大自然的美融进她的灵魂，她以美的心灵，创造了美的世界。

1999 年

努力适应当今儿童审美心理与精神需求

翟泰丰

（一）

安徽少年儿童出版社出版的《秦文君文集》，共五卷，180 万字。其中既有多次荣获“五个一工程奖”等各种全国性大奖的优秀长篇，又有优秀的中篇、短篇和散文等。这部文集所汇集的作品大都是适应当今少年儿童审美心理与精神需求的优秀作品，深受儿童与家长们的喜爱。其中许多单行本，都是一版再版，是印数屡增的抢手之作。秦文君不愧为当今儿童文学界的佼佼者。

（二）

我非常喜欢读秦文君的儿童文学作品。因为秦文君所写的这群中学生，都来自生活。一个个都有血有肉，有童心情感，活灵活现地跳跃在我们身边，读了使人陶醉，使人心灵净化。我爱聪明的小诸葛贾里、天真活泼的贾梅、善良而又善于在旋涡里闯来撞去的鲁智胜；同情失去父疼母爱的孤女俱乐部的郑洁岚、李霞、颜晓新、郭顺妹，还有精灵可爱的十六岁少女中的第一人称的“我”和美妹、小多阿哥……我爱文集中孩子们组成的这支当代中学生的艺术群体。这里展示的是一幅城市中学生心灵美的绚丽图画，这里遍地绽开着千姿百态的花朵，这里展示了当今社会孩子们的生存状态、心灵路程及其追求，在这里我们看到了祖国的希望，民族的未来。

（三）

秦文君的儿童文学作品，何以有如此的艺术魅力和艺术感染力呢？在我看来原因有三。

一是秦文君善于从时代生活的审美视角，切入当今中学生们的现实生活。

秦文君创作思想的一个显著特点是沿着现实生活的一条航线，写中学生孩子们的欢乐，也写他们的烦恼，写他们的成功，也写他们的失败。秦文君深知当今的孩子们所面对的外部世界是如此的纷繁,如此的绚丽多姿,又如此的复杂多样。面对这样一个外部世界,秦文君力求从孩子们的审美需求出发,把握其时代本质的美,以特有的审美视角切入生活在这个时代的中学生的现实生活中,认识和准确地把握他们的内心世界,认识和把握他们的心理活动、心灵路程、特征,精心设计故事,巧妙安排情节,生动地塑造人物。

秦文君擅长于写中学生群体活动,以感人的艺术魅力,道出当今中学生心灵美、稚气美、品德美、清丽脱俗之美,憧憬未来、追求理想之心境美。她扎根于孩子们中间,仔细观察他们生活的每一个细节,她走学校、串图书馆,就连儿童玩具店也不放过。力求对他们幼小的内心世界了解和把握,把他们放在纷繁的外部世界中去磨炼。因此她在选择情节、故事、塑造人物上,都有如临其境、命运相通之感,具有独到的艺术效果。

二是秦文君善于把握孩子们的审美特征,用当今中学生特有的审美观,描写他们的内心矛盾和他们之间的矛盾冲突。

她非常善于挖掘孩子们内心深处天真稚气地追求生活之真、之善、之美的美德。她努力为孩子们呼唤道德的力量、人格的力量。当郑洁岚“泪流满面”不得不离开“吃饭时她时常战战兢兢”的舅舅家,又不得不来到因上山下乡而失去父母之爱的“孤女俱乐部”。这是一间在一条“旧舍小街上”“光线不太好”的共同租用的小小房间。这里又发生了为排斥她来住而刮起丢失“祖传羊毛毡垫”“苹果牌”时髦裤子风波,看来这“孤女俱乐部”似要发生强烈地震了,然而共同命运使她们很快成了一个善良、友好的集体。正是那个曾经吵吵嚷嚷要郑洁岚赔偿“祖传羊毛毡”的天真泼辣的李霞,还有那个因怀疑黄潼“吸烟”是郑洁岚告密,要与之“决斗”的黄潼,串联所有朋友,为郑洁岚精心选择了漂着浮萍的细长小河,河边有细细腰肢的小树……风景怡人的野外,“草地上铺着鲜艳夺目的花布”,桌布中央放着大蛋糕,秘密为郑洁岚筹备庆祝她 14 岁生日,当这个盛况突然出现在郑洁岚面前时,这时的郑洁岚“觉得浑身发烫,望着朋友们亮晶晶的眼睛,险些让眼泪夺眶而出”。作家在这里绘制了一幅感人肺腑的友谊与爱的图画,善良与美的图景。

三是秦文君善于通过儿童自身的天真,引导孩子们憧憬美好的未来,升华意境,增强道德的力量,信仰的力量,光明的力量。

当孩子之间不计前嫌,为郑洁岚过 14 岁生日的时候,“她深情憧憬未来,一点点长大这多好,不知有多少有趣的事会一件件发生,只要静等就行。慢慢地去领略一切,把世界上的神秘一点点揭开,生活将是多么耀眼。她还会考入大学,她回想若干年后能和大学同学在这儿聚会。下一次,她一定要郑重宣布:今天是我生日”。多么甜蜜而又美好的憧憬,充满信心地追求未来,“今天我生日”,人生中将有多少次宣布,每一次宣布又将会有多少生活的内涵。不要惊动孩子们，让他们永远在自豪中做出自我“宣布”。

（四）

儿童文学面对的读者对象是儿童，是每一个人都有的童龄期，特别是中学生时期，这是确立人的一生的人生观、价值观的关键时期。而儿童文学读物又常常是人们确定自己人生观、价值观最早的导师。幼时读过的文学作品中影响孩时成长的文学形象，就像印刷机印在大脑中，印上的形象永远储存在其中，比普通家用电脑储存的量更大、时间更长，其作用不可估量。因此，儿童作家是他们生命中永远难忘的仰慕者、良师和益友。这也正是儿童作家在文学史上的作用，也是儿童文学在文学史上重要地位的客观根据。一部《安徒生童话集》影响我们几代孩子的成长。冰心的《寄小读者》以甜蜜的爱心、人性与人格魅力感染着一个世纪的小读者。张天翼的《罗文应的故事》《宝葫芦的秘密》都是成功的写中小学生形象的优秀儿童文学作品，也曾经影响过五六十年以来几代人的成长。面对即将到来的21世纪，今天的中学生将成为下世纪中华民族走向全面振兴的中坚力量，今天的儿童文学作家，将通过自己的文学作品肩负起造就高科技竞争时代一代新人的光荣历史责任。时代呼唤我们今天的优秀儿童文学大家。

努力吧，儿童文学作家们！

努力吧，秦文君！

百年冰心

葛翠琳

今年秋天，冰心奖十周年庆典，计划同时庆贺冰心百年华诞，历时近一年编选的大型纪念集《百年冰心》即将开印，谁知老人却辞世而去，为祝寿而写的编后记，却成了悼文，面对着老人的一幅幅照片和一行行题词手迹，忍不住热泪滚滚。过几天，向冰心老人最后的告别仪式将在八宝山举行，谨以此文表示我们沉痛的哀思。

——题记

冰心在《世纪印象》一文中写着：

“我一生九十年来有多少风和日丽，又有多少狂飙暴雨，终于到了很倦乏、很平静的老年，但我的一颗爱祖国、爱人民的心，永远是坚如金石的。”

冰心诞生在20世纪的起点，经历了中华民族百年奋斗的历史，并以老骥伏枥的精神，准备迎接21世纪的到来。时代、社会、家庭、学校造就了作家冰心，她为历史增添了光辉。她一生平凡如乡姑村妇，心灵却如玫瑰般美丽，闪烁着智慧的光。

她出生在诗书门第，自幼喜读诗词古文，千百年来感人肺腑的文学精华哺育了她，她的文学事业在古典文学的丰厚土壤里扎根。冰心倍受父母疼爱，父亲强烈的爱国之心、强国之志，日积月累地浸透她的心灵，她自懂事起，个人命运就和民族的振兴血肉相连，父亲在军舰上迎战敌人，母亲日夜期盼着抗击日本侵略军的军舰得胜凯旋，默默祈祝父亲能从炮火纷飞的战场上平安归来，家庭的幸福系于民族的安危，她从父母的行动中感受到了。那次战斗，中国海军全军覆没，父亲孤身死里逃生，后来在海军学校任教。

童年的岁月，冰心伴着大海度过，大海宽阔深远的气质熏陶着她，水兵们的勇敢、坦诚令她感动。静夜闪烁的灯塔，汹涌波涛中跳荡的航标，绚丽多彩的贝壳，松软的沙滩，坚硬的礁石，翻滚的浪花，深深印在她的心上，她从周围世界感受的是爱和美，她对大自然、对人类、对一切美好的事物怀着真挚的情感，她习惯于用爱还报世界。她自幼怀着强烈的爱国心和民族自豪感。

学生时代，冰心从贝满女中到燕京大学，较早地接受了西方文化的启蒙，在封闭的封建社会环境中，她的视野被打开了一扇窗户，她接受世界文化遗产的精华，吸收、消化、补充精神境界的营养。

五四运动激起她更强烈的爱国热情,她投身民主运动,宣传、游行……开始了新的人生,也开始了她文学事业的漫长征途。她在《七十年前的“五四”》一文中曾这样写道:“协和女大是个教会学校,对于学生的教育是‘专心听道’‘安心读书’,从来不关心政治的。但是这次空前的声势浩大的爱国运动的力量,终于把这道防堤冲破了,我们也罢了课,参加游行,参加宣传,还三三两两地抱着扑满,在大风中黯旧的天安门前拦住过往行人,请求大家捐几个铜子儿,帮助我们慰问那些被捕的学生。我们大队大队地去旁听北京法庭对被捕学生的审问,我还写了一篇《听审记》送到《晨报》发表,从此我便开始用白话文写反封建、反帝国主义的文章,又写开了小说,都是描写当时社会问题的。

“因为写作,我耽误了许多理科的实习功课,如解剖学之类,本来想学医,入的是协和女大的理预科,现在只好弃理从文,这是否‘误入歧途’呢? 我至今也弄不清楚。”

这时期她不仅阅读欣赏世界文学名著,在泰戈尔、纪伯伦的影响下,还写出了《繁星》《春水》等一举成名之作。

后来还翻译了《飞鸟集》《园丁集》和《先知》等诗集。冰心还曾在戏剧《青鸟》的演出中扮演主角。冰心在文坛成为多面手,诗歌、散文、小说、翻译,各种文学形式她都有实践,且取得广泛的社会影响。

留学美国期间,她更广泛深入地阅读世界名著,博学多采。学成回国,任教燕大中文系,后来又曾随丈夫去欧洲、亚洲,游览世界名城,参观历史古迹,访问学者,考察教育,足迹遍及法国、瑞士、英国、意大利、印度、日本……不仅开阔了眼界,打开了思路,她一路走一路写,留下了篇篇优美的散文。回国后的教学生涯中,她融汇中外文化精华、文学观念的教学方式独具特点,她又具有文学创作的实践及翻译文学名著的经验,颇受学子欢迎和社会注目。宁静美丽的燕南园有她温馨的家,那是她一生中最甜美的岁月。她的屋中曾有一幅少女的画像,一双天使般的眼睛,美丽非凡,那纯洁善良的眼光具有一种使灵魂震颤的感染力,我原以为那是圣母玛利亚的画像,冰心告诉我说,那只是一名年轻护士的头像,是燕京大学女部主任赠她的结婚礼物。几十年里,冰心在世界各地流动,到处落脚居留,都把这幅头像画挂在客厅里,直到“文革”中才失去了这件珍爱之物。

美满的家庭成为冰心事业成功的基石。在众多的异性爱慕者中,冰心选择了吴文藻先生结成连理,真是一生最大的幸福。吴先生家境清贫,不善交际,潜心做学问。冰心和吴先生一生一世恩爱如初,同风雨共患难,无论是在农村劳动改造的互慰互勉,还是“文革”中遭难的相依为命,二人情深意笃。在倍受社会尊崇的岁月,在国际交流活动的繁忙时期,夫妻二人都淡然处之,温馨的家从不受名利权势的干扰。

即使在二次世界大战结束，吴先生代表胜利国中国任驻日代表时，这对夫妇也是纯粹的学者，从不应酬于官场，更不交际权势人物，所以，当新中国成立后，他们迅速做出决定，冒着生命危险，历尽千难万险，设法回到了北京。生活上的简朴，事业上的执着，使他们几十年如一日地辛勤劳作，始终保持着崇高的精神境界。

曾记得冰心奖评委会计划筹办陈列室的时候，有同志建议有一个小小的冰心塑像，并放大她几张照片。冰心得知后，认真地嘱咐我："这不符合我一辈子为人做事的原则。只把支持冰心奖的人士和单位表现出来就可以了，记住：冰心奖是群体性的社会事业。"

冰心最怕宣传她，她成为名人是自然形成的，是人们出自内心对她的热爱。她一生从不表现自己，也不化妆，始终保持自己的本色，她远离名利，却身不由己地成为名人。

半个世纪来，冰心和广大的爱国知识分子群体一起，投身于建设新中国的事业，她不仅从事文学创作和翻译，培养文学新人，还倾注了大量心血和精力，从事国际文化交流活动。她访问过许多国家，参加了许多国际性的会议，为宣传介绍新中国做出了可贵的贡献。这时期通过她的文学创作和译作，广大读者更为尊敬她。她牢记周总理的话："鞠躬尽瘁，死而后已。"在四人帮横行的年代里，她在不能从事文学创作的情况下，仍以优美的文笔，和吴先生以及其他学者们一起，译出了《世界史纲》等史学专著，留给后人洋洋数百万言的译作。她那柔弱的身躯，蕴含着惊人的力量和智慧。

韩素音讲过，抗日战争时期在重庆，冰心除了参加抗敌协会的活动以外，很少外出，总是坐在窗前写作。日本帝国主义的飞机连连轰炸，每天都有空袭警报，躲进防空洞成了人们的日常生活，但冰心在刺耳的警报声和轰炸声中，总是泰然自若地坐在书桌前，从不放下手中的笔。她以镇静和勇敢，表示对敌人的蔑视和强烈的仇恨。

冰心的体格看来柔弱单薄，但在维护正义和真理时，却无比坚强。

雷洁琼先生是冰心一生的挚友，情同姐妹。雷先生曾讲：冰心年轻的时候，吐血症总是治不好，大家都担心她难以长寿，但她的生命力很强，这和她内心的坚强有关。

韩素音也是冰心多年的老朋友，"文革"后，每次来中国，都要看望冰心。创办冰心奖就是她促成的。

很久以来，我有一个秘密的愿望：把象征爱和美的奖杯，给予那些为孩子们创作、出版好书的人。朋友们笑称这是一个童话梦。

著名女作家韩素音女士使这童话梦变成了现实。1990 年春，韩素音来北京，我们在北京饭店见面，她说："今年冰心九十大寿，我们怎么祝贺她？"

我说："冰心一生爱孩子，她的作品受到七代读者的欢迎，设立一项冰心奖，鼓励支持为孩子们创作、出版好书，这是一件很有意义的事，也是对冰心老人九十寿辰最好的祝贺。"韩素音非常赞同这想法。我们研究了一个方案，奔向冰心老人家中，谈谈笑笑，童话梦逐渐成为一项令人兴奋的事业蓝图。韩素音当即撕下支票交给我，笑说："这事就交给你了。"

冰心老人的女婿陈恕先生，为我们拍下一张照片，韩素音笑得很开心。

每年，冰心生日前后，冰心奖颁奖，社会各界来宾、新闻界人士、来自各省市出版社的编辑朋友们、作家、画家、天真可爱的孩子们……从四面八方赶来，八代人同堂，欢声笑语，围在获奖图书展览台前，情景十分感人。白发苍苍的老前辈们，带着满脸慈祥的笑容，亲手把奖杯授予为儿童事业做出贡献的获奖者。走上颁奖台的朋友们，激动地接过奖杯。

冰心是我们这个世纪伟大的作家之一，她的作品绝不会过时，而将继续吸引一代又一代人。使我高兴的是，中国有这么多的作家和出版社，致力于为儿童创作出版优美的图书，我可满怀信心地说：这些图书无论在种类和质量上都远胜过其他许多国家。

一个多么美的童话梦，它已经变成了现实。

冰心老人嘱咐：要特别注意发现不为人们所知的新作者。

在浙江少年儿童出版社的热情支持下，冰心奖增设了新作奖，为发现培养新作者，支持奖励新老作家为孩子们写好作品而开展工作。各种儿童文学形式以及知识读物、幼儿读物……凡新创作的文稿都可以参评，获奖作品全部由浙江少年儿童出版社出版。先获奖后出书，这就为那些有才华而又勤奋笔耕的作者们，解决了出书面临的诸多难题。每年4月，新作奖获奖作品集发排。冰心奖发奖大会上，新作奖获奖作品集和荣获图书奖的书籍一起参加展览，并由冰心奖评委会向海内外推荐，进行交流。

冰心老人特别关注培养新作者的情况。

十年来，冰心新作奖发现培养新作者，取得了可喜的成绩，获奖作者不仅有边远地区、少数民族作者，有学生、教师、工人、农民、科技工作者、文化工作者，也有中国港、澳、台地区的作者，还有新加坡、新西兰、瑞士以及美国的华人作者。冰心新作奖成为一些作者走上文坛的起点，而后逐渐获得社会的认同和称赞，成为颇有影响的作者。也有些新作者的获奖，成为人生道路上一个值得纪念的路标，如一位女知青，在劳动中一只手几乎全被切断了，后经医接成功，她就是用这只残手写成了作品，荣获冰心新作奖的。还有一位农村青年，自幼下肢不能行动，全靠自学文化，写出了作品并荣获冰心奖。也有不少的山村教师、边区民办教师，他们以真挚深沉的感情，创作了生动的人物形象，表现了生活中的感悟，文中蕴含深刻的哲理。新作奖的作者群，大多是扎根农村、工矿，或者生活在边远地区，都经历了严峻生活的磨炼，面对过沉重的挫折，备尝人间的辛酸和困苦，却对未来充满信心。当他们将以心血创造的成果捧给社会时，冰心奖扶持了一把，这些成果引起社会反响，使他们和众多有力的手牵在一起。

冰心给予世界爱和美。她柔弱瘦小的身躯里有博大的心灵、坚强的毅力，在逆境里不灰心，在危难中不惊不惧，泰然面对。在荣誉尊崇面前，不骄不傲，平凡而又普通。她把真诚的爱心，给予了一代又一代读者，她关心一批又一批作者，为他们的前进铺路架桥，点燃希望之光。她以慈祥的笑容，关注每一个人，广大作者和读者亲切地称她为中国当代文坛的老祖母。

1995 年，冰心老人九十六岁高龄。3 月 7 日，黎巴嫩总统埃利亚斯・赫拉维亲自签署总统令，由黎巴嫩驻华大使法西德・萨马哈代表国家向冰心老人授勋，大使行吻手礼，将勋章佩戴在冰心老人胸前。冰心老人含笑坐在轮椅上，向祝贺的人群点头致意。

1931 年，冰心将黎巴嫩著名诗人纪伯伦的《先知》译成中文，后来又翻译了纪伯伦的《沙与沫》。冰心以她优美的文笔，将纪伯伦的作品化成中文诗，抒写出她心灵的共鸣。那蕴含着哲理的诗文，闪耀着智慧的光，照亮读者的心灵。

它们像精心琢磨的宝石，在人类历史的长河中永远闪光。

孩子的纯真和爱，让世界变得绚丽、丰富、生机勃勃。冰心对孩子深挚的爱，像温暖的大手有力地托举着儿童事业的发展。社会各界对孩子的关切，结成爱的连环。爱，具有巨大的生命力，它是一棵稚嫩的幼芽，却能推开坚硬的石头，长出绿叶，挺直身躯，带给世界真善美。爱又像晶莹的清泉，冲洗人间的污浊。

孩子是希望，是力量，是光明，是未来。爱孩子，不仅使世界更美好，自己也成为最幸福的人。

冰心奖，一个美丽的童话。

它闪烁着感人的光辉——那是冰心对孩子们的爱。

2000 年

飞翔的力量

——周锐创作论

唐 兵

童话是最具想象力的文体,是飞翔于现实的土壤之上的一种自由而开放的文体,从贝洛、格林到安徒生,一种不会重复、不可模拟的经典穿越时空闪烁着金子般永恒的光芒。20 世纪的中国童话一开始就将现实关怀和教化训导作为主体的文学精神,保持着相对单一、封闭的格局。这种单驾马车运行的状态到 80 年代初期才得以缓解,一批充满热情和强烈反叛倾向的作家从过去的惯性中突围而出,他们漠视陈规的大胆创造直接推动了一系列颇为精彩的童话演出,新的美学观念在无拘无束的写作中生成。周锐正是这一族创作群体里极具天赋的一位。

读周锐的童话,你会立刻有一种通透、轻松、自在的感觉,所有的人物和故事按部就班,粉墨登场。周锐得益于一种想象力,像滚雪球,作品越来越多。他操着干净朴实的语言,写得放松又恣肆,偶尔还流露出几许自命不凡的得意。当我们忍不住要拿习惯或曰传统去约束他时,却发觉有一种根深蒂固的东西已无法改变。周锐下过乡,当过工人,经历了物质和精神都相对匮乏的岁月,或许正是这些岁月滋润了牢固了他对文学的热爱,也使他在以后的日子里有所坚持和护卫。1979 年他开始写儿童散文、小说和诗,直到 1993 年他寻找到了童话,恍如多年沉睡的潜质被悄悄唤醒,周锐迅速进入了最佳的写作状态。

《特别通行证》是周锐的一部重要作品,小男孩可可的形象一出现就带有鲜明的反叛性,他迥异于那些规规矩矩、神情压抑的孩子,在他的身上有一种跃跃欲试的真诚、大胆和生机勃勃的东西。这是一部长篇系列童话,讲述的是可可闯入社会接二连三的冒险故事。布丁总统颁发的“特别通行证”使可可获得了非同寻常的权力,他能够随心所欲不受阻碍地想到哪儿,就到哪儿,于是他召集全城的孩子自己去印刷厂印日历,制造星期天;他还跑到监狱发明了叫坏人说实话的方法:让他们一遍一遍地抄生字,结果布丁总统宣布,除了监狱以外不准让人做那么多的作业。周锐笔下的可可把他认为不合理的世界按照自己的方式改造了一番,而现实中的儿童由于年龄、体能和智力的限制,根本无法真正进入和干预社会,但是成长的欲望又使他们渴望强壮和成熟。周锐的《特别通行证》恰恰迎合了这种心理，可可一系列的社会活动正是对未来生活的预演性参与。这里可可似乎从布丁总统那儿得到了成人社会的特许，他被允许胡闹、犯规和为所欲为，而由此引发的对于现实的冲撞、破坏乃至颠覆都充满了一种自由和放纵的快感，丰沛的生命潜能同时得到畅快淋漓的宣泄。显然，周锐在有意导向一种更合乎儿童天性的自然健全的人格，他仿佛在大声宣布：未来的儿童不再是温顺的、老实的、单纯的，代之而起的应是开朗的、无畏的、富有正义感和充满生气的一代。

周锐的作品有时会让你感受到一种双重的目光的交流，既是成人的，又是儿童的。成人慈爱的目光和儿童反叛的心态在他的作品里交互出现，你很难将其分解成纯粹成人的和纯粹儿童的。周锐本人崇尚故事。作为故事的讲述者，他使用的是一种非常生活化的语言，简单、质朴，是不需要太多去想就能明白的，然而却又极富表现力，其快速灵动的语势不单单俯就了儿童的阅读习惯，更透出些许现世的趣味、俚俗和平民的心态。周锐的很多作品直接将笔触深入充满嬉笑怒骂的社会场景，从纷乱热闹的市民生活细节中捕捉戏剧性或轻喜剧性。譬如，他把所住楼房邻里间的纷争搬上了九重天（《九重天》）；公共汽车恼人的拥挤触发了他关于橡皮车厢、“挤车服”和“体力发电机”的联想（《挤啊挤》）；而电话串线这种生活小事也牵引出一系列出乎意料的人生短剧（《电话大串线》）。周锐的作品大凡让人忍俊不禁，但笑过之后又能令你沉下心去，思索片刻。《表情广播操》无疑是这一类型的代表作。H市市长为了使本市在全国悲喜剧演员竞技大赛中取得好成绩，竟发明了一种表情广播操，包括108节，有“痛不欲生”“乐不可支”“愤愤不平”“大惊失色”“呆若木鸡”等。他所开展的普及性训练使全体市民的表情从贫乏、僵硬走向标准到位乃至熟能生巧、运用自如，然而不可思议的怪事接踵而至。警察放走了好不容易捉住的小偷，因为小偷悔改的表情从没这样诚恳过。渐渐地，人们开始互相猜疑，仿佛戴着面具生活。作品的幽默荒诞造成极强的讽刺效果，在轻松酣畅的阅读之后你能感受到作者的针砭。这样的作品还有《宋街》《森林手记》《我被枪毙三个月》等，周锐的笔此时此刻是漫画式的，辛辣而不留余地。

然而，周锐的童话并不总是热热闹闹的，《蜃帆》和《骈马》的出现看起来似乎是个意外，连他本人也认为是“反串”，但是却让我们感受到一些不同的东西：抒情、忧郁、内敛和沉静。虽然周锐自己还不是很习惯，它们在开始的时候还不能得到很好的控制，但在周锐大病之后，它们却找到了契机迸发出来。特别使人难以忘却的是《骈马》中的那一声呐喊：“使劲吧，为了我们的新生！”现在看来仿佛预言一般，经历了撕裂般的痛苦才能获得凤凰涅槃式的新生，不是吗？

1997年5月周锐生了一场大病，病的名称很长，叫作：颈椎2、3节椎间盘突出压迫中枢神经。有一段时间他瘫痪在床，无法行走和写作，或许正是这段躺在病床上的寂寞时光和与死神擦肩而过的经历，使周锐从以往勤奋而高产的写作中停顿下来，变得沉默。喧嚣浮躁的世界在窗外悄然退隐，他的思绪漂浮得很远，一些梦想、一些神秘的体验和琐屑的往事就像浮标似的浮出水面。一种与过去完全不同的叙述风格逐渐形成，个人的感受和经验成为作品中被推向极端的部分。

《手和手》是一篇奇异的作品，它描写的是对于作家来说至关重要的手的故事。右手暂时失去了知觉，成了作者所说的“坏手”，而左手和右手是怎样重新合作起来的呢？“生病以后两只手的第一次合作是绞毛巾。那天左手刚刷完牙，接下来是洗脸，左手当然会洗脸，但绞毛巾却要靠别人的两只好手来绞。可那天，坏手伸了出来，伸进脸盆，抓住了湿毛巾的一端。几乎同时，左边的好手也响应地抓住毛巾的另一端。两边合起力来，绞，绞，绞出的水珠滴滴答答滴滴答答……”周锐的叙述平静而不动声色，仿佛完全地置身事外，在这里你感觉不到病痛的折磨以及由此带来的虚弱不堪。

近来，幻觉和梦境频繁出现在周锐的作品中。譬如《游泳证上的照片》，“我”在睡梦里发现自己像条鱼一样穿行在水中，作家的意识迷失了，现实世界里身体的限制得到了彻底的解放，瘫痪了的肢体像鱼一样有劲地打着水，一种自由的伸展和滑行的快感渐渐地充满了全身。或许是源于一场生死离别的体验，周锐第一次描写到死亡。没有凄厉的叫喊和尖锐的痛楚，在他的作品里死亡常通过音乐传达出来。

周锐病愈后的写作似乎更接近于作者内心正在生长的一种变化，这种变化同时引入了对意识流、视角的切换、时空的倒错乃至梦境的剪辑等手法的运用。

多年来，周锐一直在高产地写作，他所擅长的题材和方式提供给他巨大的激情和创造力，但另一方面又使他很长一段时间固定于一种风格，思维的惯性极易变成束缚的力量。1997 年的大病使他开始用一种新的目光观察周围、感受内心，从中寻找最细微的情绪和诗意，在这里我们看到他的幻想力和个人经验的契合，创造出一种介于童话、散文和小说之间的文体，奇异而精致。周锐的写作也从自觉的行为变成自在的行为，他不再考虑市场、媒体和经济得失，而更倾向于自己的艺术直感，他的写作速度慢了下来，思考的时间变得更长。对于他未来的写作前景我们尚无法预期，但有一点是清楚的：周锐从未让我们失望过，他的写作也从未如此自由过，他早已拥有了飞翔于现实之上的力量。

20 世纪 90 年代中国儿童文学的整体走向与世纪沉思

王泉根

进入 20 世纪 90 年代，中国儿童文学明显地呈现出一种“稳步前进”的态势。我们完全可以这样说，90 年代是中国儿童文学真正走向文体自觉的时期。这种“自觉”突出地体现在对儿童文学的价值功能、服务意识、审美特征有了更为清醒与科学的理解与把握。

第一，走向当代少年儿童的内心世界，表现一代新人多姿多彩、健康向上的生命气象与精神成长。

“成长”是儿童的永远追求，也是儿童文学的永恒话语与艺术母题。80 年代儿童文学的创作思潮，有一种跟着成人文学感觉走的痕迹，成人文学创作经历了“伤痕”—“反思”—“改革”—“寻根”—“实验”等过程，儿童文学在少儿系列形象的塑造上，则经历了“扭曲型”—“迷途型”—“自立型”—“断乳型”的嬗变，重在揭示变革中的成人社会与儿童生存状态的关系，演绎成人文化对儿童世界居高临下的投影和整合。进入 90 年代，尤其是中后期，儿童文学的美学兴趣已由描写儿童与成人文化的关系，明显地转移到了儿童世界与儿童文化自身，注重刻画年幼一代在生命成长过程中所必然经历的心路历程和所关心与感兴趣的话题，以及凸显其中的社会文化纹脉。表现成长、表现儿童世界与儿童文化自身的课题，这已成为 90 年代儿童文学最为生动的创作景观与美学目的。当今一批顶尖儿童文学作家，几乎都将“成长”作为自己创作的主攻目标，北京作家曹文轩就干脆将其长篇小说三部曲《草房子》《红瓦》《根鸟》统称为“成长小说”。曹文轩的作品淋漓尽致地刻画了童年生命在成长过程中真实的憧憬、烦恼、困惑、挫折，甚至于苦难，以道义的力量、情感的力量、智慧的力量和美的力量深深地震撼着小读者，同时也感动了成年人，因而被评论界称为是“古典主义的胜利”。

成长是一个复杂的身心两面系统工程建设的过程。上海女作家秦文君的校园儿童群像系列小说《男生贾里》《女生贾梅》《小鬼鲁智胜》《小丫林晓梅》，江苏女作家黄蓓佳的校园长篇《我要做好孩子》《今天我是升旗手》，重庆女作家谭小乔的校园长篇《小船飘摇》，河北作家北董（董天柚）的北方农村少年长篇《纸风车》，以及由王小民、仝慧铭、黄喆生、代士晓、秦润华、詹国强等六位清一色中学教师撰写的深层次反映校园生活与素质教育的《“蓝宝石”少儿长篇小说丛书》等，将成长放在当下经济改革、社会文化转型的大背景下加以观照，通过少儿的成长折射出社会生活的现代强光，充分地展示了当代少儿生气勃勃、健康向上、富有个性的精神特征，表现了他们的人生观、理想观、道德观、审美观以及走向成熟、走向人生的必然姿态。而深圳特区高中生郁秀创作的校园长篇《花季·雨季》，上海"五朵金花"殷健灵、萧萍、张洁、简平以及章红、曾小春、老臣、王蔚等创作的《花季小说丛书》，则用"现在进行时"的写作方式，描写带着露珠般的生活，叩响着如梦岁月的人生之门。这些具有青春自传色彩的作品，由于几乎是同步描写同龄人成长经历中的多思情感与生活故事，因而风靡校园，赢得了同龄人的广泛欢迎。《花季·雨季》一印再印，总数超过100万册，并获多项全国奖，创下90年代儿童文学的奇迹。

与以下作品的写作姿态不同，武汉作家董宏猷的梦幻体儿童小说《一百个中国孩子的梦》，以独特的艺术构思，全方位、多角度地描写了一百个不同年龄、地域、民族、家庭背景的孩子们所拥有的成长梦、童年梦、理想梦，构筑了一个宏大而神奇的儿童艺术世界。天津女作家谷应创作的系列散文集《中国孩子的梦》，耗时12年，遍访全国56个民族的少年儿童，饱含深情地刻绘了56个民族少年儿童的多彩生活与向往、快乐与困扰、想象与创造，以及他们巧手制作的艺术作品，闪烁着绚丽多彩的民族风情，展现了各民族对自己往昔的怀恋和对未来的憧憬。这两部作品无论想象与结构、意境与笔力，都可称90年代儿童文学的大手笔，将不断高扬的"成长"文学推向一个新高度。

用艺术触摸青春，用文学表现成长，真实地抒写当代少年儿童渴望成长，追求成长，成长的烦恼、困惑与挫折，在成长中思考，在成长中成熟，在成长中与我们民族的远大前程一起成长——这已成为世纪之交中国儿童文学最为突出生动的创作景观，也是中国儿童文学真正走向文体自觉的突出标志之一。

第二，走向多元共生的创作状态，营造百鸟齐鸣、和而不同的艺术格局。

90年代的儿童文学不再像80年代那样大声喧哗（如80年代童话创作就有"热闹型"一派），而更多地呈现出一种平静状态，大家几乎都在那里默默劳作，各忙各的，为的是创造精致的艺术品。这一方面固然受惠于80年代儿童文学的观念重建与艺术积累，另一方面也是我们的儿童文学走向成熟的标志。

曾在80年代力倡"儿童文学作家是未来民族性格塑造者"的曹文轩，一直坚守着"追随永恒"的美学承诺，反对咀嚼庸常的创作现实，通过自己的作品体证着人性智慧的高贵永恒。曹文轩的小说以其优美的诗化语言、优雅的写作姿态、忧郁悲悯的人文关怀，执着于古典主义的审美情趣。他追求艺术感染的震撼效果，追求文学的永恒魅力，同时也汲取了西方古典儿童文学以安徒生童话为代表的悲剧精神，因而使作品超越儿童生活题材，进入人的本质生活领域，闪耀着生命人格的灼人光焰。

被誉为"塑造当代少儿群像高手"的秦文君，一直自信地行进在现实主义创作之路上，她将作品的美学目标锁定在“感动当下”，紧贴当下时代脉搏与校园生活，流动着一股清新活泼、幽默机趣的灵气。秦文君将描写对象定格在小学五六年级与初中这一学生群体，主要人物形象（如贾里、贾梅、鲁智胜、林晓梅）同时在几部小说里穿插交互，分别担当主角，意在营造一种网状式的人物群像艺术新格局。

董宏猷所创造的梦幻体儿童小说又是另一种艺术追求。《一百个中国孩子的梦》在确立以小说叙事作为基础文体特征的艺术前提下，充分借鉴和调动童话的幻想、夸张、荒诞、变形，散文的抒情，诗化的语言以及纪实文学的写实风格等诸多文学要素，突破了通常儿童小说的文体边界，构建起一个开放的小说艺术空间，为儿童文学的文体实验提供了新鲜经验。

90年代儿童文学创作持续不竭的生机活力正是得力于一大批执着追求艺术的作家。我们还应提到，广州作家班马小说童话对“儿童—原始思维”的体悟与对“力—游戏”的张扬，北京作家张之路透视生活的洞察力与轩昂流畅的叙述风格，北京作家孙云晓少年纪实文学洞察教育弊端的睿智目光与力透纸背的理想主义，上海作家彭懿对大幻想文学的热情鼓吹与实践，海南作家张品成革命历史题材小说所塑造的“赤色小子”形象，黑龙江作家常新港小说中的歌哭人生与悲情冲击力，上海作家周锐童话的幽默与哲思，张秋生童话的精巧与深邃，浙江作家冰波童话的典雅与唯美，北京诗人高洪波经营儿童诗的诗艺功力与对幽默风格的机智把握，老诗人金波、尹世霖对“十四行”儿童诗与校园朗诵诗的倾心投注与诗艺探索，湖北诗人徐鲁，四川诗人邱易东，上海诗人朱效文、东达对儿童诗创作的现代艺术与人文内涵的刻意追求，始终坚持幼儿文学不动摇的上海女作家郑春华创作的“大头儿子”系列作品，浙江女作家谢华创作的幼儿散文集《星星信》等，都给人留下深刻印象。当人们向穿行在云南西双版纳原始森林的“动物小说大王”沈石溪和数十年跋涉在大自然探险小说领地的安徽作家刘先平投以深挚的注目礼时，得风气之先的江南儿童文学又将两面崭新的美学旗帜插上了儿童文学的艺术巅峰，这就是1998年江西二十一世纪出版社出版的《大幻想文学中国小说丛书》与1999年浙江少儿出版社出版的《中国幽默儿童文学创作丛书》。幻想与幽默，无疑是儿童文学的两大当行本色，但在很长一个时期，我们却关注得不够，至少没有把它作为儿童文学自身的基本美学品格加以张扬。这两套丛书所力倡的美学精神与不断进取的姿态，已经给世纪之交的儿童文学产生了不小的冲击力，同时必将影响到下一世纪儿童文学的审美追求与艺术格局。

第三，走向多层次、多渠道的儿童文学建设，尽一切努力激活儿童文学创作生产力。

按照少年儿童年龄特征的差异性与接受机制，将儿童文学区分为幼年文学、童年文学、少年文学三个层次，并依其各自的审美特征与艺术规律进行创作，这是80年代儿童文学提出的重要理论话语。这一观念如今已深入人心，成为儿童文学界的普遍共识。就具体文体而言，90年代依然以小说创作尤其是长篇的成绩最为瞩目，童话、诗歌、散文、幼儿文学依此顺序各殿其后，而寓言与科学文艺则显得相对薄弱。这两种文体已在中国作家协会举办的“全国优秀儿童文学奖”中连续三届出现空缺，这应当引起儿童文学界的认真反思与关注。此外，儿童文学评论的滞后与理论批评人才的青黄不接，高等学校儿童文学教学力量的严重短缺，也是需要加以特别关注与扶持的当务之急。

如何增加儿童文学新的创作生长点，尽一切努力激活创作生产力，这是90年代儿童文学与整个文学一样面对令人目眩的市场经济、多元传媒的冲击所不得不思考的郑重课题。激活创作生产力的根本是充分调动广大作家的生产积极性与原创力。90年代儿童文学在努力抓好自身队伍建设、保持水土不被流失的同时，还切实采取了一些卓有新意的举措。

首先是面对自己的服务对象，引导小读者一起参与文学创作，从中发现和培养文学新人。“少儿参与”是90年代儿童文学创作的一个重要现象。北京的《儿童文学》《东方少年》、上海的《少年文艺》《巨人》《儿童时代》、天津的《儿童小说》、江苏的《少年文艺》、辽宁的《文学少年》、广州的《少男少女》、广西的《中外少年》、湖北的《少年世界》、湖南的《小溪流》等刊物，坚持80年代的传统，经常举办各种征文活动与文学夏令营、讲习班，从中发现文学新苗，为儿童文学输送新鲜血液。

几乎与“少年参与”同步实施的另一项重要举措是热情邀请成人文学作家加盟儿童文学，迄今已有多套大型创作丛书问世，比如1997年山东明天出版社的《猎豹丛书》《金犀牛丛书》与1999年湖北少儿出版社的《鸽子树少儿长篇小说丛书》、湖南少儿出版社的《红辣椒长篇儿童小说创作丛书》等。山东的两套丛书分别有沈石溪、毕淑敏、池莉、张炜、迟子建、刘毅然等六位当红小说作家加盟，湖北丛书有方方、竹林、赵玫、蒋子丹、林白、唐敏等六位清一色女作家参加；而湖南丛书则是清一色的湘军作家，包括彭见明、骆晓戈、向本贵、蔡测海、叶梦等9人。1998、1999年，河北少儿出版社又出版了两套大型少儿长篇小说创作丛书——《金太阳丛书》与《黑头发丛书》，前者包括陆星儿、王小鹰、竹林、谭元亨、肖复兴、成一、蒋韵、冯苓植、刘兴邦等9位著名作家，后者则有北董（董天柚）等9位河北作家参与，这是河北作家关注儿童文学的一次集体亮相（其中有部分作家长期从事儿童文学创作）。虽然由于写惯了成人生活世界的成人文学作家们突然转向儿童文学，对当代儿童精神世界与阅读兴趣的把握难免会有一定的“隔”，他们的作品是否能赢得小读者的欢迎还有待时日的检验，但成名作家大举进军儿童文学,这毕竟是一件好事、幸事。

第四,走向儿童文学的国际对话,提升儿童文学的全球观念与可持续发展意识。

儿童文学是没有边界的。90 年代儿童文学的视野,已从中华大地走向亚洲儿童文学,走向世界华文儿童文学,走向更为广阔的世界儿童文学的交流与对话。那些折腾全人类、为全人类所关切的话题,也同样成了中国儿童文学创作的新的题材与重要主题。在这方面,安徽作家刘先平的大自然探险长篇系列四部曲《大熊猫传奇》《呦呦鹿鸣》《云海探险》《千鸟谷追踪》以及探险纪实散文集《山野寻趣》;四川诗人邱易东站在全人类高度、用少年视角反思地球村种种病灶的长篇诗集《中国的少男少女》;陕西作家李凤杰在痛苦与挚爱交织中写成的长篇失足少年教育纪实文学《还你一片蓝天》,显得尤为精彩感人。刘先平与李凤杰的作品已获第四届全国优秀儿童文学奖,而刘先平的大自然探险长篇系列,因其强烈的地球家园意识还被英国文坛翻译了过去。

我们欣慰地看到,向年幼一代传递生态环保意识、人类自审意识,呼唤绿色文化,用文学参与人类可持续发展战略,这已成为 90 年代儿童文学一种方兴未艾的创作走向。素有“植物家园”之称并成功举办世界园艺博览会的云南省,在这方面走在前列。以乔传藻、吴然、沈石溪、辛勤、钟宽洪等为中坚的云南“太阳鸟”儿童文学作家群,早在 80 年代中期就开始投入这一课题的创作,他们在绿色散文、多民族边疆童话、动物题材文学的创作方面取得了引人瞩目的成绩。乔传藻的《醉麂》、吴然的《小鸟在歌唱》分获中国作协第一、二届全国优秀儿童文学奖,而沈石溪的动物小说《第七条猎狗》《一只猎雕的遭遇》《红奶羊》更连中三元,荣获“三连冠”的殊荣。以生态环保、动物题材多次获得全国性儿童文学大奖,云南作家当数第一。此外,重庆儿童文学作家有关长江三峡题材的作品;广东作家饶远的长篇环保童话《蓝天小卫士》《马乔乔的童话》;黑龙江满族作家陈玉谦疾呼保护青蛙的长篇小说《蛙鸣》;北京新秀保冬妮昆虫童话三部曲《屎壳郎先生波比拉》等,以及湖南少儿出版社的《中国最新动物小说丛书》、天津新蕾出版社的《金狮王动物小说丛书》等,其旨归都在培养下一代的地球家园意识,生发出对大自然的由衷热爱。这些作品犹如三春草原、蓬茸鲜活,辐射出世纪之交的文化新绿,传达了热爱大自然、保护地球母亲的国际性儿童文学主题。我们还应特别提出广州作家班马创作的、荣获第五届宋庆龄儿童文学奖童话类大奖的长篇《绿人》,这是一部 90 年代不可多得的童话佳作,作品在亦真亦幻、悬念迭出的情节中,演绎了一场“绿人”大逃亡的悲情故事。强烈的人类自审意识、生态环保意识与可持续发展意识,使《绿人》这一部充满神奇魅力的童话具有了深刻的国际主义意味。

面向 21 世纪,儿童文学要做的事实在太多。

我们的儿童文学尤其是理论工作者需要——

研究电脑网络、卡通读物、多元传媒、教育变革、现代人的生存困境与焦虑等诸多文化现象、社会现象对儿童文学及整个儿童读物的创作、传播、接受等的冲击与影响；

研究在这些影响下所必然发生的少年儿童生命状态的变化及对儿童文学价值承诺、审美目标的嬗变与需求；

研究为适应这种变化与需求的新世纪儿童文学的新特点、新内容、新形式以及适应不同年龄阶段少年儿童接受机制的多层次儿童文学（幼年文学、童年文学、少年文学）独特的艺术规律与价值功能；

研究新世纪儿童的入学尺度、美学判断、生态环境以及如何进一步拓展思路，如何促进儿童文学在与社会、历史、网络、各种艺术形式的结合中获得更为广泛的发展与艺术生命力；

特别要研究儿童文学如何在保护地球母亲、拯救生态环境、营造绿色文化的世纪行动中，如何有所作为，把一个和平、绿色、充满蓬勃生机的地球还给儿童。

21 世纪的儿童文学依然需要坚持为儿童、写儿童、服务儿童、让儿童长精神的儿童文学本位立场，依然需要弘扬由叶圣陶、冰心、张天翼、陈伯吹等老一辈儿童文学家所开创和培养起来的中国儿童文学的民族特色、文化品格以及满腔热忱献身儿童文学事业的无私奉献精神，依然需要倡扬面向未来、面向世界、面向现代化的时代特色与开放精神。

2001 年

"隔"与"不隔"

——试论当代儿童文学审美的现状

李学斌

近代大学者王国维在其著名的《人间词话》中论词标举"境界",后又由"境界"出发,提出将"隔"与"不隔"作为判定文学作品艺术质量高下的标准。在王国维看来,但凡文艺作品中融入作者的真性情、真感受,是"诚于中而形于外"的创作,那么,作品的审美境界必然是"不隔",反之则为"隔"。显然,这里"隔"与"不隔"指的是作品读上去是否让读者感到自然、真切,是否具有深深打动读者的情感力量和思想蕴涵。从这个角度来说,文学审美中的"隔"与"不隔"既是作家创作中的审美表现力的问题,同时又是作品诉诸读者的审美效应的问题,以这样的视角来观照我们当前的儿童文学创作现状,笔者窃以为也是适用的。

我们知道,和成人文学创作与接受的单极化不同,儿童文学呈现的是创作者和接受者两极化的状态。这种成人作家与儿童读者的两极化的审美流程决定了儿童文学创作和接受理应是一种审美的双向交流过程。成人作家在一定的儿童观和儿童文学理念的支配下,通过对童年状态的诗意把握或精心描摹,最终达到对童年生命及其精神内涵的审美把握和艺术呈现;而儿童读者则在亲历游戏的心态下,于轻松愉悦、充满快感、神思飞翔的阅读中自然而然地释放了现实压力下的心理焦虑和游戏渴望,并因那份不同时空的源自生命流程的童年体验的内在契合而心领神会地接受了熔铸在故事中的情感塑造和精神引领。

在这里,如果儿童想得到的,恰恰是作家所给予的;或者作家所提供的,恰恰是孩子们所神往已久的,那么,这样的审美双向选择就体现为和谐而默契,是一种良性的循环和交流。而在这样的情势下,无论是作家的创作,还是少年儿童读者的阅读接受,呈现的审美效应都是"不隔"。

反之,作家如果不仅对现实儿童的所思所想所感不熟悉甚或非常隔膜,而且对贯穿在人类历史进程中的儿童期的基本生命精神和情感状态也不甚了了,而仅是凭借对日渐模糊的童年记忆的反向钩沉或对个体童年体验的横向类比来进行儿童文学创作的话,那么,这样写出的作品必然缺乏对现实儿童的吸引力。因为它所反映的童年形象及其精神趣味不仅从故事层面呈现了一种明日黄花式的陈旧的童年生活表象,而且更关键的是其在童年精神的审美实质方面所体现的也往往是审美经验的错位和滞后。这样的作品在主观上常常表现为作家自我封闭的审美倾向,客观上则昭示了创作者对来自少儿读者审美期待的一种无视、无力和漠然。这样的儿童文学创作与读者的阅读兴奋点之间仿佛是两道平行的铁轨,无限延伸,永不相交。其阅读效应要么是曲高和寡,应者寥寥;要么是自说自话,孤芳自赏。总之,这样的演出是寂寞冷清的,缺乏来自读者和观众的喝彩与掌声。

毋宁说,这样的儿童文学创作,无论从作者还是从读者角度来说,都是一种"隔"的状态。

遗憾的是,截至目前,在我们的儿童文学界,"隔"的创作太多了,"不隔"的作品太少了。我们的儿童文学拥有着数以亿万计的潜在读者,而且,当前素质教育的广泛推行更为之提供了前所未有的消费市场和机遇。但是,我们的儿童文学创作却呈现着与这个巨大的消费群体极不匹配的接受现状。尽管对此,我们可以找出种种诸如读者消费兴趣的日渐分化和多化,电子出版物和卡通读物的市场分割,音像、影视消费的强势冲击,网络阅读的逐渐普及,儿童图书宣传渠道的难以通畅等等原因来做解释,但是,一旦我们坐下来扪心自问,我们将不得不承认这样一种事实:我们的儿童文学创作在总体上是难尽人意的。这份承认让我们众多的儿童文学作家们在审视自己的文学创作的同时,面对着来自广大读者的无人喝彩的阅读现状,不得不暗自吞饮下几分苦涩和无奈。

这样的状况实际上已有时日了。曾几何时,一部由在校中学生创作的《花季·雨季》风靡校园,一套由在校大、中学生联袂创作的《自画青春丛书》得到了少年儿童的广泛认同。这种状况也许是我们的一些职业儿童文学作家们所不愿面对的。然而,这毕竟是事实,无可掩饰的客观存在。这似乎是一种有意无意的对比和反衬。个中原因虽然不可一概而论或简单视之,但不容否认的是,这其中就蕴涵着"隔"与"不隔"的区别。

究其因,最主要的还在于自80年代以来,我们的许多儿童文学创作者在创作观念和审美表现上的滞后与错位。这主要体现在以下两个方面:

其一,儿童本位意识在创作实践中的式微,直接导致了少年文学的"成人化"倾向,进而对整个儿童文学文体特质及其走向产生了严重的离心作用和解构效应。具体些说,就是在审美旨趣上造成了一味追求文体的意蕴深度,而相对轻视结构、叙述及故事层面上的趣味性和想象性的创作倾向。

但凡了解当代儿童文学艺术进程的人都知道,80年代以来,在高扬"儿童文学是文学"的旗帜进行大刀阔斧艺术变革的过程中,一些作家和理论家曾不加辨别地将在写给少年儿童的文学作品中秉持“儿童本位”与能否发挥儿童文学作家的艺术能动性对立起来，认为要坚持儿童本位就意味着在文本创作中放弃作家的主体能动性，把自己降低到儿童的认知水准。于是乎，这种不正常的儿童文学创作现象因为被贴上了文学化和探索性的漂亮标签而获得了通行证，从而致使作家的自我意识和理性观念在写给少年儿童的作品中大行其道，泛滥成灾。至此，片面追求意蕴深度也就成为少年文学文体表达的一个主要标志。

其二，创作者在文学观念和审美视野上的相对封闭落后客观上限制了作家、作品与读者审美接受心理的多方位对应。

长久以来，由于受到中国传统文论“文以载道”观念的渗透，“教育主义”和“道德主义”对儿童文学创作的影响可谓根深蒂固。在此观念支配下，创作者在创作心境上很难以平和、游戏的状态提升出现实儿童与想象中儿童的共有精神因素和面貌，而是由先入为主的理念渗透、人文关怀以及煞有介事的着意接近来消除事实上与少儿生活的紧张对峙。处于这样的创作心态中，作家写出来的作品在文本格调和叙事氛围上往往沉重深刻有余，幽默活泼不足。这样少有生气、想象缺乏、趣味枯竭的作品，不仅与小读者心目中真正的所爱所好相去甚远，而且，这种状况无疑也折射出了我们的儿童文学创作观念对当代世界儿童文学经典艺术主潮的某种疏离与隔膜。

非但如此，当前儿童文学单一性的发展格局也是造成审美效应上“隔”的原因之一。

遥想当年，在许多儿童文学有识之士的共同努力下，中国儿童文学也曾一度形成了百花齐放的多元格局，各种文体在众多作家、作品的支撑下都显得气韵不凡、生机勃勃。当此时，在广大少年儿童的阅读视野中，不仅有温情淡雅、意蕴绵长的儿童小说，有天真稚拙、节奏明快的儿童诗，也有想象丰富、趣味如歌的校园戏剧……与他们的阅读需求形成全方位的对应。而现在，儿童文学的园圃内，除了一柱撑天、孤芳自赏的少年小说之外，我们已经很难看到昔日曾比肩而立的其他文体类型的勃发生机了。由多元繁荣的文体格局到写实主义少年小说孤标独立的单一坐标，这种状况很难说是当代儿童文学艺术进程中承前启后的一段攀升。

正是从这个角度，或许我们可以说，80 年代那场席卷儿童文学寰宇的艺术突围运动实质上是良莠并存的。那批才华洋溢、激情似火的作家在倒掉“儿童文学教育主义”这盆洗澡水的同时，显然也沾上了倒掉“儿童本位”这个儿童文学的漂亮婴儿的嫌疑。可以说，中国当代儿童文学发展到现在，少年文学(尤其是校园文学)单一繁荣的格局对今天儿童文学其他门类的影响是巨大的。它事实上挤压和侵蚀了儿童文学其他门类的艺术空间和发展机制，到最终，那场彪炳当代儿童文学史册的“文学化运动”对儿童文学作为整一的文学样式的内在文体规定和艺术本质产生了难以自抑的离心作用。这一点，在90年代以来幼儿文学、童年文学乃至少年科幻、探案推理等文学样式的日渐没落衰微上体现得尤为明显。

对此，有人曾及时而形象地将之概括为“中国当代儿童文学两步走”的发展战略，即第一步，先由“教育化”到“文学化”，完成中国当代儿童文学的文学定位和艺术回归；然后，再进行第二步运作：由“文学化”到“儿童化”或者说是“儿童文学化”——实践儿童文学的艺术命定，最终达到与世界儿童文学经典艺术主潮的世纪交汇。按照这样的观点，走向“文学化”的过程中丧失部分读者是必然的，理由是任何变革都要付出牺牲和代价，文学艺术同样也不例外。而丧失的这部分读者又完全可以通过“儿童化”的后续化进程来重新挽回和集结。这样的艺术蓝图不能不说是异常理想的，它所预示的前景也似乎非常美好。但是，面对当前儿童文学在读者效应上“门前冷落鞍马稀”的现状，我们是不是应该面壁反思一下，这样高屋建瓴的概括和归纳是不是更大程度上仅仅具有理论上的意义，而对现实中嗷嗷待哺的广大少儿读者来说，这份富有前瞻性和道义责任的承诺是否显得有些虚假、空洞和一厢情愿呢？

或许，这也是儿童文学的一个艺术渊薮吧。毕竟，儿童文学是最具有读者效应的艺术门类，而童言无忌、率性而为的孩子们的掌声和喝彩又是最公正的。这就决定了儿童文学中最上乘的作品理应是那些在孩子们当中最叫好最长销的作品。应该说，归根结底，这还是创作中的“隔”与“不隔”。创作中的“隔”与“不隔”直接导致和影响了审美接受的“隔”与“不隔”。这种类似连环套的审美效应其实阐释了儿童文学艺术法则中最普遍的一个真理——谁尊重读者，谁将拥有一切。

2002 年

凄美的深潭:“低龄化写作”对传统儿童文学的颠覆

徐　妍

在世纪末最后的日子里,孩子,作为造物主赐给人类的最可塑的面团,被推至一个一切都有待重估的新的地平线上,以步成人的后尘。然而,孩子并没有完全遵循既定的轨道:他们在文字里,保留了原初的顽皮与机智,一边追逐,一边颠覆。

一、白日里苍老的心灵

“低龄化写作”的命名不只是为了应对少年作家的写作现象而采用的临时表意策略,这一命名更意味着它只关涉低龄自身,而不关涉低龄所派生出来的让人们产生的一系列常规的联想。或者说,“低龄化写作”是相对于成人写作而言,且,依据低龄化作者的年龄特征来做的分类。但,“低龄化写作”并不标志必然地与传统观念中的儿童写作有着一脉相承的联系,更不说明它与成人写作有着天然的隔绝与对立。事实上,“低龄化写作”已经消解了孩子与成人的边界:“低龄化写作”不再符合人们以往的假设,不再保有一切低龄孩子所具有的童稚与幻想,甚至,它已经超出了孩子的边界,浸染上成人的复杂与破灭。此外,“低龄化写作”与儿童作家的写作也截然不同。北董的《飞碟狗》、车培晶的《爷爷铁床下的密室》无论多么努力地想博得孩子的青睐,都无法真正走入这忧伤的、早熟的心灵深层。因为当成人作家一经如《大篷车》等儿童栏目一样模拟着孩子的声音,也便暴露了成人的假声。

低龄化作者大多出生于20世纪80年代。当他们拥有记忆时,正值世纪末。传统儿童文学中的“向日葵”意象根本没有进入他们的记忆。或者说,他们是“向日葵”后的一代。“向日葵”后们根本无意把自己扮作孩童,虽然他们流连童年的风景。他们在意识到已经无奈于心灵的负重时,索性在文字里比成年人还老成。作家曹文轩在韩寒《三重门》序言中谈及了自己感到惊奇的原因:作者的早熟和早慧。由此,他总结了传统意义上的儿童文学特征——天真与稚拙,并进而指出:“而在《三重门》的作者韩寒身上,却几乎不见孩子的踪影。若没有知情人告诉你这部作品出自一个十几岁的孩子之手,你就可能以为它出自成年人之手。可以这么说,《三重门》是一部由一个少年写就,但不能简单划入儿童文学的一般意义的小说。在我的感觉上，它恰恰是以成熟、老练，甚至以老到见长的。”这段论述，实际上扩大了儿童文学研究的视点：儿童文学并非一块泾渭分明的地域。它不会取决于作品的主人公是不是一名儿童，也不应该取决于作者是不是一位少年学生。那划入儿童文学地域的人物与作者没有确定的年龄。试图将一个确定的日期固定在一个不确定的文本世界里，是与文本和作者的初衷相违背的。如郭敬明所说：“我觉得自己是一下子就在风里面蹿成了一个十七岁的大孩子，一恍神就出落成现在这副古灵精怪的样子。”所以，我们很难根据日期判断生命是成熟还是稚嫩。这样，我也就不难理解韩寒的《三重门》，还有郭敬明的《爱与痛的边缘》、甘世佳的《十七岁开始苍老》，甚至十一岁的蒋方舟的《正在发育》中所进行着的一种跨越儿童文学界的写作。也许，唯其如此，他们才能以叛逆之心反抗他们所受到的压迫。

以今天的生存空间而言，没有什么事物比孩子的心灵更为隐秘。孩子的孤独比成人的孤独更难以言说。孩子的人格比成人的人格更为复杂。孩子不会如实地回答心理学家的任何测试，不会对于自身以外表露自己的孤独，更不会明白为何在人前作假。心理学家提出过“心理降生”概念，认为少年的成长要经历两次降生：第一次主要指母子分离，分离后的痛苦可以在追忆中得到治愈。第二次则要艰难得多。因为第二次是个别化的过程。它是一个刚刚经历与母亲分离之后的无助的生命所必得经历的更孤寂的痛苦。这个孤寂的生命的一个本能的反应就是用行动或用心理对抗以成年人为中心的压迫性文化的压迫。当然，这种对抗不一定永远都是对抗性矛盾，少年的心理降生完全可能成功，如果他或她的生理、心理、情感、智性、生存能力等诸多方面能够获得总体性的发展。然而，令人遗憾的是，他们生不逢时，或者，也可以说，恰逢其时，因为这个现代社会不再将生命的降生看作庄严与神圣的事情，可也同时为这批降生者提供了降生的无限可能。更确切地说，这批降生者刚与母亲分离，就遇到了一个没有价值判断，或者说，怎么判断都行的多元的社会。这样，如果说成人可以在十几年以内走完欧洲几百年的历史，那么，少年也可能在十几年里走完所有年龄的历程。这样，我也就不会感到惊诧，当少年以一颗衰老之心说：“一个十七岁的人说自己的年轻生活流过了，听起来怪怪的。或许是我看的书多了，灵魂就成熟或者说苍老起来。就像台湾的米天心一样，被人称为‘老灵魂’。”十七岁，按照以往的阅读经验，正是生命即将进入青春之际，可“向日葵”后们已经毅然决然地告别了那个原本有憧憬、有梦想的童年的旷野。

那么，究竟是何种缘故让“向日葵”后们一降生就开始苍老？或者说，“向日葵”后们获得了怎样的写作经验，才变得比成年人还老成？我想，这是一个难以考证的追问。

因为没有人能说得清一个人的成长究竟是由于哪本书、哪件事或哪个人。但是,在此,我拟将文本作为考证对象,追踪“向日葵”后们早熟的原因。由于生活局限,“向日葵”后们似乎更多地以阅读的形式度过自己的时光。但是,需要说明的是,“向日葵”后们的阅读对象除了在《三重门》里主人公林雨翔从五岁就背诵的《尚书》《论语》《左传》等传统书籍,在《十七岁开始苍老》里“我”所说的连环漫画、童话、作文选、杂乱的武侠小说、尼采和弗洛伊德的著作、《圣经》及杂乱的后现代文学,在《爱与痛的边缘》中,“我”随口引用的普鲁斯特、杜拉斯、苏童等人的话语外,还包括现代社会里的大量的纸媒、图媒和网媒。尤其,与书籍相比,这些多媒体对“向日葵”后们的吸引力愈来愈大,如安妮宝贝的网上小说已经成了一种安慰:“安妮对我来说就像是开在水中的蓝色鸢尾花,是生命里的一场幻觉。”王菲的歌曲已经成了一种自然的幻灭:“王菲唱,当时的月亮,曾经代表谁的心,结果都一样,一夜之间化作明天的阳光。于是我们哭。”王家卫的电影填补了一片寂寞的空白:“王家卫。写下这三个字的时候我的指尖很细微但很尖锐地疼了一下。”可以说,正是这些媒体阅读,催发了低龄化一族的早熟。或者,更确切地说,“向日葵”后们大多更倾向于与媒体语言为伍。他们吸纳了媒体语言的新奇与活脱、俏皮与机智,可也感染上了媒体语言的虚幻与短暂、凌乱与感伤,于是,原本就空旷的心灵就更加飘荡在半空之中。

二、夜里本能的颠覆

“向日葵”后们从此不再憧憬白日的梦想。他们沉湎于夜的梦里。尽管“夜里的梦是劫持者,最令人困惑的劫持者:它劫持我们的存在”,但,他们毕竟还是孩童,他们瘦削的肩膀、稚嫩的脸庞都不能让他们真正如成人一般,以理性的维度面对这个世界上白日里各式逼仄的寒光。他们只有被夜选择,在夜的梦里沉没又上升,上升又沉没。夜以它的乌有之乡成为他们的依托。于是,他们思索着,在夜的梦的庇护下:“我就是这样一个孩子,我诚实,我不说谎。但如果有天你在街上碰见一个仰望天空的孩子,那一定不是我。因为我仰望天空的时候,没人看见。”于是,他们逃避着,在夜之梦的接纳下:“他们面对巨大的现实阴影,不像父辈那样呐喊,不像兄长那样深陷,他们更愿意去寻找阴影中丝缕的阳光,给他们以温暖和慰藉。”可是,“向日葵”后们是否只满足于在夜之梦里安睡?或者说,夜之梦者能否找到让他安睡的保证?显然不能。生命在夜之梦中不是一个主体的存在,夜之梦是主体不在场的梦。这样,“向日葵”后们实际上只有一种选择的可能:不再奢望安睡,借助夜之梦,听凭生命的本能,颠覆白日里的秩序。

“向日葵”后们既然是以写作的方式进入白日的世界的,“低龄化写作”便首先消解了传统儿童写作的神话。或者说,“低龄化写作”重新确定了“向日葵”后们的写作观。

如十一岁的蒋方舟借助妈妈之口这样看待写作:作家就是有一个破笔头、几沓稿纸,钱就哗啦啦啦地来了。“低龄化写作”不过是一个涂鸦的游戏行为,并伴随着悦耳的银子的声响。甘世佳的写作是与网络朝夕相处的,因此,写作被他称作“网络上的文字舞蹈”:“写作若能即兴,若能忽略所谓好坏那是最好。”“低龄化写作”不是为了告诉你讲述什么,写作的意义永远是模糊的。郭敬明则认同杜拉斯的一句话:写作是一种暗无天日的自杀,并说“我只是善于把自己一点一点地剖开,然后一点一点地告诉你们我的一切”。“低龄化写作”,已经与成人的个人化写作达成某种同谋,甚至更在意个人的疼痛:“哪怕我想写一个宋朝勤劳的农民,写到最后还是攫到自己身上来。”韩寒作为“低龄化写作”的发起人,写作观更为明确:“尽管情节不曲折,但小说里的人生存着,活着,这就是生活。我想我会用全中国所有 Teenager,至少是出版过书的 Teenager 里最精彩的文笔来描写这些人怎么活着。”“低龄化写作”不再听命于传统儿童文学的写作观。“向日葵”后们从自己的经验出发,结束了“向日葵”的写作时代。也许,在历史的记忆里,新中国成立以后成长起来的孩子一向视写作为一件神圣的事业。因为在他们读到的教科书里,写作多是与许多令他们肃然起敬的作家如鲁迅、茅盾、巴金、冰心等名字联系在一起的。写作即使不是“经国之大业,不朽之盛事”,至少也是具有精神质地的高尚劳作。用那一时期的一句歌词来表达,即“党是阳光,我是向日葵”。然而,80 年代中后期,市场经济与个人化写作的相互配合,让八九十年代的孩子们——“向日葵”后们一降生就获得了更为真实、可感的生活教科书。所以,他们根本还来不及与神圣写作的神话进行对话,就随同成人进入了一个消解写作神圣的队伍里。而且,由于他们一方面承继了成人的消解成果,另一方面原本就不知神圣写作为何物,他们往往比成人更能感受到消解的轻松与快乐。

由于“向日葵”后们感受到的最深切的压迫就是现存的不够完善的教育制度,“低龄化写作”便把主要火力集中于对它的挞伐与轰炸,即传统儿童文学的教书育人的职能成了“低龄化写作”主要的颠覆目标。低龄化作者的代表韩寒曾经明确地自认:“韩寒是完完全全彻彻底底反对现在教育制度的小混混。”郭敬明比韩寒乖巧一些,因为他懂得,谁反对教育制度,谁就会被现存制度反对掉。他只能以柔弱之音来倾诉:“而我留在理科班垂死坚持。学会忍耐学会麻木学会磨掉棱角内敛光芒。学着十八岁成人仪式前所要学会的一切东西。”这里,“向日葵”后们的反抗也许有些极端或片面,但他们的反抗又的确来自他们的生命体验。蒋方舟不加掩饰地慨叹:作文课太难上了,现代书生写不出作文。甘世佳不动声色地调侃:“高三,在语文老师的训练下,渐渐丧失写字的能力。”正如“向日葵”后们所言,不健全的教育制度不仅扼杀了孩子的灵性,而且让孩子们的心灵笼罩着巨大的阴影。在阴影的笼罩下,孩子们失去了童真、自然与清新的品性。而失去了灵性,又不可能建立健全理性的心灵没有了栖居之地,终于,“向日葵”后们陷入了难以承受的二元对立,即孩子与孩子本质的分离。当然,由于缺少理性的支撑与判断,他们常常不能分辨压迫者与被压迫者之间的区别,往往将庞大复杂的体制化作一个个具体的形象与事件。结果,一节课、一位老师、一位校长甚至家长便成了他们反抗的目标。于是,在低龄化作者的作品里,学校、课堂与师长总是作为他们或嘲笑,或反抗,或怜悯的对象出场的。《三重门》里的马德保是一个搞笑版的教师形象:把屠格涅夫教成涅格屠夫,还以为同学不会发现。《爱与痛的边缘》中的校训散发着咄咄逼人的寒光:“宁可在他校考零分,也别在二中不及格。”《正在发育》中“有奖的思品老师”每次上课,都给学生发奖。社会课上老师每讲一个条约,都要换一件新衣服。可见,在“低龄化写作”中,老师似乎是教育制度的执行者,就是孩子心灵的压迫者。不仅老师,家长也同样不会被放过。如果说学校里的老师扮演了在职的心灵压迫者,家长们则充当了压迫他们心灵的非在职者:林雨翔的家长强迫他不断地在不同的课外班穿梭。《爱与痛的边缘》里“我”的妈妈让“我”在左右手间选择。可以说,除了“文革”文学及后来王朔的写作,还没有任何时期的作品,将学校、老师、家长描写得如一张恶作剧的漫画。更何况,这些漫画的作者竟然是他们用心血培养的继承者。那么,我不禁有一个疑惑:低龄化作者怎么能在作品里如此冷漠?当成人以冷漠之心教孩子如何冷漠地看世界的时候,实际上已经给这种冷漠贴上了“正常”的标签。低龄化作者作为一代早熟儿,很快地学会了成人的对情感的压制。

“低龄化写作”除了将写作与现存教育制度作为颠覆的中心目标与主要对象外,还用文字消解了传统儿童文学里孩子们的生命根基——友情与朦胧的爱情。经历过少年时代的成人大多知道,友情与朦胧的爱情在一位少年心目中的重量。可以说,它们中任何一项,都足以让少年产生无限的联想,从而进入一个美好的意境。然而,这个世界已经毫不留情地污染了天空并粉碎了梦想。在低龄化作者的作品里,友情的推心置腹已经衍变为敌我之间的兵不血刃:“不要告诉我高中生有着伟大的友谊,我有足够的勇气将你咬得体无完肤。友谊是我们的赌注,为了高考我们什么都可以扔出去。”爱情的地久天长已经沦落为随时消散的虚妄:“十七岁以后不相信爱情与诺言,也不相信别人的爱情与诺言。”花季的少年具有这样的清醒似乎有悖常理,但是,如果我们将这种散发着透骨的寒气的话语与“向日葵”后们视角中的生存境况——他们的真正的教科书相联系,就不会感到诧异。我认为,这是一代只相信视觉的孩子。各种书籍只有配上生活的图画,他们才会产生兴趣。反过来说,还没有哪一代孩子如他们对自己所见到的生活的看图说话深信不疑。当他们眼中的成人世界在为了权力、金钱与美女等竞相追逐时,他们便也很快如模拟电子游戏一样模拟起友情与爱情的游戏,甚至将友情与爱情消解到一种极致："朋友就是速溶的粉末，一沉到距离这摊水里，就无影无踪了。""感情的事情有时就是这样，没有感情可言。"虚无之气已经浸透于"向日葵"后们的生命深层。

三、悬崖边上的写作

应该指出，"低龄化写作"对传统儿童文学的一切经典要义所进行的颠覆，并没有让"向日葵"后们获得真正的解放与自由，相反，"向日葵"后们时刻都陷入一种无方向的焦灼之中。虽然他们手中执有长矛，但，由于他们面对的恰是一个价值多元却也价值混乱的时代，他们追寻的目标又常常超出他们判断的界限，他们在反叛之时很难适度且不产生负面效应。换言之，在他们手持长矛冲向目标时，他们更多的是听从于一种本能。他们或者根本不知什么是真正的风车，或者，在他们看来，满眼都是风车。他们或者做出冲杀的姿态，以示自己标新立异；或者到处出击，以剔除一切不合他们心意的对立物——也许这个对立物恰是路基。从此，"低龄化写作"纷纷用文字剖开"向日葵"后们在夜里的各种疼痛的感觉。而且，他们竟然沿着疼痛的感觉，走到了悬崖的边缘。这样说，我想并不算夸张，如果我们平心静气，姑且把"向日葵"后们的年龄隐去，然后再细读他们的文字的话。可以说，这个现代社会里成人们思考的许多生命之谜他们都有所进入，且抵达了一种感观的极致。这样，传统儿童文学的边界被"向日葵"后们从内部拆除。

进一步说，"低龄化写作"不再用画笔画下传统儿童文学的意象如"阳光""雨露""松树""星星"与"白雪"，也不再将"坦克""飞机""变形金刚""洋娃娃"与"仿真枪"作为进入虚拟世界的通行证。原初自然风光的消失与都市玩具的泛滥，尤其是心灵压迫感的剧增使得"向日葵"后们或者遗忘了自然的家园，或者厌烦了喧嚣的噪音，而开始了对迷惘生命的猜想。于是，"低龄化写作"将体验痛苦作为文字游戏的乐章。当然，他们囿于年龄的局限，不可能如哲学家一样能够在各种悖论中获得一条敞开的路，也不可能如成人作家一样拥有深厚的阅历。但是，唯其如此，他们任文字放荡开去，一路追随想象力的方向，让晦暗的星光照亮心灵的创伤——虚无、孤独，甚至死亡。郭敬明小说《消失的天堂时光》中的"我"在目睹了一场血染的爱情很快就烟消云散之后，没有吃惊，仿佛一切都在意料之中："当彩虹出现的时候，人们停下来欣赏、赞叹；当迷人的色彩最终散去的时候，人们又重新步履匆匆地开始追逐风中猎猎作响的欲望旗帜，没有人回首，没有人驻足。"这里的文字没有一滴泪，一滴泪的声响太巨大，不能表达世界的虚妄。还是坦然地接受虚无吧，虚无是一种宿命。然而，纵然虚无的宿命可以不想，难耐的孤独还是难以忍受："你说一个人孤零零地站在沙漠上守着天上的大月亮叫作孤独我是同意的；如果你说站在喧哗的人群中却不知所措也是孤独我也是同意的。但我要说的是后者不仅仅是孤独，更是凌迟。”低龄化作者由此自然联想到了死亡：“只有回去。生命是最不自由的。”“向日葵”后们对痛苦的书写也许有夸张之嫌，但如果想象一下，已经吸取了丰富养分的种子身上还覆盖着钳制它成长的庞然大物，就会估量出他们痛苦的重量。

所以，承认“低龄化写作”对“向日葵”后们痛苦的书写，并不意味着未来的儿童文学应该认同这种冷漠、近乎麻木的书写方式，更不意味着纵容“向日葵”后们向痛苦的极致沉迷。从这个意义上说，倘若“低龄化写作”沿着虚无、孤独、死亡的方向再前行一步，便很有可能面临坠落悬崖的危险。这样说，并非有意危言耸听；写作，当然包括“低龄化写作”，如果真的泯灭了对这个世界的幻想与憧憬、理想与信念，那也就失去了行走于人生的最起码的热情与写作最基本的使命。解构现存秩序中不合理的因素固然合理，但，写作不应解构生存的底线。即是说，“低龄化写作”可以反抗现存教育制度所代表的一切理性压迫，但，应该由此更加珍爱少年世界中的所有珍贵之物——童年的清新、少年的憧憬、诚挚的友情、单纯的眼睛……道理很简单：无论何种写作、何时写作，最动人之处不是展示痛苦本身，而是写作者直视痛苦并将痛苦化作光辉的态度。事实上，“低龄化写作”在文字深处时亦无法掩饰“向日葵”后们对一个失去了的好天堂的怀念。虽然他们习惯于扮演一个很“酷”的形象，而不愿显露他们内心中最隐秘的地方，但还是难以掩饰他们无法压抑的心声：渴望纯洁，渴望情感，渴望温暖。甘世佳《倾岛之恋》中的“我”虽然“穿着黑色的 Nike 汗衫，豹皮纹的短裤”，但，倾心的是一个“穿白色的衣裙，十几岁的样子，漂亮而充满童真”的女孩子。韩寒在《三重门》中安排了林雨翔的雨中痴恋。郭敬明《消失的天堂时光》中的“我”始终都在呼唤人世间被淡忘了的基本情感：“我以为我们已经没有眼泪了，我们以为自己早已在黑暗中变成一块散发阴冷气息的坚硬岩石了，但是我们发现，我们仍有柔软敏感的地方，经不起触摸。”可见，“低龄化写作”虽然以极端的姿态反叛着传统儿童文学的一切要义，但，反叛途中，又何尝不想驻足、回返？只是他们已经起舞，巨大的惯性带动着他们的肢体和语言不停地旋转。在旋转中，他们寻找着自身，但又迷失了自身。而且，仅仅依凭他们自身，恐怕不能涅槃。

“低龄化写作”虽然给儿童文学注入了活力，但它又将儿童文学带入了一个悖论之中。这样说，包含两个含义：一方面，“低龄化写作”冲击了成人目光里的儿童文学，突破了“寓教于乐”“白雪公主”与“变形金刚”等模式写作，直接呈现了一个孩子在白日与夜晚的迥异的世界。另一方面，“低龄化写作”在实现了用文字敲打幽闭的心灵并亲自书写自己思想之时，却展现了一种色彩缤纷然而异常混乱的价值观，如同他们的文字:一会儿是先哲语录,一会儿是时尚作家的引言;时而背诵古典诗词以扮风雅,时而借用外来语言以示渊博。此外,“低龄化写作”是否能够避免落入商业社会的陷阱?“向日葵”后们是否适宜因一本书的走红而被授予作家的勋章?一切都不得不让人心怀警惕:“低龄化写作”是否意味着一个凄美的深潭?

诠释生命成长的小说艺术

朱效文

从最宽泛的意义上讲,儿童小说大多是成长小说。但如果对成长小说的含义做精确的界定,那么,成长小说作为一个特定的艺术领域,就不光具有独特的艺术魅力,也具有了独立的研究价值;精确意义上的成长小说,作为一个体系,就不是早就存在着,而是刚处于初始的成长期;它的数量,也并不如人们想象中的那么多。

简洁地说,成长小说是用小说的方式,将青少年在生命的生理成长过程中,对自我价值的发现、确认和发展的过程,即生命的肉体成长和精神成长的同步进程做艺术而深刻的表现。

青春期无疑是在少年儿童的生命成长过程中,生理上变化最大、最剧烈,心理和情感上也变化最大、最剧烈的时期。成长小说的笔触无疑会更多地关注青春期。这是人的生命发展中最美丽最动人的时期,为这一时期做艺术诠释的小说,无疑也会焕发出最迷人最艳丽的生命之美和艺术之美。

同步性地展现青少年的生理成长和精神成长,是界定成长小说与非成长小说的关键词。

身体成长的盲目性和人格成长的理智性之间,由冲突渐趋和谐,是成长小说经常涉猎的领域。黑龙江作家常新港的中篇小说《我的经历和你的故事》(见同名小说集)里,时常写到男孩之间的打架。在体育竞技活动缺乏的时期,男孩成长过程中明显增长的体力需要一种宣泄,于是打架便成了宣泄的方式。打架最初是盲目的,似乎是为打架而打架,为了让用不完的力气舒畅地用一下而已。于是在盲目中就有了恶作剧,就有了强欺弱,大欺小,甚至有了被恶势力的利用。常新港在小说中设计了两个少年的两种结局:一种是在盲目的打斗中屈服于强暴而精神颓丧,继而走向毁灭(无望地自尽);另一种是在斗殴中唤醒沉睡的人格,以坚强的理智和渐渐增长的体力去反抗强暴,征服盲目的暴力,从而实现身体和精神的同步成长。

所谓“同步性”在这部小说中体现得清晰而又自然,堪称成长小说的范例。

“性”意识的产生和渐趋清晰是青春期关于成长的最强烈的信号。儿童小说在涉及“性”的领域时不能不显得谨小慎微。完全回避是不可能的,也违背了作家的良知。作家必须面对当代孩子青春期提前的现实,必须面对发生在孩子身上的真实的性生理和性心理现象。然而过多地涉及,过于清晰地表现,又难免会产生“煽情”“诱惑”之嫌。

曾有教育界的朋友指着一部涉及“性”的少年题材小说责问作家:“作为家长,你会把这本书拿给你自己的孩子看吗?”作家竟默然。

然而,成长小说在面对“性”的尴尬时,会以一种真诚的坦然去面对。成长小说的笔触在涉及“性”时,既不回避生理的变化(因为它是健康的,也是美好的),又更多地同步地展示情感的和精神的变化,以情感和精神的不断升华来消解盲目的动物性冲动,给成长中的读者在心理上和生理上给予同步的关怀。

在辽宁作家薛涛的短篇小说《生日礼物》(见小说集《随蒲公英一起飞的女孩》)中,一个男孩在不知不觉地喜欢上一个叫雪菲的女生后,便想给她送一件生日礼物。别的同学都买很贵重的礼物,然而他却没有很多的钱。有人给他出了个主意,于是他便在清晨去了郊外。他想把一朵沾满露水的淡蓝色小花送给雪菲,这是最特别的礼物。但最后他却没有做,他不忍心把这朵美丽的花挖出来或者拔下来。最后,他将一张写着生日祝福的纸片卡在小花的叶子上,把它留在了草地上,也把他的心愿留在了草地上。

在这篇小说中,作者没有过多地渲染“性”与“爱”,而是在对这种初始的“爱”做坦然而美好的描述后,将其升华为一种超越尘俗的对于心灵的美化。“性”被淡化了,而“美”才是最重要的,而看不见的心灵的美更超越了一切可见的物质的美。这就是成长,是身体和心灵的同步的成长。

与前两篇小说不同的是,江西女作家彭学军的中篇小说《长发飘零的日子》(见同名小说集)是一部关于女孩的成长小说。小说中的女生毛驼悄悄地喜欢上了高年级的男生齐峰。她和齐峰其实并无交往,她喜欢的是他跳远时雄健优美的身体。这种喜欢,是和她自己身体的成长有关的。每次看到齐峰,她都会莫名地怦然心跳。毛驼想到齐峰所在的东方楼去读书,那儿都是重点班。当她终于实现了她的愿望时,她也为此付出了巨大的代价,包括美的代价。由于过分用脑,她的满头秀丽的长发掉得稀稀拉拉,不得不改剪了短发。

这部小说以诗般美丽的语言讲述着女孩的成长和成长中的伤感,叹惜着为成长而做出的牺牲。小说中对“爱”的描述是纯净而淡然的,让读者感受到的是美,是圣洁,是惋惜,是与身体的成长缠绕在一起的情感的丰富和心灵的长大。

上海女作家殷健灵的长篇小说《纸人》,是成长小说在涉及“性”的领域时,表现得最为大胆、最为坦诚的。小说描写了女生苏了了在青春期的成长中,随着自己身体的成长而产生的对“性”、对异性交往、对人体美和对爱情的逐步认识和理解的过程。小说使用了美丽而富有诗意的语言,细腻而感性地描述了成长的美丽和成长的曲折。在涉及身体的变化,甚至涉及“自慰”等敏感话题时,作者大胆突破了以往儿童小说作者采用的回避、省略的做法，采用了正面的、自然的描述。在作者看来，人体在青春期的变化是美好的、自然的生命现象，没有必要回避、遮盖；应该坦率地告诉孩子，什么是生命中美好的东西，应当加以珍惜，什么是生命成长中的误区，什么是伤害生命健康成长的丑陋，让孩子在真实的生命体验中去自觉地感悟。

在为作者的大胆而惊诧的同时，我们也许不得不承认，身体的成长和变化，其实是每个孩子都真实地面对着的，与其让他们在迷惘中摸索，还真不如与他们做一番坦诚的交谈，让他们知道成长的奥秘与成长的美好。而作家的责任正是将许多家长在孩子面前难以启口表述的话，用艺术的语言表达给孩子们听。这正是成长小说的使命。

正如常新港的小说《我的经历和你的故事》所表述的一样，成长小说的题材并不仅仅围绕着与“性”有关的领域，因为“成长”的意义并不局限于“性”的范畴，关于“性”的成长只是成长中的一个极为重要的层面，它甚至影响着其他一些相关的层面，但它并不是全部。

在上海作家简平的中篇小说《父亲》（见小说集《五天半的战争》）中，少年的“我”身体渐渐长大，他开始常常与父亲对立，不愿与父亲说话，对父亲的管束越来越反感，甚至采取行动来反抗，并为父亲的失败而幸灾乐祸、自鸣得意。直到父亲慢慢感觉到了儿子应该有自己的天地，并且抱病为儿子盖起一座违章的小屋，奋不顾身地保护这间小屋使它不被拆除，最后因辛劳过度而病发去世，“我”才真正懂得了父爱的伟大。小说最精彩处是它的结尾部分，作者这样写道：

> 父亲再也没有睁开眼来。
>
> 我竟不能认清发生的事实，我莫名其妙地显出不可思议的“坚强”，一颗泪珠虽从心里漾起，却始终没有掉下来……

这里所说的“坚强”，这里所说的没有掉下眼泪，正是这个年龄段的孩子身体成长的结果。当亲人去世的时候，一个十五六岁的大孩子，是最不容易掉眼泪的。尽管这时，小说中的“我”，肯定被突如其来的悲哀深深地震惊了。一种身体的成长和精神的成长既同步又错位的现象，在这里被作家生动而真实地刻画出来，带给读者深长而苦涩的回味。

的确，成长带给每个人的不光是美丽，也有茫然、躁动、误解和伤害（对人与对己）。这仿佛是成长的代价。这部小说中演绎的，是一种被人们称作“代沟”的东西。而这种代沟，其实正是与孩子身体的长大同步产生的，是一种自然的结果，任何人都逃脱不了。小说家所做的，不仅仅是真实地演绎，而是透过“代沟”的表面，发掘和展示人性的伟大和人性的弱点。

成长并不一定都是成功的。在薛涛的中篇小说《如歌如诗》（见小说集《随蒲公英一起飞的女孩》）里，女生如歌随着生命的成长渐渐懂得了喜欢美，喜欢艺术，喜欢诗歌。引导她爱上诗歌的是一位痴迷诗歌的老师。小说描写痴迷诗歌的老师如何在现实生活中屡屡碰壁，渐渐熄灭了爱诗的理想。而女生如歌则顽强地在她的青春期牢牢守护着她心爱的诗，让诗的理想伴随着她长大。但最后，无情的生活现实仍迫使她渐渐地与诗告别。

这部小说述说的成长在某种意义上说是一次失败的成长。那种在身体长大的过程中天然产生的对美的爱，究竟选择随着诗化的轨迹艺术地发展，还是选择在平庸的世俗中消解？与其说如歌选择了后者，还不如说是环境将后者强加给了如歌。赋予成长小说以悲剧色彩，不光是对现实的尊重，也拓开了成长小说在风格和主题表现上的多元的艺术可能性。

毋庸讳言，成长小说的多数都与青少年朦胧觉醒的性意识有关。但这不是作家的错误，青少年成长中对他们影响最大、冲击最强烈的无疑是性生理和性心理的萌生与滋长，这也是青少年读者最关心、最需要引导的领域。但成长小说最感到困难，最容易受到责难，最多被指责为“成人化”的也是在这个领域。

摆脱这一困境的方法在于，既要纠正对于成长小说创作在与“性”有关、与“朦胧爱情”有关的题材上的固有偏见，承认健康的“性”是正常的和美好的，承认引导的必要性和引导不等于扼杀、不等于羞辱与丑化，又要在创作中切实地小心地掌握一个合适的“度”，避免过分渲染、过分刺激，避免挑逗、诱惑，避免误导。确实有个别成长小说在“度”的把握上失控，忘记了读者的年龄和作家的责任感，一任自我的宣泄。

与掌握合适的“度”相比较，纠正各界的偏见似乎更为艰巨。但有勇气有责任感的作家仍然在义无反顾地写着，寂寞地写着。

北京大学曹文轩教授在为一套成长小说写的序言中说：“‘成长小说’必须建立与丰富自己的理论。这些理论将会使写作者有一种名正言顺的感觉。他们将会体味到：从前在旧有的儿童文学概念之下的局促与不安消失了，代之而起的是一种自由，一种舒展，一种触及生活底部的莫大快意。”这正是成长小说的作家们所期待的。

对成长小说的探索实际上是从20世纪80年代就开始了，只是那个时候还没有人提出成长小说的概念。正式以成长小说的名义进行编辑、出版更是近几年的事。我所知的有上海少年儿童出版社的“青春有约·成长小说系列”和“青春二重奏·长篇成长小说系列”，天津新蕾出版社的“阳光地带·成长小说丛书”等。虽然人们对于“成长小说”概念的界定尚没有取得完全的一致，但成长小说终于开始赢得了它理应有的生存空间，开始逐步成为批评家和编辑人研究与思考的目标，并且将逐步吸引越来越多人们关注的目光。

幻想小说的中国之路

彭　懿

关于幻想文学的争论，恐怕还不在它的本身，似乎没有人怀疑或是要否定这样一种文体的存在。问题也许出在“幻想文学”这四个字上面。本文作者提出将幻想文学译为“幻想小说”，这是否能解决争论呢？

Fantasy这个词，在日本被作为外来语音译成了フアソタジー（中文发音为“泛达激”），而并没有被译为童话或幻想文学，尽管童话与幻想文学这两个概念在日本早已有之。近些年来，Fantasy被引介进中国，译为“幻想文学”。但自去年以来，又有人建议改译为“幻想小说”。

究竟应该如何翻译Fantasy呢？Fantasy又是怎样的一类文体呢？

关于Fantasy，有种种不同的解释与阐述，1995年版的《牛津世界儿童文学百科》对它的解释是：

在儿童文学的范畴中，Fantasy是指与口头传承的作品不同，由特定的作家创作、通常具有长篇小说的长度，包含着超自然、非现实要素的虚构文学的文学用语。Fantasy与口头传承的妖精故事有着深刻的关系……一般而言，这一文学类型最初的作品是F.E.佩奇特的《卡兹考卜夫王家的希望之星》（1844）。1851年，拉斯金的《黄金河的国王》登场。两年之后，萨克雷的《玫瑰与戒指》出版。接着，1863年，查尔斯·金斯莱的小说《水孩子》出版……《水孩子》出版两年之后，《阿丽思漫游奇境记》（1865）出版。《阿丽思漫游奇境记》这部作品（从显示了Fantasy的无限的可能性这一点上来说）是具有革命性的，而且尽管它是一部不可模仿之作，但在卡洛尔之后还是有相当数量的作家纷纷效仿。这其中有吉恩·英格洛、克里斯蒂娜·罗塞蒂、查尔斯·E.卡丽尔、艾莉斯·考科拉、爱德华·艾博特·帕里、G.E.法罗和《大卫·布莱兹的蓝色之门》的作者E.F.本森，但就其完成度而言，几乎都没有超过《阿丽思漫游奇境记》……只有维多利亚时代后期的作家奥斯卡·王尔德，以作品集《幸福的王子》（1888）取得了与他相近的成就。

毋庸讳言，在中国，长久以来，Fantasy这一体裁的作品都被归类于童话。至少是在20世纪90年代之前，几乎所有的Fantasy的代表作，诸如菲利帕·珀尔丝的《汤姆在深夜的花园里》、C.S.刘易斯的《纳尼亚国的故事》，都被当作了童话。

但显然，这些典型的Fantasy作品让童话这个概念显得多少有点捉襟见肘了。

最先将 Fantasy 这个词引介进中国的，是谁呢？

1986 年，一本薄薄的小书问世了，这是一本名叫《谁也看不见的阳台》的译作，作者是日本女作家安房直子，译者是安伟邦。安伟邦在“写在前面”里写下了这样一段话：50 年代末期，日本学习欧洲，兴起了一种童话——“空想故事”（或叫“空想童话”“幻想故事”），描写人物、现实、空想以及作品结构都采用小说的手法。一般地说，这些奇怪的故事，大多是从现代生活中的现实出发的。现实和非现实交混在一起，别具一种风格。

这段话里，有几个词是极为重要的：空想故事、空想童话、幻想故事、小说的手法……是不是可以这样说，尽管安伟邦没有提及 Fantasy，但这段话简直就是在为 Fantasy 下了一个简明扼要的定义。我们完全可以这样推测，精通日文的安伟邦一定是读到了“泛达激”这个词，不然，就不会有空想故事、空想童话及幻想故事的译法了。

1990 年出版的《中外童话大观》中有这样一个词条：童话小说。它对“童话小说”的解释是：“我们这里所说的童话小说，是指以真实的小说笔法写成的幻想故事，说得明确一点，作品本身是童话，写法上很像小说，也就是说这类童话的小说味很浓。”不言而喻，这里的“童话小说”，指的就是 Fantasy。

1992 年，留日学者朱自强在《东北师范大学学报》上发表了《小说童话：一种新的文学体裁》的文章，但是，他没有将 Fantasy 对译成“童话小说”，而是颠倒了一下，译成了“小说童话”，并首次在论文中将 Fantasy 作为一种文学体裁来认识和加以提倡。

1995 年，彭懿在《儿童文学研究》第 1 期上发表了一篇题为《泛达激的方法》的译文。他在“译者的话”中这样写道：“……朱自强在《东北师范大学学报》上撰文，提出拟将此词译为‘小说童话’。作者意在提出一种既不同于小说又有别于童话的崭新的文体，但我仍觉得值得商榷，因为我们对于小说、童话已经有了一种潜移默化、先入为主的既成概念，将二者捏合起来，拼凑成一个词，似乎仍然没有给人一种耳目一新的感觉。何况有些作品，并不是同时具有小说或是童话的双重风格的。所以，我想不妨用音译的方法，把它直译为‘泛达激’。”随后，在《西方现代幻想文学论》《世界幻想儿童文学导读》这两部专论中，彭懿没有再将 Fantasy 一词译成“泛达激”，而是译成了“幻想文学”。

2000 年，朱自强的博士论文《中国儿童文学与现代化进程》出版。在这部论著的“幻想文学的崛起”一节中，朱自强已经不再坚持“小说童话”的译法了。他这样写道：检验一个国家的儿童文学的现代化水平，最主要的指标之一是看其幻想力的发达程度和幻想儿童文学文体的发展程度。世界幻想儿童文学的文体发展史，经历了从民间童话（Fairy tale）到文学童话（Literary fairyales）再到幻想文学（Fantasy）这样三个阶段……

根据以上关于幻想文学的阐释，我们给幻想文学归纳出这样几个要素：1. 幻想文学表现的是超自然的即幻想的世界；2. 采取的是“小说式的展开”方式，将幻想“描写得如同发生了一样”；3. 幻想文学与童话不同，其幻想世界具有“二次元性”，有着复杂的组织结构。

至此，Fantasy 的中译似乎已成定论，然而，正当“幻想文学”这一概念逐渐被儿童文学界接受的当口，作为“幻想文学”的引入者的朱自强与彭懿，却又发现“幻想文学”遭到了“童话”这一概念前所未有的抵制。

与西方及日本不同，我们的童话概念实在是太大了，大到它可以把所有的幻想类作品都包括在内。尽管他们试图阐述它们的不同，但童话的概念早已深入人心，而“幻想文学”这种译法又更容易使人产生“幻想类作品总称”的感觉，于是，两人又提出了一种对 Fantasy 的新译法，即“幻想小说”。彭懿在“2000 年低幼童书众人谈”中，发表了如下的见解：关于“幻想文学”的争论一直见诸报刊，它之所以引起歧义，恐怕还在于它的译法上了。“幻想文学”这个译法显然是显得过大了。如果把“Fantasy”译为“幻想小说”，可能更接近它的精髓。同时，也就不会让人把童话与它混为一谈了。

在随后出版的《中国儿童文学五人谈》中，彭懿与朱自强在谈及有关幻想文学时，没有再使用“幻想文学”这个词，而是全部使用了“幻想小说”。

“幻想小说”这种译法，最终会被普遍接受吗？

2003年

我们儿童文学何去何从

秦文君

儿童文学二十余年来，走过了曲折而又辉煌的路程，我们先把视线从落套、说教、艺术空间狭小的阶段转向文学本质的回归。抵达这个阶段后，开始实现第二个飞跃，即向读者的回归，以儿童为本位的思想观照着我们的前方，然而，到新世纪，我们发现，仅仅为过去、为现在写作仍是不够的，还得将视线抵达更远的地方，那就是未来与永恒。我们该何去何从？如何寻找到最高尚亘古的境界？如何突破困囿我们的压力？发展的可能性与可行性在何处？我们的梦想为何难以实现？

我们首先面临的是来自创作规律内部的压力。

追随永恒，展示作家特有的才情，让儿童文学作品富有高明的文学感动，而且，使儿童念念不忘，这是最完美的景象。为此，我常常想，也许在我们的写作中，不可要太多东西。一旦创作的时候缺少一种安宁的、虚怀若谷的境界，创作抵达不了那美妙的境界，肯定写不出一流的作品。有些作品最后就是让人记不住，原因是里面特征性的、独创的元素少得可怜，而且还被芜杂的东西盖住。文学应该像音乐一样，一些上品的音乐实际上旋律非常简单，反复强调，一遍遍动人心扉，就是能感动人。有时候太复杂了，人们反而容易麻木，负载得太多，独创的美妙之处被淹没了。还有，我们现在的写作比较注重经验层面，以至根据经验在推测世界，我们的将来是怎么样的？他人是怎样的？但实际上，常人的未来肯定不是我们此刻想象得到的，很多经验就会干扰我们的取向。

去哪里寻求独创与永恒？压力的源泉，在于我们已经意识到什么是宝贝，而却正与之失之交臂。我认为最缺失的有以下几点：

首先是童年生活的根底。中外几乎所有出色的儿童文学作品都成功地动用这个法宝，它能够给予写作者非凡的灵感，同时，它也能唤起读者最真诚的共鸣。近年来红极一时的《哈利·波特》，虽是幻想文学，属于“夜晚的语言”，创造了一个虚拟的想象艺术的天地，但许多场景具有动画片的消遣性，打斗、反叛几至暴烈的程度，但它仍蕴藏着浓厚的童年生活的根底，甚至，其中许多情节设置，细部描绘传神到能使人触景生情，倏地联想起童年时期紧张压抑的梦魇。

我们还忽略了使作品富有某种预见性，从中体现常人原本无法看到的人生风景，表达人生难言的滋味。没有这些做底蕴，作品很可能没有震撼力，容易速朽。当然，这样关于人生真谛的揭示可以是多元化的，是厚重的，也可以是细枝末节，甚至也可以通过嬉笑怒骂来完成。最轻巧的有时往往是最妙的。写到此，我头脑里掠过的竟是《随风而来的玛丽·波平斯阿姨》中的一段打油诗："环球去旅行，我们不愿意，因为到头来，还得回家里。"在以诙谐、赌气面貌出现的，貌似随口而出的小诗里，居然也体现了人生的无奈与悲凉，以及精湛的理性，真是令人叹服。

还有，便是在作品中还缺失深厚的文化历史精华。如果作品中缺失这样的沉淀，那么，将无法大气，也是不完整的、贫血的。而作品一旦与某一段历史、某一种人生、某一种文化密不可分，那么，人文精神也就蕴含其中了。像马克·吐温的《汤姆·索亚历险记》和《哈克贝利·费恩历险记》就是这方面的典范作品，它们可以说已经超越了时下与未来的界限，存在于文化历史的传接中。

我们尤其缺少的，是精当隽永的想象力，而这恰恰是每一个儿童文学作家的看家本领，天才所在。智慧的想象力是作品的灵魂，它能穿越未知世界，驾驭故事、人物、情绪、理念。现在，我们往往一提想象力，就容易往幻想方面带，这是欠缺的。所谓智慧的想象力，我觉得应当既是超凡的，但又是充满理性、逻辑力量的。既是天马行空的好东西，又的确富有审美价值，这才能归拢它的功能。没有它，作品是干涩粗笨的、没有救的、飞不起来的；一旦有它，便有救，轻灵美丽，满天飞舞。而现在的有些作品，往往能在小的情绪上、细节上有些想象力，但没有驾驭整个作品大手笔的想象力。

还有一个来自内部的弱点，那就是，我们往往忽略作品的"儿童状态"。多年前查到一个资料，说美国行为学家经过研究，发觉迪斯尼创造的米老鼠形象之所以大受欢迎，是因为这一角色具有一些幼儿的典型特征，它又圆又大、膨胀的头颅及粗短的四肢跟婴儿的幼态一样，作为一种暗示，能激起儿童对它的亲近以及叩动成年人慈爱的心弦。由此可见，米老鼠这一形象之所以能够飞洋过海，打破国界，赢得千千万万人的心，其中重要的一点就是它具有幼态特征，能唤起观众之天性。

自然，米老鼠是一成功的动画艺术形象，它直观显露，很便利地抓住观众；而儿童文学，则更需要牢固的根底，因为文学需要把视角投向人生和内心，文学形象较之艺术形象有更深入的含义。于是我便想，儿童文学的根底也许在于真正地表现人在儿童期的状态，一种区别于成人，具有成人雏形的特征。唯有依循这既是文学的又符合生物学原理的规则，作品才经得起岁月的磨损，长久地唤起儿童温柔的、亲切的共鸣。

儿童状态属于儿童，那么，对于"儿童"这个最基本的、人们常常顺口提到的简单概念该做出怎样的解释呢?《辞海》的解释颇为简练:儿——小孩子;童——未成年的。具体地琢磨一下,觉得这一点是可以断定的:儿童是完整的人,只不过未成年罢了。既然作为一个人,总会有人的深度、人的情感、人的神秘以及人的敏锐,因此儿童的状态不会是浅薄的、平面的,而是湍急的、曲折的,像一条小溪,要经过无数艰难才汇入大水流。他们有快乐、有纯真,也有受挫和遗憾,因此,儿童状态有一个宽广且包容性很强的怀抱。儿童文学表现了儿童状态,便能深入儿童之心灵,能给予儿童感动、温暖和慰藉。

艺术地搜寻“儿童状态”,其实并不会影响儿童文学的艺术品位,可以说,儿童状态的艺术悟性是非常高的。我花了很多时间研究儿童的绘画,绘画是内心的写照,儿童绘画的线条是十分大胆的,带着艺术的灵气,而且,儿童们信手画下的大头娃娃、小飞人都有特有的烙印,大人再费力去模仿也画不像,那里有儿童独特的审美、独特的向往。一个人成熟后,儿童期的许多自然属性随之消退,而儿童文学的理想境界就是表达出儿童能感悟然而无法描绘的状态,那样才能破解儿童心灵的密码,令他们感动。

儿童状态同样能涉及一些大的命题,如人的孤独、人类相互的关怀、战争、环保生态等,无论是悲情还是欢跃,它使儿童文学脱离了简易与粗陋,变得完美和深奥。当然,它的深奥之处就在于不生涩,用单纯有趣的故事,艺术地书写人类的情感道义。

当然儿童文学也有来自外部环境的压力,首先是它的社会功能的变化。儿童文学的存在是很严峻的,儿童的童年生活正在悄悄失去。我指的是,原有的世界给予儿童的宁静的生活空间,由于社会发展,传媒迅猛发达而被一一打破,成人与儿童几乎是同时面对赤裸的世界。早熟的一代儿童与我们理解中的儿童已有很大差距。另外,缺失了单纯童年生活的儿童,在审美心理上也与过去产生很大的落差。

其次,在文化功能方面,流行文化的冲击,使儿童们在对文化、文学的需求中,消遣、休闲、游戏的要求显著增强,价值观、艺术传统在坚持与妥协的方面争执不下。一些雅致、优美的传统受到挑战与反叛。这些不仅发生在我们的读者及描写对象的心灵上、感官上,在他们中产生巨大的影响,也在写作者的情感世界、精神层面中构成不可低估的影响。

另外,从历史角度来讲,中国虽是文明古国,而纯粹意义上所讲的儿童文学创作却启蒙较晚,起步时受外国翻译作品的影响很大,又由于战乱不断,整个国民的文化水准较低,所以本土的儿童文学并未有过完备的普及与传播。直到近二十年来,各种禁锢才纷纷碎裂,儿童文学才开始真正地、轰轰烈烈地有了美学功能方面的追求和表达,同时也逐步具备了迅猛发展、充分张扬,形成社会覆盖面的传播、普及的可能性。

跨入新世纪,我们将在大文化的背景下,宽泛地、多元地发展儿童文学,复原士气,寻求它的辉煌与尊严。尽管面临着严峻的现实,压力重重,但奇迹正在前方。

异军突起的儿童寓言诗

曾庆江

所谓寓言诗,就是以诗歌形式写成的寓言,可以称作"诗体寓言"。儿童寓言诗则是以儿童为视角的寓言诗,或者说虽不是专门为儿童创作,但是非常适合少年儿童阅读的寓言诗。总体来说,儿童寓言诗应该具有这样几类品格:其一,曲折地反映生活;其二,漫画式的形象;其三,耐人寻味的寓意;其四,符合儿童心态的情趣。这四点是儿童寓言诗的应有之意。因此,在大多数儿童寓言诗作者笔下,都有着一个鲜活的动物世界或植物世界。在这些动植物身上,诗人们都要表达一定的思想,或讽刺,或劝诫,或歌颂。不过大多数作者都是通过寓言诗达到讽刺的目的。

儿童寓言诗在古代文学时期基本是一个空白。新中国成立后,真正意义上的儿童寓言诗开始出现。刘征、于之在五六十年代创作了一定数量的儿童寓言诗,但是由于时代的原因,他们的作品并没有引起应有的注意。80 年代以来,儿童寓言诗创作取得了很大的发展,有不少诗人在这方面下工夫,出现了一些值得玩味的名篇佳作,可以说是异军突起。在这个诗人群体里,以刘征和杨啸两人的成就最大。刘征 80 年代开始创作了多部儿童寓言诗集,深获少年儿童读者的喜爱。2000 年由人民教育出版社出版的《刘征文集》第二卷收录了作者的大部分儿童寓言诗。杨啸早期创作儿童小说,80 年代以来转向创作儿童寓言诗,曾以《蜗牛的奖杯》获得首届寓言文学评奖创作二等奖,1998 年由内蒙古人民出版社出版了《幽默寓言故事精选》。

刘征、杨啸的儿童寓言诗多以动植物为对象来寄托一定的故事,或者旧典新翻,或者纯粹是"荒诞"的想象,但最终的目的都是反映现实。他们或在诗的结尾点明寓意,或将寓意直接包容于故事中,由少年读者们自己去品味个中的酸甜苦辣。刘征的代表作如《三戒》(包括《海燕戒》《山泉戒》《天鸡戒》)分别讲述海燕葬身大海、山泉被黄沙掩埋、天鸡为追求"自由发展"却遭遇"一声声责骂",似乎都是诗人想象的结果,但又的确是对现实生活的真实写照。《烤天鹅的故事》描绘癞蛤蟆通过层层关系,终于"第一次吃到天鹅肉",并进而想"弄到天上的凤凰"。诗人由衷地感叹道:"蛤蟆能吃天鹅肉,岂不荒唐!/但'关系'是笑眯眯的特殊许可证,/不久,凤凰就会放进蛤蟆的烤箱。"这真是神来之笔,通过生活中并不可能存在的荒诞情节,有力地揭示了生活中的实有现象,对"关系学"这一不正之风,对癞蛤蟆式的人物进行了无情的嘲笑和有力的鞭挞。此外,《春风燕语》是对形式主义、官僚主义的工作作风进行讽刺。杨啸的作品如《蜗牛的奖杯》表面上是对蜗牛之所以在地面上慢慢爬行的"溯源式"的考究,实则是对现实生活中一些不能放下荣誉,整天躺在既有的荣誉上睡大觉的一类人的嘲讽。《丑陋的乌鸦》则以专辑的形式将乌鸦安于现状、喜欢占小便宜、过河拆桥、嫉妒心强、挑拨是非、自作聪明等种种丑态显现在人们面前。为了达到讽刺的效果,诗人们一般都采用漫画式笔法,刻画一些可笑可悲的形象,让人们从中领会蕴含的深意。

儿童寓言诗不同于一般意义上的讽刺诗。它虽然同讽刺诗一样要达到讽刺现实的目的,但是讽刺并不是它的全部内涵。新时期以来的儿童寓言诗人一反"颂者不讽,讽者不颂"的诗界传统,达到讽颂并举、花刺兼收的效果。诗人一方面塑造反面形象并对其予以讽刺和揭示,另一方面又树立正面形象并对之进行肯定和歌颂。如刘征笔下的花神(《蜜蜂厂长》)、厨师(《厨师的笑声》)等,杨啸笔下的八哥(《八哥的金笛》)、无花果(《牡丹花和无花果》)等,诗人多是采用对照的方式,将讽刺和歌颂两者很好地结合起来。如果寓言诗一味进行讽刺和揭露,而不树立正面形象,不免给少年朋友们以灰色的感觉,诗人们花刺并举的做法很好地避免了这一情况。

在新时期进行儿童寓言诗创作并产生较大影响的还有高洪波、刘猛、张秋生、李继槐、凝溪、邝金鼻、宫玺、聪聪、许润泉等。他们的作品或作品集如《大象法官》《吃石头的鳄鱼》《秃尾巴耗子和神猫》《蜜蜂、天狗、月亮》《哈哈镜》《动物王国里的寓言》《四个和尚》《石头的母鹅》《浮萍的哲学》等,共同丰富着儿童寓言诗坛。诗人们以他们具有实力的作品证实:在新时期,儿童寓言诗已经异军突起。

2004 年

新世纪初的中国少数民族儿童小说

张锦贻

与20世纪90年代相比，本世纪的少数民族儿童文学显得更加开阔、更加丰富。代表性的作家有土家族的苦金，哈尼族的朗确，彝族的黄玲，蒙古族的韩静慧、察森敖拉等。

土家族的苦金是描写新一代民族儿童的出色作家。他一直关注着那些至今还居住在偏僻、穷困的村寨里，渴望着上学读书的本民族儿童的成长和命运。短篇小说《六千娃》，写一个失学的土家族男孩想养鱼赚钱来上学，但他去看养鱼科教片时，却遇上了暴风雨。作家写两个小男孩划着破旧小木船穿过湖面，机智、沉着地与暴风雨搏斗，既活脱脱地写出两个一心要改变命运的土家族孩子的思想和情感，也构成一种民族品性与时代精神的象征，从而巧妙地使小说的民族性、地域性、儿童性浑然一体。苦金的另一个短篇《听夕阳》，细腻地描写了跛脚的妈妈上山找二娃、母子俩在夕阳下一前一后挑柴下山的场景，诗情画意中表现出山里的土家少年一生中太多的辛酸和苦涩，他们稚嫩肩膀上担着过多的艰难和沉重。由此透示出，民族地区的现代化道远而任重。作品中，苦金倾心于写二娃的情感与情绪，借鉴了意识流的表现手法，但语言色彩、地域氛围、儿童情意，完全是土家民族所独有的。

哈尼族作家朗确的短篇小说《甜笋女》和《永远的恋歌》，也都把民族新一代儿童的失学与求学看作是民族发展、进步中的一个大问题。前者以第一人称“我”的视角，叙述哈尼族女孩然露的淳朴和诚实。刚刚11岁的然露爸爸去世、妈妈患病、哥哥上中专，自己虽起早贪黑喂猪、挖笋，仍不得读书。说明了穷困造成失学，失学的又首先是女孩。后者则是追忆童年的自传体小说，用充满眷恋的深深情意，描述哈尼族山寨里的阿爸阿妈让“他”在家领阿妹，上山打柴草，却不让“他”上学的现实。“他”终于在汉族女老师的关心和奶奶的支持下上了学，又自己争气，虽比别的小伙伴晚上学，但到第二个学期，学习成绩已是班级的前三名，还戴上了红领巾。这是一个令人深深感动的哈尼儿童求学上进的故事。两篇作品从不同的侧面来写哈尼族新一代人美好的情感和品性，也深切地反映出新的时代潮流对于长期居住在大山里的哈尼族人的传统观念的冲击，反映出民族团结的丰厚内涵。

一些其他民族的作家也都从不同的审美视角描述、表现这个关系各民族儿童的命运、各民族生活的发展的很现实、很当紧的问题。如彝族黄玲的《鹤影》，以偏远的云雾寨小学的彝族女孩荞子与省城的高中女生叶子相互通信的形式，写出彝族村寨里的儿童求知的心切和上学的艰难。又把汉族女知青安月留在彝寨当教师、用心呵护彝家孩子的故事与彝族人中流传的美丽传说联系起来，令人为彝、汉族之间的深情厚谊而感动。作品使儿童文学民族性的内涵更充实、更生动。又如回族作家石舒清的《小学教师》，描述“我”与叔叔的失学、上学的交错，描写当年乡里回族儿童的上学心态和村人的生活状态，描绘三个小学老师的工作、教学和回族百姓对他们的认识、态度，都涉及民族的意识、观念的问题。又如苗族作家刘耀儒的《大山的女儿》，写苗家山妹子暑假时在山里挖黄姜，遇到剧毒的五步蛇、遇到翻江倒海的雷雨，写她面对黑暗山林时的心跳和自励，不仅写了山妹子的坚强，更写出山里女孩上学的不易。

所有这些民族作家，虽然都只是在写民族儿童的思想、情感，却因为传达出新一代民族儿童的心声，折射出民族进步的现实而显示出新的民族精神和新的时代精神。

蒙古族女作家韩静慧的长篇小说《M4 青春事》，从一个全新的角度切入本民族少年生活。小说写北方某城市一所私立学校里几个新入学的蒙、汉族富家子女的性格碰撞与思想变化。作家还着力写了一个名叫卓子的蒙古族女生，她勤快勤奋、直来直去、不屈不挠，显示出坚韧、剽悍、勇猛的蒙古族后代特征。显然，作家力图探索民族传统文化对于在城市中与汉族同学朝夕相处的蒙古族少年的影响，以及在他们心灵上、行动上留下的痕迹。当代中国，少数民族中的许多人正在不断地走出他们祖居的草原、森林、山地、漠野，走进了大大小小的城市，新一代人的民族标志主要在于这一民族的特定的心理状态。这是作家刻画新的民族少年儿童形象最重要的一点，也是最难表现的一点。

与此同时我们还可看到，民族作家在儿童小说创作中的审美视野在拓展，审美视角在变化。如蒙古族察森敖拉的中篇《黑金子》，写一个辍学后到金场做工赚钱的14岁蒙古族少年加布的生活经历和心灵感觉，并由此深层地揭示出当代草原上蒙古族少年种种辍学现象的客观和主观的原因，很生活化的语言中包含着很哲理化的内容。又如侗族谭良川的《牛·父亲》、土家族周辉枝的《我的舅舅》、东乡族了一容的《大姐》，也都写出民族地区生产、生活的艰辛与艰难，写出民族儿童对接受现代教育、现代文明的希望与希冀，表现了社会的生机和希望，以及各民族一代代人身上的力量与美德。更有不少以保护生态为题旨的新作。如柯尔克孜族吐尔逊·朱玛勒的《猎人》，诉说着柯尔克孜族人为阔克恰特青色谷地上森林消失、草场缩小而忧虑，也讲述着从爷爷的年代至今,人们保护山河树草的行动。蒙古族甫澜涛的《紫山岚峡谷》则以天真的语调记叙着7岁的蒙古族儿童小金巴对一只瘦弱黄羊的深爱,展现着人与动物、与自然的相依共存。这些作品,深刻地写出善良的牧人对保护自然生态的自觉,写出他们在接纳现代文明过程中意识和行为的变化、进步。从这些作品中也可看到民族作家对新一代人生活所做的种种探究和发现,并呈现各民族作家关注新的现实、热爱新的生活的乐观情感态度和深切的忧患意识。

中国原创儿童文学的困境和出路

朱自强

用眼睛看不清的困境

新时期以来，中国儿童文学突飞猛进的发展有目共睹。眼下，作为儿童文学的两翼的幻想文学和成长文学都被自觉意识到，作品正在被创作；儿童文学的重要而独具特色的绘本也正在被倡导和创作；儿童文学作品出版数量正在逐渐升高，我们已经拥有一批优秀的儿童文学作家和出色的儿童文学作品……在这样一派形势大好的气象里，中国儿童文学的困境在哪里？这是不是一个夸大的题目，是不是哗众取宠、危言耸听，是不是以偏概全、一叶障目不见泰山？

眼睛永远没有心灵走得远。中国儿童文学的真正困境是在眼睛的视线之外，在心灵感应的区域之内。我想论述的是用眼睛看不清的困境，是中国儿童文学欲作新一轮的艺术攀升时，就会出现、就会面临的困境。

如何解读时代，为儿童“言说”？

儿童文学是一种必须在儿童教育上选择、站定立场，并且有所作为的文学。记得20世纪80年代，中国儿童文学曾经在儿童教育的领域努力为儿童“言说”。作家们几乎是蜂拥而上，面对教育观念、儿童的生存现状进行思考，为儿童代言。《上锁的抽屉》《黑发》《今夜月儿明》《三色圆珠笔》《我要我的雕刻刀》等一大批作品以及相关评论，记载了那段思想、激情和良心燃烧的历史。在我眼里，今天的教育中的儿童生存现状并不好于20世纪80年代，但是，我却隐约地感到，与20世纪80年代相比，今天的儿童文学关注儿童教育现实的热情减退了，思考儿童教育本质的力量减弱了，批判儿童教育弊端的锋芒变钝了。正像有的研究者描述的，儿童文学正在从“忧患”走向“放松”，从“思考”走向“感受”，从“深度”走向“平面”，从“凝重”走向“调侃”。我认为：在儿童生命生态堪忧的今天，儿童文学缺乏忧患、思考、深度、凝重，是十分可疑的现象。虽然秦文君写了《一个女孩的心灵史》，但是，这种姿态似乎无人喝彩、无人追随。这个时代，多么需要卢梭的《爱弥儿》、塞林格的《麦田里的守望者》式的作品。如果众多儿童文学作家退出关注、思考教育问题的领域，对儿童心灵生态状况缺乏忧患意识，儿童文学创作将出现思想上的贫血、力量上的虚脱。这样的儿童文学是“不在场”的文学，它难以对这个时代以及这个时代的儿童负责。

在破坏童年生态的功利主义、应试主义的儿童教育面前，相当数量的作家患了失语症，创作着不能为儿童"言说"的儿童文学。导致这种状况的原因，与作家人生痛感的丧失、思想的麻木甚至迷失有关。

我们前所未有地处于一个容易使生命"存在"迷失的时代。我们今天的文化正处于危机之中。这种文化的危机性正如1954年诺贝尔和平奖获得者史怀泽说的，文化的本质并不是物质方面的成就，物质成就反而会给文化带来最普遍的危险：由于生活条件的改变，人大量地从自由进入不自由的状态。史怀泽说，"决定文化命运的是信念保持对事实的影响"，对此，他做了十分准确的比喻，"航行的出路不取决于船开得快慢，它的动力是帆或蒸汽机，而是取决于它是否选择了正确的航道和它的操纵是否正确"。

在这样一个时代走向里，童年生态正在被异化、被破坏。这一代的儿童正处在人生的困惑和迷惘之中。当某些孩子沉迷于网吧、厌学、失学甚至犯罪，从根本而言，这不是儿童自己的问题，而是成人社会的问题、成人社会的责任。儿童文学作家要在这个时代里，通过自己的作品为儿童"言说"，必须具有解读时代的能力。

我认为，从总体而言，当下的儿童文学创作，对教育的现状、童年生态的现状是有所遮蔽的，而且遮蔽的正是不能被遮蔽的本质之相。也就是说，儿童文学对童年生态危机缺乏敏感，疏于应对。"童年"的被异化是极为深刻的教育问题和社会问题之一，也是民族的危机所在。已经成为民族未来的隐忧的童年生态问题，必须是儿童文学给予最大关注和应对的问题。

我不禁思考，为什么"成长小说"被呼唤了好几年，却没有收获很好的创作实绩，是不是就与创作"成长小说"的作家对当前儿童的真实精神生存状态失去思想的能力，作家自己不能进入人生的"寻路"状态有根本的关系？我还想到，为什么明显宣扬"弱肉强食"这一社会达尔文主义的动物小说会在评论界一再得到赞扬，这是不是在残酷的竞争压力下，作家和评论家的人生观、价值观已经在随波逐流中迷失的结果？在西方，摇滚乐、垮掉的一代的文学都是帮助青少年寻找精神之路的。当鲍勃·迪伦反复唱着"这感觉如何/这感觉如何/独自一人感觉如何/没有家的方向感觉如何"时，他为摇滚乐注入了灵魂；当塞林格写下《麦田里的守望者》时，在精神上完成了对将要跌落悬崖的孩子们的守望。中国的儿童文学正需要鲍勃·迪伦、塞林格这样真正与人生对决的作家。

"儿童"何时能成为思想的资源？

儿童文学是儿童的文学。儿童是儿童文学的出发点和归宿。

在西方，自进入现代社会，“发现”儿童以后，“儿童”就成为社会思想的宝贵资源。从“发现儿童”的卢梭到吟咏“儿童是成人之父”的华兹华斯；从在“快乐原则”与“现实原则”间做犹疑、痛苦选择的弗洛伊德，到将儿童命名为“本能的缪斯”的布约克沃尔德；从通过“童年”建立“梦想的诗学”的巴什拉，到把儿童尊奉为哲学家的费鲁奇……每当这些思想者面对人类的根本问题时，总是通过对“儿童”的思想，寻找着走出黑暗隧道的光亮。

在西方儿童文学史上，许多经典、优秀之作，是作家们通过“儿童”进行思想的结晶。能够自然感受人生真义的儿童出现在许多作家的笔下。安徒生《皇帝的新装》里那个说出皇帝什么都没穿的孩子，使所有的成人的虚伪露出了马脚；马克·吐温笔下的哈克，这个在蓄奴制时代里，只听凭自然、健康的本能而行动的少年，正是人类真正道德的化身；塞林格在揭露现代文明的荒诞时精心创造的“麦田里的守望者”这一保护儿童不跌入悬崖的意象，就是出自少年霍尔顿的愿望，完全可以认为，霍尔顿在时代生活面前的迷惘，显示出的恰恰是超越那些在物质主义生活面前“对酒当歌”的成人们的一种清醒。还有巴里的彼得·潘、恩德的毛毛、林格伦的皮皮、凯斯特纳的洛蒂和丽莎，这些儿童形象都会给成人带来深刻的人生的启迪。

儿童文学是大巧若拙、举重若轻的艺术，但是，中国的很多作家没有举起儿童文学的思想和艺术的力量，其根本原因在于，在当代中国，“儿童”还没有成为成人社会的思想的资源。在通过儿童进行人生思考这一点上，中国社会几乎是在退化。在 20 世纪的二三十年代，还有一些作家，如冰心、丰子恺、周作人等来大声地赞美童心，其中最深刻、最艺术化地表现出儿童生命的绿色生态性的当属鲁迅的作品。鲁迅在《故乡》中表现的“童心”，不仅发出灵魂深处的肉搏的震颤，而且沾染着自身生活的摸爬滚打的泥土。人生的乐园在哪里？鲁迅以《故乡》中那个反复闪回的“神异的图画”告诉我们——人生的乐园就在童年！鲁迅在《故乡》中委委婉婉想说而说不出来的其实就是这句话。正是这句没有说出来的话，使《故乡》含蓄地蕴藉了人类文学的一个重大而永恒的母题。由于人类目前非但没能解决成人自身的童年乐园的丧失问题，反而又造成了儿童自身的“童年的消逝”，因此，鲁迅的《故乡》就更应该属于今天这个时代。然而，鲁迅以《故乡》发出的这一天问，在中国有几位作家在继续思想以期回答呢？

中国社会的不成熟的重要表现之一，是没有学会向儿童学习，没有通过思考“儿童”来获取富于生气与活力的思想资源。儿童文学界在谈到儿童时，也是习惯于只把儿童看作受教育者，说到儿童文学的教育性，则只把教育看作是教育儿童，而忽略了用儿童文学教育成人自身。儿童文学并不只属于儿童，而是属于全人类。表现儿童的儿童文学常常于不动声色之中，深刻揭示整个人类生活的本质，成为开启时代心性的一把钥匙。迪斯尼根据英国民间故事《三只小猪》创作的同名卡通影片给经济萧条的美国社会带进了一股活力和希望。在鲍姆的《绿野仙踪》这部童话名著里，铁皮人想得到的心灵，稻草人想要的头脑，狮子想获得的勇气，正是19世纪与20世纪之交的美国人想要寻求的精神财富。像这类及时而准确地把握时代脉搏，为社会发展进程提供思想坐标的作品，我们还可以想起马克·吐温的《哈克·贝恩历险记》、诺顿的《地板下的小人》、恩德的《时间窃贼》、克吕斯的《出卖笑的孩子》等等。

以中国的教育现状和童年生态的现状而言，中国儿童文学尤其迫切地需要思想型的作家，需要作家用儿童文学来思考、处理这个时代所面临的重大的和根本的问题。

中国儿童文学何时成为感性儿童心理学？

心理学特别是儿童心理学的成果，无疑给当代的儿童文学作家认识儿童的心灵提供了诸多的启示，不过，也必须认识到，儿童心理学并没有为我们展示儿童心灵世界的全部，可以说，包容着情感、想象的儿童心灵世界，在儿童心理学这里，还是一个没有完全被打开的“黑箱子”。另一方面，儿童文学也可以为心理学研究提供宝贵的资源，因为正如勃兰兑斯所说，文学史就其最深刻的意义来说，是一种心理学。与成人文学相比，儿童文学更具有心理学的特征，我将儿童文学的这种心理学称为感性儿童心理学。

虽然儿童文学中有以成人或动物为主要描写对象的作品，但是，仍然可以说，儿童文学基本是描写、表现儿童心灵世界的文学。从儿童文学史和心理学史的事实来看，儿童文学先于儿童心理学理论，已经建立起了一种感性的儿童心理学：一方面，儿童文学在儿童心理学研究比较忽视的想象力和感情这一纯粹主观的人性方面发掘出了丰富的矿藏，沿着马克·吐温、巴内特、斯比丽、凯斯特纳、林格伦等优秀的儿童文学作家挖掘的坑道，我们得以深入地走进儿童那隐秘的内心世界。另一方面，儿童心理学所揭示出的儿童心理发展过程，比如，第一反抗期、第二反抗期、自我同一性、性意识、快乐原则与现实原则的冲突等，在《彼得·潘》《玛丽·波平斯阿姨回来了》《红发安妮》《拉蒙娜和妈妈》《艾尔韦斯的秘密》《我是我》等作品中得到了生动形象的展现。这些作品绝不是儿童心理学成果的图解，恰恰相反，它们所描写的儿童心灵生活正是那些心理学理论阐释得以成立的依据。在儿童文学作品中，儿童是完整、生动、个性化的生态生命，而实证主义的儿童心理学则往往将儿童分解成诸多可以测量的要素，两者的不同，正可以在我们认识儿童时形成互补。

我们考察杰出的儿童文学作家，比如尼古拉·诺索夫、林格伦、凯斯特纳、玛利亚·格里珀、贝弗莉·克利林、葛西尼、杰奎琳·威尔逊等人，就不能不说，他们都是杰出的感性儿童心理学家。波尔·阿扎尔在其名著《书·儿童·成人》中曾说：“毫不夸张地讲，仅凭儿童书籍，就能够重新建起一个英国。”同样可以说，凭着英国的儿童文学作品，就可以建立起完整的感性儿童心理学。中国儿童文学当然有自己的优秀作家和作品，但是相比之下，能够称得上感性心理学家的人却寥若晨星，凭现有的儿童文学作品恐怕也难以建立起完整的感性儿童心理学。

儿童文学创作走向感性儿童心理学，就可以消解说教，可以避免观念化和概念化，可以防止故事的生编硬造和人物性格的虚假，可以消除成人化，可以从拟似的儿童表现走向本真的儿童表现……总之，儿童文学作家掌握了感性儿童心理学，就有了金刚不坏之身或包治百病的灵丹妙药。

真正走向“儿童本位”这条路

新时期儿童文学呈现出两大走向，一是走向文学，一是走向儿童，并因此继 20 世纪 50 年代之后，打造出儿童文学的又一个黄金时代。在走向儿童的过程中，曾遭到批判的“五四”时期以周作人为代表的“儿童本位”理论得到重新评价。这一理论行为，推举着儿童文学迈上了现代化的更高一层台阶。但是，在我看来，人们对“儿童本位”理论的重新评价以及对其进行的当代阐释中，存在着深层的问题，这些问题将给儿童文学的新一轮艺术攀升造成相当大的阻力。我所说的真正走向“儿童本位”这条路里的“真正”，就是对此而言。

我认为，在建立新时代的儿童本位理论时，存在着肤浅阐释以及认识停滞的问题。比如，将儿童本位解释成是以儿童文学的服务对象与接受对象的儿童为中心，将儿童本位观解释成是对少年儿童的人格独立性、自主性、自尊心、自信心的理解与尊重。儿童文学以自己的服务对象与接受对象的儿童为中心，儿童文学要对少年儿童的人格独立性、自主性、自尊心、自信心给予理解与尊重，这样的观点本身没有任何问题，但是，用来作为儿童本位论的当代诠释，则将儿童本位理论矮小化了。这种矮小化了的“儿童本位论”并不能把中国儿童文学引向阳关大道。

建立真正的儿童本位的儿童文学观，应该从自卢梭以来，通过“儿童”进行思想的思想家、教育哲学家那里汲取理论的资源。比如，卢梭就认为，儿童之所以重要，不是因为儿童仅仅是实现目的的手段，而是因为儿童本身就是重要的，儿童时代绝不只是迈向成人的一个台阶，而是具有自身的价值，儿童代表着人的潜力的最完美的形式。与将儿童比喻成白纸的约翰·洛克截然不同，卢梭将儿童看作自然中的植物。在洛克那里，成人将白纸填满，便是成熟；而卢梭所要做的是使儿童避免受到文明中病态东西的污染，有机地、自然地成长。

所以，真正的儿童本位的儿童文学，就不仅是服务于儿童，甚至不仅是理解与尊重儿童，而是更要认识、发掘儿童生命中珍贵的人性价值，从儿童自身的原初生命欲求出发去解放和发展儿童，并且在这解放和发展儿童的过程中，将成人自身融入其间，以保持和丰富自己人性中的可贵品质。也就是说要在儿童文学的创造中，实现成人与儿童之间的相互赠予。

儿童生命中珍贵的人性价值是什么呢？那就是敏锐的感受性、真挚的情感、丰富的想象力和旺盛的生命活力。而这一切的一切，不正是绝大多数成年人在所谓“成熟”的路途上已经遗忘或失去的财富吗？在这个意义上，儿童文学不仅是解放、发展儿童的文学，而且是教育、引导成人的文学。

2005 年

重建儿童文学理论批评

谭旭东

近年来儿童文学创作的发展势头应该是相当好的,尽管面临着商业文化、通俗文化和电子文化的多重挤压,仍然拥有着3亿多少儿读者,甚至抢走了许多成人读者,而且发表与出版日益走俏。20世纪80年代和90年代走上文坛的曹文轩、秦文君、沈石溪、常新港、张之路、郑渊洁、郑春华、周锐、冰波、杨红樱、杨鹏、葛竟、李志伟等中青年作家作品的印数是一般成人文学作家难以望其项背的。而任溶溶、金波、高洪波、王宜振等诗人的儿童诗,也是一印再印,让那些自鸣得意地为自己写诗的"诗人"们自惭形秽。可以说,在儿童文学界随便挑出一位新生代作家,其作品的出版与发行的可观印数也令那些不为儿童写作的作家、诗人咋舌! 但一个不容忽视的问题是,儿童文学的理论批评虽然不能说是完全失语,至少是相对滞后的。近年来儿童文学创作出现了很多新的现象,存在着许多值得探讨和解决的问题,但是理论批评却没有跟上,甚至对一些必须发言的新问题、新现象也没有从理论上参与。

那么如何重建儿童文学理论批评呢? 或者说,如何使儿童文学理论批评重新走上儿童文学发展的前台而发挥建设性的作用呢?

一、开拓新视野,实现话语更新。这是关键的一步。如何突破"本质主义"的围栏,从单纯的审美批评走向审美批评和文化研究的相互借重与共生,这是儿童文学理论批评能否解读当下儿童文学创作新现象的重要环节。两年前张嘉骅在《文化研究:切入儿童文学的一种视野》中就指出,"在当今全球化的后现代语境里,儿童文学的生存与生产,牵连着社会的各种异己关系,不断地与他者交际对话,其带有文化的互文性,是如何也无法再像过去那样被认为是'纯粹'的文学样态。我们的儿童文学,因此需要拓展出一种能够妥适地反映文化眼界的切入角度,而呼应这一角度所需要的便是文化研究的视野"。张嘉骅的这一观点无疑是具有现实合理性的。儿童文学的发生与发展受是多种社会合力的影响,而这些社会合力也就是儿童文学发生与发展的外部场域,即文化语境,这包括成人文化的塑造、意识形态的导引或控制、青少年文化的影响,还有媒介和媒介文化的影响,等等。儿童文学的外部场域对于儿童文学创作的影响是非常巨大的，比如儿童文学话语方式的转换、写作思潮的形成、叙事模式的变化乃至儿童文学的出版推广等，都要受到其外部力量和信息系统的导引、牵制和影响。所以单纯地以“审美批评”来进入儿童文学显然是不够的，还必须借重文化研究的理论和方法来对儿童文学进行外部考察，这样才能全面地考察儿童文学的发展，观照中国儿童文学创作系统内部和外部的变革。

事实上，儿童文学的文化研究是非常有效的，比如从媒介和媒介文化来切入儿童文学就可以解决很多困扰儿童文学的问题。我们都知道，在媒介时代，媒介所导引的消费文化对传统文学形态和人文意识的消解已成为文化界和文学界许多学者的个体焦虑和集体共识。儿童文学作为文学的一个有机部分，也作为童年文化或儿童文化的有机部分，当然也无法逃离媒介与媒介文化的包围与塑造。如媒介和媒介文化对于作为儿童文学接受者——儿童这一文化角色的影响和对儿童文学作家的创作主题、话语方式、写作取向、价值追求等等的选择都可以说是有目共睹的，而且媒介和媒介文化对于儿童文学的社会推广与应用，都产生了不可忽视的作用。可以说，儿童文学的文化研究有利于儿童文学的现代建设和学科话语的突破，同时实现对儿童文学本体论的补充和对儿童文学边界的延伸。

二、采用新方法，构造新景观。当前儿童文学理论批评既然要重建自己的本体话语，要形成自己的理论新格局，就要采用新方法，没有新的方法就不可能形成新的话语，就不可能构造理论批评新景观。要做到这一点，首先要采用跨学科研究的方法。过去，儿童文学理论批评多属于探讨文学社会价值和伦理意义的“社会价值论”，或者借用接受美学的观点和方法来研究的“读者反映论”，对教育学、心理学的理论借用也比较多，应该说初步采用了跨学科研究的方法，但还不够。儿童文学的文化研究或者儿童文学的文化批评是一种跨学科的研究，按照陶东风的观点，文化批评“并不是或主要不是把文本当作一个自主自足的客体，从审美的或艺术的角度解读文本，其目的也不是揭示文本的‘审美特质’或‘文学性’，不是做出审美判断。它是一种文本的政治学，揭示文本的意识形态，文本所隐藏的文化——权利关系，它基本上是伊格尔顿所说的‘政治批评’”。陶东风还认为文化研究的视角显然不同于传统的“文化批评”与文学批评的视角。对于传统文化批评与文学批评而言，文化是艺术与审美的自主领域，它超越了功利关系与社会利益并具有超时空的永恒价值。文化研究所要解构的正是这种艺术与审美的“自主性”的神话。它不是通过参照文本的内在的或永恒的价值，而是通过参照社会关系的总体地图，来解释文化的差异与实践。因此，儿童文学的理论批评势必要求儿童文学研究除了借用心理学、教育学、接受美学的理论批评方法外，还应整合社会学、人类学、哲学、传播学、经济学、政治学等学科的知识，从而形成属于自己的新的知识谱系。

其次，纯粹从方法意义上来看，儿童文学理论批评必须运用生态学和系统论的观点与方法，考察儿童文学的外部与内部的关系。文学本身就是一个有机的生态系统，儿童文学的创作、发表与出版、阅读接受就是一个有机的生态链条，而且这一链条又是与儿童文学的外部环境相通的。儿童文学有自己的物候、地理、风向、水土、潮流，儿童文学的生长与发展需要与其外部气候与环境的协调，同时要促进儿童文学的良性发展，就要努力营造好其生态系统。而营造好儿童文学的生态系统，就需要用生态学的观点和系统论的方法来对其进行系统考察。弗莱在《批评之解剖》中把他的批评称为“对艺术形式的系统批评”。我以为“系统批评”这一方法是非常好的，它避免了片面的方法带来的“问题的遮蔽”。弗莱在其《批评之路》中说过：“批评总要有两面，一面朝向文学的结构，另一面朝向组成文学的社会环境的其他文化现象。它们在总体上是平衡的，一旦我们只研究其中的一面而排斥另一面，批评的方面就需要调整了。”所以为了避免片面性的“问题的遮蔽”，儿童文学理论批评应该敢于跳出“儿童文学”这个圈子，而将其置于当代文学和当代文化之中去观照，去审视，去梳理，去辨析。

此外，采用叙事学的理论和观点与结构主义的观点和方法，来研究当代文化影响下的儿童文学创作，特别是儿童小说的日常性叙事话语与都市性叙事模式的变化来探讨网络童话的游戏性叙事模式，来分析网络儿童文学语言形式、题材和主题的变化，等等，这都是儿童文学理论批评新的方法和新的景观所不可忽视的。

三、抓好队伍建设，形成学科优势。这是儿童文学理论批评重建的另一个关键环节。没有优秀的队伍，没有自己的学科话语和学科体系，儿童文学理论批评就难以形成气候，难以得到社会的认可。当前儿童文学理论批评队伍相对弱小，20 世纪 80 年代和 90 年代初在儿童文学理论本体话语和学科建设中起到重要作用的“中生代”理论批评家、评论家王泉根、吴其南、汤锐、方卫平、彭斯远、孙建江、朱自强、班马等，近年来除了个别还保持敏锐的目光，显示出强劲势头外，大部分已从批评的席位退出，如方卫平近年将精力投向“新语文读本”的选编，而汤锐转向了少儿图书出版，吴其南转向了纯学术的研究，孙建江也将主要精力投入品牌儿童文学图书的出版。所以，这些被称为“第四代学人”的中生代批评家现在几乎没有什么声音，只是在评奖的时候才作为“权威”露面。而 90 年代后期开始涉足儿童文学理论批评的新生代批评家还没有成长起来，处于比较幼稚的阶段。他们的幼稚具体表现为几点：一是缺少理论的武装。虽然他们中有的是儿童文学硕士、博士，但由于儿童文学学科理论话语建设的薄弱和儿童文学学科在中文系的不受重视，导致理论批评空间受挤压，限制了他们在理论上的视野。二是新生代批评者目光也基本上局限于儿童文学小圈子的作品评论，缺少当代意识、问题意识、反省精神,更缺少文化观照的魄力和深度阐释的能力及批评的勇气。这就形成了新生代声音的微弱和不堪。当然,新生代也不是没有一些可贵的理论批评的声音,如张嘉骅对"儿童文学的童年想象"的理性论析,金莉莉的儿童文学叙事学研究,杨鹏的科幻批评和卡通叙事学研究,李学斌对儿童小说的批评等都给人以新的视角和新的思考。但不管怎样,儿童文学理论批评的重建呼唤新生代的迅速成长。

儿童文学理论批评的重建还需要加强高校儿童文学学科的建设。儿童文学在高等院校长期没有学科地位,现在除了在北师大获得了二级学科的地位外,其他高校的儿童文学还属于三级学科(即中国现当代文学专业的一个研究方向),这对于儿童文学理论批评后备人才的培养是非常不利的。因此要尽快突出重围,就要争取获得应有的学科地位。而学科地位是与学术地位相依存的,学术地位的获得就要靠理论的深度掘进与批评的社会影响的扩大。此外,阵地建设也是不可小视的。过去儿童文学理论批评阵地不少,除了一些儿童文学刊物开设批评栏目外,还有自己的专门刊物《儿童文学研究》,但随着儿童文学刊物批评栏目的取消和《儿童文学研究》的停刊,理论批评阵地已经很少。好在《文艺报》还在坚持开设"儿童文学评论"专栏,上海少年儿童出版社的《中国儿童文学》还刊登理论批评文章,不然儿童文学批评根本就没有自己发言的场所了。最近令人欣喜的是,浙江师范大学不但招收了儿童文学本科班,而且该校的儿童文学研究所还创办了《中国儿童文化》,中国作家协会儿童文学委员会也联合江苏少年儿童出版社出版了《中国儿童文学年鉴》,如果长期坚持下去,对于儿童文学理论批评的建设的作用将是可以预见的。

最后,需要说明的是,儿童文学理论批评的重建确非一日之功,它不仅依赖于理论批评界同仁的团结一致,共同努力,形成合力,还依赖于创作界给予支持和理解,也依赖于整个社会(包括政府、学术界、教育界、出版界、传媒界)对儿童文学的重视,这样儿童文学内部的创作和理论批评形成良性互动,儿童文学界和其外部环境也形成良性互动。一句话,如果儿童文学理论批评的内外环境建设好了,那么儿童文学批评的疲软症状就会很快消失,从而恢复其充满锐气的言说,挽救儿童文学批评的精神。

我看儿童文学

王　蒙

现在的儿童,他们生活在一个和过去、和我们这一代人甚至是我们下一代人完全不同的环境里边,他们获得的信息、生活的环境和我们小时候太不一样了。所以,我们如果探讨一个当今少年儿童的精神生活、信息环境,他们面临的各种条件、各种启发、各种诱惑和各种干扰,是非常重要的因素。根据我小时候的阅读经验,我非常希望能够编写、出版各种经典作品的儿童版、少年版。现在回想,我读的许多书,还真是小时候读的。旧中国其实有一套儿童版的东西,最有名的就是《三字经》《百家姓》和《千字文》。但是显然这些东西不完全符合现在的时代,里边还有一些落后、腐朽的东西。这几年很多地方,比如说四川有一个很不错的作家,写了新的《三字经》,也有很大的发行量,但是质量并不是那么理想,没有能够完全被少年儿童所接受。有没有可能,将我们真正的经典,以一种少年儿童能够接受的方式介绍给他们?包括我们一些最著名的文学作品,像《红楼梦》《水浒传》《三国演义》《西游记》——《西游记》当然儿童容易接受,但是里头也有一些有害的信息——能不能够经过一些编排整理,变成经典作品的少年儿童版?

我想说说对儿童的爱心教育。回想我小时候读的作品,我记得最让我感动的几部作品,以至于大了还在读却仍然被感动的,往往都是由于他们能够启发人的爱心。比如说,意大利的《爱的教育》,从文明、礼貌,一直写到母爱。我们上小学的时候,老师在课堂上给我们念,那时候才小学二年级,我还不满七周岁,我当时听得真是热泪盈眶。小时候我最喜欢的童话莫过于《木偶奇遇记》,我太关心这个木偶的命运了,当他由于说谎鼻子变得长了的时候,真让我有一种牵肠挂肚的感觉;还有这个木偶由于自己的不听话、不慎重把自己的腿烧了,也是让我着急得不得了;而这个木偶最后得了一个比较光明的下场,使我感到非常安慰。再比如冰心早期的许多作品,如《寄小读者》,两个主要话题,一个是讲母亲,一个是讲大海,确实也让人非常感动。比较起来,我们国家的少年儿童,从历史上来说,因为长期生活在一种非常严峻的条件下,外有帝国主义的侵凌、侵略、压迫,内有反动政权的压制,很多人都生活在饥饿线上、死亡线上。所以,我们中国的儿童,长期以来缺少发展一种美好爱心的环境。因为没有这个条件,讲得太多了会觉得脱离实际,它是一种奢侈,在日本人的占领下你爱谁去?它变成了一种奢侈。直到20世纪80年代的末期,我们还有很重要的老作家在很重要的报纸上写文章，批评“爱心”这个写法，认为爱心是资产阶级的东西。我们从小在一个比较严峻的环境里边，所以，小时候学会的民谣，还会唱的就是“高粱叶子哗啦啦，小孩睡觉找他妈，搂搂抱抱快睡觉，麻胡子来了我打他”！这就是我们这一代学会的第一支儿歌。我们学会的第一个民间故事，在中国最有名的就是《大灰狼》，有的叫什么《果园三姐妹》，母亲不在的情况下，大灰狼假装外婆，不是披着羊皮是披着外婆的皮的大灰狼来了，最后怎么样来和这个大灰狼做斗争。仔细想一想，世世代代多少儿童，就是在麻胡子和大灰狼的阴影下度过自己的童年。今天情况毕竟有一些不同，不是说现在就不能做斗争了，或者说现在就不能够讲大灰狼的故事了。大灰狼的故事我们还要讲，我们的儿童也应该有一种自我保护的意识，也应该有一种警惕坏人的意识，但是毕竟最动人的东西是写人和人之间，表现人和人之间、人和自然之间、人和物之间的那种比较美好的、比较亲近的、比较爱恋的一种亲情。这就是爱心教育的问题。

从而我就想到了童话。比较起来，中国当然也有一些好的童话，但是非常具有诗情画意的童话，相对少一点。我们的童话有一批是以民间故事为基础的，民间故事的童话，往往是侧重于善恶报应。这一类的故事较多，而那种充满诗情画意的，就像安徒生那样的故事，确实是非常少。安徒生给我的感动是无法比拟的，我也喜欢看王尔德的童话，虽然王尔德不是以写童话为主，但他的《快乐的王子》绝对是经典，他骄傲的小王子的故事，还有由星星变成小孩的故事，让我想到日本的民间故事《桃太郎》。中国人自己写的童话，我个人觉得，叶圣陶早年写的某些童话有点这种追求，《稻草人》就太像那个快乐的王子，它看到了这个世界上许许多多的黑暗，但是完全没有办法，让你看完了很悲伤，带有一种社会批判性质。后来我发现宗璞有几篇童话真是写得好，有一个写彩色铅笔的。我曾经当面向宗璞说过，我特别羡慕写童话的人，我当年不是没想过自己也写两篇童话，真是写不出来，可能我满脑子都是斗争了，很难回到一个那么清明、那么一种像天使一样的心灵世界里去。但是不管怎么样，我觉得少年儿童，如果有美好的童话可读，真是幸福。我小时候是生活在非常困难的条件下，有时候连吃饱饭都做不到，但我的父亲是一个不大实际的人，他给我从当时还在日本占领下的上海商务印书馆买了一种玩具，就是白雪公主和七个小矮人，它可以摆在那里，然后用球打，有点像现在打保龄球，但是规模要小得多。它给我的童年增加了那么多的幻想，那么多的美梦。

我们的童话创作，有很明确的教化目的，这是当然的，就连安徒生、叶圣陶和宗璞也都有这样一个目的。但与此同时，确实又有一种诗情，这也是我们所期望的，所喜欢的。我还想讨论一个问题，这个问题我始终弄不清楚，就是科学幻想作品。科学幻想作品在欧美尤其是在美国，成为少年儿童阅读最多的一种作品，成为畅销书的一种。

在那里科学幻想的东西是畅销的东西,科学幻想的电影也是非常受人欢迎的品种之一。但是,在中国它就是发展不起来,我们的思维好像有另外一个路子。我们也喜欢幻想,我们的幻想最典型的就是金庸的作品,金庸的作品吸收了许许多多的人情世故,同样有一种很强烈的道德上的倾向,他否定一些小人,否定那些奸诈、丑恶、卖友求荣、言行不一或者是残忍无度的人。但是金庸的作品很少从科学技术上来设想,他设想的都是人体的功能,都是通过一些很特殊的、稀奇古怪的修炼:有的是靠不吃饭修炼,有的是靠不睡觉修炼,有的靠裸体修炼……通过这种稀奇古怪的、匪夷所思的修炼,使人体产生了特异功能(用现在的话说)。可是西方的科幻作品是通过技术、通过工具,通过新开发的设备,同样也是具有匪夷所思的能力和能量的"器物",来达到特殊的成果。这个思路与我们不一样,它们对培养少年儿童对科学的兴趣、对科学的钻研是有好处的。最近,我阴差阳错地看了一本畅销书,就是《达·芬奇密码》。《达·芬奇密码》可以看得出来也是往畅销书上写,但是作者尽量运用历史的知识、宗教的知识、绘画的知识、艺术史的知识和教会的知识,还写到巴黎、米兰、梵蒂冈、纽约、苏黎世银行等等,他拼命地运用这些知识来构造他非常离奇的那个密码凶杀案的故事。我一看这部书,就想到金庸的《连城诀》,因为《连城诀》也是寻找密码,同样也是从一个文学名著里边,从《唐诗选》里边来寻找出连城剑法,又从连城剑法里边来寻找一个宝库。我是觉得科幻作品、科普作品,在我们国家还是非常薄弱的一项。

还有一个问题也引起我的不安、忧虑或者困惑,就是现在有的所谓低龄作家的作品,就是中学生的作品越来越多。原来有个韩寒,前一段比较热的是郭敬明,还有一个是春树,不是日本的村上春树,而是写《北京娃娃》的那个春树,春树还上了美国的《时代周刊》的封面,等等。这些人的作品我并没有认真看过,但是它们给人一种感觉,起码我们对于少年儿童的教育,并不是非常成功,因为这些作品里头,反映的是一种对现在教育的嘲笑、抨击和解构,甚至于带有某种对立的心理表现,它们也确实受到了少年儿童的欢迎。

所以我就在想,我们的儿童文学,能不能使今天的孩子享受到一种比较美好、比较快乐的精神生活,而不是整天在课业的负担之下,也不是在一种刻板的要求下说套话?我有时候由于各种原因推不掉,被某个学校拉去参加跟文学有关的一些活动,在这些活动上,我发现所有的中学生、小学生,讲话的时候手里边也都拿着稿,一上来也都是"尊敬的……",最后也都是"祝大会圆满成功!",已经形成了一种模式。中国的文学作品能不能慢慢地填平这样一个教育和儿童这种天真活泼之间的鸿沟?能不能填平课业的负担和他的那种追求创造、追求快乐、追求游戏的儿童的天性之间的鸿沟?填平这种说套话、讲套词、发套腔和他自然而然间的鸿沟?这是我的一种愿望。因为当我看到这些孩子的时候，有时候甚至于产生一个问题，就是现在的孩子，应该说比我们那个童年时代要幸福得多，营养比那个时候好，穿的服装比那个时候好，他们很多人自己还会上网，还有电脑，有DVD、VCD，他们知道的事情也非常多，但是他们并不快乐、并不天真。上海《萌芽》杂志搞新概念作文大赛，我去过几次，非常惊叹有些孩子写的作文那么好、那么成熟，我非常赞美；另一方面我又非常忧虑，他们怎么就没有孩子气呢？他们怎么写得这么成熟？他们感叹人情冷暖、叹息世态炎凉，表现了他们对世界、对社会的疑惑和怀疑，表达了他们相对低沉的心理。遇到这种情况，我就宁愿看到一些幼稚的东西。我也不知道该怎么办，只能表达一种愿望。相信我们儿童文学写作的同行，一定能够在改善少年儿童的精神面貌，在为少年儿童提供历史的、地理的、艺术的、考古的和乐园的精神生活方面，做出自己的贡献。

（该文为作者在“中国原创儿童文学的现状及发展趋势研讨会”开幕式上的专题讲演，温奉桥根据录音整理。）

类型化:中国儿童文学的强大之路?

杨　鹏

一

如果说20世纪80年代是国外纯文学经典全方位进入中国的年代,那么,21世纪的前10年,将是国外的类型化儿童文学在中国抢滩登陆的年代。从2000年前后《哈利·波特》风靡中国开始,到《鸡皮疙瘩》《冒险小虎队》对中国的轮番进攻,以及像《贼王》《魔眼少女》《骑龙侠》《少年007系列》这样的作品对中国市场的全面渗透,再到这几年国外魔幻、探险类作品持续在我国图书排行榜上高居榜首,都表明了类型化儿童文学对少年读者的巨大感召力以及强大的市场威力。不管你承认与否,在这些国外强势儿童文学作品的带动下,我们的少儿图书市场,无论是选材还是设计风格,都在向娱乐化迈进,奇幻、恐怖、冒险、侦探等类型化的儿童文学作品正在少儿读者的阅读版图里强行扩张,而强调唯美、诗性、文学性的儿童文学作品,正在像90年代纯文学作品退出大众读者视野一样被少儿读者边缘化。

将中国原创的儿童文学图书和引进版的儿童文学图书相对照,我们会发现,我们并不缺乏文学性强、重唯美的"纯文学系"的儿童文学作品。但是,在以张扬游戏精神、强调阅读快感和娱乐功能的"娱乐系"儿童文学作品方面,即类型化的儿童文学作品方面,无论是在品种上,还是数量上,我们都是少之又少。由于这个原因,我们除了能拿着带有强烈的类型化特征的"马小跳系列"和国外作品比拼一下之外,真的没有什么存货。这是一个极其不正常的现象,也是中国少儿图书无法与国外少儿图书相抗衡的症结所在。

儿童文学自它诞生以来,就分为两大系列:"纯文学系"和"娱乐系"。"纯文学系"的作品强调作家心灵小宇宙的敞开,重视文学语言的锤炼、文本的结构、人物典型性格的塑造等等;而"娱乐系"的作品则强调读者的阅读兴趣和口味,重视创意的新颖、情节的设计、桥段的构造、人物的类型化特征等等。当然,也有一些作品,处于中间状态,文学性与娱乐性俱佳。但有中间状态存在并不意味着可以抹煞和模糊"纯文学系"和"娱乐系"的界限,可以放弃真正的"娱乐系"作品的发展。儿童文学的结构是一个金字塔形的结构,"纯文学系"的儿童文学作品高居金字塔塔尖,这类作品质量的高低将代表一个国家的儿童文学创作水平,不管类型化的儿童文学作品如何风靡,这类作品都是不可或缺的。但是,它不能代表儿童文学的全部。而“娱乐系”的儿童文学作品,则占据了塔尖之下的所有部分。它不能被当作少儿读者的快餐来对待,而应当作少儿读者的家常便饭来重视。从世界儿童文学作品的产量和影响力来看,也可以证实这一点:“娱乐系”作品总体上高于“纯文学系”作品。

中国的情况正好相反:中国儿童文学作品的创作结构是个倒三角形,“娱乐系”的作品远远低于“纯文学系”作品,其影响力也远不及“纯文学系”作品。中国儿童文学发展了近100年,至今没有产生像江户川乱步那样真正意义上的少年侦探小说作家、布热齐纳那样真正意义上的少年历险小说作家、斯坦那样真正意义上的少年惊险小说作家、罗琳那样真正意义上的少年魔幻小说作家、赫洛维兹那样真正意义上的少年间谍小说作家……中国大多数写类似作品的作家,一般都是在写“纯文学系”作品之余偶尔为之,写出来的也是既像“纯文学系”又像“娱乐系”的两不像——基本上没有把握住甚至完全不了解类型小说的写作规律。二十一世纪出版社在《哈利・波特》进军中国之前就举起了“大幻想文学”的旗帜,这无疑是具有先见之明的壮举,但是,它之所以“叫好不叫座”、之所以在销量上走麦城、之所以未能敌过《哈利・波特》,最重要的原因,就是因为没能分清“纯文学系”与“娱乐系”的界限,写出来的文本与真正的幻想文学或魔幻文学差之千里。

长久以来,中国儿童文学行业的衡量标准是所谓的“文学性”。在20世纪80年代,这一标准当然没错,因为那是一个全民视文学如精神食粮的年代,文学被当作民族灵魂的雕刻刀,在这一标准的作用下,也产生了一批儿童文学大家和佳作名篇。但是,随着90年代中国社会的全面转型,“文学性”被视为中国儿童文学的唯一标准就显得与时代有点格格不入,而进入21世纪,这一标准则显得陈旧和落伍。我这么说并不是鼓吹中国儿童文学应当放弃文学性,相反,在我看来,归属于“纯文学系”的儿童文学,应当坚定不移地坚守这一标准,摒弃商业化的诱惑与冲击。但是,归属于“娱乐系”的儿童文学,即通俗化、大众化、类型化作品,则不应当以所谓的“文学性”为标准。毕竟,不同的作品,读者的阅读期待是不一样的,其操作规律也大相径庭。此外,我们也应当看到,以“文学性”为唯一标准在90年代误导了中国类型化儿童文学的发展,抑制了一些有相关特长的作家的文学探索。从这一点上讲,这种写作理念是有害的。

中国儿童文学要再现辉煌,中国少儿图书要想出现《哈利・波特》这样的超级畅销书,中国儿童文学作家要想让自己的作品走出国门,中国的图书市场要想不成为引进版图书的天下,有且只有一条路:在保持“纯文学系”作品纯洁性的同时,也要重点扶持与发展“娱乐系”的类型化儿童文学。

二

所谓的类型化儿童文学，就是与传统的纯文学作品相区别的、通俗化的、强调少儿阅读兴趣和娱乐化功能的儿童文学作品。一般来说，它包括以下品种的儿童文学作品：少年情感小说、少年科幻小说、少年魔幻小说、少年奇幻小说、少年灵异小说、少年探险小说、少年侦探小说、少年间谍小说、少年军事小说、少年历史小说、少年科学小说、童话小说、架空历史小说、动物小说、动漫小说等等。要发展中国的类型化儿童文学作品，就必须摸清类型化儿童文学作品的创作规律。而要弄清这些规律，最重要的是，树立与"纯文学系"的儿童文学作品相区别的创作理念。

大部分类型化的儿童文学作品，都是作者充分考虑出版社的意愿、市场需求、读者阅读兴趣创作出来的作品（当然许多作者在创作时也许完全不考虑以上因素，但是，他们的作品最终仍然可以满足出版社、市场和读者三方面的需求）。从这一点上讲，类型化儿童文学作品，其实是文化工业的产物。

类型化儿童文学作品在创作上，带有很强的后现代主义与文化工业的特征。从文体特征的角度来说，它和"纯文学系"的儿童文学作品有以下区别：

一、"纯文学系"的儿童文学作品是不可复制的，类型化儿童文学作品具有很强的可复制性，可批量生产。

长久以来，儿童文学作家和理论家有一个心照不宣的共识：好的儿童文学作品是独一无二的艺术珍品，不可复制。因此，聪明的儿童文学作家，在一部作品成功之后，一般都不会去写狗尾续貂的续集。这一共识对于"纯文学系"作品来说是正确的，但是，对于类型化的儿童文学作品来说，却是谬之千里。基本上所有类型化的儿童文学作品，都具有可复制性。当一个文本诞生之后，它可以被复制出一个以上的文本。并且，其创作质量不能低于第一个文本。例如《冒险小虎队》《鸡皮疙瘩》，以及中国的"皮皮鲁鲁西西系列""男生贾里女生贾梅系列""马小跳系列"，都是可以按照一个创作模式，像照片一样被无限复制的作品。由于这个原因，成功的类型化儿童文学作品，其量都是相当大的，一般都在五六十本以上，有的能被创作上百本，并且依然受到读者的追捧。

二、"纯文学系"的作品只能由作家本人独立完成，类型化的儿童文学可以由团队创作完成。

"纯文学系"的儿童文学作品，由于凝聚了作家的童年经验、美学追求和情感诉求，对作品的结构和创作技巧的要求也更高，因此，只能由作家本人独立创作完成，当然，有些作品也会由两人合作完成，但一般是一个人提供素材，另一个人执笔创作。而类型化的儿童文学作品，由于其数量庞大、结构简单、重创意而不重文学性，是一种格式化的写作，因此，它可以通过团队创作和流水线的方式共同完成。还有一些类型化的儿童文学作品，如日本的动漫小说，有时会指定一两位有创作实力的作家专门完成，但它是结合了许多人的心血的（如果是从剧本来的，有剧本作家的劳动在里面；如果是从漫画来的，有漫画家的成果在里面；即使是首次创作，也有创意提出者的智慧在里面）。当然，并不是所有的类型化儿童文学作品都是由团队创作完成的，许多成功的类型化儿童文学作品，如“哈利·波特系列”“纳尼亚王国系列”，就是由一些天才作家独立完成的。

三、“纯文学系”的作品可以以文字形式独立存在，但类型化的儿童文学作品，必须具有改编成影视、游戏、动漫的潜力，以及开发衍生产品的潜力。

“纯文学系”的作品有的也可以被改编成影视，但作者在创作时，更多的是采取一种“内视”的姿态，即探视自我心灵的释放与呈现。但类型化的儿童文学作品，则必须是外视的“姿态”，作者在创作时，必须考虑到它被改编成影视、游戏、动漫的潜力。因此，它必须充分调动各种畅销元素来丰富其内容。国外成功的类型化儿童文学作品，大都被改编成了影视，如《哈利·波特》《动物变形记》等。

“纯文学系”的儿童文学作品和类型化的儿童文学作品虽然都属于儿童文学，但是，它们在文学形态上是截然不同的，甚至是完全相反的，它们的区别还有很多，限于篇幅，在这里不一一举例。笔者希望，在不久的将来，有更多的持有准确和行之有效的类型化儿童文学理念的作家创作出和《鸡皮疙瘩》《冒险小虎队》一样成功的作品来，也希望有更多的儿童文学理论家可以从写作技术的层面对这一文类进行探讨，为中国的少年儿童创作出更多的创意新颖、人物鲜明、情节紧凑、写作到位的类型化儿童文学作品来。

三

探讨国外成功的类型化儿童文学作品，我们至少可以得出以下一些启示：

一、儿童文学不仅仅是文学，还是一项产业。优秀的儿童文学作品，可以像IT和其他科技产品一样产生巨大的商业效益，在经济领域争雄。

和成人文学作品相比，儿童文学有着天然的经济优势：当它作为文字发表与出版之后，它有着更为广阔的再生与利用价值，如改编成卡通、制作成动画片、编写成电子游戏、派生出玩具等一系列附属产品。20世纪八九十年代，中国的童话作家郑渊洁已经以其创作证明了这一点。在国外，这样的实例更是不胜枚举，迪斯尼便是一例（其动画片有相当一部分是改编自世界儿童文学名著），而《哈利·波特》的成功，则将儿童文学的这一优势推向了极致。如何让儿童文学作品更加产业化，是我们必须思考和面对的一个课题。

二、幻想题材是中国儿童文学一片尚未完全开发的处女地，也是未来世界儿童文学的趋势。谁能切下这块蛋糕，谁就能成为中国儿童文学的领军人物。

中国向来有文以载道、“子不语怪力乱神”的文化传统，中国古代虽然产生过像《西游记》《聊斋》《封神演义》等一批优秀的幻想文学作品，但“五四”以来，幻想文学却失落了，出现了巨大的断层，在儿童文学领域里，幻想题材的作品，其地位也一直低于现实题材的作品。20 世纪 90 年代末，二十一世纪出版社率先打出了“大幻想文学”的旗帜，人们才开始注意到幻想文学这一门类。《哈利·波特》走红之后，出版社纷纷出版魔法题材的儿童文学作品，并打出“挑战《哈利·波特》”的旗号（我本人的一套幻想文集也未能幸免）。虽然我对跟风很反感，但是，从这一点可以看出，出版社已经发现幻想题材的作品是一块隐含着巨大经济价值的大蛋糕，作家们也开始转变观念，不少作家声称“只写幻想文学作品”。这是中国儿童文学观念的一种进步。另外，从世界儿童文学的潮流来看，幻想作品也正在成为主流。《哈利·波特》的成功，使罗琳无可争议地成为现在世界儿童文学的一面旗帜。其他儿童文学发达的国家，如日本，像宫崎骏的幻想作品，深受读者与观众的欢迎。宫崎骏，也成为日本儿童文艺的一座山峰。

三、成功的类型化儿童文学作家，必须拥有广大的读者。远离读者的写作，至少在这一领域里是行不通的。

致力于类型化儿童文学创作的作家，必须学会用他的作品去征服读者，去创造最广大的读者群，唯有如此，才能保证其作品的印数，才能使其始终站在创作的前列，才能实现儿童文学真正的产业化。儿童文学的读者像流水一样，是随时在变动着的，对于作家们来说，他们的读者一般是三年一换。每一批新的读者，都有新的价值观念、审美特点与阅读爱好。即使不是从事儿童文学专业的人，也会发现 20 世纪 70 年代、80 年代和 90 年代的孩子在观念上是非常不一样的。所以，读者的变动造成了作家写作与读者的离心力。要想使自己的作品永远有读者，就必须从骨子里去理解孩子，知道他们的心理愿望，从而创作出适合他们的作品。

质疑"类型化儿童文学"的商业化选择

李学斌

本报在去年115期刊发了杨鹏《类型化:中国儿童文学的强大之路?》后,引起了强烈的反响。对此观点,支持者有,反对者的声音则更为强大。什么是中国儿童文学的强大之路,是一直以来关心中国儿童文学发展的人们热切关注的问题。本期我们刊发两篇与杨鹏商榷的文章,也希望有更多的人来为中国儿童文学的壮大发展出谋划策。

——编者

杨鹏多年来秉承郑渊洁的衣钵,一直身体力行于儿童文学的"大众化""类型化"写作,也不遗余力地充任着中国儿童文学"商业化"运作的"急先锋",非议颇多。其中,争议的焦点就在于,以传统儿童文学的立场来看,杨鹏倡导并实践着的"商业化写作"是以文学性的降格为前提的,这样的写作背离了儿童文学的艺术正道,也误导了读者的阅读趋向。

但是,抛却文学观念上的纷争来看问题,我们也会发现,杨鹏对类型化儿童文学的倡言和探索应该说还是颇具先锋意味和前瞻意识的。在当前中国儿童文学的品种展台上,类型化作品的确是非常稀缺的,文类结构也严重失调。面对这种情况,适度提倡类型化儿童文学创作自然大有必要。而且,这也确实是丰富中国儿童文学的品种结构、推进儿童文学的多样化发展的有效策略。但是,具体到他在《类型化:中国儿童文学的强大之路?》一文中的某些观点和提法,笔者却实在难以苟同。

一、儿童文学和儿童读物

关于儿童文学整体风格的划分,在日本以及西方一些国家,一直以来就有"艺术的儿童文学"和"大众的儿童文学"之分(这和杨鹏"纯文学系"和"娱乐系"的提法基本上是一致的),这样的区分有个不可动摇的前提,那就是区分始终是在"儿童文学"系统内部。也就是说,对大众的儿童文学来说,无论怎样突出"娱乐性"和"大众化",它首先还必须是儿童文学,它的"儿童文学特征"还是第一位的,是主导因素,它必须守住这个底线。有了这个依据，退而求其次，再来根据它本身的题材内容、艺术表现、情感主题以及阅读反馈等等因素来判别它的文学定位、门类归属。这样一来，参照文学审美的非功利性和大众阅读的实用性特点，将儿童文学一分为二就是自然而合理的事情。

但是，"娱乐系儿童文学"这个指称却远不及"大众的儿童文学"这个称谓来得准确，涵盖广阔。且不说"儿童文学"有多少社会功能，其内在结构如何，单就"娱乐性"而言，它也无法替代除审美之外的其他功能。更何况，它还是诸多少儿文化产品中最弱势的存在。（现实中，可以列入"娱乐系"的文化产品实在太多：影视、漫画、卡通、玩具、电游、网飙、竞技等等，随便拉出一个，都具有超出儿童文学几倍几十倍的娱乐信息和游戏承载，儿童文学怎么比得过呢？）我觉得，这还不仅仅是以己之短比人之长的错位，而是完全舍本逐末的做法。儿童文学是以静制动，以精制粗，四两拨千斤，润物细无声的事业。比起影视、网络、卡通、电玩等少儿视野中诉诸视听感官的强势文化，它的优势在于以审美和想象力为核心的文学性。现在如果一味以牺牲文学性为代价，去求娱乐性，这无异于"龟兔赛跑"，我实在看不出这样的儿童文学，其前景光明在哪里！

再者说，假如"大众化""娱乐化"占据了作品的主导，让"类属"的个性压过了"儿童文学"的共性，那么，所谓的"大众的儿童文学"或者"娱乐系的儿童文学"还存在吗？要知道，"娱乐系儿童文学"或者说"大众的儿童文学"距离"儿童读物"只有一步之遥！到那个时候，这些作品尽管以其炫目的游戏、娱乐功能招引了部分读者，但是因为稀缺作为文学核心的审美和想象力，儿童文学也只能将其驱逐出境。

二、类型化与商业化

杨鹏在谈及类型化儿童文学的前景时，有一个明确的观点就是，类型化儿童文学必然是一种商业化写作的模式，只有背靠商业化乃至工业化，类型化儿童文学才有市场和未来。果真如此吗？我看未必。

一方面，类型化写作的发展固然在一定程度上可以通过丰富中国儿童文学的品种，调整儿童文学的结构，起到繁荣中国儿童文学的催化作用；但是别忘了，"世界上没有免费的午餐"，类型化一旦和商业化联姻，势必要被看不见的商业规则所左右。到那个时候，类型化儿童文学还能够保持住自己的文学贞操吗？恐怕很难！

最简单的道理就是：商业化追求的是利润的最大化，遵循的是优胜劣汰、适者生存的市场选择。这样一来，从品种角度说，那些比较受市场和读者青睐的强势类型儿童文学，比如探险小说、魔幻小说、动漫小说等就会借商业化的东风，结成强大的联盟，甚至会形成"类型垄断"，进而制约、挤压其他类型的发展和存在空间。这样一来，类型化儿童文学就成了个别类型的天下了。新一轮的儿童文学结构失调又产生了。而从类型儿童文学个体文本角度说，商业因素的介入，又必然带来模式化、预谋性、虚假性、复制性等等非文学的因素。城门失火，殃及池鱼，当文学性节节败退，陷入危机时，那种失去个性的类型化还能实现自己的预期吗？要知道，类型化作品的文化替代品远比纯文学类作品要多得多！当小读者在所谓的类型化儿童文学中看不到多少文学的个性化身影时，他们还会追随"类型化"的脚步吗？

毕竟，对类型儿童文学来说，并不是文学性越少，"类型化"的前景越灿烂！

当然，现实里，文学艺术的发展，从来也不会仅仅遵从市场的选择。可是，有一点是可以肯定的，一旦类型化投靠商业化、工业化，类型化也就等于踏上了一条儿童文学的不归路。

三、复制性和衍生性

笔者注意到，在说到类型化儿童文学作品的特性时，杨鹏认为，"纯文学系"是不可复制的，而"类型化"的典型特征就是"可复制性"。在此基础上，杨鹏阐释说，"类型化的文学作品，由于其数量庞大、结构简单、重创意而不重文学性，是一种格式化的写作"，这显然和此前他对"类型化儿童文学"题材角度的分类不一致。

实际上，"类型化儿童文学"也主要是以写作方式的形式而存在。这样的"类型化"实际上是"类型化写作""格式化写作"，而不是"同一类题材的作品"。从这个意义上说，杨鹏对"类型化写作"的定义是有些前后矛盾、同义反复的。

再者说，把"男生贾里"等系列作品称为"复制"，我觉得是有些武断了。复制的最大特点就是"重复性"，这种重复是彻头彻尾的。按照这个定义，杨鹏所举的这些书目显然都不合要求。别说是人物不断成长、情节不断发展的"男生贾里"系列，就是《冒险小虎队》《鸡皮疙瘩》等大型引进版套书，也根本不存在这种从内容到形式上的"彻头彻尾的重复性"。我们顶多能够认定，这些系列作品内容连贯，结构相似，手法雷同。但是，这毕竟和技术意义上的进入产业链的"复制"还是有天壤之别的。对这种写作方式，我觉得，用衍生性、延续性或者派生性或许更准确、客观一些。

四、"正金字塔"和"倒金字塔"

按照杨鹏的说法，中国儿童文学的产业结构是严重倒挂的，品种比例严重失调。其始作俑者就在于"纯文学系"作品太多，"娱乐系"作品太少。按照他的分析，应该将"金字塔"倒过来，让"纯文学"成为塔尖，"娱乐系"成为塔基，这样一来，塔基越大，塔尖就越高。这个观点乍听上去非常美妙。可是，细细品味，却远不是那么回事。这个理论忽略了一个最基本的规律——质和量、源和流的关系。让"纯文学"的金字塔顶建在庞大的“娱乐系”的塔基上，这个文学理想实际上很可能是一吹就破的肥皂泡。这就跟种的是萝卜，却想收辣椒，明明是麻雀，却叫它百灵是一个道理。在没有根基的前提下极力抬高某种东西，实际上也是从另一个侧面取消它的存在。按照杨鹏的设计，位于金字塔顶的“纯文学”看似高高在上，无限风光，实际上是被架空的。它实际上成了“娱乐系”的傀儡，成了儿童文学“君主立宪”政体下的孤家寡人。这样的完全干瘦单薄的、标本化了的“纯文学”还能有多少生气呢？它还能代表一个国家的儿童文学创作水准吗？

不过，说了这么多，需要说明的一点是，杨鹏所有的观点实际上都是有一个前提的，那就是儿童文学必须要适应当前的阅读语境，必须要主动走近儿童，为他们服务。儿童文学走类型化、商业化道路是一次二万五千里长征式的战略转移、战略调整。这是形势所迫，是无奈之举。

我赞同杨鹏对中国儿童文学结构失衡所做的诊断，却无法同意他所开出来的“药方”。在我看来，大力发展“类型化儿童文学”是需要的，但是要将“类型化儿童文学”纳入“商业化”“工业化”的步调，却绝不可能是儿童文学的福音。

因为任何文体的发展都有其本质规定性，有其内在的规律，作家创作在发挥主观能动性的同时，也必须遵循这些看不见的法则。至于“商业化”“工业化”，说穿了，那是创作之外的事情，不是“儿童文学”需要考虑的。如果一个作家提笔之初，满脑子不是形象、结构、情节、语言这些文学的基本要素，而是充斥着“商业化”“工业化”的种种手段和流程，他还写得好作品吗？在我看来，类型儿童文学不管如何“类型化”，它总归还是“儿童文学”，还必须戴着儿童文学的小红帽、穿着儿童文学的绣花鞋跳舞，还必须具有一些个性化的文学的要素。而那种完全模式化的，可以流水线生产的“格式化”的作品已经完全背离了文学创作的本质规定性，用这种方式炮制出来的东西，还能够称之为文学吗？我倒觉得，将其命名为儿童读物可能更加合适。

所以，在类型化儿童文学的发展选择上，我主张，让“类型儿童文学”按照文体规律走自主发展道路，而不是一味依傍“商业化”“工业化”这个大款。实际上，即使是类似《哈利·波特》这样红透全球的“类型作品”，也不是按照“商业化”“工业化”的规则“格式化复制”的，否则，首本《哈利·波特》的出版、销售就不会遭遇那么多波折，出名后 J. K. 罗琳也用不着一年仅仅只写一本！在我看来，“商业化”完全是写作之外、写作之后的事情。作家只需在写作过程中用力，至于怎么“商业化”“工业化”，还是留给更加合适的人去考虑吧。

从这个意义上说，“纯文学系儿童文学”根本没必要那么悲观，它的发展也并非无可选择。它完全可以审时度势，有所作为。毕竟，文学创作是一个文本和读者相互作用、双向交流的过程。这个过程并不仅仅是作家和作品对读者的消极被动的顺应，也完全可以采取反向的主动出击的同化乃至培育的姿态！

现实的情况也确实是这样。随着儿童文学阅读推广的有序展开，随着童年阅读氛围的逐渐好转，相信儿童文学对童年生命的艺术感召力也会复苏。到那个时候，我相信，事实终将会证明，靠“商业化”“工业化”取悦读者、集结读者，是对“类型化儿童文学”的一种误读，是儿童文学艺术进程中的一段云山雾罩的迷途。

儿童诗的创新之路

王宜振

我以为,一首好的儿童诗,首先要给人一种新异的感觉。新异就是创新。

那么,一首诗如何令读者产生一种新异的感觉呢?这是诗歌创作中的关键。现代派诗歌中常用"思想知觉化"(也可以叫作抽象的事物具象化)和"自由联想"作为两种主要的创作手法。我国著名诗歌评论家孙绍振在《跨越时代的童诗》一文中,把这两种手法取名为"远取譬"。何为"远取譬"呢?他指出,"古典诗歌的想象变形,没有这么大的幅度。传统的想象,属于浪漫型的'近取譬',以生活的近距离感取胜;而现代派的想象则以'远取譬',因而联想不但遥远而曲折"。"远取譬"创作的诗歌,往往给人一种新异的感觉。

"远取譬"的创作手法,实际上是一种超现实主义的创作手法。何谓"超现实"呢?大家知道,诗歌创作中最讲究的莫过于对"虚"与"实"的处理。"虚"的部分是诗人独特的想象,往往天马行空,驰骋自如,这就是诗的"超现实"性。但是,诗仅仅有"虚"还不行,还要"虚"与"实"巧妙搭配,有机结合。诗的创作难就难在如何把"虚"和"实"巧妙搭配上,太"虚"了会流于晦涩,太"实"了又会流于直白。如何把"虚"与"实"把握得恰到好处,即是一个诗人非凡功力的显示。

西方的超现实主义和我国古典的超现实主义不同。西方的超现实主义是反知性的,也就是说它只强调事物的矛盾性与不合理性,为了产生一种新异的美,往往把毫无关联甚至互相矛盾的事物凑在一起,至于这种相凑是否合乎情理,是否合乎生活的逻辑,则全然不顾。我国古典的超现实主义却不是这样,它讲究的是"反常合道"四个字。"反常"才能出新,才能给人一种新异的感觉。但仅仅"反常"还不行,还要"合道",还要合乎情理。即"出其不意",却在"情理之中"。这样的诗,无疑是诗中上品。

我国不少诗人很注重超现实主义手法的运用。被称为诗魔的台湾诗人洛夫,在超现实主义手法的运用方面,堪称高手。我们以洛夫的《午夜削梨》为例:冷而且渴/我静静地望着/午夜的茶几上/一只韩国梨/那确是一只/触手冰凉的/闪着黄铜色肤色的/梨//一刀剖开/它胸中/一只好深好深的井//战栗着/拇指与食指轻轻捻起/一小片梨肉//白色无罪/刀子跌落/我弯下腰去找/啊!满地都是/我那黄铜色的皮肤//。诗的一、二两段,完全用白描的手法,几乎无意象用语,但却为下面三段埋下了伏笔。第三段,作者将"梨"喻为"深井",这种暗喻,颇具感性。后两段,作者运用"障眼法",将梨皮喻为人肤，将梨肉喻为人肉，待刀子跌落，弯下腰身去拾时，却发现满地都是人肤——即自己的皮肤。此诗不长，只有20行，却在虚实相生、亦真亦幻中给人一种惊异，一种震撼。“梨”和“离”同音，使人想到韩国以“三八线”一刀切成南北两段，山河不整、骨肉分离，这便有“满地都是我那黄铜色的皮肤”之感。试想，我国大陆和台湾，不也是如此吗？一峡中断，同胞分离，令人痛心疾首。如果说弯腰要找，找的则是统一，找的则是团圆。这里，如果把“刀”象征为“分”，满地的皮肤则恰恰为“合”。这首诗写得浑然天成，不见刀斧痕迹，句法伸缩自如，语气从容不迫，意境由实而虚，结尾联想无穷，其超现实主义手法的运用亦十分娴熟。我惊叹：诗魔洛夫真乃诗坛高手矣！

既然超现实主义创作手法，往往给诗歌带来奇异的效果，那么，我们儿童诗创作中是否可以拿来用呢？回答是肯定的。近年来，我在儿童诗创作运用超现实主义手法方面，进行了一些有益的探索和尝试。如我的《一片鱼形的树叶》：一片小小的树叶/被一场风暴撕落/像撕落一只耳朵//我弯下腰/捡起这片树叶/我发现它的形状/像一条鱼儿//这鱼儿的血管里/还有蓝色的风暴呼呼吼着/我把它夹进一册现代史课本/想让它压扁的心儿变得柔和//我发现这条鱼儿/很快游进历史/像一位年长的学者/在这段历史里穿梭/它反反复复地摸着/像要为这段历史把脉/它要把它摸得发抖/摸得窸窣//摸着摸着/它竟然摸到了/这段历史的/心跳//。这首诗共五段。一、二段是写实，几乎全用白描。写一枚小小的树叶，被一场风暴撕落，只是它的形状，很有点像鱼儿。下面一段，我偷换了概念，将一片鱼形的树叶真的变成了一条鱼儿。第四、五两段，写这条鱼儿在历史课本里畅游穿梭，畅游穿梭的鱼儿似乎像一位年长的学者，要为这段历史把脉。最后一段写这条鱼儿竟然摸到了一段历史的心跳。诗的前两段写“实”，后三段逐步深入，越写越“虚”，诗就是在这种虚实结合中产生异趣，造成诗的惊喜效果。我的儿童诗《无题》和《留言簿的思索》中也运用了这样的手法。

现代诗强调知性，往往直接介入现实人生。我认为现代诗太冷酷，无法与时空保持一定的距离。这时，我便想到了中国古典诗歌。中国古典诗歌以其高深的意境，表达着东方智慧和人文精神。这是现代诗难以表现的。我的小诗《焚诗》写道：这些千年的诗/太古老了//也许由于这个缘故/我想把它焚掉/每次焚完了/拨开灰烬/总剩有一些骨骼//春天来了/我无意抓起其中的一根/握着//握着握着/我的目光似被什么点亮/我惊异地发现/我只握了这短短的一瞬/竟把一根诗的骨骼/握出一粒一粒的花芽//。这首小诗，无疑是写中国人文精神的永恒性。如果有的人把它理解为一种复古或者旧的传统的“回归”，那就错了！因为旧传统是无法“回归”，也不可能“回归”的。继承的最好方式是“创新”，创新是我一生的终极目标和追求。

洛夫说：“诗虽然不是完全理性的东西，但在操纵语言时，仍然需要理性。我们虽不必完全依赖脑子去写诗，追求机械的结构，但必须考虑到一件艺术品的完整性，每一字每一句都应有其必要性和表现上的效果。诗人的本领是操纵语言和意象，而不是被语言和意象所操纵。”我理解洛夫的这段话是要语言和意象为主题服务。超现实主义的创作手法，也正是为其主题服务的，它可以使主题得到更好的表现并使其深化。让我们更好地掌握它、驾驭它，利用它创作出更多更好的儿童诗来。

2007 年

科幻文学发展的新路径

韩 松

一

贾樟柯在《三峡好人》中安排了科幻元素，为一个飞碟和一个运载火箭（当然飞起来的并不是载人飞船，而是三峡移民纪念塔，但在电影中它的确是用运载火箭的方法送上天的，塔的下部喷出了特征明显的推进器的熊熊尾焰）。这给风景如画的古老三峡打上了现代性烙印，也使我们看到主流电影或先锋电影正对科幻形成侵入。其实不仅仅是贾樟柯，张艺谋在《英雄》里面，也把漫天弩箭与巡航导弹的形象融合在了一起，让秦朝的战争显示出了陌生的高科技观感，拉近了古代与当代的距离。而早在《古今大战秦俑情》里，就有了关于时间机器的演绎。在唐季礼的大制作《神话》里面，则同样有穿越时空的描写，人类在秦始皇陵中实现了永生。因此，虽然有关中国没有科幻片的批评声不绝于耳，但在中国的优秀导演那里并不排斥科幻元素，乃至从骨子里表现出了对高技术多多少少的迷恋。当然了，上述故事都与秦朝有着关系，有可能反映了人们对古代技术的潜意识怀想，特别是秦朝这么一个时期，它对生命价值的追求具有特殊色彩，也就是如何才能真正做到长生不老、扭转乾坤。这也是如今基因工程的命题。所以黄易的科幻小说《寻秦记》也选择了秦朝。这其实就是对"创造生命"这一主题的不断复制，去直面"死"这个至今没有得到很好回答的问题。

显然，我们在新的形势下，正面临着与远古同样的压力，也就是生命的压力：如何活下去？如何活得更久一些？如何活得更快乐一些？所以，《三峡好人》本质上是一部关于死的电影。不用科幻的元素大概缓解不了这种心理压力。但为什么必定是飞碟和运载火箭呢？因为它们是一种超现实，更是一种高科技。回头来看，三峡大坝本身同样是一个现代技术的成果。像"水坝"这样的主题，在科幻中已多次出现，比如三峡大坝的设计师潘家铮本人就写过名为《子虚峡大坝兴亡记》的科幻作品，在子虚峡大坝里发生的一切都是匪夷所思的。因此，就要把令人困惑的那一部分现实看作是未来的投射。同样，《三峡好人》中出现的科幻元素是用来缓解我们对这个现实世界的焦虑的，让我们把暂时消化不了的痛苦放置到未来和现实之外。有很多东西我们的确解释不了，外国人也解释不了。媒体批判外国人读不懂中国，其实有多少中国人能说读懂了中国呢？那么，方便的做法便是推脱给一种我们不能掌握的世间之外的力量。古人是这么做的，那时是神话，那么，在现代，无论是雷公还是电母都不灵验了，因此，就交托给外星人以及我们自造的外星人——航天员。这便是科幻将会继续与我们同行的起点。它要完成新的任务，早已远离了早期的科普使命。

二

在这种背景下，科幻能否给文学艺术正在丢失的超现实母题注入活水？比如关于小说，这些年最多的一个话题，就是“小说死了”（科幻小说死了，其实只是这个大语境下的一个分支话题）。那么，复活小说的办法，人们也拼命地想了很多。比如，要让它好看，而为了让它好看，就要写实，不仅在艺术手法上写实，而且要在世界观上写实，要让大家觉得世界“正如所料”。文学评论家李敬泽对此提出批评：“不，不是这么一回事，小说的颓败主要不是由于它还不够好看和不够‘现实’。小说家一定要找到自己的路——他像一个探险家，他对认识人类事物的新的可能性有不竭的好奇之心，他要设法绘制新的地图，在这张图上，我们熟悉的变得陌生，我们认为一清二楚的事物模棱两可。我们的认识遭到了挑战和冒犯，但我们也因此看到世界和自我的新景象。”实际上，李敬泽提出的解决办法，与科幻的一贯主旨是一致的，也就是让现实陌生化与疏离化。

这可能是在变革时期的出路之一。很多东西你用别的手段——比如说政策手段或者新闻手段——超越不了，那么，科幻就在这里找到了自己的天地。比如，在文物保护领域，我们最近可能在陕西某秦陵周围发现了数百处新的陪葬墓，那么这是一个考古成绩，是一个重要发现，也是一个重大新闻，但是，现实是怎样的呢？我们不能公开报道，因为一报道出去，盗墓贼便会纷至沓来，而我们的文物保护力量目前根本对付不了。那么，幸好我们还有文学，还有科幻小说。这就是王亚男的《盗墓》。小说幻想了秦始皇陵终于被盗。盗墓贼使用了全息投影仪、水流切割机等高科技手段以及大型的施工设备，甚至把十辆载重卡车弄进了宏伟的秦陵地宫，在那里搭建了工程桥，供人员车辆来往。这种科幻当然也与地宫中的幻境达成了一致，那便是呼应了两千多年前的精密青铜机械和滔滔的水银之河。公安人员最后凭借对高科技的了解侦破了这起案件，但最大的功劳却是由另一名金盆洗手的盗墓贼做出的，他是一名爱国的非主流盗贼。这个故事最能引起读者共鸣的是秦陵内部的技术场面。读者从技术想象中获得了快感，特别是在对高科技的盗墓贼的惩罚过程中，体味到了写实小说和新闻报道无法带来的愉悦。

所以科幻能做到这个置换，本质上是一种避世，但也是入世。要么由新路径去到新的世界，要么用新立场来审视旧世界。《万有引力之虹》之中的导弹，《第五号屠场》之中的外星人，都起着这种作用。我们还可以提到吴岩在《2006年度中国最佳科幻小说集》里收录的今何在的《中国式青春》，这是一个超人的中国版本。超人本是克里斯托弗·里夫扮演的著名英雄人物，他是从氪星球来的外星人，法力无边，因那个星球毁灭，被发射到地球上，落到了堪萨斯州，结果帮助人类战胜了种种邪恶势力。电影《超人》后来拍了许多集，都大受欢迎。但今何在设想，载运超人的那艘飞船的降落时间推迟了12小时，结果他落在了"文革"时期的一个人民公社中，那么超人的命运就改变了，他成了一个悲剧性的英雄。在小说中，西半球的所有人决定在某个选定的时刻同时一跳，以改变地球的轨道，让东半球的人们永远生活在寒冷之中，于是东半球的人们也集合起来决定同时一跳，要把对方给震入严冬。但由于超人跳得太高，落下来迟了，少了他的这份力量，结果东西半球恰好打成了平手，终止冷战的努力失败了。再就是超人在矿务局打洞，结果力气太大，打穿地层来到了美国，他白天在西半球学雷锋维护正义，晚间回到中国做好男人。他还来到月球，在环形山下写满汉字，把阿波罗登月的人吓了一跳，但他却因为在美国电视上出现而被矿务局开除——最后连超人也下岗失业了。故事中穿插着王菲的歌词。为什么要用超人的形象呢？我想超人大概是一种西方主导的高技术的象征，也是现代化的比喻，所以用它来阐释我们面对的荒诞感是很让人伤感的。我们也再一次看到世界的确不如所料，不是《小灵通漫游未来》。因此我们真的需要新的科幻。

三

我们还面对着一个新的重大问题，即如何解释人类和当今技术世界的关系。贾樟柯在回答有关《三峡好人》的提问时，多次提到"物欲"。这是不得不承认的一个现实。20世纪最大的一个变化，即是由科技高速发展带来的物的变化。我们与物打交道的时间逐渐多于与人打交道的时间。我们接受着大量由新技术创造的产品。在这个环境下，就需要重新认识人性这个问题。香港中文大学教授王建元提出了"后人类"概念，他说，现代人逐渐失去控制自己身躯和体形的能力，成为"终端主体"，社会上出现了严重的躯体危机和尖锐的身体政治。比如说现今的新生婴儿，表面看人相十足，但小生命早就预先进入一个"科技——有机体"生命循环，从技术精子开始，胎儿随即会遭遇到例如超声波、羊膜穿刺术等介入。遇上问题时又可以采用肢解和修复学的假体修补。产后的医学照顾、测试、矫正，以至孩童期的学习环境，都与尖端科技交融无间，直至长大成人。那么,人与物已共同进化、互为唇齿。所以,当今世界的个人是由什么组成的?“人”正在被建构成为“科学”的主题。比如说,人与老鼠也可以无间融合,它们的边缘已经模糊。基因组技术已成为一种后现代的人本主义技术。自我、个人、单元、主体、集体,这些传统文学的概念,都需要在高技术背景下加以重新审视。神话、有机体、技术开始了新的文本拼合,艺术对物的关注加大了。美国电视连续剧《犯罪心理》中有一位大学教授兼科幻小说家,他说:“我是个后现代主义研究者,在我的研究领域中,科技发明通常都被看作是艺术实体。”因此艺术以人为本的观念正受到冲击,一些人在尝试“非人的艺术”。比如把机器当作艺术的母题,泰奥·杨森制作了“海滩怪兽梦驮沙”,这是生活中没有存在过的怪兽。它的腿全部由中空的 PVC 管构成,由一种活塞曲轴连接,一旦狂风乍起,这个造物就可以开始移动。托比亚·本斯特普做了一个未来浦东的千分之一的仿真模型,再把真实的螳螂放到这座城市里,录下它们在东方明珠和金茂大厦攀爬的场景。在缩微城市里,昆虫看起来就像巨大的怪物,这是受了科幻电影《哥斯拉》的启示。在刘慈欣的科幻小说《球状闪电》中,真正的主角不是人,而是神出鬼没、荒诞不经、使人类命运起伏跌宕、使人类心理和行为呈现无穷变化的球状闪电。在这里,物性即人性。我们的内心痛苦紧密地系于物之规律的新变。

在这样的强大技术背景下,就需要重新探讨什么是真善美。因此这个时代仍需要科幻,它不仅仅是元素,是背景,同时还是它自身,具有独特的美学价值。从新的实践来看,科幻有可能演变成为新时期极具先锋性的艺术表现形式之一,以消解我们的现代性焦虑。当然,与言情、武侠和侦探不一样,科幻不是一种简单的消费品。它是工业时代及后工业时代的精灵,要有很高的文化、知识和智慧含量才创作和欣赏得了。而它也是一种亚文化,本质上是一种小众文化、精英文化和白领文化,是一种高级娱乐艺术,但也可以通过流行手段将之放大,让大众愉悦,比如,卫斯理是一种渠道,大片也是一种渠道。《黑客帝国》就把最深奥、最哲理、最科技的东西,与最流行、最大众、最玄妙的方面结合了起来,结果全球都在讨论它。因此,科幻怎么会死去呢?

新生代儿童文学作家的民族化写作

萧　萍

2004年的夏天，春风文艺出版社推出了辽宁青年作家薛涛的幻想小说三部曲《〈山海经〉新传说》：《精卫鸟与女娃》《夸父与小菊仙》《盘古与透明女孩》。在我看来，这不仅仅是一次儿童文学新生代作家令人瞩目的写作转型，也是一次关于儿童文学走民族化写作之路的艰难尝试和突围，更伴随一种强烈的带个人化色彩的先锋与实验性。即便是现在看来，它们出现的姿态仍然是孤独而倨傲的。

事实上这种孤立无援的状态不独属于薛涛一个人。浙江作家曾涛2005年推出的《四眼孩仓颉》，是以中国神话故事仓颉造字为蓝本而创作的百余万字儿童奇幻小说，关注的人就寥寥无几；而类似的情况也发生在更早一些的写儿童散文的湖北作家林彦身上，他一直致力于书写关于童年和苏州的中国式系列美文，如《夜别枫桥》等等。我将之称为一种奇特的不约而同、带有些微群体冥想气息的孤独状态，是沉默与寂寞，但又是相对独立的自省和自持。这种状态也意味着，新生代的儿童文学作家中的佼佼者已经敏感犀利地发现了某种东西，某种让他们坐立不安感到身心疼痛的东西，而这些在明晰与脆弱中折磨着他们的东西，说到底又是那样的无以名状，它们的形态、血肉和气息是如此混沌不清，以至于混淆在他们的血液里，在他们返家途中老屋的残檐断壁上，在童年小吃、昆虫和玩伴之中。因此，从这个角度来看他们的这些个人化探索，与其说是新生代儿童文学作家对于“汉语的文化性格”（薛涛）的写作意识的觉醒，不如说是一次具有私人性的摹写行为、一次回到中国式童年甚至是幼年的幻想与书写的实践，虽然他们那义无反顾的文化捍卫姿态与他们美好单纯的童年式梦想叠印在一起，而一再得到提升，却也似乎让人从中窥到他们某种带有无奈的、轻微的焦虑与激进。

要知道，在他们此刻称之为“返家”的途中，一方面强大的现代性和全球化浪潮早已将一切席卷与剥离；另一方面，当他们面对浩瀚而漫长的古中华文化与文明，他们是否真的能在其中找到切肤的熟识和亲切？找到那种心心相印的血脉与感动？尤其是，当他们一再强调和力图从语言、意象、声音的感觉以及审美性灵上，回到本民族文化的源头与汉语的童年，他们是否正忽略着一个重要的基本事实：儿童文学本身作为外来概念的特殊质感，其理念、篇章、气息以及经过书写沉淀的能量，已经构成几代人强大的语言记忆和定势，而他们是否还有足够的力量反拨、颠覆、抽身而去或者打碎重塑一个自己？

似乎还可以更进一步地来说，这些出生于20世纪六七十年代的儿童文学新生代作家，他们阅读的起点、书写的样式以及语汇的积攒，更包括他们的精神气质，都似乎更多地受到来自西方文化的影响和浸染，而占有他们童年的阅读视野以及给予他们更多书写语言经验的，也或许并不是《山海经》《聊斋志异》这些鬼怪传奇，而是格林兄弟、安徒生们所构造的精灵世界……或许，更大的困惑还在于，当他们作为一个孩童浸润了西方经典儿童文学丰富的营养，而成年后选择为儿童们写作的时候，他们突然有一天发现和意识到自己童话的幻象、写作的情调，只不过是作为西方写作话语的戏仿而一再出现，他们的句子、语气、腔调包括人物与动物姓氏等等，都透露出不可抗拒的西化色彩的时候，这一刻，谁能体会这书写着的他者的焦虑与惶惑？

问题就在于，当他们返身将目光再次投向自己的时候，投向他们身后伟大的传统和遗产的时候，那么此刻，这是否还是那个端坐纸上的、想象中温情脉脉的、井井有条的传统呢？我注意到，新生代儿童文学写作者在谈到他们的创作理想时曾提到，“想要的绝非一个标签，是从语言到审美趣味，具体到作品中的意象都非常的‘中国化’的文本”（薛涛）。我还注意到评论者们也用“简单、自然、干净、诗意的美感”（李利芳）来概括实践中的文本。应该承认这样的“返回”，对于新生代儿童文学作家们来说是一种挑战，更是一种责任，即使这返家的路是孤寂而艰苦的，即使他们需要做的并不仅仅是倾听这遥远的召唤。他们更应该懂得的是在时光的绵长与浩瀚之中，去贮备、驾驭以及融合那些矿藏与宝贝，以彼岸之石攻此岸之玉——让精卫鸟、盘古、仓颉们乃至弥漫于苏州的气息不仅仅是一种图像、符号与象征，而同时融化到琐屑的日常生活，并由此获得包容以及超越，真正成为一种整体的、具有中国民间气象与生命力的东西，真正让那源远流长的民族的精魂，切近到现实中可以听到树叶的沙沙作响和血管里扑扑的跳动。

而这样一种神秘的通道，一种富有传承与领悟、拿来与点化之妙义的暗道在哪里呢？它到底在多大程度上负载着中国儿童文学写作者的殷殷期望呢？如果可以用个技术性词语来假设和比方的话，我想把这样的探寻通道称为“转码”。熟悉网络的人都知道转码器，通过它可以将不同质的信息相互转化。而我借用“转码”这一词汇，并不是想借助技术性手段来做论述的减法，恰恰相反，这个“码”在很大程度上指向与连接了一种未知和已知——正如文化的使命是融合，也是继承，在儿童文学探索民族化写作的道路上，这种内在与外来双重的传承与转换，这种犹疑着与靠泊着、抵抗着与接纳着的双重尴尬与欢欣，不可谓不意味深长，过程也更是任重而道远。在这样的“转码”之中，写作更多地被重构与显现，意义也将重新被组接与整合，而那样的一种损耗与消融中却也孕育着新的沟通和认同——这就如同卡彭铁尔在临终前留下了“回到种子”

的神秘遗言，而在川端康成那里则将西方的文学比为流动的潮流，将自己民族的文学传统比成“潜藏的看不见的河床”——归根到底，这是“向外探寻”后的一种超越，一种回归，是“返回”的传统而不是“复制”的传统，是基于母体的更迭与再创造，是传统中被重新赋予生命的文化精髓的驻留与焕发。

因此，当来自西方的《哈利·波特》作为奇迹横扫全世界的时候，当我们注意到它商业的巨大成功、经济时代营销的神话时，我们是否更应该注意到它所根植的深刻的文化背景？当 J. K. 罗琳的作品中一再地出现猫头鹰信使，出现斯芬克斯怪兽、马人这些来自希腊神话的符码，我们是否真正注视过这符码以及文本中蕴藏的巨大的文化内涵与文化隐喻，那孕育出巫的民间土壤，那巫文化背后强大的欧洲民间的精神？

至于中国读者熟悉的日本作家安房直子，她那些脍炙人口的童话无不打上本民族深深的烙印，散发出东方式的温情与柔美。在安房直子的作品中透露出的日本民间文化中的拙朴诡异与轻灵温婉，既有着日常生活中人和自然和谐的禅意，又有着东方式的浪漫、清浅与俏皮，也正是这独特的东方之美让她立足于世界儿童文学之列。

前面曾经提到，儿童文学的发端从本质上是现代西方教育的产物，对于中国儿童文学来说，它或许该称为地道的舶来品。但从实质上它们又都有着归属于自己的独特文化和民间传统。举个简单的例子：在欧洲民间童话里，一个孩子是被鹳鸟带到这个世界上来的，这是欧洲关于人类诞生的想象，也是欧洲民间文化所散发的古朴诗意，它带有欧洲式的人与自然关系的浪漫精神，贯穿在格林兄弟、安徒生以及巴里们的幻想与游戏世界之中。

那么中国呢？虽然在中国的民间文化中没有鹳鸟翩跹，可是却有麒麟送子的传说。《拾遗记》所载“夫子未生时，有麟吐玉书于阙里人家”，且上书“水精之子孙，衰周而素王”，后来演绎为民间“麒麟送子”。至于那个光芒四射中跳出的男孩子哪吒，他的骨血和精气神中又有着多少挡不住的来自民间的巨大能量，就如同他如此神奇地瞬间长大成人，奇迹般地依靠莲花和藕死而复生，他的身体和灵魂又蕴藏着多少质朴与地道的民族元素？而在他身上升腾起来的、超越我们传统礼教秩序的恢宏想象，又是多么中国式的天马行空、骛游八极。或许类似的例子还可以列举，比如在民间散落的关于马头娘的传说，干宝《搜神记》卷十四“女化蚕”等。当小说最后马皮“蹶然而起，卷女而行”在巨大的桑树上化为蚕的时候，这则有着强烈的礼法孝义的中国式教化与报应的故事，却在民间的跳脱飞扬的想象中显示出天才般的幻想光芒。若是这种“超越人畜、生死幽冥和仁义礼智的爱欲”真正作为一种民间精神的底蕴，成为一种照耀我们的动力之光，成为写作的真正源泉和灵感所在，或许这才是最后时刻的到来，是那“转码”通道中最深邃、最真实，也最魂牵梦绕的故乡，而大师早已预言：“我们所有的探寻

的终结,将来到我们的出发之地。”(艾略特)

而这样的“出发之地”该是多么丰厚而棱角分明——那是烙印着的世界各民族的文化差异性。其实在这“返家”的路上,我们能意外地发现许多奇妙的暗合和相通,找到一种冥冥中的惊奇与会心,你看在那古希腊奥尔菲斯和尤丽迪斯的阴阳爱情中,是否有着中国的梁山伯祝英台以及目连救母的冥界传说的影子?而在莎士比亚的《仲夏夜之梦》中,那个受精灵诅咒后变成驴子头的巴腾却得到女神泰坦尼娅的眷顾,会不会让人想起那个中国神话中的盘瓠,顶着他尚未变成人形的狗头与公主进入洞房的情形?这些奇妙的重叠与间离中,这些既似曾相识又大相径庭的趣味中,我们只能惊讶着人类在他们共同的天空中留下如此丰富深邃的暗号,或许,这也是我们能够追根寻源、彼此应验的前提所在。

所以,我一直在想,那个著名的卡尔维诺如何可以不朽呢?除了作品具有让“阅读就像在丛林中前进”(卡尔维诺)的魅力,更深层的或许就在那些和他朝夕相处的意大利童话之中,而这一深刻的渊源,却让我们不能不看到一个事实:我们有多少人能像卡尔维诺那样如此狂热地、像一个真正的民俗学家一样投入与挥霍自己的时间和才情呢?在他那篇为《意大利童话》所写的著名的前言中,他曾说到自己利用手头资料编纂民间故事时的情景:“这种激情迅速地转化为一种狂热的癖好,其结果是:为了换取《金粪驴》故事的新版本,我会拿出普鲁斯特写的所有小说……我的眼睛像染上了狂热症的人那样,变得敏锐起来,我一眼就能在最难以分辨的阿普利亚或弗留利版本里,区分出‘普雷泽姆莉娜’型的人物还是‘贝林达’型的人物……”可以说,这样的轻描淡写却让我们看到了一个作家真正具有的伟大和赤诚,他心灵疆域是如此的广袤神秘,充满了好奇、天真和童趣。

因此从这个角度来说,走在民族化写作之路上的薛涛、林彦们,他们敏锐而孤独的第一步是重要而关键的,或许他们更应看到并不遥远的将来,看到自己四周潜伏与蕴藏的儿童文学新生代的力量,看到汤素兰的童话、王立春的诗歌、毛芦芦的小说以及熊磊熊亮兄弟的绘本们所具有的朝气和锐气,以及他们正在共同呈现的关于民族化写作的严肃思考。与其说他们这种努力是艰难而庄严的,不如说在这艰苦卓绝后终将赢得一个属于集体的胜利——在通往我们民族文化精髓的秘密通道中,那些驻留在皮肤中的警觉,那些刻骨于血液中的喧响,那些在河水里沉淀、在酒瓮中积攒与酝酿的一切,总有一天将在合适的温度和夜空中,喷发出属于自己的耀眼的光和火焰来!

2008 年

把感情和艺术情趣放在第一位

任大星

在新时期儿童文学作家中，任大星是很独特的一位。上世纪五六十年代他就写过《吕小钢和他的妹妹》《刚满十四岁》等反映新中国少年儿童健康成长的作品，格调清新向上，受到广泛好评。但是最能代表任大星风格的还是新时期之初的一系列作品，苦难中的人性、浓郁的乡土特色、真挚的个人情怀，使之成为新时期儿童文学转向的重要标志，是儿童文学最初的“悲剧”。在纪念改革开放30周年之际，任大星的感怀不仅是个人创作之路的回顾，更是一代儿童文学作家的精神历程与美学追求的状写。

——编者

我受家庭影响，从小热爱文学，不到17岁开始学习写小说。那时我写的都是孩子生活题材的小说，自己还是一个初涉人世的大孩子，不写孩子生活还能写些什么呢？我当时还根本不知道世界上有一种名之为“儿童文学”的文学门类，只是在那里自得其乐地满足自己的精神需求罢了。

到了今天，我从事儿童小说创作已有六十多个年头。这六十多年来，创作已成了我的一种精神享受，一种生活方式，一种无可替代的兴趣爱好。

我在少年时代开始学习写小说时，就以我的童年生活为背景，兴致勃勃地写了三部中篇小说。当时我生活在贫穷落后的旧中国农村，还不知道可以到什么地方去投稿，只能自己画插图，自己设计封面，自己装订“出版”，再免费“卖”给自己看。除了我自己，另有“半个”读者，就是我的弟弟任大霖。他虽然看在兄弟感情的分上，不得不拿去看，但看了一半就丢开了，因为离小说应有的艺术水平还很远，实在看不下去。这三部由我自己辛辛苦苦“手抄”的“非法出版物”，现在已经不知道被丢到哪里去了。

等到我出版了儿童文学处女作以后，1956 年，《人民文学》为了迎接全国青年文学创作会议，来信约我写一篇短篇儿童小说，题材不拘。我受宠若惊地抓紧时间，从“早就成竹在胸”的题材中，写了一篇题名为《雨亭叔公的双筒枪》（后改名《双筒猎枪》）的短篇儿童小说，发表后居然受到了各方面的鼓励，还被有关部门翻译成四种外文，选送参加了世界青年联欢节的文学评奖活动。这应该是我从事儿童文学创作后，第一次发表的以我的童年生活为背景的童年小说。此前，我也曾写过不少同类题材的儿童小说，但投稿命中率简直为“0”。我很感谢《人民文学》编辑部，使我在这方面有了零的突破。于是我再接再厉地写了我的第一部长篇少年小说《野妹子》，出版于1964年。此书在新时期以来连续重印，发行量接近30万册。

可惜《野妹子》初版不久，“文化大革命”就发生了，直到1978年我才开始重新发表作品，在两鬓霜白以后才恢复了创作新生命。十年动乱结束后，我发表的第一篇儿童小说，也是以我的童年生活为背景的童年小说，题名为《我的第一个先生》，发表在1978年的《少年文艺》。没想到这篇小说在少年读者的邮寄投票评奖中，获得了小说类的最多票数。我的作品都是写给少年儿童欣赏的，少年读者对我的鼓励，极大地增强了我创作这类作品的自信心。

自此以后，我就一发而不可收，写了包括《三个铜板豆腐》在内的一系列以童年生活为题材的中、短篇儿童小说，如《湘湖龙王庙》《摔碎了的奖品》《外婆的死》《鱼》《灾荒》《病魔》《心中的桃花源》《我的童年女友》《大钉靴奇闻》《狐狸女儿阿梦》《菜园里的大枣树》等等，其中有几篇侥幸地获了奖，有几篇被翻译成为外文，走向了国外。这些都是对我很大的鼓励。最近几年里，我还陆续写了二十多篇以自己的童年生活为题材的自传体童年小说，都已在各类儿童报刊上相继发表。

从心底里说，我自己最喜欢写的正是这类作品。自古以来就有“文以情贵”的说法。写自己小时候熟悉的生活题材，不仅感受特别深刻，更有感情，更能满足我的创作欲望，激发我的创作热情，而且似乎还更能促使我实现创作中的艺术追求——赞颂生活之美。显然，因为我的少年时代是在苦难深重的战争环境中度过的，当时对生活中遭遇到的一切美好事物特别敏感之故，所以留在我记忆中的乡土之情、骨肉之情、山村小伙伴之间淳厚朴实的友爱之情，多年来一直印象鲜明地活跃在我的心头。那里面包含着多少跃跃欲出的题材，呼唤着我的创作啊！

此外，我在创作中还有这样一个想法：文学创作必须首先感动自己，才有可能去感动读者。这就是文学作品动之以情的艺术感染作用。

曾有作家说过：“作家的资本是童年。”这不失为寓有哲理的经验之谈。根据我的切身体会，文学创作的最深源泉往往是创作者的家乡，家乡的乳汁不仅哺育他成人，还会从里到外给他留下不可更改的乳香，给他的性格、素养、气质和审美观，留下深刻的烙印。这种乳香，必然会充溢在他的作品中，评论家称之为“乡土特色”。由于一个人的童年生活总是构成家乡生活的主要内容，所以说“作家的资本是童年”，这话并不算夸张，对于儿童文学作家来说，更有其特殊意义。例如鲁迅的短篇小说《社戏》，他描绘的江南农村风光、农村小伙伴们月夜驾船去看戏的欢快情景、他们之间天真淳朴的友谊以及农村孩子热情爽直的性格，都跃然纸上，如诗如画，令人心向神往。我以为这就是艺术情趣对读者的感染力量。又如冰心的《寂寞》《离家的一年》、林海音的《城南旧事》、意大利作家亚米契斯的《爱的教育》等小说，也多有这样的艺术情趣，都使我百看不厌，诱导我进入了渴望进入的文学殿堂。我一辈子不会忘记这些作品对我的文学启蒙教育作用。

也许可以这么说，新时期以来文学创作的大环境、大气候，对我的创作是十分有利的，发表这方面的作品，相对而言就比较容易。这使我一直深受鼓舞。到了现在，我写文学作品，包括写儿童小说，始终抱着这么一个宗旨：自己想写什么就写什么，爱怎么写就怎么写，只写自己喜欢写的作品。这在改革开放以前是难以做到的——那时候我多次遭遇到退稿的命运，就是一个例证。我这样说，绝不是说我现在就不再写当代少年儿童生活题材的作品了。实际上，我近年来也常常写这方面的作品，例如发表于《人民文学》的《画眉鸟》、发表于《电视 电影 文学》的《收起你的刀》等等，不在少数。但是，我写这方面的作品，也仍然力求把感情和艺术情趣放在第一位。

根据我的理解，儿童文学首先应该是文学。文学，是用语言塑造形象以反映社会生活的艺术，故又称语言艺术。文学的功能必须以审美功能为前提。儿童文学和成人文学在本质上完全是同一回事。儿童文学唯一不同于成人文学的，只是读者对象的不同——专为适应少年儿童的阅读兴趣和阅读要求而创作的文学作品。孩子的童真具有一种天然的诗意美，一种特别富有吸引力的迷人力量。因而，儿童文学，包括儿童小说在内，在满足不同年龄阶段的少年儿童读者的不同阅读要求和阅读兴趣的特殊要求下，必须称得上是真正的文学作品，大人小孩都爱看，能给予他们应有的艺术审美功能——艺术情趣、艺术欣赏价值和艺术感染作用。

甚至还可以这么说，作为一位儿童文学作家，如果他对社会和人生的了解，不局限于儿童世界而包括整个成人世界，了解得广阔和深入，这就必然能使他的儿童文学作品更加具有社会意义和社会价值，从而丰富作品应有的审美内涵。

杨红樱现象:商业童书与批评标准

刘绪源

杨红樱的创作在儿童文学界和童书出版界引起了长时间的困惑,我对此已有过好几年的思索。但最近,忽然有了一种豁然开朗的感觉。

我发现,包括我在内的争论双方,其实都没能给这些作品找到正确的定位。它们其实代表着一个新的事物,那是随着书业的高度市场化,随着出版社的改制而到来的。它们最合适的名称,应该是——商业童书。

一

本来,儿童文学都是为儿童而创作的,都是"为了儿童"的,在这一点上,大家的起点是一致的。可是市场经济到来了,整个社会结构出现了巨大的转变。在成人图书领域,出版了大量纯为盈利的商业性书籍;在舞台演出中,出现了大量奔着钱而来的商业性演出;难道独独童书出版业,可以成为永远的"净土"?

商业童书早已悄悄萌生。它以如下三阶段进入我们的视野:

第一阶段,在一些优秀儿童文学作品中,出现了畅销的因素,它们有很高的审美价值,作家也保持了自己的责任心,但市场和出版社很快发现了它们的商业价值,《男生贾里》《女生贾梅》就是这样的作品。

第二阶段,作家和出版者都开始以畅销为目的,采取了各种"走市场"的方式,但这些作者仍丢不开对艺术性和审美价值的追求,仍然保持了一定的责任心,所以作品常呈现矛盾和分裂的状况,水平参差不齐,畅销程度也受限制。曾经很活跃的"花衣裳"组合,就是这样的作品。

第三阶段,作家和出版社密切配合,调动一切营销手段,从创作阶段起就进行包装,作品艺术品质粗陋但轻松可读,迎合学生趣味,畅销和盈利成了主要目标。到这个时候,"商业童书"正式登场,杨红樱的"淘气包马小跳"系列是它出现的标志。杨红樱,成了中国商业童书的领跑者。

当然,商业童书也并非全无艺术性可言,甚至,它也未必没有一点教育性,但在它们身上,艺术性和教育性,都成了商业的工具,都是作用于畅销的元素,而真正的目标是快速盈利。目标变了,整个性质也变了。

不妨作一类比:那些此伏彼起的商业性演出,难道没有一点艺术性可言?刘德华、费玉清、蔡琴的歌，有时艺术性还是很强的，甚至也有对人生的咏叹和规劝，但这并不能改变其商业演出的性质。

二

对于商业童书，我们还来不及做出更多的研究。但至少，有一点界限，可以先予划清，那就是：畅销，不等于文学性强，不等于艺术性强，更不等于思想性强，也不等于教育性强；那只是它的“商业性”比较强，或非常强。

我在《批评能跟着畅销转吗》（载2008年10月24日《文汇读书周报》）中曾说：“商业上的成功，与作品文学性强不强，本来就是两回事。文学性要通过艺术分析来把握，商业成功要通过市场来把握。想通过市场来把握文学性，是不可能的。市场上畅销的书既有文学性强的，也有正好相反的，这一点也不奇怪。文学性并不是畅销的必要条件。”现在，我还想再做点补充。

我发现，商业性的畅销有自己的必要条件，它往往形成这样几个特点：

它不能太有艺术上的追求；不能太有个性；不能太深；不能太新；要合于大众口味，要趋于“平均值”；另外，成本不可太高（最好能快速成书，前一本销售势头刚过，下一本随即接上，就像一张接一张连续发传真似的）。

显然，在创作上，它与作家在审美价值上的追求走的不是一条道，它必须“去掉几个最高分”。其结果，就使之更接近于电视剧，而不是电影——看电视剧可以不用心，可以吃零食并闲聊，可以分心开小差，甚至可以走开一会儿再接着看，它可以让更多的人轻松接受；但看多了电视剧的人，再看高质量的电影会很不习惯，以至于看不懂了。

中国式的畅销还有它的品类上的特点，我以为主要有三：

一、从惊险到打斗（惊险各国都有，没完没了的打斗却是中国特色，西方更为普遍的“推理”在中国就不太吃香）；二、从言情到色情；三、笑话。

中国式的笑话不同于西方《笨拙》《鳄鱼》等幽默、讽刺、漫画类刊物，它另有自己的传统。当年林语堂编《论语》，打出幽默的旗号，其实继承的更多是《礼拜六》式的笑话传统，结果引起杂志畅销，各出版社纷起效仿，20世纪30年代的“杂志年”即因此而来。杨红樱的“马小跳”系列，一段段故事颇类同于《故事会》上的那些笑话，这也正是其畅销的原因之一。

当然，也不排除出版者率先使用了更多的营销手法，比如大面积地、密集地走进学校签售等，这也使“淘气包马小跳”等图书抢先占领了图书市场的制高点，尤其是当别的出版社还没醒过来时。而这与文学性就更沾不上边了。

三

商业童书将会大量出现，甚至占领童书市场的大半个天下，这是不以人的意志为转移的。因现在的出版社已是企业，企业是要经营的，资本总是要扩张的，这是它的本性。所以，多家出版社争出杨红樱的作品或类似的作品，这也是正常现象，是不必劝，也无法劝的。

只是我们必须明白，这是商业行为，是盈利。出版者不必遮遮掩掩，明明是奔钱而去，却仍要说是“为了儿童”；同时也不可上欺下瞒，明明是迎合市场的快餐，却偏要自诩为“最佳烹饪作品”。出版社可以理直气壮挣钱，但要实事求是宣传，这是底线。

现在的问题是，政府部门、宣传领导机构、专业团体、研究者、专家、教授……对此要有一个清醒的认识。儿童的读书时间非常有限，高品质的非营利性的儿童图书市场因受到商业童书的挤压正变得越来越小，我们所需要推荐和奖励的恰恰是那些非商业性的好书。在市场经济大潮的冲击下，真正优秀的中外儿童文学已暂时处于“弱势”的地位，我们不能不看到这一严峻的现实——我们再也不能盲目地跟在商家的宣传后面跑了。对于“商业童书”，如再掉以轻心，则早晚也会有大的教训。

当然，商业童书拉动了图书市场，完成了利润指标，出版领导部门可从产业的角度予以表彰，税务系统也可作为纳税大户进行奖励，但绝不能再将其商业上的拳头产品与文学艺术上的高端作品混为一谈了。

四

现在真正危险的，是资本不但有扩张的本性，还有强烈的垄断欲望。

前不久，几家出版杨红樱商业童书的企业联合召开会议，除公布一些数据以说明杨的书占领市场份额之大，一个最突出的特点，就是呼吁批评界应该改变批评标准了，换言之，就是要以杨红樱的书作为评价一切儿童文学的基准，而其理由，就是畅销。

这里传达出的信息，是一个书业“托拉斯”的雏形已在蠢蠢欲动。托拉斯的成立，是为了垄断销售市场，争夺原料产地和投资范围，以获取高额垄断利润。在我们还没有一部“反垄断法”的时候，必须警惕这种“垄断销售市场”的行为。因为它一旦形成，中国的童书市场事实上也就令人担忧了。

限于篇幅，本文不能就此展开，下面只就批评标准略做剖析——

浙江少儿出版社的副社长郑重质问道：“为什么在严肃的儿童文学评论体系指导下，作家们并没有写出很受欢迎的作品？而能让亿万小读者疯狂着迷的作品却恰恰受到主流评论界的批判？”会议于是提出了“反思童书评价体系”的命题（见 2008 年 10 月

15日《中华读书报》)。

我在《批评能跟着畅销转吗》中反驳说:创作是作家的工作。批评总是第二性的,批评家只能在创作发生后,做一些分析,指出作品的美点和独创性,指出它艺术含量的高下。批评家相当于品酒师,你不能因为没有酿出好酒,就迁怒于品酒师的存在。你也不必因为品酒师说你的酒味不醇,就怒不可遏,他不过是公布了自己的研究成果。如果一桶酒卖得很好,而品酒师说不好,也不要一定以为是品酒师的错。他有自己的工作准则和工作尊严,他的工作具有独立的性质。

现在要补充的是:郑重所提及的"严肃的儿童文学评论体系"虽不是一成不变的,却也不是能够轻易修改的。因为正如前述,批评总是第二性的。就像一个国家的货币发行要有相应的黄金储备或其他等价物做支撑一样,儿童文学评价体系的背后,是整个世界儿童文学史和无数优秀作品在做支撑。

更大的问题,出在对批评的定位上。本来批评是外在的声音,一如品酒师之于酒商的酒,他可以说好也可以说坏,从而形成各种外在的观察和判断。但郑重以"小读者着迷"为由质疑"评论体系",要让评论体系向卖得好的书靠拢。一旦评论真的不再以中外优秀儿童文学为基准而只以当下最畅销的书为基准了,那还会有别的声音吗?于是,批评就变成当下最畅销书的内在的声音了,变成了畅销书自己对自己的表扬和对异己者的讨伐。从此,"当下最畅销"的也就成了永远的霸主,这不就是垄断的形成吗?

资本已提出了垄断的欲求,中国的童书界,要警惕。

2009年

从种子到花朵的跨越

李学斌

瑞典著名儿童文学作家林格伦认为，就她个人感觉，其实女性和母性，在儿童文学写作中并不起什么大作用。她把成功归功于：与自己的童年保持不受损害、依然活生生的联系。她认为，能写出优秀的儿童文学作品来，不在于了解现实的孩子，而在于了解过去的那个孩子——自己。也就是说，好作品不是源于观察，而是诞生于记忆……

无独有偶，国际安徒生奖得主、德国著名儿童文学作家凯斯特纳也坚持认为：一个人是否能成为儿童读物作家，不是因为他了解儿童，而是因为他了解自己的童年。他的成就取决于他的记忆而非观察……

话虽如此，但是，记忆毕竟不是文学。从记忆到文学是一个蚌病成珠、化蛹成蝶的过程，这需要审美的酝酿和创造。如果说，记忆仅仅是一粒蒲公英的种子，那么文学就是翩飞的洁白、柔韧的花朵。正是耽于这样的联想，笔者走进了彭学军的《腰门》世界。

我首先注意到了小说叙述的角度。

显而易见，小说中，"腰门"是一个视点，小说的整体情节、氛围，都是架构在"腰门"之上的。目光穿越"腰门"，脚步在"腰门"内外进出，耳闻目睹的人事，心灵所触摸的空间等等，组成了"腰门"独立自足而又无限绵延的世界。这个世界不是通常的，由芸芸众生和世间万象促成的现实世界，而是经由成年历练、反观，而后向童年一步步漫溯，忐忑而好奇、憧憬而惊疑、跃跃欲试而又踌躇不定的世界。比之"正门"世界的辽阔、芜杂，"腰门"内外，同样也交织着无私与狭隘、淳朴与世俗，既有温情和善良的滋养，也有冷漠与狡诈的纷扰，但彭学军只写"腰门"尺幅的世界。见识了爱的宽厚与狭隘、情的幽怨和执拗，6岁的"我"一天天长大，小小的心思和柔韧的情绪，在漫天飞舞的白蝴蝶翅膀里，纷纷扬扬，最终飘散一地的，是一个13岁女孩一路走来的悟与痛。

作家采用了第一人称的限制性叙述，将审美视界限定在了"腰门"的高度。这样的文章格局，自然滤去了一些人生的内涵，也剪辑掉了一些模糊的岁月痕迹，只凸现了孩子眼里的世界。这样的选择，不经意间显出了写作的一种纯粹。

也正是从这个意义上，"腰门"具有了某种象征意味。"腰门"是进出世界的通道，也是眺望生活的窗口。既然“腰门”“半开半闭”,那么孩子穿过“腰门”的成长就是从未知走向已知,从懵懂走向清晰,从狭窄走向宽阔,从懵懂走向顿悟……因此,走出“腰门”就是蝉蜕,是蚌病成珠,是化蛹成蝶。无论现实中走进“腰门”是否偶然,精神上走出“腰门”都是一种必然,因为这是成长中的一个“节”。

而从写作的角度,“腰门”视角也就等同于儿童视角、少女视角。这是作家的一种创作预期和心理设定。借助于“腰门”,作家实现了从生活到文学、从记忆到审美、从种子到花朵的跨越。这是有限和无限的融会,局部和整体的统一,童年和人生的叠合。

小说的情节和人物也颇具特色。全篇采取了贴着人物写的小说传统。人物从“腰门”进进出出,故事由吊脚楼下顺流而泻,一路亲历的人与事,荡漾成水波潋滟的湖面。“给我改名的小大人”“不会说话的水”、“兔子嘴巴”的青榴、“拨动心弦的水车男生”……生活的残缺与遗憾总是和生命的奇迹衔接在一起,这给“腰门”外的世界镀上了一层诡异而绮丽的釉彩,让“我”体味到成长的伤痛和迷离,心也借此于震颤中渐渐柔韧、丰满起来。

与此同时,和“我”相毗邻、交融的一切也随之在水波里开始珠圆玉润。水无奈的挣扎,无告的悲愤,无望的离去,渗透着人世变迁的苍凉,也折射了生活留在人性深处的痕迹。爱和同情在这里显得那么孱弱,所谓的文明和进步毫不留情就驱散了古老街巷里弥散多年的那缕温情。这不仅仅因为那场大火。既然麻脸奶奶的去世标示了属于那个时代悠远温情的一去不返,既然水的命运无可更改,那么人世变迁的无尽况味让人体味的也唯有神伤和感喟……

而青榴的命运则更富戏剧性。从“鬼的歌声”到“城墙上的月光”,“兔子嘴巴”的小姑娘经历了人生的一次起伏跌宕。作为旁观者,我们不能简单责备妈妈的自私和她的世故。这里面有着生活的合理逻辑。但是,有一点是不可以忽略的:对这个曾经笼罩在自卑、自闭中难以自拔的女孩来说,假如没有来自养父母的挚爱,没有无私和坦荡的友情,生命的灿烂将永远是一场隔世的梦境。

至于“木木客栈”和“那个人”则让“我”体味了生活的艰辛和无奈。手足之亲、亲子之爱、夫妻之情、同学之谊……这一切,都款款而来,一一呈现,朦胧而清晰,懵懂而知性,单纯而迷离,真实而虚妄……

而正是从这个层面上,“我”隐约洞悉了生活的残酷与荒谬,品悟了命运的迷离和玄妙。生活是一面镜子,也是一挂秋千,那一道道幻影让“我”困惑,进而迷失,甚至游走于幻象与真实之间,去叩问生活和命运的本相……当一个孩子开始意识到自我并试图把握自己的感受,显而易见,她开始长大了。

叙述中,虚拟的第一人称叙事与作者第一人称的回味和喟叹胶合在一起,更增添了情节的历史纵深感，也让小说富有亲历性。郁达夫说，“文学作品都是作者的自叙传”。原因就在于，作家最真切的生命体验和情感阅历融会其间，荡起了最夺人心魄的水波……

《腰门》在整体构思上显示了作者的良苦用心。

首先，《腰门》的世界并不逼仄，相反，倒有一种知白守墨、以少胜多的余音余味。小说生活容量很大。穿越“腰门”，一个女孩应该经历的心灵激荡一一呈现。这显然不是单纯的生活之流，而是悬浮其上的文学之流、艺术之流。文学超越生活是必然，生活模拟文学是企愿。将两者合而为一，那是最佳的心灵效应。透过《腰门》，我们依稀看到了作者的这种努力。

小说也体现了节制的艺术。情节和人物并没有盆满钵满，适时的留白成了缀连全篇的“气”“眼”。这就像小说里，那个会神秘启动的“哑蝉”，它从静滞到起飞，不仅是幽闭的少女心扉的开启，也预兆了爱的守护下，自我灵性的觉悟。

在这样的勾画下，《腰门》写出了颇为深广的意味。岁月如水流逝，而人总要长大。岁月里，也蛰伏着另一种潜流：风平浪静时，它常常是漩涡，甚至以毁坏的力量觊觎着美的存在，以世俗的浸染裹胁着成长，但是，危难之时，困厄之际，却往往裸露出卓然、磊落的本声、本色……

跨越时空又立足现实

——王晋康的幻想小说

郝树声

为人一贯低调的王晋康不无伤感地对我说:“在中国,科幻作品在文学长廊里几乎没有一席之地,我希望文学界把我们‘招安’进去。”我感到十分诧异,他的很多作品都是非常优秀的,他本人在科幻文学界更是不可替代的作家之一,为什么却这么落寞?细想之下,或许是由于我们许多不必要的“领域”之分使得大家相互隔阂起来。实际上,王晋康的作品不但在科幻界,在整个当代文学中都有其独特价值。

王晋康的作品在我看来,是在用生动的手法阐释丰富的人性,阐释深奥的哲理,阐释多彩的现实,寄托了他对“自然”这个上帝的敬畏和顿悟,预言了当今不可能付诸实施、但多年以后可能被证实是正确的理念,闪烁着与其他作家描写的人生离合悲欢有别的另一种思想光辉。

晋康自述他是在自己的孩子经常缠着他讲故事时,忽然动念,开始科幻文学创作的,从此一发而不可收。他上大学学的是动力专业,这是建筑在物理学概念上的工科专业。开始小说创作以后,他的几十篇中短篇小说运用物理、化学领域的理念,创造了不少新颖可读的作品。随着年龄、阅历的增长,他的创作艺术不仅炉火纯青了,而且思想内涵也日臻丰富、深刻。他觉得用抽象的物理概念建立起来的文学图解,很难与人生之谜有机融合。于是,考虑到在21世纪生物科学将是科学领域的带头学科,他便转向了生物科学领域。他运用生物科学理论作为小说的基础,这就与人类生存和演化的故事有了内在的共通性。这些年,他从中短篇脱身出来,转向了长篇小说的创作之路。我以为,在他众多的作品中,《十字》《蚁生》《类人》《天残》和《生死平衡》最具有代表意义。

《蚁生》是以王晋康年轻时的下乡知青经历为背景,寓理想、诙谐于苦难的现实之中,真实地再现了当年那段波澜壮阔的历史,又把它放到“人类本性”的高度来认知。那些正需要吮吸知识营养的一代青年,却在上山下乡的大背景下,远离父母及熟悉的城市生活,在无法自己选择的社会浪潮中艰难地生存着。爱情纷争、情敌忌恨,眼看优秀青年颜哲命悬一线,不料峰回路转,他利用父亲一生研究蚂蚁社会的成果,用科学家研制的“蚁素”控制了人的行为,建立了一个小小的乌托邦式的理想家园,自己和女友充当了管理这个小社会的上帝角色,最终,却因为与整个社会、与人类本性格格不入而走向幻灭。在这部小说中,科学幻想的成分融入了现实世界,但小说最根本的指向却是社会真实。因为对社会制度伦理的谙熟和逻辑的严密，读这部小说，那些匪夷所思的事件仿佛真的发生过一样。

《类人》一书，才算得上一部名副其实的科幻小说。“克隆”这个专用术语，在当今人们的日常生活中，已经不是一个陌生的名词。克隆任何生物，只要不是人类自身，一般是被社会认可的，但它不可避免地会走向极端，殃及人类。尽管人类制定了各种各样的强制法令，但小说中最终还是克隆出了“类人”，他们同样具有人类的情感；不仅人造生命大行其道，而且电脑生命也将演化为更高层次的生命和思维方式。要不要跳出旧的人类伦理道德框架？怎样才能跳出这一框架？小说给人们留下了深刻的思索空间和探索路径。作者创作这一故事，显然是在拷问自然人类的良知：到了那个时代，自然人、人造人和电脑“人”能否和谐相处？人性会发生怎样的变化？人类之爱还能否存在？放到科学日益发达的今天，便为飞速发展的科学技术，特别是生物技术、生命科学以及克隆人类自身的技术，提出了一系列不容回避的问题。

《十字》写了一个美丽的女科学家献身科学事业的悲壮凄婉的故事。作者描写了一个特殊时期的特殊环境中，一些特殊人物发生的一系列摩擦和交锋，令人回肠荡气，不忍释卷。他把人道主义和科学思想融会贯通，最终使科学的理性战胜了宗教的极端狂热，为保障人类及多样生物的合理存在找到了一条理想的出路。读完这部作品，联想起“非典”“禽流感”和“H1N1”病毒在全球的传播蔓延，让人觉得王晋康的思考远远超越时代，这部作品具备了深刻的社会意义和现实意义。《生死平衡》则从医学的角度探讨了关于人类生与死的严肃话题，尖锐地指出，医学本身不只是一个治病救人的问题，而更应该建立对人类有利的生死平衡机制。

我在读王晋康作品的时候，有一个挥之不去的念头，就是忍不住要把他的作品同丹·布朗的惊悚小说和金庸的武侠小说放在一起比较，因为他们具有共同特点，那就是悬念、惊险和刺激。我始终想不明白的是，为什么那两位大家的作品风靡世界，而王晋康的作品却似乎藏在深闺里。仔细想想，通俗文学、消遣性质的小说到底更加适合大众读者的口味，而王晋康的作品由于与科学挂上了钩，未免严肃了一些。所庆幸的是，他已经拥有了广大的青少年读者群，而我们这些成年人，虽然大多不熟悉他的作品，但是只要你去读，便能感觉到他妙趣横生的书写所产生的吸引力。

科幻作品本身就带有先验的性质，它既要有扎实、准确的科学依据，又要对未来进行思考和预测。我们不能苛求他的设想在未来都能够被证实，但肯定会有被人们惊呼的预言得以实施和实现。《西游记》和《封神演义》都不是科幻小说，却不乏科学幻想的成分，“顺风耳”“千里眼”在当代已经不再是神话，“土行孙”现在也有了盾构机可以注解。你不能不佩服小说家们的奇思妙想。英国著名科幻作家克拉克的小说中预言了同步通讯卫星、光帆飞船的出现,现在已经被科学技术的发展所证实。倘若这些预言性质的设想,哪怕只有极少成分能在现在的青少年思想上发酵,为他们提供启示,那就是人类思维明亮的火花,就是了不起的成就。王晋康认为,他作品中的预言不能保证正确,但技术内核是比较坚硬严谨的,他尽量减少明显的技术硬伤。

我认为,王晋康作品中对通俗文学元素的运用值得我们思考。王晋康的作品运用通俗小说的写法,却立足于科学真实和生活现实,进行深沉的思考和创造性的艺术探索。他把小说的元素运用得淋漓尽致,把比较玄虚的哲理思考化成了情节紧张的故事。这些故事都是曲折跌宕的,大多是以科技的发展、人类的进化为主题,尽力展现出科学技术这把双刃剑对人类自身和生活的作用与反作用。他对那些未来虚幻环境精彩的描述,折射出对于现实的沉重思考。如《十字》这部长篇小说,悬念设置十分成功,情节的张力一直保持到最后,几次恐怖袭击及正方的破解之策基本没有什么漏洞,也不乏机智的情节。比如科学家从日语中的“天の花”和一些童言中,偶然发现了生物恐怖袭击阴谋;比如杜律师用“减毒活疫苗”和病毒菌种的细微差别来打赢官司,等等。

王晋康又是一位名副其实的学者,他严谨的科学精神值得人们称道和探讨,他的作品表达的是一种科学的世界观。我在读了他的《十字》后,曾经和作者本人探讨过他是不是有浓厚的宗教情结。晋康告诉我,他的宗教理念是泛自然的,这种情结是基于坚定的无神论立场上的,是对大自然和科学的崇拜。杨振宁说,“科学发展的极致是哲学,哲学发展的极致是宗教”,王晋康虔诚的上帝观其实就是自然观。

鉴于这一基本的观念,王晋康的作品就有了用“上帝”的眼光看待世事的味道,独到而又深刻。他已经跳出了人类中心的圈子,跳出了时间的局限,在更高的层面上进行思考。他把浩瀚宇宙中自然界的生灵划分了好几个层次,或者可以说是边界:微生物是一个层次,植物是一个层次,动物中又分为不同的层次。人类之于蜜蜂、蚂蚁,则是“上帝”的角色;高等智慧之于人类,又是另一种层次的“上帝”。他看到,蚂蚁有蚂蚁的语言,蜜蜂有蜜蜂的语言,在这个蔚蓝色的星球上,已经形成了稳固的种群。在这些种群内,个体的行为微不足道,群体的智能却大得惊人。自然界让这些种群生生不息,源远流长。但是,自然界从来不是完美无缺的,优胜劣汰是延续基因、生物进化的机制。这样看来,人类的疾病实际上是对人种的检验和锻炼,如过度地采取防疫措施,长此以往,可能导致人类的基因退化,反而不利于种群的延续,那么达尔文的进化论应当改称为“演化论”了。“存在即合理”,相生相克符合生物残酷生存的辩证法,人类没有必要用科学技术去剥夺生物存在的多样性,应当尽力维护其发展的平衡性。不要试图用蛮力去改造自然,要和大自然和谐相处。他的这些观点,应当是早在20世纪80年代就形成并且表达出来了,面对今天世界性的生态问题,我们更能认识到王晋康的思想的前瞻性。

王晋康作为作家和学者,他的作品是厚重的、大气的。他的作品有着悲天悯人的情怀,与当今世界普遍关注的生态问题、能源问题和粮食安全三大困扰不谋而合。他的作品传达出科学技术是双刃剑的理念,不粉饰太平,也不张扬科技无可阻挡的力量。尤其是他作品的结尾处,往往奇峰突起,比较冷峻,不是那种大欢喜、大团圆的结局,给人以压抑感,甚至叫人喘不过气来,这也正是他作品的另一独到之处。

教化、快乐与救赎

——新中国六十年儿童文学的精神走向

李东华

中国儿童文学从现代严格意义上来讲，是与中国新文学一道诞生、成长的，新中国六十年则占据了三分之二的里程。“从某种意义上说，一部儿童文学发展史，就是成年人‘儿童观’的演变史”（王泉根《论儿童的发现与儿童文学的发现》）。因而我们要探究，作为儿童文学创作主体的成年人，一直以来用什么样的目光打量“儿童”，它划出了儿童文学发展的无形的精神边界。

鲁迅、周作人、冰心、叶圣陶这些文学大师，同时也是中国现代儿童文学理论与创作实践的奠基者，新中国六十年的儿童文学正是继承了他们的精神。他们看待儿童的眼睛闪烁着三种不同但又相互交织的目光：一、这个“儿童”是抽象的，他是民族国家的化身，代表着一个民族国家的未来。也正因此，中国儿童文学自诞生之日起就充满忧患意识和神圣的责任感，“十分注重对儿童进行精神教化的功能，即通过道德评价的主题传递本民族的文化传统、传递本民族的人格理想”（汤锐《中西儿童文学的比较》）。二、这个“儿童”是具体的，是不同于成年人的具有独立人格的孩子，儿童文学应该从儿童本位出发，符合儿童的心理特征和阅读期待，解放儿童的天性，愉悦他们的身心。“儿童文学是快乐的文学”（高洪波语）。尽管对儿童独立人格的尊重并不完全等同快乐文学的观念，但必须以之为基础才能发展出注重游戏精神和娱乐功能的儿童文学理念。三、这个“儿童”是象征意义上的，象征着一尘不染的清净世界，和被污染的成人社会恰成鲜明对比，从某种意义上说是成年人实现自我救赎的精神家园，甚至，“童年是一种思想的方法和资源”（朱自强语）。因而，中国儿童文学创作的另一个重要倾向就是对童心和童年的礼赞、膜拜与思考。

这三种看待儿童的目光会对儿童文学的走向产生不同的影响，但同时它们又是相互渗透的。由于社会语境的不同，政治、经济、历史、文化等种种因素或间接或直接作用于儿童文学创作，会使其中的某种倾向在某个历史时期占据主导地位，并在不同的时代呈现出不同的特征，甚至发生变异，走向极端化、绝对化。但经过大浪淘沙和岁月磨洗的经典之作，则基本是那些融合了这三种精神诉求的优秀之作。

对“童心”的“教化”

新中国成立后的十七年（1949—1966），是当代儿童文学发展的第一个繁荣期。

“50年代以降，在广大少年儿童中产生广泛影响的著名儿童文学作品，几乎无一不是教育型的”（樊发稼《中国当代文学作品精选·儿童文学卷》导言）。因为在国家的主流意识形态里，少年儿童是“共产主义事业的接班人”，是祖国的“花朵”，儿童文学义不容辞地要承担起培养革命事业接班人的重任。因此，浓厚的教育色彩正是“教化”思想在这个年代的具体表现。

从外部环境来看，刚刚成立的新中国百废待兴，儿童文学读物从数量到质量都无法满足少年儿童的阅读需求。从儿童文学的内部发展来说，“教育性”在任何时候都是儿童文学重要的功能，只是要把握好一个度。这个时期的作家身经新旧两个社会，有些直接参与了民族解放的斗争，他们有着深厚的生活积累和人生经验，有着严肃的创作态度。同时，他们不懈地向世界儿童文学尤其是苏联儿童文学和民间文学学习、借鉴，不断丰富和提升自己的创作技巧。在沉甸甸的现实生活和厚重的传统文化的支撑下，这种“教育性”就因为饱含了人生的体温和丰沛感人的爱国主义情怀而不致沦为空洞的说教。

尽管“教育性”是当时每个儿童文学作家所要遵守的艺术标尺，但并不是说他们的心中就泯灭了对“儿童性”的清醒的坚守。张天翼当时就提出儿童文学要“有益”，同时还要“有味”（《给孩子们》序）。严文井则反对“由乏味的说教代替生动的形象”（《1954—1955儿童文学选》序）。陈伯吹则在《谈儿童文学创作上的几个问题》中提出了著名的“童心论”：“一个有成就的作家，愿意和儿童站在一起，善于从儿童的角度出发，以儿童的耳朵去听，以儿童的眼睛去看，特别以儿童的心灵去体会，就必然会写出儿童能看得懂、喜欢看的作品来。”也正因此，这一时期涌现出了一大批经得起时间检验的优秀之作。这些作品虽然难免会沉淀着那个特定时代的意识形态内容，但仍然有着浓郁的童真童趣，有着对儿童心理深入和准确的把握，甚至今天特别重视的幽默品格，在《没头脑和不高兴》《猪八戒新传》等篇什中也有鲜明的体现。

从另一个方面来看，“衡量一种文学，并不根据它的意图，而是在于它的实际表现，它的思想、智慧、感性和风格”（夏志清《中国现代小说史》）。最典型的当属张天翼的短篇小说《罗文应的故事》。对于罗文应好玩、好奇的儿童天性，按照当时流行的艺术法则，作者当然是持批评态度的，但因为作者严格地遵照现实主义的创作手法，忠实而客观地描绘了罗文应的一举一动，于是一个活灵活现的顽童形象，就超越了作者简单的是非判断，栩栩如生地站在了我们面前。这虽然只是一些片段，但依稀让人看到了林格伦笔下的淘气包埃米尔的神韵，而杨红樱等作家塑造的马小跳等各类淘气包们，也不能不说和罗文应有着近亲关系。只是罗文应“生不逢时”，生在20世纪50年代，只能是个被教育的对象；而马小跳诞生在21世纪，所以能大受追捧。但不管怎么说，对于儿童游戏精神的刻画描摹自那时起已有很多神来之笔,即便它们有时被作为反面教材存在着。另外应该说明的是,儿童文学作家们由新生政权所激发的昂扬、嘹亮的基调也带进了这一时期的儿童文学创作,“阳光”“春天”“向日葵”“燕子”“海浪”这些明媚的意象和图景频频出现在这一时期的作品中,带给了这一时期的儿童文学以特有的单纯、明朗之美。

尽管如此,“十七年”儿童文学创作最值得人警醒的一点还是如何避免沦为政治的附庸,避免从“教化”走向“教训”。这一时期的作品以革命历史题材和校园题材为主。这些作品的主旨通常是对少年儿童进行革命理想和爱国主义、理想主义、集体主义教育,对他们身上的缺点(通常连儿童的好奇、好动等天性也被视为缺点)进行委婉的批评,通过批评—帮助—克服这样一个过程,最终使小主人公实现“进步”。这样的作品容易流于简单化、概念化。而“左”的思潮在20世纪50年代末60年代初已经开始干扰儿童文学创作,以至于儿童文学的教育性走向了极端化和绝对化,成为政治说教。茅盾在《六〇年少年儿童文学漫谈》一文中,尖锐地指出当时某些作品“政治挂了帅,艺术脱了班,故事公式化,人物概念化,文字干巴巴”。

向着“文学性”和“儿童性”复归

“文革”中,只有极少数的作家创作出了优秀的作品,最突出的就是李心田的革命历史题材中篇儿童小说《闪闪的红星》。总体来说,这个时期的儿童文学创作乏善可陈。随着十年动乱的结束,中国儿童文学获得了空前的解放,新时期成为百年中国儿童文学发展史上成就最大、发展最快的一个时期。

1978年10月,全国少年儿童读物出版工作座谈会在江西庐山召开,随后《人民日报》发表题为《努力做好少年儿童读物的创作和出版工作》的社论。备受鼓舞的儿童文学界在思想观念和创作实践上突破一个又一个禁区,向着“文学性”和“儿童性”复归。20世纪80年代是一个儿童文学理论上众声喧哗、创作上佳作迭出的年代,其中短篇小说创作尤为突出。作家们在不同领域里激情满怀地开疆拓土,以开放包容的胸襟接受西方文艺思潮的洗礼和熏陶,以“寻根”的心态回望中国传统文化,怀着深厚的人道主义理想探索少年儿童的精神世界,探求人类童年文化的底蕴,把中国儿童文学推向了一个广阔的发展空间,在题材、体裁、主题、艺术手法等方面均有不小的突破。

在20世纪90年代中期以前的整个新时期,中国儿童文学界的最强音是曹文轩发出的:“儿童文学承担着塑造未来民族性格的天职!”这是“教化”这一理念在改革开放大背景下新的时代表述。这种理念的最直接推动力是十年“文革”后中国和西方在经济、文化上所面临的巨大差异。儿童文学作家们面临着和“五四”时期知识分子相似的精神困境，对于国家民族未来命运的巨大焦灼，使他们开始探索究竟少年儿童具备什么样的性格，才能使我们的民族屹立于世界民族之林。“80年代的儿童文学作品向人们表明：它喜欢坚韧的、精明的、雄辩的孩子。它不希望我们的民族在世界面前是一个温顺的、猥琐的、老实厚道的形象。它希望让全世界看到，中华民族是开朗的、充满生气的、强悍的、浑身透着灵气和英气的”（曹文轩《觉醒、嬗变、困惑：儿童文学》）。显然，对国家和民族现代化的渴望已经超越了对“儿童”作为一个具有血肉之躯的个体的关注。这一时期儿童文学的表情是批判的犀利和反思的深沉。儿童文学作家们把矛头指向“左”的政治思潮，指向落后的愚昧的观念，指向虚伪的成人世界，指向僵化的学校教育，指向中华民族积淀了几千年的文化性格；而这一切对立的势力都是扭曲了、压抑了“儿童”的心灵和性格的罪魁祸首，正是这一切使那个原本“开朗的充满生气的强悍的”“儿童”变成了“温顺的、猥琐的”孩子。所以他们要拨云见日，“寻找小小男子汉”，还这个“儿童”以充满阳刚之气的本来面目。《班主任》《谁是未来的中队长》《我要我的雕刻刀》《三色圆珠笔》《寻找回来的世界》《第三军团》以及沈石溪风格硬朗的“动物小说”和刘先平充满探险意味的“大自然文学”……无不以一种粗犷而野性的力量重新雕塑着“儿童”的灵魂，以使这个“儿童”能够有能力负担起复兴民族大业的重任。孙云晓于20世纪90年代初创作的报告文学《夏令营中的较量》，将中国独生子女的脆弱和日本孩子的强悍做鲜明对比，正好击中了中国人的隐忧，因而在社会上引起了热烈反响。这一现象恰好说明，这一创作理念能够在儿童文学界和读者中一呼百应，绝不是偶然的，它的轰动效应是和整个时代的情绪和期待完全契合的。

新时期以来宽松、包容的创作环境，也让其他各种艺术流派都得到了长足发展。以郑渊洁为代表的“热闹派”童话得到了广大小读者的肯定，高洪波提倡的“快乐文学”以及他在儿童诗里对幽默、诙谐艺术元素的应用，在这个时期都表现得相当抢眼。他们投射到孩子身上的目光，视线已经下移，从俯视到平视——把孩子当成朋友，去掉那些功利性的说教，解放孩子的天性、想象力，给孩子们带来轻松、快乐的笑声。这道下移的视线预示了一种新的审美趣味和创作观念的转变，它在这个季节里成长、壮大，必将在下一季大放异彩。

“市场化”的快乐原则值得思考

20世纪90年代，随着市场大潮以及电视、网络等新兴媒体的兴起，儿童文学和整个文学界一样，曾出现一段沉寂、彷徨的时期。1995年江泽民同志提出要扶持“三大件”（长篇小说、少儿文艺、影视文学）后，儿童文学界经过一段摸索之后调整了创作策略，增强了作品的可读性，更加贴近少年儿童生活，在长篇小说创作上取得了可喜的成就。进入新世纪以后,中国的儿童文学进入了多元共存的时代。老中青少作家四代同堂,中国儿童文学已经有了一支稳定的高产的创作队伍。这些作家人生阅历不同,艺术主张各异,既有对纯文学创作的痴情和坚守,也有对类型化写作、通俗化写作的热情与尝试,共同形成了一个和而不同的多声部的创作格局。

这是个“儿童性”得到极大解放的年代。儿童文学开始大面积地追求快乐的原则,从对“大我”的关注悄悄转向对“小我”的探究,从对国家民族的宏大叙事转向了对个体日常生活经验的发掘。秦文君的《男生贾里》《女生贾梅》等一系列小说和杨红樱的“淘气包马小跳系列”小说,是这一艺术流派的代表性作品。这个时代的艺术开始偏好轻松、幽默的基调和飞扬的想象力,90 年代后期浙江少年儿童出版社推出的“中国幽默儿童文学创作丛书”和二十一世纪出版社推出的“大幻想丛书”,正是对这样的时代脉动的呼应。20 世纪 90 年代中期北京少年儿童出版社推出了“自画青春”系列长篇小说,郁秀出版了长篇小说《花季·雨季》,随后是新世纪以后韩寒、郭敬明等少年作家的迅速崛起。这一现象显示了小读者对于从个体经验出发,了解自我、关注自我的渴望。进入新世纪后图画书的兴起,说明儿童文学的分类越来越精细,越来越注重在“儿童文学”这个笼统的大的分类之下,每一个小的群体的具体需求;从另一个层面讲,这是“市场细分”原则在儿童文学领域的具体体现。成年人投到儿童身上的目光,这时候也掺杂进些许讨好的意味。

“儿童文学”对快乐原则的张扬,并不意味着儿童文学的“教化”功能已经退居幕后。在儿童文学作家们一直坚守的责任意识和担当意识里,我们看到了它顽强的影子。张之路的科幻小说《非法智慧》对科学这把双刃剑进行了深度思考;秦文君在新世纪突然推出了《一个女孩的心灵史》《天棠街 3 号》等对我国教育体制的弊端、对少年儿童的内心世界进行深刻追问的批判意味浓厚的长篇小说,大有回归 20 世纪 80 年代的意味,可惜在市场的喧嚣中这两部优秀之作没有得到应有的重视;伍美珍和刘君早面对两千万农村留守儿童,推出了极富艺术感染力的报告文学集《蓝天下的课桌》;曹文轩的长篇小说《草房子》和《青铜葵花》,其唯美的品格和对苦难意识的挖掘,是对他一贯的美学主张的坚守。在新世纪里,曹文轩对于儿童文学的定义已经从“塑造未来民族性格”变为“为人性打底子”,这是一次耐人寻味的转变。他在写下了“大王书”系列幻想小说之后,又出版了“我的儿子皮卡”系列。这个一贯和当下的现实生活拉开距离,总是把目光投向遥远的过去的作家,第一次把镜头拉得如此之近,回到当下生活的现场,而且也采用了系列小说的形式,一共要出十六册。作为一个风向标式的作家,他个人的转向,有时候可能意味着整个儿童文学的一种集体转身。也许因为离得太近,还很难评估这种转向在儿童文学史上的意义,可是,这至少表明时代变了,儿童文学原有的美学原则和价值理念，都面临着重新洗牌的可能。

儿童文学的下一个热点将是什么？虽然这六十年来，不乏优美动听的对童年、母爱、大自然的歌颂，但这种颂歌往往流于表面和肤浅，和冰心、丰子恺等一代大家从哲学的层面上来思考童心、童年相比，当代儿童文学对于“救赎”这个主题的探索始终不冷不热，甚至可以说是倒退了。当生活在文明社会的都市人重新思考乡土、大自然的价值和意义的时候，“童年”能否成为成年人的一种思想资源，成为他们精神的栖息地？或许“救赎”这个主题会有一天突然热闹起来，成为人们追逐的话题。一切都不得而知。

但是，在商业化的背景下，这种“儿童性”在极大解放的同时，也导致了消费童年的倾向。这种倾向一旦和金钱结合，就会完全以孩子喜欢不喜欢为标准，这个“儿童”在大人们的眼中也就完全变成了文化产业中的取款机。他们眼中的这个“儿童”不需要教化，更不可能成为成人实现自我“救赎”的精神资源，只要打着“快乐”的旗号，用廉价的笑声换来钞票就行。那么，和当初“政治挂帅”对儿童文学的戕害一样，如今的“市场化”必然成为拉扯儿童文学偏离正常轨道的强大力量。

仁者郭风

高洪波

郭风先生走了。在新世纪第二个十年刚开始的元旦后，以他 94 岁的高龄，告别了这个他无比热爱的祖国，无比眷恋的土地，以及儿童文学界诸多的好友，还有数不清的读者……

认识郭风已经很久很久。认识他时，我只觉得他文章中避雨的豹有趣，洗澡的虎好玩，搭船的鸟幽默，红军田里的兔子们又那么可人爱、着人疼。

我想自己从童年时代萌生的动物情趣，一定与郭风先生的作品有关。

可就是不知道郭风。

直至大起来，自己也介入了儿童文学创作，才知道对于儿童读者而言，作品的可读性是第一位的，作者的知名度左右不了孩子。

这是典型的接受美学，几十年前我就无师自通了的。

如果说童年时认识郭风是一种混沌状态的话，再认识郭风就具有了清晰的理论把握。

这是 20 世纪 80 年代初我获得人民文学出版社出版的《避雨的豹》之后的第一个印象。

那一个时期我刚刚尝试为儿童写作，凭个人兴趣所至，笔下涉及的全是动物。我搜集一切动物趣闻，到图书馆查找《森林报》《雪虎》，从新华书店购买《狼王洛波》《贫民窟的猫》，把凡能找到的描写动物的儿童读物，统统找到手——应该承认我到了一种如饥似渴的地步。这时买到一册《避雨的豹》，该是多么惬意的事！

其实许多篇什我早就读过了的，久远的阅读印象与郭风的名字迅速焊接，我便重新认识了郭风：

一个为孩子写作的淳朴的长者；

一个用惊喜的目光注视着大自然中万物的诗人；

一个用熟练的素描描绘身边景色的画家；

一个真诚、真实并真切讴歌生命的歌者。

他因此拥有了一支竹笛。

重识郭风，重温《避雨的豹》，我发现这是一本插图多、文章短、描绘动植物最众的一本奇书。我至少从这本书中悟出了三点体味：

其一，这是当代中国精短散文之范本。

首先应该指出，郭风虽以散文诗而名世，可收在此书中的文字是典型的散文，而非散文诗，所以我说集精短散文之大成。寥寥几笔，勾勒一幅景色、描摹一个动物、形容一片风景，甚至讲述一个故事，有头有尾的故事，不易。可是郭风完成得很好，他在精短散文的文体上，达到了一个高峰。

散文散文，一不小心就流于散漫，写长了容易，写短了难。故而冰心老人曾专门提倡过短散文，时至今日，短散文并未形成蔚然大观，或者因生活意象日渐驳杂，散文家的感受也随之而复杂、欲短不能的缘故吧！

郭风先生求精短、精巧、精美的意识，在《避雨的豹》一书中让人有目共睹，或许他知道儿童读者的注意力不易集中，一般为五至十分钟左右，为适应读者，才有意进行精短散文创作的。

这仅是我个人的猜测。

其二，幽默与博爱精神的凝聚。

读郭风的精短散文，能感受到他的博爱精神、幽默态度，这两点恰恰是儿童心理学最关注的。譬如他在《冬天》一篇中，开头就坦白道："我们很喜欢，我们村里有一条美丽的山溪。"郭风写石桥、梅树、桃树、溪水中照着的雪影和一群彩色的游鱼，把童心世界的纯净从容道出，一种浑厚的博爱包容着你，你被引进郭风营造的世界。再如《红军田的兔》，写出了一大一小两只黄色山兔与人的交往，抓小兔的动感与老支书放走小兔的宁静，甚至最后主人公吹奏麦笛的快乐，通篇让你放松和愉悦，像聆听一曲田野二重奏，那在麦田里跳跃的两只小兔，本身就构成了起伏的音符。

郭风精短散文中不乏幽默或潇洒，可只要细心品味，那滋味儿是十分浓郁的。像极短的《蛇蛋》，外祖父给孩子解释什么是蛇蛋，语焉不详，郭风补充极妙的一句："我想，蛇不会像鸟一般在空中飞行，怎么能够生蛋？小孩子总有自己的想法，记得那时整整两天我都在想这个问题。"用严肃的思考来证明童年的天真，且是"整整两天"，地道的郭风式的幽默，一本正经的幽默。

此外，像《山鹬》中那长腿子小鸟滑稽的行为，《山鸡》中作者期待野兽却看到一只能干的母山鸡领着孩子们散步的场面，《黑鸫》中"乌极"的命名，直至童话体散文的《大黄牛和小喜鹊》中两位主人公的对话，无不透出了郭风的幽默，我认为难能可贵。

其三，回归自然的渴求与律动。

郭风的精短散文,如诗如画,诚如冰心老人所言:“以小孩子的身份,来写他周围的山水和人物,笔法是那样的浅近、朴素、清新,给我以难忘的印象,使我有一种‘又发现一个诗人’的喜悦。”郭风自己也明白地表示过:“儿童文学作品的读者是少年儿童,写作时当然要考虑对象的接受能力,这大概包括需要考虑到他们的心理特点、趣味以及生活经历,在许多场合少年儿童作为主人公出现。”(《蒲公英和虹》新版后记)读郭风的精短散文,你能发现他既有“动物眼”,又有“儿童眼”,甚至无生命的植物也被赋予了动感。故而他“以小散文试作花卉画,试作风景画”,兼作“动物速写”,用美丽的文学营造出独特的意象,对于都市儿童,他提供的是新奇视角;对于农村孩子,他给予的是再发现的惊喜。大自然,尤其郭风笔下的大自然,小到青蚱蜢,大到虎和豹,用现在的眼光观察,可以借助于中央电视台的著名专栏《动物世界》,引发你许多联想,你甚至可以认定郭风不该描写对猛兽的捕杀围猎,但如果历史地看问题,你会发现郭风更多的是写一种人与动物、人与自然的和谐共生。《避雨的豹》中人与豹有过短暂对视,却相安无事,豹子能聪明到避雨,又是多么风趣的幽默故事!最能体现郭风精短散文中人与自然主题的,莫过于《镜子》。郭风将一口水塘喻为“镜子”,这不是高明得不得了的创举,关键是郭风一直顺着“镜子”开掘下去,写出了云、松、蕨草和吊兰,又写出了山麂和猴子,小猴子居然“照着水跳舞”。这还没完,这面镜子已成为展示大自然的一面神镜,郭风继续写到了山喜鹊排队喝水的神态,边喝边照,快乐非凡!斑鸠和山鸡也来饮水,把彩色的影子投入水塘中,构成一幅恬静的画面。

镜子展示的是自然,也是内心。是外部世界通向儿童心灵的通道,也是一座丰富多彩的旋转舞台。审美主体与客体之间的交叉换位,互为风景,体现了郭风和谐的自然观,这同时也接近他的人生态度。

一本书同时也是一面镜子。

从书中你能照见自己,同时也窥视到了隐含的作者的那种无处不在的期待与暗示。

真正见到郭风先生已是多年以后。想象中的郭风与面前真实的郭风似有些不甚吻合,郭风的目光很深邃,鼻梁高得像少数民族,拥有高鼻梁的福建作家还有朱谷忠,据说,仅仅是据说,郭风先生与朱谷忠都有胡人血统,大概是宋代的胡人,来自阿拉伯的胡商。我没仔细打听过他们的身世,只感到在好脾气的郭风面前轻松自在,让你如坐春风。

好一个长者和仁者。

20世纪90年代初期,郭风陆续写下一些随笔,他视野开阔,下笔很快。有一件事曾使我感动。我在《当代》发表了两篇不成形的散文,写参观冰心故居的印象,名曰《老宅》和《神示》，后者写的是福建闽南的一处景点清水岩。不料很快接到郭风先生一篇热情的评论文章，我被他的诚挚深深地感动了。由此我也读出了由于有了郭风，由于他的人品和文品，才使得福建文坛欣欣向荣的奥秘。谦虚、恬淡、勤奋、热情，正是这八个字，塑造了郭风笔耕七十多年的形象，也塑造了福建文坛的形象。

郭风将自己的书斋命名为“汗颜斋”，并专请友人镌一闲章，以此三字铭之，在一些序文的手稿上、在一些“墨宝”上，郭风一律钤上“汗颜斋”，他认为只有如此，“心似乎安稳一些”。

这就是真正的郭风，一个用自己的心血“喂养”大了无数少年儿童的杰出作家，一个笔耕七十多年仍自强不息、自谦不息的文坛长者，一个拥有童心与爱心的大自然之子。

郭风先生，文坛的仁者，您走好。

林良与《爸爸的十六封信》

林文宝

谈起台湾儿童文学,就会想起林良,他几乎与台湾儿童文学画上等号,对台湾儿童文学有着重要的历史意义。

林良生于1924年,习惯以笔名"子敏"发表散文,以"林良"本名为小读者写作,是小读者口中的"林爷爷"。他以儿童文学为生平职志,作品以散文见长,除大家耳熟能详的《小太阳》外,《爸爸的十六封信》也受到广大读者的青睐与关注,是中小学生不可或缺的一本儿童读物。

《爸爸的十六封信》1971年由台湾省政府教育厅出版,2006年7月改由《国语日报》社出版,至2009年已经十二次印刷,可见此书的畅销。虽然此书的完成是在二十九年前,但是里面的议题却不因时空而产生时代隔阂。

1954年,林良开始每周在《国语日报》儿童版《看图说话》专栏执笔,直到2009年12月仍开辟《国语日报·漫谈儿童文学》专栏,已经在《国语日报》写各种儿童文学评论长达五十六年,八十六岁的他仍持续发表作品,可见其对儿童文学的热爱与执着。他获得了许多奖项,重要的有:1973年《小太阳》获中山文化基金会"文艺创作奖",1994年获文建会的儿童文学特别贡献奖,2003年获得"行政院新闻局"颁发的首届"终身成就金鼎奖"等。

"浅语的艺术"与"善的种子"

林良在《浅语的艺术》(国语日报社1976年7月)中,认为儿童文学作家必须写儿童看得懂的语言,就是所谓的"浅语",让孩子能读得懂,儿童文学作品应当服膺在这种浅语的艺术中,说孩子懂的话;他认为浅语并非低俗粗野的字句,反而是在晦涩难懂的字句当中抽丝剥茧,如剥笋子般,把最核心、幼嫩的地方留给孩子。

林良也主张给孩子良善的事物,他如此说:一个儿童文学作家在作品里为孩子"布置美好的环境"是可能的,而且是切合教育原理的。(《浅语的艺术》第65页)他认为儿童文学作家的工作应该是播种"善的种子"在孩子的心灵。林良的这番用意,并非认为要让孩子成为温室里的花朵。不是这样的。林良认为孩子纯洁的心灵,本质上就是温室里的花朵,要如何协助孩子保持心灵的花朵盛开才为重要;林良认为在孩子幼时,就应该积极播种,让孩子在成长的过程中就能采收,而非在孩子小的时候,就告知他们这个社会的丑恶及悲惨,最后才暗示着如何坚强地从暴风雨中辛苦地成长,林良认为这不适合儿童。

不管是主张应该用浅语的方式让孩子读得懂文学,进而拓展视野、认识世界、喜欢文学,或者是坚持儿童文学作家应该播下善的种子,让孩子在遇到挫败悲苦时,仍可以微笑乐观面对,让生活更好,这种为孩子着想的态度与思维,都令人感动并深感佩服。每个小读者,林良都把他当作自己的孩子般照顾,他就这样照顾着孩子那么多年,担心、牵挂着孩子,知道孩子需要很多的故事滋润善的种子,因此他不敢搁笔,笔耕至今,以一种父亲挂心的姿态。

《爸爸的十六封信》从何而来

这本书是当时"教育厅"的"中华儿童丛书"主编潘人木女士商请林良写给儿童的一本书。那时林良的大女儿樱樱恰好上中学,有着许多人生问题,而很多时候,林良都需要赶稿,无法歇笔和女儿谈话,因此林良总在写完稿后,通常已经是夜阑人静的深夜,再把想法转换成文字,放在她的桌子上,第二天女儿就可以知道爸爸的建议与想法。而这些纸条,就是他们的"信"。这本书就是以这些"信"为本,再加上林良的"施粉化妆"而成。在十六封信的前面,这本书以女儿樱樱的名义讲述这十六封信的来源和出版的由来,让这十六封信形成一个完整的故事。林良讲述的故事是这样的:这些信,一共有十六封,为樱樱所保存。有一位出版家看到了,就想拿去出版,让所有的青少年都可以读到。樱樱得到爸爸的同意,就把这十六封信给了那家出版社,并且还亲自写了一篇序,说明这十六封信的由来。

因此,这本书可说是亦真亦假的故事,但绝大部分都是林良的亲身经历,十分有趣。新版的《爸爸的十六封信》在前面特别增加林良及女儿林樱的序,也在后面附录增加林良写给本书的话,以及三个女儿林樱、林琪和林玮写给爸爸的话,不仅可以一窥作家林良在三个女儿心目中的形象,也让读者一饱林良生活中的乐趣;但是,换个角度而论,林良透过序把这本书的缘由设计交代清楚,他和女儿林樱更在此书中各写了两篇文字表达对此书的看法,无形当中造成累赘。比起旧版只收录故事,没有任何序和附录,文学性反而增加,留给读者的想象也更多。

《爸爸的十六封信》除了一开始《樱樱的话》外,共有十六封信,如《为什么大家不理我?》《专心的人是活神仙》《"乐观"使你万事如意》《从从容容　稳稳当当》《不敢站起来说话的人》《别人可以跟你"不同"》《朋友就像一本一本的好书》等,每篇都有一个明确的主题,篇幅也不会很长,让孩子读起来愉快,没有负担。这十六封信大致又分为两种状况,一是爸爸有话要说,想与樱樱分享心情、想法;另外一种,是樱樱遇到了困惑、难题,爸爸在信中把自己的经验和想法告诉樱樱,试图解决她的问题。这部作品还获得了“2006 年好书大家读年度最佳少年儿童读物奖”“‘行政院新闻局’评定优良读物”等奖项,是林良儿童文学作品的代表作之一。

儿童文学应如何“说教”

这是一本教导孩子人情道理的书,教育的成分不少。照理说,孩子十分排斥这种训示的话语,在家里爸妈已经唠叨不休,再加上学校老师总是谆谆提醒,难道这些还不够?孩子仍愿意看一本有关教导为人处事的书吗?连我自己都不愿意。但是,林良运用信的方式包装这些冷硬的议题,反而产生一种非常好的效果。人都有偷窥的心态,想知道别人的秘密,想知道别人在做什么,愈神秘的事物愈让人感到好奇。

写信是一种神秘的仪式,读信也是一种神秘的仪式。写信的人通常在跟某人述说着自己的秘密,这个秘密有极大的隐私性;而读信的人透过信件,享受得到秘密的快感,所以读信通常是很快乐的。对写信者与读信者来说这都是一种神秘的活动。林良借由书信的方式,让读者一饱偷窥的欲望,把孩子带进故事里面,信里面训诫的意味就这样自然而然地被接受了。

这些故事不外乎是樱樱在家里、在学校遇到的问题。爸爸试图利用各种方式让樱樱了解应该用什么样的态度处理这些人生问题。其中,最常用的方式为,爸爸列举自己的亲身经历与樱樱分享,这种方式如同在听爸爸说故事,但故事与这封信的主题息息相关,格外有说服力。如在《为什么大家不理我?》这一篇中,爸爸讲述自己如何误会亲密的朋友,与朋友决裂,互相赌气,而自己也无法加入别的团体,感觉孤独,最后才发现朋友并非故意,而是有难言的苦衷,心结才顺利化解。借此告诉女儿樱樱:若受到别人冷落对待,必定有其原因,应该先学习不害怕,因为在还没认识一个新环境之前,自己何尝不是单独一人,况且这世界还有很多爱你的人。以此告诉樱樱放宽心胸、不要计较,也教导她不怕寂寞的重要。

这些都是爸爸透过自己的经验与女儿分享心得,是非常高超的说教手法,通常爸妈若是遇到孩子犯错,或者有困难,都会直接以严厉的方式训教孩子;而林良选择的方式不同,改以自己的亲身经历告诉孩子爸爸也曾经遇到相同的事情,犯过类似的错误,然后爸爸如何解决,得到了什么启示,这种间接的说教方式,让孩子的接受度大为增加。大人爱面子,其实孩子也是爱面子的。直接打击孩子的痛处是非常要不得的,会让他们颜面尽失,转化成愤怒,接下来有什么心事,孩子就会藏在心中,因为他们不想受到二次伤害。林良无意间也把教育孩子的方式教给老师、父母,所以这本《给孩子的十六封信》不只孩子要读,家长也要读,以从中学习林良对待孩子的方式。

林良的诙谐也在这本书中表现得层出不穷，许多幽默的对话都让人不禁莞尔，例如在《人人都有自己的难题》中，有段爸爸和樱樱的对话是这样的：

> “你既然那么困，那么累，你就先去睡吧。”我说。
>
> “不行啊！去睡，明天就要吃鸭蛋啦！”你说。
>
> “那么，你就去念哪！”
>
> “不行啊！我太累，念不下去了。”
>
> “好，”我故意说，“把书放在这儿，我替你念！”
>
> “爸爸！”你笑了，“我去想办法好了。”

这段话只用了短短几句对话，就把樱樱要睡觉还是要读书的天人交战的心情表现得淋漓尽致，而且非常有趣。

这十六封信中也展现出林良优异的文字说理能力，他总是能引经据典地说服读者。例如在《孔雀是不妒忌的》中，林良一开始就引用英国作家对孔雀的观察和观点展开整封信件，让人印象深刻，也把整封信要表达的内容，透过这段话做了很棒的诠释。林良就有这种功夫，利用简单易懂、神来一笔的譬喻，既生动又说服力强。这些信百看不厌，就好像在人生当中遇到了困难，爸爸坐在旁边，听你诉说心事，娓娓道来如何处理这些棘手的问题，让你心中得到温暖慰藉，然后继续走下去。

整本书十六封信、十六个主题，九篇与樱樱自己的心灵成长有关，另外七篇则是与他人相处有关，主题不只照顾到孩子应该学习如何建立良好习惯与人生态度，他也告诉孩子如何与人相处才能得到友谊，获得快乐，因为他知道对孩子来说，朋友是最重要的，有时候可能比父母还重要。

在《爸爸的十六封信》中，因为主题大多集中在谈论心灵成长与交友的关系，受限于主题，文章主要以叙事与说理为主，写景的文字几乎没有。这类较为“硬”的叙事与说理文章，读起来难免较为无趣，但是林良运用了一些技巧让读者不会觉察说教、难读，反而觉得活泼有趣。生动活泼的对话、幽默的语言、“爸爸”的往事这三种林良的“化妆”手法，让叙事说理的十六篇故事更为鲜活有趣，有了生命。

市面上励志的书俯拾即是，让人眼花缭乱，为什么我要特别介绍林良《爸爸的十六封信》这本书？因为这本书不只是单纯的励志书籍，其中充满着丰盈的文学性。林良美丽的文字、精准的譬喻、幽默的笔锋、引经据典的说理等等，皆值得孩子学习仿作；再加上书信中充满着浓厚的人文味道，这都会在阅读时不知不觉中熏陶着孩子。

为孩子写儿童散文的人愈来愈少了，有林良这样优秀的散文家真是台湾儿童文学的福气，但忍不住感慨，下一个林良在哪里？

萧萍儿童诗:“听”与“演”的艺术

班　马

“幼儿园”文学的幸福感

萧萍近年来写了不少低幼儿童诗,而且还有很多幼儿文学方面的译著,让人为中国儿童文学界能不断出现和传承这种美好与知性的景象而高兴。实际上我是相信,有对“低幼儿童”认知和把握力的儿童文学作家和学者,一定会成为儿童文学纯正和有实力的传人。

萧萍之诗是较内在的。读了她的儿童诗集《狂欢节,女王一岁了》,我眼睛中出现的词、听觉中感受的语音,以及它们加起来所让人在心里产生的读诗和听诗的现场语境,使我清楚地感受到她的童诗的艺术味道。

读她的诗,读得有点好玩,读得满目漂亮,读得不急不躁、细语慢调。当我“读”萧萍的儿童诗时,我也感受到她所诉诸孩子们的“听”的状态。我曾主张,“听”的艺术其实是儿童文学重要的美学来源,如讲故事之中的“听”,它带来了两代之间、感性和感知,以及不仅作用于心灵而且作用于身体的现场艺术氛围。这让我们想到音乐和戏剧,诗歌艺术也能够具有“现场”之特性。

读萧萍这本儿童诗集,我便涌起了“幼儿园”的漂亮现场之感,这涉及了低幼文学与生俱来的漂亮感、幸福感、童话式,甚至有点舞台演出的特质。她的诗句就像琴声那样明快而亮丽地蹦出来,时不时有特殊的字符敲进心里来,许多美丽的词叠加成了一场五彩缤纷的童话晚会和动物乐园。她像弹琴那样有“节奏”的动作,时动,时停,一句话要怎么讲出来,全看她停顿的律动,控制着读者的心情一收一放,我们被她特殊收藏并款款释放出来的童话符号和童年物象包围着,充盈起无限幸福感。我使用“幼儿园”这种意象,就是为说明她的低幼儿童诗的纯粹。

萧萍的这本儿童诗集一眼看去是有点“洋气”。其实,正是它,拥有着“幼儿园”文学的儿童美学精神。就幼儿文学和幼儿文艺的中国传承而言,我们还很少能观照到黎锦晖的儿童歌舞剧和童话剧所代表的幼儿艺术源头,而它的漂亮、表演性和童话景象正是“幼儿园”艺术的审美形态。萧萍及新一代儿童文学作家正在进入真正的现代儿童文学。我们那一代有必要承认自己所沉浮并曾搏击的时代还并非真正的“现代”。所以,《狂欢节,女王一岁了》的气质并不能说是“洋”,而是一种“幸福感”。它如此充盈，并较为自然地来临了。

实际上，幼儿文学也由此体现了一个规则：一个社会的富足、安乐、自由幻想和幸福感总是最先惠及最小的孩子。不管是什么社会，都愿意让最小的孩子先吃、先有、先做，事事先行。一个社会中，最小的孩子竟是最“先进”的。我由此思索，在儿童文学之中，低幼文学是否正是一种社会变迁和儿童观变迁的晴雨表？我注意到有不少新生代美丽的作家姐姐进入幼儿文学。真希望这里有着一个象征意义，标示着与之前不同的时代来临了：“她们”美丽而盛装，在温馨而漂亮的场合，被同样调皮但已然礼貌了些的幸福小孩围成一圈；“她们”和小朋友、书、插图、故事、诗都已经整体漂亮而现代；“她们”都是些博士和硕士研究生，却进入“幼儿园”。“她们”将怎样改变中国儿童文学的现代气质呢？

语音与物象之美

如果只是简单地翻翻，我敢保证会有不少人对这本诗集的意象排列、现代句法感到高深和陌生。儿童诗，显然是要“读”的，一是要在现场来读，一是要在内心默读。从“读”的层面去感受和还原儿童诗人的意趣、想象、律动，甚至是吐词方式和轻重之音等等，诗歌包括儿童诗的本质就在于特别的处理语言和音乐性的艺术感应。

对萧萍儿童诗的“读”，就让人想及音乐的艺术效应：那些艺术符号（音符或字符）在有意味地排列出现，它们弹出、组合、重复……我们别去执意追究每一个符号的精确含义，听诗的读者已经放弃释意，转而等待和迎接下一个奇妙的符号，我们将“听”下去并沉浸于那些符号之中，不断获得感应……我们会“听”出许多相近的音或词，会感受到这一系列的音或词营造的氛围，最终形成回荡的节奏或是弥漫的旋律。

我在“读”这本儿童诗集时，会有一些相对“矛盾”的感受：华丽—白描、具象—空灵、童话—抽象、极现代的择字—儿童化的口气、对世界的认识—对色香味的感性……我被这些自由穿行和组合的词语与视象所吸引，可是再读一次，却已经从中感受到了诗行的背后明显存在的那种现场感的语感和语式，那么活生生地如在眼前，让人读出了其中纯粹的儿童亲和力——求你了，什么也别问/快跳上夜晚的大黑皮靴/用大力气的右脚们拼命踩水吧/好让那些溅出的星星/都刻上比蚊子脚还小的汉字；/精灵小龟宅急送/24 小时竭诚服务，欢迎光临……

什么叫“夜晚的大黑皮靴”？两个很有色泽、很有质感的词这么相叠。什么叫“溅起的星星”？文法不对，艺术绝佳。

萧萍的这本儿童诗集之中，在各个篇目出现了很多这样漂亮的“词语群”，不用怀疑，诗人一定是精心使用着每一个字词，而且，也在上下左右的字行之间用心地“分布”

着这些字词,使它们相互之间会有那么一点悄悄的连接或微妙的对冲——总之,我觉得萧萍儿童诗中这种童话感的“词语群”会让人产生极深刻的艺术感受,不但显示了作者突出的才情和美学素养,同时也令人体味出作者针对“亲爱的小孩”所特意使用这些词语的用心:这些表达了“童话景象”“美丽心象”“森林动物社区”“温馨家庭”“暖色友情”等的词语能有效感染孩子们的心灵。萧萍在诗歌构成的读和听的“流程”之中,用词语教导着、促成着、包围着和影响着孩子,同他们交流、互动,寄寓着儿童文学对于儿童精神的某种暗示、抚慰,直至阅读治疗或词语滋养。

同时,萧萍作为一个儿童文学研究者,曾译介过八卷本的专业图书《儿童情绪管理绘本》。我虽未读过,却可以从她的儿童诗中体会到一种应对儿童心理的技能。这种“如何诉说”的技能,也可能同萧萍曾参与美国儿童语言教学节目《芝麻街》的制作有关。我想,这些都会影响她对儿童诗的“读”和“现场感应”的美学意识及言语把握。

当萧萍采用“诗”的时候,她想要带给孩子们的更多还是一种艺术感受吧!不是释义(那她可以写小说),也不是观念(那她可以写散文)。孩子们在作家、老师、妈妈的读与听的儿童诗现场,将获得的是语言的氛围,以及词语和语音所带来的物象叠加,如《狂欢节,女王一岁了》诗集之中那些复叠的种种“词与物”的词语印象。小孩子,不懂什么意象,但小孩子却能感应五彩缤纷的词语印象,甚至因一系列词语群的“印象”包围而融入其中。下面,我们来看一下萧萍儿童诗中的这种“词语印象”,以及她所触及的一系列儿童能够感应的“词与物”的基本类型。

比如“食物”与词语。这是一类萧萍运用得最好而往往被旁人冷落的儿童时代经典物象,略加辑集,可见:小鸡蛋饼干/老苹果冻/米糕/煎饼/热烘烘的面包/香喷喷的果酱/一小罐罐头咸鱼/羊角面包/有椰子味道的雪白/有青瓜味道的淡绿/香肠一样整齐的小腿和胳膊/把风当成了饼干/轻轻咬了一口……

比如“晚会”与词语。萧萍这本儿童诗集中竟有好多首长诗都具体表达了这种非常童话化和狂欢节化的“晚会”状态,富有幼儿文学特色的化装、演出和各种装饰的情调。这可以在她的《狂欢节,女王一岁了》《洞洞里的蚂蚁》《在一本书里旅行》和组诗《四季歌》之中的《秋/华宴》等通篇看到。

上述这些被萧萍用童话感觉浸泡了的文字真的可称瑰丽,这些童话词语的汉字因为诗的简练而异常地突出,它们有着对应的物象,因而能够被儿童感应。我相信,儿童诗对于孩子们的审美作用应该有两个:一个是词语的“听”的现场感应,一个是词语的“看”的组合效应。儿童从诗中获得的是特别的、瑰丽的词语群所营造出的一片“奇境心象”。萧萍这本儿童诗集的确是充满了奇境般的儿童心象。它不是童话或幻想文学的奇境,而是由词语造成的奇异感觉。

事实上，我又有点诧异。我没有用“幽默”甚至“快乐”这样的词来简单地表达，而是觉得似有一种叫作“喜感”的东西，或者像小孩子说的“很有劲儿”。同时，萧萍儿童诗的对话式语态，也令人颇为感动。这是一种真的幼儿文学的姿态，而不是假的。这也是一种平等到能与亲爱的小孩同气息、共心性的状态。来看看诗中的交谈语态：

悄悄告诉你吧，米高/真的不需要请柬/门口的蚂蚁小兵都很和气/你只需要/脱掉袜子/让他们看看……

就是在这里，我们能清楚地感受到儿童诗歌的现场讲述者与现场的小朋友听众的感应关系。从中也就体现出了“故事诗”的现场讲述语态——有点叙事的语调，有点事件的场面，有点人物的出场，有点问与答。

“立体”阅读儿童诗

对于这样的儿童诗，我建议要“立体”地来阅读，这是为了更好地还原那些含有现场交流、沟通和感应氛围的现代儿童诗创作。不知是否我多虑，我感觉很多的儿童诗包括萧萍的儿童诗，如果只是纯纸面、纯文本的阅读可能会减弱其言语表达方式的效应，以至于硬把一个原本具有呼吸、停顿方式、语气掌控和音乐效果的儿童诗歌给“印刷”成了静止的文字。所谓的“立体”阅读，我想到两个建议：

第一，儿童诗的幼儿图书要附录诗人的诵读以及作者照片。其实这早已有之，就是为了带来一些现场感。只要有了语音，对于诗歌来说就在一定程度上还原了词语的艺术效果，尤其是面对幼小儿童。儿童诗是不可脱离现场演绎的，这应当可以成为中国现代儿童诗的一个进取方面。

第二，现代儿童诗要注重现场演绎及导演。其实这也早已有之，比如台湾的林焕彰先生就对我介绍过，他们的现代诗诗会当时进行过一种多媒体形态的诗歌演绎，大陆诗坛也有。我想，事实上儿童诗歌对此将更为适合，更有创意空间。中国儿童文学的现代性，正面临着包括“现场”新媒体在内的一系列探索，儿童诗歌有可能是其中一个内涵丰富的形态。这种新的诗会和诗教的现场演绎方式，古老可至遥远的剧场、仪式和讲述，现代可至前卫的空间艺术、行为艺术和装置艺术，科技的可至电脑时代的图像处理、音频和视频的置放。但是，令人对这个“现场”最感兴趣的地方，在于它将带来儿童诗歌诗人和听众、感情与感应、语音和文字的融通。

最后是对萧萍及新一代作家的建议：现代儿童文学有理由期待他们拓开一系列带有“现场演绎”性质的新媒体表达方式，这是“文学”加上“艺术”、“书面”加上“现场”

的一种“综艺”。这样的综艺，离哪个儿童文学门类更近？显然正是诗歌。由此，我在探讨萧萍的儿童诗及艺术空间时，便由衷地联想到她所具备的这种现代文艺的“现场演绎”能力。时值当代，一个作家的身份和艺术表现能力其实是有待扩展的。这里，让我们再重回“幼儿园”——实际上可以看到，幼儿园的阿姨其实都是“导演”，她们在幼儿园的现场每天排演着或热闹或安静的剧本：舞台布置、服装、化装、音乐、舞蹈，有关角色和有关现场的一切。

如果给萧萍一个幼儿园，演绎她的《狂欢节，女王一岁了》，将会怎样？或者给她一个现场的空间和观众，又将怎样？她或许能创作出现场演绎型的作品，这应该是可期待的吧。

百年中国孩子的艺术图鉴

——评黄蓓佳“5个8岁系列长篇小说”

赵 霞

1996年冬天，南京市初中“升学大战”的硝烟散去不久，身为人母的黄蓓佳重新启开了自己尘封十余年的儿童小说写作的墨砚。她用这一次写作来纪念刚刚与女儿一起度过的备考时光，也有意为当代童年的生存状况与困境留下一段文字的记述。从那时起，黄蓓佳的儿童小说一直保持着对于当下童年生态的持续关注和关怀。她的《我要做好孩子》《今天我是升旗手》《我飞了》《亲亲我的妈妈》《你是我的宝贝》等长篇作品，从不同角度对当下儿童的生活和情感进行了鲜活细致的描摹。

2009年秋凉之际，黄蓓佳另一部儿童小说的创作开始付诸笔端。但这一次，她把自己的笔暂时从当下的童年现场中抽了出来，迁移到一个世纪以前的童年岁月，并在那里开始了这次写作。这就是她被命名为“5个8岁系列长篇小说”新作。

“5个8岁系列长篇小说”由《草镯子》《白棉花》《星星索》《黑眼睛》《平安夜》5部相对独立的小说构成。5部作品之所以被称为一个系列，除了有意安排的时间先后顺序外，作品的故事背景一律设置在一座名叫青阳的小城中，同时，每个故事主角的年龄也一律设定在8岁。5个故事的时间背景分别为1924年、1944年、1967年、1982年和2009年。这5个时间点分别指向百年中国社会发展进程中5个不同的历史阶段，从处在新旧文化碰撞、交替中的20世纪20年代，经过40年代的战争、60年代的“运动”、80年代的社会观念与文化转型，一直到今天就在我们身边展开着的新的生活、文化与媒介时代。

小说包含了两条历史线索，一是一个世纪以来中国社会的变迁史，二是近百年间的中国童年史。这两条线索彼此交织并融合在一起——小说既是以整个中国的大历史来为童年的小历史布景，同时也是从童年史的角度来呈现社会与文化的变迁历程。一个持续百年的中国童年意象的参与，赋予了这套带有历史性的儿童小说以新的文学质地。反过来，承载了一个世纪的风云变幻与生存悲喜的厚重的历史过程，当它以5个8岁孩子的生活为落点而获得具体的呈现时，一种独特的关于历史的童年叙事和关于童年的历史叙事在文字间变得立体起来。随着小说故事时间的推移，变化的不仅仅是历史，也是童年的样子；反过来，在故事中现身的不仅仅是童年，也是这些童年所生长于其中的每个时代的历史风貌与文化风习。

这种属于不同时期的社会景象与童年生活气象，在特定的典型历史意象中得到了生动的复现。在选取这些意象的时候,作者似乎是有意要使每一部小说的叙事、写景都充分地表现出一种易于辨识的时代特征。例如,《草镯子》里的青阳城里同时容纳了这样一些对立的意象:梅香的“天足”与余妈等的小脚、读书的女学生与买卖的“童养媳”、“娶二房”与“婚姻自由”、私塾与新式学堂……这些并置的意象突出了新旧两种观念与文化之间的鲜明对比,既描画出了20世纪20年代特殊的时代氛围,也表现了夹在新旧文化之间的各种童年的不同遭际和命运。再如《星星索》中,从“红卫兵”“造反派”“斗争”“牛棚”“游街”“焚书”等意象编织而成的时代图像里走出来的吃着“米粥加萝卜干”的早饭,玩着铁环、香烟壳子长大的60年代的儿童,身上仿佛还带着那个时代特有的煤球炉子的烟火气。在最后一部《平安夜》里,新世纪初新鲜的文化气息透过无时不在的电脑网络,也透过“宅男”一类的新词汇、新现象和新观念,把一个最新式的时代推到我们跟前。为了进一步加强这种真实的时间感,作者还在其中顺手插入了若干发生在2009年的新闻事件。整个小说系列的时代感是如此浓郁,它所抓住的那些日常、琐屑而又留存在许多人集体记忆中的现实细节,使它具有了某种近于世纪历史图鉴般的性质。

与上述背景形成映照的,是先后出现在小说中的儿童主人公的形象。这些孩子有着十分个性化的形象,但他们又代表了各自时代童年的一种剪影,代表了一个世纪以来中国童年的一种轨迹。从生长于民国时期书香门第的活泼善良而又心思细密的大小姐梅香,到战时落魄的大院人家出身、怀着淳朴的勇气和智慧的男孩克俭,再到隔着60年代政治语境的朦胧帘幕以自己的方式成长起来的男孩小米和80年代背负着一个时代特有的童年的重量成长着的女孩艾晚,最后是以男孩任小小为代表的当代经济和家庭文化环境下因为孤独而自立、因为自立而变得早熟的新世纪一代。与他们身处其中的时代环境一样,这些童年形象的时代特征也十分明显,以至于作者自己都说:“即便把背景抹去,把5个孩了单独拎出来,我相信读者也能判断出他们来自哪里。”透过这些面貌迥异的童年,我们所看到的是近一百年间,童年作为一个意象在中国现当代历史上留下的一部分连贯的足迹,以及中国普通人家的孩子对于特殊的时代、社会与生活的切肤体验。这使得黄蓓佳这一系列小说的出版,具有了一种颇为珍贵的社会史与童年史的文献价值。

毫无疑问,5部小说的童年视角为作者的这些与历史有关的文学书写提供了重要的基点。未谙世事的8岁儿童的观察、思维和行动的方式,推远了那些通常被认作时间主体的历史事相,也使不同历史时期的民间生活在一定程度的陌生化中,显现出一些颇为新鲜的元素。在《黑眼睛》中,80年代初紧锣密鼓出现的各种新的生活图像以过快的速度经过8岁女孩艾晚还不能完全接收这些讯息的眼睛,在她有些懵懂也有些怯生的目光里，我们看到了一个介于乡村与城市之间的孩子对于加快了节奏的时代的朦胧感受，它有别于她的父母一代以及与较为年长的青年一代对于同一时间的感受。在以新世纪一代为主角的《平安夜》中，2000 年出生的男孩任小小理解环境、洞察人生、承受压力的能力远远超出了人们对于童年的一般期待，通过他的眼睛、声音呈现在我们面前的当代成人世界的生活态度、情感内容与处事方式，包含了一些站在成年人的视角未必能够发现的认识、嘲讽和领悟。

一般的历史是如何进入普通人的命运，尤其是如何进入孩子的生活，从而获得其独一无二的现实面貌，这是这套小说以其文学想象所欲抵达的历史原点；但它最关心的却不是历史本身，而是与之息息相关的普通家庭与个体的命运。以该系列第三部《星星索》为例，它所涉及的历史时段在当代文学中并不陌生，甚至其童年视角也并未给小说本身增添特别的新意。但在进入这部小说时，作者的意图似乎本来就不在于求新，而在于表现那个时代里童年与生活的一种常态。小说主角小米生长在这样一个家庭：父亲是作家，母亲是中学教师，家里还有位任劳任怨而又唠唠叨叨的外婆，一个有些可爱和顽劣的弟弟。60 年代的革命运动给这个家庭的大人们意外增添了生存的艰辛，男孩小米与家里人一起承担母亲被批斗、父亲被关牛棚的恐慌，但转过身去，溜溜的铁环、盘旋的鸽子、书摊上的小人书又很快引起了他对生活的无限热情。小米的世界里没有大丑大美、大善大恶，一切按照生活的逻辑自然运转着，属于那个时代的荒唐只在偶尔出现的“红卫兵”“大字报”等意象中闪过，因为不能进入童年的理解体系，很快便退回到背景上。正是在这样的环境下，平平常常的家庭成员间的相互照顾与关怀，人与人之间的相互帮助和温暖，格外显出朴素的人性与生活之美。在变动的民族历史的下面，这样一份恒久、坚实的人间温情，在某种意义上或许是比那些宏大的历史事件更为厚重、本真的历史内容。

该系列长篇出版后，黄蓓佳在接受采访时多次提及，小说特定的历史节点选择与相应的题材表现包含了让今天的孩子“了解和铭记”过去以及给他们“补课”的意图，同时，“一百年中中国孩子长大的故事”也包含了让异域的孩子“通过小说了解中国”的目的。在史学研究意义上的 20 世纪童年史梳理尚付之阙如的今天，这样一种以儿童小说的形式得到呈现的具体而又独特的童年生命的历史过程，其意义是显而易见的。作家黄蓓佳以这样一次有别于以往当下儿童生活题材的创作尝试，诠释了她对于儿童小说这样一个体裁所应当具有的历史承担与文化使命的体认。

2011 年

中国故事与中国人物是中国动画的核心

李萌　星河

精湛的技术固然重要,但影片真正的灵魂还是优秀的故事。

中国动画不应被限定为剪纸、木偶或者皮影之类的外在形式,而应该赋予作品真正的中国故事与中国人物,这才是中国动画的本质与核心。

初入江湖

1917 年春。堪萨斯街头。一名报童一边踢着路边的积雪,一边走向一家冷饮店。突然间他大叫一声,原来一枚马蹄钉刺入了他的脚趾。此后几周,少年卧病在床,无聊地思考着自己的未来——他既不想上大学,又不想做律师或医生,他的理想是成为一名会画画的杂耍演员。

这位 16 岁的少年名叫沃尔特・迪斯尼。1906 年迪斯尼还只有 5 岁,是年英国人布莱克顿拍出世界上第一部动画片:《一张滑稽面孔的幽默姿态》。影片每一帧都在黑板上绘制,采用停机再拍的方法摄制而成。全片并无具体情节,只是一对男女滑稽的脱口秀表演。

该片问世之后,很多欧美报刊插图作者及漫画家都加入到动画制作的行列。美国人温莎・麦凯 1914 年制作出第一部有情节的动画片《恐龙葛蒂》。影片采用真人实拍与动画结合的方式,情节生动,大受欢迎。片中麦凯训练的恐龙令人捧腹,结尾是麦凯骑着恐龙慢慢远去……该片仅 12 分钟,用纸 5000 张,工程巨大。温莎・麦凯还制作有第一部动画纪录片《路斯坦尼亚号的沉没》。

美国的弗莱舍尔兄弟不仅从事动画创作,还成立了弗莱舍尔兄弟动画公司。弗莱舍尔家族共有兄弟 7 人,他们的父亲是发明家。7 兄弟中的 4 人组建了动画公司,《大力水手》与《美女贝蒂》即为其代表作。大力水手红极一时,他吃掉菠菜后立刻肌肉膨胀,据说这一神奇特性一度带动了美国菠菜销售;美女贝蒂身材火辣,性感撩人,甚至成为美国电影审查制度的封杀对象。这两个动画形象经久不衰,至今为人们喜爱。

同时代还有另一家动画公司,其创办者就是沃尔特・迪斯尼。关于迪斯尼的故事不胜枚举：迪斯尼16岁时应聘谋职时谎报年龄，不仅偷了父亲的西服和帽子，还用铅笔在脸上画出皱纹；创办动画公司后，迪斯尼经常夜巡，因而许多画师将自己满意的作品放在工作台上，期望能被老板看到，但次日清晨，他们却发现桌子上钉着那些从纸篓中捡回的废稿，旁边附有迪斯尼的字条：不要把优秀的画当作垃圾扔掉！迪斯尼曾为一家银行制作平面广告：一名流浪者坐着木筏逆流而上，木筏上拴有一根绳子，上写："你不可以一生漂泊无依。"

1928年，世界上第一部声画同步的动画片《蒸汽船威利》由迪斯尼公司制作发行，上映后大获成功。该片奠定了迪斯尼在动画领域的地位。

迪斯尼的热心观众卓别林曾对他说："你要想有所发展，一定要有能力控制你的一切。"于是，迪斯尼将已拍完一半的黑白动画片全部改为彩色，这就是1932年迪斯尼公司采用三原色工艺制作的彩色动画短片《花与树》。《花与树》是一部田园风格的动画，树木与花草不仅会随着门德尔松和舒伯特的音乐舞动，而且具有喜怒哀乐的情绪。在影片中，两棵树身处甜蜜的热恋中，一棵枯树的嫉妒却引燃了森林大火。《花与树》延续了早期动画片的风格：细节丰富夸张，颇具杂耍意味——牵牛花开花被演绎为打哈欠，而乌鸦的叫声则被充作森林火灾的警笛。1933年，《花与树》成为第一部荣获奥斯卡最佳动画短片奖的动画片。

1934年，迪斯尼公司的另一形象唐老鸭诞生。身穿蓝色水手服的唐老鸭一经推出便引起轰动，但在芬兰曾一度禁映唐老鸭——因为它没穿裤子。中央电视台在1986年引进《米老鼠和唐老鸭》，由董浩和李扬担任配音，让中国观众认识了这两个经典动画形象。多年之后，动画专业的学生在听李扬讲座时都略感不适，因为在他们脑海中浮现的全是唐老鸭，与李扬本人无法对上号。

值得一提的是，包括米老鼠在内，迪斯尼公司所有的动画形象都非出自迪斯尼之手。迪斯尼从一开始就将自己定位为"讲故事的人"，而不是动画师或画面设计师。

在20世纪30年代美国经济大萧条的背景下，动画单纯的想象力与幽默仿佛是现实中吹入的一缕清风，成为人们心灵的避风港湾。

与此同时，中国艺术家也开始了早期动画创作。中国第一部动画片诞生于1925年，由万籁鸣等4兄弟合作完成，是一部名为《舒振东华文打字机》的广告片。其时万氏兄弟身在上海，只在银幕上看过《大力水手》等片，并不理解动画制作原理，而且他们没有经费留洋取经，一切都靠自己摸索。在创作过程中，他们遇到的困难之一就是模仿摄影机的推拉摇移。万氏兄弟想出了一个令人忍俊不禁的办法：一人操纵摄影机，一人举着画纸，由远及近，慢慢走向镜头。这样做虽模仿了摄影机的运动，却常常因配合出现问题而导致失败。此后万氏兄弟又拍摄了《益利汽水》和《味精》两部广告动画，并于1926年拍摄出12分钟的动画短片《大闹画室》。

抗日战争爆发后,万氏兄弟创作了一系列抗日爱国宣传片,如《同胞速醒》《精诚团结》《民族痛史》等等;还有一些根据寓言改编的动画,如《龟兔赛跑》《飞来祸》等等。1935年,万氏兄弟拍摄出中国第一部有声动画片《骆驼献舞》,使中国动画迈入有声时代。

1941年,万氏兄弟带领上海新华影业公司的上百名动画师创作出动画长片《铁扇公主》。当时中国尚未掌握彩色动画的拍摄技巧,万氏兄弟又期望表现火焰山的炙烤感,于是在影片上映时,他们拿着红色玻璃在放映机镜头前晃动不止,营造出烈焰熊熊的气氛。

总体而言,尽管动画自问世之初就备受瞩目,但由于过分注重笑料、噱头的设置,导致早期动画普遍具有情节简单和人物幼稚的缺陷,这也使得动画一直徘徊于艺术领域的边缘。

黄金时代

艾尔·赫德发明的分层绘制方法,使动画制作周期得到合理控制,创作者开始有了更高追求——制作动画长片。

1937年,迪斯尼推出世界上第一部动画长片《白雪公主》,该片改编自格林童话。在影片制作中,迪斯尼公司濒临破产,美国媒体也落井下石——“没人愿意花钱去电影院看一部卡通片”。但《白雪公主》首次发行就赚足800万美金,而当时电影票价却便宜到低于1美元!《白雪公主》的成功是迪斯尼公司的重要转折,自此迪斯尼开始有计划地向长片倾斜。

1940年,迪斯尼公司第二部和第三部动画长片《木偶奇遇记》和《幻想曲》问世。其中《幻想曲》还荣获第14届奥斯卡特别成就奖及纽约影评人协会特别奖。可惜《幻想曲》曲高和寡,票房不佳,加之二战炮火让迪斯尼丧失了欧洲市场,迪斯尼公司再度深陷财政危机。

在此后数十年中,迪斯尼公司不断推出动画长片:《小飞象》(1941)、《小鹿斑比》(1942)、《旋律时光》(1948)、《睡美人》(1959)、《小美人鱼》(1989),等等。2009年上映的《魔发奇缘》是迪斯尼第50部经典动画长片。

除此之外,迪斯尼公司还推出真人与动画合拍电影和真人实拍电影,并于1955年在洛杉矶开办了第一家迪斯尼乐园。

日本于20世纪20年代末引进迪斯尼动画,引起巨大反响。受迪斯尼动画影响,日本动画创作者也开始探索与尝试。1956年日本东映动画公司成立。此前日本动画制作团体多以手工作坊为主，东映动画公司成立后，迪斯尼的制作工艺流程被引进日本。1958 年，东映动画公司拍出彩色动画长片《白蛇传》，故事改编自中国传统神话，精美的画面震撼了日本观众。

1963 年播出的电视动画片《铁臂阿童木》是日本又一部里程碑式的作品，它使日本动画独特的制作方法“有限动画”走向成熟。所谓“有限动画”，就是画面能静则静，动作相对较少，以及诸如此类的从简原则。尽管褒贬不一，“有限动画”确实推动了日本动画发展，甚至演变为一种风格流传至今。

与此同时，在日本以太空战争、未来世界和巨型机器人为题材的科幻动画大量出现，《宇宙战舰大和号》（1977）与《银河铁道 999》（1979）均产生首映前夜通宵排队的轰动效应，电视动画《机动战士高达》（1979）更成为一代人的回忆。

除了美国与日本，动画领域还有诸多“学派”，其中之一就是“萨格勒布学派”。“萨格勒布学派”的整体风格是形式自由，内涵丰富。短片《萨蒂迷狂》（1978）以萨蒂的钢琴曲为背景音乐，用几个生活片段展现出都市人的冷漠与沉沦。

另外一个学派是“中国学派”。1955 年上海电影制片厂美术片组拍出中国第一部彩色动画片《乌鸦为什么是黑的》，影片曾在国际大赛上获奖，却一度被评委误以为是苏联动画。该片的成功引起动画工作者的思考，他们决定让动画“走民族风格之路”。1957 年上海美术电影制片厂宣告成立，一系列优秀作品相继推出，如《神笔》（1955）、《骄傲的将军》（1956）等。《骄傲的将军》以成语“临阵磨枪”为蓝本，讲述一位古代将军因骄傲而败的故事，影片在剧情、人物、美术和音乐等方面都充溢着浓郁的民族特色。

与此同时，上海美术电影制片厂的艺术家在动画片与中国传统美术技法的结合上做出了深入探索。1958 年，中国第一部剪纸动画《猪八戒吃西瓜》一经推出便获成功。1960 年，具有强烈中国风格的水墨动画《小蝌蚪找妈妈》与《牧笛》在国内外引人注目。《小蝌蚪找妈妈》的主角是小蝌蚪，表现出来只是一个墨点，缺乏表情，艺术家想出如下方法：“……巧妙地设计它们游动时尾巴线条的变化，如频频摆动时的欢快，缓缓移动时的怅惘……”

1964 年，万氏兄弟创作出动画长片《大闹天宫》。影片取材自《西游记》前 7 回，但进行了改编——孙悟空不再被如来佛压在五行山下，而是“拿起金箍棒，打上凌霄宝殿”。观众反响热烈，影片空前成功。

20 世纪 60 年代的政治气氛影响到艺术的各个领域，但这一时期还是诞生出《没头脑和不高兴》（1962）、《半夜鸡叫》（1964）、《草原英雄小姐妹》（1965）等优秀动画影片。

《哪吒闹海》（1979）是改革开放后第一部动画长片。该片情节曲折，制作精良。尽管一些现代评论家认为哪吒抽龙筋、扒龙皮等情节过于暴力，儿童不宜，但该片早已成为一代人的回忆——当哪吒举剑自刎时，许多孩子情不自禁地流下热泪。

20世纪80年代中国涌现出一大批高质量动画作品：《雪孩子》（1980）、《三个和尚》（1981）、《南郭先生》（1981）、《猴子捞月》（1981）、《鹿铃》（1982）、《天书奇谭》（1983）及电视动画片《黑猫警长》（1984）等。《黑猫警长》不仅生动有趣，还具有很强的科普性。一些“80后”观众在调查中表示，他们正是通过《黑猫警长》才获得“母螳螂在交配时会吃掉公螳螂”这一科学知识的。1984年，上海美影厂人员调整，导演严定宪出任厂长，相继推出《金猴降妖》（1985）、《夹子救鹿》（1985）及系列片《邋遢大王奇遇记》（1986）等动画作品。

由于没有受到市场化影响，“中国学派”自成一体，仿佛处于动画界之桃花源与象牙塔中。

科技浪潮

1994年，迪斯尼公司推出的动画电影《狮子王》再次引起社会反响。宏大的场景，精良的画面……所有这些都使得这部史诗般的“动画电影”有别于以往的“动画长片”。

然而，《狮子王》的成功并不意味着迪斯尼在动画领域的回归。1995年上映的《玩具总动员》正式迎来了一股新的浪潮——电脑动画。

科技革命从美国席卷到世界各地，自然也进入日本，就连注重手绘的吉卜力工作室也增加了三维动画部门。不过相对于三维动画制作，更多的公司还是选择将二维动画制作过程“数字化”，即电脑完成人工上色和后期拍摄等工作。

尽管出现了技术进步，但日本动画依旧保持着以故事和对话为主的特质，更多关注人物内心的动画片相继出现，比如《新世界福音战士》（1995）。宫崎骏、大友克洋与押井守3位动画导演的作品也日趋成熟，成为日本动画的代表。宫崎骏的《风之谷》（1984）、《天空之城》（1986）、《幽灵公主》（1997）等作品主题宏大复杂，探讨人类文明；大友克洋的《阿基拉》（1987）继宫崎骏动画之后再次获得欧美观众的喜爱；押井守的《攻壳机动队》（剧场版，1995）是典型的“赛伯朋克”（Cyberpunk）作品，严肃地探讨了科学与人类未来的关系。

除主题严肃的动画片，幽默动画在日本也颇为流行，如《哆啦A梦》（1979）、《樱桃小丸子》（1990）、《蜡笔小新》（1992）、《这里是葛饰区龟有公园前派出所》（1996）等。日本动画还就此探索出一条成功的商业道路：动画片多由人气较高的漫画改编，许多动画故事甚至可以无限绵延。

在美国和日本商业动画日益成熟的同时，中国也开始了动画市场化的探索。1999

年，上海美术电影制片厂推出动画电影《宝莲灯》，在社会上引起广泛讨论。

《宝莲灯》改编自神话“沉香救母”。《宝莲灯》不仅使用三维手段制作了部分段落，还是中国第一部先期录音的动画片(即先录制声音后制作画面)。超过300人参与了《宝莲灯》的制作，耗时4年，可谓呕心沥血。但观众与从业者对《宝莲灯》依旧褒贬不一。不管怎样，对于中国动画来说，《宝莲灯》都是一个有益的尝试。

两点启示

21世纪之初，动画领域继续蓬勃发展。2001年，宫崎骏导演的《千与千寻》在世界范围获得成功，获得当年奥斯卡最佳动画长片奖及柏林电影节金熊奖。而美国动画依旧沿着既有的方向发展，涌现出一批高质量的剧情动画片，如《花木兰》(1998)、《虫虫总动员》(1998)、《海底总动员》(2000)、《冰河世纪》(2002)等。法国动画片《疯狂约会美丽都》(2003)也曾引起广泛关注，怪诞的美术风格成为影片的最大特点。该片反映出天才导演西维亚·乔迈的古怪趣味，许多观众在初次观看时都对片中人物造型印象深刻，因为他们实在是——太丑了！

2009年，科幻电影《阿凡达》在中国上映，导演是曾执导《泰坦尼克号》的著名导演詹姆斯·卡梅隆。与《泰坦尼克号》相似，《阿凡达》不仅获得了票房成功，同时引起巨大的社会反响。影片制作者对技术的娴熟运用在众多中国动画从业者心中掀起波澜，他们甚至悲观地感到自己与外国相比还有很大差距。

事实上，中国动画落下的功课太多，企图在短期内超日赶美，毕竟不太现实。精湛的技术固然重要，但影片真正的灵魂还是优秀的故事。因此，文学原创的重要性再次凸显。我们讲故事或者说编剧的技巧与好莱坞相比也有差距，但与技术劣势相比毕竟要小许多，甚至还有自身优势。这才是电影《阿凡达》带给我们的启示。

另外我们经常会听到很多观众对老一代“中国学派”的留恋与怀念。关于这一点笔者认为也可商榷。老一辈艺术家的精神固然应该学习，但那些形式毕竟是上一代动画人的感受与内心表达。现在的动画创作者或许更应该挖掘当下的生活，观察生活细节，体会生活质感。许多创作者与评论家一再强调传统缺失，但究竟什么才是中国动画？事实上，中国动画不应被限定为剪纸、木偶或者皮影之类的外在形式，而应该赋予作品真正的中国故事与中国人物，这才是“中国动画”的本质与核心。

“湘女自然文学精品”系列:自然传奇　生命赞歌

吴　然

记得2002年,湘女一年内4次在《儿童文学》杂志发表作品,并有作品登在“文学佳作”专栏,我曾给她写了一封短信,表达我的欣喜和祝贺。不久前,人民文学出版社、天天出版社推出“湘女自然文学精品”系列4册:《山狸猫金爪》《猎人的故事》《小马倌阿里》《大树杜鹃》,集中展示了湘女这些年来的成绩,令人欣慰。

湘女是陈约红的笔名。

她的老家在湖南,湘江之畔。小时候,在一个秋雨迷蒙的季节,父母带着她从湖南老家的湘江边起程,往南,往南……一直深入到云南南部,红河南岸。她用“湘女”这个笔名纪念故乡湖南,纪念湘江。她也写成人文学作品,唯独把“湘女”之名给了儿童文学,以表达她对儿童文学的礼敬与虔诚。

湘女喜欢给孩子们写作,她的儿童文学作品都取材于云南这一片神奇的土地。

云南,山川壮丽,河岳俊秀,是天然的植物宝库和动物王国。这里生活着众多的少数民族,那些脆亮甜美的歌声,犹如天籁,飘满连绵的山岭;那些绚丽多姿的服饰,宛若山花,装点着芬芳的土地。湘女曾和少数民族孩子们在一个教室里读书,曾在离国境线很近的少数民族村寨“插队落户”,曾在闭塞、蛮荒的“赶马人的城”里工作和生活……数十年来,她几乎走遍了云南的每一个角落,并从这片多彩的土地上获得了生活的滋养和文学的灵感。

这套“湘女自然文学精品”系列,有小说,也有散文。对散文,湘女尊崇“美与真实”。如《喊月亮》这篇美文,写一群大山里的小学生,把月亮“喊”出来的快乐。一个“喊”字,有力,动感,真切地拉近了孩子们和月亮的距离,月亮仿佛成了孩子们的朋友:

> 在孩子们的喊声中,那手掌般的山廓柔和了,清晰了,一点银辉羞答答地猛地一闪,眨眼就成了一片,逐成半圆,终成一轮。秋的月一如秋的果,丰润饱满得惊人,沉甸甸、明晃晃地托在那近在咫尺的山的手掌中了。

湘女小心翼翼而又果敢地挑选汉语的字、词、句,从文字的声音、形态、内容上,提炼和丰富美的含量,从而让孩子们在大声诵读中,感受母语的亲切、温暖。在湘女看来,语言只有附丽于真实的生活,才能显出美的含量和美的力量。她的可贵在于,她不回避云南边疆贫穷的现实，又深情地告诉人们，贫穷磨灭不了孩子们对美的向往，或者说正是在贫穷中，这些大山里的孩子，对美的向往更强烈了。孩子们享受着月光的拂照，沉浸在美的向往中，又因为肚子饿而向月亮倾诉，想象月亮“像个糖粑粑”。在这里，“美和真实”同时存在。湘女用她诗意葱茏的妙笔，把这种贫穷中的美丽写得感人至深。湘女的小说，如“马帮”系列中的《骑马坝》《雪门坎》《梭椤寨》等，融入多元的云南民族文化，丰富饱满的细节，在飞腾的想象中展开传奇、神秘、诡异的故事，总是那么动人心魄。

读湘女的作品，细心的读者会发现，不论是散文还是小说，大多有一个潜在的主题指向，这就是她对大自然的热爱和对生态环境的关注。湘女用委婉清淡的笔触，抒写人与自然之间、人与人之间、万物生灵之间的故事，一方面充满了浓郁的地方风情，一方面又满怀对自然万物的尊重与热爱。这在当今的儿童文学创作中，是非常少见并且难能可贵的。这些作品不仅是自然的赞歌，还是人性的赞歌，里面总是充满了人性的美好、童年的纯真。即使是对人性丑陋一面的鞭挞，也满怀谅解与悲悯，充满爱与温情、疼痛与泪水。这些文字，能给读者带来新鲜真实的艺术享受，让他们的心灵受到震撼和洗礼。

湘女说，是神奇美丽的大自然，给了她美的启迪，给了她全新的体验。在她开始对自然、对生命、对人生、对她生活的这个世界产生着越来越多的思考，有了越来越强烈的倾诉渴望时，她完成了一个从梦想到文学的飞跃。因此，她怀抱真诚、质朴的童心，以温柔的情感和雅美明亮的文字，描写、歌唱、探索人与自然的温情和美丽，以及自然与生命的神奇与智慧。她的作品，是她写给自然和生命的赞美诗。这里有通人性的小猴子，宽容忍让的“懒猴悠悠”；有神异的灵芝蟒，静止在大海梁子的“爱情雕像”黑颈鹤，以及为了证明自己“高贵和不俗”而舒枝展叶的可爱有趣的“豆豆花儿”，等等。所有这一切，都让我们感叹每一个生命都值得去热爱。一棵树，一个人，一朵花，一株草，一只小鸟，一只小动物或大动物，甚至一条毛毛虫，人类都可以和它们对话，都可以而且应该与它们和谐相处。毫无疑问，湘女这些意境高远的作品，在人类追求与自然和谐共处的道路上，其独特的思想艺术价值将闪射出瑰丽之光，陪伴着，也照耀着孩子们的心灵成长之路。

张品成长篇小说《觉醒》：探索战争题材成长小说“复杂性的精神”

徐　妍

新时期以来，中国儿童文学获得了多样性发展的机缘。张品成致力于“红色叙事”，即是一种有效的探索。

张品成自代表作《赤色小子》出发，经由《永远的哨兵》《北斗当空》《出征在即》《腊月之城》《指间的太阳》《红药》等一系列作品，确立了“红色系列”的战争题材成长小说。“红色情结”作为张品成个人生命的精神密码，不仅供给他区别于其他作家的精神血脉，而且内化为他成长小说中一系列“红色少年”的特异气质：纯真、顽强、机智、勇敢、忠诚、顽皮、矛盾等。而这类“红色少年”的塑造原则，大致可以概括为：“红色”的“革命历史主义”观念为底色，“少年”的“儿童性”为本色。由此，张品成的“红色系列”战争题材成长小说接续了中国当代儿童文学史上由《红孩子》《闪闪的红星》《小兵张嘎》《小八路》《鸡毛信》《雨来没有死》等为代表的主旋律“战争题材”成长小说，但又与这些小说的写作观念有所不同。进一步说，张品成“红色系列”中的那些少年主人公的成长过程，不仅叠合了历史的红色记忆与作家个人的成长记忆，而且隐含了他对以往战争题材成长小说叙事模式突破的欲求，即战争题材成长小说不是任何观念支配下的模式化叙述，而是借助战争题材直抵历史、人性、儿童性、文学性的小说。正因如此，阅读张品成的战争题材成长小说，极似观看一部部重新翻拍的“褪色”的战争题材的黑白电影。它们竭力祛除以往附加于人物与情节的既定观念，譬如单一的英雄主义观念和窄化的民族主义观念。那有点粗糙的明暗对比和明快推进的情节会产生奇异的魅力。仿若一切弥漫的硝烟远去之后，历史、革命、时代、人性、少年天性皆重新浮现出来。当然，张品成的战争题材成长小说迷人之处并不依赖于任何一种观念，而依赖于那源源不绝的视觉细节和动作，特别是依赖于对战争题材成长小说的复杂性新解。

然而，就在张品成以这些令人瞩目的“红色系列”的战争题材成长小说收获了文学界、评论界、读者的诸多赞誉之时，他却另辟新路。他的最新长篇小说《觉醒》告别了以往熟稔的“红色叙事”。虽然《觉醒》依然选取“战争题材”，依然属于成长小说，但显然，小说的场景已经从“赣南”转换到“南京”，成人形象已经由“红军”转换为“国军”——少年主人公由“红军后代”转换为“国军后代”，主要情节已经由红军“反围剿”转变为各式民间人物“反屠杀”。而这一系列变化，对于张品成而言，无疑意味着一种空前的挑战。姑且不说日军制造的南京大屠杀作为一段惨烈的历史伤痛记忆已被多种艺术形式所表现，单说张品成的《觉醒》如何以个人记忆重新叙述这段历史记忆就是一个很难处理的难题。如果说张品成曾经在20世纪80年代，花费5年时间，几乎走遍了整个赣南，由此使得他的个人记忆与红色革命的历史记忆相互渗透、深切交融，那么，对于南京大屠杀这一重大历史事件，他则很难再投入如此漫长的时间、如此深切的情感体验，由此他的个人记忆与这个事件的历史记忆如何互相交融？除此之外，《觉醒》如何以少年视角节制地叙述南京大屠杀的残酷性，却又让这一历史事件有效地参与少年成长的心路历程？《觉醒》如何将少年世界与成人世界自然、有机地组合为浑然一体的小说叙述世界？《觉醒》如何既忠实于那段历史记忆，同时也忠实于小说艺术的法则？《觉醒》如何以小说的形式进入一个民族的历史伤痛之中，同时也回应当下中国人的民族立场、历史观念？等等问题，对于张品成的《觉醒》来说，都无法回避。

《觉醒》与张品成的“红色系列”对战争题材的处理方法颇为相通：不再被当代文学史上那种理想主义的英雄风格所吸引，但也不被当下文学语境中的历史虚无主义或相对主义的潮流所裹挟。虽然战争题材本身，更适合沿用当代文学史上的“红色叙事”而写成一部表现英雄气概的传奇故事，也适合遵从当下大众文化市场的需求而制作成一部消解英雄主义的消费之作，但《觉醒》显然放弃了这两种创作模式，而是选取了对战争题材背后的历史复杂性和人性复杂性（包括少年成长的复杂性）进行体察和叙写。其真正目的，我以为，是为了以成长小说的名义探索人性的“复杂性的精神”。即，小说投放了作家个人对中国当代儿童文学史的反思和识见，寄予了他个人对写作方式、生命形式的隐秘却执拗的选择和探寻。

小说以日军制造的南京大屠杀为背景，讲述了一位名叫顺风的少年，如何在战争的惨烈人生中体味成长的内涵。少年主人公顺风的父亲韩太铭是国民革命军第88师的一个旅长，在抗日战争中屡建奇功，而且，悲壮地牺牲在抗日战场上。这样，顺风从一开始虽然不是红军的后代，但依旧具备日后承担“大任”的身份资格。小说篇末交代：历经劫难、死里逃生的顺风后来不仅加入了新四军，而且在他18岁那年日本宣布无条件投降后，向审判南京大屠杀的日本战犯的国际法庭提供了宝贵的照片。

当然，成长小说的重头戏，从来都不在于“起始”与“终点”，而在于少年主人公在成长的过程中究竟经历了哪些磨难。《觉醒》也不例外。小说对于顺风成长过程的叙写构成了小说的主体部分。小说着力讲述少年顺风的成长经历，即顺风如何在南京大屠杀的背景下承受寒冷、饥饿、恐惧、孤独、苦难、灾变、死亡等濒临生命极限的考验。于是，在小说中，我们看到，在某些关口，顺风似乎是一个挺住灾变、神勇无比的小英雄：为了解救被日军关押的母亲，他不怕生命的危险，“在屋脊上跳跃着”；在某些场景，顺风又如孩子一样脆弱、胆小：当他看到日军杀戮中国人的照片时，“又颤抖起来”；在某些时候，顺风如同成人一样会感受到咬人的孤独和寂寞：当他一个人在没有阳光的屋子里与世隔绝十几天后，遇到了一只日军的小狗，欢喜之余，想到"人真是怪，没人说话有时会比没吃饭还难受，没人说话脑壳和肚子里都像堵塞了许多的东西，像一大团乱草"；在某些情境，顺风还如孩子一样玩心未泯：当五个中国男人即将用生命的代价换取顺风生存下去的机会时，他竟然被天空中飞翔的风筝所吸引，根本想象不到即将发生的事情……《觉醒》就是这样从多个层面，将少年顺风的成长心理逐层地深描出来。可以说，顺风是对"小英雄"在新的历史语境下的重写。对此，张品成并不讳言："我们也不能简单地抛弃'小英雄模式'，而要寻找传统'小英雄模式'与人文关怀的结合。"

并且，《觉醒》不再满足于讲述少年的成长历程，而是由少年顺风的成长历程延展到成人世界的精神构成，由此，牵连出个人的尊严，民族的尊严，人性的软弱、贪欲、背叛、气节、忠诚、觉醒等等复杂性的精神问题。或者说，《觉醒》接续且深化了张品成的长篇小说《红药》等的复杂的精神性探索思路。其实，张品成原本就不是一位典型意义上的儿童文学作家。在儿童文学与成人文学之间自由穿越，对于张品成而言，仿若一个有趣的智力游戏。在《觉醒》中，他不仅将少年叙述视角与成人视角交替使用，而且，让成人视角处于多重叙述的繁复变换状态之中。这种叙述策略，自然会增加小说的写作难度，可也因此让小说进入人性复杂的幽深地带。或许，《觉醒》如是选择叙述视角，隐含着这样的一个考量：为了不让少年顺风承受超越极限的惨烈人生，有意识地运用小说节制的叙述方式使得顺风规避了"少儿不宜"的血腥场面。但不管是何种原因，多重叙述视角的介入，在客观上，确实有效地探索了人性的复杂性精神。

一经"复杂性的精神"构成了不可思议的小说王国，人物的命运将会怎样？情节的编排将会怎样？沿着这样的问题，我们发现：在小说中，日军实施的南京大屠杀惨案，顷刻间逆转了人物的命运，且逾越了人之为人的底线。军人王仁高因在生死边缘对生的渴求而成了"苟且偷生"的人；黄民举因发财的贪念而主动成了为日军做活最卖力气的人；小混混陈述武因为意欲报复官府而成为协助日军屠杀中国人的"线人"；养蜂人尹长年原本是个"具有浪漫气质的人"，安然地生活在自己的蜂园，却因战争失去了家园和自由，成为一位屈辱的"活死人"；特别是郎中肖雨亮，原本出身于医术精湛的中医世家，却因战争失去了药店，虽因祖上秘方逃过一劫，却成为日军的"囚徒"。这五人，原本身份不同，但因日军的侵华战争，命运却走向一致：从原来各自不同的身份，变成了为日军所奴役的收捡尸体的"使用人"。不过，小说在描写日军侵华战争粗暴地践踏中国人生命尊严、民族尊严的同时，却更着力于表现这场战争对于中国人人性良知的唤醒——对个人尊严的坚守，对家国尊严的捍卫。在徐缓有致的讲述中，这些人物在人性尊严上的觉醒意识、对民族尊严的捍卫意识，都是以一种渐近复苏的方式演变着，最终爆发为小说结尾处的一场悲壮的英雄救赎行动：几位一息尚存的“使用人”为了给顺风创造出一条“生路”，并试图经由顺风带出日军的战争罪证，竟然一同选择了从容赴死。在小说中，整个围绕成人世界的情节安排，一直跌宕起伏，隐含了人性灵魂深处无法调和的厮杀。总之，正是由于成人世界与少年世界的双线并置，使得小说在叙述视角上两相参照，构成了少年成长小说的丰富意义。

但是小说的意义并未到此结束。在我看来，《觉醒》显然不仅关乎少年或成人在战争灾变中的命运，更内含了作家对于历史处境与人性复杂性之关系的理性反思。这个关系，在以往的革命历史叙述那里，曾经被处理为一种英雄个人对历史处境的崇高化超越，而在新历史主义那里，则很可能会被视为对逾越生命尊严和民族尊严充满宽宥的颠覆性理解。至于在铺天盖地的商业主义写作那里，这一切很可能是个人在历史处境中的欲望的不加节制的喷发。然而，人性究竟在什么样的历史处境中能够接受考验？又在什么样的自我审视中能够重新自我觉醒？人性，逾越生命底线之后，是否还有自我救赎的可能？这些人性中致命的纠结与反讽，自现代文学确立以来，就不断被追问。途中，经过了一段简单化处理的历史记忆。迄今，经过后现代主义观念的影响，无论怎么花样翻新，其结果都是万变不离其宗地让人陷入进退两难的境地。而小说《觉醒》却没有重复以往的写作模式，也没有进行商业化的操演来取悦读者，相反以一种相当内敛的理性笔触写出了作者对人性、对历史的感受、思考和困惑。

《觉醒》无论对于张品成小说创作来说，还是对于战争题材成长小说而言，都是一部值得关注的作品。因为它对战争题材成长小说的“复杂性的精神”探索，既超越了以往的观念化写作，也对抗了时下流行的各式商业化写作。

高洪波:用文学“抱起未来和希望”

《文艺报》记者

尽管被称作“文坛多面手”,但高洪波创作的重心始终在儿童文学上。自1979年创作第一篇儿童文学作品《小弟要画热带鱼》以来,童诗、童话、散文、低幼故事、评论,他不断开拓新的领域,尝试新的写法,关注新人新作,凝聚儿童文学作家们的力量,尽自己所能为更多更好的作品出现而努力。12月1日,在高洪波文学创作40周年座谈会上,高洪波的儿童文学创作自然成为与会者谈论的重点。

——编者

高洪波与儿童文学似乎有着天然的情缘,早在1984年,作为《文艺报》记者的高洪波就写了20万字的探讨新中国儿童文学发展与重要作家作品的论著《儿童文学作家论稿》。在这部著作中,他对新中国儿童文学史上产生过重要影响的儿童文学作家进行了系统的评述,对他们的创作理念、创作追求及创作成就做了令人信服的分析,他还对儿童文学各个门类的发展现状、创作特点及前景进行了深入的探讨与总结。

40年来,在繁忙的工作中,高洪波又出版了除成人作品外的许多儿童文学作品,有诗集,有散文,有小说,有理论著作。比如《大象法官》《喊泉的秘密》《我喜欢你,狐狸》《少女和泡泡糖》《飞龙与神鸽》《波斯猫》《高洪波散文选》《青春在眼童心热》《鹅背驮着的童话——中外儿童文学管窥》《说给缪斯的情话》《鸽子树的传说》《与鸵鸟对视》《动物日记》《唱片年龄》《悄悄话》《也是一段歌》《心帆》《我想》等几十部著作。其中,诗歌《我想》获第一届全国优秀儿童文学奖,散文集《悄悄话》获第二届全国优秀儿童文学奖,诗集《鸽子树的传说》获第七届精神文明建设“五个一工程”奖。

一个心中充满阳光的人

在众多儿童文学作家同行的眼中,高洪波是一个快乐的人,一个心中充满阳光的人。也因此,他的儿童文学作品总是带给小读者最纯粹的快乐和陶冶。

张之路认为,高洪波心中有着对民族未来、祖国命运的长远思考,因而对儿童文学的热爱和关注始终如一。高洪波常说,一个好的儿童文学作家应是一位懂得儿童心理的教育家。从这个意义上说,儿童文学作家承担着比成人作家更重的担子。“我们要学会尊重孩子,不能再是居高临下的、恩赐式的教育方法。”“儿童文学应该用真情打动孩子的心，用美去陶冶孩子的灵魂。”高洪波身体力行，得到了作家们的友情与敬重。每次见到高洪波，总感到他精神抖擞，阳光灿烂。他是一个心中充满阳光的人。

金波的记忆中，有两件与高洪波有关的快乐的事情。一件是在幼儿园听课，老师讲的正是他的一首诗《我喜欢你，狐狸》，老师采用的是辩论法，那节课上得真热闹，正方反方各执一词，互不让步，最后还动用了“肢体语言”，幸亏被老师劝阻了，才没有打起来。金波回来和高洪波传达那堂课的情景，他笑了，又很遗憾没去观摩那堂课。还有一件事：金波在一份刊物上开设过一个专栏，点评幼儿的“口头创作”，发表的都是幼儿园孩子随口编的故事，由爸爸妈妈爷爷奶奶或老师记录下来，投到刊物上。有个小朋友口述了一个故事，题目是《樱桃雨》，妈妈给记录下来寄到刊物上发表了。金波知道这是高洪波写的，把这一发现告诉了他，高洪波没生气，却很得意，那么小的孩子，听了《樱桃雨》，居然记得那么清楚，还把这故事变成他的“口头创作”了，他应当得意。金波说，“从我认识高洪波，他就是快乐的。这是因为他办事认真，每做一件事，必善始善终。虽有困难，也不后退，必有成果。时间长了，我发现快乐是他的性格，工作再累，也是兴致勃勃。后来，我又发现了，他的快乐是天生的。所以，他适宜搞儿童文学创作。这快乐，一方面是受孩子感染，一方面是他把快乐给了孩子，所以他永远快乐，这是儿童文学作家的福分。从事儿童文学创作，是一种快乐的工作，是一种垂之恒久的神圣工作。这份工作可以逐渐把人导入一种高尚的境界。因为你面对的是孩子”。

高洪波属兔，在白冰的印象中，高洪波是一只快乐的兔子。儿童文学创作中，高洪波一直践行“快乐原则”。他的儿童文学作品，充满了人文关怀，充满了童心童趣，充满了幽默、诙谐、幻想、理想和快乐。白冰说，“高洪波不是厄普代克笔下那只不知道为何而跳的兔子，高洪波的跳来跳去，是为了守望理想、守望文学、守望我们民族的未来，因此，我们喜欢他、爱戴他”。

他的作品简单自然而富有理趣

高洪波的儿童文学作品，简单自然而富有理趣，时常在快乐与纯真中，让孩子们体会到智慧的乐趣。

李敬泽说，仅一天晚上的阅读，他就深刻地理解到，为什么高洪波这样受到小读者的喜爱和儿童文学界的尊重。那个曾经那么威风的、被关在笼子里变得很可怜的、被孩子注视着的大灰狼，吃了石头的鳄鱼，在山中种葡萄的狐狸……高洪波的这些诗不仅仅是作为儿童诗写得好，作为诗的品格来讲，也是非常高的。儿童诗，其实是非常非常难写的。“怎么在最简单中达到丰富的理趣，是一个非常难的境界。瓦雷里曾经批评过他那个时代法国的诗人把诗歌变成了只有受过高等训练的耳朵才能倾听的声音，已经达不到那种纯真、自然、简单的境界了。现在的诗也有这样的问题。在这种情形下，高洪波的儿童诗确实有一种洗脑、洗心、洗眼睛的作用，他让我们看到如何才能达到简单自然、富有理趣的写作。这样的写作在这样一个时代是很难的”。

金波说，从事儿童文学创作，是育人的工作，也是育己的工作。高洪波始终和孩子们一起成长。进入花甲之年只是他的生理年龄，儿童文学作家独特的心理年龄才是他的第一年龄，这个年龄真实地体现了他的心灵状态。金波认为，当高洪波走进“男婴”世界，他便回归童年了。他像孩子一样站在丁香树前，去寻找“幸运花瓣儿”；他吹送蒲公英飞上蓝天；他痴迷地玩“植物大战僵尸”游戏，然后给这种游戏注入中国先进的理念，又发展成本土化的图书……这一切都是他进入“知天命”，继而又进入“耳顺”之年后的心理状态和创作状态。“儿童文学家是生就的，不是造就的”，因此，他是自然状态的纯真。当高洪波为孩子写作的时候，那个时刻便是他的节日。他拥有从事儿童文学创作的那一份独特的快乐。这快乐，是一种智慧。这智慧与其说源于一种技巧，不如说是天性的恩赐。金波认为，高洪波是“抱起未来和希望”的人。

作为从同一支部队走出来的战友，范咏戈认为，高洪波的儿童文学作品善于从孩子们的视角发现有趣与有益。他的儿童文学创作和理论至少在三个方面推动着中国的儿童文学创作。一是启示我们重视中国原创儿童文学本土化的问题，包括追求本土风格，深入开掘和充分利用本土资源，面对儿童文学领域的外来强势文化，提供中国阅读。二是启示我们重视中国原创儿童文学在其发展中要注意避免成人化思维，注重儿童思维、儿童心理和时代对儿童心理健康成长的新要求，面对儿童文学成人化的现状，提供儿童阅读。三是启示我们重视尽快建立中国原创儿童文学的市场范式，关注中国原创儿童文学的娱乐、游戏、快乐元素，提供市场阅读。

热情的儿童文学事业组织者

高洪波曾经在回答记者的提问时说，作为一位儿童文学事业的组织者，他的任务就是把大家带到森林里，让他们去采美味的蘑菇。自己在一旁看着，也是满心高兴的。这种发自内心的高兴，让大家感受到了他的热情和魅力。

张之路说，高洪波除了为儿童写出了许多优秀的作品之外，他为中国儿童文学的繁荣和发展在指导和组织方面也做出了突出的贡献。高洪波为人心胸开阔，与他相处，没有鸡零狗碎的私房话，但是在关键的时候，许多作家都得到他的热情帮助。他为人宽厚，处世严谨，因此他有许多的好朋友。他懂得感恩，尊敬长者，提携年轻人，重视传承。言谈话语，一言一行中都会让人感受到他的人格魅力。

白冰认为，高洪波心中充满大爱，充满智慧，待人宽厚，所以，他的每一个细胞都充满了快乐，并且用他的智慧把快乐传导给所有的作家、朋友、同事和孩子。他就像一只快乐的兔子，在中国文学事业的组织工作中，在创作界、评论界、儿童文学界、出版界，跳来跳去，让大家和他一起跳跃，让文学事业、儿童文学事业充满了活力。

他命中了语文教学中的“三心”

目前小学生最不喜欢的课程排名中，语文课榜上有名，而语文课中最不喜欢的就是写作文。但有一个有趣的现象，很多小学生在学完高洪波的儿童诗《我想》之后，纷纷自觉地想当小诗人，他们很乐意仿写高洪波的《我想》，因为这样的创作实在让他们感觉有趣。高洪波的儿童文学作品深受学生和老师的喜欢，甚至可以说是追捧。高洪波的作品深受欢迎的原因是什么呢？

王蕾认为，童心、慧心和诗心是高洪波作品受到学生欢迎的原因。

一是童心对接儿童生活经验，实现文学教育的审美体验。优秀的儿童文学作品对语文教育的课程设计、教师培训、课程资源开发等方面都发挥着重要的作用。高洪波的多篇儿童文学作品被不同版本的语文教材选入，主要集中于儿童诗歌和儿童散文。他的儿童诗《草叶上的歌》被收录进北师大版小学语文教材第 6 册中，这首诗歌调动了听、视、味、触等多重感官，将一片“绿茸茸”“亮晶晶”“笑盈盈”的草坪展示在小读者面前，是一篇充满着童真、浪漫与快乐的作品。很多小朋友在学习这首作品时课堂上往往充满着欢声笑语，甚至有的学生还会手舞足蹈，因为作品中描绘的景象、表达的意境、传递的情绪唤醒了他们曾有过的生活经验，在儿童的眼中草地就是作者所描绘的“蚱蜢腾空、蟋蟀欢笑、蜻蜓跳舞，充满着奶香味的甜蜜绿地”，学生们在听和读这首诗歌的时候情不自禁地入境入神了。在这样一种文本对话中，儿童收获了快乐美好的审美感受，实现了文学教育的审美体验。

二是慧心滋润儿童心田，传递文学教育的多元价值观。高洪波创作了许多以动物为主角的作品，其中有一首诗歌《我喜欢你，狐狸》深受儿童喜爱。儿童喜爱这首诗并非仅仅因为作品的幽默风格，最重要的是这首诗歌解决了很多儿童心中的困惑。许多儿童从成人提供的图书上，从成人拍摄的动画片中，从成人日常的交谈中，觉得狐狸是一个坏动物，他聪明但狡猾，从不干好事，可是在高洪波的笔下，狐狸的“狡猾”是机智，狐狸的“欺骗”是才气。这样的全新价值观让很多儿童在初读这首诗时都很兴奋，因为他们发现了一只不一样的狐狸，原来狐狸也是可以喜欢的，狐狸也是可以被崇拜的。这是一种极具包容性的价值观，具有独特的充满个性的美学原则。再比如高洪波的儿歌《懒的辩护》，“懒得挑水的人发明了自来水管”“懒得上楼梯的人，把电梯装进高楼，懒得扇扇子的人，叫电扇不停地旋转”，这些有趣的诗句孩子们读得有滋有味，他们从中读到了异于平常的新鲜想法。

三是诗心荡漾儿童心灵，培养儿童对母语的热爱。《我想》是高洪波的一首极具代表性的儿童诗歌作品，文字简单、干净、纯粹。这首诗歌充满童心、富有想象力的诗化意境与诗性语言是吸引儿童的最主要原因。《我想》一开篇就用一系列只属于儿童行为的想象牢牢吸引住了儿童的眼球："想把小手安在桃树枝上举一串花苞，想把脚丫接在柳树根上汲取营养，想把眼睛装在风筝上看白云看太阳，想把自己种在土地上变幻出春天的花草。"这样的意境生动形象，顽皮稚趣，贴近儿童的生活。更妙的是诗歌极具特色的诗性语言，尤其是几句原汁原味的孩童诗性语言"悠啊——悠""长啊——长""飞呀——飞"的呈现，极富特色的节奏感与韵律感非常贴近儿童的语言特点，儿童开心的时候总是喜欢这样拖着长音或者重复着表达意思。很多儿童喜欢这首诗歌是因为写的就是他们头脑里的想象，说的话也符合他们语言的节奏和韵律。于是，孩子们拿起了笔，也要写出他们心中的美好理想。

大量实证显示，优秀的儿童文学作品是培养儿童语感和语言整体把握能力的绝佳范本，好的作品能通过生动、形象、富有活力的语言激发儿童学习母语的热情和主动性。高洪波作品在学校语文教育的课堂上受欢迎的程度，证明了这一点。

2012 年

拓展文化视野 提升批评品质

——当下儿童文学研究的趋向

钱淑英

21 世纪已进入第二个十年,处于新媒介时代的中国儿童文学尽管在创作和阅读两个层面显示出令人振奋的热闹景象,但就理论研究而言,却显得有些冷寂,少有碰撞和交集。我们只有穿过那波澜不惊的水面,才有可能发现其中隐藏着的几股潜流,并通过它们梳理出当下中国儿童文学研究的脉络,由此把握近期中国儿童文学研究承接过去、展望未来的线索和走向。

文化研究的视野和方法

安徽少年儿童出版社 2010 年翻译引进了"当代西方儿童文学新论译丛",受到了儿童文学界广泛关注。正如吴其南所说:"这套译丛极大地开阔了中国同行的眼界,为中国儿童文学理论的更新提供了一个非常有启发性的镜像,正是在这一意义上,我们将当代西方儿童文学理论的引进,包括这套书的翻译出版,看作是中国儿童文学理论正在发生转折性变革的一个信号。"或许,吴其南所提出的从"儿童本位"到"创造儿童"的变化,的确可以视为中国儿童文学理论研究出现的一种转向。

西方儿童文学研究新成果不仅为我们提供了新的认知视角,更重要的是为我们提供了新的理论范式。"当代西方儿童文学新论译丛"是 20 世纪 80 年代以后西方文艺理论和文化研究思潮的反映,它们从多维度呈现了西方儿童文学更为丰富的理论景象,其中的一些研究方法在中国儿童文学研究中也已有所涉及。比如在 2011 年的理论文章中,我们同样可以发现女性主义、镜像理论、自我认同理论、文化批评等多种研究视角,这是否意味着,中国儿童文学理论领域已经呈现出文化研究的转向并且有待形成气候?

早在十年前,台湾的张嘉骅博士就倡导在儿童文学中建立文化研究的新视野,他认为,把文化研究引入中国儿童文学虽是一个不易的尝试,却相当符合世界性与当代性。这一说法在今天得到了印证,近两年我国集中译介的当代西方儿童文学理论著作,大都属于文化批评层面上的研究成果。而方卫平、赵霞的《文化视角与童年立场——当代西方儿童文学研究中的文化批评》(《文艺争鸣》)一文,则可以说是与此相呼应的一个理论注释。该文系统介绍了当代西方儿童文学的文化研究视角,并在此基础上总结得与失,认为来自文化批评的资源与方法摆脱了儿童文学理论资源的欠缺与理论思考的狭隘,极大地拓展了儿童文学研究的理论视阈,使其进入整个文化批评的大语境中,但也会因此出现理论先行以及阐释过度等一些操作失当的症候,同时减少对儿童文学传统的文学、审美特质的探讨。这样的思考对当下儿童文学研究具有启示意义,如果以此去考察中国儿童文学研究者在文化批评方面所做的努力,应该给予充分的肯定。

近些年来,陈恩黎以其国家社科基金项目"大众文化视域中的中国儿童文学"为基础而发表的系列论文,引起了儿童文学界的关注。作者站在文化批评的立场对中国儿童文学进行批判性思考,在文本细读的过程中展开鞭辟入里的理论分析,将文学命题和文化研究视角妥帖地融合在一起,体现了很强的学理性和理论说服力,为当下的中国儿童文学研究提供了某种范式。2011 年,陈恩黎分别在《贵州社会科学》和《中国儿童文化》(第七辑)发表论文《僭越后的道德焦虑与机器图腾——郑渊洁畅销童话文化批评》和《红色种籽 · 双面神 · 独生子女——"潘冬子"形象的三种变奏》,作者继续沿承其文化批评的思路,将郑渊洁畅销童话以及《闪闪的红星》作为文化样本,通过对文本内部所隐含的文化符码的剖析,表达对某些意识形态的警醒和抵抗。

注重意识形态分析的文化批评,的确十分适用于中国儿童文学红色经典的研究。在《中国儿童文化》(第七辑)中,还有另一篇关于红色经典的文化批评文章值得我们注意,那就是吴其南根据国家社科基金项目的研究成果"20 世纪中国儿童文学的文化阐释"所撰写的论文《精神涅槃:红色儿童文学的成人仪式》。"成人仪式"作为理论话语在儿童文学中的运用并不让人觉得陌生,但从这一角度探讨红色儿童文学的共性和问题,更显得切中肯綮,给人以启示。这正说明了,"对儿童文学研究来说,文化批评除了促成理论上的拓展与提升之外,也为我们理解儿童文学的许多传统命题提供了新的阐释支点"(方卫平、赵霞《文化视角与童年立场——当代西方儿童文学研究中的文化批评》)。

由此可见,21 世纪以来,随着西方儿童文学文化研究方法的介绍和引起,再加上一些文艺理论功底扎实、文化视野广阔的研究者的实践和努力,中国儿童文学的文化批评视角开始从潜在的可能变为显性的存在,并逐渐显示出它的学术生命力。

童年立场的坚守与表述

新世纪以来,关于童年问题的讨论方兴未艾,从多个层面印证了童年研究的重要意义，而在围绕儿童文学所展开的文化批评中，童年立场更显得不可或缺，这也是方卫平和赵霞在《文化视角与童年立场——当代西方儿童文学研究中的文化批评》这篇文章中论述的一个重要角度。论文指出，“童年”构成了儿童文学文化批评与文学批评共同而基本的理论支点，它是儿童文学的文化批评要真正获得其批评的意义所不能抛开的最为基本的批评立场，也是判断一种文化批评方式是否真正适用于儿童文学研究的一个根本的批评标准。

也就是说，在儿童文学研究范畴里，无论是传统意义上的文学本体论的探讨，还是后现代语境中的多元文化阐释，都无法避开“童年”这一根本性的理论话语。而在有关童年问题的学术探讨中，基于“成人—儿童”关系的思考是一个十分关键的立足点，它们之间的相互关系一直处于变动之中，并非一成不变，由两者关系而展开的重新理解和解读可以说是进行儿童文学理论突围的一种有效路径。方卫平的《图文之间的权力博弈——图画书中的禁忌与童年美学建构》（《贵州社会科学》）就是在这方面的一种积极尝试。文章角度虽小，却开启了很有意义的理论话题，并最终将儿童文学的文化批评引入美学范畴，为儿童文学的文化研究带来一种新思路。

在近期儿童文学研究成果中，我们可以看到更多以童年为主题的理论文章，其中虽鲜有新论，它们或者在承续学术界已有观点的基础上作进一步理论阐发，或者采用传统的研究方法以童年为视角去剖析作家和作品，但这些声音对于儿童文学童年生态的建构以及童年美学的挖掘却有着十分重要的意义，在必要的发展和延续中反映了中国儿童文学研究的童年立场。

伴随着美国学者尼尔·波兹曼的《童年的消逝》、英国学者大卫·帕金翰的《童年之死》等西方理论著作的引进，童年生态问题成为学界热议的一个焦点，而与此紧密相关的当代儿童文学的命运和走向，在儿童文学领域尤其受到关注。吴其南的《大众传媒和儿童文学存在论上的危机》就是对这一问题的直接回应，他认为，世纪之交的中国儿童文学正面临着来自文学和童年两个层面的双重存在论上的危机。胡丽娜的《童年变迁与儿童文学生存危机论》（《文艺争鸣》）对由童年消逝说而引发的儿童文学生存危机论展开了进一步梳理和探讨。作者认为，如果儿童受众没有消逝而仅仅是改变，那么儿童文学存在的根基就没有丧失，只需要顺应儿童受众的改变而相应做出调整。文章虽然缺少较为具体的策略分析和实践指引，但是作者所采用的温和建构论的观点，对于新的童年形态影响下的中国儿童文学研究确实非常受用。

事实上，处于社会变迁和媒介发展过程中的童年是不断被建构的，面对童年正在消逝的世纪慨叹，儿童文学研究者不能只是停留在紧张和惶恐的情绪反应层面，而是应该为此做些什么。也许我们很难找到解决问题的方法和策略，但至少可以像尼尔·

波兹曼在《童年的消逝》中所说的那样:“如果不能提出防治灾难发生的方法,那么也许可以退而求其次,试图理解灾难为什么会发生,那也是有用的。”有时,我们甚至需要有信念支撑下的精神引领,正如汤素兰在《我不相信童年会消逝》(《文艺报》)一文中所表述的一样,用童话般的情感去关怀、培育和建设当代儿童的童年生态。

正是在这个意义上,关于童年视角的诸多论述,以其丰富的形态构建了儿童文学研究的童年话语。侯颖在《为童年留下一片绿洲——论儿童文学的诗性品质》(《当代文坛》)一文中呼唤儿童文学的诗性品质,表达了拯救儿童文学和童年生态危机的双重诉求。而秦林芳的《童年视角与〈呼兰河传〉》,周泉根、杨洁的《归去来兮朝花夕拾——试探汪曾祺小说意象中的童年情结》,路翠江的《论童年生活对冰心人生和创作的影响》以及王晓初的《童年经验与鲁迅思想及文学的发生》等文章的范畴虽然不属于纯粹的儿童文学研究,但它们在某种程度上证明了童年是透视成人文学作品独特而极富魅力的一种角度。

来自批评现场的声音

这些年来,在大众读者中陆续出现了批评格林童话的声音。早在2001年,关海山在《中华读书报》发表了一篇题为《不敢再读“格林童话”》的文章,对格林童话提出了强烈的质疑和批判。如果说,关海山对童话艺术缺少准确的理解,他的态度只是反映了一部分成年人对童话价值的怀疑的话,那么,由一本名为《令人战栗的格林童话》的书所引发的公众声讨则反映了出版道德的沦落,一些出版社为追逐商业利益而利用格林童话版本变迁的事实欺骗读者,对读者认识和理解格林童话造成了误导。

2010年,彭懿出版了专著《走进魔法森林:格林童话研究》,对这一现象给予了学术上的及时回应,作者在对格林童话先后七个版本展开了系统的文献梳理和细致的文本对照后得出结论,格林童话初版不属于儿童文学,而1857年的最终版才是儿童文学,格林童话是格林兄弟确立现代儿童观之后的产物,它创造了介于创作童话和民间童话之间的一种新的童话文体。2011年,关于格林童话版本的学理探究依然在继续。陆霞的《走进“原版格林童话”》(《当代文坛》)对格林童话的原始手稿进行了文献追踪,该文在作者拜访研究格林童话的德国学者以及查阅大量珍贵资料的基础上写成,呈现了原版格林童话的基本面貌,极具史料价值。

质疑经典本身并没有错,正如彭懿所说,经典并非没有缺点。但是批评应该基于客观事实并对作家和作品抱以恭敬之心,这样才能使批评显得严谨和公正。面对中国原创儿童文学,研究者更应秉持这样的姿态,在当下的儿童文学的批评现场,我们欣喜地看见了这样的姿态。

曾庆江在《“抒情性”:作家个体情感的抒发——20 世纪20—40 年代中国儿童文学创作形态论》(《文艺争鸣》)一文中,以陈衡哲、叶圣陶、冰心、张天翼几位在文学史上占有重要地位的作家为视点,通过“抒情性”这一文艺理论视角把握20 世纪20 至40 年代中国儿童文学的创作形态,认为这一时期中国儿童文学创作在儿童本位上呈现出整体缺失。尽管作者对“抒情性”这一概念的界定有待商榷,但这样的研究方法却体现了一定的共时性,比如,它同样可以成为考量当代儿童文学创作形态的一把标尺。

中国儿童文学领域最为活跃的现场,无疑是由面向当下儿童文学创作的批评话语构成的。2011 年,《当代作家评论》和《文艺评论》两份杂志分别刊载了关于黄蓓佳和常新港儿童小说的两组评论文章,方卫平、陈恩黎、谭旭东、李利芳、张国龙等研究者以系统深入的作家论的形式,为当下中国儿童文学创作提供了理论思考,表现出了中国儿童文学批评的稳健之风。与此同时,对新作品的关注和讨论也一直是中国儿童文学研究的一个重要维度。2011 年,张之路的《千雯之舞》、刘海栖的《扁镇的秘密》等作品因为题材和写法上的创新,激发了诸多研究者的评说热情,这些来自文学现场的声音,是中国儿童文学批评不可缺少的一部分,它们丰富了当代儿童文学历史的细节。

在文学批评生态遭受市场牵制的今天,要想建立完全忠实于文学感受的、充满力度的儿童文学批评体系似乎很难,但并非不可能。评论家束沛德也说:“从当下儿童文学状况来看,相对于创作,评论需要更多的关注和扶持。”(《文艺报》)他在提出当下儿童文学理论批评相对滞后、依然处于尴尬困境的同时,也谈到了儿童文学评论领域出现的一些可喜的、引人注目的景象。例如,浙江师范大学儿童文化研究院通过主办研讨会,倡导独立、严谨、坦诚、纯粹的批评精神,试图建立一种纯粹的、相对超脱的学院学术研讨体制。这种建立在对文学怀抱恭敬之心、对作品进行认真阅读和深入思考基础上的批评行为,是对中国儿童文学良好批评生态的积极建设。

同时,我们可以发现,研究者们大多通过自成体系的课题式研究,逐步构建儿童文学的学术谱系,它们之间虽少有交集,却能够经由内部的探究和深化创造新的理论生长点,以此扩充中国儿童文学研究的疆域。除此之外,“通俗”儿童文学和儿童阅读运动也是研究者较多涉及的领域,他们以受众为角度呈现了中国儿童文学研究的另一方视野。中国儿童文学研究者目前在阅读推广和指导方面的亲身实践和理论探讨,有着不容忽视的现实意义,但如何在消费文化以及文化产业影响下进行儿童文学创作、出版和批评,还有待进一步探索和思考,而这正是未来中国儿童文学研究可以拓展的又一片领地。

新世纪儿童阅读运动观察

王泉根

儿童阅读运动是新世纪以来引人瞩目的社会文化现象，这一运动从民间起步，官方给力，全社会参与，已成为方兴未艾的全民阅读活动的重要组成部分，既受益于全民阅读、服从于全民阅读，又有其自身的独特性与差异性。考察新世纪以来的儿童阅读运动，对于深化全民阅读、提升民族未来一代的精气神，都有着积极的现实意义与文化价值。

儿童阅读的关键词

儿童阅读

儿童阅读是指18岁以下的未成年人的阅读活动，主要是指在校中小学生的阅读。儿童阅读有广义、狭义之分。广义的儿童阅读包括学校内外、课堂内外的一切阅读活动，狭义的儿童阅读则专指课外阅读。二者密切关联，相辅相成，课外阅读往往成为课堂教学的有机延伸与重要补充。综观当今儿童阅读活动的现状，儿童阅读实际是指以在校小学生课外阅读为主体的活动，各地开展的书香校园、书香童年、作家进校园、阅读节等活动，也主要集中在小学。因而新世纪以来的儿童阅读运动，主要是指在校小学生的课外阅读活动。

儿童阅读的核心与难点

儿童阅读的核心与难点是“选书目”。新世纪儿童阅读运动中，大家讨论最多、期待最大、争议最大的问题也是“选书目”。有人力推外国童书尤其是图画书，有人倡导亲近母语，阅读本国精品童书，有人自编教本，其背后纠结的正是一个“选书目”问题。这涉及三个方面:选什么？怎么选？由谁来选？

“选什么”是儿童阅读的理念，与儿童阅读工作者的儿童观、儿童文学观、儿童教育观紧密相关。现代社会要求儿童阅读工作者应当站在尊重、保护儿童应有的生存、发展权利的立场，站在儿童本位的立场，从儿童精神生命健康成长出发，真心实意地为儿童服务。

“怎么选”是儿童阅读的方法。要求儿童阅读工作者必须具备儿童心理、儿童教育、儿童文学、儿童出版以及儿童文化的相关知识结构，必须熟悉和了解当前中外儿童文学、儿童读物的出版现状与基本书目，必须懂得如何按照不同年龄阶段少年儿童的阅读心理、接受能力，为他们选择、配置相应的书目。

“由谁来选”实际上涉及儿童阅读的公信力、权威性与专业性。儿童阅读工作者必须具有相应的资质，除了具有有关儿童心理、儿童教育、儿童文学、儿童出版等的专业知识外，还必须具有社会责任心与文化担当意识，具有高雅的文学修养与尽可能多的知识储备，具有公正心与服务精神。他们是儿童阅读的点灯人而不是点钱人，是儿童“精神成人”的引领者与志愿者。

儿童阅读的黄金定律

儿童阅读有一条黄金定律，即“什么年龄段的孩子看什么书”，各个年龄阶段的孩子各自所需的读物在题材内容、艺术形式、表现手法等方面有着明显的差异，因而儿童读物（童书）必须适应各个年龄阶段的少年儿童主体结构的同化机能，必须在各个方面契合“阶段性”读者对象的接受心理与领悟力。据此，儿童读物（童书）从少年儿童年龄特征的差异性出发，可分为为幼儿园小朋友服务的幼年读物、为小学生年龄段服务的童年读物、为中学生年龄段服务的少年读物三个层次。

现在社会上对儿童阅读存在一个误区：生怕自己的孩子长不大、吃亏；再一个误区是只准孩子在课外看教辅书，而把孩子们最喜欢阅读的儿童文学图书视为闲书、无用书。我认为，儿童阅读推广一定要遵循“什么年龄段的孩子看什么书”这一循序渐进的基本原则。孩子的阅读不能急于求成，拔苗助长。孩子该做梦的时候就让他去做梦，该看童话故事的时候就让他去看好了。须知自己的孩子是会长大的，不可能永远停留在童年阶段，过了这个年龄段，他自然会放弃《淘气包马小跳》，放弃《格林童话》，转而去看其他适读的作品，甚至去看鲁迅、莎士比亚，看《红楼梦》《战争与和平》。儿童阅读的第一要义是要让他们喜欢，喜欢了以后，才能养成阅读的习惯，养成了喜欢阅读的好习惯就什么都好办了。

新世纪儿童阅读的八种形式

新世纪以来，多种形式的儿童阅读活动，犹如灿烂阳光，照亮了无数孩子的童年。新世纪行之有效、具有广泛影响的儿童阅读，主要有以下八种形式。

经典阅读。经典阅读是学校、家长、社会普遍看好与开展的阅读形式。虽然对何为经典、哪些书可以作为经典向孩子推广见仁见智，但一般而言，那些已经为文化史、文学史所肯定，而又有专家学者推荐的经典，学校、家长都会接受。经典阅读的内容有两类：一是传统文化经典，主要是儒家蒙学读本，如《三字经》《弟子规》《千字文》《论语》等。二是文学经典。这又可细分为两类，第一类是经过挑选、改写的古典成人文学名著,如《西游记》《水浒传》等;第二类是中外儿童文学经典名著,这在经典阅读中所占份额较大,也最易为孩子接受,如安徒生、格林、林格伦等的外国童话作品,叶圣陶、冰心、张天翼等的本国名家名作。

早期阅读。早期阅读的年龄段是0—6岁的婴幼儿。所谓早期阅读,是指养成婴幼儿与阅读有关的行为与习惯,这是一种终生养成性的教育。早期阅读是欧美发达国家早期教育的重点与焦点。新世纪以来,我国幼教界也以前所未有的热情关注和推广早期阅读教育理念,尤其是2001年教育部颁布实施的《幼儿园教育指导纲要(试行)》,第一次把幼儿早期阅读的要求纳入语言教育的目标体系。国内早期阅读现在已形成了公立、民办幼儿园与民营幼教公司等多渠道探索、推进的趋势,积累了不少经验,图画书的阅读是早期阅读的重要内容和手段。

图画书阅读。图画书是低幼儿童与学龄初期儿童的重要读物,英文叫"Picture Book",日本称为"绘本"。图画书阅读是进入新世纪以后逐渐热络起来的,现在已有为数不少的幼儿园与小学将图画书作为孩子们"初级阅读"的重要内容。如深圳后海小学从2004年起,将"图画书快乐阅读"纳入校本课程中,同时还开办图画书课外阅读兴趣班、创作兴趣班,并与家长的亲子阅读相结合;教师和孩子一起,运用参与式、交流式、互动式、拓展式等多种教学方式,鼓励孩子动手写、用笔画。

亲子阅读。亲子阅读(或称亲子共读)即家庭阅读。亲子阅读是父母双亲或长辈陪同孩子一起读书,这种阅读方式在发展儿童语言、培养和养成孩子的阅读兴趣与习惯、舒缓儿童心理压力等方面都有着重要作用。亲子阅读虽然以前也存在,但作为一种儿童阅读的重要方式,在全社会广泛倡导并加以指导,则是新世纪以来的事。亲子阅读现在主要流行于都市中,特别是那些受过良好教育、有经济能力、重视幼教的家庭。亲子阅读通常由妈妈担任阅读主角(爸爸缺席的现象较多),方式灵活多样。

班级阅读。语文教学改革促进了学校的阅读教学,班级阅读是教师采用"班级读书会"的方式,布置全班同学在课外读完同一本书,然后在课内时间组织讨论。班级阅读有以下特点:一是阅读的书需要由教师慎重选择、比较,这就要求教师熟悉中外儿童文学名著与当今儿童文学创作态势。二是以长篇阅读为主。阅读长篇的好处是能使孩子的阅读时间"化零为整",在一个时期内集中精力读完一部作品,这样,一学期读完数部,日积月累,数年下来就很可观。三是教师要认真组织好班级阅读讨论,鼓励孩子们写读书心得,并将孩子们的讨论和书评结集成册,用以激发大家的阅读与写作热情。班级阅读现已作为一种成功的阅读经验得到推广。

分级阅读。分级阅读在西方发达国家已有上百年的历史,我国是最近几年引进的,其重要事件是:2008年广东南方报业传媒集团成立"南方分级阅读研究中心";

2009、2010 年，北京师范大学中国儿童文学研究中心与接力出版社连续召开两届全国性的分级阅读学术研讨会，接力出版社又成立了“接力分级阅读研究中心”。

所谓分级，实际上是指分年龄。分级阅读的基础与原因是图书的可读性与适读性问题。分级阅读是真正以儿童为中心的“儿童本位”的阅读行为，分级阅读观念在我国的推广与实践，是新世纪儿童阅读运动的进一步深化与细化，只有当儿童阅读真正从儿童阅读的个体出发、从儿童本位出发，儿童阅读才算落到了实处，阅读成效才能进一步彰显。国内现在分级阅读做得最有声势的是广东与北京。

作家签售阅读。儿童文学作家进校园，以前主要是作家参与学校的少先队、夏令营活动以及少年宫活动。进入新世纪以来，作家直接配合出版社进校园签名售书，或配合书香校园建设，讲演自己学生时代的读书体验，同时也会推广自己的新书。金波、曹文轩、秦文君、张之路、沈石溪、杨红樱、周锐、伍美珍、郁雨君等儿童文学畅销书作家，曾经无数次深入校园，足迹遍及大江南北，特别是江浙、广东一带。作家进校园，与孩子们零距离、面对面地现身说法，演讲儿童文学，交流阅读、写作经验，往往成为学校的一件大事。因有不少作家的作品曾被选入课本，他们已成了孩子们心目中的“明星”，因而“作家签售阅读”自然会产生轰动性的效应，使孩子们终生难忘。但同时也要防止签售的商业化倾向。

特色阅读。特色阅读是书香校园文化建设的重要举措，与校长的办学理念，或与这所学校拥有一位或几位特殊教师（本身是儿童文学作家、诗人）密切相关。经过积极实践，这些学校在儿童阅读方面走出了自己的新路，办成了类似“童话学校”“儿童文学学校”等特色校园。

如重庆市永川区汇龙小学。该校从 20 世纪 90 年代起就将儿童文学阅读引入语文教学与校园文化建设，进入新世纪进一步加大投入，特色更为明显。该校在全国小学中最早实行“专职阅读教师的编制”，用以指导和确保全校的儿童阅读。每年举办全校性的“儿童文学节”，为期一周，邀请儿童文学作家、评论家进校园，开展学生阅读比赛、有奖征文、经典朗诵、图书交流等各类活动。进行儿童阅读的教学考核、评估，不但由学校自评，还邀请教育主管部门与外地专家进行评估。特色阅读在各地学校都有成功案例，如浙江省上虞市金近小学的“素质教学童话化”，河南省安阳市人民大道小学的“小学生主体性发展实验研究”的主体阅读活动，浙江省宁波市北仑港小学的“儿童诗教学与阅读”活动，广东省深圳市后海小学的“图画书教学与阅读”活动、福安学校的“古诗文读书导航”活动等。

突破制约儿童阅读运动发展的“瓶颈”

进入新世纪以来,以儿童文学阅读为中心的儿童阅读运动正在不断深入,并已成为全民阅读的重要组成部分,其意义与成绩有目共睹,但同时也存在着诸多问题需要我们切实探讨与应对。例如,儿童阅读中的城乡之间、东西部之间、都市儿童与农村儿童及进城农民工子弟之间的阅读差异及阅读资源不公平的问题;儿童文学创作出版中的同质化、低俗化、商业化倾向对儿童阅读的负面影响及其纠偏的紧迫性与复杂性;儿童阅读中忽视民族与传统资源、一味叫好西方读物的现象及如何正确评价中西儿童文学的问题;儿童阅读与课堂教学、教科书之间的关系及其教育评价机制问题;亲子阅读的重要作用与一般家长缺失儿童文学的基本知识问题;儿童图书馆管理员的儿童文学知识滞后不利于儿童阅读的问题;尤为严重的是,由于教育部长期不重视师范院校儿童文学学科建设及基本上不开设儿童文学课程,致使我国广大中小学语文教师、幼儿园教师竟然不知道儿童文学为何物,在他们的知识结构中缺失儿童文学体系的问题。

关于最后一个问题,我认为已经成为制约新世纪儿童阅读运动发展的“瓶颈”。照理说,中小学语文教师、幼儿园教师,在他们的知识结构中应当有完整的儿童文学知识,包括如何向孩子们推荐、导读中外优秀儿童文学作品。但使人扼腕的是,我们99%的中小学语文教师、幼儿园教师竟然不知道儿童文学为何物,当然就谈不上如何向学生推荐、导读优秀儿童文学作品了。原因就在于他们缺少儿童文学的知识结构。他们不是不需要这个知识结构,而是在他们读大学或大专的时候,学校没有提供给他们,压根儿就没有开设儿童文学课程。不要说一般高校毕业的,即使是最应开设儿童文学专业的师范类高校中文专业、教育专业毕业生,也同样缺乏儿童文学的知识。据统计,在最需要开设儿童文学专业的师范院校中文系、教育系中,竟然95%以上都没有儿童文学课程。正因如此,在全社会关心下一代、加强少年儿童精神文明建设的今天,实施儿童文学的社会化推广就显得更为迫切了。目前,儿童文学社会化推广的核心是中小学语文教师与幼儿园教师,希望他们通过补上儿童文学这一课,掌握相关的儿童文学知识,了解中外优秀儿童文学作品。所以首先要在学校里面推广儿童文学,然后才能向全社会推广。但这个工作难度实在太大!不从根本上解决儿童文学学科应有的地位还是无济于事。

2013 年

任溶溶：我的一生就是个童话

李墨波

我叫任溶溶，其实我不叫任溶溶。

人的一生总会碰到各种各样机缘，这是不是像一个童话呢？

为了让小朋友和儿童文学作家多看点外国儿童文学作品，我就译啊译，译得越多越好！

我生下来就该干这一行，这一行也用得着我。

第九届全国优秀儿童文学奖揭晓，任溶溶以 90 多岁的高龄成为有史以来获得此奖项年龄最大的作家。他创作的儿童诗集《我成了个隐身人》，以真挚有趣的童心、炉火纯青的诗歌技巧征服了评委，无可争议地获得诗歌奖，评委们以“全票通过”的方式向这位年届耄耋的老人表达心中由衷的敬意。

说任溶溶将一生都献给了中国的儿童文学事业并不为过。从翻译第一篇作品开始，他手中的笔就从未停歇过。他翻译过《木偶奇遇记》《洋葱头历险记》《彼得·潘》《长袜子皮皮》《小飞人》《夏洛的网》《安徒生童话》，他写过童话《没头脑和不高兴》《一个天才的杂技演员》，他写过儿童诗《我的哥哥聪明透顶》《强强穿衣裳》《我是一个可大可小的人》……足够了，当我们听到这些耳熟能详的作品时，就明白了这位老人之于中国儿童文学的意义。

儿童文学在中国的历史并不长，而任溶溶从事这一事业已经 60 多年，任溶溶说：“我生下来就该干这一行，这一行也用得着我。”

2013 年春节，我曾致电老人，想请他说一点新春寄语，老人说：“我今年 90 了，什么都不想了，惦记的唯有儿童文学。我希望儿童文学好。”

“快乐法则”照亮天地大美

“我叫任溶溶，其实我不叫任溶溶。我家倒真有个任溶溶，那是我女儿。”任溶溶在一篇文章的开头，说出自己名字的秘密——任溶溶这个名字，是他跟女儿借来的。在刚从事儿童文学创作之初，他经常需要用到笔名，那时恰逢女儿出生，喜不自禁的任溶溶索性将女儿的名字拿来我用，随着署名“任溶溶”的儿童文学作品越来越多，任溶溶也成为他和女儿共有的名字。

其实任溶溶原名任根鎏，又名任以奇，1923 年出生于上海虹口闵行路东新康里一处沿街的两层楼上。1927 年随父母离开上海，回到广州老宅。在广东一待就是 10 年，童年的大部分时光就在岭南度过，直到 1938 年重新回到上海。

任溶溶从小就是个电影迷，“不但是个电影迷，而且是个电影说明书迷”，收集了很多电影说明书。到后来觉得不过瘾，干脆自己创作起电影说明书来。从主要人物到情节设置，从故事大纲到人物台词，小任溶溶写得有模有样。到后来这些自己写出来的电影说明书，竟然贴满了一面墙。虽然读者不多，但这大概算是他最早的创作了吧。除了写电影说明书，任溶溶还画连环画，甚至在小学二年级的时候，写过《济公传》的续集，并像模像样地投给报馆，虽然最后石沉大海，但是这样的尝试让任溶溶收获到创作的快乐。孩童的游戏里常常蕴藏着才能的种子，也孕育着创作的萌芽。

童年是一个作家重要的创作母题，同时也是作家汲取灵感的不竭源泉，童年对于一个作家的写作有着特殊的意义，而对于儿童文学作家来说，童年的经历就显得更为重要。童话大师林格伦曾经说过，世界上只有一个孩子能给她灵感，那就是童年时代的“我自己”。任溶溶也曾说过：“我写儿童诗，很多的创作都在写小时候的自己。”“为孩子写作首先当然应该熟悉孩子，熟悉他们的生活、他们的心理、他们的想法。怎么熟悉孩子呢？就要和孩子交朋友，跟家里的孩子交朋友，跟周围的孩子交朋友，还有一个很好的朋友，那就是小时候的自己。”童年的生活经历，成为他创作儿童文学取之不尽的文学宝库。

追溯起来，任溶溶真正与儿童文学结缘其实有些偶然。大学毕业后，他的一个同学在儿童书局编儿童杂志，知道他懂翻译，于是把他拉来翻译一些国外的儿童文学。任溶溶立即被这种好玩的文学以及书中丰富多彩的插图迷住了，作品一部接着一部翻，从此一发不可收。

但其实任溶溶与儿童文学的结合实属必然，一旦相遇，终生不弃，风雨几十年，他再也没有离开过儿童文学。甚至在十年浩劫的时候，任溶溶也舍不得放下他心爱的儿童文学。1968 年，任溶溶被冠以“中国的马尔夏克”而受到批判，被关进牛棚接受改造。虽然身陷逆境，但任溶溶在精神上并没有被打倒，依然保持着乐观的心态。任溶溶非常喜欢意大利作家罗大里，之前曾译过他的《洋葱头历险记》和儿童诗，但是是从俄文转译的，为了能直接从意大利文翻译，他早就准备好意大利文的教科书和字典，只是一直抽不出时间学习。到了“文革”，被赶入牛棚，正好有大把的时间，于是他把学习意大利语的书籍捡起来开始自学。他还买了本意语版的《毛主席语录》，学得津津有味，并在写“交代”和“检查”的笔记本上写满了意语单词和文法规则。“文革”十年，他不仅学习了意大利文，还自学了日文。当别人在十年动乱中身心俱疲时，他却收获了两门外语，为以后的儿童文学翻译做好了准备。

这样乐观和豁达的心态，其实正是儿童文学之于任溶溶的馈赠。我猜想当现实的遭遇来临时，任溶溶就会躲到自己的童话中去。儿童文学成为他的快乐源泉，也成为他躲避世间纷扰的避难所。任溶溶说：“翻译创作了太多的儿童文学作品，不知不觉中被‘童化’了。”这种“童化”将世俗功利化的人生，变成一种审美化的人生，从艰难困苦中寻出美来，寻出趣味来，永远乐观，永远积极。任溶溶沉浸在儿童文学的世界中，摸索出自己的“快乐法则”，使他在波诡云谲的际遇变化中，总是能窥见人生的真和善，能领略这天地的大美。在任溶溶那里，世界被简化为一篇童话，当你简单了，这世界也随之简单。

任溶溶曾说过：“我的一生就是个童话。”当我向老人询问这句话的含义时，他并没有多解释，只是说：“人的一生总会碰到各种各样机缘，这是不是像一个童话呢？”

儿童文学的“盗火者”

鲁迅曾将好的翻译家比喻为希腊神话中普罗米修斯那样的“盗火者”，对于中国的儿童文学来说，任溶溶正是这样一位盗火者。他一生孜孜不倦，翻译了大量的国外优秀儿童文学，将国外儿童文学中闪亮耀眼的火种，带给中国的小朋友和儿童文学工作者，惠泽深广。评论家刘绪源说，任溶溶和他所翻译的那些国外作家一起改变了中国的儿童文学。

在众多的翻译作品中，任溶溶将《黏土做的土豆片》列为自己的翻译处女作。这是一篇土耳其的儿童小说，任溶溶将它从苏联出版的英文杂志《国际文学》转译过来，发表在《新文学》杂志上，署名“易蓝”。之后被同学拉去翻译儿童文学，正式开启了他的翻译之路。在书店迪斯尼的图书前，他像进入了一个五光十色的童话世界，被深深地吸引，那些生动的图片和精彩的故事，让天性幽默、充满童趣的任溶溶感到一种似曾相识的亲近，也产生了让更多人看到它们的迫切。

在翻译了很多欧美儿童文学之后，从 1949 到 1962 年，任溶溶迎来自己长达 10 多年的第一个译作高产期。出版社的约稿，为任溶溶打开另一扇窗户，得以窥见苏联文学的魅力。于是他从欧美儿童文学转而开始翻译苏联儿童文学作品。这一时期他勤奋翻译，成绩惊人。据统计，在中华人民共和国成立后的 17 年中，全国的翻译工作者对外国儿童文学作品的译介共 426 种，而任溶溶一个人的翻译就有 30 多种，约占翻译总量的8%。从1949到1962年,任溶溶翻译的儿童文学作品共68本。在这些译作中,很多作品都成为传唱不衰的文学经典,他翻译的《古丽雅的道路》讲述了古丽雅英雄光辉的一生,她那自强不息、奋斗拼搏的精神在中国的青少年中间引起强烈的共鸣,受到热烈欢迎,一时成为畅销书,深深地影响了几代人,影响力一直持续到今天。

对于儿童诗任溶溶一直情有独钟,在这一时期任溶溶翻译了大量的儿童诗。如马尔夏克的《给小朋友的诗》《小房子》,普希金、米哈尔科夫、马雅可夫斯基的儿童诗集以及阿·巴尔托的《快乐的小诗》,等等。这些苏联诗人的儿童诗篇幅短小,节奏欢快,构思新奇,童趣盎然,正好契合任溶溶对于儿童文学的喜好和品味,常常使他翻译起来得心应手。而同时这些儿童诗的翻译也着实给任溶溶出了一道难题,因为诗歌的翻译是最难的,在将原作的内容翻译过来的同时,又要结合汉语的特点,尽量将诗歌的形式美也翻译过来,这就考验着译者的语言功力和文学功力。正是在对这些儿童诗的翻译中,任溶溶逐渐摸索出很多儿童诗的创作规律,也积累了很多技巧和经验,为他日后的儿童诗创作奠定了坚实的基础。

"文革"之后,任溶溶带着自学的语言以及对儿童文学的渴望迫不及待地投入翻译工作,陆续翻译出《假话国历险记》《洋葱头历险记》等国外经典童话,并且把从小热爱的《木偶奇遇记》从意大利文译成了中文,实现了多年的夙愿。《木偶奇遇记》是意大利作家卡洛·科洛迪的代表作,曾被翻译成200多种语言,匹诺曹的形象为全世界小朋友所熟知。在此之前,中国也出版过数十个中译本,但大都是从其他语言转译。任溶溶翻译的《木偶奇遇记》是国内直接从意大利文翻译的唯一中文译本,流传最广,也成为任溶溶非常满意的译本之一。

20世界80年代初,任溶溶开始有意识地将安徒生奖获得者的儿童文学作品介绍到中国。经他的介绍,林格伦、凯斯特纳、德琼、杨松、克吕斯、罗大里、格里珀等安徒生奖的得主逐渐被中国的读者了解和熟知。尤其是对林格伦作品的翻译和介绍,在中国的儿童文学界掀起一股热潮,给正处于转型期的儿童文学带来深刻的影响。

林格伦是瑞典的儿童文学作家,她笔下塑造了一批活泼调皮、无拘无束的"小坏蛋",而这样的文学形象在之前的中国儿童文学里几乎找不到。1980年,任溶溶将林格伦的"小飞人三部曲"翻译到中国,深受读者喜欢。之后任溶溶又翻译了林格伦的长篇童话经典《长袜子皮皮》。这部童话的主角皮皮是个一头红发、满脸雀斑的9岁的小姑娘,她天性喜欢自由,古灵精怪,常有奇思妙想,缺点不少,喜欢恶作剧,但更多的是优点,制服过坏人和恶兽,干了很多好事。这个个性鲜明、真实可爱的儿童形象得到中国小朋友的热烈欢迎,也在很大程度上启发了中国的儿童文学工作者。

林格伦的作品为中国的儿童文学带来一股新风,结束了之前教训意味过重的儿童文学创作，而代之以充满儿童视角和游戏精神的全新的儿童文学。正如刘绪源所言：“渴望母爱与家庭(乃至社会)的温暖，与渴望冲破束缚张扬自由的天性，这正是儿童文学的两大永恒的母题。林格伦的作品都贯穿着这两个母题，而我们中国的儿童文学长期以来唯有前者却没有后者！是林格伦的这些作品打开了我们的眼界。”

林格伦的作品风格也与任溶溶“热闹派童话”的主张不谋而合。任溶溶曾经在一次会议上提出童话分为抒情派和热闹派两派，并引发了当时儿童文学界的一场争论。在争论的同时，儿童文学一直欠缺的轻松幽默和游戏精神也深入人心，由此开启了儿童文学创作的多元化时代。这样的文学主张，上承张天翼，下启当下很多相似风格的儿童文学作家，成为中国儿童文学发展潮流的一个重要见证。

很多今天耳熟能详的经典作品都出自任溶溶的翻译，他对于中国儿童文学的贡献和意义不言而喻。可以说，这样孜孜不倦而又意义非凡的翻译工作持续了任溶溶的一生，甚至年过80，任溶溶依然没有停下手中的笔。2004年，在安徒生诞辰200周年之际，由任溶溶翻译的最新版本的《安徒生童话全集》出版，并获得丹麦官方授权。这套《安徒生童话全集》字数近百万，难以想象一个年届耄耋的老人是怎样完成如此巨大的工作量的。

在我看来，这种辛勤的付出是源于一种爱，一种对儿童文学，对孩子们的深沉的爱。任溶溶说：“为了让小朋友和儿童文学作家多看点外国儿童文学作品，我就译啊译，译得越多越好！”正是这种对于儿童文学的爱和使命感让他保持着如此惊人的精力和不竭的创造力！

“没头脑”和“不高兴”之父

从翻译开始，任溶溶很自然地走上了自己创作的道路。长期翻译外国文学的经历使他具有开阔的视野，并学到一些儿童文学创作的技巧，平时与孩子们的共同相处，又让他攒了一肚子的故事要讲，于是当时机来临的时候，他开始拿起笔创作。20世纪50年代初期，任溶溶常到孩子们的集会上去讲故事，“外国故事讲腻了，很想针对孩子们的情况讲点别的什么”，由此开始了他的儿童文学创作。

《妈妈为什么不去开会》是任溶溶的试水之作，在这个儿童故事里，妈妈为什么不去开会是故事设置的悬念，而原因则是三个孩子之间的争吵，故事最后落脚在对孩子们的教育意义上。这样一个构思巧妙、颇具新意的故事在当时的文化环境中却招致批评，理由是这样随意不去开会的妈妈和调皮爱吵架的孩子的形象，在新中国都不具代表性。这样的批评让初尝创作的任溶溶颇受打击，从此偃旗息鼓，在此后的三年里都没有再写过儿童故事。

不再写故事的任溶溶却并没有闲着，在从事翻译工作之余，他非常愿意去参加孩子们的集会，把国外新奇好玩的故事讲给孩子们听。故事讲得多了，任溶溶觉得不过瘾，国外的故事同中国孩子的生活毕竟有些“隔”，于是他开始自己编创故事。这些故事都跟孩子们的生活有关，并且包含了他对孩子们的教导和希望，受到孩子们的欢迎。文学创作的快乐在这种为孩子讲故事的形式中获得补偿，在这种同小朋友面对面的直接交流中，那些构思出来的故事也获得检验和反馈。

1956 年 1 月，《少年文艺》的编辑向任溶溶约稿，希望他能为孩子们创作一篇童话。稿催得很急，任溶溶来到南京西路的上海咖啡馆，要来一杯咖啡，然后铺开稿纸，奋笔疾书。随着钢笔刷刷地书写，“没头脑”和“不高兴”，两个孩子的形象逐渐在稿纸上鲜活起来，这个讲了很多遍的故事，对于任溶溶来说早已成竹在胸，他埋头书写，毫无障碍，于是这篇中国儿童文学史上的经典之作，在半小时内一挥而就。

这篇童话创作时间之短同它长远的影响力形成鲜明的对比。“没头脑”和“不高兴”带给几代人欢笑，也教育几代人成长，正是在这篇童话中，很多孩子在欢笑的同时学会反观自身，改正缺点。它塑造的人物是那么形象，它指出的问题又那么典型，时至今日，这篇童话依然被孩子们喜爱，并获得共鸣。

在这之后，任溶溶又创作了《一个天才的杂技演员》，同样获得成功，与《没头脑和不高兴》堪称姐妹篇。这两篇童话风格较为相似，任溶溶通常会构置起一种喜剧和荒诞，让人物身上的缺点在哈哈镜中显形，“用夸张来刻画童话形象，有鲜明的意蕴和佳妙的喜剧效果”。虽然只是初试创作，但这两篇作品在风格和技巧上都已臻成熟，并“与世界儿童文学接轨”，成为中国儿童文学史上不朽的经典。

在任溶溶翻译苏联儿童诗的过程中，他产生过很多创意和构思，他将这些灵感记在小本子上。而且更为重要的是，任溶溶对比罗大里的原作和马尔夏克的译作发现，译作并不比原作的艺术水准低，甚至还有超越。从某种程度上，译作简直就是在母语基础上的重新创作。这印证了他的一些猜想，并给他带来创作上的自信。他原本打算在 40 岁以后开始儿童诗创作，但是中苏关系交恶，使他面临无作品可译的困难，于是这一时间被大大提前。

从 1962 到 1965 年，任溶溶创作了《我的哥哥聪明透顶》《爸爸的老师》《弟弟看电影》《强强穿衣裳》《我给小鸡起名字》等一大批脍炙人口的儿童诗。这些诗歌大都构思巧妙，童趣盎然，简洁明快，朗朗上口。这些儿童诗同样延续了他善于在夸张和喜剧中传递教育意义的风格，而有的作品，甚至干脆放弃掉所谓的教育意义，直接将生活中的童趣瞬间呈现出来，“将童趣推向一种极致”。

翻检任溶溶这些儿童诗篇，可以发现，这些妙手偶得、浑然天成的诗作，如果没有一颗童心，没有对孩子们真诚的爱是断然写不出来的。任溶溶儿童诗的灵感大多来自生活，来自对身边孩子们的观察。根据他的经验，“诗的巧妙构思不是外加的，得在生活中善于捕捉那些巧妙的、可以入诗的东西，写下来就可以成为巧妙的诗，否则冥思苦想也无济于事”。例如《我是一个可大可小的人》就来源于他自身的经历。而在写作的时候，又要从“诗人本位”向“儿童本位”转换，使用尽量浅显、好读的语言，教训意味不能过重，应该“不能只写要儿童做什么，同时也要写儿童要做什么，这才是全面的儿童文学”。

儿童诗是任溶溶最钟爱的文体，也为之投入最大，直到现在任溶溶仍然在进行儿童诗创作，显示出其长久的艺术生命力。去年出版的《我成了个隐身人》，依然保持着较高的水准，这让广大喜爱他的读者依然对老先生的精彩诗作充满期待。

任溶溶一生与孩子们打交道，为他们写故事，永远怀揣一颗“长不大”的童心，在作品后面永远藏着一张孩童般的笑脸。而与此同时，他又用一生的努力在中国的儿童文学史上构建起一个让人仰望的高度，高山仰止。他在我们心中真正成了一个“可大可小的人”。

任溶溶常说，能从事儿童文学，实在是他的幸运。但我想，中国的儿童文学能有任溶溶，又何尝不是一种幸运。

走向未来的甘肃儿童文学

李利芳

甘肃的地理与文化位置在整个西部地区具有独特的优势，与此相对应，当代甘肃儿童文学在“西部儿童文学”本土精神特征的建构方面也有突出的表现，主要体现在对西北民间文化资源的再创造，对西北特殊自然、人文景观和历史文化遗产的挖掘与艺术升华，“乡土性”的凸显，现代童年精神品性的勘探与弘扬等。本土内容特征相应决定了本土艺术特征：民间智慧与乡土气息的进入，形成了作品淳朴无华、稚拙真诚的审美品性；西部辽阔壮美的自然景观，建构了作品粗放爽朗的硬汉气质，兼具浪漫主义的精神风貌；瑰丽的历史文化遗产则赋予了作品深厚的民族精神底蕴，生成了儿童文学民族想象的诗性空间。本土精神特征奠定了甘肃儿童文学在全国特殊而重要的地位，也为其未来可持续发展蓄积了丰富的能量。

甘肃当代儿童文学有优良的传统。早在20世纪五六十年代，赵燕翼、金吉泰、王家达等知名作家就已在此开拓并取得了代表性的成果，后来更有王守义、法兰、李百川、浩岭、谷德明、冉丹、文素琴等作家的加盟，使得儿童文学这一美丽的文学版图充满了生机与活力。甘肃著名的成人作家都曾不同程度涉足儿童文学，如浩岭、林染、张弛、柏原、许维、阎强国、吴季康、高凯、陈自仁等，这表明甘肃作家普遍具有较强的为儿童写作的意识，而且仍然保留着纯真的童年情怀。

赵燕翼一直以来是甘肃儿童文学的领军人物，同时他也是省内重要儿童文学活动的组织者之一。甘肃儿童文学观念的普及、作家的培育等与他积极的文化举措密不可分。1986年夏天举办的首届儿童文学创作讲习班，结出《丝路新童话故事》(1988)的硕果。1997年第二届儿童文学创作讲习班的举办，激励了一批年轻作者的成长，同时策划组织了“双体童话”(1999)与“青春雨丛书”(1998)。1999年由赵燕翼主编的《1949—1999甘肃文学作品选萃·儿童文学卷》更是对50年儿童文学成果的一次集中总结与巡展。

曾任职于甘肃少年儿童出版社的汪晓军，不仅是甘肃重要的儿童文学作家，也是省内重要儿童文学活动的组织者之一，更是儿童文学理念的实践者。少儿读物编辑、出版、写作等多重身份赋予了汪晓军宽广的文化视野与丰厚的艺术体验。他以前瞻的视野所创建的甘肃少儿出版的亮丽文化景观，曾引起儿童文学界的瞩目。由他策划组织的“少年绝境自救故事”丛书(1996)获第三届国家图书奖提名奖及第六届中宣部

“五个一工程”奖，“中国当代中青年儿童文学学者论丛”（1994）获第三届全国优秀少儿图书奖三等奖，“荒诞科幻系列故事”丛书（2001）获2001年度全国优秀畅销书奖，“敦煌童话”丛书（1998）获第四届全国优秀少儿图书奖三等奖。1995年，汪晓军与赵燕翼共同组织了甘肃省儿童文学研讨会。1986年与1997年的两次儿童文学创作讲习班，都是他与赵燕翼共同组织完成的。

诗人高凯是新世纪以来甘肃儿童文学又一个重要的人物。2002年5月，他的童诗《村小：生字课》获得第五届全国优秀儿童文学奖，该诗的获奖及其被儿童文学界和读者的肯定，都为甘肃儿童文学赢得了良好的声誉。他与知名学者王泉根一起策划、组织的《中国新儿童文学大系·选集卷》“特一代系列”于2008年出版。高凯目前是甘肃儿童文学从业人士的重要代表，也是推进当下和未来甘肃儿童文学事业发展的主导力量。

儿童小说与童话是甘肃儿童文学各文体发展中的重头，童诗、科幻文学、儿童散文、寓言等其他体裁虽然在作家、作品数量上不成规模，但均各具特色，在作品质量与实际影响力方面都很突出，是甘肃儿童文学未来发展的重要构成力量。

从20世纪60年代以来，赵燕翼在他的儿童小说中持续创作出系列西部少年英雄形象，这些生活在甘肃、青海、新疆等地的藏族、哈萨克族的少年体现出典型的“西部”精神风貌，是西部民族情感与民族文化精神的化身，在国内原创儿童文学中具有独特的艺术价值。

80年代是儿童小说的又一个重要时期，在乡土题材的开掘、以孩子或平民视点生成浓厚的批判现实主义精神方面都有重要的突破。90年代长篇儿童小说获得了喜人的成就。由汪晓军、郑洁策划的“少年绝境自救故事”丛书（1996）一套10本，其中6本是甘肃作家创作的。这套书因精彩的创意与对儿童主体性的充分尊重，获得了业界及小读者的肯定。“青春雨丛书”（1998）包括浩岭的《历险青藏高原》、李中和的《绿豆芽》、阎强国的《英子为什么》3本，以“青春励志”为丛书主题，表现了西部少年的精神成长。跨世纪之际，汪晓军的校园荒诞小说《双木老师的荒诞故事》（2001）标志着儿童观的拓进已达至一个新的高度。

20世纪五六十年代，赵燕翼立足于西北民间大地所创作的民间童话，在20世纪中国儿童文学史上占有重要的位置。80年代以来，作家又转向纯美童话的创作。老一代作家金吉泰的童话创作具有鲜明的本土性。他的童话集《田园童话》（2007）极具个性的署名方式——“中国农民金吉泰”——清晰地彰显出他自觉的本土文化意识。对传统文化与民间文学资源成功利用的另一个作家是黄英，他的《九眼泉》（1981）是民间童话创作的代表作，曾获全国优秀少儿读物奖。90年代童话领域取得的成就是甘肃儿童文学观念革新的标志。汪晓军的一组题为“熊公公”的系列童话标志着其儿童文学观念的深化。于军的童话《呆小猪、笨小猪和蠢小猪》(1997)是一篇很能体现儿童文学基本审美品性——“幽默与游戏性”的优秀作品。曾任职于甘肃少年儿童出版社的郑洁与杨旭青的童话创作也很有代表性。“双体童话”(1999)参与的作者主要是甘肃作家，该丛书融童话与儿歌两种文体的优长，它丰富的艺术性与鲜明的原创性显示出甘肃儿童文学所具有的实力与水平。张琳自20世纪90年代以来就创建出清新可人的童话审美意境，自新世纪以来，她的童话创作已自成一体并走向成熟。

甘肃作家一直擅长利用西北特定的人文资源优势去开垦童话的艺术空间，早年赵燕翼的民间童话堪称前驱与表率。新时期以来，这个传统被进一步发扬。除去对民间文学营养的积极汲取外，敦煌艺术作为一种标志性的人文资源也被勘探与挖掘，产生了令人瞩目的成果。许维的童话《飞天》(1988)将莫高窟艺术中“飞天”壁画的含义具象化，体现出较强的艺术原创力。以“敦煌童话”的思路系统开掘敦煌艺术的儿童文学表现力，还得益于汪晓军的文化自觉意识。1997年，他的这一设想终于付诸实践，10篇“敦煌童话”作品于1998年出版，这套书成为甘肃少年儿童出版社很有特色的一个品牌。

寓言也是甘肃儿童文学发展的一个特色方向，当下活跃的作家是金雷泉。

林染自20世纪80年代以来开始创作儿童诗，其童诗内容广泛，构思奇美精巧，风格清新自然，体现出鲜明的“西部”气息。高凯的乡土童诗写出了中国乡土童年的样态，展示出一种较为典型的童年生活世界模型，代表了本土原创童诗发展的一种方向。

汪晓军从1991年到1999年持续致力于用散文对“大西北”做儿童文学的发现与表达，散文集《大漠细语》在艺术探索上具有开创性；周丹波的一组题为《童年的歌唱》的散文于1996年获第四届“冰心儿童图书新作奖”；地质工程师的身份为刘虎的散文创作铺设了坚实的自然与土地根基，使其作品呈现出朴素的平民意识与深厚的哲理性。

“科幻文学”在20世纪八九十年代在甘肃儿童文学曾有不同程度的探索，自新世纪以来异军突起。陈自仁的作品既有科学含量，又有很强的可读性，并且善于对人性本身做出探究与反思；苟天晓的“人体王国科学奇幻小说”游走于医学与文学两个领域，创造出了一个建立在五脏六腑之上的人体王国，体现出较强的原创性。

近年来，一批80后、90后作家的加盟，为甘肃儿童文学带来了新气象。赵剑云、曹雪纯、张佳羽、张元四人以各自独特的童年心性与青春体验，赋予了甘肃儿童文学更为现代、鲜活的审美蕴含，也标志着甘肃儿童文学正以健康蓬勃的姿态，昂首阔步地走向未来。

赵丽宏儿童小说《童年河》:心中那个永远的少年

殷健灵

今年秋天,赵丽宏出版了他的第一部长篇儿童小说《童年河》。文学评论家刘绪源欣喜地谓之曰"儿童文学的意外收获"。这种欣喜并非来自于成名作家对儿童文学的偶或眷顾,而是直接来自作品本身所带来的审美愉悦——这是一部真正的浑然天成的儿童小说杰作。

其实,成名作家偶尔涉足儿童文学创作并非新鲜事。但就我目力所及,却鲜有作品让我印象深刻。在某种意义上,他们所写的并不是真正的儿童文学,只不过是以孩子视角所写的文学而已,隐在作品中的叙述者,仍旧是那个成年后的作者。我们不得不说,儿童文学和一般的文学是有区别的,在秉持着艺术标准的前提下,儿童文学是要求更高的文学,"只有当作家使尽浑身解数,把自己的生活积累尽可能地调集起来,把生命体验浓浓地凝聚到自己笔下,而又能顺着童心童趣指引让文字汩汩流淌,这才有可能(并非一定,其实很有经验的作家也未必总能成功)写出最好的作品来"(刘绪源语)。而我更喜欢用"神秘的入口"来形容儿童文学和一般文学的区别,优秀的儿童文学作家几乎是天生的,是能轻易找到神秘入口的人,他们无须故意俯下身子,他们本身就是孩子的"共生体",或者,从来没有放弃过"心中那个孩子",同时,他们手中还掌握了一支可以点石成金的魔棒——或可把这理解为作家的积累、修养、哲学思考的深度等等。

当我读到《童年河》,心中抑制不住惊喜——在此之前,谁都想不到写作 40 余年、早已以散文诗歌名世的赵丽宏先生居然也是天生的儿童文学作家。

《童年河》写的是男孩雪弟从乡下来到上海的一段童年生活。7 岁时,雪弟离开亲婆(祖母),跟着阿爹(父亲)来到上海。上海的一切都是陌生的,连姆妈(母亲)也有些隔膜,但雪弟有个宽厚和善的阿爹,还有很快相熟起来的小伙伴——小蜜蜂、牛嘎糖和唐彩彩。雪弟经历了迷路的困惑,也做过各种傻事,更以孩子的眼睛关注纷繁复杂的世相与人情,当亲婆来到城里和他一起生活,他再次经历人生中最初的失去与别离……

不知道作者在写作《童年河》时是否揣摩或者寻找过那个"神秘入口"。读完《童年河》,你不由得相信,作者定是由那个"神秘入口"自由出入,又或者,童真情怀一定从没有离开过他,写作《童年河》的正是他心中那个"永远的少年"。

其实，很难说清“神秘入口”究竟是什么，只是我们在看一部儿童文学作品的时候，会不由得用“像”或者“不像”来形容。而我私下以为，来往于“神秘入口”至少需要以下三张通行证。

真诚的儿童视角

之所以说很多儿童视角的小说称不上儿童文学，是因为，那些小说虽以孩子的眼睛看世界，却不是真正的儿童视角，可能只是童年的回忆，又或者，儿童只是作为故事的叙述者，向读者展示的，却是成年人理解的世界。

《童年河》讲述的是20世纪五六十年代的故事，取材于作者回忆中的童年，但它不给人陈旧之感，读之，分明感到这是一部面对当下的鲜活的文学。作者的角色退隐了，他没有刻意俯下身子，而是完全变回了孩子——我们看到的是那个叫作雪弟的7岁男孩眼中的世界，是纯粹的男孩的认知和思考。他对周遭的人和事物充满好奇，姆妈的外冷内热，阿爹的慈爱宽厚，亲婆的体贴宽容，家境窘迫却天性乐观的牛嘎糖，心思细密、为他人着想的小蜜蜂，出身于大翻译家家庭、乖巧懂事的唐彩彩，栖身于苏州河边的疯婆子和她的两个孙子……小说以动荡复杂的年代为背景，牵涉出的人物和故事涵盖了当时社会的各个层面，这其中，有一些事情是孩子难以理解的。比如唐彩彩的父亲一夜之间被打为“漏网右派”，他们一家要被遣送回乡。唐彩彩走前，雪弟和班主任沈老师一起去给她送课本。唐彩彩宽敞优越的家，曾经让雪弟羡慕，但他此刻看到的却是开电梯老伯的叹息、邻居的唏嘘、彩彩家中的一地狼藉。而唐彩彩的弟弟山山却在因为要搬家和坐火车而高兴得又笑又跳，彩彩的爸爸面容憔悴却依然彬彬有礼，和彩彩告别后，雪弟依然弄不懂眼前的变故，“雾中的大楼，让人看不真切”。回到家，雪弟跟家人说了彩彩家的事，阿爹、姆妈和亲婆都有各自的议论，雪弟在一边听着，如坠云里雾里。小说记叙的这一段特殊历史背景下的故事，孩子自然是难以理解的。类似的细节，小说中还有不少。雪弟只是睁大眼睛，观察与感受，虽然有疑惑和怅惘，但作者自始至终将之隐于作品背后，未置一词评述。而读者在感受其中曲折的同时，更多感受到的是复杂年代中人性的真纯、简单与爱的仁慈，而这，正是小说最能打动人的地方。

小说中最让人动容的，是亲婆和雪弟的祖孙情。阿爹接雪弟从崇明岛去上海，雪弟最舍不得的就是亲婆。亲婆会教雪弟识字，给他讲宋定伯捉鬼的故事，亲婆家屋后的河也叫他留恋。到了上海，雪弟的生活里有了更宽的河——苏州河与黄浦江，他有了新的小伙伴，渐渐适应了这里的生活。但雪弟心里还念着亲婆。后来，亲婆真的来上海了，她和雪弟挤在一间狭小的没有窗户的屋子里，操持起了全家的家务。为防止雪弟尿床，亲婆夜夜喊醒雪弟给他“接尿”；雪弟偷吃了苹果，被姆妈追查时，亲婆却把偷吃苹果的事揽在自己身上；雪弟用西瓜皮砸疯婆子，被疯婆子追赶，又是亲婆掩护了他，可当亲婆问明了真相时，却变得严肃，执意要陪雪弟去道歉；亲婆每日在楼梯口挥手送别雪弟，可是有一天，雪弟却突然从学校被叫回了家，“你家有老人从楼梯上摔下来”，当雪弟飞奔回家，走到楼梯口，清晰地听见亲婆在叫他，然而此时，亲婆却已不省人事地躺在床上，直到见到雪弟最后一眼，才吐出几个含糊不清的字：“雪弟，我在等你呢……”亲婆死了，雪弟不相信亲婆永远离开了他……

这是一个孩子眼中的亲情与生死离别。这些过去年代的事情，让今天读者读到的，却是人生之同，它不是过来人的忆旧，而是以与当下平行的儿童视角，写出了人性中的永恒。作者在后记中写道：“不管我们所处的社会和生活状态发生多大的变化，有些情感和憧憬是不会变的，譬如亲情，譬如友谊，譬如对幸福人生的向往。童心的天真单纯和透明澄澈，也是不会改变的。”作者所说的那些情感与憧憬，童心的单纯与美好，我以为，恰恰是儿童文学最基本的底色，是通往“神秘入口”的最重要的通行证。儿童文学作家往往具备天生的素质——为人的简单与单纯，人生版图里的温暖亮色和天真情怀。这样的人会更轻易地找到那个神秘的入口。

自然的童心童趣

《童年河》以河为隐喻，童年是河，人生亦是河，水流或急或缓，犹如时间之箭，无法挽留，但它激起的涟漪和浪花会轻轻拍击你的心。作者说他“总是没有长大”，儿童文学作家恰恰是那类从没有让心中的孩子离开过自己的人。

真正的童趣不是幼稚搞笑，不是矮下身子“牙牙学语”，而是“有意味的没意思”，是浑然天成的童心流露。儿童的幽默不需要寻找表演的“道具”，他们生命本身就是最佳的幽默材料；儿童的幽默也是天然的，是儿童性灵的自然流露，无须生硬的技术，更不必刻意制造。

《童年河》中这样的童趣俯拾即是。“追屁和囚蚁”是雪弟做的两件傻事。刚到上海，雪弟迷上了汽油味，喜欢跟在汽车屁股后面深呼吸。为了更加畅快地“追屁”，雪弟发现了一辆停着的摩托车，敏捷地趴到地上，将鼻子凑近排气管的出口等着。摩托车主人没有发现趴在地上的小孩，发动车子蹿了出去，趴在地上的雪弟几乎昏倒——哪里有什么美妙的汽油味，黑色的烟雾包裹了他，令人窒息的怪味钻进他的眼睛、鼻子和嘴巴，钻进他的五脏六腑，猛烈喷出的油气更把他的脸熏得一片乌黑。这样的细节，尽显孩童的好奇与懵懂，让人捧腹。

雪弟热爱一切小生命，热爱遐想各种“谜一样的事情”。来到上海，喜欢上了新的小生命——蚂蚁，雪弟认为世界上所有的动物都可以由人来饲养，于是也突发奇想养蚂蚁。用玻璃瓶养，蚂蚁死了；雪弟有了新办法，用火柴盒子养，到了夜晚，屏息倾听蚂蚁的脚步声，想象它们长出了美丽的翅膀……然而，雪弟的试验没有成功，不到两天，蚂蚁全都逃得无影无踪。妈妈铺床时，发现被窝里有蚂蚁，吓唬雪弟说，蚂蚁会从他的鼻孔和耳朵里钻进脑子，慢慢吃他的脑浆，雪弟信以为真，吓白了脸……

这些在自然的童心童趣指引下的文字，轻易便能俘获成人和儿童读者的芳心。那些在好奇心诱引下的种种无知的尝试，那些天马行空不着边际的想象，那些出自孩童本真的懵懂和探索，是每个人成长中似曾相识的经验，这些经验看似没有意义，但是多么“有意思”和“有意味”！它们是可以让所有人发出会心一笑，并品尝出无穷趣味的生命体验。

简单准确的笔墨

不得不说的是《童年河》的语言风格。这部作品之所以获得成功，其独特的语言风格功不可没。作者以散文名世，散文素来讲究语言的精致、准确和有味。到了这部儿童小说里，作者有意选择了适合儿童视角的行文风格：简单、准确、质朴、凝练、传神。

早年，汪曾祺在评价废名的作品时，曾说：“他用儿童一样简单而准确的笔墨来记录。他的小说是天真的，具有天真的美。”这一段评语用到《童年河》也是恰如其分的。笔墨的简单与准确，是一种境界，是化繁为简的修炼。任溶溶先生写随笔散文，用的都是大白话，但这大白话，不是白开水似的寡淡无味，而是包含着丰厚内容的炉火纯青的简单。

《童年河》也是如此。小说中多用短句，没有繁复的长句，无论是人物还是故事，寥寥几笔白描勾勒，却栩栩如生跃然纸上。小说中纷繁出场的人物，个性鲜明，给人以深刻印象；即便写景，也简约有致，绝不铺张。小说中的比喻，出自孩童的胡思乱想，河里的木船，“就像是绸带上印着的彩色图画”，月光照在雨后的蛋硌路上，“使路上的每块石头，都变成了一个小月亮”，大白猫“一身雪白的长毛飘啊飘的，如同一朵白云”，亲婆的头发“在黑暗中像一片雪花，闪烁着耀眼的亮光”……

在简单和准确之外，还有语言的诗意。诗意不是毫无节制的抒情，而是想象之外的留白，是绕梁不去的余韵。小说的结尾写亲婆去世，亲婆养的白猫“棉花”跑到了屋脊上。伤心的雪弟看到它和一只大白猫在一起——那是唐彩彩家的猫，唐彩彩一家被遣送后它就失踪了，它应该是“棉花”的妈妈。雪弟最亲近的长辈和最喜欢的同学都不在身边了，但两只猫却神奇地相遇。它们一跃而起，像两道白光，一前一后奔跑着离开屋脊，在黑暗中融为一体。这样的结尾，充满诗的韵味与人生的哲意，留下了无尽的余味。

别林斯基说:“儿童文学作家应当是生就的,不是造就的。”他的话应该也涉及了儿童文学“神秘入口”的问题。除去以上所说的三张通行证,关于“神秘入口”还可以有更多的解释,比如审美的情感、无羁的想象、快乐原则等等,“三张通行证”未必能探其真味。不管怎样,值得欣喜的是,《童年河》确实可称作中国儿童文学的“意外收获”——我们又发现了一位“天生的儿童文学作家”,期待赵丽宏先生给孩子们奉献更多的惊喜。

2014 年

我倔强地摇响我的驼铃

——韦苇先生的诗歌创作

韩　进

韦苇先生写诗起步于20世纪50年代初的劳动歌谣创作。“锄头生锈不入泥，耕牛不壮难犁地……”就这样，他被大众报纸和文学刊物一步步扶持、培养成了文学少年。由于他进入校门后一直在校园内生活和工作，不再有“工农兵”的光荣身份，其诗也就很难挤入为工农兵服务的文学版面，转而投身译介外国诗歌，特别注意“亚非拉”地区反殖民、反占领的诗篇，果然受青睐，译作频频见诸《诗刊》等刊物，激发起他对诗的热衷。待到春雷炸响，中国人开始讲“春天的故事”的季节，韦苇诗情复萌，20世纪70年代末，他的名字又频繁出现在《星星》之类的诗刊上。80年代初，他创作的诗歌代表作《我倔强地摇响我的驼铃》，在广播电台及其他多个公共场合朗诵。

> 我是一峰骆驼。/荒沙和漠风/教会我倔强。/而我终于是倔强的，/我倔强地摇响我的驼铃。//古老的中国土地上留下了/一窝一窝的我的脚印；/今天横风来把我的脚窝抹去，/但我会证明风是徒劳的，/明天请再来看我的足迹，/我的足迹又嵌上了/我茫茫的前程。……

这样的诗因励志、鼓劲，在当时获得好评，更重要的是，铿锵的诗句喷溅着韦苇作为一个中年诗人的激情，表达着一个有志者终于赢得了发愤图强的空间的喜悦，但不幸也接踵而至。对外开放，西风劲吹，欧美流行的价值观和诗歌风格，把不合时宜的“韦苇的格调”挤压到不能呼吸，而命运此时拯救了诗人。80年代初，韦苇由云南调回家乡的浙江师范大学，因为需要他发挥外语的优势，为儿童文学研究生开设世界儿童文学课程，识时务实的韦苇即刻打点行装，主动撤离了变幻莫测的诗坛。

没有想到，韦苇醉卧世界儿童文学教学与研究，一梦就是20年，“以一木支大厦”（陈伯吹评语）的勇气和胆魄，为国人开启了一扇风光旖旎的国际儿童文学之窗，呼吸全人类儿童文学大家庭的新鲜空气。他的《世界儿童文学史概述》《世界童话史》等10多部专著，奠定了他在世界儿童文学教学、研究中的泰斗式人物的地位。

功成名就，先生被几家面向小学生且发行量惊人的刊物约请，作为“儿童文学界知名人士”，为刊物撰写“卷首篇”，再次拨动了韦苇敏感的诗性。他童心萌复，决定尝试童诗创作。有半个世纪的诗情和20多年儿童文学教学研究的经验打底，果然出手不凡，诗作喷发，又被收入多种诗集，《大雁飞来》（收入《世界金典儿童诗集·中国卷》，谭旭东主编，福建少年儿童出版社2011年3月第一版）算是这一时期的代表作。又如《秋风》：

在我们抬头仰望的时候，/铺开一片/湛蓝湛蓝的纸。/大雁飞来/在上头/写一首/长翅膀的诗。

这首诗发表后，被《儿童文学选刊》作为卷首诗收载。读它，儿童的注意力一下就被带进了富于生机和活力的大自然，领略到诗境界的开阔和诗意象的纯美，鉴赏到诗人独到的诗意捕捉方式和表达方式。同样是对大自然的诗性情怀，韦苇写出了现场感和抒情感极强的《听梦》（收入《一个核桃落下来》，湖南少年儿童出版社2013年5月第一版）：

荷花苞蕾的嘴尖儿上，/一只蜻蜓静静地停在那里。/它一定是在偷听荷花的梦呢。/那副发痴的样子！/那副着迷的样子！/你看它的眼睛瞪得大大的，/你看它的翅膀展得挺挺的，/你看它的尾巴翘得高高的。

韦苇“诗的归来”，搅动童诗文苑，他创作的童诗与他翻译的童诗同时在读者中广泛流传，如《有雨》《爸爸、妈妈和我》《家香》《早上好！》《我喜欢鸟》《我们和鱼儿》《大惊喜》《如果我是一只蝴蝶》《让路》《青蛙的童话》……韦苇最大的成功在于标新立异，如《大惊喜》的采蘑菇题材已经被写了千百遍，他却出其不意地写出了自己的诗情画意：

蘑菇们在地下，/一定开过会，/共同商量好：/等到星期六，/或是星期天，/那个嘴边凹着酒窝的小姑娘/一走进林子来，/咱们一、二、三/就一起冲出地面去，/白生生的一片，/白生生的一片，/呵，/白生生的一片，/给她大大的一个大惊喜！

韦苇的《咕，呱》最是童趣十足。“青蛙咕”和“青蛙呱”两个捉迷藏，呱机灵地藏到荷叶下，咕怎么也找不着呱，于是有了下面的两段童趣丰沛的诗：

呱—呱，你躲哪儿啊？/咕—咕，我藏这儿哪！/这儿是哪儿？/哪儿在这儿！/这儿是哪儿？/这儿在这儿！/咕！/呱！/咕！/呱！

如此氤氲游戏趣味的童诗，被多个刊物选载。

童诗，更多的是描写儿童生活，反映儿童情趣，但这并不排斥抒写成人的人生感悟，这也是向儿童传递知识与道理的重要内容。这类诗，直抒胸臆的极少，多半是借用一个有角色的情节，简洁而集中地表达诗人心中参透的某种哲学道理。韦苇的《听话》，就寄寓了他哲理性的人生感悟：

老母鸡，/抱小鸡，/抱出一只小鸭鸭。//小鸭鸭，/呷呷呷，/漂在河里，/直叫妈妈。//鸡妈妈，/去救它，/"我教你刨地，/你总不听话，/现在你看，/遭淹了吧！"//小鸭鸭，/只管划，/"妈妈，妈妈，/下水来呀，/干吗尽去刨地，/河里有鱼有虾！"//鸡说鸡话，/鸭说鸭话，/哦哟什么叫听话？/你说什么叫听话？

韦苇的诗，不矫情，不造作，不装天真，不学小儿语，从他心中自然流淌，有一颗童心，有一腔热血，有一种倔强，特别是后期的童诗，有一种野心。韦苇企图在童诗多样化上营造出一种美学气象，力图打破中国童诗相对单一的格局，这从《伴手礼》《一个核桃落下来》《方蛇》《接电话》等一批诗作中看得分明。这在他个人应该是正确的选择，因为他对欧美甚至整个世界的优秀童诗了如指掌，对中国的童诗界心知肚明，但在当下多元的儿童文学界，特别是单纯的童诗界、麻木的评论界，有围观的热闹，难得有切实的呼应。

辽宁“小虎队”:长于黑水高于白山的精神王国

马　力

任何作家的创作都诉诸一种精神,任何一个地域一个创作团体的创作,其诉诸的精神大都化为大致相同的审美价值取向。以“小虎队”为代表的辽宁儿童文学在30年的创作实践中创造了一个长于黑水高于白山的儿童精神王国,血性和豪气构成了它审美价值取向的主流。

血性与硬骨:生存搏斗场上的英气

辽宁“小虎队”是由近10名男性作家构成的文学团体,他们带着一股阳刚之气,雄心勃勃地闯进文学现场,开始以笔打天下,建构儿童的精神王国。他们笔下的世界像他们的人一样,虎虎有生气。在他们创造的艺术世界中,自然景观雄奇壮伟,社会巨变沧海桑田,那里的故事具有无与伦比的传奇色彩与顶天立地的男子汉精神。

翻开自然的篇章,辽北的冬天有炮烟雪,“炮烟雪狼叫似的嗷嗷地吼,老北风裹着棉花团子雪在冻裂缝子的一抹儿平川的黑土地上,如成千上万匹发疯的野马嘶鸣狂奔,搅得天昏地暗,满世界混澄澄的”(肖显志《北方有热血》)。辽西的800里瀚海有骇人的沙暴:“风开始像人在呜咽,还抑制着,叫人听了心里难受。可一会儿就吼叫起来——沙暴就这样来了。它来得突然。我觉得沙暴是从驼子和天幕相接处挤出来的,它一下就扑向我们。它吼叫着、旋转着,还没等我仔细打量它一眼,它即形成一面墙,堵在了我眼前。”(常星儿《走向棕榈树》)。辽东的灌水一带有道岭叫红石峪,在20世纪40年代,“一到大雪封山的季节,就没有人迹了”。“冰冷的寒夜,月亮、杂木、雪地……所有的景致都冒着寒气”(薛涛《满山打鬼子》)。辽南面向渤海,大海富于浪漫的诗意,但绝不永远温柔。在那久远的年代,当捕鱼的船队在海上遭遇龙卷风时,“9条巨大的青色水柱横陈海面截住船队,几条渔船腾空之后又从十几米高的浪峰翻进峡谷;另几条渔船则像被一双无形的巨手捏到一块摔成碎片。疯浪狂涛酝酿着船队的全军覆没”(于立极《淬鱼王》)。

辽宁“小虎队”小说中呈现的辽宁东西南北的四季景观以及社会环境,就是辽宁儿童和他们的父兄生存的背景,是辽宁儿童性格中“虎气”“虎威”形成的根源,也是辽宁“小虎队”崇高的审美价值取向形成的基石。

辽北作家肖显志有东北人风风火火的个性,出现在他的短篇集《北方有热血》与长篇《火鹞》中的主要意象是“炮烟雪”(《北方有热血》)、“北方狼”(《北方狼》)和“火鹞”(《火鹞》)等典型的恶劣物候与凶禽猛兽。在他的长篇小说《少年铁血敢死队》中,抗日少年的热血化作勇敢与无畏的精神。他们跟随在杨靖宇身边,在冰天雪地里行军打仗,可是没有人叫苦,没有人怕死,心中只有誓死不当亡国奴的信念与自豪感,打起仗来个个如猛虎下山,威震一方。在肖显志表现当代少年生活的短篇《“神曲”唢呐》中,14 岁的少年艾光明将一腔热血化作具有生命召唤力的火辣辣的唢呐声。他父亲瘫痪,母亲病逝,家境贫寒。母亲死后,他不得不中断学业,和父亲一起以吹唢呐为生。尽管受尽富人白眼,但他走得正、行得端,凛然一身正气。当有钱无德的二江子死后,他的家人出高价请艾光明父子去吹丧曲,父子俩不为钱折腰;但为了挽救生命垂危的小提的父亲,艾光明却一连吹了一天一夜的“神曲”,终于用音乐之声唤回了小提父亲的魂魄,挽救了他的生命。他小小年纪活出了人的尊严,具有男儿志气。他的所作所为不仅获得了十里八村乡亲们的尊重,也赢来了自我发展的新机遇——他以自己的优秀品德和吹唢呐的高超技艺被一所音乐学院破格录取。

常星儿是来自辽西塞外荒原的作家,也是在创作上屡获殊荣之后仍植根故土的作家。他的乡土情结赋予他笔下的苦艾甸、北牧河、沙陀子、沙枣树和欧李以灵魂,成为有情有义的生灵。在他的长篇《走向棕榈树》中,牧羊少年根旺勇闯查干查明去放排,并非为自己赚钱,而是抱着必死的信念用赚来的钱支援同学鸣山和春玲去深圳闯事业,表现了当代辽西少年宽厚、朴实和舍己为人的精神风貌。他的《白鹭别墅》《回望沙原》无不表现创业失败家庭的子弟如何与父辈同心携手,在 800 里瀚海中重新崛起的故事。中学生小川在父亲生意赔本的人生低谷期,毅然随父亲来到甸子上,盖起泥土小屋,取名“白鹭别墅”,体现他们父子俩不被眼前的困难吓倒,乐观、顽强的生命姿态。(《白鹭别墅》)。在《回望沙原·秋声》中,十一二岁的少年麦果暑假打草赚钱,替父还债。割草时“麦果的脸几乎触到地面”,别人说他是“耍硬杆子”。这“硬杆子”的干劲正是麦果硬骨头精神的外显。其中感人至深的意象是“大草垛”。它“硕大浑圆”,“像一轮落在驼子里的太阳”,它是辽西特有的人文景观,是辽西少年辛勤劳作的收获物。而在长篇小说《谁在草垛上唱歌》中,“大草垛”“吸足了阳光”,“金黄灿灿”,又是“文静又英俊”的货郎“忽浪爷”和这一带有名的俊姑娘“二月奶”之间爱情的见证,是辽西乡间朴实的农民温暖人情的象征。

若论当代少年的热血与硬骨,辽宁“小虎队”作家笔下的女孩子也不逊色于男孩。特别是那些身有残疾的女孩子在克服生活苦难的过程中,更表现出钢铁般的意志,令人感佩不已。在大连儿童文学作家立极的《自杀电话》中,主人公欣兰失去了能跳芭蕾舞的秀美双腿,就在她十分苦恼之际,意外接到一个电话,得知另一失意男孩也要自杀时，她忘却了自己的痛苦，全心全意投入挽救他人生命的战斗，终于用自己的生命之火重新燃起男孩生的欲望。当电话那端的人得救之际，欣兰的心也一下子明亮起来，她看到了自己的生命价值，找到了继续活下去的理由，结束了这场纠缠不休的心灵苦战。她不再自卑、自弃，走出生命低谷，让青春重新绽放光彩。

历时30载，辽宁“小虎队”以笔来描绘烙印在他们心中的山山水水，用心来塑造他们所熟悉的辽宁少年坚挺的灵魂。他们用自己的创作证明，苦难是一笔人生财富，“虎气”“虎威”不是天生的，而是在自然的感召下，在与恶劣的社会生存环境的顽强搏斗中磨炼出来的。

刚直、倔强：生死关头的霸气

苦难的极致是死亡，辽宁“小虎队”表现人生苦难的特点是不讳谈死亡。他们要在大灾大难、生死对峙的关头显现辽宁少年刚直、倔强的王者霸气。

立极是一个具有大海情怀的作家。他的中篇小说《蹈海龙蛇》和《淬鱼王》主要表现人在自然灾害面前不可屈服的意志与倔强精神。《蹈海龙蛇》中的男孩小龙是个孤儿，他的父母、女伴儿蓉儿，还有其他乡亲先后被九条龙的龙吸水带走。所以小龙唯一的心愿就是闯荡大海，去找九龙吸水，弄清它的秘密，找回失去的亲人。终于有一天，他在海上与乡村的渔船会合。这时海上忽然出现两种截然不同的景观：一种是渔民们日思夜想的海市蜃楼，传说谁能进入海市蜃楼，谁就进了天堂；另一种是他苦苦寻觅的九龙吸水的龙卷风。小龙此时面临两种选择：只要他轻轻划上一桨，就能进入海市蜃楼，从此过上神仙般的日子；或者冒着九死一生的危险冲进九龙吸水，寻找失去的亲人。他选择了后者，他不畏艰险、不违初衷的选择，终于带来了与亲人团聚的幸福。《淬鱼王》在自然与社会的双重背景下，表现少年鱼王龙根的成长故事。17岁的龙根子承父业当上新鱼王后，首次出海时就遭遇双重灾难：先遇海盗，而后九龙吸水接踵而至。龙根临危不惧，先带领渔民与海盗血拼，战胜了海盗，又凭大智大勇破天荒地将渔船带进龙卷风的核心。他终于“用大死换大生”，保证了百船的安全，显示了少年新鱼王在生死关头的过人胆识和王者气概。这两部小说回荡着古老的英雄时代的声响，大气磅礴，读来令人回肠荡气，激动不已。

辽宁“小虎队”表现在社会苦难面前少年雄者霸气的文本，莫过于一系列抗日小说了。在大连作家车培晶的短篇《沉默的森林》中，主人公是一个年仅12岁的中国男孩，他为了寻找被迫去给日本人修飞机场并一去不还的父亲，鼓起勇气只身穿越海姑尔大森林。一路上他先后遇到恶狗、狼和狗熊的袭击，穷凶极恶的狗熊在扑向他的瞬间，竟意外被一个迷路的日本鬼子打死。鬼子救男孩的目的是让他带路走出森林。当鬼子即将走出森林时，男孩面临着要么两个人都活着走出森林，要么同归于尽的选择。在这生死关头，男孩不顾个人安危，拉响了鬼子身上的手雷，与鬼子同归于尽。

立极的中篇小说《龙金》的大背景依然是抗战时期，故事中出现的生死关头不是一个，而是多个：家族利益纷争的时刻，家、国利益冲突的时刻，民族矛盾上升的时刻。这重重矛盾纠葛都系于一块重达千余两的龙金上。龙金本是随着龙卷风和地震露出地表的，被姬金娃和姜金锁两个孩子同时发现，并因为分金问题引发两个家族间的矛盾冲突，紫烟河谷德高望重的老者“龙神”爷爷出面平息了这场冲突。当日寇来到紫烟河谷以后，岛村父子设计夺取龙金，这时姜、姬两家捐弃前嫌，在“龙神”爷爷的带领下，一举战胜日方，挫败了敌人的阴谋。小说在龙金归属问题的重重矛盾冲突中，让金娃和金锁的灵魂经过种种淬炼，不断被提纯和净化，终于成为明大义、有骨气的中华好少年。

当战争的硝烟散尽之后，生活在和平年代的辽宁少年是否缺少灵魂考验的关口呢？其实不然。也许考验的形式发生了变化，但考验却随时随处可见。

富有幽默感的辽西作家董恒波的《天机不可泄露》是一部以城市校园生活为题材的短篇小说集。短篇《骨气》便表现了平凡生活中的一次考验，作家在幽默中显示了另一种崇高与庄严。主人公江南貌不惊人，是凌阳中学的一名普通中学生，人送绰号“瘦猴”。日本札幌的一所友好学校访问该校，双方进行了一场摔跤友谊赛。比赛中日本学生渡边连连得手，他以胜利者的姿态向中国学生叫板。江南想起了50年前的一段往事，那是他平时与渡边闲聊时得知的。那时渡边的爷爷和江南的爷爷恰巧都在南京，“分别扮演着魔鬼和羔羊的角色”，这段历史让江南热血沸腾、义愤填膺，他挺身而出迎战渡边并取得了胜利。

少年求学是辽宁“小虎队”创作的一个主题，而且他们的作品大都有家长为孩子筹措学费的情节，而如何筹措学费，常常成为小说中父子或兄弟间矛盾斗争的焦点。十分关心底层少年命运的辽西作家老臣的短篇《跑冰》和《火船》展示了两种不同的筹措学费的方式。在《跑冰》中，少年嘎儿的父亲以开春时节跑冰偷公家水库鱼的方式为嘎儿攒学费，却不幸落水而死。父亲死后，嘎儿没有按照父亲的遗愿，用这笔“不干净的钱”充当自己的学费，而是把它捐给了希望小学。他的抉择不仅给父亲赎了罪，也使自己得到心灵的救赎。在《火船》中，哥哥大富以多拾“河捞”的方式给弟弟大贵筹学费。可是以拾“河捞”为生的人不少，想要多拾谈何容易？大富无法可想便铤而走险要烧掉别人家的船。大贵为了阻止哥哥的犯罪行为，在屡劝不禁的情况下，便抢先烧掉自家的船，彻底绝了哥哥拾“河捞”的念头。他的壮举体现了当代少年刚直不阿、不徇私情、舍己为人的品格。

在常星儿的短篇《墨绿色的草滩》中，少年“少更”面临的是又一种抉择和心灵考验。暑假时他跟随勒根叔叔去苦艾甸捕捉旱獭，以补贴家用。经过一场激烈的思想斗争，“少更”终于放弃猎获行动，并趁勒根叔叔不备将笼子里的旱獭全部放生。他宁可自己生活苦点，也绝不伤害其他动物的生命。

这些作家以自己的创作揭示了少年成长的秘密：成长不是一个与年龄俱增的渐进过程，而是在人生紧要关头的果断选择。这种选择既决定生，也决定死；既能分辨自私胆小的懦夫，也能分辨雄视天下、斩钉截铁定乾坤的勇者。它是对一种品格和气概的礼赞。

“男子汉”情结：化为集体无意识的豪气

在辽宁“小虎队”作家的话语系统中，出现频率最高的字眼是“男子汉”。“男子汉”是北方民间最受人尊重的称谓，也是万千北方家庭教育男孩的成长目标。这种民心民意经过岁月的沉淀，慢慢化为一种“男子汉”情结，成为一种埋藏在心的深处的无法抹掉的集体记忆。他们塑造的有血性、铁骨铮铮，在危急时刻刚直、倔强的少年形象，正是渗透在作家骨子里的“男子汉”情结的外显。“男子汉”气概是崇高者的豪气。

车培晶的短篇小说集《神秘的猎人》写的大都是有血性的男人和有个性的男孩。《神秘的猎人》中的独臂老人是抗战期间反穿皮袄的山胡子，胡子们占山为王，却有民族气节。他们在与白旗屯的日本兵苦战一番之后，几乎全部阵亡，唯一的幸存者就是独臂老人。他钻入深山老林，卧薪尝胆，驯养了一群猎狗，于大年三十夜带着猎狗下山，炸毁了鬼子把守的铁路桥。独臂老人就是响当当的“男子汉”。

薛涛的长篇小说《满山打鬼子》是一首气贯长虹的男子汉赞歌。小说叙述的是东北沦陷期两个普通的辽东少年成长为男子汉的故事。主人公满山和李小刀都是10岁左右的男孩。满山胆大，他火烧日军车站，营救老奎爷，冒死给“抗联”送情报，跟随抗联战士参加了炸毁日寇杨木川大桥的战斗。通过战火的洗礼，满山成长为“好样的”男子汉。棺材铺老板的儿子李小刀原本胆小，后来在满山的带动下，他跟着满山一起用弹弓打鬼子，胆子慢慢变大。到中国学生反抗国民小学校长小泉的压迫时，他领着同学集体逃课，成为有担当、敢负责的学生领袖，最终献出了生命。

进入新时期以来，反映当代辽宁少年男子汉情结的小说数量众多，并且具有风俗小说的特征。

在常星儿的短篇《红柳滩　红柳滩》中，主人公志刚是名初中生。苦艾甸有个习俗，男孩子要到苦艾甸去住一夜，然后才算男子汉，才被人尊重。志刚的爸爸去世了，他决定一个人去最黑暗、最危险的红柳滩过夜，证明自己是个男子汉。当红柳滩的夜晚来临时，他在夜色中点燃篝火，在篝火旁独自瞭望周围无边的黑暗，听着不远处传来的狼嚎的声音，他紧紧握住手中的镰刀，随时准备与扑上来的野兽搏斗。经过这一夜坚韧的努力，他活下来了。他终于通过苦艾甸古老习俗的考验，在重新踏进教室的那一刻，他自豪地向全班同学大声宣告："我去过红柳滩了！"同学们都用惊奇而羡慕的目光看着他，志刚也感到自己顿时长大，头也抬得更高了。

辽北青年作家许迎坡的长篇小说《校园足球宝贝》描写辽北的中学生罗小小的成长历程。罗小小是一个"左腿比右腿长些"的16岁男孩，身体的缺陷使他一直感到自卑。与女孩青蜜偶遇后，为了引起青蜜对他的注意，他暗下决心，以巴西足球明星加林查为榜样，终于练就一脚绝活。在一场足球比赛进入胶着状态时，罗小小突然上场，当大家还在吃惊不解的时候，罗小小已经抓住时机，飞起一脚凌空射门进球，全场顿时响起了热烈的掌声。在那一刻，罗小小一下变自卑为自豪。

大连作家刘东的《蜘蛛门》，表现辽南少年宁宇的成长故事。宁宇的父亲死于一场车祸，肇事者已经逃之夭夭。宁宇和妈妈为了寻找真凶，辗转从C城搬到E城来住。他们一边打工上学，一边寻访真凶的下落。不想在宁宇借读期间意外遇到劫匪捣乱，他敢于面对劫匪手中的凶器，经过斗争，终于在警察的帮助下，将劫匪缉拿归案。与此同时，他与母亲明察暗访，运用智慧最终抓获肇事者，为父亲申了冤。宁宇命运多舛，充满苦难，但他勇闯道道难关，终于使自己成为顶天立地的"男子汉"。

辽宁人的男子汉情结虽然根深蒂固，但随着时代的发展，"男子汉"的历史内涵也在悄悄发生变化。在老臣的《盲琴》中，出现了一个另类的男子汉形象——盲目少年。他虽然缺少一双观察世界的眼睛，但他有一颗高傲而自尊的心，他有胆有识，独自走南闯北，并以识多见广而自豪。他对"男子汉"内涵的理解与村里的男孩们不同：后者认为游戏输了挨打不怕疼就是男子汉。可是盲目少年却反驳说："挨打不喊痛算不得男子汉"，"大丈夫应该读万卷书，行万里路"。盲目少年的话使村里的孩子们恍然大悟。从此小伙伴们不再比谁的骨头硬，而更注意看家乡的文化古迹，学习各种文化知识。这是村里男孩的另一种成长。

然而这是否意味着只要有知识的男孩都堪称"男子汉"呢？老臣的短篇《夜道》对此又作了深入探寻。小说围绕父子俩赶驴车走夜道的故事展开。一路上，继父对儿子刘边讲了很多话，继父的话很冷，却让刘边明白了一个道理："像条汉子"与"成绩好，有出息"不可同日而语。"成绩好"是人智力超常或自我努力的结果，"有出息"是指日后出人头地，这二者的考评尺度无非是名与利；而"活得像条汉子"是指一个人的品行，与人的名利无关。无论人的智力高低，无论人的社会地位尊卑贵贱，都有一个如何做人的问题。只有品德高尚、有责任感与担当的人才算男子汉。

辽宁儿童文学作家用30年的创作建构起充盈着男子汉英气、霸气和豪气的儿童艺术世界，它是充满“虎气”“虎威”的儿童精神王国。它既是辽宁“小虎队”自身性别特征的对象化表现，更是他们用心感悟时代脉搏的结晶，体现出创作主体崇高的审美价值取向。辽宁“小虎队”对儿童生命之气的观察与表现，始终与时代气脉及民族、国家的气运相贯通，从而使儿童生命气息的展示成为时代精神的缩影与民族未来命运的隐喻。这种思考与一个世纪之前，梁启超的“少年强则国强”以及陈独秀的儿童文学问题即儿童问题的思维方式一脉相承。从这个意义上说，辽宁“小虎队”30年如一日坚守的审美价值取向，是对五四新文学启蒙传统的继承和发扬。辽宁“小虎队”所描绘的辽宁儿童成长的历史画卷，从一个侧面展示了一个世纪以来中国现代化的进程，是华夏少年近百年来灵魂成长的形象记录。

金波：白发里住着小精灵

刘秀娟

7 月31 日，是儿童文学作家、诗人金波的生日。今年的生日，金波收到的祝福格外多，因为80 岁了，是个送上祝福、表达敬意、总结创作的恰切时机。我们也凑个热闹——做媒体的，总要为自己的文字找个理由。

致电金波约访谈，老人幸福里透着不安：哎呀，我说不过不过，大家伙儿非说中国老理儿讲究“过九不过十”。看来，读者和朋友们的祝福让素来谦和的老人有点儿“接不住”了，似乎是自己“冒领”了这一岁——金波生于1935 年，79 周岁。我赶紧解释：在中国乡间，起码在我的家乡，人们的确是以“虚岁”计算年龄，虽然不知出处，但我想是出于对生命的尊重或者是感念母亲的辛劳，把怀胎十月的时间也算上了，其实是很科学的，也很有人情味儿，咱们写儿童文学的，更要尊重胎儿时期。老人这才释然，连说“长了见识”，放下了负担。

其实，最充分的理由在金波的作品里。

“孩子是照进我生命的阳光”

从20 世纪50 年代的大学生，到今天这位慈善和蔼、轻言慢语的长者，将近60 年的时间里，金波从未放下手中的笔。即使“文革”期间作品不能发表，他也从未停止阅读和写作，在这个他称为“默写阶段”的特殊时期，他偷偷写下了很多诗篇，比如《流萤》《天绿》，幸运的是，“文革”之后，这些诗作在《诗刊》《儿童文学》等刊物上与读者见面了。

金波的文学启蒙是母亲的童谣，首先发表的作品是歌词，持续一生的创作是诗。他的创作似乎回到了“诗歌”的本义，尤其创作之初，其实是“诗”“歌”不分的，有些歌词，是他从诗作中修改而来，有诗歌创作的底子，或许才有《勤俭是咱们的传家宝》《海鸥》《在老师身边》《小鸟小鸟》等歌曲的家喻户晓。

似乎没有太多起承转合，金波的创作自然而然地走向了儿童文学。1963 年，少年儿童出版社为金波出版了他的第一本诗集《回声》，到今天，其作品被出版的数量，他本人可能已经无法确知，常常，他要劝前来洽谈的出版社不要再重复出版。

似乎有一眼永远涌动的灵感之泉垂青于他。是什么赋予了金波如此不竭的创造力，使一个人的作品在他所走过的每一个时代，都被传颂？金波毫不犹豫地说，是孩子。

“孩子是照进我生命中的阳光，我一直感受着这种幸福。”金波说，“我为孩子创作的灵感来源于孩子的世界，他们的一举一动、一笑一颦，都会引发我的注意和思考。在与孩子的交往中，他们能够引领我回归童年。于是我就有了更真切的童年记忆，我就可以带着这种真情实感为孩子写作了。我一接触孩子，便会感受到他们的淳朴和真诚，特别是他们的乐观情绪和幻想力，给了我许多力量和快乐。我似乎发现了自己的写作规律：当现实生活中的儿童生活和我记忆中的童年生活融汇在一起时，我便有了写作的动力。”

他仿佛是一座童年博物馆，收藏着自己的童年，也珍藏着邻居、朋友以及自家孩子的童年，很多故事，当事人已经忘记了，金波却珍重地保存在了作品里。

很多年前，金波的学生带着5岁的小女儿去看望他，他们玩得很开心，小姑娘画了一幅《苹果小人儿》送给金波，他无以回报，就顺手用招待小姑娘的橘子，给她做了一盏小橘灯。临别，金波和小姑娘约定：要相互珍藏彼此的礼物，一直到永远。若干年后，金波如言珍藏着这幅画，并且还因此写了一本童话书：《苹果小人儿》。直到今天，金波都常常想起他们一起点亮小橘灯的夜晚，“那闪烁的晕彩，那温暖的光亮，一直照耀着我……”在童年的光亮下，他和孩子一直结伴而行。

曾经，金波邻居家的小女孩婷婷苦恼地跟他说，因为附近没有桑叶，她养的蚕宝宝快要饿死了，金波便到处帮她找桑叶。很巧，有一天，他在公园发现一棵被弃之路边的桑树苗，便欣喜地捡回来栽下，居然成活了，婷婷的“养蚕事业”得以维持。直到今天，这棵桑树依旧如约在春日结满桑葚，在夏日于轻风中婆娑起舞。金波正在创作的一部新作，便是《婷婷的树》。婷婷现在已经做了妈妈，当金波问起，她也淡忘了这件事，或许《婷婷的树》会帮她找回自己的童年，也会伴随她的孩子度过童年。

和孩子的相处，对金波来说不仅仅是给予，更是获得，是自己的童心和孩子的童心相互体会的幸福。经常，在和孩子一起参加活动之后，孩子们便拥到金波身边，充满期盼地递上书籍、笔记本、书包，甚至一块小纸头，金波几乎从不拂逆孩子们的一片赤诚，无论多累，总是笑呵呵地签名、拍照……“他毕竟年纪大了，身体很吃力，但是无论什么情况下，只要面对孩子，他总是精神抖擞，不厌其烦地回答孩子的各种问题和要求……他总是不让关注他、喜欢他的人失望。”江苏少年儿童出版社的编辑陈文瑛这几年一直在做金波的责任编辑，经常目睹金波被孩子们包围的情形，在她眼里，那种发自内心的热爱让人动容。

生活里，创作中，金波思之念之的，都是孩子，这是他自己的童年与孩子的相遇、交流和碰撞。所以金波的作品，抒情主人公或者叙述人多是孩子的形象，无论是语言、思维还是节奏，都显现着朝气蓬勃的生命力。金波曾写道，“我能为儿童写作，这是最自然的事情。我不必变成孩子，再去写孩子，我写的就是我自己，我自己鲜活的童年体验”；“这种心理，不会因为我长大了、变老了，就消失了，它是一种天性，是我感受世界的一种方式”。（《和大树谈心·面对两片落叶》）

“我一直感觉到的不是衰老，而是成长”

诗人屠岸曾给金波写过一帧条幅：“学生的老师　孩子的学生”，金波经常念及。在他看来，这简单的10个字对他始终是个提醒：一方面，要为人师表，这是起码的职业要求；另一方面，要永远向孩子们学习，要当好教师，尤其是当好儿童文学作家，这是宝贵的“秘籍”。这位80岁的学生，一直在孩子们的生活中感受、成长，像孩子一样在生命中新奇地探索、欣喜地发现、激情地创造，年届70才尝试长篇童话的创作，品尝着创造的快乐。探索之作《乌丢丢的奇遇》散发着生命的热情和艺术探索的勇气，嵌在这部童话里的十四行诗花环，纯真而热烈的情思、绚丽而不虚假的语词，洋溢着清澈却丰满的生命激情。

金波至今还保留着儿时的一些喜好。他从小喜欢昆虫，至今每到冬天还养蝈蝈，认真地给冬蝈蝈写日记，这日记写得贴心贴肺，和这小小的生灵一起感受生老病死。他喜欢花草盆景，喜欢捡石头，每到一地他都捡一块石头留作纪念。他喜欢保存一些小物件，如泥塑玩具泥泥狗、虎头铜铃铛……在这些孩子喜欢做的事情当中，他体会到了快乐。

“我一直感觉到的不是衰老，而是成长。”金波说，“我选择了儿童文学，儿童文学也选择了我，这是我的幸运。这幸运的含义，我体会越来越深的一点是：儿童文学让我接近孩子，理解孩子，热爱孩子。面对孩子这个群体，我找到了生活的目标和意义。我要向孩子学习，学习他们的真诚、纯真，他们面对世界的姿态：新鲜感、好奇心。有了孩子般的心灵，我才能更多地感受到生活的丰厚。”难怪他的老朋友、作家高洪波会这样说，这30年来“中国在巨变，中国文学与中国儿童文学也在巨变，但是金波先生却无大变化”，他是一个“不会变老而不断成长的人”。

金波笔下的很多“老头”，正是他不老童心的自我写照。这些老头非但不是老气横秋，反而充满奇思妙想。比如，有个老头儿居然梦想着变成一朵蒲公英飞起来（童话《老头老头你下来》）。有个老头虽然胡子一大把了，但是这胡子不但没有让人感觉到人生的暮色，反而化为一种朝气：“让我的胡子长得长长的。我要让我的胡子变成绿色的。让你们到我的胡子里搭窝。我带你们去旅行。”（《我也是胡子爷爷》）这样一个老人，他允诺小鸟自己的胡子能变成绿色，除了爱心，更是他自身饱满生命力的象征。

一位80岁的老人，看过、经历过的沧桑变幻不可谓不多，但是无论是他的诗歌还是散文，对于生命的书写总是取生命永在的状态，无论是落叶、残花，还是在风中陨逝的蝴蝶、在暴风雨中粉身碎骨的蘑菇，在金波这里，展现的不是生的无常和脆弱，反而是生命形式的不断转化和再生。在他笔下，死亡是新的生命的前奏，秋天也不是生命的萎缩，“采一束蒲公英送给你/虽然它的花已经凋谢/但留下白茸茸的种子更美丽”，“请收下这一份小小的礼物/这是一颗颗会飞翔的心”。败落的蒲公英却包含着一颗可以飞翔的心，这些心在春天将会重新绽放生命的绚丽。

“到了我这个年岁，肯定是有苦难的经历和记忆的，但我很少把苦难写进作品里，这是因为面对孩子还要找到一个表现的方法。儿童文学与成人文学的区别，主要不在于题材的差异，而在于艺术表现的手法上的不同。我的表现苦难，常常是侧重于人物的内心感受和情境的描绘上，而不是故事的情节。”对金波来说，表达“幸福的童年”是他的艺术选择。每听到他说起自己的童年，总是幸福和甜蜜，父母亲的宽容与慈爱、各种小玩意儿、优美的童谣和良好的教育……所以他一直觉得，家庭教育是儿童教育中不可忽视的部分，他希望自己的作品，能把童年的幸福传递给更多的人。

“我不能把诗心丢了”

在40多年的创作生涯中，金波一直被称作“诗人金波”。后来被称为“儿童文学作家、诗人金波”，与他的好朋友、儿童文学作家孙幼军有直接关系。

20世纪80年代末，诗集的出版已经很难了。即便是金波这样的知名作家，要出版一本注定赔钱的诗集，也不是件容易的事。尽管那时候出版社还没有转企改制，可也没人愿意做赔钱的买卖，即便愿意给你出，金波也会感觉不好意思。这时候，孙幼军跟他说：“别一棵树上吊死呀！”他给金波壮胆，让他尝试童话创作，童话的发表园地更多一些。这个建议让金波发现了一片新的创作天地，他越写越顺手，不久就在上海的《童话报》上开了专栏。“开始童话创作后，我才发现原来我的很多诗本就是童话诗，有些童话原本是诗的构思，诗歌和童话是相通的。”到后来，童话创作甚至“压倒”了诗歌，新作源源不断，《影子人》、《追踪小绿人》(三部曲)、《乌丢丢的奇遇》……

但是，另一位老友不干了。这就是任溶溶。这是一对互补的诗友。金波特别羡慕任溶溶诗歌中的幽默和巧妙，但是学不来，“我的气质里天生没有”；而任溶溶说自己不会写景，如果能写出金波那样的诗就好了……

就在我采访金波的前几天，任溶溶在给金波的信中说：“别少写那些美丽的儿童诗……”金波说：“这个提醒太重要了，我不能把诗心丢了。我喜欢把内心世界直接表达给读者，诗词可以直抒胸臆，于是我从诗起步，开始了我的写作。我写诗的时间比较长，也比较用功。我后来写童话，是经过很长时间的写诗经历以后才开始的，写诗给我以后的创作带来比较扎实的准备。写诗让我有敏锐的艺术感觉，培养纯正的文学趣味，学会提炼，语言要讲究，特别是诗歌中的想象，让我离童话更近。”他反思自己：是不是被外力左右了？写童话固然是兴趣所在，但是这些年童话的出版越来越发达，经常有出版社来约稿、催稿，无形中是不是也影响了自己对诗歌的思考和投入，以至于老朋友抱怨看不到自己的诗歌新作？“我写得慢，写得少。虽然从20世纪50年代就开始写作，但遗憾的是真正轻松自由、集中精力、发挥艺术个性的写作还是太短了。现在年纪大了，心有余而力不足了。所以我想过简单的生活，挣脱一些杂事，但我又不会拒绝，因此常为写作时间的短缺而苦恼。我是想趁着自己精神还好，多给自己留一点写作时间，把我想写的作品写出来。”

在整个儿童文学阅读中，金波认为诗歌阅读仍旧是最薄弱的。诗集出版少，孩子主动买诗集的也少，在金波所观摩过的各种教学中，诗歌教学更是不容乐观，“很多教师拿到一首诗的时候无从下手，而诗歌阅读对于孩子来说又是特别重要的，这种反差应该引起重视”。在未来的作品中，他希望能有更多让自己和读者都满意的诗作。

“我只想慢慢做，做得好一些”

据国家文字著作权协会2010年统计，人教版语文教材即收录金波作品28篇，金波作品被收入教材数量在现当代作家中仅次于老舍。如果加上其他各版本语文教材以及港澳台地区，准确的数字到底是多少呢？金波说，他本人也不清楚，没有统计过。

在他看来，教材编写事关国家大业，是一个非常大的、系统的、多领域的工程，不是个人能够随意决定的。

他对一些针对具体作品的争论倒是不太在意，在他看来科学的、认真的、深入的讨论能推动教材编写的进步，哪怕有一些过激的言论，其实作者的本意是对整个教材或者语文教学甚至教育制度的不满。“这里面有一些问题是值得我们反省的。就我本人来说，入选的作品不见得就是我最好的作品。也有的作品，如果从课外阅读的角度看，可能还不错，但入选教材，可能缺乏一些‘语文的品格’。我就否定过自己的作品入教材，比如《羽化》这首诗，我本人就觉得不太合适选入。我认为，语文教材的标准和文学的标准并不完全契合，它有自己的特殊要求，比如情感的积极向上、语言的纯正优美、篇幅的长短，甚至字词量和年龄的契合度，等等。语文教材作为‘例子’，要符合教学的要求，要规范，要便于教。语文教材不等于‘文学作品选编’，前者是在教师的指导下定向的学习，后者更多的是自由自主的欣赏。”

虽然自己的作品多篇入选，但金波觉得，现在语文教材的编写和儿童文学的发展状况是不协调的，它没有真正吸收这些年来儿童文学发展的成果。“教育界对儿童文学还是不熟悉。在讨论‘语文课标·阅读书目’的时候，我曾经建议，我们的思想能不能再解放一点，眼界能不能再放开一点？不要只开列过世作家的作品，不要只有安徒生、叶圣陶等，我们可不可以开列一些健在的作家的书，比如曹文轩的小说、孙幼军的童话……学生的阅读应该注意风格的差异化。社会在进步，生活在变化，儿童文学在同步前进，但是这些都没有有效地反映到教材中去。”

无论有多少的荣耀，对金波来说，都不是特别重要的事了。他在意的，是自己的今天是不是比昨天更进步。他说：“我只想慢慢做，做得好一些。每写完一篇作品或一本书，我总是在检测我有多少进步。我常常感觉我‘想’的比‘写’的好。这困难读者不一定知道，但我感受颇深。我们当作家的，也要自己跟自己比。”

金波现在的生活很简单，上午写作，下午阅读，阅读的重要一部分便是原创新作。对当前的儿童文学，他一直持乐观态度。“这些年一直读下来，我感觉现在的年轻作家非常有才华，也很有想法，我在他们这个年纪，做不到他们这样。”金波对儿童文学的判断似乎很少“厚古薄今”，在他看来，他的青年时代所受限制太多，这些限制逐渐成了一种主动的自我限制，思想和才华部分地“萎缩”，这些年轻的作品对他的创作是一种比照，甚至是激发。曾经，在第九届全国优秀儿童文学奖初评揭晓之后，金波得知自己的多部作品入围后，致信中国作协党组，言辞恳切地希望退出评奖，希望把更多的机会留给优秀的年轻作家，一时传为佳话。一直以来，他对儿童文学的热爱，很自然地包含着对同行尤其是年轻作家的尊重与热情。金波说：“阅读他们的作品，我有发现的惊喜，发现他们、学习他们，同时就是发现自己。我希望我们从事儿童文学创作的同行，特别是年轻的朋友，要对自己所从事的事业充满信心，我们会越写越好。我们的儿童文学也会走向广阔，走向世界。我们不能自卑，我们要自尊、自豪。我们要靠自己的努力，证明儿童文学是神圣的工作，值得尊重的工作，有尊严的工作。”

和煦、安然，这是我对金波最直观的印象。他每次发言，总是娓娓道来，和缓的话语却见解新颖、切中根本，让人感佩他白发之下的智慧与宽厚。曾经有小读者问他：“金波爷爷，您能为我们写这么多好看的故事，是因为您的白发里住着小精灵吗？”或许，这才是金波的“秘密”，也是每一位儿童文学作家的秘密。

新媒体语境下的儿童文学出版与创作

简 平

无论愿意与否，新媒体已然粘上了我们。如今，要做大传媒，就要做新媒体，也已成为基本的共识。出版业是历史悠久的公认的传媒，在这样一个现实背景下，若要与新媒体势不两立，未必是明智之举，事实上，众多传统出版社已经积极应对新媒体的挑战了，而儿童文学的出版与创作也概莫能外。

对于新媒体境况下的儿童文学的出版和创作，我们不妨思考这样一些问题：

努力开拓 OTT 业务（Over The Top，是指通过互联网向用户提供各种应用服务），甚至大胆地进行向互联网业务的转型。在 20 年前，我们很难想到现在的互联网络以及电子技术会如此深刻地影响我们的生活，不能不承认，电子资源的迅速发展转眼之间已经让读者养成了网络阅读、移动阅读的习惯，读者已经越来越注重网络和电子形式了。因此，出版社对于互联网上的应用服务显然不可忽视。现今，网络应用商店几乎应有尽有，而儿童文学（或者广义上的童书）又是非常被看重的领域，但是，现在供应上严重不足，尤其是文字、图片、音频、视频、即时互动、个人定制完全同步的服务，还存在大量的空白。比如，某位读者想得到 26 个月大的并符合其自身认知能力和性格特点的幼童的亲子阅读服务，出版社尚不能在内容和技术上满足这种特别的需求，而作家也没有真正针对这一特殊年龄段和特殊性格的孩子的专门的创作。所以，网络应用商店便对出版社和作家提出了更加细分化、定向化、个性化的要求，其实这也是更加专业化、精准化的要求，而这是先前并没有得到充分认识并予以开发的领域。事实上，网络业务的开拓，可以帮助传统出版社更好地实现儿童文学资源产业链的形成，挖掘其更大的潜在价值。比如，新华文轩在线上线下尝试实施“绘本一条龙计划”，很有成效，除了出版中外绘本之外，还创设了国际绘本馆、全国原创绘本大赛、绘本剧团、绘本巡展、绘本电视栏目和绘本主题幼儿园等，其中绘本大赛已经吸引了一批中国本土的绘本作家和画家，并得到国际童书业界的关注。

通过 APP（Application，网络移动应用程序），为读者搭建无障碍交互式移动阅读平台。我们必须正视网络和移动阅读使人们所形成的碎片化阅读的习惯，因为只有正视，才能有所作为。既然碎片化阅读广受欢迎，那么，仅就现下比较流行的微信平台而言，已经有了众多的儿童文学阅读推广公众微信，提供各种旗号、宗旨下的阅读内容。这方面，比较成功的有上海童话作家张弘创建的微信公众号“魔法童书会”，介绍中外优秀的童话作品和童书。鉴于微信自身的特点和受众微信阅读的习惯，微信所提供的内容体量受限，所以只能是一种泛碎片化的形式。但是，由于微信公众号的无限量性，因此，从另一个角度说，倒是提供了整合阅读的可能性，换句话说，感兴趣的受众可以通过浏览许多的微信号，形成比较全面的整体印象，以此将碎片链接起来。微信既使出版社可以通过自己的专有账号推广所出版的书籍，也给儿童文学作家和评论家提供了新的创作平台，“魔法童书会”约请的“导师团”都是儿童文学大家，他们提供专门写作的稿件，因其专业和权威而备受欢迎。微信只是网络移动应用中的小小一支，可其传达力和影响力已经不容小觑，遑论今后其他更多的技术支持等待开发。

大力推进 E－BOOK(electronic book，电子书)的出版。目前，电子书读者比例的增长速度完全超过我们的想象，尤其是年轻的读者，与电子书越来越亲和贴近，所以，数字出版的兴盛并不为我们的意志所转移。现在，出版社对数字出版越加重视，电子书的出版比例逐年上升，比如安徽少年儿童出版社的新媒体事业部力推 ebook3.0 所代表的动态互动图书，其数字产品已经有部分盈利。但相对其他出版领域，我们国内的儿童文学、童书的电子出版物在整体上不成规模，软件、硬件的开发也几乎都是空白。需要明白的是，数字阅读的发展和数字阅读设备的销售增长是互为因果的。比如，亚马孙的 Kindle，苹果的 IPAD，与其说在销售书，不如说是在销售其拥有专利的阅读设备。在这种情势下，有着原创儿童文学资源的出版社非但应该考虑如何开发合适的电子书，同时，还应该考虑推出自己的专有儿童文学阅读器，以及开发完全独家拥有的符合孩子年龄、心理特征和接受能力的阅读格式。而对于作家来说，不应视新的阅读方式为洪水猛兽，事实上，电子书的出现乃至电子阅读技术的支撑，倒是为作家的创作打开了一条崭新的创作之路，国内外已经有不少作家开始专门为电子书出版写作，收获甚丰。

BIP(books in print，可供书目或曰在版书目)的概念在国外已经发展成熟，可以解决读者需要书却买不到，而出版社有库存却无法推销出去的老大难问题。但在中国 BIP 的推广却一直有障碍，原因不外乎真正操作起来过于琐碎繁杂。不过，日新月异的现代计算机技术，完全可以达到制作的简便化。所以，及至今日，有一家出版社已先下手为强，做了一个全国儿童文学乃至全国童书的可供书目(在版书目)电子系统，为人们所期盼。这个系统甚至可以拓展成具有类似电视收视率性质的调查机构，发布独具特色的图书销售和图书阅读排行榜。这样一种系统和机构，对于出版社和作家来说，其意义和价值是毋庸置疑的，可以让我们知道读者需要什么，我们可以给读者提供什么。虽然，我们背负着引导读者阅读、提升读者审美情趣的责任，但任何以“不能迎合读者”为借口而对读者的需求不闻不问的做法，都是对读者的不尊重。

POD(print on demand,按需出版或按需印刷)现在已成热门话题,在这个自媒体时代,人人都是写作者,随之而来,人人都有出版的愿望,从儿童文学事业上来说,我们多多培养优秀的儿童文学作家有何不好?鼓励作家进行艺术探索性的个性化写作有何不好?很多作家担忧,在一个急功近利、浮躁轻浅的时代,个性化的小众写作犹如进入黑暗隧道,出版困难,读者寥寥。但 POD 却为作家们除却了此种困扰。由于 POD 还包括控制印刷成本、运输成本和库存成本,实现各种特殊印刷技术的要求,所以,因成本控制、规模效应等原因,出版社先前不太敢接手的小项目也就可以放开手脚做起来了,既可以是纸质书,也可以是电子书。事实上,今后,按需出版或按需印刷一定会成为一种方向。另外,从商业角度来说,POD 可以实现一个项目的利益核算最大化,杜绝出版资源的浪费,这同样是相当重要的。由此看来,POD 为儿童文学的出版和创作都带来了更大的可能性,而并非是萎缩和疲软,还是可以大有作为的。

2015 年

抗战题材少儿小说的历史担当与艺术追求

王泉根

战争年代："零距离"的接触

从现有资料考察，最早涉足抗战题材儿童小说创作的是陈伯吹。1933 年，陈伯吹接连出版了两部以抗日救国为主题的童话体中篇小说《华家的儿子》和《火线上的孩子们》。小说塑造了"华儿"这一象征中华民族精神的儿童形象，表达了"誓以全力抗战"、驱逐日寇的意志。茅盾在 1936 年发表的《大鼻子的故事》《少年印刷工》《儿子开会去了》等儿童小说，以上海"一·二八"抗战为背景，反映了都市儿童高涨的爱国热情，在当时产生了重要影响。

抗战期间，无论是大后方（重庆）、根据地（延安）还是"孤岛"（上海）的儿童文学，都有直面抗战、砥砺意志的精彩儿童小说面世。如丁玲的《一颗未出膛的枪弹》、萧红的《孩子的讲演》、司马文森的《吹号手》、秦兆阳的《小英雄黑旦子》、周而复的《小英雄》、柯蓝的《一只胳臂的孩子》、苏苏的《小瘌痢》、贺宜的《野小鬼》、董均伦的《小胖子》、苏冬的《儿童团的故事》、刘克的《太行山孩子们的故事》等。尤其是华山的《鸡毛信》、峻青的《小侦察员》、管桦的《雨来没有死》，把抗战题材儿童小说创作推向了新高度。

华山的《鸡毛信》以十二岁的山区牧羊儿海娃为八路军送信、多次遭遇日寇为线索，刻画了海娃的勇敢机智、临危不乱，同时又不失孩子气，作品险象环生，一波三折，极具可读性。海娃是生活在大山深处的儿童，小说处处从"山区"落墨，使人物性格在"山区"的环境中得到充分自由的发展，作为小英雄与山区放羊娃的性格两面浑然一体，从而使人物形象更加真实可信，也恰到好处地体现了"山区少年"在对敌斗争中成长的方式。管桦的《雨来没有死》则刻画了一位生活在水乡的孩子，同样也是小英雄与孩子气有机融合的典型。雨来善于游泳、淘气、好动、点子多，这些儿童行为的描写既丰富了雨来的性格，同时也成就了他的小英雄本色。海娃与雨来的成功，说明那个时代需要这样的形象来展现中国人的斗志，需要肯定、褒扬这些"有志不在年高"的少年英雄,激励感召千千万万的孩子。

第一波抗战题材儿童小说,直接诞生于战火纷飞、全民抗战的激情燃烧岁月。与战争的“零距离”接触,是第一波小说的显著特点:作家本身就是这场战争的亲历者、参与者、目击者,因而作家本人与作品中的人物同处于战争环境,作品的题材、内容、形象完全来自战争一线,呈现出时代生活与英雄事件的本真状态,写的就是身边人身边事,具有强烈的现场感;作家的创作动机与作品的社会效果,都是为了直接服务抗战、赢得抗战,实现“文艺必须作为反纳粹、反法西斯、反对一切暴力侵略者的武器而发挥它的作用”(郭沫若)。第一波作品奠定了抗战题材儿童小说爱国主义、英雄主义的基调,将爱国情怀、英雄本色、儿童情趣有机地融为一体,其艺术魅力至今依然深植孩子心田,同时产生了海娃、雨来那样在百年中国儿童文学发展历程中难以磨灭的艺术典型。

“十七年”期间:“近距离”的观照

抗战题材儿童小说创作的第二波热潮出现于中华人民共和国成立后的“十七年”时期(1949—1966)。加强少年儿童的革命传统教育,用爱国主义、理想主义、集体主义引领儿童,是这一时期儿童小说创作的主脉。抗战题材的作品责无旁贷地发挥了这方面的重要作用,成为激励当代儿童崇尚英雄、追求理想的形象读本。

第二波抗战题材儿童小说的作者,他们在战争年代还是青少年,有的亲历过战争,也有的尚未成人,但对那场战争都有着刻骨铭心的记忆与感受。因而他们是“近距离”地观察抗战、回忆抗战、叙述抗战,所反映的人或事,有亲历、有目击也有虚构,他们期待用自己的作品在润泽新一代儿童的精神成长中发挥认识作用与教育作用。影响较大的作品有:徐光耀的《小兵张嘎》、胡奇的《小马枪》、郭墟的《杨司令的少先队》、王愿坚的《小游击队员》、杨朔的《雪花飘飘》、黎汝清的《三号瞭望哨》、王世镇的《枪》、杨大群的《小矿工》、萧平的《三月雪》、李伯宁的《铁娃娃》、任大星的《野妹子》等。

小兵张嘎是“十七年”抗战儿童小说塑造的一个典型形象。小说再现了抗日战争最残酷年代冀中平原的斗争场景,以“枪”为线索结构故事。从游击队老钟叔送给张嘎一支木头手枪始,到区队长亲自颁奖真枪终,中间经历了嘎子爱枪、护枪、缴枪、藏枪、送枪等一系列事情,突出描写了村公所遭遇战、青纱帐伏击战与鬼不灵围歼战等三次对敌斗争高潮。作品将人物放在严酷的生存环境中,正面描写战争的艰苦性、复杂性,在运动中塑造了张嘎这样一位既机智勇敢、敢爱敢恨,又顽皮不驯、野性十足、满身“嘎”气的少年英雄形象。真实可信的人物性格与环环相扣、一气呵成的故事情节,使小兵张嘎赢得了小读者的广泛喜爱。小说改编成电影后,更传遍全国,20 世纪五六十年代长大的那一代人,几乎没有不知道小兵张嘎的。

新世纪:“远距离”的反思

20世纪70年代以来,抗战题材儿童小说的创作以陈模描写战地“孩子剧团”的长篇小说《奇花》(1979)、王一地描写胶东半岛抗战传奇的长篇小说《少年爆破队》(1980)最为重要。两位作者在少年时代都曾经历了抗战,陈模本身就是孩子剧团团员,王一地还当过儿童团团长,因而他们的作品具有一定的亲历性与现场感,是第二波抗战儿童小说的延续。这以后,由于整个儿童文学小说创作的兴趣与重点转向校园小说、青春文学与动物小说,抗战题材一度沉寂。进入新世纪,抗日战争再次进入儿童小说的创作视野,并奇迹般地出现了第三波热潮。

需要特别关注的是,创作第三波抗战题材儿童小说的作家,全是“70后”“80后”,他们生长在市场经济的和平年代,那场战争早已成为历史。他们只是从教科书、小说、影视以及长辈的口述中,才了解现代中国这样一场血与火的战争。因而远离历史与战争的他们,一旦选择抗战作为表现对象,就必须克服“隔”和“疏”的矛盾。想象抗战、诠释抗战、反思抗战,就成了这一波小说的重要特点。主要作家作品有:薛涛以东北名将杨靖宇浴血抗战为背景的长篇小说《满山打鬼子》《情报鸟》,毛芦芦以江南水乡抗战为背景的《柳哑子》《绝响》《小城花开》三部曲,殷健灵以上海滩“孤岛”为背景的长篇小说《1937,少年夏之秋》,童喜喜以南京大屠杀为背景的童话体小说《影之翼》,赖尔以皖南新四军抗战为背景的长篇穿越小说《我和爷爷是战友》,李东华以山东半岛为背景的长篇小说《少年的荣耀》等。

第三波抗战题材儿童小说的年轻作者,为什么如此寄情于抗战?钟情于那一代战争环境中长大的少年儿童?他们究竟要表现与表达什么?“80后”女作家赖尔在《我和爷爷是战友》一书后记中的自白,可以代表第三波小说作家的心声:“我在故事的假设中找到了许多值得当代孩子们思考的问题,同时在故事中体会到当代孩子们普遍缺乏的东西。”“读到那个时代的价值,读到一种成长的责任。”——试图从抗日战争中寻找当代少年儿童“精神成人”的宝贵资源与进取动力,这就是第三波小说的价值取向与审美愿景。

《我和爷爷是战友》中两位主人公——“90后”的高三学生李扬帆和林晓哲,正是身处解构经典、嘲笑英雄、颠覆理想、娱乐至死的所谓“后现代”语境中,因而缺失理想、信念与追求,迷茫、郁闷得找不到北。但正是战争——当他们穿越到那一场伟大的民族抗战,他们的灵魂经受了彻底的洗礼。两个“90后”,一个成了抗日英雄,一个为国捐躯,实现了自己的人生价值与理想。整部小说刻画了一幅气壮山河的“红色穿越”场景,赋予抗战儿童小说以深刻感人的艺术力量。理想的重建与召唤,精神的砥砺与升华,民族下一代重新寻找英雄、追求崇高、铸造精气神的浩然之气弥漫全书,这就是第三波抗战题材儿童小说的重要价值与审美追求。

2015:“烽火燎原”系列小说的集体登场

今年是世界反法西斯战争胜利七十周年、中国抗日战争胜利七十周年。早在2014年4月,中央党史研究室宣传教育局、北京师范大学中国儿童文学研究中心、长江少年儿童出版集团在北师大共同主办了“烽火燎原原创少年小说笔会”,邀请张品成、张国龙、薛涛、牧铃、肖显志、李东华、汪玥含、韩青辰、刘东、毛云尔、赵华、毛芦芦等儿童文学中青年实力派作家,共商加强抗日战争题材原创少年小说的创作,倡扬爱国主义、英雄主义精神。

经过一年多的锻造、打磨,“烽火燎原原创少年小说”首批八部作品终于集体登场。八位儿童文学作家,八部抗战题材小说,跨越半个多世纪反思中华民族的抗战史,在抗战小说的题材内容、人物形象、叙事视角、艺术手法等方面,都做了新的突破与探索,意在引领当下少年儿童精神生命的健康成长,体现了新世纪抗战题材儿童文学的艺术自觉。这八部长篇小说是:肖显志的《天火》、张品成的《水巷口》、牧铃的《少年战俘营》、汪玥含的《大地歌声》、王巨成的《看你们往哪里跑》、毛云尔的《走出野人山》、毛芦芦的《如菊如月》、赵华的《魔血》。

抗日战争是一场全民族参加的战争,既是全面抗战也是全民抗战,这一历史事实在“烽火燎原系列”中有着生动的展现。八部作品依循史实,都在告诉小读者们:这是一场全民的抗战、全国的抗战、全面的抗战。共产党领导的新四军奋勇抵抗,誓死保卫衢州(毛芦芦《如菊如月》),巧传作战信息击败进犯苏北的日寇(汪玥含《大地歌声》),国民政府组织的中国远征军在缅甸孤军抗敌,野人山大撤退历尽磨难(毛云尔《走出野人山》)……八部小说把我们拉回到了那一个烽火硝烟、生死存亡、凤凰涅槃的特殊年代。

战争年代少年儿童的成长轨迹自然迥异于和平年代,但战争年代的少年儿童毕竟都一样是孩子。如何从儿童自身的维度与现实生存环境刻画抗战儿童形象?八部小说在这方面均做了有益的探索,既坚持生活真实与艺术真实的有机统一,又努力探寻儿童世界与成人世界的融合。这种“探索”主要体现在从儿童的角度看战争、写战争、感悟战争,从天真烂漫的童心入手,分析他们一步步走向抗日的原因,刻画他们对战争与敌人是如何一步步“理解”和“醒悟”的。世界文学“成长小说”的艺术理念,大致遵循作品主人公经历“天真——受挫——迷惘——顿悟——长大成人”的叙述模式。用此尺度观照,我们的抗战题材儿童小说何尝不是另一种意义上的“成长小说”,而且是一种更为“逼真”的成长小说？因为每一位主人公的成长，都面临着血与火、生与死的抉择与考验。

《大地歌声》（汪玥含）中的二嘎起初是个小戏迷，经历了朋友小顺子一家的惨死后，开始意识到周遭环境的突变，毅然冒死帮地下工作者传递情报。疯言疯语、江湖气十足的小叫花“黄毛”，曾在鬼子手下混吃混喝（肖显志《天火》）；受奴化教育影响的潘庆，一开始对宣扬武士道精神的教官还心生崇拜（张品成《水巷口》）；牛正雄最初加入国军时还当了“逃兵”（王巨成《看你们往哪里跑》）。但黄毛最珍视的朋友串红惨遭日军杀戮，他惊醒了；潘庆亲历日军枪杀无辜的村民，他震怒了；牛正雄的家乡被烧被屠，他不再害怕打仗了。家园的毁灭、亲人的逝去，血淋淋的现实给幼小的心灵留下永远的创伤，也因此让少年们真正成长了起来，走上复仇之路。当然，促使少年成长的力量并不仅仅是“复仇”，更深层次的力量来源于每个民族骨子里所具有的热爱和平、追求幸福的天性，在第二次世界大战期间，这种天性突出地转化成反法西斯精神。《少年战俘营》中的刘胖是国军孩子，爷爷被红军打死；龙云是红军后代，母亲被国军活埋。然而二人在日本法西斯的罪恶面前舍弃了“小我”之恨，一致坚定起对日寇的民族大恨。面对鬼子的利诱、分化、打压、折磨，他们绝不投降、绝不屈服，最后携起手来，勇敢地杀向敌寇，双双牺牲。这些少年的成长，是其反法西斯精神的觉醒；他们的担当，也由此不仅具有民族大义，还具有了世界意义。

烽火长明，警钟长鸣

七十年过去了，在新世纪成长起来的一代少年儿童，虽然身处资讯发达的现代社会，但对于那一段中华民族的惨痛历史，那一场席卷全球的反法西斯侵略的战争，尤其是对于七十年前处于战争年代的中国同龄孩子的生存状况与精神面貌，又能知道多少呢？历史是否有被遗忘的危险？无论是战争年代“零距离”的接触，还是“十七年”期间“近距离”的观照，抑或是新世纪“远距离”的反思，以及2015“烽火燎原”系列小说的集体登场，这些出生于不同年代的作家，之所以要用儿童小说的艺术形式来直面抗战、描写抗战、反思抗战，并希望以他们的反思来感召与感染当下的少年儿童，其目的正是为了让我们一起来面对这段历史、反思这场全民族的抗战，加倍地珍惜和平，不忘历史，烽火长明，警钟长鸣。

中国儿童文学“国际范儿”：在“赔本买卖”之外，需要一条新路

刘秀娟

中国的儿童文学越来越有“国际范儿”。

六一前夕，陈伯吹国际儿童文学奖理事会发布了2015年度参评作品征集启事，这是陈伯吹儿童文学奖自去年升级为“国际奖”之后的第二届评奖。它与上海国际童书展一起，试图开启一条中国儿童文学的国际化之路。

无独有偶。4月10日，由中国出版协会少年儿童读物工作委员会（以下简称中国版协少读工委）主办的中国插画家参评2015年布拉迪斯拉发双年插画展（BIB）终选在京举行；从4月18日开始，由中国作家协会儿童文学委员会、中国少年儿童新闻出版总社（以下简称中少总社）、深圳少年儿童图书馆联合主办的华语儿童文学中国故事短篇创作邀请赛开始征集参评作品，范围覆盖全球华语地区；5月22日，由中国下一代教育基金会学前教育工作者联谊会、北京师范大学中国儿童文学研究中心主办的“2015年北京国际儿童阅读大会”在清华大学附属小学举行，拥有众多中国拥趸的英国图画书大师安东尼·布朗先生及夫人和国际阅读学会会长、美国伊利诺伊大学理查德·安德森教授与近千名中国读者进行面对面交流。

两三个月之间，儿童文学界密集“部署”国际化活动，在这些看似互不相关的活动背后，我们能隐隐感觉到一种内在的联系，似乎可见中国儿童文学和童书出版长久以来渴望走出去的焦虑开始化为更加积极有力的行动，不仅努力融入以欧美国家为主导的国际平台，而且尝试自己搭建平台吸引国际目光。

我们能感觉到，“走出去”，是中国儿童文学界和出版界在新世纪以来尤其是近两年来非常强烈的一种渴望，积蓄着要爆发的能量。这种渴望不是崇洋媚外的阿附，而是一种“我认识世界，也希望世界能认识我”的行业参与意识，是全球化背景下每个行业发展的必然，也是童书出版的实力和自信的增长。其背后，更是一个民族的包容性和自信心的成长，希望世界更全面地认识中华民族，让自己更深刻地参与甚至影响世界。

长期以来，中外儿童文学的交流主要依靠版权贸易，然而在非常活跃的版权贸易中，我们一直处于劣势，我们能够输出的版权凤毛麟角，所谓“贸易”，绝大多数时候是“引进”。为了实现所谓的输出，我们经常要做自欺欺人的赔本买卖，把版权以象征性的低廉价格卖给人家，但是并不能在对方国家实现真正的出版，很多时候只是为了我

们自己业绩的好看。

儿童文学作家张之路对这种现象不以为然，早在几年前，他就提出，我们作家可能不必那么着急“走出去”，要顺其自然，少做这种出力不讨好的事，这种不盈利甚至往里搭钱的版权输出没有也罢，它有损作家的劳动和尊严。这无疑是一种清醒而自信的认识，他看到了这种交流的局限性。

然而，你又不得不承认，这种方式又是眼下必须要做的。对于作家来说，它不必成为一种焦虑，但是对于行业而言，它必须要在这种往来中实现逐步的认知，形成合作的基础。所以，要实现张之路所希望的“自然而然”，就需要寻求更多的途径。积极参与世界性的评奖，让中国的作家、画家得到国际权威的认可，同时自己创造机会，让在国际上有发言权的“大师”来认识中国，这可算是殊途同归的两条路。

陈伯吹儿童文学奖的“升级”便是一个大胆的、具有开拓意义的尝试。因为有了这个奖，2014 年上海国际童书展更加热闹。第一届的颁奖与上海国际儿童文学阅读论坛同日举行，并为中国上海国际童书展揭幕，获奖的巴西插画家罗杰·米罗、加拿大出版人帕奇·亚当娜应邀前来。英国出版商协会携 Bloombury、Capstone 组成的英国展团，马来西亚、美国的国家展团，德国最大的童书出版集团 Ravensburger，法国著名的 Dargaud、Bayard 等出版机构，日本最大的少儿出版社白杨社，韩国的 Kyowon 等都参加了童书展览，所有的参展商都是陈伯吹国际儿童文学奖的关注者和参与者。

“一直以来，中国的儿童文学领域都缺少一个跨越国界的儿童文学大奖，这是中国跻身国际儿童文学发展大国的一个重要的缺失。陈伯吹儿童文学奖是新中国文坛第一个以著名作家名字命名的文学奖项，也是我国目前连续运作时间最长和获奖作家最多的文学奖项之一。上海是一个国际化大都市，不仅体现在经济、贸易和科技上，也体现在文化上。2013 年上海极具眼光和魄力地举办了第一届上海国际童书展，与博洛尼亚童书展遥相呼应，成为国际童书业的另一个重要展会。随着国内儿童文学的蓬勃发展，以及中国国力的增强，在经济与文化都全面上升的好时候，依托上海国际童书展，赢来了一个走向世界的最好时机。”该奖项理事会负责人告诉笔者，“希望经过一段时间的运作，让陈伯吹国际儿童文学奖成为一个在国际上有重要影响的奖项，成为中国儿童文学与国际儿童文学交流与合作的桥梁，打造适应儿童文学交流和传播的国际新平台。”

随着经济实力日益雄厚，中国童书作家和出版界越来越活跃于国际童书展，展示区也越来越醒目，虽然一时难以改变版权贸易的巨大逆差，却向更多的国家和人们展示了中国童书的面貌，也从中获得很多合作的机会。

中国版协少读工委和中少总社从 2014 年年底即开始筹备布拉迪斯拉发双年插画

展中国赛区的选拔，通过各种渠道发布信息，邀请符合资格的中国插画家提交原创作品。中国版协少读工委主任李学谦介绍说，从今年开始，每年都将以版协少读工委的名义组织中国的插画家参加布拉迪斯拉发的国际插画展。

布拉迪斯拉发双年插画展是一项定期举办的儿童与青少年原创图书插画国际评选及展览，由斯洛伐克共和国文化部（提供全部资金支持）、联合国教科文组织（UNESCO）斯洛伐克委员会以及国际儿童艺术剧院组织实施。BIB 每两年举办一次，在奇数年份的秋季（9 月和 10 月）举办，举办地是斯洛伐克首都布拉迪斯拉发。在国际上，BIB 在美术界和儿童插图领域具有无可争议的重要性，扮演了极其重要且富有魅力的角色，汇集全世界最优秀的儿童图书插画作品。之前有少数几位中国画家参加，今年这样的大规模参评是前所未有的。

为了让评委会更直观、全面地了解中国童书画家，在 2014 年上海国际儿童书展上，中少总社举办了“中外优秀插画联展”，展出了 50 幅历年来 BIB 的获奖作品和 50 幅中国原创优秀的儿童插画作品，并花大力气邀请 BIB 国际委员会主席苏珊娜·加洛索娃博士出席书展。苏珊娜看到这个展览之后非常激动，BIB 作为半个世纪以来全球举办的插画评选活动，第一次在中国办展，她希望中少总社能够承担起这样的社会责任，组织中国的原创插画家大规模地参加 BIB。

这是李学谦和他的团队多次参加国际书展深受“刺激”之后的一个重要决策。“博洛尼亚书展每年都要组织一个活动，其中最重要的一项事情就是由博洛尼亚在展览中心免费提供 300 到 350 平方米面积，让主宾国主办一个插画展。在书展上我们认识了国际儿童读物联盟（IBBY），认识了布拉迪斯拉发，结识了苏珊娜。我们参与评选的目的就是促进中国插画家和国际插画界的交流，更好地促进中国少儿出版界跟国际接轨，加快少儿出版走出去的步伐。”

十多年来，张明舟一直致力于国际儿童读物交流，是国际儿童读物联盟执委成员之一。他明显感觉到，今年我们在对外交流上终于有了大的步伐。“因为我经常在国外参加各种书展，也做过 BIB 的评委，在很多的国际场合、在核心的场合，通常很少能够看到中国的作者、中国的作品，非常遗憾。因为我知道在国内有大把的作家、艺术家，也有很好的作品，但是很难进入到他们的核心。今年有这么多的作品参与国际评奖，我觉得这是一个非常重要的新起点。”

张明舟呼吁同行能够积极参与国际的交流活动，更多地将作品送展参评，“不见得一下就得奖，咱们没有必要急功近利。我们的目的是能够把我们的水准真正通过这些交流提高上去，同时我们优秀的作品、优秀的画家能够让世界知道，这是一种文化交流，在某种层面上也可以说是一种文明的交流”。

儿童文学具有天然的容易交流的特质。就像来自不同国家相互陌生的孩子很快可以玩到一起，而陌生的成年人难免误解和尴尬一样，在所有的文学门类中，儿童文学的国际交流应该是障碍最少的。然而，这也是一件前景美好、眼下艰难的长途跋涉。

张明舟感觉到，国内和国外的业界生态还是有区别的。“跟国外的插画家，包括英国的安东尼·布朗交流的时候，了解到他们有时候一年才完成一部作品，但是这部作品出来就会有很多国家的读者喜欢。当然，他们的稿酬也非常高。我们国内的创作速度比较快，影响质量，产业的循环还需要改进。”

就去年的陈伯吹国际儿童文学奖而言，国外的绘本作品因为第一年时间比较紧，宣传也不够，又受制于必须是童书展参展单位才可以送评的约定，靠自发投稿的国外出版社绘本数量少，好作品少。为了改变这种局面，今年主办方在伦敦书展等国外各大型童书展上开展活动，宣传陈伯吹国际儿童文学奖，并取消只有参展单位才能送评的约束，希望这样的举措可以让更多更好的国外绘本作品参与评奖，让绘本奖项的整体水平得以提升。另外，版权和翻译也是一个问题，不论是在评奖阶段还是后续的对内对外的介绍、引进（或输出）等，都面临着这两个问题。在绘本的评奖阶段，虽然主办方安排了一些现场同声翻译，但对于评委来说，在比较短的时间里，让他们全面准确地理解非母语的绘本还是有局限的。此外，获奖的图书分别属于不同的出版社，后续的推进等都牵涉版权的问题。

对于业界的种种探索和努力，现在我们还难以判断最终的效果如何，但它需要探索，需要磨砺，更需要我们的耐心和恒心。

一位作家的忠诚

何向阳

徐光耀先生在《昨夜西风凋碧树》一书的后记中，开头就写了这样一句话："回顾我的一生，有两件大事，打在心灵上的烙印最深，给我生活、思想、行动的影响也至巨，成了我永难磨灭的两大'情结'。这便是：抗日战争和反右派运动。"

抗日战争，我们读过他年轻时写的《平原烈火》，这部书出版于1950年，徐光耀先生时年25岁；反右运动，我们读了他年长时写的《昨夜西风凋碧树》，这部书出版于2000年，徐先生时年75岁；中间相隔50年，半个世纪，从年轻到年长，这两部书和他的许多作品一起见证了徐光耀先生作为一个共产党人的信仰、信念和作为一个作家的正直、忠诚，见证了作家徐光耀先生所秉承的鲁迅、巴金等中国作家"说真话"的文学传统，当然也见证了共和国第一代知识分子、共和国培养起来的第一代作家的文学风骨，同时，也见证了共和国的光明、辉煌亦不乏曲折、坎坷的历史。

而将徐光耀先生的抗日战争与反右运动这两大"心结"结合为一的，则是当代文学史上的传世之作《小兵张嘎》。《小兵张嘎》写于20世纪50年代末，发表于60年代初，而对于我们60年代出生的一代人来讲，嘎子与其说是我们儿时的偶像，不如说是伴随我们成长的少年伙伴，在读《小兵张嘎》小说之前，《小兵张嘎》的电影我已记不得看了多少遍了。后来，当我初次在一份资料中看到《小兵张嘎》诞生的故事时，我大吃一惊，再后来，出于研究的需要，我找到了徐光耀先生在1993年11月17日于自拔斋写的《我和〈小兵张嘎〉》一文，还有张圣康发表于1995年第5期《长城》杂志上的《〈小兵张嘎〉是如何诞生的》——这些资料距今也已20年了。两文再读，我深为震动。如果不是这两篇文章的披露，我绝想不到那个快活、机智、乐观、勇敢、天真、淳朴的"嘎子"，是诞生在徐光耀先生人生最低谷、最困窘的时期，是在他"继续反省、等候处理"、无处申诉表白，也难求人同情、理解的满腔愁绪与枯坐反思里，如此的精神折磨和心烦气躁，被"挂起来"的莫名痛苦里，一个正值盛年、血气方刚却倍遭误解的作家，却不放弃手中之笔。最令我敬仰的是，这握紧了的手中之笔下，诞生的形象是如此鲜活、纯洁、健壮、有力。我们在作品中看到的不是一片凄凉、病态、独语或萎靡，而是那个活灵活现、血肉丰满、嘎里嘎气、天真可爱的小英雄。

1957年秋，反右白热化，徐光耀先生被列为丁玲"十二门徒"之一，外部是批判、揭发、训斥，周围是阴暗、泥泞、潮湿，然而就是在这样的环境下，徐光耀先生凭着他对人民的爱和忠诚，写着北方的平原、青纱帐；写着白杨树、平顶房；写着白洋淀的芦苇；写着嘎子与玉英撑船走在淀水中的开阔而从容的大自然；写着淀水“蓝得跟深秋的天空似的，朝下一望，清澄见底”；写着从从密密的荇草，“在水流里悠悠荡漾，就像松林给风儿吹着一般”；写着淀水中的鲤鱼、鲫鱼、鲇鱼、花鲫，它们成群搭伙，“仿佛赶着去参加什么宴会”。

这是一种什么样的气质、心胸、人格和襟怀？正如铁凝在《苍生不老，碧树长青》一文中所写，“他用他的笔让嘎子活了，而被他创造的嘎子也让他活了下去。他们在一个非常时刻相互成全了彼此”，也像徐光耀先生自己所说，“我的孩子，我的救命恩人，你终于来了”。

嘎子的到来意义非凡，是创造了历史的人民的挚爱支撑了他的写作，所以之于形象塑造与写作环境的研究，我更看重徐光耀先生在回忆录中所讲的思想动机，他写他的救亡图存的同志，“昨天还并肩言笑，挽臂高歌，今儿一颗子弹飞来，便成永诀，这虽司空见惯，却又痛裂肝肠。事后回想，他们不为升官、不为发财，枕砖头、吃小米，在强敌面前，昂首挺胸、迸溅鲜血，傲然迈过一堆堆尸体，往来穿行于枪林弹雨之中”；他写他身边的战友，在暗夜行军时与他的约定，“不管哪个先死，后死的一定要为他写篇悼文，以昭告后人而寄托我们的友谊和哀思”；他写我们挺过来了，胜利了，“那需要写文悼念以光大其事的人，又有多少啊，真是成千累万，指不胜屈。再一想，他们奋战一生，洒尽热血，图到了什么，又落下了什么呢？简直什么也没有。有些人，甚至连葬在何处都不知道！……但是，他们还是留下了，留下的是为民族自由、阶级翻身、人类解放的伟大实践，和那令鬼神感泣的崇高精神。这精神，是中华民族生存的支柱，前进的脊梁，是辉耀千古的民族骄傲。作为他们的同辈和战友，我是有责任把他们写出来的”。正是这对先烈的缅怀，使“那些与自己最亲密、最熟悉的死者”在心中复活，“那些黄泉白骨，就又幻化出往日的音容笑貌，勃勃英姿，那爱国主义、革命英雄主义的巨大声音，就会呼吼起来，震撼着你的神经，唤醒你的良知，使你坐立不安，彻夜难眠，倘不把他们的精神风采化在纸上，就对不起自己的良心。于是，写作欲望就难于阻止了”。“自拔斋”之由来，我不甚明白，但我知道，嘎子的到来之于徐光耀先生的意义，是嘎子教他清醒和警醒，教他“自拔”于一己的悲欢，是最基层、最朴实、最无私的人民给了他生活下去并写好他们的动力。

“呱唧，呱唧，呱唧——”嘎子一路急跑过来，带给了作家兴奋、欢笑、激动、疯魔般的写作体验，带给他“灵感的美妙与奔放”，带给他“精神的超越与解脱”，带给他创造的快乐。纸上的“嘎子”带领着作家共同经历着喜怒哀乐、生死歌哭，经历着创造的美好、真情和崇高、战火纷飞年代里的万丈豪情，荡涤着现实生活中作家所受的困惑、委屈，嘎子引领着作家的笔，抛却了一己的利害得失，而进入悲欢交织的创造的佳境。深入生活、扎根人民，是时代对我们作家的要求，而深入生活的最基层、扎根人民的内心，则一直是徐光耀先生对自己创作的追求。

从 13 岁的嘎子身上，徐光耀先生找回了他参军成为一名小八路时的“13 岁”，这种“精神自传式”的写作，这种叠印与共鸣，颇值得创作心理学作为一个课题深入研究。正是这种叠印与共鸣，使作家的精神完成复苏，得以升华，或者说，正是当时当刻的徐光耀，将 3 年的苦与爱，通过一个“人”的创生而得以倾诉，从而使张嘎成为中华人民共和国成立之后的文学创作中富有生命力与感染力的生动的文学形象。

徐光耀先生是我父辈一代的人，是走过坎坷但信仰坚定、胸怀坦荡的作家，这样的作家之所以能写出有筋骨、有道德、有温度的人，正是因为他本人有筋骨、有道德、有温度，而一个作家的筋骨、道德与温度从何而来？我以为，来源于对人民的深沉的热爱和对人民所创造的历史的信任。正是这种爱和信，使徐光耀先生作为一个作家能始终与人民站在一起；正是这种爱和信，成就了徐光耀先生作为一个作家必备的“赤子之心”。

在此，作为一个文学界晚辈，我向持守信仰与忠诚的共和国的第一代作家表示崇高的敬意。今年，正值中国人民抗日战争胜利 70 周年，也正值徐光耀先生 90 大寿，在此，祝徐光耀先生身笔两健，晚年幸福。

2016 年

张炜《寻找鱼王》:古老而常新的中国故事

李敬泽

野地与少年,这是张炜长久执念的主题。在他浩瀚的小说世界里,那些精灵般的少年在野地里、在群山间和大水边如灯一般闪烁,万事万物于明暗之间焕发灵性的光。

张炜对新时期文学的一项重要贡献,就在于他重新建构了少年,也重新建构了野地。在他这里,少年不仅是一个生理阶段,不仅具有成长和成熟的向度,少年的故事不完全是过渡性叙事,少年在野地游荡,他和野地互相发现和界定,由此构成一个道法自然的精神世界,它与成人的、世俗的、变化不定的社会遥相问难,成为世界的另一种可能、另一个面向。

张炜心中一直住着一个少年。张炜写了很多书,他却一直不曾想起,他原本可以为孩子们写书,他的少年故事应该讲给少年。大概是出版社的编辑们看出了此中一片天地,纷纷鼓动,写吧写吧,于是,张炜写了《半岛哈里哈气》《少年与海》,现在又写了《寻找鱼王》。

于是,我们有了一位新的儿童文学作家。在中国,"儿童文学"指的不仅仅是以儿童,而是以 0 岁直到 18 岁的未成年人为对象的文学。这种能指与所指之间的不对称约定俗成,也是一种下意识的闪避,"大人"们似乎宁可忘记,在大人和小小的儿童之间还有少年,还绵亘着一段孤独、焦虑、躁动、令为人父母和为人师长者头疼不已的青春期。闪避的结果是,书店里铺天盖地都是"青春文学":同龄人写而同龄人读,这在世界各国的书店里都是罕见的现象,似乎是,在我们这里,年长的人们沉默无声,只有青春期的孩子们相互倾诉和抚慰。

"青春文学"的流行是文化之病。经历着急剧的社会变化、快速的经验折旧,我们似乎已经失去了与孩子对话的能力和自信。在家庭里,我们怯于和孩子们深入地讨论价值和意义问题,我们把复杂的价值疑难简化成一个粗暴的终极律令:必须上进、必须成功。我们本该知道,成功不是人生和世界的答案,但是我们却无法给出更具说服力的故事——故事,求其本义,就是过去的事,是人类丰富经验的凝结和延续,是年长的、见多识广的讲述者在传授人生的智慧。在这个意义上,讲故事的能力和自信就是文化的能力和自信。成人书写的贫弱和青春期自我书写的繁盛,透露着“故事”的危机。

而《寻找鱼王》是真正的故事。一个立志成为鱼王、获得成功的少年,先后师从于两位老人。你也许可以想象,他最终学得绝技,显耀于世。这是武侠小说式的“成人童话”,它许诺着承认和成功,把人的成长解释为游戏打关的顺利与挫折——你需要的仅仅是外在的“装备”。但在《寻找鱼王》中,两个老人传授的并非成功之路,而是对人生宽阔、丰富的理解。人生还有美,有爱,有慈悲,还有敬畏和谦卑,还有耐心和持守,还有信义,还有自尊,这些事,都是比成功更重要的事。

在荒山上、野水间,孩子与两个老人相依相随,老人是孤独的,他们经历了、远离了人世纷争,但是老人将纷争化为经验。现在,在远离尘嚣的地方,老人把这一切教给孩子,这不是仅仅关于此时,更不是关于手机、服饰和发型,而是关于更长久、更基本的事,长久得如同山水,基本得如同自然。

由此,《寻找鱼王》回应着中国儿童文学的一个紧要危机,我们所缺的或许就是这样一种文化自信,不管世事如何变迁,不管每一代年轻人过着什么样的物质生活、怀着什么样的热望和梦想,时间和自然之中依然存在着指引人生的恒常之理。青年人、老人依然有话可说,不是说教,不是规训,而是在大地之上古老相传的故事中,把那些基本的人类经验,关于人类如何达至善好生活的经验传递给后人。

当然,这种自信的前提,首先是我们自己是真的信的。而张炜恰好就是那个信者,多少年来,他一直是那个游荡于野地的少年,而这野地不仅是浪漫主义文学传统的野地,也是齐东野语的、蒲松龄的旷野。现在,他走到这个时代的少年面前,像一个老人,像一个同龄人,讲述古老而常新的中国故事。

李有干《白毛龟　绿毛龟》：重寻童话文学的生命物语与历史记忆

杜传坤

李有干的《白毛龟　绿毛龟》是一部故事性很强的长篇小说，它以一只龟半个世纪的命运起伏为脉络，让我们重温了线性叙事的魅力。故事节奏舒缓有致，伴随这只名为“坦克”的乌龟，还有一位时隐时现却贯穿故事始终的线索式人物“六指”。龟的腹壳被刻上“六指”二字，这成为它终生抹不掉的烙印，在这种神秘关系的笼罩下，“坦克”每次与“六指”的机缘巧合式相遇都预示甚至决定着命运的转变，从而构成推动故事情节发展的内在动力。

作品采用了双线结构，即幻想情境与现实情境的并行不悖。二者虽有交叉，但是恪守人和动物之间“不对话”的底线，所以是二次元的。它不同于传统童话的一次元性，传统童话在现实与幻想世界之间没有需要跨越的界限，就如同小红帽在森林里遇到大野狼，她对野狼开口问话丝毫没有表现出“惊奇”：“哇，你是狼，怎么会说人话？”但是，作品也不同于写实的小说，因为在以乌龟“坦克”为代表的动物世界里，动物角色会像人一样说话，动物之间可以对话。可以说，这部作品融合了童话和小说的双重叙事艺术，不管是在童话中借用了小说的手法，还是在小说中运用了童话的叙事手段，总之不再是传统意义上的童话或小说。

当代儿童文学理论界提出并探讨过“童话小说”“小说童话”以及“幻想小说”等新概念，可视为理论界对逸出“常规”的鲜活写作实践进行阐释与命名的尝试。《白毛龟　绿毛龟》似可归之于动物小说，属于“会说话的动物”一类，即动物之间会开口说话，也有类似于人的情感，但不会穿上人的衣服直起身子过上人一样的生活，它们本性未改，还是动物，依然出没于森林或是原野，面对天敌、物竞天择，生存状态没有发生变化。这部作品类似《时代广场的蟋蟀》，但是传统文学也曾将“会说话的动物”归为童话，权且称其为童话文学。

对于文体概念应做历史化的、非本质论的理解。哲学家冈奎莱姆对概念的位移和转换的分析说明，某种概念的历史并不总是，也不全是这个观念的逐步完善的历史以及它的合理性不断增加、它的抽象化渐进的历史，而是这个概念的多种多样的构成和有效范围的历史，是这个概念的逐渐演变成为使用规律的历史。童话或小说也应被视为这样一种概念。正是在对既有概念不断“越界”的写作中，文学在持续变化和发展着。在这个意义上讲，《白毛龟　绿毛龟》的文体特征显示了一种新的可能性。

同时,《白毛龟　绿毛龟》着力于情节构思,并非简单地编织故事,而情节的核心在于人物的塑造。"坦克"是这部作品为儿童文学奉献的新典型。其特殊性在于,它是一只龟,是以长寿著称的物种,跟一般的动物和人类相比,它既古老而又年轻。虽经历了太多苦难,却又在坚忍中充满希望,因为它还拥有长长的未来。因此,乌龟"坦克"的身上沉淀了历史的厚重感。它在真实却又极端的环境中成长,不但面临动物界的弱肉强食、优胜劣汰,而且遭遇人间社会持续不断的侵扰。从出生到半百,它尝尽成长的艰辛,却也享受到刻骨铭心的友情,尽管友情更多来自动物。

除了"坦克",作品还塑造了一系列令人难以忘怀的形象,比如白鹅"航母"、白鹭"绣球"和流浪狗"双尾",它们都有为朋友两肋插刀的义气,甚至不惜付出自己的生命,充分彰显了苦难中人性的美好。

此外,还有命丧人手的黄鼠狼、瓦片、花喜鹊,被水老鼠吃掉的螃蟹"青壳",被"坦克"救了的小鲫鱼;而导致"坦克"一次次命运转折的人也很多,"六指"、画家、渔翁、黄胖子、豆芽、冬瓜、丁丁和点点等,这些人物性格鲜明,读过后让人回味无穷。作品写出了人性的美好和丑陋,也写出了人性的深度和温度;写出了动物的生存法则,也写出了动物在人类面前的卑微与尊严,读来常有荡气回肠之感。

作品不但超越了此前儿童文学作品"糖衣药丸"式的训诫,也超越了当下快餐式的甜腻肤浅。某种程度上,它既是"美听"又是"美教化"的,同时具有形而上的哲学意味,关涉生命、人性与悲悯。读者在阅读中常感受到一种悲凉。活得足够长,注定生命中很多人是过客,过去了就不再出现。新朋旧友的更替,亲人的逝去,一个一个地告别,或者永别,承担所有的回忆,或美好或悲伤。甚至求死都不能,当"坦克"万念俱灰,"航母死了,绣球走了,双尾又离它而去,它失去了一个个忠诚的朋友,真想把自己饿死。可是忍饥挨饿是它超凡的本领,被禁锢在水闸10年,没有进食都活了下来,死亡对它竟是这样艰难"。所以,永恒的只有孤独与怀念。对于一只龟,朋友都不在了,曾经的世界不在了,自己却还活着,是怎样的一种孤独和悲凉?

作品还揭示了人生荒诞的一面。"坦克"被活埋于水闸,重见天日时变成了"白毛龟",这难免让人想起"白毛女"。如果说旧社会把人变成鬼,新社会把鬼变成人,揭示的是社会政治的主题,那么"坦克"变成白毛龟,仅仅是由于两个年轻人不经意的、轻率的、近乎玩笑式的好奇,捕风捉影听来的奇闻,造成了一个生命10年的地狱禁闭。生存于世,却又与世隔绝,被世界遗忘,甚至被埋葬它的人遗忘,分分秒秒都是一种煎熬。生命的荒唐、偶然和脆弱,存在的荒诞性,尽显于此。

此外,《白毛龟　绿毛龟》还找回了当代儿童文学中失落的历史记忆,展示给读者一幅真实而广阔的历史画卷。这些故事发生在"大跃进"、人民公社、"文革"、改革开放的半个世纪里，同时这些故事又是属于“撒珠沟”“靴子河”和“牛角塘”的。作品以隐性方式建构了故事的时空线索。其间，历史既是人物活动的时空背景，也是决定他们命运的时代根源。这种对历史的回望和历史的厚重感，对我们的儿童文学意义重大。笔者甚至期待作者能够续写这部传奇：故事结尾，“坦克”被放归“靴子河”，之后它还会遇到什么不同寻常的事情呢？

总之，阅读《白毛龟　绿毛龟》，仿佛在听父亲讲过去的故事，亲切而踏实。它讲述苦难与坚忍、人性与命运、卑微与尊严、历史与乡土，叙事风格朴实无华，自然真诚。偶尔一闪的后现代花絮也别有趣味，像“坦克”的老祖宗所讲的“龟兔赛跑”故事，“坦克”找妈妈的经历不难唤起我们对“小蝌蚪找妈妈”的记忆，而动物间的某些对话也非常个性化，幽默生动，使得作品保持了历史的厚重却不过分沉重。

肖复兴《红脸儿》:此情可待成追忆

赵振杰

肖复兴的长篇儿童小说《红脸儿》(福建少年儿童出版社 2016 年 3 月版)一经出版,便掀起了关于"成人作家如何书写童年经验"的讨论。成人作家跨界从事儿童文学创作常常面临三个技术性难题:一是如何充分唤醒自身的童年经验,激活读者的儿时记忆;二是如何有效平衡深刻与纯真在文本中的权重;三是如何恰当把握历史背景与儿童接受之间的艺术张力。令人欣喜的是,肖复兴的这部《红脸儿》不仅很好地处理了"成人书写"与儿童认知的分寸感,也在叙事结构和表达方式上张弛有度、饶有新意。

小说以散淡而富有诗意的语言回顾了"我"与 3 个小伙伴之间的童年往事:"我"上小学五年级时,大院里突然搬进来一个名叫大华的男孩。由于大华来历不明,且脸上长着一块十分明显的红痣,院里的"捣蛋鬼"九子给他起了个"红脸儿"的绰号,并教唆其他孩子一起孤立和疏远他,只有"我"和玉萍始终将大华视为好朋友。为此,九子与我们之间摩擦不断。令人意想不到的是,就在孩子们的嬉戏打闹之中,围绕在大华和玉萍身上的身世谜团被层层拨开,其背后所牵扯的纷繁复杂的家庭变故亦被和盘托出。一场由孩子担当主角、以家庭为背景的成长故事剧就此在大院内悄然上演……

《红脸儿》虽说只是一部儿童小说,但肖复兴在文学品质和艺术追求上却没有丝毫懈怠。尤其在叙事手法上,小说别开蹊径。首先,小说中"我"的身份具有多重复合性。"我"既是整个故事的讲述者,又是故事的参与者,同时还具有作者本人的影子。这些身份各异的"我"在文本中相互融合、彼此切磋,形成了独特的叙事景观,产生了强大的艺术张力。读者会随着作为人物的"我"与大华、九子等玩伴之间不断加深的友谊而逐渐走进人物内心,同时又会沿着讲述者"我"的指引步入文本的另一重时空,去感知并思考关于亲情、友情、爱情的人生命题。这种叙事方式不仅使文本渗透出一种氤氲朦胧的梦幻之美,同时也带给读者一种代入感与间离感此消彼长的奇妙阅读体验。

细心的读者会发现,《红脸儿》中还隐藏着一位"超级叙事者"——枣树。大杂院中的三棵老枣树贯穿故事始末,它俯瞰着儿童世界中的嬉笑怒骂、是非对错,也见证着成人世界中的爱恨情仇、生死离别;它用丰硕的果实给孩子们的生活带来欢乐,也用历史沉淀下的"神性"给予大人们心灵上的慰藉。

作者对《红脸儿》中的"时间"也进行了精心设计。小说的叙事时间远远大于故事时间——原本一年的童年往事,在肖复兴笔下却被拓展到半个多世纪,一如小说尾声处所言:“很多年以后,我说的很多年,其实并没有多少年,只不过现在想起来像是过去了多么漫长的时光似的。”这种带有魔幻色彩的叙事时间,为小说增添了极强的历史纵深感。而在某些章节,小说的叙事时间又会小于故事时间,例如,在小说第八章有这样一段叙述:“看到这里的枣一天天在变大,枣尖儿上开始刚露出一点胭脂一般浅浅的红颜色,我就知道暑假快要过去了。”漫长的时光被压缩至枝头泛红之一瞬,令读者感慨时光荏苒的同时,也隐隐领悟到“瞬间与永恒”的心灵辩证法,无形中延展了小说的内涵与外延。

肖复兴在“讲故事”时分别采用了两套叙事笔墨,为读者搭建了一组彼此观照的双层艺术空间——儿童世界和成人世界,前者欢快明丽、天真烂漫,后者阴郁苍凉、神秘莫测。在描绘儿童世界时,作者采用直笔铺陈的方式呈现大量生动活泼的游戏场景,如打雪仗、堆雪人、滑野冰、爬房顶、摘红枣、“憋老头儿”、编蝈蝈、玩“竹鸟”、放“花盒子”、厕所涂鸦、偷食甘草、垛口“茬架”……这些充满情趣的生活细节遍布儿童世界的各个角落,令读者在阅读时沉浸其中。而在涉笔成人世界时,作者则采用了儿童的视角去钩沉情感纠葛,讲述家庭变故,闪烁其词中暗藏着诸多讳莫如深的禁忌和历史隐痛。例如,大华小姑与徐先生的争吵、牛家大叔离奇的油棉袄、玉萍生父的往事回顾、大院里出现的瘦高男人等等,这些成人世界中的爱恨情仇、生离死别,在孩童吉光片羽的记忆中变得颇为惊心动魄。正如“我”所感慨的那样:“我们孩子的心思像是一碗透明的清水,即便有杂质,也是一眼就能够看得见的;而大人们的心思,却像是我们大院雨后墙上的蜗牛,不紧不慢地爬着,不知什么时候才会探出头来。”正是在这种忽暖忽寒的叙述中,两代人的生活经验和情感记忆被同步激活。

可以说,《红脸儿》既是作者的童年自传,也是一代人命运的真实写照。肖复兴有意识地将儿时记忆与人生感悟融为一体,从而成功地实现了“纯真”与“深刻”之间的艺术平衡,使小说的趣味性和思想性相得益彰,小读者们从中可以真切地感受到友情诚挚的力量、厚重的历史分量以及广博的思想容量,为儿童小说的书写提供了新的视角和叙事策略。

文学，另一种造屋

——2016年国际安徒生奖得主曹文轩获奖感言

曹文轩

我为什么要——或者说我为什么喜欢写作？写作时，我感受到的状态，是一种什么样的状态，我一直在试图进行描述。但各种描述，都难以令我满意。后来，有一天，我终于找到了一个确切的、理想的表达：写作便是建造房屋。

是的，我之所以写作，是因为它满足了我造屋的欲望，满足了我接受屋子的庇荫而享受幸福和愉悦的欲求。

我在写作，无休止地写作；我在造屋，无休止地造屋。

当我对此"劳作"细究，进行无穷追问时，我发现，其实每个人都有造屋的情结，区别只是造屋的方式不一样罢了——我是在用文字造屋：造屋情结与生俱来，而此情结又来自人类最古老的欲望。

记得小时候在田野上或在河边玩耍，常常会在一棵大树下，用泥巴、树枝和野草做一座小屋。有时，几个孩子一起做，忙忙碌碌，很像一个人家真的盖房子，有泥瓦工、木工，还有听使唤的杂工。一边盖，一边想象着这个屋子的用场。不是一个空屋，里面还会放上床、桌子、书柜等家什。谁谁谁睡在哪张床上，谁谁谁坐在桌子的哪一边，不停地说着。一座屋子里，有很多空间分割，各有各的功能。有时好商量，有时还会发生争执，最严重的是，可能有一个霸道的孩子因为自己的愿望未能得到满足，恼了，突然一脚踩烂了马上就要竣工的屋子。每逢这样的情况，其他孩子也许不理那个孩子了，还骂他几句很难听的；也许还会有一场激烈的打斗，直打得鼻青脸肿哇哇地哭。无论哪一方，都觉得事情很重大，仿佛那真是一座实实在在的屋子。无论是希望屋子好好地保留在树下的，还是肆意要毁坏屋子的，完全把这件事看成了大事。当然，很多时候是非常美好的情景。屋子盖起来了，大家在嘴里发出噼里啪啦一阵响，表示这是在放庆贺的爆竹。然后，就坐在或跪在小屋前，静静地看着它。终于要离去了，孩子们会走几步就回头看一眼，很依依不舍的样子。回到家，还会不时地惦记着它，有时就有一个孩子在过了一阵子后，又跑回来看看，仿佛一个人离开了他的家，到外面的世界去流浪了一些时候，现在又回来了，回到了他的屋子、他的家的面前。

我更喜欢独自一人盖屋子。

那时，我既是设计师，又是泥瓦工、木匠和听使唤的杂工。我对我发布命令："搬砖去！"于是，我答应了一声"唉！"就搬砖去——哪里有什么砖？只是虚拟的一个空空的动作，一边忙碌一边不住地在嘴里说着：“这里是门！”“窗子要开得大大的！”“这个房间是爸爸妈妈的，这个呢——小的，不，大的，是我的！我要睡一个大大的房间！窗子外面是一条大河！”那时的田野上，也许就我一个人。那时，也许四周是滚滚的金色的麦浪，也许四周是正在扬花的一望无际的稻子。我很投入、很专注，除了这屋子，就什么也感觉不到了。那时，也许太阳正高高地悬挂在我的头上，也许很快落进西方大水尽头的芦苇丛中了——它很大很大，比挂在天空中央的太阳大好几倍。终于，那屋子落成了。那时，也许有一支野鸭的队伍从天空飞过，也许，天空光溜溜的，什么也没有，就是一派纯粹的蓝。我盘腿坐在我的屋子跟前，静静地看着它。那是我的作品，没有任何人参与的作品。我欣赏着它，这种欣赏与米开朗琪罗完成教堂穹顶上一幅流芳百世的作品之后的欣赏，其实并无两样。可惜的是，那时我还根本不知道这个意大利人——这个受雇于别人而作画的人，每完成一件作品，总会悄悄地在他作品的一个不太会引起别人注意的地方，留下自己的名字。早知道这一点，我也会在我的屋子的墙上写上我的名字。屋子，作品，伟大的作品，我完成的。此后，一连许多天，我都会不住地惦记着我的屋子，我的作品。我会常常去看它。说来也奇怪，那屋子是建在一条田埂上的，那田埂上会有去田间劳作的人不时地走过，但那屋子，却总是好好地还在那里。看来，所有见到的人，都在小心翼翼地保护着它。直到一天夜里或是一个下午，一场倾盆大雨将它冲刷得了无痕迹。

再后来就有了一种玩具——积木。

那时，除了积木，好像也就没有什么其他的玩具了。一度，我对积木非常着迷——更准确地说，依然是对建造屋子着迷。我用这些大大小小、形状不一、颜色各异的积木，建造了一座又一座屋子。与在田野上用泥巴、树枝和野草盖房子不同的是，我可以不停地盖，不停地推倒再盖——盖一座与之前不一样的屋子。我很惊讶，就是那么多的木块，居然能盖出那么多不一样的屋子来。除了按图纸上的样式盖，我还会别出心裁地利用这些木块的灵活性，盖出一座又一座图纸上并没有的屋子来。总有罢手的时候，那时，必定有一座我心中理想的屋子矗立在床边的桌子上。那座屋子，是谁也不能动的，只可以欣赏。它会一连好几天矗立在那里，就像现在看到的一座经典性的建筑。直到一只母鸡或是一只猫跳上桌子毁掉了它。

现在我知道了，屋子，是一个小小的孩子就会有的意象，因为那是人类祖先遗存下的意象。这就是第一堂美术课上，老师往往先在黑板上画上一个平行四边形，然后再用几条长长短短、横着竖着的直线画一座屋子的原因。

屋子就是家。

屋子的出现，是跟人类对家的认知联系在一起的。家就是庇护，就是温暖，就是灵魂的安置之地,就是生命延续的根本理由。其实,世界上发生的许许多多事情,都是和家有关的。幸福、苦难、拒绝、祈求、拼搏、隐退、牺牲、逃逸、战争与和平,所有这一切,都与家有关。成千上万的人呼啸而过,杀声震天,血沃沙场,只是为了保卫家园。家是神圣不可侵犯的。这就像高高的槐树顶上的一个鸟窝不可侵犯一样。我至今还记得小时候看到的一个情景:一只喜鹊窝被人捅掉落在了地上,无数的喜鹊飞来,不住地俯冲,不住地叫唤,一只只都显出不顾一切的样子,对靠近鸟窝的人居然敢突然劈杀下来,让在场的人不能不感到震惊。

家的意义是不可穷尽的。

当我终于长大时,儿时的造屋欲望却并没有消退——不仅没有消退,随着年龄的增长、对人生感悟的不断加深,而愈加强烈。只不过材料变了,不再是泥巴、树枝和野草,也不再是积木,而是文字。

文字建造的屋子,是我的庇护所——精神上的庇护所。

无论是幸福还是痛苦,我都需要文字。无论是抒发还是安抚,文字永远是我无法离开的。特别是当我在这个世界里碰得头破血流时,我就更需要它——由它建成的屋,我的家。虽有时简直就是铩羽而归,但毕竟我有可归去的地方——文字屋。而此时,我会发现,那个由钢筋水泥筑成的物质之家,其实只能解决我的一部分问题而不能解决我全部的问题。

还有,也许我如此喜欢写作——造屋,最重要的原因是它满足了我天生向往和渴求自由的欲望。

这里所说的自由,与政治无关。即使最民主的制度,实际上也无法满足我们自由的欲望。第二次世界大战结束后,作为参与者的萨特说过一句话,这句话听上去让人感到非常刺耳,甚至令人感到极大的不快。他居然在人们欢庆解放的时候说:“我们从来没有拥有比在德国占领期更多的自由。”他曾经是一个革命者,他当然不是在赞美纳粹,而是在揭示这样一个铁的事实:这种自由,是无论何种形态的社会都无法给予的。在将自由作为一种癖好、作为生命追求的萨特看来,这种自由是根本无法实现的。但他找到了一种走向自由的途径:写作——造屋。

人类社会要得以正常运转,就必须讲义务和法则,就必须接受无数条条框框的限制。而义务、法则、条条框框却是和人的自由天性相悖的。越是精致、严密的社会,越要讲义务和法则。因此,现代文明并不能解决自由的问题。但自由的欲望,是天赋予的,那么它便是合理的,是无可厚非的。对立将是永恒的。智慧的人类找到了许多平衡的办法,其中之一,就是写作。你可以调动文字的千军万马;你可以将文字视作葱茏草木,使荒漠不再;你可以将文字视作鸽群,放飞在无边无际的天空;你需要田野,于是就有了田野；你需要谷仓，于是就有了谷仓。文字无所不能。

作为一种符号，文字本是一一对应这个世界的。有山，于是我们就有了“山”这个符号；有河，于是我们就有了“河”这个符号。但天长日久，许多符号所代表的对象已不复存在，但这些符号还在，我们依然一如往常地使用着。另外，我们对这个世界的叙述，常常是一种回忆性质的。我们在说“一棵绿色的小树苗”这句话时，并不是在用眼睛看着它，用手抓着它的情况下说的。事实上，我们在绝大部分情况下，是在用语言复述我们的身体早已离开的现场、早已离开的时间和空间。如果这样做是非法的，你就无权在从巴黎回到北京后，向你的友人叙说罗浮宫——除非你将罗浮宫背到北京。而这样要求显然是愚蠢的。还有，我们要看到语言的活性结构，一个“大”字，可以用它来形容一只与较小的蚂蚁相比而显得较大的蚂蚁——大蚂蚁，又可以用它来形容一座白云缭绕的山——大山。一个个独立的符号可以在一定的语法之下，进行无穷无尽的组合。所有这一切都在向我们诉说一个事实：语言早已离开现实，而成为一个独立的王国。这个王国的本质是自由。而这正契合了我们的自由欲望。这个王国有它的契约，但我们可以在这一契约之下，获得广阔的自由。写作，让我们的灵魂得以自由翱翔，让我们自由之精神得以光芒四射，让我们自由向往的心灵得以安顿。

为自由而写作，而写作可以使你自由。因为屋子属于你，是你的空间。你可以在你构造的空间中让自己的心扉完全打开，让感情得以充分抒发，让你的创造力得以淋漓尽致地发挥。而且，造屋本身就会让你领略自由的快意。房子坐落在何处，是何种风格的屋子，一切，有着无限的可能性。当屋子终于按照你的心思矗立在你的眼前时，你的快意一定是无边无际的。那时，你定会对自由顶礼膜拜。

造屋，自然又是一次审美的历程。房子，是你美学的产物，又是你审美的对象。你面对着它——不仅是外部，还有内部，它的造型、它的结构、它的气韵、它与自然的完美合一，会使你自然而然地进入审美的状态。你在一次又一次的审美过程中又获得精神上的满足。

再后来，当我意识到了我所造的屋子不仅仅是属于我的，而且是属于任何一个愿意亲近它的孩子时，我完成了一次理念和境界的蜕变与升华。再写作，再造屋，许多时候我忘记了它们与我个人的关系，而只是在想着它们与孩子——成千上万的孩子的关系。我越来越明确自己的职责：我是在为孩子写作，在为孩子造屋。我开始变得认真、庄严，并感到神圣。我对每一座屋子的建造，殚精竭虑，严格到苛求。我必须为他们建造这世界上最好、最经得起审美的屋子，虽然我知道难以做到，但我一直在尽心尽力地去做。

孩子正在成长过程中，他们需要屋子的庇护。当狂风暴雨袭击他们时，他们需要屋子。天寒地冻的冬季,这屋子里生着火炉;酷暑难熬的夏日,四面窗户开着,凉风习习。黑夜降临,当恐怖像雾在荒野中升腾时,屋子会让他们无所畏惧。这屋子里,不仅有温床、美食,还有许多好玩的开发心智的器物,有高高矮矮的书柜,屋子乃为书,而这些书为书中之书。它们会净化他们的灵魂,会教他们如何做人。它们犹如一艘船,渡他们去彼岸;它们犹如一盏灯,导他们去远方。

对于我而言,最大的希望,也是最大的幸福,就是当他们长大离开这些屋子数年后,会时不时地回忆起曾经温暖过、庇护过他们的屋子。而那时,正老去的他们居然在回忆这些屋子时有了一种乡愁——对,乡愁那样的感觉。这在我看来,就是我写作——造屋的圆满。

生命不息,造屋不止。既是为我自己,更是为那些总让我牵挂、感到悲悯的孩子。

■链接

8月18日至21日,第35届国际儿童读物联盟(IBBY)世界大会在新西兰奥克兰举行,大会主题为"多元文化世界中的文学",中国儿童文学作家曹文轩受邀出席大会。新西兰当地时间8月20日晚7点,中国作家第一次站上世界儿童文学的最高领奖台,曹文轩在全场近600位来自全球各地的童书专业人士的注视下,领取了拥有"小诺贝尔文学奖"之称的国际安徒生奖作家奖并作获奖致辞。

在此次出行新西兰IBBY世界大会的行前媒体会上,中国作协副主席高洪波、作家金波、出版人白冰对中国原创儿童文学的未来之路寄予了祝福和厚望。他们认为,这次曹文轩获奖给中国文坛、对中国儿童文学界带来的影响是及时的、深远的,它表明中国的儿童文学是世界性的儿童文学,彰显了中国儿童文学的国际影响力。IBBY中国分会主席、中国少年儿童新闻出版总社社长李学谦表示,曹文轩此次获奖会成为一个文化的、文学的"引擎",使我们的儿童文学作家对文学创作产生极大的自信心和精神信念,并由此带动中国儿童文学、中国文化进一步走向世界。

国际安徒生奖颁奖典礼是历届IBBY世界大会上最隆重的环节。除此之外,IBBY世界大会还安排了其他丰富多彩的论坛、故事会等活动。此次大会充满浓郁的新西兰当地色彩。在18日开幕式上,大会以新西兰原住民毛利族的仪式欢迎来自全世界的作家、插画家、出版人和阅读推广人。曹文轩作为此次大会的贵宾,接受了毛利族传统的"碰鼻礼"欢迎。

曹文轩此次赴新西兰领奖之际,曹文轩图书作品在澳新地区的版权推介也顺势展开。据悉,在此次新西兰IBBY世界大会之前,由中国少年儿童新闻出版总社出版的曹文轩“萌萌鸟系列”图书的版权已经成功输出新西兰，世界著名插画家插图典藏版《青铜葵花》的土耳其语版权、西班牙语版权也已经售出。8月16日，曹文轩与中国出版集团公司党组成员，中国出版传媒股份有限公司董事、副总经理李岩，人民文学出版社、天天出版社社长管士光一行先行抵达澳大利亚，进行版权推介。中国出版集团、人民文学出版社、天天出版社与澳大利亚出版商协会、澳大利亚企鹅兰登公司、澳大利亚童书独立出版商哈迪版权部等六家专业儿童出版商一起会谈，并与新西兰最大的出版集团 Allen &Unwin 等五家出版社接洽，共同探讨促进曹文轩优秀儿童文学作品在澳新地区的传播。

李少白儿童文学创作:不老的童心在歌唱

龚爱林

“我是读着少白老师的作品长大的。”我时常听到身边有作家、读者这样说。李少白在50余年的创作生涯中,勤奋创作了大量脍炙人口的童诗、童谣、童话作品,多次荣获“全国少儿文艺创作奖”、“全国优秀少儿读物奖”、全国“五个一工程”奖等奖项,是全国儿童文学界的一面旗帜。一茬茬不同年龄段的读者,就是读着他的作品长大的。

湖湘大地,童心灿烂。在中国现代儿童文学史的时空版图上,湖南的儿童文学作家书写了浓墨重彩的一笔。早期的黎锦晖、沈从文、丁玲、萧三等的儿童文学作品各具特色,张天翼的童话立起一座高峰。文化的积淀和延续,催生了当代湖南儿童文学的美妙之花。自20世纪80年代以来,在谢璞、邬朝祝、萧育轩、李少白等老作家的带领下,汤素兰、牧铃、邓湘子、谢乐军、皮朝晖、周静等年富力强的中青年作家承继传统,锐意创新,创作了许多富有朝气、充满活力,也深受孩子喜爱的精品力作,从而形成了一个立足湖湘、享誉全国的儿童文学作家群体。毫无疑问,李少白是湖南儿童文学作家中的杰出代表之一。

湖南少年儿童出版社出版的七卷本“李少白童诗童话系列”中有4本是诗歌,近800首诗作,短小隽永、朗朗上口、幽默风趣,从内容到形式充满童趣,是一颗灿烂童心的七彩折射。《蒲公英嫁女儿》《会跑的音符》《童心的歌唱》《看小鸟上课》,仅从书名就可以感受到一种阳光的味道、清新的气息、童心的无邪、想象的飞翔、幽默的奔跑。

李少白作品中的童心,既有儿童的天真无邪的心思,又有成人的思想,气韵绵长、趣味十足,让不同年龄段的读者都能受到启悟。好的儿童文学不仅是给孩子阅读的。在这一点上,李少白的作品站在了很高的起点。从写作上说,他的童诗童谣里蕴藏了丰富多彩的艺术表现手法,有借鉴传统童谣的多种艺术表现手法,如白描、比兴、顶针等。我在读《门框上有首奇怪的诗》时,就像看到一幅有趣的画面(注意:这首小诗有点奇怪,要倒着读才行,像上楼梯那样,从最下一行读起):/你是不是也想站近比一比/哈!读到这里,/多么有趣/瞧,这没写完的小诗//……这样高,我读四年级/今天,我九岁了/二〇一〇年六一/二〇〇九年春节/入队了!我一米一/二〇〇八年九月一日/我这样高//门框上写着这样一首小诗/在一个孩子的家里。

对一个孩子的成长,以量身高的方式进行了真实生动的记录。这首诗本身就像图像诗,你要从下往上读,正好符合孩子从矮长到高的成长特点。从这首诗中,我们不难领悟到，有细腻真切的童心，孩子的一举手一投足、一个细节一句话语，都能帮作家推开诗意之门。

今年77岁的李少白是地地道道的小学教师出身，在基层学校工作过20多年。这20年与孩子的亲密接触，给他的创作打下了坚实的基础，为创作提供了源源不断的素材。他善于从儿童生活中捕捉有趣的东西，经过巧妙的构思，写出让大人和孩子都喜爱的诗句，流露出一种生活与艺术兼容的真、善、美。你再细读，又能发现，李少白的诗大都有一定的情节性，每首诗都似乎是在写一个有趣的小故事，而无论是写给哪个年龄段孩子的作品，他都十分讲求通过有趣的诗篇向小读者传递某种哲理的、情感的、品德的、知识的教育。求真朴素、尽善尽美、幽默风趣成了李少白儿童诗风格上的显著特色，他的作品不尚词饰，以大量口语入诗，语言轻松、幽默、诙谐，作品构思新颖、奇巧，让人感受到形象的清朗美和鲜明美、语言的凝练美和音乐美，给孩子们带来温暖、关怀、鼓励和力量。“孩子给他诗，他又把诗还给孩子。”李少白的创作实践证明了一点：一个作家要出好作品，离开生活，不深入生活，是不会成功的。

童话是孩子们的另一扇知识之窗、启蒙之门，在孩子成长过程中的意义重大，同时也是一个人终生都要回望的精神家园。李少白的短篇童话具有很广泛的影响力。我印象较深的是《一个中国字在国外》，这是他20世纪90年代末创作的一篇想象奇特的作品。他以一个中国字“笑”为拟人形象，让她远走异国他乡，给人们带去快乐和爱。这与以往以动物或实物为拟人形象相比，立刻显示出构思上的巧妙。作品把原本无生命的“笑”字变为有血有肉的生命之躯，并赋予她神奇的力量。在“小笑娃”的身上，生动地体现了这样一个人生哲理：笑，具有神奇的魅力；笑，是表达友好和爱心的无声语言。这个明显演绎生活哲理的童话，原本容易写成概念化的作品，由于作者成功地塑造了一个活泼可爱、善解人意的童话形象——小笑娃，并以她的活动为轴心来构筑故事，从而使整个作品变得生动而鲜活起来。在李少白的其他童话作品中，以开放的视野创造了许多孩子记得住的童话形象，他们有善良的心地、诚善的品格，有活泼的个性、蓬勃的生命力以及独立好奇的精神，而在文本上又有着独特的想象力和另辟蹊径的构思，从而让读者感受到别具一格、心中一亮，仿佛听到一曲不老童心的歌唱，从而引起强烈的共鸣。

罗丹说：“艺术是一门学会真诚的功课。”从另一个侧面说，李少白是个真诚的作家。我们清晰地看到，他是真诚地面对写作然后不断成熟的。从他早期作品中存在的概念化倾向，到后来的越发儿童本位化、文学艺术化，这种创作上的变化恰恰印证了李少白的与时俱进，他把生活中经年累月的积淀和体悟，以及对童心童趣的体察，融入对文学本质的深度把握中。那些充满真善美和爱的明亮光色的诗歌，从各个角度展现了孩子们在校园、家庭、社会、大自然中的斑斓生活以及水晶般的心灵世界，为所经历的时代和在不同年代生活成长的少年儿童绘出多维度的精神画像。总之，在50多年创作中追求作品与人品完美结合的老作家李少白，以没有杂念的写作姿态，以为孩子们的倾心歌唱，为年轻一代儿童文学作家立身立言做出了榜样，也在中国儿童文学王国里悄然耸立一座值得敬仰的高峰。

“黄金十年”究竟有多少含金量?

行　超

新世纪以来,随着社会经济的发展和人们消费能力、精神需求的增长,中国儿童文学经历了一个各项指标、各种统计数字均指向“井喷”的发展阶段。多年来,儿童文学界人士意气风发地谈论着“黄金十年”。近年来,不少媒体、出版人和专家、学者提出了打造中国儿童文学下一个“黄金十年”的说法。然而,刚刚过去的这个“黄金十年”给我们留下了哪些可供回味和珍藏的文学经典?还是仅仅留下了那一串串激动人心的数字、一个个激动人心的出版神话?在今天,这样的问题也许应该引起我们的反思。

何谓“黄金十年”?

进入21世纪的前3年,我国童书市场的成长性低于整个图书市场,成长中的童书出版积极寻求跨世纪的新繁荣新发展。2004年,我国童书出版开始发力,年产值增速达14%。而后,童书出版高歌猛进,“井喷式”发展,迎来了连续10年年均10%的超高速增长。

2013年8月21日的《中华读书报》刊发了2013年全国少儿图书交易会特刊“百问少儿出版黄金时代”,在策划缘起中,编辑陈香提出了“少儿书业的黄金十年”的说法。这篇报道广泛采访出版人、营销人、编辑阅读推广人等近50人,以100个产业问题,讨论“如何开启下一个‘黄金十年’?”此后,这一说法在众多少儿出版人、媒体人、作家、学者中广泛传开、反复援引,大家基本公认2004年至2013年为儿童文学发展的“黄金十年”。

事实上,在这篇报道出现之前,已有不少专家、学者敏锐地观察到了发生在儿童文学界的这场变革。2011年年初,面对互联网时代的到来,我国纸质图书出版出现了发展趋缓、单本图书利润率下降、图书库存增大和实体书店不断萎缩的局面,业内有人在《出版商务周报》头版发表文章,预判中国童书出版的“黄金时代”行将结束,“白银时代”即将到来。童书出版的发展前景和未来,引起了有关领导部门和整个出版界的关注。2011年年底,海飞将自己的调研结果撰写成《“最好时期”与“最激烈时期”》,从经典品牌长盛不衰、原创新书竞相发力、版权引进紧扣市场、跨媒跨界新意迭出、行业竞争空前激烈5个方面,对2011年中国少儿图书出版做了述评。述评的最后预言:“童书出版,任重道远。在社会主义文化大发展大繁荣的伟大进程中,虽然童书出版的竞争会更激烈，但我国的童书出版一定会进入含金量更高的‘黄金时代’，一定会延续繁荣发展的‘美丽童话’，一定会大踏步地向出版强国迈进。”

方卫平在2012年的一篇文章里也曾写道：“20世纪90年代，儿童文学还在以自己的方式分担着整个文学界关于文学未来命运的焦虑，然而很快地，进入新世纪前后，在文学界对于文学‘边缘化’命运的集体焦虑中，当代儿童文学却迎来了它迄今为止最为兴盛的一个写作和出版时期。一方面，在儿童受众群体内，儿童文学的阅读量在迅速增加，儿童文学的传播圈也在迅速扩大；另一方面，在图书市场上，各类销售数据统计一再确证了儿童文学在其中占据的显赫位置。儿童文学的这一勃兴势头体现在其创作、出版、接受、传播等各个环节，同时，这一文类的艺术手法、风格等事实上也获得了许多重要的拓展。因此，我认为，不论就外在的阅读接受还是内在的艺术探求而言，可以说，当下的中国儿童文学都处在一个空前利好的发展时期。”

黄金出版还是黄金创作？

细细想来，本世纪初的那些年，其实不唯儿童文学，整个中国文学都非常活跃。在纯文学界，经历了先锋文学的转向以及“陕军东征”“人文精神大讨论”等几个重要的文学事件，中国文学也正在经历着一场变革。反观这一时期的儿童文学，虽然在数量上是繁荣的，但是在艺术品质上则是泥沙俱下，甚而是停顿和倒退。

遥想20世纪80年代，在经历了70年代末的拨乱反正之后，中国文学和中国儿童文学都迎来了一个创作与出版的高峰时期。曹文轩、金波、张之路、郑渊洁等作家都是在那个时代成长起来并一步步被读者、学界接受和认可的。那个时期的儿童文学创作，作家们认真埋头写作，研究文本语言，追求题材多样化，在各种会议上，作家、批评家不断地思想交锋，彼此争论问题，为当时儿童文学的创作提供了养分，也为儿童文学此后的发展奠定了基础。

新世纪以来，在经历了90年代一段短暂而黯淡的萧条期之后，儿童文学迎来了新的生机。以秦文君的《男生贾里》《女生贾梅》为代表的一部分儿童文学作品，在小读者中引起了广泛的反响。几乎也就是从这个时候开始，儿童文学出版界开始渐渐认识并重视“畅销书”的打造与宣传。同时，这一时期恰好是国内读者消费力提高，对阅读尤其是孩子们的阅读越来越重视的阶段。各大出版社逐渐看到了儿童出版的广阔市场，于是，大量作家进校园、阅读推广人等新兴现象层出不穷。

与此同时，出版制度的改革，将原本生活在体制内、捧着“铁饭碗”的出版社推向市场，出版的压力陡然间成倍增长。在这一形势面前，不少出版社将眼光瞄准热闹红火的儿童文学市场，几乎没有一家出版社不出版儿童文学相关书籍，儿童文学出版比重一度占据整个图书市场的三成左右。巨大的出版需求仿佛一个旋涡，将每一位作家吸入其中。面对巨大的经济诱惑和复杂的人情关系，已成名的成熟老作家邀约不断、应接不暇，成长期的青年作者迅速更新、逐渐膨胀，真正能沉下心来打磨作品的写作者越来越少。

“黄金十年”中的儿童文学出版物固然存在精品，但不得不承认，还有一大部分作品质量参差不齐，泥沙俱下。正如陆梅所说，“出版业界比的是数字，高居不下的童书出版码洋，不意味着创作质量的同步提升，甚至反而是降低了写作的门槛，是对图书市场的跟风搭车、唯利润指标为上的姑息”。方卫平也看到，少儿出版业的井喷式发展对儿童文学创作发展的影响是双重的。它既使当代儿童文学的创作活动及其成果在出版、市场等领域受到空前热情的关注、尊重与鼓励，并且推动着当代儿童文学艺术在当代的丰富化与多元化进程；另一方面，商业时代市场化、快节奏的出版逻辑，的确也给作家的创作带来了一些负面影响。他进一步指出，这样的影响突出表现在两个方面：一是出于市场利益的考虑，大量创作日益以迎合市场及儿童读者的娱乐需求为目标，由此导致了儿童文学艺术生态的失衡；二是在商业出版的节奏要求下，儿童文学创作的周期被一再缩短，作家没有更多时间来精打细磨一部作品，作品的艺术质量也就难以得到足够的保障。这不仅是中国儿童文学的问题，也是目前全球化商业出版背景下整个世界儿童文学共同面临的问题。上述意见近年来在儿童文学界已逐渐成为共识，大家越来越意识到，儿童文学创作不仅要追求速度，更要追求质量和持久性。

质量参差，谁的责任？

在市场推动下造就辉煌的“黄金十年”，出版社功不可没。大量儿童文学书籍的创作和出版，成为我国儿童文学发展的重要机遇。但与此同时，儿童文学作品的质量良莠不齐，出版社也难辞其咎。在一轮又一轮的经济压力、考核要求之下，出版社只能一步步加快出版的脚步，在迎合巨大市场需求的同时不断将作家的写作周期缩短再缩短。出版社慢不下来，作者就很难慢下来；有情怀的大出版社慢了下来，反而给民营工作室和小出版社、出版机构留下了空间。在追逐利益面前，似乎所有人都难以扭转乾坤。

然而，我们是否可以就这样简单地将责任完全推给出版社呢？

陆梅认为，这一问题不能简单推给出版人，或责难今日作家之怠惰。大量原创童书被推出的同时，有一个问题困扰着中国儿童文学：如何褒优贬劣，大浪淘沙，建立起一套成熟健全的筛选机制和艺术、审美的评价体系？年轻写作者如何不急于割裂、自成一个局面，踏上先行者筚路蓝缕蹚过的道路，从而建立起清醒的历史意识和基本的世界观？我们又如何坚持有难度的写作，警惕步入自我的写作惯性，强调个性，注重观察力和原创力，慢慢拥有自己的声音，从而真正赢得中国读者和世界性读者的同步信赖？写作者自信满满当然好，但是倘若因视野所及有限，对自我的探索缺少纵深的把握而不能用一个更为宽阔漫长的时间坐标来要求自己，身边的出版人和批评家又不能及时给予指点并做出历史的、艺术的和美学意义上的价值判断的话，那真是儿童文学的悲哀。

方卫平同样强调"大环境"中作家个人的原因。他认为，环境的改变非一时之力，目前的情况下，儿童文学创作质量的提升，可能要更多地依赖作家个人的自觉和努力。"我相信，每一个在内心深处真正认可自己为儿童文学作家的作者，一定希望自己的写作除了赢得市场的生计，也能赢得艺术的认可。其实客观地看，商业时代可能也为这种努力提供了另一类条件。我身边不少怀有真诚的艺术追求的儿童文学作家，在以若干作品赢得市场认可、进而获取相应的市场利益后，反而开始沉静下来，去思考和探求自我儿童文学艺术突破的路径。"他认为，在这个过程中，市场的保障恰恰为这种自由的探索提供了必要的物质基础。当然，对作家来说，这种探求不只是单纯尝试新的写作题材或写作风格，它还需要更多地与广泛、深入的作品和理论阅读及思考结合在一起。一个作家的写作经验及经济上的积累在市场环境中完成，那谁对阅读这样作品的读者负责？

多年来从事儿童文学出版工作的刘海栖注意到，国内童书出版存在着重要的误区，即童书中文学方面所占的比重过大，文学类书籍在全部儿童读物中占据了四成以上的比例。在国外，童书出版尤其是针对小学到中学读者的书籍中，文学只是其中的一个部分，此外还有历史、艺术、知识、科普等各个方面。在我国，家长对于儿童阅读的认识不够成熟，很多人是为了读而读，具体读什么却并不在意。此外，由于出版推广欠缺严格的标准，不成熟，一定程度上造成了儿童文学作品"扎堆"出现，其他领域的作者、翻译者欠缺，儿童文学因此也过多地面对着市场需求，承担着出版任务。他认为，长期这样下去，不仅不利于其他类型童书市场的发展，对儿童文学本身也是不利的。

一组值得注意的数字是，2004 年，我国童书出版开始发力，年产值增速达 14%。而后，童书出版高歌猛进，"井喷式"发展，迎来了连续 10 年年均 10% 的超高速增长。然而到了 2012 年，虽然童书出版还在增长，但同比增幅大幅下滑，降至 4.71%，2013 年甚至低于 4%。面对回调、盘整、转折，业界选择坚守和坚定。2014 年，童书出版年产值增长 10.26%，重回两位数。2015 年，这一数字继续增长到 15.63%。刘绪源分析，出版的增长对儿童文学创作产生了明显的负面影响。但反过来说，产业发展了，出版社有钱了，又能够做些好事了。这就是“黄金十年”的最后几年，儿童文学的纯文学创作得以重新发展的积极原因之一。不过，一个值得注意的问题是，谁来为这些发展和积累期的粗制滥造买单？

朝向经典的努力

不独是情感需要经历时间的考验，文学也一样。中国儿童文学的上一个“黄金十年”已经过去，倘若恰如我们所期待，儿童文学真的能够迎来它的下一个“黄金十年”，对于这样的未来，我们是否该有不一样的期待？作为儿童文学的作家、批评家与出版人，我们应该对这一未来投入怎样的努力和改变？

刘绪源认为，面对近年来儿童文学创作质量下滑的局面，儿童文学界应从三方面进行反思和改善：一、作家自律，对自己提出更高的创作要求，争取写出真正的好作品，而不只是争取高版税、高印数；二、批评界重振雄风，能够好处说好，坏处说坏，增强艺术批评，重视艺术分析，真正推动文学发展；三、各类评奖一定要改变“黄金十年”中期自觉不自觉的“金钱第一”的倾向，要能真正推举优秀作品，认清文学艺术性和商业性并非同一概念，二者是有根本区别的。

对于新的儿童文学经典作品的期待，理应是下一阶段中国儿童文学努力与发展的方向。与目前成人文学，尤其是纯文学出版领域相比，童书的出版市场基本稳定，读者细分明确，不断有适龄读者出现。因此，优秀的儿童文学作品是有反复出版的价值的，一部经典的儿童文学作品，它的读者可能不仅是“70 后”“80 后”，还有可能是“90 后”甚至“00 后”。正如曹文轩的经典作品《草房子》，出版 18 年，印刷超过 300 次，经典的儿童文学作品会年年月月地不断走下去。当然，中国当代儿童文学，一本《草房子》远远不够。作家们应该看到，努力认真写出一本具有经典价值的“长销书”，其意义和价值比写许多本很快就被人忘掉的“畅销书”要有意义得多。

好在，目前已经有不少作家意识到了这一问题。曹文轩获奖之后，有关儿童文学的美学价值被反复提起，重视语言的锤炼、情节的推敲、人物的塑造等创作基本问题被重新讨论。此外，海飞还观察到，中国童书在国内外激烈的市场竞争中，正在发生五个方面的新变化。一是童书出版格局分散、个头不大、实力不强的局面有了改观，同时，童书出版的专业化格局进一步强化。二是童书出版竞争模式的变化。随着互联网时代的到来，传统的童书出版进入了“互联网 + 童书出版”和“童书出版 + ”的竞争生态。三是童书出版国际化，合作出书、合作办出版公司、建立战略合作伙伴关系、创办中国上海国际童书展、设立陈伯吹国际儿童文学大奖、走出国门构建“一带一路”童书出版平台，成果显著。四是图画书时代的到来，图画书也有了专业的、学术的研究中心。五是全民阅读，儿童优先。儿童阅读迎来了阅读的春天，亲子阅读、书香家庭、书香校园、书香社会蔚然成风。他认为，五个新变化表明，中国童书出版正在经历着以转型升级、注重质量为标志的新阶段。

正如陆梅所说，文学的本质是慢，倘若以慢的耐心，是否会“等出”一部部朝向经典的长销作品？我们都应该有宁缺毋滥的写作精神和出版精神。如此，中国儿童文学真正的黄金期才可预期。

2017年

我的儿童文学观念史

曹文轩

本世纪初,我对上世纪80年代中期提出的"儿童文学作家是未来民族性格的塑造者"这一观念进行了修正,提出:文学的意义在于为人类提供良好的人性基础。我现在更喜欢这一说法,因为它更广阔,也更能切合儿童文学的精神世界。这里所说的好的人性基础至少含有:道义感、审美意义、悲悯情怀。

我们这一代批评者有连绵不断的苦难而积累起来的人生经验,但是缺乏青年学者的知识结构。我们曾经的观念也许已经残缺和老化,也许无法面对新的创作实践,在解读文本时可能发生老刀卷刃的尴尬,但它们确实在推动中国儿童文学的千秋大业方面,发生过历史作用。今天,我将它们呈现出来,无非是想给诸位一个参照物,远处的山峦也许草木凋零,但可以衬托近处大山的旖旎风景。

儿童文学作家是未来民族性格的塑造者

上世纪80年代,我是那时的典型"愤青"。几乎所有重要的儿童文学会议,有眼光、有远见、对中国儿童文学的现状不满但又不方便说话的人,都会让我做一个重点发言——所谓发言,就是打枪和开炮。那些观点现在看来已经太过寻常,甚至看上去并不完美,但在那时却是振聋发聩的。

我忽然在一次大会上为儿童文学作家十分干脆地做出一个定义:儿童文学作家是未来民族性格的塑造者。这是一个非常响亮的句子,这个句子的背后就是对民族性格的质疑。

中国作家肩负着塑造中华民族的崭新性格的伟大的历史使命。如果对这一观点没有什么疑问的话,那么对于儿童文学作家来讲,这方面的责任似乎尤其重大。道理很简单:这个民族的老一代和中年一代已都无太大的可塑性,而新生代可塑性很大。孩子是民族的未来,儿童文学作家是民族未来性格的塑造者。儿童文学作家应当有这一庄严而神圣的使命感。

中华民族曾为人类创造了光辉灿烂的文化,但这并不等于尽善尽美,更不等于说我们就可以对这个民族在性格方面的明显缺陷视而不见。这是一个同时背负着历史的光荣和历史的负担的民族。在走往明天的道路上，它要比一个没有历史的民族艰巨得多。

儿童文学作家对过去儿童教育中的观点以及儿童文学的一系列主题倾向做了重新审视，他们抨击了过去的顺从观念、老实观念、单纯观念等一系列观念，写了许多尊重孩子个性、承认他们具有独立人格的文学作品。上世纪80年代的儿童文学向人们表明：它喜欢坚韧的、精明的、雄辩的孩子。它不希望我们的民族在世界面前是一个温顺的、老实厚道的形象。它希望让全世界看到，这个民族是开朗的、充满生气的、强悍的、透着灵气和英气的。

只有站在塑造未来民族性格这个高度，儿童文学才有可能出现蕴涵着深厚的历史内容、富有全新精神和具有深度力度的作品；也只有站在这个高度，它才会更好地表现善良、同情心、质朴、敦厚等民族性格。中国在21世纪必将生存下去，而它已没有任何理由在21世纪还不能摆脱落后的处境，它也应当走向辉煌了。而那时，这个民族的中坚力量，就是今天正在阅读和将要阅读儿童文学作品的成千上万的中国男孩和中国女孩。

儿童文学承担着塑造未来民族性格的天职。这个类似于口号的观点，是在中国人不满现实、对未来充满向往、中国第二次解放的语境中诞生的。

儿童文学是文学

1987年秋，当时儿童文学的中坚力量汇聚庐山。这次会议注定是中国儿童文学史上的一个重要事件，它的成果就是一大套“新潮儿童文学丛书”。我为该丛书写了题为《回归艺术的正道》的总序：“我们赞成文学要有爱的意识。我们推崇遵循文学内部规律的真正艺术品。我们尊重艺术个性。我们赞同文学变法。”庐山会议之前，我就一直在思考“何为儿童文学？儿童文学何为?”的问题。庐山会议结束后，一个观念很快形成：儿童文学是文学。

儿童文学是文学，这句话在当时有着非凡的含义，意味着对从前以教育(“教育”一词并不准确，实为“说教”)为功能的儿童文学观的革命性颠覆。相当长的一段历史时期，虽也说寓教于乐，而实际上正如保罗·阿扎尔所说的那样：“教育很快就把扼杀娱乐变成自己的义务。”

我是这样表述的：

“儿童文学是文学”，本来是一个简单的、无须重申的，更无须争论的问题。然而，长期以来，我们无论在理论上还是实践上，都不愿或不敢正视这一问题。若干年间，我们严重忽略和冷淡了它的文学的基本属性，生产出不少标着“儿童文学”字样而实非文学的平庸之作。这些被冠以“文学”的作品，没有为我们创造任何的文学价值。

文学当然具有教育的作用，排斥了这一作用，文学是不完善的。但，我们过去把教育作用强调到了绝对化的程度，将教育性提到了高于一切的位置，甚至将教育性看成了文学的唯一属性。且莫说它对文学特性的扼杀，更为可悲的是，它所配合的政治有些是非理性、非道德的，是一些损害民族身心健康、阻碍中国社会正常发展、导致畸形人格心理的政治。它所产生的恶果，至今未能消失，并还将发生不良的效应。

儿童文学是文学。它旨在引导孩子探索人生的奥秘和真谛，旨在培养孩子的健康的审美意识，旨在净化孩子的心灵和情感，旨在给孩子的生活带来无穷无尽的乐趣，而在这同时，它也给了孩子道德和政治方面的教育。

“成长小说”与“成人化写作”

上世纪末，我开始写一种叫“成长小说”的小说，并在理论上对这个概念进行了富有理性的阐述和论证。这个概念的生成、接受和流行解决了许多一直纠缠着我们的困惑。这一概念的生成，意味着一块隐形陆地的浮出，意味着一脉新形态的文学的生成，意味着一种新的美学意念和新的言说方式的确立。

我们原先没有真正意义上的“成长小说”。这一空缺，实际上是我们对人生的一个过程缺乏足够的关注与深刻的认识之缘故。我们曾在很长一段时间中，陷入一种经常性的困惑：我们似乎忽略了什么，并且忽略了非常重要的什么；我们隐隐约约地觉得，我们在处理一些题材、事情和主题时非常麻烦，不知如何下手和掌握在什么分寸上；在我们不得不做出那样的处理之后，我们从内心深处觉察到我们将生活强行地削切与挤压了，我们舍弃了许多精彩与深邃的东西，但却无可奈何；我们似乎被什么箍住了，又似乎因缺少某种规范而有一种心虚、茫然的感觉。

但我们就是说不清楚困惑是因何而产生的。

大约从80年代初开始，中国的儿童文学界忽然地拥进一批新手。这些人似乎从一开始，就写出了与传统意义上的儿童文学不大对路的东西。这些人当初对自己的写作肯定犹疑过，但他们又难以重新退回来——甚至，他们觉得即使这样写，仍然有被捆绑的压抑感。总有一个广阔的世界和另样的境界在诱惑着他们。许多年来，这些人就一直处于这种犹疑与被诱惑的矛盾状态之中。但他们还是坚持了下来，并争得了天下。他们还被认为是当下儿童文学界的中坚力量。然而，被怀疑、被审视的情况就一直未中断过。批评界已无数次提醒这股“误导”了儿童文学而步入歧途、到处流窜并已取得显赫地位的力量，当悬崖勒马、改邪归正。

这样的写作被认定为“成人化写作”。从事这种写作的人,在这种氛围中时感不安。他们想摆脱儿童文学特有的腔调而用另样的腔调,想摆脱儿童文学应有的单纯而让作品的主题复杂深奥一些,一旦做出这种抉择,就总是感到自己的行为含有矫情与做作的成分。这些人在表面的理直气壮下,其实一直未停止过自我怀疑。正是这种心理的作祟,当有人批评这种写作为成人化写作时,他们就会变得有点恼羞成怒。

批评一方在批评这种写作为成人化时,写作的一方采用了同样的思维方式,说:“不,这不是成人化。”谁也没有想起换一种思维方式来看待这一问题。双方实际上都未能找到打开黑箱的钥匙。因此,这种旷日持久的指责与反指责,只能是无效的。现在,我们已经看到了这把在草丛中闪烁着的钥匙,这就是:我们必须对这一路作品重新命名。

旧有的儿童文学概念,其实是一个限定性很强的概念。当提到“儿童文学”这 4 个字时,我们马上就会进入一种特殊的语境,就会感受到在冥冥之中有一个关于语言、关于主题、关于如何处理生活真实的指导性的体系就在那里。但现在来看,从前的儿童文学概念,实际上来自于为低幼与小学中、高年级的孩子所写的文学,由于社会环境与物质环境的变化,今天它可能连小学高年级文学都不一定很适用了。旧有的儿童文学概念,依然是合理的。可惜,近些年来,这种被看作为“正宗的”儿童文学却是地广人稀,情形不如人意。

但以这旧有的儿童文学概念来统辖一个相对于成人文学的一大文学门类,显然已经非常不合适了。按旧有的儿童文学概念来书写初中以上、成人世界以下的这一广阔的生活领域,形同一双大脚必须穿上一双童鞋走路,只能感到步履维艰,并不无滑稽。

事实上,那些被认定为“成人化”的写作,它的尴尬之处,并不在所谓的成人化,而在于一边要竭力符合旧有的儿童文学概念,一边却又要尽量契合旧有的儿童文学概念所无法顾及的现实。这些写作者一直摇摆于这两者之间,苦于找不到一条畅通无阻、心灵无碍的出路。

就目前的情形来看,“成长小说”的独立并无足够的条件,将它看成是儿童文学的一支,相对来说在体制上较为容易。操持成长小说的,也多为少儿出版社。从事这方面写作的主力,也在儿童文学界。但必须实行“一国两制”。成长小说应逐步形成它自己的一套方式。由“自在”到“自为”的转变,无疑是历史性的转变。

文学的意义在于为人类提供良好的人性基础

本世纪初,我对上世纪 80 年代中期提出的“儿童文学作家是未来民族性格的塑造者”这一观念进行了修正,提出:文学的意义在于为人类提供良好的人性基础。我现在更喜欢这一说法,因为它更广阔,也更能切合儿童文学的精神世界。

这里所说的好的人性基础至少含有:道义感、审美意义、悲悯情怀。

道义感。文学之所以被人类选择,作为一种精神形式,当初就是因为人们发现它能有利于人性的改造和净化。在现今人类的精神世界里,有许多美丽光彩的东西来于文学。在今天的人的美妙品性之中,我们只要稍加分辨,就能看到文学留下的痕迹。没有文学,就没有今日之世界,就没有今日之人类。人类当然应该像仰望星辰一样仰望那些曾为他们创造了伟大作品的文学家。没有文学,人类依旧还在浑茫与灰暗之中,还在愚昧的纷扰之中,还在一种毫无情调与趣味的纯动物性的生存之中。不讲道义的文学是不道德的;不讲道义的儿童文学更是不道德的。

审美意义。关于美和审美的问题,是一个我不管走到什么地方都会遇到的问题。中国像我这样的作家可能为数不多,在这样一个年头还讲美,讲美感。我的看法是一贯的,在我的意识里有一个非常重要的东西,就是我认为美感的力量、美的力量绝不亚于思想的力量。再深刻的思想都可能变为常识,但只有一个东西是不会衰老的,那就是美。我们再打个比方,东方有一轮太阳,你的祖父在看到这一轮太阳从东方升起的时候会感动,你的父亲一样会感动,而你在看到这一轮太阳升起的时候也一样会感动。每当我们看到这一轮天体从东方升起的时候,我们都会被它感动,这就是美的力量。

悲悯情怀。这是文学的一个古老的命题。我以为,任何一个古老的命题——如果的确能称得上古老的话,它肯定同时也是一个永恒的问题。我甚至认定,文学正是因为它具有悲悯精神并把这一精神作为它的基本属性之一,它才被称为文学,也才能够成为一种必要的、人类几乎离不开的意识形态的。在我们看来,陈旧的问题中,恰恰有着许多至关重要甚至是与文学的生命休戚相关的问题。而正是因为一些问题是这样的基本问题,所以又是我们极容易忽略的问题,其情形犹如我们必须天天吃饭,但在习以为常的状态下,不再将它看成是一个显赫的命题一样。进入这个具有强烈现代性的时代之后,人们遗忘与反叛历史的心理日益加重,在每时每刻去亲近新东西的同时,将过去的一切几乎都要废弃掉了。

让幻想回到文学

2007 年,我写作多卷本幻想小说《大王书》,并发表"让幻想回到文学"的观点。许多朋友都知道,在很多年前我就有写一部幻想类作品的念头,但就在跃跃欲试准备进入情况时,却见此类作品忽然一下子热闹了起来,它们成了宠儿,成了许多出版社竞相出版的主打作品,一时间,五颜六色、斑斓多彩、沸沸扬扬地飘落在中国人的阅读空间里。加之《哈利·波特》《指环王》《加勒比海盗》等在中国的大肆席卷,中国作家、批评家、出版家以及广大读者终于彻底地认同了一种叫作“幻想文学”的文学，并义无反顾地迷恋上了它。在如此波澜壮阔的情形之下，我想我就没有必要再凑这个热闹了，于是便暂时放弃了这个曾经汹涌在心的念头，依然很平静地去写我的《草房子》《红瓦》《细米》《青铜葵花》式的作品去了。

然而，就在这几年里，写着写着便会有一种企图再度涉足此类作品的冲动，但与从前的情形却有了不同。冲动的原因，不再仅仅是来自难以压抑的内心渴望，而更多的是来自对当下所谓幻想文学的犹疑和担忧：这就是幻想吗？这就是文学吗？这就是幻想文学吗？

我从豪华的背后看到了寒碜，从蓬勃的背后看到了荒凉，从炫目的背后看到了苍白，从看似纵横驰骋的潇洒背后看到了捉襟见肘的局促。“幻想”在今天已经成了“胡思乱想”的代名词，成了一些写作者逃避“想象力贫乏”之诟病而瞒天过海、欺世盗名的花枪。所谓“向想象力的局限挑战”的豪迈宣言，最后演变成了毫无意义、毫无美感并且十分吃力的耍猴式的表演。

所谓“幻想文学”，其实“文学”是没有的，剩下的就只有“幻想”了——“文学”只是浪得了个虚名。我对自己说：去做吧，让幻想回到文学！为了写好它，我做了我自写小说以来从未做过的案头工作。我很认真地看了大约20部关于人类学方面的皇皇巨著。其中，弗雷泽的《金枝》、斯特劳斯的《野性的思维》、泰勒的《原始文化》、布留尔的《原始思维》等经典性著作，这一次都是重读。它们给了我太多的灵感与精美绝伦的材料。我对这些著作，深怀感激。

2008年对于我而言，是我写作史上一个很重要的年头。

鉴于解读图画书的话语权高度集中在少数几个人手中，图画书被高度神圣化、神秘化而使原创图画书望而却步无法开始的现状，我在许多场合发表了我对图画书的看法。提出了“无边的图画书”的观念，发表了“不要低估文字在绘本中的作用”“不必过于夸大绘画在绘本中的地位”“不必过高估计国外绘本的成就”等一系列看法，并几乎失控一般创作了数十本图画书。这些图画书的出版，产生了重要影响。

除以上所提到的，其实在这数十年间，我还发表了其他种种有关文学的观念，并且，我也是这些观念的实践者。

张之路《吉祥时光》：往事的馈赠

李东华

那个叫“吉祥”的小男孩生活在1948年到1957年的北京，对中国人来说，那可真是一个“天翻地覆慨而慷”的大时代。这个大时代落在一个小孩子的眼里，经过一颗稚嫩心灵的过滤，那差不多是从大海中捞起一滴水，从整个冬天采撷一朵雪花。然而，在一个老到而“狡猾”的作家笔下，一朵轻盈的雪花足可托举起整个沉甸甸的冬天。

张之路有着精准的记忆力，仿佛那个叫“吉祥”的小男孩始终活在他的身体里，他自始至终都是用吉祥的感官去听、去看、去体味。这个小孩子关心的事情和大人们很不一样，大人们关注的那些宏大的事件，他的眼睛可能只是一扫而过，甚至忽略不计。他关心的事是9岁了还没有戴上红领巾的烦恼，是哥哥的老鹰、鸽子，是指甲壳大小的天青色的水牛儿，是到同学家去看当时还很罕见的收音机，是到书店租小人书……这些短小、精悍、碎片式的故事，就像作者在“引子”中写到的小石子，当把这些散落的小石子放在一个玻璃瓶子里，灌上水，这些干巴巴的小石子便在水的滋润下像一段段凝固的时光被重新唤醒，焕发出五彩的光芒，而这些光芒又无不是时代之光的折射。

比如写到吉祥去幼稚园路上常常遇到的一对要饭的母女，作者并没有陷入“凡是穷人必老实怯懦”的俗套，而是忠实地写出这娘儿俩爱骂人的强悍性格——也许这正是穷人们用来自我保护的铠甲，小吉祥对她俩既同情又害怕。新中国成立后，吉祥听说“要饭的娘儿俩都到一个街道的合作社去糊火柴盒了”，一句话让读者看到时代变迁中个人命运的沉浮，而小吉祥听后更是“心里一阵欢喜，上幼稚园的时候再也不用担惊受怕了”。常常是这样孩子气的神来之笔，冲淡了生活中苦难和艰辛的沉重色彩。比如写到吉祥一家从大户人家陷入贫困之后，妈妈用降落伞布给吉祥做了一件衬衫，这件衬衫不透气，吉祥一开始不乐意穿，当老师和同学误以为是抗日的飞行员用过的降落伞时，吉祥又充满了自豪感，天天想穿，可是当知道了降落伞并非来自抗日英雄时，吉祥又不乐意穿降落伞布做的衬衫了，已经知道爱美的他渴望一件真正的白衬衫，尤其是在合唱表演的时候。最后，院里那个发明家老先生把降落伞布的衬衣改成了一把雨伞，让一直渴望有一把真正的伞却没钱买的吉祥，终于拥有了一把奇特的雨伞。在这个短小却一波三折的故事里，有战争、政治的投影，有命运的跌宕起伏。这一切作者都只是点到为止，没有深入，然而又是不写之写，是留白，是冰山沉在海水下面的那一部分，却又在一个小男孩的成长故事里，通过旁敲侧击、声东击西，把个体内心的涟漪和时代风云的涌动不动声色地勾连起来，有着“有话则长，无话则短”的意味。

《吉祥时光》有着中国古典笔记体小说的简洁韵味。它体量虽小，描摹的人物却为数众多且个个鲜活。吉祥家是家道中落的大户人家，所住院子甚大，困顿之后就出租房子，因而他见识的人就分外多些。除了自己的爸爸妈妈哥哥姐姐，还有租客日本女孩幸子、发明家老先生一家等等；又由小院扩展出去，进而描摹了他身边的邻居以及他在幼稚园和学校遇到的老师和同学……张之路写人物擅长于抓点睛处，往往寥寥数笔就把一个人写活了。主角吉祥是个懂事、有点羞涩却又争强好胜的小男孩儿，他长相清秀如女孩，所以对自己的性别特别看重。当幼稚园老师让他演“朱大嫂”时，能当演员他很兴奋，但男扮女装又让他很抗拒，这样纠结的心理一直贯穿于他成长的整个历程：不喜欢显摆，却又因在书店老板面前背出《水浒传》里一百单八将而得意；同情女同学小新子，从来不喊她的绰号，却又怕淘气的男生们说他俩“相好”，所以当小新子在作文里写喜欢他时，他气急败坏地当众喊出小新子的绰号；他自认为胆小，但一个男孩子在童年该玩的恶作剧，该淘的气，该犯的错，他似乎都没有错过……作者抓住了一个男孩子的典型心理，只用不长的篇幅就把吉祥写得活灵活现。而吉祥之外，其他配角也无不栩栩如生。

想来“吉祥”该是中国人用得最为普遍的一个词吧——无论世事如何变迁、风云如何变幻，中国人送给自己和别人的祝福永远是“吉祥如意”。用“吉祥”命名小说里作为主角的小男孩以及小男孩经历的成长岁月，既是一石二鸟的叙事策略，更是作者对流逝的童年时光一种不容置疑的肯定。经历了漫长岁月的淘洗，还能在一个人心上留下的，必是沙里拣出的金子，也是往事能够馈赠给现在乃至未来的最好的礼物。作者写院子里住的日本女孩幸子，总是挨父亲的打，有一次父亲又要打她的时候，吉祥向妈妈求助，妈妈就带着吉祥来到幸子的家里，妈妈一句也没提幸子要挨打的事，只是跟她父亲说让幸子帮着量量鞋样子，一边量一边说了幸子很多的好话，后来，幸子真的没有挨打。妈妈的善良和智慧就在这样一些小小的细节中凸显出来。当看到身边的人落难时，马上伸出援助之手，却又给对方留有面子，不说破对方的窘境，让人看到老北京人的仁义、热心肠和善解人意，人情通达但不世故。这样的细节在书中俯拾皆是，比如在那个物资匮乏的年代里，到别人家串门，到开饭的时候一定要离开，免得人家为难。吉祥的好朋友老德子没能经得起吉祥家饺子的诱惑，到了饭点还不走，可他刚刚吃了一个饺子，吉祥就看了他一眼，这一眼让自尊心强的老德子赶紧走了。后来，吉祥到老德子家玩，老德子却不计前嫌请他吃玉米贴饼子，这些点点滴滴的日常小事，写出了蕴藏其中的人情之美，而这种淳朴的人性，又分明照见了今天世道人心的某种缺失。

《吉祥时光》文风冲淡平和，始终笼罩着一种诗意的温情的气氛。它是个体的童年回忆性书写，却并不属于个人的怀旧式的惆怅回望，它试图捕捉住在飞速流转的时光中那些遗落的美好，那些童年的真趣，和今日的孩子一同分享，一同品味，一同守望。

探寻儿童文学的艺术新境

方卫平

由第十届全国优秀儿童文学奖参评和获奖作品来看，以文学的笔墨追踪、记录、剖析、阐说现实，其迫切性和写作的难度，足以引起儿童文学界的新的思考。

从童年现实的拓展到童年观念的革新，本届评奖意在肯定和强调的一个重要方面，是以儿童文学艺术的阔大、丰富、厚重和深邃，抵抗商业时代童年文学经验的某种模式化、平庸化进程。

走进童年的广袤与深厚

当代儿童文学的艺术发展正面临新节点，这个节点与当代中国社会急遽变迁而空前多元的现实密切相关。或许，历史上很少有像今天的中国这样，孕育、生长着如此辽阔、丰繁、复杂的童年生活现实和故事，它是伴随着技术和文化现代性的非匀速演进而形成的社会分化和差异图谱的一部分，其非统一性程度远超我们的想象。这些年来，对这一复杂现实的认识从各个方面溢出传统童年观的边界，不断冲击、重塑着我们对“童年”一词的基本内涵与可能面貌的理解。

由第十届全国优秀儿童文学奖参评和获奖作品来看，以文学的笔墨追踪、记录、剖析、阐说这一现实，其迫切性和写作的难度，足以引起儿童文学界的新的思考。本届获奖的儿童小说《一百个孩子的中国梦》（董宏猷），其独特的价值正在于，将中国当代童年生存现状与生活现实的多面性及其所对应的童年体验、情感和思想的多样性，以一种鲜明而醒目的方式呈示于读者眼前。作家选择在脚踏实地的行走和考察中走近真实的童年，这个姿态对于当下儿童文学的现实书写来说，显然富有一种象征意义。面对今天儿童生活中涌现的各种新现实、新现象，要使作家笔下的童年具备现实生活的真正质感，拥有儿童生命的真切温度，唯有经由与童年面对面的直接相遇。

甚至，这样的相遇还远远不够。要着手提起一种童年的素材，作家们不但需要在空间上走近它，也需要在时间上走进它。而很多时候，尽管怀着关切现实的良好写作初衷和愿望，我们却容易看得太匆促、浮泛，写得太迫不及待，由此削弱了笔下现实的真实度与纵深度。因此，以十年跨度的追踪写成的纪实体作品《梦想是生命里的光》（舒辉波），除了呈现困境儿童生存现实的力度，也让人们看到了现实书写背后观察、积累和沉淀的耐性。这也是《沐阳上学记·我就是喜欢唱反调》（萧萍）这样的作品以及它所代表的写作潮流带来的启示——作家笔下生动的、充满鲜活感的童年，只有可能来自写作者对其写作对象的完全进入和深透熟悉。

这样的进入和熟悉，在作品中直接显现为一种突出的艺术表现效果。《一个姐姐和两个弟弟》（郑春华），将当代家庭父母离异背景下低龄孩童的情感和生活，摹写得既真挚生动，又清新温暖。读者能清楚地感到，作家对于她笔下的孩子以及他们的生活，了解是深入的，情感是贴近的。《我的影子在奔跑》（胡永红）是近年以发育障碍儿童为主角的一部力作，其边缘而独特的视角、收敛而动人的叙事，带领读者缓缓进入一个特殊孩子的感觉和成长世界，那种生动的特殊性和特殊的生动性，若非做足现实考察与熟悉的功课，几乎不可能为之。《巫师的传人》（王勇英），在亦真亦幻的墨纸上摹写传统文化的现代命运，却非空洞的感物伤时，而是站在生活的诚实立场，同时写出了这两种文明向度在人们日常生活和情感里各自的合理性，以及二者交织下生活本身的复杂纹理与微妙况味。这样的写作，更有力地彰显了“现实”一词在儿童文学语境中的意义和价值。

儿童文学不只是写童年的，或者说，儿童文学的童年里不是只有孩子。在细小的童年身影之后，我们同时看到了一面巨大的生活之网。在错综复杂的生活网络中理解童年现实的真实模样，而不是试图将童年从中人为地抽离、简化出来，这才是儿童文学需要看见和探问的现实。《小证人》（韩青辰）里，一个孩子的生活原本多么稀松平常，它大概也是童年最普遍的一种生活状态。但当日常伦理的难题从这样的平淡生活里骤然升起，当一个孩子身陷这样的伦理困境，她的感受、思考、选择和坚持，让我们看到了童年日常现实的另一种气象。《九月的冰河》（薛涛）写少年的不安，其实也是写成人的追寻。你想过的究竟是一种什么样的生活？这个问题对于一个孩子和对于一个成人，具有同等重要的效力和意义。于是，童年与成年、孩子与大人在镜中彼此凝望，相互塑造。在《大熊的女儿》（麦子）、《东巴妹妹吉佩儿》（和晓梅）、《布罗镇的邮递员》（郭姜燕）等作品里，作家借童年的视角来传递关于我们生存现实的某种生动象征、精准批判、深入理解和温情反思，也是以儿童文学特有的艺术方式和精神，为人们标示着现实生活的精神地图。在这样的书写里，作为儿童文学表现艺术核心的“童年”的广袤和深厚，得到了进一步的开掘与认识。

塑造童年的力量与精神

近年儿童文学的童年书写，蕴含着童年观的重要转型。这种转型既反映了现实中人们童年观念的某种变化，也以文学强大的感染力推动着当代童年观的重构塑形。正在当代儿童文学写作中日益扩张的一类典型童年观，在《沐阳上学记·我就是喜欢唱反调》一书的题名里得到了生动的表达。在洋溢着自我意识的欢乐语调里，是一种对于童年无拘无束、张扬自主的精神风貌与力量的认识、肯定、尊重乃至颂扬。在更广泛和深入的层面上，它体现了对于童年自我生命力、意志力、行动力、掌控力的空前突出与强调。

在这一童年观影响下，一种充满动感和力量的童年形象在当代儿童文学的写作中得到了鲜明的关注和有力的塑造。它不仅体现在孩子身上旺盛游戏精力的挥霍与发散，更进一步体现在这些孩子凭借上述力量去接纳、理解、介入和改变现实的能力。这些年来，当代儿童文学对童年时代的游戏冲动和狂欢本能给予了最大的理解与包容，尽管这一冲动和本能的文学演绎其实良莠杂陈，但我们仍然相信，一种久被压抑、忽视的重要童年气质和精神正孕育其中。

透过《大熊的女儿》等作品，我们看到了它在如何促生一种真正体现当代童年独特力量和精神品格的艺术可能。在现实的困境面前，孩子不再是天生的弱者，表面上的自我中心和没心没肺，在生活的煅烧下显露出它的纯净本质，那是一种勇往直前的主体意识与深入天性的乐观精神。这样的童年永不会被生活的战争轻易压垮，相反，它的单纯的坚持和欢乐的信仰，或将带我们穿越现实的迷雾，寻回灵魂的故乡，就像小说中老豆和她的伙伴们所做到的那样。

一旦我们意识到童年身上这种新的精神光芒，一切与童年有关的物象在它的照耀下，也开始拥有新的光彩，包括如何看待、认识、理解历史上的童年。近年儿童文学创作的主要潮流之一，便是朝向历史童年的重新发掘和讲述。与过去的同类写作相比，这类探索一方面致力于从历史生活的重负下恢复童年生活固有的清纯面目；另一方面则试图在自为一体的童年视角下，恢复历史生活的另一番真实表情。本届参评和获奖作品中，出现了一批高文学质量的历史童年题材作品。

张之路的《吉祥时光》，在历史的大脉动下准确地把握住了一个孩子真切的生活体验和思想情感，也在童年的小目光里生动地探摸到了一段历史演进的细微脉搏，那运行于宏大历史之下的日常生活的温度、凡俗人情的温暖，赋予过往时间以鲜活、柔软的气息。黄蓓佳的《童眸》亦是以孩童之眼观看世态人生，艰难时世之下，孩童如何以自己的方式维护大人眼中微不足道的小小尊严，如何以弱小的身心担起令成人都不堪疲累的生活负担；更进一步，如何在贫苦的辛酸中，仍能以童年强旺的生命力和乐观的本能点亮黯淡生活的光彩。

或许可以说，在当代儿童文学史上，童年的个体性、日常性从未得到过如此重大的关注。但与此同时，这个自我化、日常化的童年如何与更广大的社会生活发生关联，亦即如何重建童年与大时代、大历史之间的深刻关系，则是这类写作需要进一步思考、探索的话题。在另一些并非以个人童年记忆为书写模本而包含明确历史叙说意图的作品中，有时候，我们能看出作家在处理宏大历史叙事与童年日常叙事之间关系时的某种矛盾和摇摆。

史雷的《将军胡同》从童年视角出发，展开关于抗战年代老北京日常生活的叙说，尽显京味生活和语言的迷人气韵。小说中，一个普通孩子的日常世界既天然地游移于特定时代的宏大时间和话语之外，又无时不受到后者潜在而重大的重构，两者之间的经纬交错，充满了把握和表现的难度。殷健灵的《野芒坡》，在20世纪初中国现代化进程影响深远的传教士文化背景上叙写一种童年的生活、情感、命运和奋斗，文化的大河振荡于下，童年的小船漂行于上，大与小、重与轻的碰撞相融，同样是对文学智慧的极大考验。在这方面，可以说以上两部作品都贡献了珍贵的文学经验。

事实上，不论在历史还是当下现实的书写中，如何使小个体与大社会、小童年与大历史的关系得到更丰富多层、浑然一体的表现，仍是一个有待于探索的艺术难题。在充分认可，张扬最个体化、具体化的童年生命力量与生活精神的同时，发现童年与这个时代的精神、气象、命运之间的深刻关联，书写童年与这片土地的过去、当下、未来之间的血脉渊源，是当代儿童文学不应忘却的一种宏大与深广。

探索儿童文学的新美学

从童年现实的拓展到童年观念的革新，本届评奖意在肯定和强调的一个重要方面，是以儿童文学艺术的阔大、丰富、厚重和深邃，抵抗商业时代童年文学经验的某种模式化、平庸化进程。这也许是一个仅凭某些畅销作品经验的快速复制便能赢得市场的时代，但没有一位真正意义上的优秀作家会满足于这样的复写，他们会选择始终走在寻找新的经验及其表达方式的路上。

张炜的《寻找鱼王》，提起的是儿童文学史上并不新奇的童年历险题材，写出的却是一则新意盎然的少年启悟小说。这新意既是故事和情节层面的，也是思想和意境层面的。少年时代的扩张意志与东方文化的自然情怀，糅合成为中国式的寻找和成长的传奇。彭学军的《浮桥边的汤木》，对于尝试向孩子谈论生命与死亡的沉重话题的儿童文学写作来说，是一个富于启发的标本。作家让一个孩子在生活的误解里独自与死亡的恐惧相面对，它所掀起的内心宇宙的巨大风暴，将童年生命内部的某种大景观生动地托举出来。小说的故事其实是一幕童年生活的日常喜剧，却被拿来做足了庄重沉思的文章，两相对衬之下，既遵从了童年生活真实的微小形态，又写出了这种微小生活的独特重量。

《水妖喀喀莎》（汤汤）、《一千朵跳跃的花蕾》（周静）、《小女孩的名字》（吕丽娜）、

《云狐和她的村庄》(翌平)、《魔法星星海》(萧袤)等作品,在看似几乎被开采殆尽的童话幻想世界里另辟蹊径,寻求艺术的突破。《水妖喀喀莎》中,汤汤才情横溢的精灵式幻想终于降落在了她的长篇童话里;《一千朵跳跃的花蕾》则向我们展示了一个年轻、丰饶、充满创造力的幻想灵魂。对于幼儿文学这个极具难度、极易在艺术上遭到轻视简化的子文类来说,儿歌集《蒲公英嫁女儿》(李少白)、幼儿故事《其实我是一条鱼》(孙玉虎)等作品,代表了与这类写作中普遍存在的艺术矮化和幼稚化现象相对抗的文学实践。童诗集《梦的门》(王立春)、《打瞌睡的小孩》(巩孺萍),在儿童诗的观念、情感、语言、意象等方面,也有令人耳目一新的创造。

在新经验、新手法的持续探索中,一种儿童文学的新美学可能正在得到孕育。艺术上的求新出奇远非这一美学追求的终点;在新鲜的经验和艺术技法背后,是关于当代童年和儿童文学艺术本质的更深的追问与思考。以本届评奖为契机,当代儿童文学或许应该重新思考一个意义重大的老问题:在艺术层面的开放探索和多元发展背景上,儿童文学最具独特性、本体性的艺术形态和审美精神,究竟体现在哪里?或者说,儿童文学作为一种特殊的文学样式,由何处体现出它既有别于一般文学,又不低于普遍文学的艺术价值?

上述追问伴随着儿童文学的发展史而来,在持续的探询和争论中,我们也在不断走进儿童文学艺术秘密的深处。长久以来,人们早已不满于把儿童文学视同幼稚文学的观念和实践,因此有了充满文学野心和追求的各种新尝试、新探索。但与此同时,仅以文学的一般笔法来做儿童文学,仅把儿童文学当作自己心中的一般“文学”来写,恐怕也会远离童年感觉、生活、语言等的独特审美本质和韵味。

一些儿童文学作品,有精雕细琢的故事,有鲜美光洁的语言,但从童年视角来看,其故事的过于斧凿和语言的过于“文艺”,其实并非童年感觉和话语的普遍质地。如果说这样的“文学化”是儿童文学艺术从最初的稚气走向成熟必然要经历的阶段,那么当代儿童文学还需要从这个次成人文学阶段进一步越过去,寻找、塑造童年生活体验和生命感觉里那种独一无二的文学性。这样的写作充分尊重童年及其生活的复杂性,也不避讳生存之于童年的沉重感,但它们必定是童年特殊的感觉力、理解力、表达力之中的“复杂”和“沉重”。

那种经受得住最老到的阅读挑剔的“复杂”之中的单纯精神,“沉重”之下的欢乐意志,或许就是童年奉献给我们的文学和生活世界的珍贵礼物——它也应该是儿童文学奉献给孩子的生活理解和精神光芒。

2018 年

新时代中国儿童文学：自信与创新的目光

张之路

习近平总书记在中国共产党第十九次全国代表大会上的报告中，谈到祖国的未来，高瞻远瞩地讲到：从 2020 年到本世纪中叶可以分“两个阶段”来安排。第一个阶段，从 2020 年到 2035 年，在全面建成小康社会的基础上，再奋斗 15 年，基本实现社会主义现代化；第二个阶段，从 2035 年到本世纪中叶，在基本实现现代化的基础上，再奋斗 15 年，把我国建成富强民主文明和谐美丽的社会主义现代化强国。

作为一个为少年儿童写作的作家，我不由得想象，今天的小读者，如果他们现在是十来岁的话，15 年后就二十几岁了，再经过 15 年，他们正值 40 岁左右的青壮年，他们将幸福地经历这两个伟大的历史阶段。那时，他们将是建设祖国、保卫祖国的栋梁和中坚力量——他们是幸运的一代，也是肩负着祖国和人民重托的一代。他们今天听的课、今天读的书、今天经受的锻炼，将毫无疑问地为他们的未来积蓄力量。今天绽放的花朵将在金秋结出累累硕果……孩子的未来也就是祖国的未来。

想到能为孩子们写作，能为孩子们的成长提供自己的一份力量，我感到光荣和幸福，同时也深深感到肩上的责任重大。未来的幸福中也有我的一份，因为给孩子们写出好作品，就是为我们祖国美好的未来做出贡献。

儿童文学要有自信科学的目光

在这个继往开来的新时代里，我希望中国的儿童文学有一种自信、科学的目光，这在评论作品时尤其重要。所谓自信与科学，就是要在仔细阅读文本后做出负责任的批评，就是要给作品提出符合创作规律、经得起时间检验的理性评价。

评价可以是多元的，但评价不能是违心的；评价可以是个性化的，但不能是霸道的；评价可以原谅人情化的捧场，也不完全拒绝商业的运作，但不能是歪曲的。尤其对儿童文学来说，它是儿童的精神奶粉，这是评价的底线。

现在的评价有几个参照物，目前流行的第一个参照系就是国外儿童文学。按照目前的舆论，比他们好的还没有，和他们差不多的极少。但遗憾的是，这些评价都是笼而统之,至今也没有看到几篇具体的就某一门类某一题材甚至对具体的中外儿童文学作品的比较文章。有时候新书出版为了宣传,也不得不说是“某某国的某部作品的中国版”,我以为,对于一部优秀的作品,出版社和作家其实用不着这样,因为冷静一想,这样做是表扬自己还是贬低自己,还真是个问题。

我们不能否认和国外的儿童文学尚有差距,但是也要看到中国当代儿童文学有许多可以和国外优秀作品比肩的作品。文学不是技术,更不是一般的商品,它的特殊属性决定了在相互比较时必须考虑地域语言的不同、文化差异、文化商业竞争、强势文化话语权等问题。因此用外国作品为坐标评价中国儿童文学可以成为一个标准,但不是全面的更不是唯一的标准。在对外文学交流上,许多时候我们还处在创作不自信的阶段。有些作家总在想:我是写出很有中国特色的孩子形象好呢,还是有世界共通性的角色更能得到认同呢?我们的儿童文学创作需要与世界交融,但应该充满自信,在文学上下功夫,写出自己应有的风骨和特质。

近几年刚刚兴起的第二个参照系就是排行榜和销售数量。卖得好的书就趾高气扬、一好百好。这不是儿童文学孤立的现象,电视要讲收视率,电影要讲上座率,网络要讲点击率……但是这一切都不能抹杀这样一个事实和道理:优秀作品和卖得好的作品是两个概念,儿童喜欢的和儿童成长需要的作品也是两个概念。这两套评价体系可以统一在同一部作品上,也可以在一部作品中看到两种概念的背离。这里没有好与坏的区别,只是深层次的精神追求与眼前的需要不同而已。这是起码的文学常识,在发展中的文化国度是这样,在先进的文化国度更是这样。目前坐标的迷失只是因为背后不同利益代表的不同立场。相比较而言,除了上面两个标准之外,其他更重要的标准如思想标准、文学标准、儿童标准却失去了应有的地位。这是非常遗憾的。

守望和坚守没有过时,默默的耕耘和奉献没有过时,继承中国的文化传统没有过时,创新和探索更是我们需要的。仅用外国儿童文学和商业畅销作为参照物,不能不说是一种片面的、畸形的评价。

儿童文学要有创新的目光

中国儿童文学应有创新的目光。新世纪以来,儿童文学的创作和出版呈现繁荣的局面,但当下的儿童文学创作也出现了令人担心的情况。在一个强调创作繁荣、创作多元、创作出新的时代,我们却遗憾地看到,许多作品有趋于单一化的倾向。许多作家创作的相当数量的作品,共性大于个性:共同的场景、共同的人物、共同的矛盾、共同的结局,甚至书名都比较相似。比如,读者的年龄段都向小学生汇集,用心的、认真的写作都向快速的、简单的写作汇聚,所有的生活都向校园汇集,所有的情感都向快乐聚集，所有的写作目的都向畅销汇集……

中国的儿童文学作家，尤其是年轻的儿童文学作家，应该有高瞻远瞩的目光。在关注畅销书之外，还应该有为艺术而写作、为创新而写作的目光。探索和创新应该受到鼓励，而且应该受到隆重而热情的鼓励，否则中国儿童文学的进步将会被一片热热闹闹的重复所掩盖。

中国的童书最近卖得很好，必须看到，这是多方面原因造成的。除了作家的努力、出版社的努力和读者的支持，还有时代赋予儿童文学的机遇。儿童文学作家要怀着感恩的心情，冷静地珍惜这个机缘，感谢这个时代。我们希望在越来越多的儿童文学作品中看到文学性与可读性的共存，看到门类、题材和内容上的丰富多彩，看到各个年龄段都出现优秀的作品，看到幻想类作品和写实类作品共同繁荣，看到儿童文学有对成人文学的关注与思考，看到儿童文学对社会与时代的关注和担当。

“有意义”与“有意思”兼备

我以为，“有意义”和“有意思”仍然是优秀儿童文学需要兼备、不可偏废的品格。儿童文学和所有其他文学一样，内涵和主题的复杂性、丰富性是其魅力所在。而以深入浅出的方式表达复杂丰富的思想和情感，正是儿童文学作家创作的难度所在，也是他们的光荣和自豪之所在。

我以为，让孩子哭也好，笑也好，都不是儿童文学的最高境界。如果一个孩子看了书，在笑过或哭过后还思考了一会儿，体会到一些人生的况味，这才是最理想的。

中国儿童文学曾经把教育性当作作品的根本要素，忽略了儿童文学的文学性和娱乐性。在近几十年的儿童文学创作和阅读实践中，大家愈发重视儿童文学的文学性和娱乐性，这无疑是个巨大进步。但一些儿童文学作品走向了另一个极端，从只要教育的文学变成了不要教育的文学，走向了简单和肤浅的感官刺激。这种认为“只要吸引儿童就是好作品”“吸引儿童是唯一目的”的观念需要反思。儿童文学应该有教育的因素，在孩子们的心中打下正直、善良、正义、同情、乐观、悲悯的精神底色。少年儿童不是不需要引领，而是需要一只为他们所信服的大手引领，这种引领包括智慧的启迪、艺术和人文的熏陶。

从事儿童文学创作对我来说是一种机缘，也是一种幸福，更是我作为作家对少年儿童的责任。虽能力有限，但这种责任让我在创作每一部作品时不敢稍有懈怠和自满。作为一个儿童文学作家，我想努力保护儿童本来应该拥有的快乐和从容，让他们在真善美的熏陶下度过宝贵的人生阶段；在作品中弘扬匡扶正义、友爱助人的精神；用我的微薄之力净化保护孩子的心灵，培育孩子健康的精神世界。

孙毅“上海小囡三部曲”:不老的作家,有力的小说

秦文君

孙毅“上海小囡三部曲”里的三部新作,因工作关系,我曾读过一遍,印象颇深。何况,自认识孙毅老师和他的夫人彭新琪老师,这么多年来,我们在一起开会、聚餐、聊天,也郑重地商量过一些具体事务,孙毅老师夫妇一向对我关照有加。时日漫长的交往,也让我有心写些什么。

认识孙毅老师是1984年春天,他时任上海作家协会儿童文学组的组长,当时儿童文学组群英荟萃,人心整齐,每次组织儿童文学活动,参加者爆满。一些名家往前坐,我等小字辈待在拥挤的外围,多次聆听孙组长用中气十足的大嗓门,喊话似的发表指令。平心而论,他发言中绝少官腔,所说的全是实情、实事,但口气粗犷,姿态上保留着“愤青”的模样。小字辈们会在外围议论纷纷,说组长结棍、强势、凶悍。也是啊,哪怕一个通知,他报的时候,也使用激昂的战斗风格。他担任上海作协儿童文学组的组长得心应手,连续多少年。不知从何时起,小字辈的议论少了,也许是习惯了,也许是小字辈已慢慢成熟了。

那期间上海作家协会领导换过了几茬儿,但凡和我提及孙毅老师的,无一例外地说他爱表达不满,大声疾呼,提出要求,但均不是为了他个人。说大了是为儿童文学求发展;说小了,是为了人数颇为庞大的儿童文学组。在儿童文学低潮时期,他呼吁各界重视儿童文学,多开展一些儿童文学作家的实践和交流活动。他能量大,呼吁之后必有行动,骑着自行车四处奔走,多方牵线、搭桥,果然促成了不少文学活动。大大小小的事,只要事关上海儿童文学,他都格外精心,就连陈伯吹老人当年去邮局寄信时摔跤了,伤口流血不止,也是他第一时间告诉我,我立即去作协找人救助。长年累月如此,他成了人们心目中热心而非凡的儿童文学的组织者、活动家。

最近10年来,中国原创儿童文学异常火爆,被称“黄金十年”。孙毅老师并不放松,除了埋头写作、出书,依旧保持着应有的责任和愤怒。他数次找我提意见,说话时窝了一肚子火。一次仿佛是为某地出版了一套大型的儿童文学系列,其他文学门类都有,竟不收录儿童戏剧和儿童曲艺。还有一次是来声讨某文学社团没有很好地行使繁荣文学的天职。其实那时,他已80岁了,早无职位,却依旧在操持这一切,勇于守望上海的儿童文学。从某种程度上说,孙毅老师极其执着,粗中有细,为了最热爱的儿童文学事业,他成了一个求完美、有策略的人。

2017年初，和孙毅老师等比我更老的几位老作家一起岁末小聚，孙毅老师说他很想用积蓄办一个儿童诗的刊物，因现在儿童诗太薄弱，被边缘化了。当时我确实被感动到了，因为他说这话的时候已经90出头了。

如此的热爱和牵挂，注定他永远没有下岗的那一天。我推想，正是因为这样的一种热爱和执着，他才会以常人难以想象的创作能量，写出近20万字的“上海小囡”的故事。

这部新作由三部人物各异，故事并不承接，但内涵能够顺连在成长主题下的中篇小说组成。

《小银娣悲惨的童年》无疑是三部曲中最靓的一部，6万余字，很是感人。作品以第一人称的口吻，写了来喜和姐姐银娣的成长。开篇就写9岁的小银娣和7岁的小来喜跟着大人到上海城隍庙烧香，求城隍庙老爷保佑他们平安幸福。奶奶年年在年头年尾去烧香，说这样烧香等于烧了一年的香。奶奶的烧香规矩虽然传了下来，却并没有给这个家带来福分，首先奶奶自己就那么苦命。在“杀人”的旧上海，这个家庭接连遭遇苦难，连生存权也几乎没有。来喜和姐姐银娣这对姐弟，不要提平安和幸福，用孙毅老师的话说，“小小年纪被逼得活不下去了”。

《小银娣悲惨的童年》有特别的文学意味，书中有深长的寓意，有珍贵的记忆，有生活的实感，人物塑造真实可信。比如来喜，当他被人叫作“少爷”的时候，心里格外难受。而银娣，起初一直无奈、逆来顺受，后来忍无可忍，终于觉醒逃出来，在猪圈里找到拱在母猪身边取暖的弟弟，一起奔向了光明。

书中对黑暗社会的揭露富有独特视角，如爸爸工伤致残后，被工厂汪老板使用可恨伎俩欺压。妈妈去帮佣，姨太太为了少付半个月工钱，竟倒打一耙，污蔑妈妈偷金戒指，恶人先告状。这些血泪故事、这些对黑暗人性的透彻揭示，我在近期广泛的写旧上海背景的作品中很少见过。孙毅老师生长在旧社会，遭受过日本侵略者、剥削阶级和腐败政府的欺压，写到这一切的时候，他不但具有真切的体验，焕发一种感慨和愤然，而且对黑暗人性的揭示，带有痛恨，使劲鞭挞，毫不留情。

他更有一种让今天的读者了解当时黑暗社会的使命感。在这部小说里，他熟稔地运用小说的技巧，人物真切，情境丰富，特别是故事紧凑，一波三折，颇有戏剧的风范。在他的笔下，爸爸受压迫，妈妈受欺辱，全家不得不离开上海去了苏北老家。但家乡也是满目疮痍，一家人在那儿生离死别，波折不断。姐姐小银娣也受尽折磨，境遇每况愈下：起初坐在布店门口高高的椅子上，看顾客有没有偷店里的零头布，晚上看店。后来遭到狠心的刘太太打骂，不得已回家服侍可恶的刘老板。再后来，又被送到孤儿院。甚至，坏人用死去的妈妈的手在卖身契上按手印。故事触目惊心，情节离奇，但感觉不到编造的痕迹，因为小说的情节有生活基础，整个故事一气呵成，非常自然，读起来更像一个亲历的事件，这是非常不容易的。

小说不仅写出银娣一家的悲惨生活，亲人们的颠簸、苦难，更着重写出人类的良知和希望，即便在黑暗的吃人的旧社会，人世间还有温暖人心的好人，还有优美的人性和爱，也存在良知和同情，如住灶披间的哈先生、苏北善良的王爷爷、弟弟来喜对姐姐银娣受苦受难的疼惜和不忍，他们一家人的相守和相爱，都是悲惨世界中的一丝光芒和希望。特别可贵的是，作者在书写这些温情的时候，并没有处理得过度泛滥，而是相当得体、节制、理性。最后银娣和来喜姐弟为寻求光明，走上了一条新的道路，这是人心所向，也是人性所向。

孙毅老师借助小说，述说了不该遗忘的记忆和历史，小说对当年的社会矛盾，有刻骨铭心的描述，毫不回避，而且作者的创作力大爆发，做到了既写社会矛盾，也写人性、人伦的力量和容量。我觉得小说颠覆了作者过去的写作格局，扩大了写作疆界和艺术宽度。

5万余字的《战斗在敌人心脏里的少年队》，写了沪生和章洪、小琴、金生等一群少年先锋队员的成长。小说具有很强的亲历性，许多细节，如新中国成立前夕，还在白色恐怖统治下的先锋队员在家里悄悄地做五角星等，非当事人很难写出来。在这部小说里，孙毅老师激情述说了他眼里过往的荣耀和骄傲，将人们普遍遗忘和缺失的一段独特的生活，畅快地从容地写出来。

而7万字的《野小鬼与野小狗的故事》，故事背景是新中国，作者让主人公阿郎生活在上海城乡接合处，在我们既熟悉又陌生的儿童生活中，过正常的聪明孩子的生活，和小狗阿黄帮助王大伯，抓到骗去手表的骗子。这个作品写得活泼，有童心，戏剧性强，事件和立意有五六十年代作品的时代印记。

孙毅老师有苦难的童年，并历经了战乱、白色恐怖，最终参加革命。新中国成立后，他参与了社会主义新中国的文化建设，又经历了“文革”、改革开放、互联网时代，在如此多的历程中，他始终选择做“最有教育意义的事”。他写了大量儿童戏剧、儿童诗以及这一次的“上海小囡三部曲”，是希冀通过文学艺术，潜移默化地唤起儿童的同情心，令他们永怀责任感。

2013年，第25届陈伯吹儿童文学奖颁布，高龄的孙毅老师获得杰出贡献奖。当时我也是评委之一，记得这一票投出的时候，我脑海里浮现的，是孙毅老师扯着大嗓门，骑着自行车，风风火火为儿童文学活动奔波的形象。自从我通读了他的“上海小囡三部曲”，此后再想起孙毅先生，脑海里浮现的已是执着于写作小说的那个忘却年龄的作家，他在书桌前尽情挥洒笔墨。可以说，对孙毅老师以往多少年的印象，被这部新作颠覆了。

当代话语和当代体系：
一个时代的理论和批评应该担负的职责

方卫平

一种意识，两个关键词

在新世纪至今中国儿童文学发展的现实语境下，在新的儿童文学现象不断向理论批评提出新要求的状况下，儿童文学理论研究的“现实性”与“当代性”应得到新的审视和思考。

我以为，中国当代儿童文学理论界应以一种高度的自觉意识，努力构建儿童文学理论批评的当代话语和当代体系。

这一意识里有两个关键词：一是“当代”，二是“中国”。前者强调时间性、历史性，后者强调空间性、地域性。如果说很长一个时期以来，这两个关键词始终是当代儿童文学理论批评建设所面对的双重要求，那么，在新世纪至今中国儿童文学发展的现实语境下，在新的儿童文学现象不断向理论批评提出新要求的状况下，这一双重要求的意识，也应得到新的审视和思考。

近20年来，中国儿童文学的发展现实，也许超出所有人的预期和想象。只需想一想本世纪初以来，儿童文学如何从传统出版相对低迷的情势中逆势而上，持续攀升，在十余年间成为整个图书市场炙手可热的宠儿，便足以令人感受到现实本身的莫测与神奇。今天，这一现实无疑构成了人们谈论新世纪以来儿童文学发展进程的最基本的背景，而它自身也被敲上了“当代”和“中国”的鲜明烙印。

当代儿童文学的发展愈是演进，我们愈是感到，不论来自域外的资源提供了多么重要和巨大的参照，中国儿童文学注定要在自身特殊的政治、经济和文化语境中探寻它的发展路径。正是这种独一无二的当下性和本土性，向儿童文学理论提出了新的诠释力和有效性的要求。

仅以作为现代儿童文学思想起点的童年观为例。中国当代儿童文学无疑继承了整个20世纪东西方现代童年观的重要精神遗产，但与此同时，它在今天所面对的中国当代童年的分化程度以及童年现实的复杂状况，又都是空前的。对于当代儿童文学来说，它该以何种方式解开当代童年生活的文化密码，又以何种方式与中国童年的现状、命运和未来之间相互影响、彼此塑造，正是一个充满难度和潜力的新的理论课题。

再如，也许是受到域外儿童文学艺术的影响，中国当代儿童文学逐渐培植起了一种对于现代儿童文学艺术发展至为重要的中产阶级美学。然而，这个过程中，我们也在不断发现这一西式“中产阶级”美学与真实的中国童年体验之间的某些裂缝，以及它所导致的当代儿童文学艺术表现的一些潜在问题。如何重新思考、塑造中国儿童文学的典型美学，同样是一个极具“中国”性和“当代”性的理论话题。

总体上看，在儿童文学的文化观念、艺术创造、阅读推广、教学实践等各个领域，对于一种切合中国当代儿童文学发展特殊性的批评话语和理论体系的需求，既普遍又迫切。相比之下，当前的理论和批评本身，则还未能跟上这一现实要求的步伐。

三类话语资源的吸收与借鉴

针对新兴、复杂的文学现象，理论的解释力和批评的判断力，必然有赖于它自身的积累和见识。中国儿童文学理论批评话语的当代建设，应当重视对三类话语资源（历史资源、域外资源和普遍的文学与文化资源）的借鉴。

一种贴近当代和本土状况、契合当代和本土需求的儿童文学理论批评，不是简单的理论演绎或莽撞的实践概括的产物。针对新兴、复杂的文学现象，理论的解释力和批评的判断力，必然有赖于它自身的积累和见识。

因此，中国儿童文学理论批评话语的当代建设，应当重视三类话语资源的借鉴。

一是历史资源。中国儿童文学理论批评的历史话语资源对于其当代建设的价值，不但体现在一切历史相对于当下的某种共通的借鉴和提示意义上，也体现在透过这一历史话语资源的清理与追究，我们有可能发现与当代儿童文学理论批评的发展困境和趋向密切相关的文化根源。与西方现代儿童文学的状况有所不同，现代意义上的中国儿童文学理论建构，是以某种早慧的形态与现代儿童文学几乎同时诞生。在这个过程中，它兴起的初衷、关切的问题、批评的聚焦、理论的命运等，对于我们今天思考中国儿童文学理论批评的价值、意义，探问当代儿童文学理论批评的困境、问题，仍然深具启发。

我一向持有这样的观点：一部中国儿童文学理论批评史给我们留下了巨大的思想和文化遗产，针对这份遗产的当代整理和接收的工作，还远没有彻底完成。甚至，从现代儿童文学的诞生到今天，一个多世纪过去了，关于儿童文学的艺术规律，关于儿童文学的实践活动，在某些方面，我们并没有比前人走得更远。历史留给我们的资源，还有着巨大的探讨和反刍空间。对于当代儿童文学理论批评的进一步建构和发展而言，更充分地清理、收纳、消化这一历史资源，应是不可或缺的一项工作。

二是域外资源。我在《中国儿童文学理论批评史》一书中曾经谈到，中国现代儿童文学理论批评在很大程度上起步于面朝域外资源的学习和借用，直至今天，儿童文学界仍然保持着这一姿态。当代西方儿童文学理论批评的发展,让我们看到理论和批评如何将儿童文学由一个最初仅在儿童阅读服务领域得到关注的边缘存在逐渐提升至一般文学研究对象的行列,以及一批新锐、前沿、开阔、深厚的理论批评著作的问世如何逐步开掘出儿童文学自身的广度和深度。在一个开放的文学和文化交流时代,这一域外资源尤其吸引着国内青年一代儿童文学研究者的关注,它的更丰富的理论面貌,也在这一进程中得到新的认识和揭示。近些年来,我在应约为长江少年儿童出版社编选年度中国儿童文学论文集的工作中,对这一现象尤有感触。

不过我也认为,针对域外资源的借鉴,首先,应以了解和吸收本土资源的学术养分为基础;其次,同样要学会识长辨短,去伪存真。尽管当代欧美儿童文学理论批评的确展示了强大的创造力,其中不乏重要的经验,但也要避免机械照搬的拿来主义,更要警惕理论武器的滥用、误用。了解域外资源,是为拓展眼界,增长识见,从中汲取有助于当下儿童文学理论与批评建设的借鉴。面对这一资源,我们自己的视点,应该落在更高更远的地方。

三是普遍的文学与文化资源。这些年来,我在《新世纪儿童文学的文化问题》《儿童文学作家的思想与文化视野建构》等文章里,在不少会议上,反复谈到儿童文学作家要不囿于儿童文学的小圈子,要在更大的文学和文化视点上思考儿童文学的艺术问题。这一点对于理论批评来说,同样重要。很多时候,令儿童文学界感到迷茫、胶着的一些当下问题,若从普遍文学和文化的大视野来看,常有重要的启迪。例如,近年儿童文学界关注的儿童文学应该表现什么样的"童年现实"的问题,一旦我们意识到,它其实也是人类文学史上关于文学可以和应该"写什么"的久远争论在当代儿童文学界的投影,那些已有的思想成果,就会成为我们从一个相对成熟、深透、完善的角度讨论、思考、解开这一艺术问题的重要理论支持。当然,普遍文学和文化的问题,不能简单地移植为儿童文学及其文化的问题,但它们所揭示的文学和文化的经验、教训等,应该成为我们思考儿童文学问题的基本起点。

关于儿童文学的一切特殊问题的思考,都离不开一种文学和文化的普遍视野的参照。从后者出发,能够有效地帮助儿童文学理论和批评摆脱它常易陷入的某种狭隘境地,既有助于现实问题的剖析,也有助于理论批评的推进。

两大理论体系的设想

当代儿童文学界应当有意识地规划、启动两大基本理论体系——基础理论的体系、应用理论的体系——的建设。

对于当代儿童文学理论的发展而言,是否有必要、也有可能建立一套相对系统、完善的当代儿童文学理论体系？对于“体系”这样的用词，我一向抱有警觉，因为它太容易给丰富、细密、多样、复杂的文学观念、现象等带来不当的限制和武断的裁决。但在文学艺术发展的特定阶段，体系也有它不可替代的意义。建立在系统、全盘的现象考察、分析基础上的理论概括、总结、洞察和前瞻，对于我们摆脱身在局中的片面迷思，探向现象背后的深层问题，也有独到的意义和价值。同时，一个相对科学、系统、富于解释效力的理论体系的确立，对于作为一个学科的儿童文学研究来说，更是一种意义重大的支撑。

当代儿童文学界应当有意识地规划、启动两大基本理论体系的建设。

一是基础理论的体系。这是指围绕着儿童文学的观念、文体、艺术、文化及其他基本理论问题建立起来的理论体系。这一体系在当代儿童文学研究史上有其一贯的传统。新时期以来一直在陆续出版的一大批教材和教程性质的基础理论著作，上承现当代儿童文学的基础理论传统，同时也结合当代语境和状况，对这一传统做出必要、恰当的补充、完善。不过，这些著作的教材性质在客观上限定了其理论展开的广度和深度；同时，许多新兴、特殊、重要的当下文学现象带出的理论话题和理论思考，也难以在其简明的体系构架中得到充分体现。事实上，发生在当代儿童文学现场的大量新兴文学现实，以及这些现实带给传统理论的冲击和要求，它们所对应的理论话题，需要大量专题研究的介入和支撑。这一体系的建设，总体上应有一种统筹意识，如何有效深化既有的理论课题，如何准确开辟新的理论场域，如何使它足以构成一个对当下中国儿童文学的历史和现实具有充分覆盖力、诠释力的话语体系，等等。

二是应用理论的体系。相比于基础理论，当代儿童文学的应用研究远未跟上其应用实践的现实，这或许是因为相比于欧美社会源远流长的儿童阅读服务体系和传统，中国儿童文学的应用实践原本就远落后于艺术创作的实践。近年来，国内儿童图书馆服务网络的快速建立和发展，儿童文学阅读推广实践的迅速铺展和加快成熟，以及学校、社会对于儿童文学教学实践的关注和重视，既让人们看到了儿童文学的应用实践带给整个社会的巨大文明福利，也进一步揭示了针对这一实践的理论需求与理论现状之间的巨大差距。与基础理论相比，中国儿童文学的应用实践更直接地受到它所处社会、文化、体制等特殊条件的影响和塑形。针对这一现实，儿童文学理论界亟须思考、规划、启动建立在科学调查与研究基础上的专业探讨和理论建设工作。这一理论体系的科学规划，以及基于理论成果的有效批评实践，将有助于我们在儿童文学的应用实践中辨清乱象、克服盲目，也将为当代儿童文学理论批评的发展带来重要的新成果。

还应当说明的是，上述观念、话语和体系的建设，终点并非理论和批评本身，而始终是当代儿童文学和童年生活中展开着的无比丰富、生动的现实。面对这一现实，理论和批评的最高意义往往也并不体现在为其指明出路、规划蓝图的能力上——对于文学而言，这样居高临下的指示和规划，很可能是空洞乃至危险的——而在于运用理论和批评特有的观察力、概括力、判断力、洞见力，随时为行走在其中的我们提供尽可能准确、必要的方位参考。在文学的阔大森林里，理论和批评扮演的是地图和指南针的角色。前路的景象始终有待未知的探索，但辨清身在其中的基本方位，总能帮助我们不致迷失在毫无方向的杂沓错步中。对于中国儿童文学而言，它正在经历的或许是当代儿童文学史上前所未有的艺术和文化变革的时代。从这空前激烈的革新和变迁里，寻找和确认其中“不变”的文学经纬和文化坐标，是一个时代有所追求的理论和批评应该担负起的职责。

从童书出版大国的崛起看儿童文学的蓬勃

海　飞

儿童文学是童书出版之本。没有优秀的儿童文学作家作品，就没有优秀的童书出版社和优秀的图书。童书出版是反映儿童文学发展情况最直观、最逼真、最写实的一面镜子，从童书出版这面镜子里，我们可以清晰又欣喜地看到，中国儿童文学伴随着改革开放40年的发展，正在逐步营造出走向世界的时代格局。

追本溯源，从出版视角透析文学大观，从童书出版大国的崛起看儿童文学的蓬勃，中国儿童文学有三个显著的标志性特征。

中国儿童文学“井喷式”的发展

改革开放前，中国的儿童文学和童书出版可以用“4个2”简而言之：南北两个少儿出版社，200多名少儿出版人，200多名儿童文学作家，年出版752种少儿图书，处在一个文学极度“短缺”、“书荒”严重的时期。

改革开放使中国儿童文学和童书出版发生了天翻地覆的巨变。特别是进入21世纪后，中国的儿童文学和童书出版呈现“井喷式”发展，出现一个前所未有的被誉为“黄金十年”的高速度发展期，并展现出大时代的蓬勃气象。童书出版从原来的两个专业少儿社的“小小众出版”，演化为大众出版。全国581家出版社中，有550多家出版童书，其中专业少儿社30多家，童书出版集团4家；数以万计的编辑队伍、作者队伍；年出版童书4万多种，总量居世界第一；拥有3.67亿未成年读者的巨大童书市场，年总印数有8亿多册，在销品种30多万种，销售总额200多亿人民币；年产值连续18年实现两位数增长，成为整个出版界最具活力、最具潜力、发展最快、竞争最激烈的出版板块，成为一支拉动并提升中国出版业发展的“领涨力量”。在全世界步入互联网时代、大数据时代，纸媒出版一路下滑的大趋势下，这是中国出版界绝无仅有的第一增长速度，也向世界童书出版界展现出中国增长速度。

“井喷式”的高速度发展表现在儿童文学创作上，是出版对文学的“求大于供”，是对优秀作家、优秀作品的强烈需求。广大少年儿童如饥似渴的阅读需求，推动了优秀作家、优秀作品的涌现，推动了品牌作家、品牌作品的涌现，推动了畅销书作家和作品的涌现。一大批优秀作家和作品应运而生。如郑渊洁和他的《皮皮鲁总动员》系列，秦文君和她的《男生贾里》《女生贾梅》，张之路和他的《第三军团》，金波和高洪波的儿童诗，曹文轩和他的《草房子》《青铜葵花》，杨红樱和她的《淘气包马小跳》《笑猫日记》，沈石溪和他的动物小说系列，郑春华和她的《大头儿子和小头爸爸》，汤素兰和她的《笨狼的故事》系列等。曹文轩的《草房子》再版500多次，每年销售超过120万册；《青铜葵花》再版200多次，版权输出英国、德国、意大利等16个国家。杨红樱的《笑猫日记》系列24册，出版12年，发行突破6000万册，销售码洋达9亿多人民币，200多次位居全国童书月销售排行榜前十，其中30多次名列榜首。原创儿童文学的高速度发展，彻底改变了改革开放初期引进版儿童图书长期霸占畅销书排行榜榜首的局面。

中国儿童文学有了“高原”和“高峰”

经过改革开放的洗礼和儿童文学界、童书出版界的努力，我国儿童文学的高原已经生气勃勃地隆起在世界东方。2016年，曹文轩荣获国际安徒生奖文学奖，一定程度上标志着我国儿童文学高峰的崛起。

我国已经拥有一支高水准的老、中、青三代结合的作家队伍，拥有一批优秀的儿童文学作品。中共中央宣传部、国家新闻出版总署、中国作家协会等领导部门非常重视对作家队伍的扶植和培养，我国的儿童文学作家队伍阵容是强大的、整齐的。近年来，一批卓有文学成就的成人文学作家，如张炜、肖复兴、赵丽宏等，也开始关注儿童文学，为小读者创作，写出了《寻找鱼王》《红脸儿》《童年河》等优秀作品，成为儿童文学一道亮丽的风景线。另外，一批青年作家如薛涛、汤汤、陈师哥等的茁壮成长，为中国儿童文学增添了朝气蓬勃的有生力量。同时，儿童文学的门类和品种丰富多彩，百花齐放。除传统的校园小说、成长小说以外，动物小说、幻想文学、大自然文学等，应有尽有。富有特色的儿童文学出版基地也应运而生，如浙江少年儿童出版社成立了儿童文学分社，江苏凤凰少年儿童出版社成为我国儿童文学出版重镇，大连出版社推出了“大白鲸”幻想文学出版平台等。许多出版社都设立了儿童文学作家工作室。同时，带有浓郁地方特色的儿童文学创作集群也脱颖而出，如北京味的胡同、大院儿童文学，楚文化特色的湖湘儿童文学，现代移民城市的深圳儿童文学等，都增添了儿童文学的多元色彩。所有这些努力，都为开拓中国的儿童文学高原和攀登儿童文学高峰，打下了坚实的基础。

中国儿童图画书表达风生水起

一段时期内，“小人书”亦即连环画曾经一统天下。随着时代的发展，“小人书”成了历史，成了收藏品，而“图画书”的概念逐渐兴起。图画书是文学的图画表达，是文字和图画的共同呈现。由于以图画为主、用纸讲究、装帧精美、成本居高，在很长一段时期内，图画书曾经是我国童书市场上可望而不可即的“奢侈品”，也是我国和世界儿童文学、童书出版强国之间的重要差距。随着改革开放的深入和经济社会的发展，我国国家实力和家庭购买力迅速提升，原创图画书成为儿童文学、童书出版繁荣发展的新亮点。许多优秀儿童文学作家纷纷投入图画书文本创作，画家队伍更是力量丰厚，连外国画家也积极为中国作家的作品绘制插图。目前，我国每年引进图画书约2000种，原创约2000种，共计4000多种。图画书出版质量不断提升，既注重体现中国特色，又汲取国外先进理念。有的本土原创图画书已经引起国际同行的关注；有的图画书在国际上获奖，如《团圆》《云朵一样的八哥》《辫子》等。同时，图画书研究机构也应运而生。2015年，北京师范大学成立了中国原创图画书研究中心。这是我国第一个专业研究图画书的学术机构，每年发布优秀原创图画书年度TOP10排行榜。图画书也有了自己的奖项：香港设立了“丰子恺儿童图画书奖”，台湾设立了“信谊图画书奖”，北师大和时代出版传媒股份有限公司设立了中国原创图画书“时代奖”，北方出版集团和鲁迅美术学院设立了“小麒麟奖”等，这些专业奖项的设立，极大地推动了原创图画书的发展。

改革开放为中国儿童文学和童书出版带来了天时、地利、人和，带来了前所未有的大发展、大繁荣。我们要继续努力，开创和营造一个在世界格局中真正属于中国儿童文学和童书出版的大时代。

儿童文学与时代同行

——浅议改革开放40年之儿童文学

徐德霞

改革开放40年,我们这代人是亲历者,也是参与者、践行者。我们的整个职业生涯与改革开放紧紧联系在一起,我们的人生命运也与改革开放紧密相连。

我恰好是1978年到《儿童文学》杂志当编辑的,整整37年,期间做主编25年。伴随着这本刊物,差不多经历了整个改革开放40年的全过程,其中有迷茫、焦虑、苦闷,更多的是挑战、拼搏、奋进。是这个时代赋予了我们改革的勇气,是这个时代激发了我们不断创新前行的信心和活力。改革开放之初的80年代,我所在的《儿童文学》这本老刊物的发行量从月发行50多万册,一直滑到5万多册。正是在这种情况下,迎来了出版界的深化改革。我们以背水一战的决心和勇气,经过十几年的努力,终于使《儿童文学》杂志走出低谷,成为全国知名的销量过百万的大刊,给坚持纯文学创作的作家们很大信心和鼓励,提升了纯文学创作者的士气。

2009年底,《儿童文学》杂志在发行突破百万的基础上,成立了儿童文学出版中心,开始涉足原创儿童文学图书的出版。我们提出全力打造中青年作家的构想,很快推出了一批年轻作家的原创长篇作品。这些新面孔一问世,立刻受到图书市场、新闻媒体和儿童文学出版界的关注。随后,我们每年推出三四十种原创长篇,平均印数5万册以上,再版率100%,《儿童文学》的图书品牌一炮而红,实现了书刊互动,比翼齐飞。最重要的是一批年轻作家的推出,改变了作家队伍的结构和出版生态,老、中、青三代作家开始齐头并进。目前这批作家活跃在全国各家儿童文学出版平台,成为儿童文学创作的主力。《儿童文学》杂志也为整个儿童文学事业尽了一份绵薄之力。

和整个儿童文学事业相比,《儿童文学》杂志只是儿童文学百花园中的一棵大树。回顾改革开放40年,我国儿童文学事业从改革之初的一片荒芜起步,经过了80年代的繁荣、90年代的彷徨,直到进入新世纪,迎来了儿童文学的大发展、大繁荣,成就有目共睹。

40年来,儿童文学在创作上主要有"两个回归"。一是回归儿童。儿童从被教育的对象成为文学的主体,以儿童为本、以儿童为中心成为大家的共识,儿童真正成为文学作品的主人,儿童的天性受到保护、褒奖和张扬,出现了一大批故事生动、人物鲜活,贴近现实、贴近时代、贴近儿童的优秀作品。二是艺术的回归。儿童文学从"教育的文学"下挣脱出来,一改概念化、脸谱化,从简单的直面说教到润物无声的艺术滋养,儿童文学跨出了最重要的一步,回归到文学本体,出现了一大批思想内容健康、艺术质量上乘的作品。有了这两方面的回归,才可以理直气壮地说,改革开放40年来,儿童文学取得了巨大进步,我国的儿童文学才有了与世界儿童文学对等交流的基础。

儿童文学的真正繁荣是在进入新世纪以后,在市场经济的推动下,童书出版进入了一个黄金期,儿童文学迎来了一个新时代。作为新时代的儿童文学,有以下几个重要标志:

第一是儿童文学出版持续发力,潜力巨大。目前有500多家出版社涉足儿童书出版,每年有4万多种出版物问世,其中儿童文学图书占45%左右,再加上新媒体、融合出版、互联网+等新的出版方式,持续为童书出版注入新的生机和活力,儿童文学新作如雨后春笋,不断强势推出,彰显了原创儿童文学的实力和潜力。

第二个标志是儿童文学的品质不断提升。如果说,十几年前,儿童文学在类型化写作、系列化出版的主导下,通俗浅薄的校园故事充斥市场,有高原无高峰现象还比较突出的话,近年来,儿童文学界通过反思创作来自我调整、自我提升,很多作家摒弃低俗化、庸俗化创作,自觉抵制市场诱惑,回归艺术本真,潜心创作,出现了一批题材新颖、思想深刻、艺术上乘的作品。

第三个标志是一代中青年作家迅速成长,已成新军。这支队伍由“70后”至“90后”中青年作家构成,他们大多是在改革开放中出生、成长起来的,是新时代、新环境、新文化培养起来的一代新人,是具有国际视野的一代。目前他们正处于创作的黄金年华,相信在未来10至20年间,这批作家将成为我国儿童文学创作的主力。

第四个标志是改革开放带来的全球化气象。如果说改革开放之初,是外国儿童文学经典大量引进的话,那么今天则是更多的儿童文学走出去。我们已经逐步具备了讲好中国故事的能力,越来越多的具有国际视野并且带有浓郁中国精神、中国文化、中国传统、中国风尚的图书走出国门,中国儿童文学正以更好、更美的姿态融入全球化。

儿童文学之所以能够取得如此骄人的成就,是多种合力共同作用的结果,其中最重要的是得益于改革开放带来的深刻影响。首先,改革开放带来了思想的大解放和文艺创作观念的大开放;其次,改革开放带来了大市场,社会普遍重视儿童教育,大众需求旺盛;再次,改革开放影响巨大,儿童文学敞开胸怀拥抱世界,大量优秀儿童文学被引进来,中国儿童文学走出去,新思想、新观念、新流派互相交融,互相影响,互相启发,共同提升。可以说,没有改革开放就没有今天的儿童文学。

但是我们也要看到,商业化、市场化是一把双刃剑,一方面促进了儿童文学的大发展,另一方面也带来了一些不利影响。儿童文学发展并不平衡,还有一些短板。

首先是图书与杂志发展不平衡。每年我国有数千种原创儿童文学新书出版,而儿童文学杂志除了硕果仅存的老几家，这些年来只新创了一份杂志。另外，偌大的中国没有一家专业的儿童文学评论杂志，也没有一家大型儿童文学期刊。杂志是文学创作的重要基地，担负着发现新人、培养新人、交流信息、开展文学批评与研究的重要任务，如果文学杂志这块园地贫瘠而荒芜，会直接影响儿童文学的发展后劲。

与文学杂志不景气相关的是短篇作品创作乏力，产生广泛影响力的优秀短篇作品稀缺。试想，如果年轻作者没有经过短篇的历练，没有扎实的基本功，若干年后中国儿童文学创作事业将会怎样？

还有扎堆出版、过度消费知名作家的问题。出版社不肯花大气力做发现新作者、培养新作者的基础性工作，投机取巧心重、拿来主义盛行，重复出版，过度消费知名作家，吃干榨净著名作家，这无异于竭泽而渔。这种现象得不到缓解，会严重妨碍中国儿童文学的整体发展。

还有一个老生常谈的问题，就是新书出版数量多，但精品少，更缺少反映改革开放这一伟大时代的精品之作。改革开放40年，儿童文学出版了很多畅销书，但哪些书能成为经典流传下去呢？小兵张嘎、潘冬子是战争时代的典型儿童形象，今天的典型儿童形象又在哪里？另外，目前回望童年之作趋多，追忆自我童年固然美好，但更美好的是当代儿童生活，作家的目光不应只投向过去，更应该投向今天和未来。多出经典与精品儿童文学作品，是这个时代的深切呼唤。

总之，改革开放40年来，儿童文学走向了一个前所未有的新时代，相信儿童文学会以此为起点，走向更加辉煌的明天。

编者的话

从1949年9月25日创刊起,《文艺报》走过了70年的风雨历程。70年来,《文艺报》以宣传党和政府的文艺方针,深入地探讨、研究文艺作品和文艺现象,积极热情地传达广大文艺家心声作为办报宗旨,在中国文艺界具有权威地位,对中国文学的发展产生了重要的影响。

儿童是国家、民族的未来,儿童文学是少年儿童成长过程中必不可少的精神食粮。优秀的儿童文学作品能为孩子们打下良好的精神底色。创刊初期 ,《文艺报》就向广大作家发出"多多为儿童们写作"(敏泽,1950年第二卷第六期)的号召,并呼吁"给小孩子创作大诗歌""引导孩子们攀登科学高峰",关注童话、儿童诗、科学文艺等多种儿童文学创作形式以及儿童文学刊物的创办发展。改革开放以后,《文艺报》刊发儿童文学的文章比重增加,形式也更加多样,除了作家作品评论外,还陆续刊发儿童文学理论批评文章。1987年1月,在中国作协的支持下,《文艺报》设立《儿童文学评论》版,由著名作家冰心题写刊头。《儿童文学评论》版的开设,既是新时期中国儿童文学蓬勃发展的需要,也体现出《文艺报》敏锐关注文学现场的办报理念。2011年,报社又在《儿童文学评论》版的基础上开设《少儿文艺》专刊,增加了本报记者对于儿童文学热点现象、重要作家的访谈以及相关文学话题的追踪和深入报道,并增设动画影像等版块,拓展边界,开阔视野。

《未来永恒》(儿童文学评论卷)收录了《文艺报》从1949年创刊至今70年间发表的儿童文学相关文章,包括作家作品评论、理论批评、人物特写等形式。所选录的文章主要刊发于《文艺报》的《儿童文学评论》版和《少儿文艺》专刊,作者有老一辈作家、学者以及改革开放后成长起来的儿童文学作家、理论家。所选文章力求涵盖新中国儿童文学在各个历史阶段的发展变化以及儿童文学创作的各个门类、体裁,反映出作家们对孩子的爱、对少年儿童成长的关切、对儿童文学创作的热爱和对儿童文学理论构建的孜孜以求,也体现了中国现当代儿童文学创作和理论发展中对于"儿童"和"儿童文学"的发现过程。

编　者

2020年7月